BASTEI
LÜBBE
TASCHENBUCH

Weiterer Titel des Autors:

Das Mädchen, das den Himmel berührte

Titel auch als E-Book erhältlich

Luca Di Fulvio, geb. 1957, lebt und arbeitet als freier Schriftsteller in Rom. Bevor er sich dem Schreiben widmete, studierte er Dramaturgie bei Andrea Camilleri an der Accademia Nazionale d'Arte Drammatica Silvio D'Amico. DER JUNGE, DER TRÄUME SCHENKTE stand monatelang auf den ersten Plätzen der SPIEGEL-Bestsellerliste.

Luca Di Fulvio

DER JUNGE, DER TRÄUME SCHENKTE

Roman

Aus dem Italienischen von
Petra Knoch

BASTEI
LÜBBE
TASCHENBUCH

BASTEI LÜBBE TASCHENBUCH
Band 16 061

21. Auflage: März 2013

Vollständige Taschenbuchausgabe

Bastei Lübbe Taschenbuch in der Bastei Lübbe GmbH & Co. KG

Deutsche Erstausgabe

Für die Originalausgabe:
Copyright © 2008 by Arnoldo Mondadori Editore s.p. a., Mailand
Titel der italienischen Originalausgabe: »La Gang dei Sogni«
Originalverlag: Arnoldo Mondadori Editore s.p.a., Mailand

Für die deutschsprachige Ausgabe:
Copyright © 2011 by Bastei Lübbe GmbH & Co. KG, Köln
Titelillustration: © Trevillion Images/Andrew Davis
Umschlaggestaltung: Kirstin Osenau
Autorenfoto: Jerry Bauer
Satz: Urban SatzKonzept, Düsseldorf
Gesetzt aus der Caslon
Druck und Verarbeitung: CPI – Ebner & Spiegel, Ulm
Printed in Germany
ISBN 978-3-404-16061-7

Sie finden uns im Internet unter
www.luebbe.de
Bitte beachten Sie auch:
www.lesejury.de

Der Preis dieses Bandes versteht sich einschließlich
der gesetzlichen Mehrwertsteuer.

MEINEM SCHICKSAL GEWIDMET,
DAS CARLA ZU MIR GEFÜHRT HAT,
OHNE DIE ICH NIEMALS ÜBER DIE LIEBE
HÄTTE SCHREIBEN KÖNNEN.

In Träumen beginnt die Verantwortung.
W. B. YEATS, *Responsibilities*

Kleines, man nennt sie die Diamond Dogs.
DAVID BOWIE, *Diamond Dogs*

PROLOG

1

Aspromonte, 1906–1907

Anfangs hatten beide beobachtet, wie sie heranwuchs. Die Mutter und der Gutsherr. Die eine mit Sorge, der andere mit seiner trägen Wollust. Doch bevor sie zur Frau wurde, trug die Mutter dafür Sorge, dass der Gutsherr sie nicht mehr beachtete.

Als das Mädchen zwölf Jahre alt war, gewann die Mutter, wie sie es von den alten Frauen gelernt hatte, aus Mohnsamen einen Sirup. Diesen Sirup flößte sie dem Mädchen ein, und als es benommen vor ihr zu taumeln begann, nahm sie es auf ihren Rücken, überquerte die staubbedeckte Straße, die inmitten der Ländereien des Gutsherrn an ihrer Hütte vorbeiführte, und trug es bis zu einem Kiesbett, wo eine verdorrte alte Eiche stand. Sie brach einen dicken Ast ab, zerriss die Kleider des Mädchens und rammte ihm einen spitzen Stein in die Stirn. Diese Wunde, da war sie sicher, würde stark bluten. Dann legte sie ihre Tochter in verrenkter Haltung, als wäre sie beim Sturz vom Baum die Böschung hinabgerollt, auf dem Kies ab und ließ sie, bedeckt mit dem Ast, den sie abgebrochen hatte, dort liegen. Die Männer würden bald von der Feldarbeit heimkehren, deshalb hastete sie zurück zur Hütte. Dort bereitete sie aus Zwiebeln und Schweinespeck eine Suppe zu und trug danach erst einem ihrer Söhne auf, nach Cetta, ihrem Mädchen, zu suchen.

Sie behauptete, sie habe sie zum Spielen in Richtung der toten Eiche laufen sehen, schimpfte über ihre Tochter und beklagte sich bei ihrem Mann: Das Mädchen sei ein Fluch, sie schaffe es nicht, es zu bändigen, es sei ein Irrwisch, trage jedoch den Kopf in den Wolken, man könne ihm nichts auftragen, da es auf halbem Weg schon wieder alles vergessen habe, zudem sei es ihr nicht die geringste Hilfe im Haushalt. Ihr Mann wies sie zurecht und verbot ihr den Mund, bevor er schließlich zum Rauchen nach draußen ging. Während der Sohn sich über die Straße zur toten Eiche und zum Kiesbett aufmachte, kehrte sie zurück in die Küche, um die Zwiebel-Speck-Suppe im Kessel umzurühren, und wartete. Das Herz schlug ihr bis zum Hals.

Wie jeden Abend hörte sie den Gutsherrn im Auto an ihrer Hütte vorbeifahren und zweimal hupen, weil, wie er sagte, die Mädchen das so gerne mochten. Und wirklich, obwohl die Mutter ihr bereits vor einem Jahr verboten hatte, den Gutsherrn vor dem Haus zu begrüßen, lief Cetta noch immer, vom Hupen angelockt, jeden Abend zum Fenster unter dem Verandadach und blickte verstohlen hinaus. Und sie, die Mutter, hörte den Gutsherrn lachen, bis seine Stimme sich in der Staubwolke hinter dem Wagen verlor. Cetta nämlich – das sagte jeder, der Gutsherr jedoch ein wenig zu oft – war ein wirklich hübsches Mädchen und würde gewiss einmal eine bildschöne junge Frau werden.

Als der Sohn, der sich auf die Suche nach Cetta gemacht hatte, mit lautem Geschrei zurückkam, rührte die Mutter weiter in der Zwiebel-Speck-Suppe. Ihr Atem jedoch stockte. Sie hörte, wie der Sohn mit dem Vater redete. Die schweren Schritte des Vaters polterten über die drei Holzstufen nach draußen, die bereits so schwarz waren wie Steinkohle. Und erst einige Minuten später hörte die Mutter ihren Mann lauthals ihren und Cettas Namen rufen. Da ließ sie die Suppe auf dem Herd stehen und lief endlich hinaus.

Ihr Mann trug die kleine Cetta in seinen Armen. Mit blutverschmiertem Gesicht und zerrissenen Kleidern hing sie wie ein Lumpen in den schwieligen Händen des alten Vaters.

»Hör mir zu, Cetta«, sagte die Mutter tags darauf, als alle zur Feldarbeit aufgebrochen waren, zu ihrer Tochter. »Du wirst nun bald erwachsen und verstehst mich genau, wenn ich mit dir rede, ebenso wie du, wenn du mir in die Augen siehst, genau weißt, dass ich fähig bin zu tun, was ich dir jetzt sage. Wenn du meine Anweisungen nicht aufs Wort befolgst, bringe ich dich eigenhändig um.« Daraufhin nahm sie ein Seil zur Hand und band es Cetta um die linke Schulter. »Steh auf«, befahl sie ihr, zog das Seil straff bis hinab zur Leiste, wodurch sie die Kleine in eine gekrümmte Haltung zwang, und schnürte das andere Ende fest um ihren linken Oberschenkel. »Das bleibt ein Geheimnis zwischen dir und mir«, bläute sie ihr ein. Aus einer Schublade zog sie ein weites Kleid mit verwaschenem Blumenmuster, das sie aus alten Stoffresten genäht hatte, und streifte es ihr über. »Du wirst behaupten, du wärst seit dem Sturz verkrüppelt. Vor allen, auch vor deinen Brüdern«, erklärte sie dem Mädchen. »Damit du dich daran gewöhnst, wirst du dieses Seil einen Monat tragen. Danach werde ich es dir abnehmen, aber du wirst weiter so gehen, als wäre es noch da. Tust du das nicht, lege ich es dir zunächst wieder an, und solltest du danach versuchen, dich aufzurichten, bringe ich dich eigenhändig um. Und wenn der Gutsherr abends in seinem schönen Auto hier vorbeifährt und hupt, läufst du hinaus und winkst ihm zu. Oder besser noch, du erwartest ihn bereits draußen auf der Straße, damit er dich gut sehen kann. Hast du mich verstanden?«

Das Mädchen nickte.

Da nahm die Mutter das Gesicht der Tochter in ihre knorrigen, runzeligen Hände und sah sie mit Liebe und verzweifelter Entschlossenheit im Blick an. »In deinem Bauch wird kein Bastard heranwachsen«, sagte sie.

Noch bevor es Herbst wurde, hupte der Gutsherr nicht mehr, wenn er an der Hütte vorbeifuhr, da er sich mit dem Gedanken abgefunden hatte, Cetta sei hoffnungslos verkrüppelt. Und der Winter hatte kaum begonnen, da nahm er gar einen anderen Weg.

Im Frühsommer sagte die Mutter zur Tochter, sie könne nun wieder genesen. Ganz langsam, um keinen Verdacht zu erregen. Cetta war dreizehn Jahre alt und hatte sich entwickelt. Doch das Jahr als Krüppel hatte sie ein wenig zum Krüppel gemacht. Und nie wieder, auch nicht, als sie erwachsen war, sollte es ihr gelingen, vollkommen gerade zu gehen. Sie lernte, ihren Makel zu überspielen, aber sie richtete sich nie mehr ganz auf. Die linke Brust war ein wenig kleiner als die rechte, die linke Schulter ein wenig gekrümmter als die rechte, der linke Oberschenkel ein wenig gedrungener als der rechte. Zudem war das gesamte Bein, das ein Jahr lang die Schulter nach unten gezogen hatte, steif geworden, oder die Sehnen hatten sich verhärtet, wodurch das Mädchen ein wenig zu hinken schien.

2

Nachdem die Mutter ihr erlaubt hatte, von der vorgetäuschten Krankheit zu genesen, hatte Cetta versucht, wieder gerade zu gehen. Doch manchmal schlief ihr linkes Bein ein oder verweigerte ihr den Gehorsam. Und um es aufzuwecken oder wieder zur Ordnung zu rufen, blieb Cetta nichts anderes übrig, als aufs Neue die Schulter herabzuziehen, die vom Seil der Mutter gekrümmt war. In dieser Krüppelhaltung schien sich das Bein an seine Pflicht zu erinnern und ließ sich nicht länger nachziehen.

Eines Tages war Cetta zur Getreideernte draußen auf dem Feld. Und ganz in ihrer Nähe – der eine mehr, der andere weniger – waren ihre Mutter und ihr Vater und ihre Brüder mit den tiefschwarzen Haaren. Und auch der andere, fast blonde Halbbruder, der Sohn ihrer Mutter und des Gutsherrn. Der Halbbruder, dem weder Mutter noch Vater je einen Namen gegeben hatten und den alle in der Familie nur *den Anderen* nannten. »In deinem Bauch wird kein Bastard heranwachsen«, hatte ihr die Mutter in dem Jahr wieder und wieder eingeschärft. Sie hatte sie zu einem halben Krüppel gemacht, damit der Gutsherr seinen Blick von ihr abwandte. Und immerhin scharwenzelte der Gutsherr nun um andere Mädchen herum.

Cetta war verschwitzt. Und müde. Sie trug ein langes Leinenkleid mit schmalen Trägern. Ihr linkes Bein blieb im kargen, sonnenverbrannten Boden stecken. Als sie bemerkte, dass der Gutsherr einigen Freunden seine Felder zeigte, achtete sie nicht weiter auf ihn, sie fühlte sich nun sicher. Der Gutsherr gestikulierte beim Gehen. Vielleicht erzählt er gerade, wie viele Erntehelfer für ihn arbeiten, dachte Cetta. Die Hand in die Hüfte gestemmt, hielt sie inne, um die Gruppe zu betrachten. Unter ihnen war die dritte Ehefrau des Gutsherrn; sie trug einen Strohhut auf dem Kopf und ein Kleid in einem Blauton, wie Cetta ihn nicht einmal am Himmel je gesehen hatte. Zwei andere Frauen begleiteten sie, vermutlich die Gattinnen der beiden Männer, die mit dem Gutsherrn plauderten. Die eine war jung und hübsch, die andere korpulent und ihr Alter schwer einzuschätzen. Die Männer an der Seite des Gutsherrn sahen ebenso unterschiedlich aus wie ihre Ehefrauen. Der eine war jung und dürr, hoch aufgeschossen und kraftlos wie ein Getreidehalm, der sich unter der Last der reifen Ähre biegt. Der andere war ein Mann mittleren Alters mit breitem Schnurrbart, altmodisch buschigen Koteletten und strohblonden Haaren. Er hatte ausladende Schultern und eine stattlich-breite Brust wie ein ehemaliger Boxer. Beim Gehen stützte er sich auf einen Stock. Und unterhalb seines rechten Knies war ein weiteres Stück Holz zu sehen. Ein künstliches Bein.

»An die Arbeit, Hinkebein!«, rief der Gutsherr, als er Cettas Blicke bemerkte, zu ihr herüber, bevor er sich zu den beiden Männern umdrehte und in ihr Gelächter einfiel.

Cetta, deren Bein taub geworden war, krümmte sich und hinkte weiter durch ihre Ackerreihe. Nach wenigen Schritten wandte sie sich noch einmal nach dem Gutsherrn um und bemerkte, dass der Mann mit dem Holzbein etwas abseits stand und zu ihr herüberstarrte.

Ein wenig später kam Cetta dem Grüppchen so nah, dass sie verstehen konnte, worüber gesprochen wurde. Und auch sie hörte das rhythmische Klopfen, das alle neugierig machte – doch im Gegensatz zu den anderen wusste sie, woher es kam. Aus dem Augenwinkel konnte sie beobachten, wie die Männer das geschnittene Getreide beiseiteschoben und schließlich lachend erkannten, wer das ungewöhnliche Geräusch verursachte. Die Frauen, die sich dem Schauplatz genähert hatten, taten verlegen und schlugen sich die von weißen Spitzenhandschuhen verhüllten Hände vor den Mund, um ein Kichern zu unterdrücken, bevor alle wieder davonspazierten, da es bald Zeit für das Mittagessen war.

Allein der Mann mit dem Holzbein stand noch da und sah zu. Er beobachtete die beiden Schildkröten, die ihre faltigen Hälse in die Höhe reckten und sich paarten, wobei ihre Panzer mit einem rhythmischen Tock-Tock-Tock gegeneinanderschlugen. Der Mann mit dem Holzbein starrte auf die beiden Tiere, dann auf Cetta und ihr Hinkebein und schaute schließlich auf sein eigenes künstliches Bein hinab. Cetta sah eine Hasenpfote an seiner Weste herabbaumeln.

Im nächsten Moment stürzte sich der Mann auf Cetta, stieß sie zu Boden, schob ihren Rock hoch und zerriss ihren abgetragenen Baumwollschlüpfer, und mit der Vorstellung, sein Holzbein schlüge gegen das zurückgebildete Bein des Bauernmädchens, nahm er sie mit aller Hast und zeigte ihr, was ein Mann und eine Frau machen, wenn sie es den Tieren gleichtun wollen. Und während er auf Cetta lag, rief die Dicke über die Felder nach ihrem Mann, da sie nur noch darauf bedacht war, schnell an den Essenstisch zu kommen, und Cettas Mutter und ihr Vater und ihre dunkelhaarigen Brüder und auch *der Andere* mit dem helleren Haar setzten ganz in der Nähe der sich paarenden Schildkröten ihre Arbeit fort.

Nachdem die Mutter ihr erlaubt hatte, wieder zu genesen, langsam, um keinen Verdacht zu erwecken, hatte Cetta sich den Folgen ihres Jahres als Krüppel stellen müssen. Und als sie, nach der Paarung der Schildkröten, mit nicht ganz vierzehn Jahren schwanger wurde, wölbte sich selbst ihr Bauch links stärker als rechts, so als hinge er von der unnötig verkrüppelten Seite herab.

Der Junge kam mit außergewöhnlich blondem Haar zur Welt. Man hätte denken können, er stamme von den Normannen ab, wären da nicht seine Augen gewesen, so pechschwarz, tiefgründig und sehnsuchtsvoll, wie ein Blondschopf sie sich niemals auch nur hätte erhoffen können.

»Er wird einen Namen bekommen«, erklärte Cetta ihrem Vater, ihrer Mutter, ihren dunkelhaarigen Brüdern und dem, den alle *den Anderen* nannten.

Und da er ihr mit seinem hellblonden Haar wie das Jesuskind in der Krippe erschien, nannte Cetta ihren Sohn Natale.

3

»Sobald er etwas größer ist, will ich nach Amerika«, eröffnete Cetta ihrer Mutter, während sie ihrem Sohn Natale die Brust gab.

»Und was hast du da vor?«, brummte die Mutter, ohne von ihrem Nähzeug aufzublicken.

Cetta antwortete nicht.

»Du gehörst dem Gutsherrn und auf die Felder«, sagte da die Mutter.

»Ich bin doch keine Sklavin«, widersprach Cetta.

Die Mutter legte das Nähzeug beiseite und stand auf. Ihr Blick lag auf der Tochter, die dem neuen Bastard in der Familie die Brust gab. Sie schüttelte den Kopf. »Du gehörst dem Gutsherrn und auf die Felder«, sagte sie noch einmal, bevor sie hinausging.

Cetta blickte auf ihren Sohn hinab. Ihr dunkler Busen mit der noch dunkleren Brustwarze stand in beinahe misstönendem Kontrast zu Natales blondem Haar. Vorsichtig nahm sie ihn von der Brust. Ein wenig Milch tropfte zu Boden. Cetta legte den Jungen in die alte Wiege, in der schon sie und ihre Brüder und auch *der Andere* gelegen hatten. Der Kleine begann zu weinen. Streng sah Cetta ihn an. »Wir werden beide noch viel weinen müssen«, sagte sie zu ihm. Dann folgte sie ihrer Mutter nach draußen.

Der Hafen war bevölkert von Hungerleidern und ein paar reichen Herrschaften, wenigen jedoch, und sie gingen nur vorbei. Wer reich war, nahm ein anderes Schiff, nicht dieses. Cetta beobachtete sie alle durch ein von Rost umrahmtes, schmutziges Bullauge. Die meisten Hungerleider würden an Land bleiben, sie würden nicht fortgehen. Sie würden auf eine andere Gelegenheit warten, einen neuen Versuch unternehmen, an Bord zu gelangen, ihre spärlichen Habseligkeiten verpfänden in der Hoffnung, sich eine Fahrkarte nach Amerika leisten zu können. Und während sie auf das nächste Schiff warteten, würden sie ihr kleines Vermögen durchbringen. Und niemals fortgehen.

Anders Cetta. Sie ging fort.

Und nur daran dachte sie, als sie durch das schmutzige Bullauge hinausschaute, während hinter ihr der kleine Natale, der nun gut acht Monate alt war, sich unruhig auf der mit Tierhaaren übersäten Wolldecke hin und her wälzte. Er lag in dem Weidenkorb, in dem zuvor das Hündchen einer eleganten Dame bequem herumgetragen worden war, bevor Cetta ihr den Korb gestohlen hatte. Nur an die lange Seereise dachte Cetta, während die klebrige Flüssigkeit ihr wie damals nach ihrer Vergewaltigung kalt an den Beinen herablief. Nur an Amerika dachte sie, während der Kapitän befriedigt seine Hose zuknöpfte und versprach, er werde am frühen Nachmittag mit einem Stück Brot und einem Schluck Wasser zu ihr zurückkommen, und lachend erklärte, sie beide würden viel Spaß miteinander haben. Und erst als Cetta hörte, wie die eiserne Luke von außen geschlossen wurde, trat sie vom Bullauge zurück und wischte sich mit dem Stroh, das auf dem Boden des Frachtraumes ausgestreut war, die Beine ab, bis sie ganz zerkratzt waren. Sie nahm Natale auf den Arm, entblößte die von den Händen des Kapitäns noch gerötete Brust und gab sie dem Jungen. Als das Kind danach in seinem stinkenden Hundekorb langsam in den Schlaf fiel, verkroch Cetta sich in eine dunklere Ecke, und während ihr die Tränen über die Wangen liefen, dachte sie: Sie sind salzig wie das Meer, das zwischen mir und Amerika liegt. Sie sind ein Vorgeschmack auf den Ozean, und sie leckte sie auf und versuchte, dabei zu lächeln. Als schließlich das Schiffshorn dumpf in die Hafenluft schnaubte und die Abfahrt ankündigte, erzählte Cetta sich beim Einschlafen das Märchen von einem fünfzehnjährigen Mädchen, das von zu Hause weggelaufen war, um sich mutterseelenallein mit einem unehelichen Sohn auf den Weg ins Feenreich zu machen.

Ellis Island, Januar 1909

Cetta wartete in einer Schlange gemeinsam mit den anderen Einwanderern. Erschöpft von der Reise und den sexuellen Schikanen des Kapitäns beobachtete sie, wie der Arzt der Bundeseinwanderungsbehörde den bedauernswerten Geschöpfen weiter vorn prüfend in Ohren und Mund schaute, nicht anders als ihr Vater es bei den Eseln und Schafen getan hatte. Einigen schrieb der Arzt mit Kreide einen Buchstaben hinten auf die Kleider. Wer einen solchen Buchstaben auf dem Rücken trug, wurde ausgesondert und zu einer Halle geführt, wo weitere Ärzte warteten. Die anderen Einwanderer gingen weiter zu den Tischen des Zollamtes. Cetta beobachtete die Polizisten, die ihrerseits die Beamten, die die Papiere stempelten, nicht aus den Augen ließen. Sie sah die Verzweiflung derer, die nach der anstrengenden und oft entwürdigenden Überfahrt abgewiesen wurden. Doch es war, als gehörte sie nicht zu ihnen.

Alle anderen hatten an Deck verfolgt, wie das neue Land immer näher rückte. Cetta nicht, sie war die ganze Zeit im Frachtraum geblieben. Sie hatte Angst gehabt, Natale könnte sterben.

Und in Momenten, in denen sie sich besonders schwach und müde fühlte, hatte sie sich dabei ertappt, wie sie sich fragte, ob es ihr etwas ausmachen würde. Daher hielt sie ihn nun eng an sich gedrückt und bat so das kleine Geschöpf, das ihre Gedanken nicht erahnt haben konnte, im Stillen um Vergebung. Ihr aber waren sie bewusst geworden, und sie schämte sich deswegen.

Bevor sie von Bord ging, hatte der Kapitän ihr versprochen, persönlich dafür zu sorgen, dass man sie durchließ. Und kaum waren sie an Land, hatte er in dem riesigen Raum, in dem alle Einwanderer versammelt waren, einem kleinen Mann zugenickt, der Cetta an eine Maus erinnerte und hinter den Holzschranken stand, die das freie Gebiet abgrenzten. Amerika. Der Mäuserich hatte lange, spitze Fingernägel und trug einen auffälligen Samtanzug. Prüfend musterte er Cetta und Natale. Cetta kam es so vor, als hätte er unterschiedliche Augen.

Der Mäuserich wandte den Blick zum Kapitän und führte seine Hand zur Brust. Zu Cettas Überraschung nahm der Kapitän Natale auf seinen Arm, umfasste ihren Busen und hob ihn an. Cetta stürzte sich auf ihren Sohn und riss ihn wieder an sich, bevor sie beschämt die Augen niederschlug. Zuvor jedoch sah sie, dass der Mäuserich lachte und dem Kapitän zunickte. Als sie den Blick wieder hob, stand der Mäuserich bei einem der Inspektoren der Einwanderungsbehörde, sprach leise mit ihm und steckte ihm einige Geldscheine zu. Dann zeigte er auf Cetta.

Der Kapitän griff nach ihrem Po. »Jetzt bist du in noch besseren Händen, als meine es waren«, sagte er grinsend zu ihr und ging.

Während sie zusah, wie er sich entfernte, beschlich Cetta ein Gefühl des Verlustes, das sie sich nicht erklären konnte. So als wäre die Gesellschaft eines solchen Widerlings immer noch besser als die Einsamkeit, die nun vor ihr lag. Vielleicht hätte sie lieber nicht von zu Hause weglaufen und nach Amerika gehen sollen.

Als die Schlange kaum merklich vorrückte, blickte Cetta erneut zu dem Zollinspektor hinüber und sah, dass er sie zu sich heranwinkte. Neben dem Inspektor stand nun nicht mehr der Mäuserich, sondern ein großer Mann mit buschigen Augenbrauen und einer Tweedjacke, die über seinen breiten Schultern spannte. Er war um die fünfzig und hatte sich eine lange Haarsträhne quer über den Kopf gekämmt, um die kahlen Stellen auf seinem Schädel zu verdecken. Trotz dieses lächerlichen Versuchs strahlte er eine beunruhigende Kraft aus, wie Cetta im Näherkommen bemerkte.

Der Mann und der Zollinspektor redeten auf sie ein. Cetta verstand kein Wort, doch bald bemerkte sie, dass die beiden sich mit immer lauterer Stimme wiederholten, als hielten sie sie für taub, als wäre ihnen nicht klar, dass sie in einer ihr unbekannten Sprache auf sie einredeten.

Im Verlauf des einseitigen Gesprächs trat der Mäuserich wieder hinzu. Und auch er redete laut und gestenreich. Die schlaffen Hände mit den langen Fingernägeln flogen hin und her wie Rasierklingen. An seinem kleinen Finger funkelte ein Ring. Der kräftige Mann packte ihn am Kragen und schrie ihn an, dass einem angst und bange werden konnte. Schließlich ließ er ihn los, sah den Inspektor an und raunte ihm ein paar Worte zu, die noch bedrohlicher klangen als sein Geschrei zuvor. Der Inspektor wurde blass, dann wandte er sich dem Mäuserich zu. Und plötzlich sprach auch er in drohendem Ton. Im nächsten Moment machte der Mäuserich auf dem Absatz kehrt und verschwand.

Der kräftige Mann und der Inspektor redeten daraufhin wieder in ihrer Sprache auf Cetta ein. Schließlich winkten sie einen heiter und entschlossen wirkenden jungen Mann von kleiner, gedrungener Statur herbei, der sich hinter der Zollschranke in einer Ecke bereitgehalten hatte.

»Wie heißt du?«, fragte der junge Mann Cetta auf Italienisch und schenkte ihr ein offenes und freundliches Lächeln, das ihr zum ersten Mal, seitdem sie das Schiff verlassen hatte, das Gefühl gab, nicht ganz allein zu sein.

»Cetta Luminita.«

Der Inspektor verstand nicht.

Also schrieb der junge Dolmetscher es an seiner Stelle auf den Einwanderungsschein und lächelte Cetta noch einmal zu. Dann betrachtete er das Kind, das Cetta auf dem Arm trug, und streichelte ihm über die Wange. »Und wie heißt dein Sohn?«

»Natale.«

»Natale«, wiederholte der junge Mann für den Inspektor, der wieder nicht verstand. »Christmas«, übersetzte ihm daher der Dolmetscher.

Zufrieden nickte der Inspektor und schrieb: *Christmas Luminita.*

ERSTER TEIL

4

Manhattan, 1922

»Was ist denn das für ein Name?«

»Geht dich gar nichts an.«

»Das ist ein Niggername.«

»Seh ich vielleicht aus wie ein Nigger?«

»Du siehst auch nicht aus wie ein Italiener.«

»Ich bin Amerikaner.«

»Ja, klar...« Die Jungen, die ihn umringten, lachten.

»Ich bin Amerikaner«, sagte er noch einmal.

»Wenn du zu unserer Gang gehören willst, musst du deinen bescheuerten Namen ändern.«

»Du kannst mich mal.«

»Du kannst *mich* mal, Scheiß-Christmas.«

Die Hände in den Taschen vergraben, schlenderte Christmas Luminita träge davon. Das blonde Haar hing ihm zerzaust in die Stirn, und auf der Oberlippe und am Kinn zeigte sich ein erster spärlicher heller Flaum. Er war vierzehn Jahre alt, aber sein Blick war der eines Erwachsenen, so wie der vieler seiner Altersgenossen, die in den fensterlosen Wohnungen der Lower East Side aufgewachsen waren.

»Ich gründe meine eigene Gang, ihr Arschlöcher!«, schrie er, als er sicher war, dass ihn kein Steinwurf mehr treffen konnte.

Er tat, als kümmerten ihn die Beschimpfungen nicht, die ihn im Chor verfolgten, während er um die Ecke in eine ungepflasterte, schmutzige Gasse bog. Doch kaum war Christmas allein, trat er vor lauter Wut gegen eine verrostete Blechmülltonne voller Löcher, die vor der Hintertür eines Ladens stand, aus dem es süßlich nach rohem Fleisch roch. Eine kleine, dicke, von der

Räude halb kahle Hündin mit hervorstehenden roten Augen, die aussahen, als müssten sie ihr jeden Moment aus den Höhlen springen, kam mit wütendem Gekläff aus dem Laden geschossen. Christmas bückte sich lächelnd und hielt ihr seine Hand hin. Die Hündin, die es offenbar gewohnt war, Fußtritten ausweichen zu müssen, blieb ein Stück entfernt stehen und bellte ein letztes Mal, doch in einem hohen, überraschten Ton, ähnlich einem Winseln. Dann riss sie die grauenvoll hervorstehenden Augen noch weiter auf, reckte ihren plumpen Hals und schob ihre bebende Nase auf die Hand zu. Leise knurrend machte sie ein paar vorsichtige Schritte und schnüffelte an Christmas' Fingern, bis ihr kurzer Stummelschwanz langsam hin- und herschlug. Der Junge lachte und kraulte ihr den Rücken.

Da tauchte in der Hintertür des Ladens ein Mann mit einer blutverschmierten Schürze und einem Schlachtermesser in der Hand auf. Sein Blick fiel auf den Hund und den Jungen. »Ich dachte schon, sie hätten sie abgemurkst«, sagte er.

Ohne etwas zu erwidern, hob Christmas nur kurz den Kopf und kraulte dann weiter den Hund.

»Du fängst dir die Räude ein, Junge«, warnte ihn der Mann.

Christmas zuckte mit den Schultern und hörte nicht auf, das Tier zu streicheln.

»Früher oder später murksen sie sie mir ab«, sagte der Metzger wieder.

»Wer?«, fragte Christmas.

»Diese Halbstarken, die sich hier herumtreiben«, antwortete der Metzger. »Bist du einer von ihnen?«

Christmas schüttelte so entschieden den Kopf, dass seine blonden Haare nur so flogen. Für einen Moment verdunkelten sich seine Augen, bevor sie wieder aufleuchteten, als er lächelnd auf die Hündin blickte, die vor Behagen grunzte.

»Sie ist ziemlich hässlich, was?«, bemerkte der Mann und wischte das Messer an der Schürze ab.

»Ja.« Christmas lachte. »Nichts für ungut.«

»Ein Typ hat sie mir vor zehn Jahren verkauft. Er hat behauptet, sie wäre ein Rassehund«, erzählte der Mann kopfschüttelnd. »Aber ich hänge an ihr.« Und mit diesen Worten drehte er sich um und wollte zurück in den Laden gehen.

»Ich kann sie beschützen«, sagte da Christmas, ohne nachzudenken.

Der Metzger wandte sich wieder um und musterte ihn neugierig. »Sie haben Angst, dass man sie Ihnen abmurkst, oder?«, fragte Christmas und stand auf. Der Hund strich um seine Beine. »Ich kann sie beschützen, wenn Ihnen so viel an ihr liegt.«

»Was redest du denn da, Junge?« Der Metzger prustete los.

»Für einen halben Dollar die Woche beschütze ich Ihren Hund.«

Der kräftige, stämmige Mann mit der blutverschmierten Schürze schüttelte ungläubig den Kopf. Er wollte zurück an die Arbeit, denn er ließ den Laden, in dem lauter armselige Stücke Fleisch lagen, die sich nur wenige der armen Bewohner des Viertels leisten konnten, nicht gern unbeaufsichtigt. Aber er ging nicht hinein. Nach einem flüchtigen Blick ins Ladeninnere wandte er sich wieder dem merkwürdigen mageren Jungen mit der geflickten Hose und den zu großen Schuhen zu, an denen Matsch und Pferdemist klebten. »Und wie?«

»Ich habe eine Gang«, sagte Christmas eifrig. »Die . . .« Er zögerte und blickte auf den Hund, der ihm um die Beine strich. »Die Diamond Dogs«, fuhr er dann, einer spontanen Eingebung folgend, fort.

»Ich will mich hier nicht mit Bandenkriegen herumschlagen müssen«, entgegnete der Mann abweisend und warf erneut einen Blick in den Laden, ohne jedoch hineinzugehen.

Christmas vergrub die Hände in den Hosentaschen. Mit der Fußspitze zeichnete er einige Kreise in den Staub. Dann streichelte er den Hund ein letztes Mal. »Nun, wie Sie wollen. Vorhin hab ich gehört … ach, nichts …« Er machte Anstalten zu gehen.

»Was hast du gehört, Junge?«, hielt der Metzger ihn auf.

»Die da«, und mit einem flüchtigen Blick deutete Christmas auf die Straßenecke, von der noch immer das Geschrei der Gang, die ihn zuvor abgewiesen hatte, herüberschallte, »haben gesagt, hier gibt es einen Hund, der immerzu bellt, der einen Riesenradau macht und …«

»Und?«

»Nichts … vielleicht haben sie einen anderen Hund gemeint.«

Auf halbem Weg zur Straße holte der Metzger Christmas mit dem Messer in der Hand ein. Er packte den Jungen am Kragen seiner zerschlissenen Jacke. Mit seinen gewaltigen Händen hätte er jemanden erwürgen können. Der Mann überragte Christmas um ein paar Spannen. Der Hund jaulte erschrocken auf. »Normalerweise kann diese räudige Kreatur niemanden leiden. Dich aber mag sie. Lass dir das von Pep gesagt sein«, meinte der Metzger mit drohender Stimme und sah Christmas dabei fest in die Augen. »Und ich hänge an ihr.« Nachdem der Mann den Jungen noch eine Weile schweigend fixiert hatte, trat ein Ausdruck des Erstaunens auf sein Gesicht und ließ seine Züge sanfter erscheinen. Offenbar konnte er selbst nicht fassen, was er im Begriff war zu tun. »Es stimmt, die da macht mehr Radau als eine Ehefrau«, sagte er und deutete auf die Hündin. »Aber wenigstens muss ich sie nicht bumsen.« Zufrieden lachte er über den Witz, den er wohl schon unzählige Male gemacht hatte. Noch einmal schüttelte er über sich selbst den Kopf, griff mit blutigen Fingern unter seine Schürze, holte aus der Westentasche einen halben Dollar hervor und drückte Christmas die Münze in die Hand. »Ich muss verrückt sein, aber du bist engagiert. Komm, Lilliput, wir gehen«, sagte er schließlich zu seinem Hund und kehrte zurück in den Laden.

Kaum war der Metzger verschwunden, sah Christmas auf die Geldmünze. Mit leuchtenden Augen spuckte er darauf und polierte sie mit den Fingerspitzen. Mit Blick auf den Laden lehnte er sich gegen die Wand und lachte. Sein Lachen klang nicht wie das eines Erwachsenen, aber auch nicht wie das eines Kindes. Ebenso wie seine blonden Haare nicht zu einem Italiener passten und seine dunklen Augen nicht zu einem Iren. Ein Junge mit einem Niggernamen, der nicht so recht wusste, wer er war. »Die Diamond Dogs«, murmelte er und grinste zufrieden vor sich hin.

5

Manhattan, 1922

Der Erste, den er fragte, war Santo Filesi, ein pickliger, spindeldürrer Junge mit schwarzem Kraushaar, der im selben Haus wohnte und den er grüßte, wenn sie sich begegneten. Mehr verband sie aber auch nicht. Santo war genauso alt wie Christmas, und im Viertel hieß es, er gehe zur Schule. Sein Vater arbeitete als Ladearbeiter im Hafen und war klein und untersetzt, und der tägliche Umgang mit den schweren Lasten hatte ihm irreparabel krumme Beine eingebracht. Man erzählte sich – denn im Viertel wurde viel und gern erzählt –, er sei fähig, zwei Zentner mit nur einer Hand zu heben. Und obwohl er ein rechtschaffener, gutmütiger Mann war, der selbst dann nicht zu Gewalt neigte, wenn er zu viel getrunken hatte, wurde er allgemein geachtet; niemand forderte ihn heraus. Bei einem, der fähig war, zwei Zentner mit nur einer Hand zu heben, konnte man schließlich nie wissen. Santos Mutter hingegen war spindeldürr wie ihr Sohn. Mit ihrem länglichen Gesicht und den langen Schneidezähnen erinnerte sie an einen Esel. Sie hatte eine gelbliche Haut und schmale, knorrige Hände, die sie flink bewegte, allzeit bereit, ihrem Sohn eine Ohrfeige zu verpassen. So kam es, dass Santo bei jeder Geste seiner Mutter instinktiv sein Gesicht schützte. Signora Filesi arbeitete als Putzfrau in der Schule, die Santo den Gerüchten nach besuchte.

»Stimmt es, dass deine Mutter dir eine Creme gegen die Pickel zusammenmischt?«, wollte Christmas von Santo wissen, als er ihn an dem Morgen, nachdem der Metzger ihn zu Lilliputs Schutz engagiert hatte, auf der Straße traf.

Santo zog den Kopf ein, errötete und versuchte unbeirrt weiterzugehen.

Christmas lief ihm nach. »Hey, bist du etwa beleidigt? Ich will dich nicht aufziehen, ich schwör's.«

Santo blieb stehen.

»Willst du Mitglied in meiner Gang werden?«, fragte Christmas.

»Was für eine Gang?«, hakte Santo vorsichtig nach.

»Die Diamond Dogs.«

»Nie gehört.«

»Kennst du dich denn mit Gangs aus?«

»Nein . . .«

»Na, dann heißt das ja wohl gar nichts, dass du noch nie von uns gehört hast«, erwiderte Christmas.

Erneut wurde Santo rot und blickte zu Boden. »Wer seid ihr denn?«, fragte er schüchtern.

»Es ist besser für dich, wenn du das nicht weißt«, gab Christmas zurück und ließ dabei seinen Blick betont wachsam umherschweifen.

»Wieso das?«

Christmas trat auf ihn zu, nahm ihn am Arm und zog ihn in eine Seitengasse, in der überall Müll herumlag. Kurz kehrte er dann noch einmal zur Orchard Street zurück, wie um sicherzugehen, dass ihnen niemand folgte, ging danach wieder zu Santo und sagte hastig und leise: »Weil du dann nicht zwitschern kannst, wenn sie dich ausquetschen.«

»Wer sollte mich denn ausquetschen?«

»Oh Mann, du bist echt ein Grünschnabel!«, fuhr Christmas auf. »Du weißt ja gar nichts! In was für einer Welt lebst du eigentlich? Sag mal, stimmt es, dass du zur Schule gehst?«

»Na ja, mehr oder weniger . . .«

Noch einmal ging Christmas zur Orchard Street und sah sich verstohlen um, bevor er – mit Sorgenfalten im Gesicht – einen Satz zurück machte, Santo tiefer in die Gasse hineindrängte und ihn zwang, sich hinter einen Müllhaufen zu ducken. Er bedeutete ihm, still zu sein. Nachdem irgendein harmlos aussehender Mann vorbeigegangen war, atmete er erleichtert auf. »Scheiße ... hast du den gesehen?«

»Wen?«

»Hör zu, tu mir einen Gefallen. Sieh mal nach, ob der sich immer noch da rumdrückt.«

»Wer denn??«

»Der Kerl, hast du ihn gesehen?« Christmas packte Santo beim Kragen.

»Ja ... ich glaube, ja ...«, stammelte der Junge.

»Ich glaube, ich glaube ... Und du willst einer von den Diamond Dogs sein? Vielleicht hab ich dich falsch eingeschätzt, aber ...«

»Aber?«

»Du kamst mir pfiffig vor. Hör zu, tu mir den einen Gefallen, und danach sagen wir Auf Wiedersehen und vergessen das Ganze. Sieh mal nach, ob der Kerl noch da rumsteht oder ob die Luft rein ist.«

»Ich?«

»Klar, Mann, wer denn sonst? Dich kennt er nicht. Na los, du Feigling, beweg dich!«

Mit zögerlichen Schritten verließ Santo sein stinkendes Versteck und näherte sich der Orchard Street. Dort sah er sich unbeholfen nach dem harmlosen Mann um, den er nun für einen gefährlichen Verbrecher hielt. Als der Junge wieder zurückkam, stellte Christmas fest, dass seine Schritte sicherer geworden waren. Santo hakte einen Finger in seinen Gürtel und verkündete: »Die Luft ist rein.«

»Gut gemacht«, lobte Christmas ihn und stand auf.

Santo grinste stolz.

Christmas klopfte ihm auf die Schulter. »Komm mit, ich geb dir ein Eiscreme-Soda aus, und danach trennen sich unsere Wege.«

»Ein Eiscreme-Soda?«, fragte Santo und rollte die Augen.

»Ja, was ist denn?«

»Das kostet ... das kostet fünf Cent ...«

Lachend zuckte Christmas die Schultern. »Geld. Ist doch nur Geld. Reicht doch, wenn man's hat, oder?«

Santo sah so aus, als traute er seinen Ohren kaum.

Als sie den heruntergekommenen kleinen Laden in der Cherry Street betraten, hielt Christmas krampfhaft seine Halbdollarmünze in der Hand. »Hör zu«, sagte er zu Santo und setzte sich auf einen Hocker, »ich hab heute schon zwei davon gehabt und spür's im Magen, ein drittes will ich nicht mehr. Lass uns dein Soda teilen, du bist sowieso nicht daran gewöhnt, und ein ganzes bekommt dir womöglich nicht. Mit dem Zeug muss man aufpassen.« Daraufhin bestellte er bei Erdbeere – der seinen Spitznamen dem großen, glänzenden Feuermal verdankte, das sein halbes Gesicht überzog – einen Becher mit zwei Strohhalmen und ließ schweren Herzens die einzige Münze, die er in der Tasche hatte, klimpernd auf den Tresen fallen.

Eine Weile sagte keiner der beiden Jungen etwas. Jeder nuckelte an seinem Strohhalm und versuchte, ein wenig mehr aufzusaugen als die Hälfte, die ihm zustand.

»Was bedeutet eigentlich, du gehst mehr oder weniger zur Schule?«, fragte Christmas schließlich und schleckte mit dem Finger die Reste aus dem Becher.

»Dass eine Lehrerin mir nachmittags ein bisschen Grammatik und Geschichte beibringt, weil meine Mutter da putzt. Also, richtig angemeldet bin ich in der Schule nicht, verstehst du?«, erklärte Santo abwehrend. »Im Gegenteil, ich pfeif auf die Schule«, fügte er in abfälligem Ton wie ein Möchtegernganove hinzu.

»Du bist ein Idiot, Santo. Was zum Teufel willst du denn mit deinem Leben anfangen? Du bist nicht wie dein Vater, du wirst nie zwei Zentner mit einer Hand heben können. Wenn du was lernst, kann dir das nützen«, sagte Christmas, ohne auch nur einen Moment zu überlegen. »Ich beneide dich.«

»Wirklich?«, fragte Santo strahlend.

»Ach was, das sagt man doch nur so. Pluster dich nicht so auf, Grünschnabel, du siehst ja aus wie ein Truthahn«, korrigierte Christmas sich sofort.

»Ach so . . . dachte ich's mir doch«, murmelte Santo, den Blick auf den leeren Becher gerichtet. »Du hast alles.«

»Na ja, ich kann nicht klagen.«

Schweigend schaute Santo zu Boden. Eine drängende Frage beschäftigte ihn. »Also . . . kann ich einer von den Diamond Dogs sein?«, erkundigte er sich schließlich.

Christmas hielt ihm den Mund zu und warf einen Blick hinüber zu Erdbeere, der dösend in der Ecke saß. »Bist du bescheuert? Was, wenn er dich hört?«

Wieder lief Santo rot an.

»Ich weiß nicht, ob ich dir trauen kann«, sagte Christmas leise und sah Santo eindringlich an. »Lass mich darüber nachdenken. Mit so etwas spaßt man nicht.« Christmas konnte die bittere Enttäuschung in Santos Augen erkennen. Innerlich grinste er. »In Ordnung, ich gebe dir eine Chance. Aber du bist in der Probezeit, damit das klar ist.«

Jauchzend wie ein Kind fiel Santo ihm überschwänglich um den Hals.

Christmas entwand sich seiner Umarmung. »Hey, so einen Weiberkram gibt es bei uns Diamond Dogs nicht.«

»Ja, ja, entschuldige, es ist nur, weil . . . weil . . .«, stammelte Santo aufgeregt.

»Okay, okay, lass gut sein. Kommen wir zum Geschäft«, sagte Christmas mit noch gedämpfterer Stimme und beugte sich nach einem erneuten Blick zu Erdbeere nah zum einzigen Mitglied seiner Gang hinüber. »Stimmt es, dass deine Mutter dir eine Creme gegen die Pickel anrührt?«

»Was spielt das für eine Rolle?«

»Regel Nummer eins: Die Fragen stelle ich. Wenn du's nicht gleich kapierst, kapierst du's später. Und wenn du's auch später nicht kapierst, denk daran, es gibt immer einen Grund, ist das klar?«

»Okay ... ja.«

»Ja, was? Rührt deine Mutter dir eine Salbe an?«

Santo nickte.

»Und denkst du, sie hilft?«

Wieder nickte Santo.

»Sieht aber nicht so aus, entschuldige, wenn ich dir das sage«, bemerkte Christmas.

»Doch, sie hilft. Sonst hätte ich noch viel mehr Pickel.«

Christmas rieb sich die Hände. »Okay, ich glaube dir. Aber jetzt sag mir: Denkst du, sie würde auch gegen Räude helfen?«

»Keine Ahnung ... wieso Räude?«, fragte Santo verblüfft.

Christmas beugte sich noch näher zu ihm hinüber. »Es geht um einen, den wir beschützen. Er zahlt gut. Aber sein Hund hat die Räude, und wenn du und ich es schaffen, ihn zu heilen, rückt der Typ bestimmt noch mehr Geld raus.« Mit dem Fingernagel klopfte er gegen den Becher, was ein leises Klirren erzeugte.

»Sie könnte helfen«, meinte Santo.

»Einverstanden«, sagte Christmas und stand auf. »Wenn du einer von den Diamond Dogs sein willst, musst du dir das erst verdienen. Besorg mir ganz viel von der Salbe deiner Mutter. Wenn sie hilft, gehörst du zu uns und kriegst deinen Anteil.«

6

Im Zimmer war es warm und behaglich, und so üppige Vorhänge an den Fenstern hatte Cetta noch nicht einmal im Haus
des Gutsherrn gesehen. Hinter dem Schreibtisch saß der Mann,
der sie abgeholt hatte, nachdem sie vor weniger als fünf Stunden
an Land gegangen war. Ein Mann um die fünfzig, der auf den
ersten Blick lächerlich wirkte mit der quer über die Glatze ge-
kämmten langen Haarsträhne. Zugleich jedoch besaß er eine
Kraft, die beunruhigend war. Cetta verstand nicht, was er sagte.

Der andere Mann, der bei ihnen war, beherrschte wie der junge
Dolmetscher der Einwanderungsbehörde sowohl die Sprache
des Mannes mit der Haarsträhne als auch Cettas Sprache. Und er
übersetzte, was der Mann hinter dem Schreibtisch sagte. Von
dem Dolmetscher hatte Cetta – als sie ihm wenige Minuten zuvor ins Zimmer gefolgt war – erfahren, dass der Mann mit der
Strähne ein Anwalt war, der sich um Mädchen wie sie kümmerte.
»Wenn sie so hübsch sind wie du«, hatte er augenzwinkernd hinzugefügt.

Der Anwalt sagte etwas und blickte auf Cetta, die den Jungen
im Arm hielt, der eben erst von dem Inspektor der Einwanderungsbehörde auf den Namen Christmas getauft worden war.

»Um dich können wir uns kümmern«, übersetzte der andere.
»Aber das Kind könnte ein Problem sein.«

Ohne den Blick niederzuschlagen, drückte Cetta ihren Sohn
an sich und schwieg.

Der Anwalt rollte die Augen zur Decke, bevor er erneut
sprach.

»Wie willst du mit dem Jungen arbeiten?«, übersetzte wieder

der andere. »Wir bringen ihn an einen Ort, an dem er in Ruhe aufwächst.«

Cetta presste Christmas noch enger an sich.

Der Anwalt ergriff wieder das Wort. Der Dolmetscher sagte lachend: »Wenn du ihn noch etwas fester drückst, zerquetschst du ihn, und das Problem hat sich erledigt.«

Der Anwalt stimmte in das Lachen ein.

Cetta lachte nicht. Sie presste die Lippen zusammen und runzelte die Stirn, ohne den Blick von dem Mann hinter dem Schreibtisch abzuwenden und ohne sich zu rühren. Sie legte bloß eine Hand auf das blonde Haar ihres Kindes, das friedlich schlief. Wie um es zu beschützen.

Da schlug der Anwalt einen harschen Ton an, stieß seinen Sessel zurück und verließ den Raum.

»Du hast ihn wütend gemacht«, sagte der Dolmetscher, während er sich auf der Schreibtischkante niederließ und sich eine Zigarette anzündete. »Was willst du anfangen, wenn der Anwalt dich auf die Straße setzt, ohne dir zu helfen? Wen kennst du denn? Niemanden, möchte ich wetten. Und du besitzt keinen Cent. Du und dein Sohn, ihr werdet die Nacht nicht überleben, lass dir das von mir gesagt sein.«

Schweigend und ohne die Hände von Christmas zu lösen, sah Cetta ihn an.

»Bist du vielleicht stumm?«

»Ich tue, was ihr verlangt«, sagte Cetta da. »Aber meinen Jungen rührt ihr nicht an.«

Der Dolmetscher stieß den Qualm seiner Zigarette in die Luft. »Du bist ziemlich stur, Mädchen«, stellte er fest. Dann verließ auch er das Zimmer, ließ aber die Tür offen stehen.

Cetta hatte Angst. Sie versuchte, sich abzulenken, indem sie den Rauchspiralen nachsah, die wabernd zu einer so wunderschön verzierten Stuckdecke aufstiegen, wie Cetta sie sich nicht einmal im Traum hätte vorstellen können. Vom ersten Moment an hatte sie Angst gehabt. Seitdem der heiter wirkende junge Mann von gedrungener Statur, der dem kleinen Natale seinen neuen amerikanischen Namen gegeben hatte, ihr am Zoll zugeflüstert hatte: »Sei vorsichtig.« Sie erinnerte sich gut an den jungen Mann; er war der Einzige gewesen, der ihr ein Lächeln geschenkt hatte. Cetta hatte vom ersten Moment an Angst gehabt, als die Einwanderungsbeamten ihren Stempel unter die Einreisepapiere gesetzt hatten. Und sie hatte Angst gehabt, als der Anwalt sie am Arm gepackt und über den breiten Pinselstrich am Boden geschoben hatte, der anzeigte, wo Amerika begann. Sie hatte Angst gehabt, als man sie in das riesige schwarze Auto geschoben hatte, neben dem der Wagen des Gutsherrn nichts als ein Karren wäre. Sie hatte Angst gehabt, als das Land aus Zement vor ihren Augen aufragte, so gewaltig, dass alles, was der Gutsherr besaß – sogar die Villa –, armselig und winzig wirkte. Sie hatte Angst gehabt, sich inmitten der Menschen, die zu Tausenden die Gehwege bevölkerten, zu verlieren. Und in dem Moment hatte Christmas gelacht. Ganz leise, wie es Babys manchmal aus irgendeinem Impuls heraus tun. Und er hatte ein Händchen ausgestreckt und sie in die Nase gezwickt und nach ihren Haaren gegriffen. Und wieder hatte er zufrieden gelacht. Nichtsahnend. Für Cetta wäre in diesem Moment alles vollkommen gewesen, hätte er nur sprechen können, hätte er nur ein einziges Mal »Mama« gesagt. In dem Augenblick nämlich war Cetta bewusst geworden, dass sie nichts besaß. Dass dieser Junge alles war, was sie hatte, und dass sie für ihn stark sein musste, weil das winzige Geschöpf noch schwächer war als sie selbst. Und dass sie ihm dankbar sein musste, weil er sie als Einziger noch nie verletzt hatte, auch wenn er ihr bei seiner Geburt mehr Schmerzen bereitet hatte als jeder andere.

Als Cetta hörte, dass draußen lebhaft gesprochen wurde, wandte sie den Kopf. In der Tür stand ein breitschultriger, schlecht rasierter Mann um die dreißig mit einer erloschenen

Zigarre im Mundwinkel. Er war hässlich, hatte große schwarze Hände und eine platte Nase, der man ansah, dass sie bereits mehrmals gebrochen gewesen war. Mechanisch kratzte er sich am rechten Ohrläppchen. In Höhe des Herzens trug er eine Pistole im Holster. Sein Hemd war mit Soße bespritzt. Es konnte natürlich auch Blut sein, aber Cetta hielt es für Soße. Der Mann sah sie an.

Da brach das Gespräch vor der Tür ab, und der Anwalt kam zurück ins Zimmer, gefolgt vom Dolmetscher. Der Mann mit den rotbraunen Flecken auf dem Hemd trat zur Seite und ließ die beiden anderen vorbei, wandte den Blick jedoch nicht von Cetta ab.

Der Anwalt schenkte ihr keine Beachtung mehr, als er sprach.

»Letztes Angebot«, erklärte der Dolmetscher. »Du arbeitest für uns, deinen Sohn geben wir in ein Heim, und du kannst ihn jeden Samstag- und Sonntagmorgen sehen.«

»Nein«, war Cettas Antwort.

Der Anwalt schrie auf und gab dem Dolmetscher zu verstehen, er solle sie vor die Tür setzen. Daraufhin schleuderte er ihr die amtlich unterzeichneten Einwanderungspapiere entgegen, die raschelnd zu Boden segelten.

Der Dolmetscher nahm Cetta am Arm und zwang sie aufzustehen.

In dem Moment ergriff der Mann in der Tür das Wort. Seine Stimme war so tief wie ein Donnergrollen und breitete sich mit dunklen Schwingungen im Raum aus. Er sprach nur kurz.

Der Anwalt schüttelte den Kopf, schließlich brummte er: »In Ordnung.«

Der Mann in der Tür ließ davon ab, sich mit seinen schwarzen Fingern am Ohrläppchen zu kratzen, trat ins Zimmer, sammelte die Dokumente der Einwanderungsbehörde vom Boden auf, warf einen Blick darauf und sagte mit seiner monströsen, jedoch neutral klingenden Stimme: »Cetta.«

Da ließ der Dolmetscher Cettas Arm los und wich zurück. Der Mann nickte ihr zu und ging, ohne ein weiteres Wort an einen der beiden anderen Männer zu richten, aus dem Raum. Cetta, die ihm folgte, sah, wie er nach einem zerknitterten Sakko griff und sich hineinzwängte. Es spannte an den Schultern und über der Brust, und er versuchte erst gar nicht, es zuzuknöpfen. Das wäre ihm ohnehin nicht gelungen, dachte Cetta. Schließlich nickte der Mann ihr zu und verließ Cetta und Christmas voran die Wohnung.

Auf der Straße stieg er in einen Wagen, in dessen Kotflügel zwei Einschusslöcher prangten. Er lehnte sich zur Seite und hielt von innen die Beifahrertür auf. Einladend klopfte er mit der Hand auf den Sitz. Cetta stieg ein, und der Mann gab Gas. Während der ganzen Fahrt sprach er kein Wort. Zehn Minuten später hielt er am Straßenrand an und stieg aus. Wieder bedeutete er Cetta, ihm zu folgen, und bahnte sich einen Weg durch einen lärmenden Pulk ungewaschener, zerlumpter Bettler. Dann stieg er ein paar Stufen in ein Kellergeschoss hinab. Von einem Flur gingen mehrere Türen ab.

Ganz am Ende des düsteren, stinkenden Korridors blieb der Mann stehen und griff sich eine Matratze, die dort an der Wand lehnte, und öffnete eine Tür. Das Zimmer dahinter – denn mehr war es nicht – glich vielen anderen, die Cetta gut kannte: Zimmer ohne Fenster. Nah beim Kohleofen waren Wäscheleinen von Wand zu Wand gespannt, an denen zerschlissene und mehrfach gestopfte Kleider zum Trocknen hingen. Von einem Vorhang halb verborgen, entdeckte Cetta ein Doppelbett. Außerdem stand ein Sparherd im Zimmer. Der Rauchfang des Herdes leitete über zwei verrostete Ofenrohre offenbar auch den Ofenqualm nach draußen. Außerdem waren da eine alte Anrichte mit einer fehlenden Tür und einem schiefen Bein, unter die man, damit sie gerade stand, einen Holzkeil geschoben hatte, ein quadratischer Tisch mit drei Stühlen, eine Spüle und wenige Teile

Blechgeschirr, die ihren Emailleüberzug eingebüßt hatten, sowie zwei Nachttöpfe, die in einer Ecke des Zimmers gestapelt waren.

Auf den Stühlen saßen zwei alte Leute, ein Mann und eine Frau. Er war dürr, sie rundlich. Beide waren sie sehr klein. Mit sorgenvollem Blick hatten sie ihre faltigen Gesichter zur Tür gewandt. Aus ihren Augen sprach eine Angst, die so alt zu sein schien wie sie selbst. Doch als sie den Mann erkannten, lächelten sie. Der Greis entblößte dabei nacktes Zahnfleisch, und als ihm dies bewusst wurde, hielt er sich ein wenig verlegen die Hand vor den Mund. Lachend klopfte sich die alte Frau auf die Schenkel und stand auf, um den Mann zu umarmen. Der Greis schlurfte hinter den Vorhang, der das Bett halb verdeckte. Ein klirrendes Geräusch ertönte, und als er wieder auftauchte, schob er sich gerade ein gelbliches Gebiss in den Mund.

Überschwänglich begrüßten die beiden Alten den hässlichen Mann, der unterdessen die Matratze in einer Zimmerecke abgelegt hatte. Während sie seiner Stimme lauschten, von der die Luft im Raum zu vibrieren schien, tauchte die alte Frau einen Lappen in Wasser und rieb damit die Soße vom Hemd des Mannes, der vergeblich dagegen protestierte. Und da erst richteten die beiden Alten ihre Aufmerksamkeit auf Cetta. Während sie sie neugierig beäugten, nickten sie vor sich hin.

Bevor der Mann sich verabschiedete, holte er einen Geldschein aus seiner Tasche und gab ihn der alten Frau. Die Greisin küsste ihm die Hand. Der Alte blickte beschämt zu Boden. Als der Mann das sah, klopfte er ihm freundlich auf die Schulter und sagte etwas, was dem Greis ein Lächeln entlockte. Dann ging der Mann zu Cetta, die mit Christmas im Arm stehen geblieben war, und überreichte ihr die Einwanderungspapiere. Beim Hinausgehen schließlich deutete er auf sie und richtete noch einige Worte an die beiden Alten. Dann verließ er das Zimmer.

Kaum waren sie unter sich, fragte die alte Frau in Cettas Sprache: »Wie heißt du?«

»Cetta Luminita.«

»Und das Kind?«

»Natale, aber jetzt heißt er so«, antwortete Cetta und hielt der Greisin den Einwanderungsschein hin.

Die Alte nahm den Schein und reichte ihn ihrem Mann.

»*Christmas*«, las der vor.

»Das ist ein amerikanischer Name«, erklärte Cetta mit einem stolzen Lächeln.

Nachdenklich rieb sich die alte Frau das Kinn, bevor sie sich an ihren Mann wandte. »Klingt wie der Name eines Niggers.«

Der Alte musterte Cetta, die keine Reaktion zeigte. »Hast du noch nie etwas von Niggern gehört?«

Cetta schüttelte den Kopf.

»Das sind . . . schwarze Menschen«, erklärte die Alte und fuhr sich dabei mit der Hand durch das Gesicht.

»Sind sie denn Amerikaner?«, wollte Cetta wissen.

Die Alte sah zu ihrem Mann hinüber. Der nickte. »Ja«, erwiderte sie.

»Also hat mein Sohn einen neuen amerikanischen Namen«, stellte Cetta zufrieden fest.

Die alte Frau machte ein verblüfftes Gesicht, zuckte die Schultern und schaute erneut ihren Mann an.

»Wenigstens seinen Namen musst du bald lernen«, sagte er. »Du kannst ja nicht jedes Mal den Schein vorzeigen.«

»Nein, auf keinen Fall«, bestätigte seine Frau mit einem energischen Kopfschütteln.

»Und du musst den Kleinen auch bei seinem neuen Namen rufen, sonst lernt er ihn doch selber nicht«, sagte der Alte wieder, und seine Frau nickte zustimmend.

Verwirrt blickte Cetta die beiden an. »Bringen Sie ihn mir bei«, bat sie schließlich.

»Christmas«, sagte der Alte.

»Christ-mas«, skandierte seine Frau.

»Christmas«, sprach Cetta ihnen nach.

»Sehr gut, Mädchen!«, riefen die beiden Alten erfreut.

Unschlüssig, was nun zu tun sei, standen daraufhin alle drei eine ganze Weile schweigend da. Schließlich flüsterte die Alte ihrem Mann etwas ins Ohr und ging zum Herd, schob ein wenig dünnes Brennholz in den Ofen und entfachte mit Zeitungspapier ein Feuer.

»Sie fängt an zu kochen«, erklärte der Mann.

Cetta lächelte. Die beiden alten Leute gefielen ihr.

»Sal hat gesagt, er holt dich morgen früh ab«, sagte der Greis und senkte verlegen den Blick.

Der große hässliche Mann heißt also Sal, dachte Cetta.

»Er ist ein guter Mensch«, fuhr der Alte fort. »Lass dich nicht von seinem Äußeren täuschen. Gäbe es Sal nicht, wären wir schon längst tot.«

»Allerdings, elendig verhungert wären wir«, führte seine Frau aus, während sie in einer cremigen dunklen Tomatensoße rührte, in der Wurststückchen schwammen. Der Geruch von gebratenem Knoblauch hatte sich im Zimmer ausgebreitet.

»Er bezahlt unsere Wohnung«, erklärte der Alte, und Cetta glaubte, ihn erröten zu sehen.

»Frag sie«, drängte seine Frau, ohne sich umzudrehen.

»Hat dein Sohn einen Vater?«, erkundigte sich der Mann gehorsam.

»Nein«, gab Cetta ohne jedes Zögern zu.

»Ah, gut, gut ...«, nuschelte der Alte, als wollte er Zeit gewinnen.

»Frag sie«, sagte seine Frau wieder.

»Ja, ja, ich mach's ja schon ...«, brummte der Greis verärgert. Mit einem verlegenen Grinsen sah er dann Cetta an. »Warst du schon in Italien eine Hure?«

Cetta meinte zu wissen, was das Wort bedeutete. Ihre Mutter hatte es immer wieder benutzt, wenn ihr Vater am Samstagabend spät nach Hause gekommen war. Huren waren Frauen, die mit Männern ins Bett gingen. »Ja«, antwortete sie.

Sie aßen und legten sich schlafen. Nachdem sie Christmas noch einmal die Brust gegeben hatte, streckte Cetta sich angezogen auf der Matratze aus, denn eine Decke hatte sie nicht. Sal werde sich am nächsten Tag um alles kümmern, hatten die beiden Alten ihr jedoch versichert. Auch Babynahrung wollte er besorgen.

Ich weiß nicht einmal, wie ihr heißt, ging es Cetta mitten in der Nacht durch den Sinn, als sie dem Schnarchen der alten Leute lauschte.

7

Manhattan, 1909–1910

»Schwanz. Sprich mir nach.«
»Schwanz ...«
»Möse.«
»Möse ...«
»Arsch.«
»Arsch ...«
»Mund.«
»Mund ...«
Die auffällig zurechtgemachte rothaarige Frau um die fünfzig, die auf einem Samtsofa saß, wandte sich an eine Zwanzigjährige von vulgärem Aussehen, die sich mit lustloser, gelangweilter Miene leicht bekleidet in einem ebenfalls samtbezogenen Sessel fläzte und an ihrem Morgenmantel aus transparenter Spitze herumspielte. Darunter trug sie nur noch ein Satinmieder. Die Rothaarige redete schnell. Dann zeigte sie auf Cetta.

Das leicht bekleidete Mädchen übersetzte: »Ma'am sagt, das ist dein Rüstzeug für die Arbeit. Für den Anfang brauchst du nicht viel mehr. Wiederhol noch einmal alles von vorn.«

Cetta stand in der Mitte des Salons, der vornehm und geheimnisvoll auf sie wirkte, und schämte sich ihrer schlichten Kleider. »Schwanz ...«, brachte sie in der ihr unverständlichen, feindseligen Sprache hervor, »Möse ... Arsch ... Mund.«

»Sehr gut, du lernst schnell«, lobte die junge Prostituierte.

Die Rothaarige nickte zustimmend. Dann räusperte sie sich und fuhr mit der Amerikanisch-Lektion fort: »Ich mach es dir französisch.«

»Ich mach ... es dir ... frasösisch ...«

»Französisch!«, rief die Rothaarige.

»Fran... zösisch ...«

»Okay. Besorg es mir.«

»Besorg ... es mir ...«

»Los, du Hengst, komm jetzt, komm jetzt. Ja, so ist gut.«

»Los ... du Hengst ... kommetz, kommetz ... Ja, so ist kutt ...«

Die Rothaarige stand auf. Sie raunte der Prostituierten, die für sie übersetzte, etwas zu und verließ den Raum, jedoch nicht, ohne Cetta zuvor unerwartet sanft und mit einem wohlwollenden Blick, der herzlich und melancholisch zugleich war, über die Wange zu streicheln. Cetta sah ihr nach, als sie hinausging, und war voller Bewunderung für ihr Kleid, das ihr ausgesprochen vornehm erschien.

»Komm jetzt«, forderte die junge Prostituierte sie auf.

»Los, du Hengst, kommetz, kommetz ...«, sagte Cetta wieder.

Die Prostituierte lachte. »Komm ... jetzt«, berichtigte sie sie.

»Komm ... jetzt«, sprach Cetta nach.

»Sehr gut.« Die Prostituierte hakte sie unter und führte sie durch die abgedunkelten Räume der großen Wohnung, die wie ein Palast wirkte. »Hat Sal dich schon gekostet?«, wollte sie mit verschmitztem Blick wissen.

»Gekostet?«, wiederholte Cetta verständnislos.

Die Prostituierte lachte. »Anscheinend nicht. Sonst hättest du leuchtende Augen und würdest nicht fragen.«

»Wieso das?«

»Das Paradies kann man nicht beschreiben«, antwortete die Prostituierte und lachte wieder.

Schließlich betraten sie ein schlichtes, weiß gestrichenes und im Unterschied zu den restlichen Räumen lichtdurchflutetes Zimmer. An der Wand hingen Kleider, die Cetta wunderschön fand. Mitten im Raum stand ein Bügelbrett mit einem Kohlebügeleisen. Eine dicke ältere Frau, deren Miene Gehässigkeit verriet, nickte ihnen zur Begrüßung nur achtlos zu. Cetta verstand nicht, was die Prostituierte zu ihr sagte. Die Alte kam aber daraufhin auf Cetta zu, hob ihr die Arme an und musterte sie, befühlte ihre Brüste und ihren Po und schätzte mit prüfendem Blick ihre Hüften ab. Dann ging sie zu einer Kommode und suchte ein schwarzes Mieder heraus, das sie Cetta verdrießlich vor die Füße warf.

»Du sollst dich ausziehen und es anprobieren«, erklärte die Prostituierte. »Mach dir nichts aus ihr. Sie ist eine fette alte Schreckschraube, zu hässlich, als dass sie je in ihrem Leben auf den Strich hätte gehen können, und ohne einen Schwanz ist sie versauert.«

»Pass bloß auf, ich verstehe alles«, warnte die Dicke sie in Cettas Sprache. »Ich bin auch Italienerin.«

»Aber eine alte Hexe bist du trotzdem«, gab die Prostituierte zurück.

Cetta lachte. Doch als die Alte sie böse anblitzte, wurde sie sofort rot, schlug die Augen nieder und begann, sich auszuziehen. Sie legte das Mieder an, und die Prostituierte zeigte ihr, wie man es zuschnürte. Cetta kam sich seltsam vor. Auf der einen Seite empfand sie ihre Nacktheit als demütigend, auf der anderen Seite verlieh ihr das Mieder, das sie für vornehm hielt, ein Gefühl von Bedeutsamkeit. Einerseits war sie aufgeregt, andererseits erschrocken und ängstlich.

Der Prostituierten entging das offenbar nicht. »Sieh dich mal im Spiegel an«, ermutigte sie sie.

Cetta trat einen Schritt vor. Mit einem Mal aber war ihr linkes Bein wie taub. Der Schweiß brach ihr aus. Sie zog das Bein nach.

»Hinkst du?«, fragte die Prostituierte.

»Nein ...« In Cetta stieg Panik auf. »Ich habe ... mir nur wehgetan ...«

In dem Moment warf die dicke Alte ihr ein tiefblaues Satin-kleid mit einem langen Schlitz, der die Beine zur Geltung brachte, und einem mit schwarzer Spitze gesäumten Ausschnitt zu. »Nimm das, Hure«, sagte sie.

Cetta schlüpfte hinein und betrachtete sich dann im Spiegel. Unvermittelt brach sie in Tränen aus, denn sie erkannte sich nicht wieder. Sie weinte vor Dankbarkeit für dieses Amerika, das ihr all ihre Träume erfüllen und aus ihr eine echte Dame machen würde.

»Komm mit, es wird Zeit, dass du dein Metier lernst«, forderte die Prostituierte sie auf.

Sie verließen die Schneiderei, ohne sich von der dicken Alten zu verabschieden, und betraten eine enge, stickige Kammer. Dort öffnete die Prostituierte ein Guckloch an der Wand und sah hindurch. Als sie sich wieder umdrehte, sagte sie zu Cetta: »Sieh mal, das bedeutet, es französisch zu machen.«

Cetta hielt ein Auge an das Guckloch und erhielt ihre erste Lektion.

Den ganzen Tag verbrachte sie damit, Freier und Kolleginnen zu beobachten. Es war schon Nacht, als Sal sie abholte und nach Hause zurückfuhr. Während er schweigend am Steuer saß, sah Cetta ein paar Mal verstohlen zu ihm hinüber und dachte an das, was die Prostituierte über ihn gesagt hatte.

Schließlich hielt der Wagen vor der Treppe, die ins Keller-geschoss hinabführte, und beim Aussteigen warf Cetta aber-mals einen raschen Blick auf den hochgewachsenen hässlichen Mann, der die Mädchen *kostete*. Doch Sal schaute starr gerade-aus.

Die beiden alten Leute waren bereits zu Bett gegangen, als Cetta leise das Zimmer betrat. Christmas schlief zwischen ihnen. Cetta nahm ihn sanft hoch.

Die Alte schlug die Augen auf. »Er hat gegessen und ein Häufchen gemacht«, flüsterte sie. »Alles in Ordnung.«

Cetta lächelte ihr zu und ging hinüber zu ihrer Matratze. Darunter lag nun ein Federrahmen. Auch eine Decke, ein Laken und ein Kissen waren da.

Das Doppelbett quietschte, als die Greisin sich aufsetzte. »Sal hat an alles gedacht.«

Cetta legte Christmas auf die flauschig weiche Decke und blickte zu der Alten hinüber, die noch immer dasaß und sie beobachtete. Da ging sie zu ihr und nahm sie wortlos in den Arm. Und die alte Frau erwiderte die Umarmung und streichelte Cetta über das Haar.

»Leg dich schlafen, du musst müde sein«, sagte sie.

»Ja, schlaft endlich, alle beide!«, brummte ihr Mann.

Cetta und die alte Frau lachten leise.

»Wie heißt ihr eigentlich?«, fragte Cetta mit gedämpfter Stimme.

»Wir sind Tonia und Vito Fraina.«

»Und nachts wollen wir schlafen«, schimpfte der Alte.

Tonia gab ihrem Mann einen Klaps auf den Po, und beide Frauen lachten.

»Ha, ha, sehr witzig«, sagte Vito und zog sich die Decke über den Kopf.

Tonia nahm Cettas Gesicht in beide Hände und sah sie schweigend an. Dann malte sie ihr mit dem Daumen ein Kreuz auf die Stirn. »Gott segne dich.« Schließlich drückte sie ihr einen Kuss aufs Haar.

Cetta gefiel dieses Ritual sehr. Sie kehrte zurück zu ihrem Bett, zog sich aus und schlüpfte, Christmas im Arm, unter die Decke. Und ganz sachte, damit sie ihn nicht aufweckte, zeichnete sie ihm ein kleines Kreuz auf die Stirn, flüsterte: »Gott segne dich«, und küsste ihn.

»Dein Christmas ist hübsch und kräftig«, bemerkte die Alte. »Aus ihm wird sicher einmal ein toller Kerl ...«

»Jetzt reicht's!«, polterte Vito los.

Von dem Geschimpfe geweckt, begann Christmas zu weinen.

»Was bist du doch für ein Dummkopf«, bemerkte Tonia. »Bist du nun zufrieden? Jetzt kannst du in Ruhe schlafen.«

Cetta kicherte leise, während sie Christmas beruhigend an sich drückte und sanft in ihren Armen wiegte. Und plötzlich sah sie ihre Mutter, ihren Vater, ihre Brüder – alle, auch *den Anderen* – vor sich, und ihr wurde bewusst, dass sie bis zu diesem Augenblick nicht ein einziges Mal an sie gedacht hatte. Aber auch diesmal hielt sie sich nicht lange mit Gedanken an zu Hause auf, sondern schlief bald ein.

Nachdem sie den ganzen Vormittag und einen großen Teil des Nachmittags damit verbracht hatte, Tonia und Vito Fraina besser kennenzulernen, machte Cetta sich am nächsten Tag für die Arbeit zurecht. Sie war bereits seit einer halben Stunde fertig, als Sal sie schließlich abholte. Cetta überließ Christmas der Obhut der beiden alten Leute und ging schweigend hinter dem hässlichen Mann her, der sich ihrer angenommen hatte. Als sie bei seinem Wagen angekommen waren, setzte sie sich auf ihren Platz und wartete, dass Sal den Motor startete und losfuhr. Am Morgen hatte sie Tonia gebeten, ihr zwei Wörter in der ihr noch immer fremden Sprache beizubringen. Zwei Wörter, die sie im Bordell nicht lernen würde.

»Warum?«, fragte sie Sal. Und das war das erste Wort, nach dem sie Tonia gefragt hatte.

Sal antwortete ihr mit seiner tiefen Stimme kurz und knapp, ohne den Blick von der Straße abzuwenden.

Cetta verstand ihn nicht. Sie lächelte und sagte das zweite Wort, das sie hatte lernen wollen: »Danke.«

Danach sprachen die beiden nicht mehr. Sal hielt vor dem Eingang des Bordells an, lehnte sich quer über Cetta, öffnete ihr die Beifahrertür und gab ihr zu verstehen, sie solle aussteigen. Kaum stand sie auf dem Bürgersteig, legte Sal den Gang ein und fuhr weiter.

An diesem Abend, im Alter von fünfzehn Jahren, machte Cetta es zum ersten Mal französisch.

Und innerhalb eines Monats hatte sie alles gelernt, was es über das Gewerbe zu wissen gab. Hingegen brauchte es weitere fünf Monate, bis ihr Wortschatz groß genug war, dass sie sich auch außerhalb des Bordells zurechtfand.

Jeden Nachmittag und jede Nacht fuhr Sal sie von Tonia und Vito Frainas Kellerraum zum Bordell und wieder zurück. Die anderen Mädchen schliefen in einem gemeinschaftlichen Schlafraum im Bordell. Aber dort waren keine Kinder erlaubt. Immer wenn eine von ihnen schwanger wurde, kam ein Arzt und rückte dem Ungeborenen mit einem Draht zu Leibe. Die Hurengemeinschaft durfte sich nicht fortpflanzen, das war eine der Regeln, über deren Einhaltung Sal streng wachte.

Bei Cetta jedoch war es anders gewesen.

»Warum?«, fragte sie sechs Monate später eines Morgens im Auto, nun jedoch in der Lage, die Antwort zu verstehen.

Sals tiefe Stimme dröhnte durch den Wagen, lauter noch als der Motor und kurz und knapp wie schon beim ersten Mal. »Das geht dich nichts an.«

Und wie damals – doch diesmal nach einer deutlich längeren Pause – sagte Cetta: »Danke.« Und sie konnte nicht anders, als leise vor sich hin zu lachen. Aber aus dem Augenwinkel glaubte sie zu erkennen, dass auch Sals hässliches und ernstes Gesicht sich ein klein wenig aufhellte und dass seine Lippen sich kaum wahrnehmbar zur Andeutung eines Lächelns verzogen.

New Jersey – Manhattan, 1922

Ruth war dreizehn Jahre alt und durfte abends das Haus nicht verlassen. Doch das Anwesen auf dem Land, in dem die Familie die Wochenenden verbrachte, war düster und trist, fand Ruth. Eine große weiße Villa mit einem eindrucksvollen Portikus vor dem Eingang, die Opa Saul, der Vater ihres Vaters und Gründer des Familienunternehmens, ein halbes Jahrhundert zuvor erbaut hatte. Ein großes weißes Haus, von dem aus eine endlos lange Allee mitten durch den Park bis zum Haupttor führte. In seinem Inneren standen dunkle, stets glänzende Möbel. Amerikanische und chinesische Teppiche lagen auf den Marmor- und Eichenböden, und alte Gemälde von Künstlern aus aller Welt schmückten die stoffverkleideten dunklen Wände. Das Silber in den Schränken stammte aus Europa und dem Orient. Und überall hingen Spiegel, die ein Bild dessen zurückwarfen, was für Ruth nichts weiter war als ein großes, reiches, düsteres Haus.

Nicht einmal die Dienstboten konnten lächeln. Selbst wenn sie einem Mitglied der Familie Isaacson begegneten und die Etikette es verlangte, brachten sie kein Lächeln zustande. Kaum merklich zogen sie dann die Mundwinkel hoch, senkten den Kopf und fuhren, den Blick zu Boden gerichtet, mit ihrer Arbeit fort. Selbst ihr gegenüber, einem Mädchen mit schwarzen Locken, auffallend heller Haut, feinen Schulkleidern und der Fröhlichkeit einer Dreizehnjährigen, gelang es ihnen nicht zu lächeln.

Niemand lächelte – weder in der Villa auf dem Land noch im luxuriösen Apartment in der Park Avenue, wo sie die meiste Zeit wohnten –, seitdem ihrer Mutter Sarah Rubinstein Isaacson wegen die Ausgangssperre verhängt worden war. Besser gesagt, der Dinge wegen, die man sich über sie erzählte und erzählt hatte. Dass sie nämlich eine unheilvolle Affäre – sie vierzig, er dreiundzwanzig – mit einem brillanten, klugen, gut aussehenden jungen Mann aus der Synagoge in der 86th Street gehabt habe, der bald darauf hätte Rabbiner werden sollen. Oder zumindest war es das, was man glauben wollte.

Ruths Vater litt sehr darunter. Ihre Mutter ebenfalls. Der Dreiundzwanzigjährige, der nun nicht mehr der jüngste Rabbiner der Gemeinde werden würde, hatte, um nicht darunter zu leiden, von heute auf morgen ein anständiges jüdisches Mädchen seines Alters geheiratet, das selbst die Tochter eines Rabbiners war. Philip, Ruths Vater, hatte nie an seiner Frau gezweifelt – nicht einen Augenblick –, noch hatte er sie wegen des Geredes an den Pranger gestellt. Doch das Gift der Verleumdung hatte ihn gebrochen. Ruths Mutter wusste, dass sie das Vertrauen ihres Mannes genoss, aber sie hatte nie wieder den Mut gehabt, ihren Schmuck und ihre Kleider zur Schau zu stellen, nicht in der Oper, nicht bei den abendlichen Wohltätigkeitsveranstaltungen der Gemeinde oder den vom Bürgermeister ins Leben gerufenen Klassik-Konzerten unter freiem Himmel. Sie hatte Angst, vom Gespött hinterrücks erdolcht zu werden; sie fürchtete die Finger, die auf sie zeigten, sobald sie nicht hinsah, und sie als Ehebrecherin brandmarkten, als die Frau, die mit einem Jungen geschlafen hatte, der ihr Sohn sein könnte. Sie hatte nicht die Kraft, auf ihren schmalen, gepflegten Schultern, die sie einmal voller Stolz gezeigt hatte, die Last der Verleumdung zu tragen.

»Ihr habt euch von einem Furz vernichten lassen«, ließ sich beinahe jeden Abend nach dem Essen der alte Opa Saul vernehmen, während er in seinem Sessel saß und sich die vom Druck der Brille geplagte lange, schmale Nase rieb.

Wortlos senkten sein Sohn und seine Schwiegertochter dann den Blick. Sie hatten nicht widersprochen, als der alte Mann den

Satz zum ersten Mal gesagt hatte. Und nun hatten sie dazu keinen Grund mehr.

Niemand lächelte in dem großen Haus, das für Ruth düster geworden war. In den Spiegeln sah man keine Gäste mehr, die durch den Salon tanzten. Auch erstrahlte der Park nicht länger im Licht der Fackeln beim sonntagabendlichen Barbecue. Und am Flügel versuchte sich niemand mit Laienhand als Musiker; kein professioneller Musiker sorgte an Abenden im Kreise von Freunden für Unterhaltung. Es war, als wären sämtliche Fensterläden, die Haustür und das Tor am Ende der Allee verriegelt.

Und das alles wegen eines Furzes.

Ruth war dreizehn Jahre alt und durfte abends das Haus nicht verlassen. Doch ihr Haus war düster und trist, dachte Ruth ohne Unterlass. Niemand lächelte – nur der Gärtner, ein neunzehnjähriger Junge, der seit einigen Monaten die Balkonpflanzen in der Park Avenue pflegte und sich nun, da er einen Pritschenwagen gekauft hatte, auch um den Landsitz in New Jersey kümmerte. Er lachte ständig. Und er war Ruth sofort aufgefallen. Nicht seines Aussehens, seiner Intelligenz oder seiner Jugend wegen, und auch sonst war nichts an ihm besonders. Einzig des Gelächters wegen, das ihm plötzlich und unaufhaltsam aus der Kehle sprudelte, hatte er gleich Ruths Aufmerksamkeit erregt. Sie fühlte sich nicht zu ihm hingezogen, aber sie ließ sich bezaubern von seinem unbekümmerten Lachen, das losbrach, ohne dass ein Außenstehender verstand, warum, und das gegen die düstere Atmosphäre im Haus zu verstoßen und sie zu entweihen schien. So brauchte er, wenn er vielleicht gerade damit beschäftigt war, das Efeu draußen vor der Garage zu beschneiden, nur im glänzenden Kotflügel eines der zum Haus gehörenden Autos irgendein verzerrtes Spiegelbild zu entdecken, um unvermittelt in Gelächter auszubrechen. Und er lachte, wenn Ruth ihm am Nachmittag eine Limonade brachte oder wenn der Großvater ihn in seiner rüden Art wegen irgendetwas tadelte. Auch lachte er über die alte Köchin, die trotz ihres Alters noch immer keinen so guten Truthahnbraten zubereiten konnte wie seine Mutter; er lachte über plötzlich hereinbrechenden Frühlingsregen und über die Sonne, die danach in den Pfützen funkelte; über eine krumm gewachsene Blume oder über einen Grashalm, der sich im Rad der Schubkarre verfangen hatte; über eine Amsel, die mit einem Wurm im Schnabel über den Kies hüpfte, oder über einen quakenden Frosch im künstlich angelegten Parkteich; über lustige Wolkengebilde ebenso wie über den breiten Hintern der Zofe.

Er lachte über alles und jeden und hieß Bill.

Und eines Tages hatte er zu Ruth gesagt: »Warum gehen wir nicht mal abends aus, du und ich, einfach so, um ein bisschen zu lachen?«

So kam es, dass Ruth, obwohl sie erst dreizehn war und niemals die Erlaubnis bekommen hätte auszugehen – schon gar nicht mit einem einfachen Gärtner wie Bill –, an jenem Abend ihre Eltern und den Großvater ihrer freudlosen Stille überließ und heimlich hinunter in die Wäscherei schlich. Von dort gelangte sie zum Hintereingang, der den Lieferanten vorbehalten war. Dort erwartete Bill sie lachend. Und auch sie lachte, als sie in seinen Pritschenwagen stieg – sie lachte wie eine vom Leben gelangweilte und verwöhnte Dreizehnjährige.

»Ich habe auch ein Auto, siehst du?«, sagte er stolz.

»Ja«, antwortete Ruth und lachte, ohne zu wissen, warum. Vielleicht lachte sie nur, weil sie mit einem wie Bill ausging, der über alles in Gelächter ausbrach.

»Du musst wissen, es gibt nicht viele, die ein Auto haben«, erklärte er.

»Ach ja?«, gab sie wenig interessiert zurück.

»Du bist eine dumme Gans. Glaubst du etwa, alle wären so reich wie dein Opa oder dein Vater? Was ist, ist dir ein Pritschenwagen vielleicht nicht gut genug?«, fuhr Bill sie mit rauer Stimme an, die Augen schmal wie zwei dunkle Schlitze in der abendlichen Düsternis. Dann aber lachte er auf seine lustige, unbekümmerte Art, und sofort verflog die Angst, die Ruth gerade noch einen Schauer über die schneeweiße Haut gejagt hatte.

Geräuschvoll legte Bill den ersten Gang ein, gab Gas, und der Pritschenwagen ruckelte knatternd die Straße entlang, die in die Stadt führte. »Jetzt zeige ich dir die wirkliche Welt«, sagte Bill, immer noch lachend.

Und freudig erregt über ihr Abenteuer lachte Ruth mit ihm, während sie an dem Ring mit dem großen Smaragd spielte, den sie sich von ihrer Mutter heimlich geborgt hatte, um hübsch auszusehen und sich vor Bill erwachsener zu fühlen. Doch ihre Mutter musste schmalere Finger haben als sie, erkannte Ruth erst jetzt, denn der Ring ließ sich nicht über ihren Knöchel ziehen.

»Sieh mal dort«, sagte Bill, als er nach einer guten halben Stunde am Straßenrand hielt und den Motor ausschaltete. »In dem *Speakeasy* können wir was trinken und tanzen.« Er deutete auf ein verrauchtes Lokal an einer dunklen Straßenecke, vor dem ein reges Kommen und Gehen herrschte und Männer und Frauen Arm in Arm umhertorkelten. »Hast du Geld dabei?«, wollte er wissen.

»Aber Alkohol ist doch verboten«, wandte Ruth ein.

»Nicht in der wirklichen Welt«, erwiderte Bill grinsend und wiederholte seine Frage: »Hast du Geld dabei?«

»Ja«, antwortete Ruth und dachte schon nicht mehr an den Ring, als sie zwei Geldscheine aus ihrer Handtasche hervorholte. Sie hatte nur noch Augen für die Spelunke, in der offenbar alle so viel lachten wie Bill. In der das Leben so ganz anders zu sein schien als in ihrem düsteren, vornehmen Zuhause.

»Zwanzig Dollar?«, rief Bill und begutachtete die beiden Scheine aus nächster Nähe. »Donnerwetter, zwanzig Dollar!«

»Ich habe sie aus der Tasche meines Vaters stibitzt«, gab Ruth lachend zu.

Bill stimmte in ihr Lachen ein und umfasste ihr hübsches

Gesicht. Die Geldscheine und seine schwieligen Gärtnerhände kratzten dabei über ihre zarte Haut. Lachend zog er Ruths Gesicht zu sich heran und küsste sie auf den Mund. Gleich darauf ließ er sie los und betrachtete erneut die Geldscheine. »Zwanzig Dollar, Donnerwetter!«, murmelte er. »Hast du eine Ahnung, was der klapprige Pritschenwagen hier gekostet hat? Na, hast du eine Ahnung? Ich wette, nein. Vierzig Dollar musste ich für ihn hinlegen, und es kam mir vor wie ein Vermögen. Und du steckst einfach die Hand in Papis Tasche und holst die Hälfte dessen raus, als wäre es nichts.« Er lachte laut, lauter als sonst. »Zwanzig Dollar, um einen Schmuggelwhisky zu trinken«, und noch immer lachte er, aber auf eine seltsame Art.

»Tu das nie wieder«, sagte Ruth ernst.

»Was?«

»Du darfst mich nicht küssen.«

Bill musterte sie schweigend, und in seinem undurchsichtigen, finsteren Blick war von all seinem Gelächter nun nicht mehr die geringste Spur zu erkennen. »Steig aus«, befahl er nur und öffnete die Fahrertür. Er ging um den Pritschenwagen herum, packte Ruth grob am Arm und zerrte sie ohne ein weiteres Wort in die Kneipe. Er wollte eine Flasche Whisky kaufen, aber man konnte ihm kein Wechselgeld herausgeben. Daher ließ er anschreiben – offensichtlich kannte man ihn hier –, und nachdem er einem schlüpfrigen Lied gelauscht hatte, lachte er und zog Ruth am Arm zurück zum Wagen.

»Da drin war tote Hose«, sagte er grinsend und ließ, die Flasche zwischen den Beinen, den Motor an. »Ich kenne bessere.«

»Vielleicht sollte ich doch lieber nach Hause fahren«, warf Ruth schüchtern ein.

Abrupt hielt Bill mitten auf der Straße an. »Amüsierst du dich etwa nicht mit mir?«, fragte er sie mit dem gleichen finsteren Blick wie kurz zuvor. Genauso hatte sein Vater dreingeblickt, wenn er ihn ohne jeden Grund, einfach nur weil er betrunken war, mit dem Gürtel gezüchtigt hatte. Dann aber lächelte Bill und wurde wieder der Junge, den Ruth kannte. Er streichelte ihr über das ängstliche Gesicht und sagte: »Wir werden uns amüsieren, versprochen.« Wieder lächelte er ihr freundlich zu. »Ich verspreche auch, dich nicht zu küssen.«

»Ehrlich?«

»Ich schwöre«, erwiderte er und legte dabei feierlich die Hand ans Herz. Und er lachte, wie er immer lachte.

Da vergaß Ruth zum zweiten Mal das ungute Gefühl, das sie beschlichen hatte, und fiel in sein Lachen ein.

Während der Fahrt nahm Bill immer wieder einen Schluck aus der Flasche und bot sie auch Ruth mehrmals an.

Der erste Tropfen, der Ruth in die Kehle rann, verursachte ihr einen Hustenanfall. Und je mehr sie hustete, desto mehr musste sie lachen. Und Bill lachte mit ihr und trank und trank, bis die Flasche in null Komma nichts leer war und aus dem Fenster flog.

Irgendwann hielt Bill den Pritschenwagen an.

»Hier ist ja gar nichts«, sagte Ruth verwundert und wischte sich die Lachtränen vom Gesicht.

»Wir sind hier aber richtig«, entgegnete Bill. Und wieder bemerkte Ruth bei ihm diesen undurchsichtigen, finsteren Blick. Finster wie die menschenleere Straße, an der sie standen.

»Du hast versprochen, mich nicht zu küssen«, sagte Ruth.

»Ich habe es geschworen«, bestätigte Bill. »Und was ich geschworen habe, halte ich immer«, meinte er und griff dabei Ruth mit einer Hand zwischen die Beine, schob ihren Rock hoch und zerriss ihren baumwollenen Kleinmädchenschlüpfer.

Ruth versuchte, sich zu wehren, doch Bills Faust traf sie mitten ins Gesicht. Und dann noch einmal und noch einmal.

Die Knochen in Ruths Mund und Nase brachen mit einem hässlichen Knacken. Danach war alles still.

Als Ruth das nächste Mal die Augen aufschlug, fand sie sich auf der Ladefläche des Wagens wieder. Bill lag keuchend auf ihr und stieß ihr etwas Heißes zwischen die Beine. Und während er zustieß, wiederholte er wieder und wieder lachend: »Siehst du, dass ich dich nicht küsse? Du Schlampe, siehst du, dass ich dich nicht küsse?«

Schließlich spürte Ruth eine neue, feuchte Wärme und sah, wie Bill den Rücken krümmte und den Mund aufriss. Als er sich aufrichtete, schlug er ihr noch einmal ins Gesicht. »Scheißjüdin!«, schimpfte er. »Scheißjüdin, Scheißjüdin, Scheißjüdin!« Er wiederholte das Schimpfwort so viele Male, wie die Hose, die er nun wieder hochzog, Knöpfe hatte. Dann nahm er Ruths Hand und versuchte, ihr den Smaragdring vom Finger zu streifen. »Darauf war ich schon den ganzen Abend scharf, du Miststück«, zischte er.

Doch der Ring ließ sich nicht abziehen. Bill spuckte auf ihren Finger und versuchte es fluchend erneut, diesmal mit Gewalt. Schließlich stand er auf und traktierte sie mit Fußtritten. Er trat ihr in den Leib, in die Rippen und ins Gesicht. Und während er sich dann mit gespreizten Beinen auf ihre Brust kniete, damit sie sich nicht bewegen konnte, schlug er sie ein weiteres Mal mit der Faust ins Gesicht und lehnte sich vor zu einem Leinensack.

»Willst du die wirkliche Welt sehen?« Er zog eine Schere aus dem Sack hervor, wie er sie zum Rosenschneiden benutzte, öffnete die scharfen Klingen und legte sie an Ruths Ringfinger. »Bitte sehr: Das ist die wirkliche Welt, Jüdin.« Nach diesen Worten drückte er die Schere zusammen.

Der Knochen knackte wie ein verdorrter Zweig.

Bill zog den Ring ab, warf den amputierten Finger irgendwo ins Gebüsch neben der Straße und stieß Ruth aus dem Pritschenwagen. Während sie schrie und schrie, ließ Bill den Motor an und fuhr davon. Und da hörte Ruth es wieder, sein unbekümmertes Gelächter.

9

Manhattan, 1922

»Mama! Mama!« Christmas kam in die kleine Wohnung im ersten Stock des Hauses Nummer 320 in der Monroe Street, wo sie seit nunmehr fünf Jahren lebten, seit ihrem Auszug aus dem fensterlosen Kellerraum, in dem er aufgewachsen war. »Mama!« Er klang ein wenig wie ein Kind, das sich verlaufen hat.

Es war kurz nach Sonnenaufgang.

Wie gewöhnlich war Cetta erst spät in der Nacht heimgekehrt. Sie war nun eine Frau von achtundzwanzig Jahren und hatte ihres Alters wegen inzwischen das Gewerbe gewechselt. Die Arbeitszeiten hingegen nicht. Die Stimme des Sohnes drang im Schlaf zu ihr vor. Cetta drehte sich im Bett herum, zog sich das Kissen über den Kopf und hielt sich damit die Ohren zu, um den fantastischen Traum nicht zu verlieren, den sie gerade träumte und der so wenig mit ihrem wahren Leben zu tun hatte.

»Mama!« Christmas klang verzweifelt und dringlich. »Mama, bitte, wach auf!«

Im Dämmerlicht des kleinen Zimmers schlug Cetta die Augen auf.

»Mama ... komm mit ...«

Cetta rappelte sich im Bett auf, das den beengten Raum beinahe ganz ausfüllte. Christmas trat zurück, während er den erschrockenen Blick nicht von seiner Mutter abwandte, die sich den Schlaf aus den Augen rieb und aufstand. Sie gingen in die Küche, wo an der Wand nah beim Ofen die Pritsche stand, auf der Christmas schlief.

»Was willst du um diese Zeit von mir? Wie spät ist es eigentlich?«, fragte Cetta.

Anstelle einer Antwort hob Christmas in einer hilflosen Geste die Arme und senkte einen Moment den Kopf.

Der dämmrige Lichtschein, der die kleine Wohnung erhellte und der auch bis in die Küche drang, fiel durch das Fenster eines zehn mal zehn Fuß großen Zimmers herein, das Cetta hochtrabend als Salon bezeichnete. Und im Dämmerlicht erkannte Cetta Blutflecken auf dem Hemd ihres Sohnes.

»Was haben sie mit dir gemacht?«, rief sie mit weit aufgerissenen Augen, urplötzlich hellwach. Sie stürzte auf Christmas zu und betastete den blutverschmierten Stoff.

»Mama ... Mama, sieh dir das an«, sagte Christmas leise und wandte sich zum Sofa im Salon.

In der Nähe des Fensters bemerkte Cetta einen pickligen Jungen, dem der Schrecken ebenso ins Gesicht geschrieben stand wie ihrem Sohn. Erst danach entdeckte sie das Mädchen mit den schwarzen Locken, das in einem weißen Kleid mit blauen Streifen an den Ärmeln und am Volant des Rockes auf dem Sofa lag. Es war von oben bis unten blutüberströmt.

»Was habt ihr mit ihr gemacht?«, schrie Cetta und packte ihren Sohn am Hemdkragen.

»Mama ...« Christmas hatte Tränen in den Augen. »Mama, sieh sie dir an ...«

Cetta näherte sich dem Mädchen und drehte es an der Schulter zu sich herum. Bei dem grauenvollen Anblick zuckte sie zurück. Die Augen des Mädchens waren dick geschwollen. An der Oberlippe klaffte eine Platzwunde. Die Nasenlöcher waren blutverkrustet. Das Mädchen konnte kaum atmen. Cetta ließ ihren Blick von dem pickligen Jungen zu ihrem Sohn schweifen.

»Wir haben sie so gefunden, Mama.« Das kindliche Zittern in Christmas' Stimme wollte nicht nachlassen. »Wir wussten nicht, was wir tun sollten ... und da habe ich sie hergebracht ...«

»Heilige Jungfrau«, sagte Cetta und blickte wieder auf das Mädchen.

»Wird sie sterben?«, flüsterte Christmas.

»Kleines, kannst du mich hören?«, fragte Cetta, den Arm um die Schultern des Mädchens gelegt. »Hol ein Glas Wasser«, trug sie ihrem Sohn auf. »Nein, den Whisky, er ist unter meinem Bett...«

Das Mädchen wälzte sich stöhnend hin und her.

»Ruhig, bleib ganz ruhig... Beeil dich, Christmas!«

Christmas rannte ins Schlafzimmer der Mutter und holte unter dem Bett eine halb volle Flasche Whisky von schlechter Qualität hervor, den eine alte Frau aus dem Haus, eine Freundin gewisser Mafiosi, verkaufte.

Als das Mädchen die Flasche sah, warf es sich erneut hin und her.

»Ruhig, ruhig«, besänftigte Cetta sie, während sie den Korken aus der Flasche zog.

Das Mädchen stöhnte auf; es schien weinen zu wollen, doch keine einzige Träne sickerte unter den aufgedunsenen, veilchenblau verfärbten Lidern hervor. Da hob es langsam eine Hand und hielt sie Cetta hin. Sie war blutüberströmt. Man hatte ihr den Ringfinger abgetrennt, in voller Länge, am Ansatz des ersten Fingergliedes.

Entsetzt riss Cetta den Mund auf, bedeckte Lippen und Augen mit der Hand, bevor sie das Mädchen umarmte und an sich drückte. »Warum... warum?«, murmelte sie. Entschlossen griff sie schließlich nach der Flasche. »Ich werde dir wehtun. Sehr sogar, Mädchen«, sagte sie mit ernster, fester Stimme, bevor sie unvermittelt den Inhalt der Whiskyflasche über den Fingerstumpf goss.

Das Mädchen schrie auf. Beim Öffnen des Mundes riss die verkrustete Oberlippe auf und begann erneut zu bluten.

Cettas Blick wanderte tiefer, auf den Rock des Mädchens, der verrutscht war. An den Innenseiten der Oberschenkel entdeckte sie noch mehr Blut. Behutsam nahm Cetta das geschundene

Gesicht des Mädchens in ihre Hände. »Ich weiß, was dir zugestoßen ist«, flüsterte sie ihr ins Ohr. »Du musst nichts sagen.«

Und als sie vom Sofa aufstand, lagen in ihrem Blick ein Schmerz und ein Hass, die sie für alle Zeit tief in sich begraben geglaubt hatte. Und ihre Augen waren wieder die des Bauernmädchens aus Aspromonte, das sie einmal gewesen war – in einem Kornfeld vergewaltigt und entjungfert – und das sie hatte vergessen wollen mit allem, was es ausgemacht hatte. Mit Ausnahme von Christmas. Ihre Augen waren die der blinden Passagierin, die im Tausch gegen die Überfahrt nach Amerika zwei Wochen lang vom Schiffskapitän missbraucht worden war. Cettas Augen waren nun die eines kleinen Mädchens und ihr Blick voll wilden Zorns.

Sie packte Christmas am Arm und zog ihn mit sich in ihr Schlafzimmer. Dort schloss sie die Tür. Warnend streckte sie ihm daraufhin den Zeigefinger entgegen. »Wenn du jemals einer Frau etwas zuleide tust, bist du nicht mehr mein Sohn. Ich trenne dir eigenhändig den Schniedel ab und schneide dir danach die Kehle durch. Und sollte ich tot sein, komme ich aus dem Jenseits zurück, um dein Leben in einen endlosen Albtraum zu verwandeln. Denk immer daran«, sagte sie mit einer finsteren Wut, die Christmas Angst einjagte.

Danach öffnete sie wieder die Tür und ging zurück in den Salon. »Wie heißt du, Mädchen?«, fragte sie.

»Ruth ...«, kam es kaum hörbar vom Sofa.

Ruth ..., wiederholte Christmas stumm für sich, mit einem gewissen Erstaunen.

»Gott segne dich, Ruth.« Cetta malte ihr ein kleines Kreuz auf die Stirn. »Mein Sohn bringt dich jetzt ins Krankenhaus.« Sie warf Christmas eine Decke zu. »Gib acht, dass sie nicht friert. Und deck sie zu, damit nicht jeder sie sieht, vor allem hier nicht, zwischen den Beinen. Nur die Ärzte dürfen sie sehen.« Sie strich ihm die blonde Stirnlocke aus dem Gesicht und küsste ihn sanft auf die Wange. »Geh, mein Junge.« Noch einmal zog sie ihn an sich und sah ihm geradewegs in die Augen. »Leg sie vor dem Krankenhaus ab und lauf dann weg. Leuten wie uns glaubt man ja doch nie«, riet sie ihm mit ernster, besorgter Stimme. Schließlich wandte sie sich ab und schloss sich in ihrem Zimmer ein, wo sie sich im Bett zusammenrollte und, das Kissen auf den Kopf gedrückt, versuchte, das Keuchen ihrer alten Peiniger zu verdrängen, das ihr wieder in den Ohren klang.

Gefolgt von Santo, stieg Christmas mit der in die Decke gehüllten Ruth auf den Armen mühsam die schmale Treppe des Hauses hinab, das Sal Tropea gehörte.

»Soll ich dich ablösen?«, erbot sich Santo nach einiger Zeit und streckte die Arme nach dem Mädchen aus.

Ohne dass er hätte sagen können, warum, wich Christmas einen Schritt zur Seite. »Nein, ich habe sie gefunden«, entgegnete er so feierlich, als wäre sie ein Schatz, und ging weiter. Dabei wiederholte er im Stillen unentwegt den Namen Ruth, als hätte er für ihn eine ganz besondere Bedeutung.

Ein paar Häuserblocks weiter erinnerte Santo ihn besorgt: »Deine Mutter hat gesagt, wir sollen sie vor dem Krankenhaus auf die Treppe legen ...«

»Ich weiß«, ächzte Christmas.

»... sonst kriegen wir Ärger ...«, fuhr Santo fort.

»Ich weiß.«

»... weil sie womöglich denken ...«

»Ich weiß!«, fuhr Christmas ihn an.

Ruth stöhnte.

»Entschuldige«, sagte Christmas in sanftem, vertraulichem Ton zu dem Mädchen, als würden sie sich seit Ewigkeiten kennen. »Streich ihr die Haare aus dem Gesicht«, bat er daraufhin Santo. »Aber sei vorsichtig.«

Dann ging er weiter. Auf den Gehwegen herrschte Gedränge. Arme Schlucker machten sich auf den Weg zur Arbeit, jugendliche Gauner lungerten bereits überall herum, fliegende Händler boten ihre zweifelhaften Waren feil, und schmutzige kleine Jungen riefen die Schlagzeilen der Morgenblätter aus. Sie alle drehten sich neugierig nach dem seltsamen Trio um, bevor sie wieder ihrer Wege gingen.

Christmas' Arme waren steif geworden. Er schwitzte. Sein Gesicht war vor Anstrengung verzerrt. Mit zusammengebissenen Zähnen, die Stirn in Falten gelegt, hielt er den Blick starr auf das Ziel gerichtet, das nun in Sichtweite lag.

»Leg sie auf der Treppe ab, und dann verschwinden wir«, sagte Santo.

»Ja, ja...« Als Christmas die erste Treppenstufe erreicht hatte, war er sicher, er würde das Mädchen fallen lassen. Alle Kraft in seinen Armen war aufgebraucht. »Wir sind da ... Ruth«, sagte er leise, das Gesicht nah an ihrem. Ein seltsames Gefühl ergriff ihn, als er den Namen aussprach, der ihm mehr bedeutete als alles andere.

Ruth lächelte schwach und versuchte, die Augen zu öffnen.

Christmas schienen sie, inmitten der blutunterlaufenen Schwellungen, tiefgrün wie zwei Smaragde zu sein. Und er glaubte, etwas in ihnen zu erkennen, was kein anderer je würde sehen können.

»Leg sie ab und lass uns verschwinden«, drängte Santo mit ängstlichem Unterton.

Doch Christmas hörte ihn nicht. Er sah das Mädchen an, das seinen Blick erwiderte und dabei zu lächeln versuchte. Das Mädchen mit den smaragdgrünen Augen. »Ich heiße Christmas«, sagte er und ließ Ruth in seine schwarzen Augen blicken. Denn ihr würde er zeigen, was er niemandem, sonst je offenbaren würde.

Ruth öffnete ganz leicht den Mund, als wollte sie sprechen, aber sie schwieg. Sie streckte ihre Hand unter der Decke hervor und legte sie auf seine Brust.

Christmas konnte die Lücke zwischen den Fingern spüren, die durch die Amputation entstanden war. Wieder stiegen ihm Tränen in die Augen. Doch er lächelte. »Wir sind da, Ruth.«

»Leg sie hin und lass uns abhauen, verdammt!«

»Wieso solltet ihr denn abhauen?«, erklang eine Stimme hinter ihnen. Sie gehörte einem Polizisten, der nun nach seiner Pfeife griff und kräftig hineinblies, während er Santo am Arm packte.

Christmas hatte die letzten Stufen erreicht, als zwei Pfleger aus dem Krankenhaus kamen. Die beiden Männer wollten Christmas das Mädchen aus dem Arm nehmen, doch er hielt es fest, als müsste er es gegen einen Angriff verteidigen. Plötzlich war er wie von Sinnen. All die aufgestaute Spannung schien sich jetzt Luft machen zu wollen. »Nein!«, brüllte er. »Ich bringe sie rein! Ich bringe sie rein! Holt einen Arzt!«

Die Pfleger hielten ihn fest. Von drinnen stürzten zwei weitere Krankenhausbedienstete hinzu und hoben das Mädchen auf ihre Arme. Ein weiterer Pfleger tauchte mit einer Trage in der Tür auf. Sie betteten Ruth darauf und verschwanden im Krankenhaus.

»Sie heißt Ruth!«, schrie Christmas ihnen nach und versuchte, ihnen zu folgen, wurde jedoch sofort aufgehalten. »Ruth!«

»Ruth, und weiter?«, fragte der Polizist. Er hatte inzwischen ein Notizbuch gezückt.

»Ruth ...«, sagte Christmas nur und drehte sich um. Seine rasende Wut war schlagartig verflogen – und nun fühlte er sich leer und erschöpft. Er sah, wie Santo in ein Polizeiauto verfrachtet wurde.

»Was habt ihr mit ihr gemacht?«, wollte der Polizist wissen.

Wortlos blickte Christmas zurück zum Krankenhaus, während der Polizist ihn zum Wagen zerrte und in den Fond drückte.

»Wir haben nichts getan«, beteuerte Santo wimmernd.

»Das werdet ihr uns alles auf dem Revier erzählen«, gab der

Polizist zurück und warf die Tür zu. Dann klopfte er auf das Wagendach, und der Fahrer gab Gas.

Sie wurden in eine Zelle gesperrt, wo sie auf ihr Verhör warten sollten. Auf einer Pritsche saßen zwei Schwarze. Einer von beiden hatte eine tiefe Schnittwunde an der Wange. Ein blonder Typ um die dreißig – der nach Ammoniak roch und unverständliche Worte in einer unverständlichen Sprache murmelte – hockte mit starrem, verstörtem Blick zusammengekauert in einer Ecke. Und dann war da noch ein spindeldürrer Junge, der ein paar Jahre älter sein mochte als Christmas, mit langgliedrigen Pianistenhänden, die auf unnatürliche Weise glänzten, und dunklen Ringen um die Augen. Er wirkte aufgeweckt und mit allen Wassern gewaschen.

An Christmas gewandt, deutete der Junge auf den Dreißigjährigen in der Ecke und sagte: »Pole. Hat seine Frau umgebracht. Und sich vor fünf Minuten in die Hose gepinkelt.« Er zuckte mit den Schultern und lachte.

»Und du, weshalb bist du hier?«, wollte Christmas von ihm wissen.

»Ich bin Taschendieb und auf Geldbörsen spezialisiert«, erklärte der Junge stolz. »Und ihr?«

»Wir haben nichts getan!«, rief Santo erschrocken.

Der Junge lachte.

»Wir haben ein Mädchen vor einer verfeindeten Gang gerettet«, sagte Christmas.

»Und wieso habt ihr das gemacht?«, fragte der Junge noch immer lachend. »Jetzt seht ihr, was ihr davon habt.«

»Wenn jemand einer Frau etwas zuleide tut, trenne ich ihm eigenhändig den Schniedel ab und schneide ihm danach die Kehle durch. So sind die Regeln meiner Gang«, sagte Christmas in Erinnerung an die Worte seiner Mutter und machte einen

Schritt auf den Jungen zu. »Und selbst wenn man mich umbringen würde, ich käme aus dem Jenseits zurück, um das Leben dieses Mistkerls in einen endlosen Albtraum zu verwandeln. Wer sich an Frauen vergreift, ist ein Feigling. Deshalb ist es mir scheißegal, ob ich hier bin. Ich habe keine Angst.«

Schweigend sah der Junge ihn an. Christmas hielt seinem Blick stand und strich dann mit einer betont gleichgültigen Geste über sein blutbeflecktes Hemd.

»Wie heißt du?«, fragte ihn der Junge nun mit einem gewissen Respekt in der Stimme.

»Christmas. Und das ist Santo.«

»Ich bin Joey.«

Christmas nickte schweigend und eine Spur herablassend.

»Wie heißt denn deine Gang?«, erkundigte sich der Junge.

Mit überlegener Miene steckte Christmas die Hände in die Hosentasche. In der rechten Tasche stieß er auf einen dicken Nagel, den er am Morgen von der Straße aufgelesen hatte, um damit die Wäscheleine in der Küche sicherer zu befestigen. »Kannst du lesen, Joey?«

»Ja«, erwiderte der Junge.

Da hielt Christmas Santo den Nagel hin und deutete auf die Zellenwand, die mit Inschriften übersät war. »Schreib den Namen unserer Gang dahin!«, befahl er ihm ganz wie ein Gangsterboss. »Sie sollen sich daran erinnern, wer wir sind. Aber schreib ihn richtig groß.«

Santo nahm den Nagel und ritzte die Buchstaben tief in die Wand hinein. Weiß hoben sie sich vom braunen Putz ab.

»Di...am...ond... Do...gs...«, entzifferte Joey mühsam und wiederholte dann: »Diamond Dogs.« Er sah hinüber zu Christmas. »Cool«, sagte er.

10

Manhattan – Coney Island – Bensonhurst, 1910

An der neuen Welt beeindruckte Cetta zweierlei in besonderem Maße: die Menschen und das Meer.

In den Straßen der Stadt, vor allem in den gewöhnlichen Bezirken, wimmelte es immerzu von Menschen. Nie zuvor hatte Cetta so viele Leute auf einem Fleck gesehen. In wenigen Wohnhäusern hätten sämtliche Bewohner ihres Heimatdorfes unterkommen können. Und allein in der East Side standen Hunderte solcher Wohnhäuser. Dicht an dicht lebten die Menschen in den Häusern, den Zimmern, auf der Straße. Es war unmöglich, einander nicht zu berühren, Gespräche nicht mit anzuhören, Körpergerüche nicht wahrzunehmen. Cetta hatte nicht gewusst, wie viele Rassen und Sprachen es gab. Und sie hatte nicht gewusst, wie verschieden Menschen sein konnten – stark und schwach, arglos und verschlagen, reich und arm –, und alle diese Menschen lebten an einem einzigen Ort. Wie in dem Babel, von dem der Priester in der Messe gepredigt hatte, zu Hause in ihrem Dorf. Und Cetta fürchtete, genau wie jenes andere würde auch dieses Babel, in das sie eben erst gekommen war, untergehen. Gerade jetzt, da sie hier Fuß gefasst und die fremde, komplizierte und zugleich faszinierende, weiche, harmonische Sprache gelernt hatte. Die einzige Sprache, die ihr amerikanischer Sohn lernen würde.

»Ihr dürft mit Christmas nicht Italienisch sprechen«, hatte sie zu Tonia und Vito Fraina gesagt. Auch sie selbst redete nicht mehr in ihrer Muttersprache mit den beiden alten Leuten, die immer mehr zu einer Art Familie für sie wurden. Die Welt jenseits des Ozeans existierte nicht länger für Cetta. Sie hatte sie ausgelöscht, allein mit Willenskraft. Die Vergangenheit gab es nicht mehr. Nur diese Stadt existierte nun noch. Die neue Welt. Sie würde Christmas' Heimat sein.

An manchen Tagen machten die Straßen Cetta Angst. An anderen Tagen hingegen lief sie mit Christmas auf dem Arm – denn ihr Sohn sollte sich von Beginn an mit seiner Welt vertraut machen – mit offenem Mund ziellos umher und beobachtete die Autos, die hinter den Pferdekarren hupten, betrachtete ihr Spiegelbild in Schaufenstern voll mit Süßigkeiten oder Kleidern, hob die Nase zum Himmel, der von den Hochbahngleisen verdunkelt oder von Wolkenkratzern verstellt war, bestaunte die vor Kurzem vollendete Manhattan Bridge mit ihren stählernen Pfeilern und Bögen und Seilen, die sich aus dem Wasser erhoben und, miteinander verschweißt, auf wundersame Weise über dem East River schwebten. Dann wieder glaubte Cetta jedoch in den engen, dunklen, müllverstopften Gassen inmitten stinkender Menschen zu ersticken. Ein andermal überkam sie ein Gefühl von Trunkenheit in den breiten Straßen, wo die Frauen nach exotischen Blumen und die Männer nach kubanischen Zigarren dufteten. Doch wo immer sie auch entlangging, überall wimmelte es von Menschen, so vielen, dass man sie nicht mehr zählen konnte. Vor lauter Menschen schien die Stadt keinen Horizont zu haben.

Vielleicht war es deshalb für Cetta eine Art Überraschung gewesen, als sie nach all ihren Streifzügen und Erkundungen das Meer entdeckt hatte. Eigentlich hätte sie wissen müssen, dass es ganz in der Nähe war, schließlich war sie über den Ozean hergekommen. Aber die Stadt mit ihrem Lärm, Beton und Gewimmel ließ das Meer vergessen.

Nachdem Cetta einen Augenblick zuvor noch von Häuserblocks umringt gewesen war, hatte sie sich kurz darauf im Battery Park mit seinen gepflegten Blumenbeeten wiedergefunden, wo der Blick bis in weite Ferne reichte, bis zum Meer. Sie war einer lärmenden Menschenmenge bis zum Fähranleger gefolgt, wo Seeleute, Kinder und Frauen Fahrkarten kauften. Drüben – so die Werbetafeln – jenseits des Meeres, jenseits der anderen unendlichen Häuserwelt, zu der Brooklyn gerade heranwuchs, lag die Vergnügungsinsel. Ohne eigentlich zu wissen, warum, reihte Cetta sich in die Schlange vor dem Fahrkartenschalter nach Coney Island ein. Sie kaufte ein Ticket und ließ sich von der Menge weitertragen bis zum Kai, wo gerade mit Getöse eine gewaltige Fähre anlegte. Während die Leute in den Bauch des eisernen Wals hineindrängten, überfiel Cetta plötzlich die Angst, womöglich nicht mehr zurückzufinden zu der fensterlosen Wohnung und dem Bordell, in dem sie ihren Körper an Fremde verkaufte, und so trat sie, das Vergnügungsticket in der Hand, zur Seite. Abseits stehend sah sie zu, wie die Taue wieder ins Wasser glitten und die dröhnenden Maschinen des Fährschiffs Schaum aufschlugen. Während die Fähre davonfuhr, kam eine andere ihr entgegen. Die beiden Metallungeheuer tauschten zur Begrüßung laute Sirenenrufe aus und kamen einander so nah, dass sie sich beinahe berührten. Derweil drängte sich am Kai erneut eine lärmende Menschenmenge. Noch einen Augenblick betrachtete Cetta das Meer, das weder blau noch grün, sondern dunkel war wie Petroleum und gar nicht wie das Meer aussah, das sie kannte, bevor sie, Christmas und die Fahrkarte nach Coney Island fest an sich gepresst, in einer Mischung aus Angst und Aufregung davonlief.

Von dem Tag an jedoch kehrte sie eine Woche lang jeden Morgen an diesen Ort zurück, um auf den Ozean hinauszuschauen. Als wollte sie sich in Erinnerung rufen, dass es ihn gab. Sie setzte sich im Battery Park ein wenig abseits auf eine Bank und sah zu, wie die Fährschiffe ankamen und abfuhren, stets voll besetzt mit Passagieren. Auch ich werde eines Tages meinen Heimweg sicher kennen und so den Mut finden, mich weiter von zu Hause zu entfernen, dachte sie. Während sie so auf der

Bank saß, ließ sie Christmas auf ihrem Bein wippen und hielt die Fahrkarte nach Coney Island fest in der Hand. Sie sah den Möwen zu, wie sie durch die Luft segelten, und fragte sich, ob sie wohl bis hinauf zu den Wolkenkratzern fliegen konnten. Was sie dort oben sahen? Und was sie von dem Menschenzoo unter ihnen halten mochten?

Eine Woche später saß sie, auf dem Weg zum Bordell in der 25th Street, zwischen der 6th und der 7th Avenue, mit Sal im Auto.

»Warst du schon einmal auf Coney Island?«, fragte sie.

»Ja.« Mehr sagte er nicht, wie üblich.

Cetta schaute eine Weile nach draußen. Immer wieder war sie erstaunt, wie sich das Stadtbild urplötzlich veränderte, als gäbe es da eine unsichtbare Grenze. Die erdrückenden, von Bettlern bevölkerten Straßen, die kleinen Läden mit ihren zerschlissenen, ausgebleichten Markisen und den staubigen Schaufenstern, der Matsch auf der Fahrbahn – all das verschwand mit einem Mal, und ringsum war es plötzlich heller. Die Passanten trugen graue Anzüge und weiße Hemden mit gestärktem Kragen, Krawatten, Hüte, die nicht ausgebeult waren; sie rauchten Pfeife oder längere Zigarren und hasteten, – eine doppelt gefaltete Zeitung in Händen, über die Gehwege. Die Pferdekarren hatten den Automobilen das Feld geräumt. An den Schaufenstern der Läden haftete kein Staub mehr, die Markisen zeigten sich in bunten Farben, gestreift und mit leuchtenden Aufschriften. Cetta hätte nicht zu sagen vermocht, wo genau die Stadt beschloss, ihr Gesicht zu verändern. Sie wusste nur, dass auf dem Weg in Richtung Norden an einem bestimmten Punkt stets ein Schimmern ihre Aufmerksamkeit auf sich zog. Instinktiv wandte sie dann den Kopf und las den Schriftzug:

Das Licht strahlte mit einem goldenen Schimmern von einer Auswahl an Metallgegenständen zurück, die restauriert wurden. Und wenn Cetta wieder nach vorn blickte, hatte jenseits der Frontscheibe von Sals Wagen die Stadt ihr Gesicht verändert.

»Macht es Spaß?«, fragte Cetta mit einem Lächeln.

»Was?«

»Coney Island.« Ihre Finger tasteten instinktiv nach der Handtasche – der ersten Handtasche ihres Lebens, aus schwarzem Lackleder –, in der sie das Ticket für die Fähre aufbewahrte.

»Wenn man's mag«, ertönte Sals tiefe, schroffe Stimme.

Und wieder senkte sich Schweigen über sie herab. Cetta sah hinauf zu den Gleisen der Hochbahn. Für einen Moment übertönte das Zuggeratter das Motorengeräusch des Wagens, und die jungen Zeitungsschreier, die die Schlagzeilen der Titelseiten ausriefen, verstummten.

»Sal, du bist so langweilig wie ein Toter!«, rief Cetta unvermittelt und umklammerte den Griff ihrer Handtasche, ohne den Blick von der Straße abzuwenden.

Mit quietschenden Reifen stoppte der Wagen abrupt mitten auf der Fahrbahn. Cetta schlug mit dem Gesicht gegen die Scheibe. Das Auto hinter ihnen hupte wie wild. Als der Fahrer an ihnen vorbeifuhr, brüllte er etwas zu ihnen herüber.

Sal hatte sich Cetta zugewandt und hielt ihr einen mächtigen schwarzen Finger unter die Nase. »Vergleich mich nie wieder mit einem Toten«, warnte er sie. »Das bringt Unglück.« Damit fuhr er weiter.

Cetta spürte, wie ihr die Tränen kamen, ohne dass sie es sich erklären konnte. Um sie zurückzuhalten, biss sie sich auf die Lippen. Als sie vor dem Bordell hielten, stieg sie eilig, ohne sich von Sal zu verabschieden, aus und hatte auch kein Ohr für die fröhlichen Klänge aus der nahe gelegenen 28th Street zwischen

Broadway und 6th Avenue, wo Dutzende von Pianisten die angesagtesten Stücke spielten.

»Hey, du«, rief Sal ihr durch die offene Wagentür nach.

Cetta, die schon einen Fuß auf der Treppe hatte, drehte sich um.

»Komm her«, sagte Sal.

Mit verkniffenem Mund ging Cetta widerwillig zurück. Ma'am – wie sie und die anderen Prostituierten die Bordellbetreiberin nannten – hatte ihr geraten, Sal niemals den Gehorsam zu verweigern, egal, was passierte.

»Du bist sechzehn, richtig?«, fragte er sie.

»Ich bin einundzwanzig, aber ich sehe jünger aus«, sagte Cetta unwillkürlich, was man sie gelehrt hatte zu sagen für den Fall, dass plötzlich einmal die Polizei auftauchte. Sie nahm an, Sal unterzöge sie einem Test.

»Wir sind hier unter uns«, gab er zurück.

»Okay, ich bin sechzehn«, gestand Cetta trotzig.

Lange sah Sal sie nachdenklich an. »Ich hole dich morgen früh um elf ab. Sieh zu, dass du dann fertig bist! Und lass die Rotznase bei Tonia und Vito«, fügte er noch hinzu, bevor er die Wagentür zuzog.

Cetta drehte sich um und ging ins Haus.

Sal blickte ihr nach und dachte: Sie ist noch ein Kind. Dann legte er den Gang ein und fuhr zu *Moe's*, dem Diner, in dessen Hinterzimmer er die meiste Zeit des Tages verbrachte und sich mit anderen finsteren Gestalten seines Kalibers darüber austauschte, was in der Stadt vor sich ging, wer tot und wer lebendig war, wer aufstieg und wer unterging, wer noch als Freund galt und wer von heute auf morgen zum Feind erklärt worden war.

Cetta betrat derweil in ihren schlichten Mädchenkleidern das Bordell, ging in die Schneiderei, schlüpfte aus ihren Sachen und zog das Mieder an, das ihren Busen anhob und dabei die dunklen Brustwarzen unbedeckt ließ, die Strumpfbänder, die grünen Strümpfe, die ihr so gefielen, und zuletzt ihr Lieblingskleid, das dunkelblaue mit den goldfarbenen Pailletten, die zufällig über den Stoff verstreut waren und funkelten wie die Sterne am Nachthimmel. Es war wie das Gewand der Muttergottes bei der Dorfprozession. Als Cetta in die hochhackigen Schuhe stieg, in denen sie viel größer wirkte, spürte sie im linken Bein ein Kribbeln. Instinktiv nahm sie eine krumme Haltung ein und zog die Schulter, die ihre Mutter ihr damals festgebunden hatte, nach unten. Keine vier Jahre waren seither vergangen, doch kam es Cetta vor wie ein ganzes Leben.

Sie schlug sich mit der Faust auf das Bein.

»Was machst du denn da?«, fragte die Dicke, die sich um die Garderobe der Prostituierten kümmerte.

Cetta gab keine Antwort, sie sah die andere nicht einmal an. Die *Schneiderin* – wie sie im Bordell genannt wurde – war jemand, mit dem man sich besser nicht einließ. Keines der Mädchen vertraute ihr auch nur das Geringste an. Sie war eine Frau, die von Gift verseucht war und Gift verspritzte. Eine, der man besser aus dem Weg ging. Cetta rührte sich nicht, bis sie spürte, wie das Kribbeln in ihrem Bein nachließ. Als sie schließlich hinausging, lächelte sie ihrem Spiegelbild zu. Amerika ist wirklich ein Zauberland, dachte Cetta. Ihr Bein war so gut wie geheilt. Das Lähmungsgefühl stellte sich immer seltener ein. Und keinem fiel auf, dass sie hinkte.

Mit ihrem ersten Geld war Cetta zu einem Schuhmacher gegangen – jedoch nicht in der Lower East Side, sondern in einem Viertel, wo niemand sie kannte – und hatte den Absatz ihres linken Schuhs um eine halbe Daumenlänge anheben lassen, nur den einen. Seitdem hatte sich ihre Haltung begradigt.

Als Cetta nun den Salon betrat – den großen Raum voller Sessel und Sofas, in dem die Mädchen warteten, bis sie von einem Freier ausgewählt wurden –, war sie wie immer guter Laune. Sie begrüßte ihre Kolleginnen und setzte sich so in einen Sessel, dass ihre Beine in den grünen Strümpfen gut zur Geltung kamen.

Zwei Mädchen – Frida, eine Deutsche, groß, kräftig und blond, und Sadie, genannt die *Gräfin*, weil sie angeblich einer europäischen Adelsfamilie unbekannter Herkunft entstammte – lachten laut miteinander.

»Na, wie war's mit Sal?«, fragte die Deutsche. Die Gräfin schloss die Augen und seufzte. Beide lachten wieder.

Cetta blickte schweigend von einer zur anderen.

»Du weißt nicht, was dir entgeht«, sagte die Gräfin verzückt.

»Hat er sie etwa noch nie gekostet?«, wollte die Deutsche erstaunt wissen und sah mit offenem Mund, die Hand auf der Brust, hinüber zu Cetta.

»Bei Sal vermisst du nicht . . . was fehlt«, bemerkte ein anderes der Mädchen, Jennie Bla-Bla, die ihren Spitznamen der Tatsache verdankte, dass sie immer zu viel redete.

»Selbst mit einem Niggerschwanz im Mund wärst du noch fähig auszuplaudern, was du besser für dich behalten solltest, Bla-Bla«, mischte sich Ma'am ein, während sie eine rote Strähne, die sich aus ihrer Frisur gelöst hatte, wieder mit einer Haarnadel feststeckte. »Eines Tages wird dir diese Schwäche noch zum Verhängnis.«

Die Mädchen lachten.

»Ich wollte doch nur sagen, dass . . .«, versuchte sich Jennie zu rechtfertigen. »Ach, leckt mich, ihr wisst schon!«

»Leckt mich!«, äffte die Gräfin sie nach.

Daraufhin lachten die Mädchen noch mehr.

»Pass ein bisschen besser auf, was du sagst«, bekräftigte Ma'am.

Jennies Miene verdüsterte sich. Dann prustete auch sie los.

Cetta verstand nicht, was die anderen so amüsierte. Sie bemühte sich zu lächeln. Doch ihr war bewusst, dass sie rot geworden war. Hoffentlich bemerkt es niemand, dachte sie unangenehm berührt. Die Mädchen sprachen immerzu von Sal, aber was sie sagten, blieb Cetta rätselhaft. Sie hatte versucht, ihn zu studieren und zu begreifen, warum alle so verliebt in einen hässlichen Rüpel wie ihn waren. Und wenn sie die Mädchen bat, ihr etwas zu erzählen, bekam sie nur ausweichende Antworten.

»Er muss dich kosten, danach wirst du verstehen«, sagten sie zu ihr. Mehr nicht. Doch reichte Cettas Neugier auch nicht sehr viel weiter. Sex interessierte sie nicht. Als Hure verkaufte sie Sex, das war etwas ganz anderes.

Was Cetta wirklich bedauerte, war einzig, dass sie nicht bei den anderen Mädchen schlafen konnte. In solchen Momenten, kurz vor dem Einschlafen und kurz nach dem Aufwachen, entstand eine Vertrautheit zwischen ihnen, die Cetta schmerzlich vermisste. Kurz vor dem Einschlafen und kurz nach dem Aufwachen war keine von ihnen eine Hure, dann waren sie einfach nur Mädchen, die zu Freundinnen wurden. Cetta dagegen hatte keine Freundin. Ihre einzigen Freunde waren Tonia und Vito Fraina. Aber ich habe Christmas, tröstete sich Cetta, immer wenn sie melancholisch wurde. Den anderen Mädchen kratzte stattdessen ein Arzt die Kinder mit einem Draht aus dem Leib.

Über die Männer hingegen dachte Cetta nicht weiter nach. Sie empfing sie klaglos wie etwas, was hingenommen werden musste.

»Sie ist ein kleines Mädchen«, stellte Ma'am sie gewissen Freiern vor. Und die bekamen leuchtende Augen, brachten Bonbons mit aufs Zimmer, die sie ihr anboten, wie sie es bei einer kleinen Enkeltochter getan hätten. Dann legten sie sie übers Knie, schoben ihren Rock hoch und versohlten ihr den Hintern. Sie sagten, sie sei böse gewesen und dürfe das nie wieder tun. Sie ließen sie es schwören, doch anschließend holten sie ihr Glied hervor und steckten es ihr in den bonbonsüßen Mund.

»Sie ist ein echtes Luder«, erklärte Ma'am anderen Freiern. Und die richteten nicht einmal das Wort an Cetta, während sie sie ins Zimmer zerrten. Sie zogen sie auch nicht aus, sondern befahlen ihr, ihnen das nackte Hinterteil zuzuwenden, und Cetta hörte, wie sie selbst Hand anlegten, bis sie bereit waren. Der ein oder andere benutzte Gleitcreme – die das Bordell immer auf einer Kommode bereitstellte –, doch die meisten Freier dieser Art spuckten ihr von oben zwischen die Pobacken, verteilten den Speichel mit dem Finger und drangen in sie ein.

»Sie ist ein äußerst sensibles Mädchen«, sagte Ma'am wiederum zu anderen Männern. Und die weinten, nachdem sie mit ihr geschlafen hatten, weil sie Cetta mit ihren niederen Instinkten beschmutzt hatten. Oder aber sie legten den Kopf an ihre Brust und erzählten ihr von ihren Ehefrauen, die einmal genauso gewesen waren wie sie, jung und gefügig. Oder sie wollten es im Dunkeln tun und gaben ihr Namen, mit denen Cetta nichts anfangen konnte, die diesen Männern jedoch einst, vor wer weiß wie langer Zeit, etwas bedeutet hatten.

»Sie ist deine Sklavin«, erklärte Ma'am anderen, um leise hinzuzufügen: »Aber mach sie mir nicht kaputt.« Und diese Männer fesselten Cetta ans Bett, fuhren ihr mit einem Messer an Brüsten und Schenkeln entlang, hefteten ihr Wäscheklammern an die Brustwarzen, gaben ihr Befehle und ließen sich von ihr die Schuhe lecken.

»Sie ist deine Herrin«, sagte Ma'am zu wieder anderen Freiern. Und Cetta fesselte sie ans Bett, fuhr ihnen mit einem Messer über die Brust und um die Hoden, heftete ihnen Wäscheklammern an die Brustwarzen, gab ihnen Befehle, ließ sich die Schuhe lecken und steckte ihnen die Absätze ihrer Stöckelschuhe in den Mund.

Ma'am erriet, was die Freier wollten. Und Cetta besorgte es ihnen so, wie sie es wollten. Doch bevor sie das Bordell betrat, dachte sie niemals an das, was sie erwartete. Und sie vergaß alles gleich wieder, wenn sie nach der Arbeit in Sals Auto nach Hause fuhr. So gelang es ihr, eine Distanz zwischen sich und all dem zu schaffen, was zu ihrem Beruf gehörte.

Niemals fragte sie nach dem Warum. Sie hatte die Frage nicht gestellt, als ihre Mutter sie zum Krüppel gemacht hatte. Auch nicht, als der Mann mit dem Holzbein sie vergewaltigt hatte oder der Schiffskapitän sich die Überfahrt mit Sex hatte bezahlen lassen. Das Warum interessierte Cetta nicht. Die Dinge waren so, wie sie waren. Doch eines hatte sie sich geschworen: Sie würde sich von nichts und niemandem unterkriegen lassen.

Am nächsten Tag hielt Sal pünktlich um elf Uhr den Wagen am Straßenrand und zwang dabei einen fliegenden Händler, in aller Hast seine armseligen Waren beiseitezuräumen. Cetta, die auf der Treppe wartete, schenkte dem Händler im Vorbeigehen ein Lächeln und legte ihm die Hand auf die Schulter. Dann stieg sie ins Auto. Sal gab Gas und brauste davon – mitten über den Pappkoffer mit den Schnürsenkeln, die der Händler zum Verkauf anbot.

»Wieso hast du das getan?«, fragte Cetta, während sie sich nach dem armen Kerl auf der Straße umdrehte.

»Weil du ihn angelächelt hast«, erwiderte Sal.

»Bist du etwa eifersüchtig?«

Sal sah stur auf die Straße vor sich. »Red keinen Unsinn.«

»Wieso denn dann? Ich verstehe nicht ...«

»Wenn du ihn anlächelst, nachdem ich ihn verjagt habe, ist das, als sagtest du ihm, er sei im Recht. Und du sagst es ihm *vor mir*. Also ist es, als sagtest du mir, ich sei im Unrecht. Und eines Tages bilden er oder irgendein anderer Idiot sich womöglich ein, sie könnten mir das direkt ins Gesicht sagen. Deshalb musste ich ihm klarmachen, dass ich hier der Chef bin.«

Einen Moment war Cetta still, doch dann brach sie in Gelächter aus. »Sal, dass du zu einem derart langen Satz fähig bist, hätte ich nie gedacht!«

Sal fuhr unbeirrt weiter. Er nahm jedoch nicht den Weg zum Bordell.

»Wohin fahren wir?«, wollte Cetta nach einer Weile wissen.

»Nach Coney Island«, antwortete Sal. Er parkte am Kai, zog zwei Fahrscheine aus der Tasche, die genauso aussahen wie der, den Cetta in ihrer Handtasche aufbewahrte, und stieg aus dem Wagen. »Beeil dich«, drängte er sie barsch. »Die Fähre wartet nicht auf dich.« Dann nahm er sie beim Arm und zog sie mit sich zum Anlegeplatz. Entschlossen bahnte er sich einen Weg durch die wartenden Fahrgäste, warf einem Matrosen, der zu protestieren gewagt hatte, einen bösen Blick zu und verfrachtete Cetta in den Bauch des eisernen Wals.

Als die Fährsirene das Signal zur Abfahrt gab, zuckte Cetta zusammen, als erwachte sie aus einem Traum. Und sie musste sich auf die Lippen beißen, um nicht in Freudentränen auszubrechen.

Doch während die Fähre vom Kai ablegte, war Cetta bereits wieder in ihre Traumwelt abgetaucht. Sie dachte an nichts, nahm kaum etwas von dem wahr, was sie umgab. An die Reling gelehnt, stand sie am Bug, starrte auf das Wasser, das sich schäumend teilte, und hielt sich ganz fest aus Angst, sie könnte sich in eine Möwe verwandeln und in die Lüfte erheben, während sie doch bleiben wollte, wo sie war, mit den Füßen auf dem vibrierenden Metall, und das erste Geschenk genießen wollte, das sie je bekommen hatte. Nicht mal an Sal konnte sie in diesem Moment denken. Sie empfand auch keine Dankbarkeit. Sie stand einfach da und lächelte, während der Wind ihr das dichte schwarze Haar zerzauste. Ganz kurz nur drehte sie sich abrupt um, als befürchtete sie, Manhattan könnte verschwunden sein. Dann blickte sie wieder nach vorn, zur ihrer Linken die Küste

Brooklyns, vor ihr die offene See. Da musste sie plötzlich lachen. Und sie hoffte, dass niemand sie hörte, denn sie wollte die Freude ganz für sich allein haben.

Und dann endlich tauchte Coney Island vor ihr auf.

»Wirf«, sagte Sal zu ihr und hielt ihr einige Stoffbälle hin, mit denen sie auf eine Pyramide aus Blechdosen zielen sollte. »Steig ein«, sagte er zu ihr und schob sie zu einem der Geisterbahnwaggons. »Der Blödsinn dient nur dazu, sich im Dunkeln zu küssen«, sagte er zu ihr und führte sie von einem Zelt fort, das die Aufschrift *Liebestunnel* trug. »Iss«, sagte er zu ihr und reichte ihr einen riesigen Bausch Zuckerwatte. Und nach einer Stunde fragte er: »Hast du dich amüsiert?«

Cetta war wie berauscht. Die Überfahrt mit der Fähre, während der sie die ganze Zeit draußen an der Reling gestanden hatte und nicht eingesperrt in einem Frachtraum gewesen war, der Strand, der in Sicht kam, sobald das offene Meer erreicht war, die Menschenmenge auf der Strandpromenade rings um die Lokale, in denen Musikkapellen spielten, die Strandbäder, die bunten elektrischen Straßenbahnen, die Musik, die aus den ufernahen Lokalen herüberschallte, die Geschäfte, die gestreifte Bademoden verkauften, der Eingang zum Jahrmarkt. In der Hand trug sie einen Stoffbären, den Sal beim Scheibenschießen gewonnen hatte. Ihre Taschen waren vollgestopft mit Bonbons, Gummidrops, Lakritzschnüren, Lutscher, Zuckerstangen und kandierten Früchten.

»Was ist nun, hast du dich amüsiert?«, fragte Sal noch einmal.

Geistesabwesend sah Cetta ihn an, bevor sie den Blick zur Achterbahn schweifen ließ und wortlos mit dem Finger darauf zeigte.

Sal stutzte einen Moment, dann zog er sie am Arm zur Kasse,

kaufte eine Fahrkarte und gab sie ihr. Auf der Fahrkarte stand geschrieben: *Die größte Achterbahn der Welt*. Die Menschen in den Waggons kreischten.

»Alleine habe ich Angst«, sagte Cetta.

Sal sah hinauf zur Achterbahn. Wütend trat er gegen eine Straßenlaterne, drehte sich um, kehrte zurück zur Kasse, drängte ein Pärchen zur Seite und kaufte eine zweite Fahrkarte. Dann setzte er sich neben Cetta in den Waggon.

Cetta lächelte, während sie hinauffuhren. Als sie jedoch kurz vor dem ersten Abgrund angelangt waren, bereute sie es bitter, eingestiegen zu sein. Sie riss die Augen auf, spürte, wie ihr der Atem stockte, klammerte sich an Sals Arm und schrie aus vollem Hals. Sal hingegen blieb völlig regungslos. Keinen Laut gab er von sich. Er hielt nur seinen Hut fest, damit er nicht davonflog.

Als die Fahrt vorbei war, sagte Sal zu ihr: »Dummes Ding, deinetwegen bin ich jetzt taub.«

Cetta fand, dass er reichlich blass aussah.

»Gehen wir«, meinte Sal und sprach danach kein Wort mehr mit ihr.

Selbst als er sie während der Rückfahrt auf der Fähre frösteln sah, schwieg er und legte ihr auch nicht schützend seine Jacke um die Schultern. Als sie wieder im Auto saßen, ließ Sal Manhattan hinter sich, überquerte den East River, fuhr nach Brooklyn hinein und brachte sie in eine von kümmerlichen Bäumen gesäumte Straße in Bensonhurst. Die Häuser hier waren nur zwei oder drei Stockwerke hoch. Alles war anders als in der Lower East Side. Bensonhurst sah aus wie ein Dorf. Sal ließ Cetta aussteigen und führte sie am Arm in eines der Häuser. Sie stiegen hinauf in den zweiten Stock.

»Hier wohne ich«, sagte er und schloss eine Tür auf.

In der Wohnung bugsierte er sie auf ein braunes Sofa, legte seine Jacke und das Pistolenholster ab und krempelte die Ärmel hoch. »Zieh dein Höschen aus«, forderte er sie auf.

Cetta streifte ihren Schlüpfer ab und ließ ihn auf den Boden fallen. Daraufhin streckte sie die Hand nach Sals Glied aus, das sich unter seiner Hose abzeichnete, und streichelte es.

»Nein«, sagte Sal. Er kniete sich vor sie, spreizte ihre Beine und schob ihren Rock hoch. Dann vergrub er das Gesicht in den dunklen Härchen. Er schnupperte. »Gewürze«, sagte er, ohne den Kopf zu heben, und seine dumpf vibrierende Stimme rief ein seltsames Kitzeln bei Cetta hervor. »Rosmarin ... und Pfeffer ...«, fuhr er leise fort und ließ dabei seine von Faustschlägen eingedrückte Nase kreisen.

Cetta stellte fest, dass sie den Wunsch verspürte, die Augen zu schließen.

»Feuchte Wildnis ... von der Sonne gewärmt ... aber nicht getrocknet ...«

Cetta schloss nie die Augen, wenn sie mit einem Freier schlief. Nicht einmal, wenn sie es im Dunkeln tat und niemand sie beobachten konnte. Warum das so war, wusste sie nicht. Ihr war einfach nicht danach, die Augen zu schließen.

»Ja ... Rosmarin und wilder Pfeffer ...«, murmelte Sal, während er mit der Nase durch die Härchen strich.

Nun jedoch konnte Cetta die Augen nicht mehr offen halten. Und Sals tiefe, warme Stimme hallte vibrierend zwischen ihren Beinen wider, und die Vibration strahlte bis in ihren Leib aus, der sich zusammenzog.

»Wilde Sträucher ...« Sal tauchte seine Nase tiefer in die dunklen Härchen, bis sie das Fleisch berührte. »In feuchter Erde ...«

Cetta schloss die Augen noch fester und öffnete den Mund. Sie hielt den Atem an.

»Und in der Erde ...«

Cetta fühlte, wie die Nase sich wieder nach oben schob und vom Fleisch löste, das feucht wurde, so wie Sals Stimme es beschrieb.

»... in der Erde der Honig ...«

Cetta fühlte Sals Zunge, die langsam in sie eindrang, als wollte sie nach dem Honig forschen, der durch ihren Bauch zu fließen und sich einen Weg nach draußen zu suchen schien.

»Kastanienhonig ...«, sprach Sal weiter in ihren Körper hinein und brachte ihn zum Beben. »Herb und bitter ... und doch süß ...«

Cetta atmete schwer. Ihr Mund öffnete und schloss sich im Takt der glühenden Hitzewellen, die durch ihren Bauch strömten. Sie lag nun mit ausgebreiteten Armen da, während sie Sals Stimme lauschte – und ihr nachspürte –, die tief in ihrem Inneren vibrierte.

»Und im Honig ...«, Sals Zunge schob sich zwischen das Fleisch und bewegte sich langsam nach oben, »ein zarter Keim ... weich ... zuckersüß ... Marzipan ...«

»Nein ...«, hauchte Cetta. Und sie wusste nicht, warum sie gerade jetzt das Wort aussprach, das sie bei keiner ihrer Vergewaltigungen herausgebracht hatte. »Nein ...«, wiederholte sie noch leiser, damit Sal es nicht hörte. »Nein ...«, sagte sie abermals, ergriffen von einer Qual, die neu für sie war, die nicht wehtat, die nichts zerriss, sondern nur ein Gefühl wie Melasse in ihr hervorrief, die, klebrig und zähflüssig, aus ihr hervorquoll.

»Ein heller Keim ...«, fuhr Sal fort und rollte dabei seine Zungenspitze ein und wieder aus, so als wollte er Cetta etwas zeigen, von dem sie nicht gewusst hatte, dass sie es besaß und zu fühlen fähig war, »... ein heller Keim in einer dunklen Schale ... wie eine Auster, wie die Perle einer Auster ...« Sal gab einen tiefen, zufriedenen Laut von sich, bevor er seine Zunge noch tiefer zwischen Cettas Beinen vergrub und den Rhythmus seiner Küsse beschleunigte. »Ja ... so ist es gut ... so ist es gut ...«

Cetta hatte die Arme fest um Sals großen, kräftigen Kopf geschlungen, fuhr mit den Fingern durch das mit Pomade frisierte Haar und drückte ihn so heftig an sich, dass er beinahe erstickt wäre.

»Das ist gut … jetzt schmecke ich es. Das Salz … das Salz im Honig … komm, komm, Kleines …«

Cetta riss die Augen auf, als sie spürte, wie das *Salz*, wie Sal es nannte, mit Macht aus ihr herausströmte und ihr den Bauch zusammenzog und den Atem raubte. Und während sie stöhnte, war ihr klar, dass sie diese Qual des Fleisches nur mit einem Schrei würde lindern können.

»Sal!«, schrie sie überwältigt.

Da hob er den Kopf, sah sie an und lächelte.

Cetta fiel auf, dass seine Zähne strahlend weiß waren. Gerade. Perfekt. Sie standen in seltsamem Widerspruch zu seinem hässlichen Gesicht. Voller Dankbarkeit und noch ganz benommen von dem dunklen Rausch, in den Sals breite Zunge sie zu versetzen gewusst hatte, machte sie sich hastig daran, die Knöpfe seiner Hose zu öffnen.

Sal schob ihre Hände von sich. »Nein, habe ich gesagt«, erklärte er mit seiner tiefen, harschen Stimme.

Cettas Blick hing an seinen Lippen, die von dem Genuss glänzten, den er ihr bereitet hatte. Sie lehnte sich auf dem Sofa zurück, schob ihren Rock hoch, spreizte die Beine und sagte: »Sprich noch einmal zu mir, Sal.«

11

Manhattan, 1910–1911

»Sind wir jetzt verlobt?«, fragte Cetta freudestrahlend.

Ihr gegenüber auf dem Bett, einen zu großen Herrenhut auf dem Kopf, der sein Gesicht zum größten Teil verdeckte, saß der kleine Christmas.

»Sicher, Kleines«, sagte Cetta und sprach jetzt ganz tief, damit es ein wenig nach Sal klang, der in ihrem Spiel von Christmas dargestellt wurde. »Und von nun an wirst du nicht mehr als Hure arbeiten. Ich will dich ganz für mich allein.«

»Wirklich?«, fragte Cetta mit ihrer eigenen Stimme.

»Darauf kannst du deinen Arsch verwetten«, antwortete sie sich selbst in der tiefsten Tonlage, zu der sie fähig war, und wedelte mit Christmas' Händchen, die sie mit Ruß eingerieben hatte, damit sie so schwarz waren wie Sals Hände.

Christmas verzog den Mund und begann genau in dem Moment zu weinen, als Tonia und Vito zur Tür hereinkamen. Hastig zog Cetta Christmas den Hut vom Kopf und nahm den Jungen schmusend auf den Arm.

»Was ist mit seinen Händen passiert?«, fragte Tonia.

»Nichts«, erwiderte Cetta lächelnd. »Er hat in die Asche gefasst.«

»Ach, da ist ja mein Hut«, rief Vito aus. »Den hatte ich heute Morgen vergeblich gesucht.«

»Er war unter das Bett gerutscht«, schwindelte Cetta.

»Draußen ist es scheißkalt«, sagte Vito und setzte den Hut auf.

»Red nicht so vor dem Kind. Was ist das für eine Ausdrucksweise!«, schimpfte Tonia. »Gib mir den Kleinen«, sagte sie daraufhin zu Cetta. Sie nahm Christmas auf den Arm, setzte sich an den Tisch, tauchte seine schmutzigen Hände in die Wasch-schüssel und rieb sie ab. »Wie hässlich du aussiehst, Junge, genau wie Onkel Sal.«

Cetta grinste und wurde rot. Auch wenn es nur ein Spiel gewesen war, gefiel ihr der Gedanke.

»Mach dich fertig, Cetta, Sal holt dich gleich ab«, drängte Tonia, während sie Christmas, der nun zufrieden lachte, die Hände abtrocknete. Dann sah sie zu ihrem Mann hinüber, der sich auf dem Bett ausgestreckt hatte. »Und du, zieh den Hut aus.«

»Mir ist kalt.«

»Ein Hut auf dem Bett ruft den Tod herbei«, mahnte Tonia.

»Ich habe ihn doch auf dem Kopf.«

»Und dein Kopf liegt auf dem Bett. Zieh ihn aus.«

Der Alte brummte etwas Unverständliches. Er stand auf und ging zum Tisch, setzte sich seiner Frau gegenüber, und mit einer trotzigen Geste presste er den Hut noch fester auf seinen Kopf.

Cetta, die sich währenddessen umzog, musste lachen.

Christmas blickte zu seiner Mutter und lachte ebenfalls, bevor er sich Vito zuwandte und versuchte, ihm den Hut vom Kopf zu ziehen. »Opa«, sagte er.

Vito schoss die Röte ins Gesicht. Die Augen des alten Mannes füllten sich mit Tränen. »Gib ihn mir mal, Tonia«, bat er. Er nahm Christmas entgegen, setzte ihn auf seine Beine und drückte ihn gerührt an sich.

Draußen hupte ungeduldig ein Auto.

»Das ist Sal«, sagte Cetta.

Doch die beiden Alten hörten nicht hin. Tonia hatte die Hand quer über den Tisch ausgestreckt und hielt nun die ihres Mannes. Und mit der jeweils freien Hand streichelten beide Christmas über das feine, helle Haar.

Sal hupte gerade erneut, als Cetta aus dem Haus gelaufen kam. Sie stieg in den Wagen. »Entschuldige«, sagte sie.

Sal fuhr los. Auch in den Straßen des Elendsghettos bereiteten sich die Leute auf das bevorstehende Weihnachtsfest vor. Die fliegenden Händler boten andere Waren feil, die Ladenbesitzer hatten alten Weihnachtsschmuck aus der Mottenkiste hervorgeholt und die Schaufenster damit geschmückt, mit Leim beschmierte Jungen klebten Plakate, die Tanzbälle zu günstigen Eintrittspreisen ankündigten.

Den Blick unbeirrt geradeaus gerichtet, legte Cetta ihre Hand auf Sals Bein, der ohne jede Reaktion weiterfuhr. Cetta lächelte. Dann zog sie die Hand zurück und legte sie stattdessen auf Sals Arm. Schließlich lehnte sie den Kopf an seine Schulter. So blieb sie eine Weile sitzen. Als sie sich dem Bordell näherten, richtete sie sich wieder auf.

Nachdem sie angehalten hatten, stieg Cetta nicht gleich aus, sondern wandte sich Sal zu. Doch er wies ihr den Rücken, er hatte die Fahrertür geöffnet und stieg gerade aus dem Wagen. Sie folgte ihm die Treppe hinauf ins Bordell.

Die Mädchen sahen sie hereinkommen. Sal begrüßte sie nicht, er nahm Cetta am Arm und zog sie in ein Zimmer. Dort stieß er sie aufs Bett, schob ihren Rock hoch, streifte ihr das Höschen herunter und beugte sich zwischen ihre Beine.

Es ging schnell, wortlos, ohne jedes Vorspiel. Eine Lust, die unangekündigt kam und Cetta den Atem raubte. Intensiv, fast brutal. Während Cetta noch stöhnte, war Sal bereits wieder aufgestanden, hob ihr Höschen auf und warf es ihr zu.

»Ruf mir die Gräfin her«, sagte er. »Ich habe Lust auf einen anderen Geschmack.«

Verstört sah Cetta ihn an. Sie wusste nicht, wie sie sich verhalten sollte. In ihrem Bauch hallten noch die lustvollen Kontraktionen nach. Sie presste die Beine zusammen.

»Komm nicht auf dumme Gedanken. Da ist nichts zwischen uns beiden«, sagte er, während er die Tür öffnete und Cetta mit einer Kopfbewegung aufforderte zu gehen. »Ich mache es mit jeder von euch.«

Gedemütigt, den Schlüpfer noch in der Hand, stand Cetta mühsam vom Bett auf und trat auf den Flur hinaus.

»Vergiss nicht, die Gräfin zu rufen«, erinnerte Sal sie, bevor er die Tür schloss.

Cetta war noch feucht, als sie mit dem ersten Freier schlief. Doch bald war alles wieder wie immer.

»Ich finde den Weg zum Bordell allein«, sagte Cetta, als sie spät in der Nacht nach Hause fuhren.

»Nein«, erwiderte Sal.

Von dem Tag an fasste er sie nicht mehr an. Er holte sie ab und brachte sie nach Hause, wie zuvor. Aber er *kostete* sie nicht mehr. Und Cetta streckte weder im Auto die Hand nach ihm aus, noch lehnte sie den Kopf an seine Schulter oder rieb Christmas' Hände mit Ruß ein, um zu spielen, Sal und sie wären verlobt. Und als ihr eines Tages wieder einfiel, dass sie seinerzeit eine Fahrkarte nach Coney Island gekauft hatte, die sie noch in ihrer Lackhandtasche aufbewahrte, warf sie sie ins Herdfeuer.

Zwei Tage vor Weihnachten erstand sie bei einem fliegenden Händler eine Kette aus unechten Korallen für Tonia und eine Wollmütze für Vito. Danach ging sie zu einem Kindergeschäft in der 57th Street, Ecke Park Avenue, und stand lange vor dem Schaufenster. Alles, was es hier zu kaufen gab, war unannehmbar teuer. Es war ein Laden für Reiche. Sie sah elegante Frauen, mit großen Paketen beladen, das Geschäft wieder verlassen. Da entdeckte sie unter einer Wiege, deren Preis so hoch war wie die Jahresmiete für eine Wohnung in der Lower East Side, ein Paar Söckchen in den Farben der amerikanischen Flagge, mit Sternen und Streifen. Nachdem sie in ihrer Handtasche nachgeschaut hatte, ob sie genügend Geld dabeihatte, betrat Cetta das Geschäft für Reiche. Es duftete herrlich.

»Bedaure, wir sind vollzählig«, sagte ein Mann um die fünfzig. Er trug einen dunklen Anzug und eine dicke Goldkette quer über der Weste.

»Wie bitte?«

»Wir brauchen keine Verkäuferinnen«, erklärte der Mann und strich dabei seinen Schnurrbart glatt.

Cetta errötete und wandte sich zum Gehen, doch dann hielt sie inne. »Ich wollte ein Geschenk kaufen«, sagte sie und drehte sich um. »Ich bin eine Kundin.«

Der Mann musterte sie mit hochgezogener Augenbraue. Herablassend winkte er schließlich einen Verkäufer herbei und zog sich ohne ein weiteres Wort zurück.

Als der Angestellte ihr die Söckchen zeigte, betastete Cetta sie lange. Nie zuvor hatte sie etwas so Weiches gefühlt. »Packen Sie sie hübsch ein«, sagte sie. »Mit einer großen Schleife.« Stolz holte sie das Geld hervor. Als sie schließlich den Ladenbesitzer entdeckte, der gerade einer eleganten Dame unterwürfig eine von Hand bestickte Decke zeigte, ging sie zu ihm hinüber.

Der Mann und die Kundin bemerkten ihre Anwesenheit und wandten ihr den Blick zu.

»Ich habe bereits eine Arbeit«, verkündete Cetta höflich lächelnd. »Ich bin Nutte.« Daraufhin verließ sie mit dem Päckchen in der Hand das Geschäft.

Als sie zu Hause ankam, war Tonia in heller Aufregung. »Wir hatten immer nur drei Stühle«, erzählte die alte Frau. »Aber in diesem Jahr sind wir zu viert.«

»In diesem Jahr?«, fragte Cetta, die nicht begriff.

»Sal verbringt jedes Jahr den Heiligabend bei uns«, mischte sich Vito ein. »Deshalb haben wir drei Stühle. Zwei für uns und einen für Sal, wenn er Weihnachten hier ist.«

»Und Signora Santacroce kann uns keinen Stuhl leihen«, schloss Tonia.

»Ich kümmere mich darum«, versprach Cetta. »Macht euch keine Sorgen.« Sie versteckte die amerikanischen Söckchen zusammen mit den anderen Geschenken unter der Matratze und verließ das Haus.

Während Cetta durch die Straßen des Viertels bummelte, versuchte sie zu verstehen, weshalb die beiden Alten so aufgeregt waren. Doch der Gedanke beschäftige sie nicht lange, denn mit einem Mal überkam die Aufregung auch sie. Die Aussicht auf ein Abendessen mit Sal ließ ihre Beine zittern. Und sie hatte kein Geschenk für ihn! Ob er ihr wohl etwas schenkte? Für einen Moment stellte Cetta sich genüsslich vor, wie Sal ihr in seiner schroffen Art eine Lederschatulle überreichte, in der sich ein Verlobungsring verbarg. Dann beschloss sie, diesen dummen Gedanken zu verwerfen. Sie sah in ihre Geldbörse. Ein bisschen Geld war ihr noch geblieben. Eigentlich hätte sie es gern gespart, doch plötzlich stand sie vor einem Trödelladen und entdeckte im Schaufenster einen hässlichen Stuhl mit Armstützen und einer hohen, thronartigen Rückenlehne. Als sie sich vorstellte, wie Sal darauf saß, musste sie lachen. Da haben wir dein Geschenk, dachte sie fröhlich und betrat den kleinen Laden.

Sie verhandelte zäh und erstand schließlich für einen Dollar fünfzig den Königsstuhl, zwei – am Fuß gesprungene – Glasleuchter samt Kerzen und eine gebrauchte Tischdecke mit einem Saum aus Makrameespitze. Sie lud sich das ganze Bündel auf und kehrte zurück nach Hause.

»Nein, der Ehrenplatz gebührt dem Hausherrn«, sagte Sal an jenem Heiligabend und weigerte sich, auf dem Thron Platz zu nehmen, den Cetta für ihn gekauft hatte. »Vito, der Stuhl gehört dir. Wenn du ihn nicht nimmst, hocke ich mich lieber auf den Boden.«

Vito wirkte lächerlich auf dem riesigen Stuhl. Doch auf seinem welken Gesicht lag ein stolzes Lächeln. Er hatte die Mütze auf dem Kopf, die Cetta ihm geschenkt hatte. Tonia trug die unechte Korallenkette, Christmas die Söckchen mit der amerikanischen Flagge.

Die Tischdecke war zu groß für den Tisch, sie hatten sie zusammenfalten müssen. Doch alles in allem sieht es aus wie bei reichen Leuten, dachte Cetta. Die Kerzen in den Glasleuchtern waren angezündet. Sal hatte für Speisen und Getränke gesorgt. Es gab Nudelauflauf, falschen Fisch aus Kartoffeln und Thunfisch, Käse, Salami und Wein. Cetta hatte etwas getrunken und fühlte sich schwindlig. Sie hatte einen Finger ins Glas getaucht und Christmas daran saugen lassen, doch er hatte angewidert das Gesicht verzogen. Alle hatten gelacht, auch Sal, und dabei hatte er seine perfekten weißen Zähne gezeigt. Cetta hatte ihn den ganzen Abend heimlich beobachtet. Mit besonderer Aufmerksamkeit hatte sie ihm das Essen serviert, als wäre sie seine Frau. Sobald sein Glas leer gewesen war, hatte sie ihm Wein nachgeschenkt. Auch Tonia und Vito waren bester Laune gewesen. Schließlich war es Zeit für die Torte, und Sal öffnete eine Flasche italienischen Sekt. Cetta hatte noch nie Sekt getrunken. Süß und spritzig schmeckte er und prickelte angenehm am Gaumen. Sie schloss die Augen, aber in ihrem Kopf drehte sich alles. Als sie die Augen wieder öffnete, hatte Sal das Glas erhoben. Er machte ein ernstes Gesicht.

»Auf Mikey«, sagte Sal und prostete Tonia und Vito zu.

»Wer ist Mikey?«, fragte Cetta lachend, bevor sie bemerkte, dass auch die beiden Alten ernst geworden waren. Tonia hatte Tränen in den Augen.

Alle schwiegen verlegen.

»Michele war mein Sohn«, sagte Tonia leise.

»Auf Mikey«, wiederholte Sal und stieß mit Tonia und Vito an, nicht jedoch mit Cetta.

Sie saß mit erhobenem Glas da und sah zu, wie Sal, Tonia und Vito langsam, mit schwerem Herzen, einen Schluck tranken. Das Fest war vorbei.

Mit großer Geste wie ein Zauberer, doch ohne Fröhlichkeit, zog Sal noch einen Seidenschal für Tonia aus der Tasche und legte ihn ihr um die Schultern. Für Vito hatte er ein Paar fingerlose Handschuhe gekauft. »Sie sind aus Kaschmir. Das ist die wärmste Wolle, die es gibt«, erklärte er dem Alten. Dann reichte er Cetta eine schmale Halskette mit einem zierlichen Kreuz.

»Ist die aus Gold?«, fragte Cetta aufgeregt.

Sal antwortete nicht.

Tonia umarmte ihn, doch ihre Freude war erloschen. Vitos Blick ging ins Leere, und seine Augen waren vom vielen Alkohol gerötet. Er stand auf und schwankte leicht. Sal führte ihn zu seinem Bett und half ihm, sich hinzulegen. Dann küsste er Tonia auf beide Wangen, nickte Cetta zu und ging.

Cetta folgte Sal aus dem fensterlosen Raum. An seiner Seite ging sie den finsteren Flur entlang und stieg mit ihm gemeinsam die Stufen zum Gehweg hinauf. Sal öffnete die Tür zu seinem Wagen.

»Komm nicht auf dumme Gedanken«, ermahnte Sal sie.

»Was ist mit Mikey passiert?«

»Komm nicht auf dumme Gedanken. Da ist nichts zwischen uns beiden.«

»Ich weiß«, entgegnete Cetta, während sie hinter dem Rücken die Hände zu Fäusten ballte. In einer Faust hielt sie die Kette mit dem Kreuz.

Für einen Moment sah Sal sie schweigend an. »Hast du das auch wirklich verstanden?«

»Ja. Du leckst mir die Möse, mehr nicht.«

»Wann es mir passt.«

Hocherhobenen Hauptes stand Cetta da. Das Licht der Straßenlaterne verlieh ihren Augen ein dunkles Glühen. Sie schlug den Blick nicht nieder, zeigte ihre Verletzung nicht. »Wie ist Mikey gestorben?«

»Er wurde ermordet.«

»Das ist alles? Weiter nichts?«

»Weiter nichts.«

»Und du verbringst Weihnachten mit den Eltern aller Ermordeten?«

»Das geht dich nichts an.«

»Das ist wohl alles, was du sagen kannst.«

Sal stieg ins Auto und zog die Tür hinter sich zu.

»Dann frage ich eben Tonia!«, schrie Cetta ihm nach.

Jäh stieß Sal die Tür wieder auf, sprang aus dem Wagen, packte sie an den Haaren und schleifte sie bis zur Hauswand, wo er ihren Kopf heftig gegen die vom Frost zersetzten roten Ziegel schlug.

Cetta spuckte ihm mitten ins Gesicht.

Sal hob die rechte Hand und versetzte ihr eine Ohrfeige.

»Was willst du wissen, Kleines?«, fragte er sie, ohne sich den Speichel abzuwischen und ohne ihre Haare loszulassen. Dann näherte er sich ihrem Ohr und sagte leise: »Sie haben ihm einen Eispickel in Kehle, Herz und Leber gerammt. Danach haben sie ihm eine Kugel ins Ohr gejagt, genau hier rein.« Er steckte Cetta seine breite Zunge in die Ohrmuschel. »Das halbe Hirn quoll ihm auf der anderen Seite heraus, und weil er sich noch immer bewegte, haben sie ihn mit einem Stück Draht erdrosselt. Dann haben sie ihn in einen gestohlenen Wagen verfrachtet. Die Polizei hat beide, ihn und den Wagen, auf einer Bauparzelle in Red Hook gefunden. Mikey war mein einziger Freund. Und weißt du, wer am Steuer des gestohlenen Wagens saß?« Sal drehte Cettas Kopf, damit sie ihm in die Augen sah. »Ich!«, schrie er und boxte mit aller Kraft gegen die roten Mauersteine. Er ließ Cettas Haare los. »Ich habe den Wagen stehen lassen und bin über die Felder gerannt«, sprach Sal nun ganz ruhig weiter. Ohne Zorn. Und auch ohne Schmerz. Es war, als spräche er von jemand anders. »Ich wollte nicht, dass man mich sieht. Ich bin den Bahngleisen gefolgt und habe mich jedes Mal, wenn ich einen Zug kommen hörte, im Gebüsch versteckt. Dann bin ich in einen Tunnel gelaufen und im Morgengrauen hier im Ghetto herausgekommen. Ich habe mir ein sicheres Zimmer gesucht und mich schlafen gelegt. Ende der Geschichte.«

Cetta griff nach seiner Hand, mit der er gegen die Wand geschlagen hatte. Die Knöchel waren aufgeschrammt. Sie nahm die Hand an den Mund und leckte das Blut ab. Dann wischte sie ihm den Speichel aus dem Gesicht.

Sal warf ihr einen flüchtigen Blick zu, bevor er sich umdrehte und ins Auto stieg. »Gute Nacht, Kleines«, sagte er, ohne sie noch einmal anzusehen, und fuhr los.

Cetta schaute ihm nach, bis er in die Market Street einbog und verschwand. Sie band sich die Kette mit dem Kreuz um den Hals und hatte noch den Geschmack von Sals Blut im Mund.

Als sie ins Zimmer zurückkehrte, schlief Christmas. Vito schnarchte im Schlaf. Tonia saß mit einem Foto in der Hand am Tisch. Cetta räumte die Teller zusammen.

»Lass gut sein«, sagte die Alte leise, ohne den Blick von dem Foto zu wenden. »Darum kümmern wir uns morgen.«

Cetta nickte und begann, sich auszuziehen.

»Das ist Michele«, sagte Tonia. »Mikey, wie Sal ihn nennt.«

Cetta ging zu Tonia und setzte sich neben sie. Die alte Frau schob das Foto zu ihr herüber. Es zeigte einen Jungen in einem etwas zu grellen Anzug, mit weißem Hemd, Hosenträgern und einem weit in den Nacken geschobenen Hut, der seine Stirn frei ließ. Er wirkte klein und schmal und hatte dicht gewachsene, dunkle Augenbrauen. Und er lachte.

»Er lachte ständig«, sagte Tonia, als sie das Foto wieder an sich nahm. »Ich kann das Bild nicht offen aufstellen, denn als ich es damals getan habe, ist Vito daran fast verzweifelt. Er stand nur noch davor und weinte. Vito ist ein guter Mann, aber er ist schwach. Er war dabei, sich aufzugeben, und ich wollte nicht allein zurückbleiben. Deshalb habe ich das Foto weggeräumt.«

Cetta wusste nicht, was sie sagen sollte, und so schloss sie Tonia einfach in die Arme.

»Sal hatte ihn gewarnt«, sprach Tonia weiter. »Immer wieder hatte er ihn davor gewarnt, dem Boss Geld zu stehlen. Aber so war Mikey. Er gab sich nicht zufrieden. Ich habe mir immer zwei Söhne gewünscht. Sal war für mich der zweite Sohn, den ich nie hatte. Ich bin froh, dass er den Wagen gefahren hat, in dem mein armer Mikey lag. Wenigstens habe ich so die Gewissheit, dass er ihm, bevor er ihn zurückgelassen hat, noch einmal über die Wange gestreichelt hat. Und ihm etwas Liebevolles gesagt hat. Etwa, dass er sich vor der Nacht nicht fürchten muss, dass man ihn am nächsten Morgen finden und zu mir zurückbringen wird. Sal konnte ihn nicht retten. Er hätte nur mit ihm sterben können.« Tonia nahm Cettas Hand in die ihre. In der anderen hielt sie das Foto ihres Sohnes. »Sal ahnt nicht, dass ich es weiß. Dass er den Wagen gefahren hat, meine ich«, sagte sie leise. »Nicht einmal Vito weiß davon. Nur ich weiß es. Und jetzt auch du. Aber behalte es für dich. Dazu sind wir Frauen fähig. Wir können das, was zählt, für uns behalten.«

»Warum hast du es mir erzählt, Tonia?«

»Weil ich alt bin. Und immer weniger Kraft habe.«

Cetta blickte auf Tonias Hand. Langsam und unwillkürlich strich ihr Daumen über das Gesicht des toten Sohnes, mit dem gleichen geistesabwesenden Geschick, mit dem die alten Frauen in Aspromonte den Rosenkranz beteten.

»Warum gerade mir?«, hakte sie nach.

Tonia ließ von dem Foto ab, legte ihre raue Hand an Cettas Wange und streichelte sie. »Weil auch du Sal vergeben musst.«

In der Nacht fand Cetta keinen Schlaf. Sie hielt Christmas eng umschlungen und betete, dass aus ihm nicht auch so ein Junge in einem zu grellen Anzug werden möge.

Noch vor Neujahr starb Tonia. Eines Morgens brach sie urplötzlich zusammen. Vito war nicht zu Hause, er hatte sich mit anderen alten Männern zum Kartenspielen getroffen. Cetta sah sie taumeln. Kurz zuvor noch hatte Tonia Christmas auf dem Arm gehabt. Doch dann hatte sie ihn Cetta zurückgegeben und sich mit der Hand Luft zugefächelt. »Du meine Güte, Hitzewallungen, und das in meinem Alter!«, hatte sie lächelnd gesagt. Aber Cetta hatte die Sorge in ihrem Blick bemerkt. Von einer Sekunde auf die nächste war Tonia dann zu Boden gesunken. Ohne einen Laut. Aus ihrem Körper war einfach alle Kraft gewichen. Heftig war ihr Kopf auf dem Fußboden aufgeschlagen, ihre Beine hatten gezittert und gezuckt, bevor sie schließlich erstarrt waren.

Cetta stand regungslos da und sah sie an. Tonias Rock war hochgerutscht und enthüllte in ungehöriger Weise, wie Cetta fand, oberhalb der dunklen Strümpfe von Krampfadern durchzogene weiße Beine.

Christmas weinte und wollte sich gar nicht beruhigen.

»Schluss jetzt!«, schrie Cetta ihn an.

Da hörte er auf zu weinen.

Cetta setzte ihn auf den Boden und versuchte, Tonia hochzuheben, doch sie war zu schwer. Sie drehte sie auf den Rücken und richtete ihren Rock. Anschließend faltete sie ihr die Hände auf der Brust, strich ihr eine Haarsträhne aus dem Gesicht und wischte einen dünnen Speichelfaden fort, der ihr aus dem Mund lief.

Als Vito nach Hause kam, sah er Cetta auf dem Boden sitzen, während Christmas mit einem Knopf an Tonias Kleid spielte.

»Opa«, rief Christmas und zeigte mit dem Finger auf den alten Mann.

Vito sagte nichts. Er nahm nur seinen Hut ab und hielt ihn in der Hand. Dann bekreuzigte er sich.

Um die Beerdigung kümmerte sich Sal. Auch um den Sarg. Zudem kaufte er Vito und Cetta etwas Schwarzes zum Anziehen und ein Trauerband, das sie Christmas um den Arm legten. In der Kirche weinte niemand. Außer ihnen war nur Signora Santacroce gekommen, die Einzige, zu der Tonia einen freundschaftlichen Kontakt gepflegt hatte.

In jener Nacht hörte Cetta Vito leise und unterdrückt weinen, voller Würde, als schämte er sich seines unermesslichen Schmerzes.

Cetta stand auf und legte sich mit Christmas zu dem alten Mann in das große Bett. Vito sagte nichts. Doch nach einer Weile schlief er ein. Und im Schlaf streckte er eine Hand nach Cetta aus und fasste ihr an den Po. Cetta ließ ihn gewähren. Sie wusste, dass er in diesem Moment nicht sie, sondern seine Frau berührte.

Am nächsten Morgen erwachte Vito trotz seines unermesslichen Kummers mit einem kleinen Glücksgefühl. »Ich hatte einen schönen Traum«, erzählte er Cetta. »Ich war wieder jung.«

Und Nacht für Nacht weinte er leise, noch leiser nun, da Cetta dauerhaft im Ehebett schlief, und wenn er dann kurz davor war einzuschlafen, fasste er ihr an den Po.

Kaum einen Monat später spürte Cetta wie jede Nacht, dass der alte Mann sie betastete. Und diesmal hörte sie auch einen Atemzug, unterdrückt und leise wie die Tränen, die Vito heimlich vergoss. Doch der Laut erstickte mit einem Mal. Ihm folgte ein langer zischender Hauch. Dann war alles still. Die Hand des Alten krampfte sich um Cettas Po, als wollte er sie kneifen, und rührte sich nicht mehr.

Am nächsten Morgen war Vito tot, und Cetta und Christmas waren allein.

»Dürfen wir hierbleiben?« Cetta sah Sal ängstlich an.

»Ja, aber ich will keinen Ärger mit dem Hosenscheißer.«

Cetta bemerkte seine geröteten Augen. Und da begriff sie, dass auch Sal nun allein war.

12

Manhattan, 1922

»Welche beiden sind es?«, fragte der Captain den Gefängniswärter.

Der Wärter deutete auf Christmas und Santo.

»Hol sie raus«, befahl der Captain und verlagerte dabei voller
Unbehagen sein Gewicht von einem Fuß auf den anderen.

Die beiden Jungen traten ans Gitter, während der Gefängniswärter das Schloss aufschnappen ließ. Hinter dem Captain
erkannte Christmas einen elegant gekleideten Mann, der traurig dreinschaute. Er wirkt wie ein gebrochener Mensch, dachte
Christmas.

»Das sind sie, Mr. Isaacson ...«, erklärte der Captain sichtlich
verlegen. »Bitte verstehen Sie ... nun, man braucht sie ja nur
anzuschauen. Meine Männer haben gedacht, die beiden hier
wären ...«

Isaacson hob die Hand, um ihn zum Schweigen zu bringen.
Die selbstsichere und unwillkürliche Geste eines Mannes, der
es gewohnt war, Befehle zu erteilen. Doch wie Christmas bemerkte, war es eine eher erschöpfte als verärgerte Geste. Das
Gesicht des Mannes war von einer tiefen Müdigkeit überschat-
tet. Aus glanzlosen Augen sah er die beiden Jungen an.

»Danke«, sagte er nur. Dann reichte er ihnen jeweils einen
Geldschein.

»Zehn Dollar!«, rief Santo fassungslos aus.

»Mr. Isaacson ist der Vater des Mädchens, das ihr ...« Der
Captain räusperte sich. »Nun ja, er ist der Vater des Mädchens,
das ihr gerettet habt.«

»Zehn Dollar!«, rief Santo erneut.

Christmas musterte Ruths Vater schweigend. Und Isaacson musterte ihn.

»Wie geht es ihr?«, fragte Christmas leise, als wäre das etwas, das nur sie beide etwas anging.

»Gut . . .«, antwortete Isaacson. »Nein, schlecht.«

»Wir finden ihn, Mr. Isaacson«, versicherte der Captain.

»Ja, natürlich«, sagte der Mann ebenfalls leise, ohne den Blick von Christmas abzuwenden.

»Wie schlecht?«, hakte Christmas nach.

»So schlecht, wie es einem dreizehnjährigen Mädchen geht, das vergewaltigt und blutig geprügelt wurde und dem man einen Finger abgeschnitten hat«, antwortete Isaacson. Und für einen kurzen Moment verwandelte sich die Müdigkeit, die seinen Blick so erloschen wirken ließ, in eine Art Erstaunen, als wäre ihm gerade erst bewusst geworden, was seiner Tochter widerfahren war. Beinahe erschrocken drehte er sich um. »Ich muss gehen«, sagte er hastig und steuerte auf den Ausgang zu.

»Warten Sie!«, rief Christmas ihm nach. »Darf ich sie sehen?«

Mit neuerlicher Überraschung im Blick wandte der Mann sich um. Sein Mund war halb geöffnet, als suchte er nach den richtigen Worten.

»Auf euch beide wartet noch eine Vernehmung«, mischte sich der Captain ein und stellte sich zwischen Christmas und Isaacson, als müsste er den Mann vor der Belästigung durch einen Straßenjungen schützen. »Ihr müsst uns alles erzählen. Wir müssen den Dreckskerl finden, der die junge Dame so zugerichtet hat.« Aus dem Augenwinkel warf er Isaacson einen komplizenhaften, unterwürfigen Blick zu.

»Ja . . .«, sagte Ruths Vater leise, zögerlich.

»Ich darf Ihre Tochter sehen?«, vergewisserte sich Christmas.

»Ja . . .«, antwortete Isaacson matt. Mit abwesendem Blick sah er Christmas schweigend an. Schließlich begab er sich langsam und mit schweren Schritten zum Ausgang. »Komm mit.«

»Und ich?«, meldete sich Santo zu Wort, der nicht eine Sekunde den Zehn-Dollar-Schein in seiner Hand aus den Augen gelassen hatte.

»Erzähl du ihm alles«, sagte Christmas und deutete mit dem Kinn auf den Captain. Dann näherte er sich Santos Ohr. »Und kein Wort von den Diamond Dogs«, wisperte er.

Als er den Blick hob, bemerkte er, dass Joey, der Taschendieb, am Gitter stand und ihn beobachtete. Die Schatten um seine Augen kamen Christmas noch tiefer vor. Und der freche, zynische Ausdruck in seinen Augen war verschwunden. Joey schien nun einfach ein Junge wie Santo und er selbst zu sein. Ein kränklicher Junge, der genau wie sie in seiner Kindheit mehr schlecht als recht zu essen bekommen und in Räumen gelebt hatte, in denen es im Winter eisig kalt und im Sommer drückend heiß war. Christmas nickte ihm zu, und Joey deutete im Gegenzug ein freudloses Lächeln an.

Christmas holte Isaacson auf den Gängen des Polizeireviers ein und folgte ihm nach draußen. Am Straßenrand vor dem Kommissariat wartete ein luxuriöser Hispano-Suiza H6B samt Chauffeur in Uniform auf sie. Der Chauffeur hielt die Tür auf und warf einen kurzen, missbilligenden Blick auf Christmas, auf seine ungewaschenen Kleider, die schlammverkrusteten Schuhe. Dann schloss er zuvorkommend die Tür, setzte sich auf den Fahrersitz und ließ den Motor an.

»Zum Krankenhaus, Sir?«, fragte er.

Isaacson nickte kaum merklich. Der Chauffeur sah ihn im Rückspiegel an. Er legte den Gang ein, und die große kanariengelbe Limousine mit den schwarzen Kotflügeln und dem grauen Dach rollte über die staubigen Straßen der East Side.

»Du bist Christmas?«, fragte Isaacson, den Blick starr vor sich ins Leere gerichtet.

»Ja, Sir«, antwortete Christmas, und sein Herz machte einen Satz.

Isaacson wandte den Kopf zu ihm und blickte ihn schweigend an. Es ist, als sähe er mich gar nicht, dachte Christmas. Dann richtete der elegante Mann den Blick wieder geradeaus und schwieg weiter, verloren in der eigenen Verlorenheit. Christmas spielte mit dem Zehn-Dollar-Schein, den er bis dahin nicht einmal angesehen hatte, und stellte fest, dass der Mann ihm ungeachtet all seines Schmerzes nicht gefallen wollte.

Zwanzig Dollar, dachte er. Sein Schmerz ist zwanzig Dollar wert.

Wenige Minuten später fuhr die große Limousine, nach der sich alle auf der Straße umdrehten, vor dem Krankenhaus vor. Der Chauffeur beeilte sich, Isaacson die Wagentür zu öffnen, und während Christmas hinter ihm herging, spürte er die Blicke der beiden Polizisten am Eingang auf sich gerichtet.

In der Empfangshalle wimmelte es von armen Leuten. Kaum hatte die Empfangsschwester Isaacson erkannt, gab sie einem Pfleger ein Zeichen, der gleich darauf herbeigeeilt kam.

»Doktor Goldsmith ist jetzt da. Er ist bei der jungen Dame im Zimmer«, sagte er und verbeugte sich. »Ich bringe Sie hin.«

Sie liefen durch eine Reihe überfüllter Flure, auf denen geklagt, geraucht oder Karten gespielt wurde. Der Krankenpfleger ging ruppig mit allen um, die im Weg standen. So herablassend, wie sich vielleicht seiner Vorstellung nach ein Diener des Herrn Isaacson Geringeren gegenüber zu verhalten hatte. Christmas beobachtete, wie Kinder, die gerade noch gespielt und fröhlich gekreischt hatten, verstummten, als sie an ihnen vorbeigingen. Und wie Männer und Frauen instinktiv den Blick senkten oder sich verbeugten. Dann beobachtete er Isaacson. Wie ein Geist schritt er an ihnen vorbei, ohne sie wahrzunehmen. Vielleicht liegt es an seinem Schmerz und seiner Sorge, dachte Christmas, vielleicht nimmt er aber auch grundsätzlich niemanden wahr, der keine gesellschaftliche Bedeutung hat.

Doch das war in dem Moment nicht wichtig. Christmas war

von einem seltsamen Gefühl erfasst, das Atmen fiel ihm schwer, ihm war schwindlig, als hätte er getrunken, und seine Beine zitterten. Die Knie waren ihm weich geworden. Er dachte an die grünen Augen, die er durch all das Blut hindurch erahnt hatte. Ruths Augen, die ihn anblickten und ihm zulächelten. Und er hatte ein flaues Gefühl im Magen, wie er es noch nie zuvor empfunden hatte. Auch erinnerte er sich, als hätte er Ruth eben erst abgesetzt, noch gut an den Schmerz in seinen Armen, auf denen er sie getragen hatte. Dennoch hatte er nicht gewollt, dass Santo ihn ablöste und sie berührte. Denn es war, als gehörte Ruth ihm, Christmas. Oder als gehörte er Ruth. Als wäre er nur geboren worden, um sie an dem Morgen zu retten. Bei diesem Gedanken raste sein junges Herz vor Aufregung, und sein Atem ging keuchend.

»Doktor Goldsmith«, rief der Pfleger einen Mann herbei, der nicht minder elegant aussah als Isaacson.

»Philip«, sagte der Arzt und umarmte Isaacson.

»Hast du sie gesehen?«, fragte Isaacson voll Sorge. »Wie ist sie behandelt worden?«

»Gut, gut, sei unbesorgt«, versicherte Dr. Goldsmith beruhigend.

Isaacson ließ den Blick schweifen, als sähe er das Krankenhaus und die Menschen hier zum ersten Mal. »Ephreim...«, sagte er und breitete in einer alles ringsum umfassenden Geste den Arm aus. »Mein Gott, wir müssen sie schleunigst von hier fortbringen.«

»Ich habe bereits alles in die Wege geleitet«, erwiderte der Arzt. »Ruth kommt zu mir in die Klinik...«

»Nicht nach Hause?«

»Nein, Philip, das ist vorerst nicht vernünftig. Ich möchte sie lieber unter Beobachtung haben.«

»Was ist mit Sarah, ist sie hier?« Wieder ließ Isaacson den Blick umherschweifen. Nun aber lag Hoffnung darin.

»Sie hat gesagt, ihr sei nicht danach ...«

Kopfschüttelnd sah Isaacson zu Boden. Der Hoffnungs-schimmer in seinen Augen war wieder erloschen.

»Du musst sie verstehen, Philip ...« Wie zuvor Isaacson brei-tete Dr. Goldsmith den Arm aus, um das trostlose Krankenhaus und die ärmlichen Menschen darin zu beschreiben.

Christmas stand etwas abseits und lauschte dem Gespräch. Gleich zweimal hatte er sich in die Geste einbezogen gefühlt, die unmissverständlich gewisse Leute von anderen abgrenzte. Und plötzlich schämte er sich seiner geflickten Hose und seiner zu großen Schuhe. Dennoch aber trat er einen Schritt auf die angelehnte Tür zu.

»Wo willst du hin, Junge?«, hielt ihn der Pfleger sofort auf.

Christmas drehte sich zu Isaacson um. Der Mann sah ihn an ohne eine Spur des Wiederkennens in den Augen.

»Ich bin Christmas, Sir ...«

»Wo ist sie? Wo ist meine Enkelin?«, dröhnte da eine gebiete-rische Stimme zu ihnen herüber.

Christmas entdeckte einen alten Mann, der sich mit wütend erhobenem Spazierstock über den Gang näherte, gefolgt von zwei Krankenschwestern und einem Mann in der Uniform eines Chauffeurs.

»Vater«, sagte Isaacson, »was machst du denn hier?«

»Was ich hier mache? Ich bin gekommen, um mich um meine Enkelin zu kümmern, Schwachkopf! Wieso habe ich nicht gleich davon erfahren?«, polterte der Alte.

»Ich wollte nicht, dass du dir Sorgen machst ...«

»Blödsinn! Wo ist sie?« Da bemerkte der Alte den Arzt. »Ah, Doktor Goldsmith. Erstatten Sie mir sofort Bericht«, befahl er und richtete den Stock auf die Brust des Mediziners.

»Ruth hat drei gebrochene Rippen, innere Blutungen, einen abgetrennten Ringfinger, zwei ausgeschlagene Zähne, einen ausgerenkten Kiefer und eine gebrochene Nasenscheidewand«, zählte der Arzt auf. »Darüber hinaus zahlreiche Prellungen. Die Augen dürften keinen Schaden davongetragen haben, aber möglicherweise ihr linkes Trommelfell ... Und sie wurde ... sie wurde ...«

»Verflucht!« Der Alte schlug seinen Holzstock so heftig gegen die Wand, dass er splitterte. »Sollte sie schwanger sein, müssen wir den Bastard sofort loswerden!«

»Vater, beruhige dich ...«, warf Philip Isaacson ein.

Der alte Mann warf ihm einen zornigen Blick zu. »Wo ist sie?«, fragte er schließlich. »Da drin?«

Sein Sohn nickte.

»Geh aus dem Weg, Kleiner«, sagte der alte Isaacson zu Christmas und versuchte, ihn mit der Stockspitze zur Seite zu schieben.

Doch Christmas griff entschlossen nach dem Stock und hielt furchtlos den Blick auf den Alten gerichtet.

Sogleich war der Pfleger hinter ihm und versuchte, ihn festzuhalten.

»Ich will sie sehen!«, schrie Christmas und entwand sich dem Mann.

»Lass ihn los!«, befahl der Alte dem Pfleger. Dann senkte er den Stock und trat auf Christmas zu. »Wer bist du?«

»Ich habe Ruth gefunden«, sagte Christmas. Und wieder überkam ihn dieses Gefühl von Zugehörigkeit und Besitz. Als beanspruchte er einen Schatz für sich, den er entdeckt hatte, und zugleich das Joch, das damit verbunden war. »Ich war es, der sie hergebracht hat.« Herausfordernd sah er den Alten an.

»Und was willst du?«

»Ich will sie sehen.«

»Warum?«

»Darum.«

Saul Isaacson wandte sich seinem Sohn und dann Dr. Goldsmith zu. »Darf er sie sehen?«, fragte er den Arzt.

»Sie steht unter Beruhigungsmitteln«, antwortete der Arzt.

»Ja oder nein?«

»Ja . . .«

Der alte Saul blickte Christmas prüfend an. »Bist du Ire?«

»Nein.«

»Jude?«

»Nein.«

»Na klar. Wäre auch zu schön gewesen. Was bist du denn?«

»Amerikaner.«

Der Alte musterte ihn schweigend. »Was bist du?«, fragte er schließlich noch einmal.

»Meine Mutter ist Italienerin.«

»Soso . . . Italiener. Wie dem auch sei, du hast mehr getan als irgendein anderer hier, Junge. Gehen wir«, sagte er und schob mit dem Stock die Tür zu Ruths Zimmer auf.

Eine Krankenschwester, die in einer Ecke des Raumes gesessen und in einer Zeitschrift gelesen hatte, stand auf. Die Vorhänge waren zugezogen. Doch im Halbdunkel konnte Christmas Ruths Gesicht deutlich erkennen. Es sah noch viel erschreckender aus als am Morgen. Obwohl man die Wunden gesäubert und versorgt hatte, war das Gesicht des Mädchens dort, wo es nicht mit Verbänden und Pflastern bedeckt war, von Blutergüssen und Schwellungen völlig entstellt.

Der Alte blieb, auf den Stock gestützt, stehen und schlug die Hand vor die Augen. Er seufzte tief. »Geh du zu ihr, Junge«, flüsterte er.

Christmas trat an das Krankenbett. »Ruth, ich bin es, Christmas«, sprach er sie leise an.

Sie wandte den Kopf. Ihr Kiefer war mit Draht fixiert. Sie schlug die Augen einen Spalt auf – und erstarrte, als sie ihren Besuch erkannte. Wieder dachte Christmas, dass ihre Augen grün waren wie zwei lupenreine Smaragde, aber nur kurz, dann zuckte er, über ihre Reaktion erschreckt, zusammen. Ruth begann, leise zu zittern und den Kopf zu schütteln. Ihre Augen waren, soweit die geschwollenen, inzwischen gänzlich violett verfärbten Lider es zuließen, voller Furcht aufgerissen, als durchlebte sie bei Christmas' Anblick den schrecklichen Albtraum von Neuem.

Christmas wich einen Schritt zurück. »Ich bin es doch, Christmas«, wiederholte er dabei. »Ich bin es, Christmas ...«

Ruth aber warf den Kopf hin und her und hörte nicht auf zu zittern. Der Stift, der ihren Kiefer fixierte, hinderte sie am Sprechen. »Ei ... ei ... ei ...«, stieß sie immer wieder hervor. Nein, nein, nein ... Und während sie sich hin und her wälzte, zog sie die Hand mit dem Verband, der sich dort, wo der Ringfinger fehlte, mehr und mehr rötete, unter der Bettdecke hervor und legte sie auf ihre Augen. Tränen liefen ihr die Wangen hinunter und versickerten in Verbänden.

Christmas war wie versteinert. Er wusste nicht, wie er sich verhalten sollte.

»Opa Saul ist jetzt da«, meldete sich der Alte zu Wort, nahm Ruths Hand und küsste sie. Danach umarmte er seine Enkelin zärtlich. »Ruth, ich bin bei dir, hab keine Angst, hab keine Angst. Beruhige dich, mein Schatz, beruhige dich ...« Dann wandte er sich nach Christmas um. »Verlasse sofort den Raum, Junge!«, befahl er ihm. »Doktor Goldsmith, Doktor Goldsmith!«

Der Arzt kam ins Zimmer. Die Krankenschwester hatte bereits eine Spritze aufgezogen. Ephreim Goldsmith nahm sie ihr aus der Hand, ging zu Ruth und spritzte ihr das Medikament in den Arm.

Christmas zog sich langsam zurück. Er fühlte sich abgewiesen von den smaragdfarbenen Augen des Mädchens, das ihm gehörte wie ein Schatz, den er gefunden hatte. An der Tür begegnete er Philip Isaacsons leerem Blick. Christmas wandte sich ab und ging langsam den Flur hinunter, der ihn endgültig von dem

Mädchen wegführen würde, das er geglaubt hatte, lieben zu können.

»Bleib stehen, Junge.«

Beim Klang der befehlsgewohnten Stimme drehte Christmas sich um.

Ungeachtet seines Alters holte Saul Isaacson ihn mit energischen Schritten ein. »Wie ist dein Name?«, wollte er wissen und reckte dabei das Kinn vor.

»Christmas.«

»Was soll denn das sein, ein Vor- oder Nachname?«, fragte der Alte in seiner gewohnt barschen, direkten Art.

Was für einen stechenden Blick er hat, dachte Christmas. Und eine immense Stärke. Eine Energie, der das Alter nichts anhaben kann. All das, was sein Sohn niemals haben wird. »Ein Vorname«, antwortete Christmas.

Schweigend sah der Alte ihn an. Als schätzte er sein Gewicht ab. Doch Christmas wusste, dass er längst eine gewisse Billigung in den Augen des alten Isaacson gefunden hatte, andernfalls hätte er niemals einen Fuß in Ruths Zimmer setzen dürfen.

»Christmas Luminita«, fügte er hinzu.

Saul Isaacson nickte. »Hat mein Sohn dir angemessen gedankt?«

»Ja.« Christmas zog den zusammengerollten Geldschein aus der Tasche und zeigte ihn dem Alten.

»Zehn Dollar. *Schmuck!*«, brummte Saul. Er griff in die Innentasche seines Jacketts und brachte eine Geldbörse aus Krokodilleder zum Vorschein, der er einen Fünfzig-Dollar-Schein entnahm. »Verzeih ihm«, sagte er und wies mit dem Kopf zu seinem Sohn hinüber.

»Ich hab's nicht für Geld getan«, entgegnete Christmas, ohne den Schein anzunehmen.

»Das weiß ich«, sagte der Alte, der ihn noch immer so intensiv musterte, als wollte er in sein Innerstes schauen. »Aber Leute

wie wir wissen sich nicht anders zu bedanken. Nimm es an.«
Entschlossen, beinahe grob steckte er Christmas den Fünfziger
in die Tasche. »Geld ist alles, was wir haben.«

Stumm erwiderte Christmas den Blick des alten Mannes.

»Fred«, sagte Saul zu seinem Chauffeur, der auf dem Flur
gewartet hatte, »bring Signor Luminita nach Hause.« Dann sah
er wieder Christmas an. »Nimm auch das an, Junge. Du warst
ein echter Gentleman.«

Als der Rolls-Royce Silver Ghost in der Monroe Street vorfuhr, war Christmas tief in Gedanken versunken. Ruths Reaktion
hatte ihn mindestens ebenso verwirrt wie das Mädchen selbst. Er
war davon ausgegangen, dass Ruth ihn anlächeln würde, wie sie es
versucht hatte, als er sie ins Krankenhaus gebracht hatte. Er hatte
gedacht, sie würden dort zusammenbleiben und die Welt ringsum vergessen. Er hatte geglaubt, dass sie nicht eine Sekunde ihre
tiefgründigen grünen Augen von ihm abwenden würde. Dass
dieser nicht enden wollende Blick all das sagen würde, was zwei
jungen Menschen nicht über die Lippen kam. Und dass sie mit
diesem Blick den Ozean überwinden würden, der ein reiches
Mädchen wie sie von einem Hungerleider wie ihm trennte. Darüber hatte Christmas während der gesamten Fahrt vom Krankenhaus bis nach Hause nachgedacht. In den weichen Ledersitz
des Wagens geschmiegt, in dem es dezent nach Zigarre und
Brandy roch, hatte er mit der Wachsamkeit eines Erwachsenen in
sich hineingehorcht. Und alles andere vergessen.

Selbst als der Silver Ghost in der Monroe Street vor dem
Haus Nummer 320 anhielt, blieb Christmas in seinen ärmlichen, abgetragenen Kleidern und den mit Matsch und Pferde-
kot verkrusteten Schuhen regungslos sitzen und dachte an Ruth
und ihre grünen Augen.

In der kurzen Zeit, in der Fred den Motor abstellte, aus
dem Wagen stieg und ihm mit ehrerbietiger Professionalität die
Tür öffnete, hatte sich eine neugierige Menschentraube um die

111

Luxuslimousine versammelt. Kinder, Jugendliche, Frauen und Männer versuchten, einen Blick in das Wageninnere zu erhaschen, das im Halbdunkel lag. Dicht gedrängt tuschelten sie miteinander und rätselten, wer wohl der mysteriöse Besucher im East-Side-Ghetto war. Und da niemand ausstieg, obgleich der Chauffeur kerzengerade dastand und die Tür aufhielt, gewann der Unbekannte in der Vorstellung aller von Sekunde zu Sekunde mehr an Rang und Bedeutung.

»Wir sind da, Mr. Luminita«, sagte der Chauffeur schließlich.

Christmas schreckte aus seinen Gedanken hoch, und als er einen Fuß auf die Straße setzte, sah er sich mindestens zwanzig vor Überraschung weit aufgerissenen Mündern gegenüber. Von jetzt auf gleich war Ruth vergessen. Betont lässig stieg er aus dem Wagen, ließ träge und gelangweilt seinen Blick schweifen – den einen Fuß noch immer auf dem Trittbrett, als wollte er, dass sich das Bild den Zuschauern ins Gedächtnis brannte – und griff schließlich in seine Tasche. So auffällig, dass jeder ihn sehen konnte, holte er den Zehn-Dollar-Schein hervor, faltete ihn zusammen und steckte ihn dem Chauffeur weltgewandt in die Brusttasche seiner Uniform.

»Danke, Fred, du kannst jetzt fahren«, sagte er. Als er die Hand aus der Tasche der Uniform zog, lag der Geldschein noch darin, doch das merkte außer dem Chauffeur niemand.

»Ich danke Ihnen, Mr. Luminita«, entgegnete Fred und deutete eine Verbeugung an. »Sehr großzügig«, bemerkte er mit komplizenhaftem Lächeln. Daraufhin setzte sich der Chauffeur wieder auf den Fahrersitz, ließ den Motor an und fuhr mit dem Rolls-Royce davon.

Noch immer stand die neugierige Menge rings um Christmas wie betäubt da. Stumm starrten alle auf den zerlumpten Jungen, an den die meisten sich noch erinnerten, wie er als Knirps als Zeitungsschreier durch die Straßen gelaufen oder mit teerverklebten Schuhen nach Hause gekommen war wie viele andere

Tagelöhner, die Bitumen auf schadhaften Dächern verteilten. Als Christmas den ersten Schritt auf die schäbige Tür des Hauses zuging, in dem er mit seiner Mutter lebte, bildeten die Menschen wie von selbst ein Spalier. Ganz hinten in der Menge entdeckte Christmas Santo, der gerade vom Polizeirevier zurückkam und selig grinste. Santo machte Anstalten, seinen Zehn-Dollar-Schein hervorzuholen.

»Ah, Santo, da bist du ja«, rief Christmas schnell, um ihn davon abzuhalten. Er nutzte die Stille, damit ihn auch jeder hörte. »Du weißt schon, wer...«, sagte er betont geheimnisvoll, »war sehr zufrieden. Er hat gleich noch einen Auftrag für uns Diamond Dogs.« Die neuerliche Kunstpause verlieh dem Namen seiner Gang besonderes Gewicht. »Komm mit rauf, dann erklär ich dir alles.« Damit nahm er Santo beim Arm und zog ihn zum Eingang.

An der Haustür hielt Christmas noch einmal inne, als wäre ihm etwas eingefallen. Abermals griff er in seine Tasche, nahm den Fünfzig-Dollar-Schein heraus und hielt ihn für alle gut sichtbar hoch. Dann gab er ihn Santo und sagte: »Hier, nimm, das ist dein Anteil.«

Durch die neugierige Menge auf dem Gehsteig ging ein ungläubiges Raunen.

Christmas wandte sich den Leuten zu. »Was ist denn? Immer müsst ihr eure Nase in anderer Leute Angelegenheiten stecken. Lass uns gehen!«, forderte er Santo auf, der ihn mit ebenso großen Augen ansah wie die anderen. »Hier kann man nicht in Ruhe übers Geschäft reden.« Gefolgt von dem, den bald alle für seinen Stellvertreter halten sollten, verschwand Christmas im stinkenden Hauseingang.

»Fünfzig Dollar!«, rief Santo verblüfft, während sie die Treppe hinaufstiegen. »Und um was für einen Auftrag geht es?«

»Idiot«, sagte Christmas, nahm ihm den Geldschein aus der Hand und steckte ihn zurück in seine Tasche.

13

Bill war in jener Nacht nicht nach Hause zurückgekehrt. Er hatte einen Kasten Bier und eine Flasche des besten zwölf Jahre alten Whiskys in dem *Speakeasy* gekauft, der Kneipe, in der er am Vorabend hatte anschreiben lassen. Der Laden war ein illegaler Umschlagplatz, in dem Kleinganoven verkehrten, Männer, die im Auftrag des Syndikats kleinere Schutzgelder oder Mieten für Glücksspielautomaten eintrieben. Egal, wie groß und kräftig sie auch waren, sie sahen alle aus wie Ratten. Und wie Ratten lebten sie von und in der Kanalisation. Bill aber kam sich wichtig vor, wenn er in dem *Speakeasy* verkehrte; dann fühlte er sich als einer von ihnen, hartgesotten und mit allen Wassern gewaschen. Bill kannte noch andere Läden, die geschmuggelten Alkohol verkauften, sogar zu einem günstigeren Preis, aber er stand gern Schulter an Schulter mit Kerlen, denen eine Pistole aus dem Hosenbund ragte.

Nachdem er den Kasten Bier und die Flasche Whisky gekauft hatte, hatte er sich die ganze Nacht und den ganzen folgenden Tag lang versteckt. In Brooklyn Heights hatte er eine abgelegene Stelle gefunden, von wo aus er auf die mächtigen Brücken aus Eisen und Stahl blicken konnte, die die beiden Flussufer aneinanderzuklammern schienen. Mit der Gartenschere hatte er einige Laubzweige geschnitten und den Pritschenwagen damit getarnt. In das Blut der kleinen Jüdin, das noch an den Klingen haftete, hatte sich der Saft der Baumrinde gemischt. Da lachte Bill. Und lauschte. Wachsam, als hätte er etwas gehört. Da war etwas in seinem Lachen, das anders geklungen hatte. Erneut versuchte er zu lachen, und wieder hörte er es. Etwas fehlte. Und da, erst da, bekam er Angst vor dem, was er getan hatte.

Er trank das erste Bier und ein paar Schluck Whisky. Am liebsten hätte er ein Feuer entfacht, um sich zu wärmen und um ein wenig Licht zu haben. Als kleiner Junge hatte er im Dunkeln immer Angst gehabt, denn er hatte nie sicher sein können, aus welcher Richtung sein Vater auf ihn zukommen würde. Ihn dabei zu beobachten, wie er den Gürtel aus den Schlaufen seiner Hose zog und um seine Faust wickelte, war da weniger Furcht einflößend gewesen. Am schlimmsten waren die Dunkelheit und die Ungewissheit gewesen. Und so zückte Bill jetzt sein Benzinfeuerzeug und hielt einen trockenen Zweig in die Flamme. Ein solches Licht ist nicht zu sehen, sagte er sich, als er die zweite Flasche Bier öffnete, und lachte. Wieder lauschte er auf der Suche nach dem fehlenden Etwas. Und es schien wieder da zu sein. Nicht ganz, aber ein bisschen. Als wäre ein Teil seiner selbst wieder da. Da lachte Bill zuversichtlicher, in der Hand einen weiteren brennenden Zweig, der ein wenig Licht in die Furcht einflößende Finsternis ringsum brachte.

Als es dämmerte, hatte Bill – nach dem vierten Bier und einer halben Flasche Whisky – sein Lachen beinahe vollständig wiedergefunden, und die Dunkelheit war vorüber. Er kletterte in den Pritschenwagen und streckte sich auf dem Sitz aus. Als er den Kopf ablegte, war ihm, als stiege ihm der frische Duft der Jüdin in die Nase. Da holte er das Geld und den Smaragdring hervor. Vierzehn Dollar und zwanzig Cent, ein Vermögen. Dann betrachtete er den Ring von allen Seiten. Ein Kranz aus kleinen Diamanten rings um den großen Smaragd fing die ersten Sonnenstrahlen ein, die durch die Laubzweige sickerten, unter denen der Pritschenwagen verborgen war. Bill versuchte, sich den Ring anzustecken, aber seine Finger waren zu dick, sogar der kleine Finger. Mit Mühe gelang es ihm, das erste Fingerglied hindurchzuzwängen. Komisch sah das aus. Bill lachte –

er fand dabei zu seinem alten Lachen zurück, erkannte es vollständig wieder – und schloss dann die Augen, den Geruch der Jüdin in der Nase. Seine Fingerknöchel schmerzten ein wenig. Er leckte über die Schürfwunden. Anscheinend habe ich ihre Zähne erwischt, dachte er leise lachend, bevor er schließlich einschlief. Es war nicht mehr Nacht. Es war nicht länger dunkel. Er musste keine Angst mehr haben.

Als Bill erwachte, war es wieder Abend. Wieder umgab ihn Dunkelheit. Er sah nichts als die Lichter der Stadt, jenseits des East River. Bill betrachtete den Ring mit dem großen Smaragd und dem Diamantenkranz an seinem kleinen Finger. Er wollte lachen, verkniff es sich jedoch, denn er befürchtete, abermals zu hören, dass etwas fehlte. Nun aber wusste er, was er dagegen tun konnte. Er stieg aus dem Wagen und öffnete eine Flasche Bier. In einem Zug trank er sie halb leer, bevor er einen großzügigen Schluck aus der Whiskyflasche nahm. Nie zuvor hatte er einen zwölf Jahre alten Whisky getrunken. Den konnten sich nur Reiche leisten. Schließlich leerte er die Bierflasche ganz, rülpste und lachte. Ja, das war sein Lachen. Nach einem weiteren Schluck Whisky lachte er erneut, schallend und aus vollem Hals.

Sieben Flaschen Bier und nicht ganz eine halbe Flasche Whisky waren noch übrig. Er leerte hintereinander zwei Bierflaschen und schleuderte sie in Richtung des Flusses, der Brücke und der vielen bunten Lichter.

»Ich komme!«, brüllte er der Stadt entgegen. »Ich komm dich holen!«

Er befreite den Pritschenwagen von den Laubzweigen, mit denen er getarnt war, startete den Motor und fuhr los. Im Scheinwerferlicht der Autos leuchteten die Verstrebungen der großen Brücke auf. Und die Stadt zeigte sich in all ihrer Furcht erregenden Schönheit. Die Stadt des Geldes, dachte Bill und blickte auf seinen kleinen Finger, an dem der Ring grün und in allen Farben des Regenbogens schimmerte.

»Ich komm dich holen«, sagte er noch einmal, jedoch mit gedämpfter Stimme, fast drohend, und der trübe, finstere, erloschene Ausdruck kehrte in seinen Blick zurück. Er öffnete eine Flasche Bier. Und noch eine. Und als er das letzte Bier ausgetrunken hatte, leerte er die Whiskyflasche. Dann lachte er, und der Klang, dem nichts fehlte, berauschte ihn.

Nachdem er den Wagen in einer schwach beleuchteten Gegend von South Seaport abgestellt hatte, machte er sich zu Fuß auf den Heimweg. Er bog in eine schmale Gasse ein, in der es ekelerregend nach Fischmarktabfällen roch. Von dort kletterte er über einen Holzzaun in einen Hinterhof. Während er einer vom Frost zersetzten alten Ziegelmauer folgte, gelangte er an ein Metallgitter. Er zog sich an ihm hoch und schwang sich auf die andere Seite. Durch den vielen Alkohol verlor er das Gleichgewicht und stürzte. Leise lachend rappelte er sich hoch und vergewisserte sich, dass der Ring noch an seinem Finger steckte. Auch das Geld befand sich noch in seiner Tasche. Die Arme wie ein Hochseilakrobat ausgebreitet, setzte er dann seinen Weg über ein niedriges Mäuerchen fort und erreichte von dort mit einem Sprung eine Feuerleiter. Kurz darauf stieß er das Fenster im dritten Stock auf und schlüpfte, ohne ein Geräusch zu verursachen, in die Wohnung.

Außer Atem hockte er sich in eine Ecke und grinste. Den Weg hatte er zuletzt als verängstigter kleiner Junge genommen, wenn er nachts von zu Hause weggelaufen war. Aber ihm war, als wäre es gestern gewesen.

»Wer ist da?«, fragte eine raue Stimme lallend.

Erneut bekam Bill Lust, etwas zu trinken.

Im Zimmer nebenan klirrte Glas gegen Glas. Dort würde er zweifellos etwas zu trinken finden. Bill stand auf.

»Ich hab nebenan was gehört«, tönte die raue, kalte, unangenehme Stimme. »Geh mal nachsehen, blöde Judenschlampe!«

»Nicht nötig, Pa«, sagte Bill da und trat ins Zimmer.

Der Mann saß zusammengesunken in einem Sessel, dessen schmutziger grüner Samtbezug verblichen und an den Armlehnen abgewetzt war. In der Hand hielt er ein halb volles Glas Branntwein. Die Flasche stand griffbereit neben dem Sessel. Eine Flasche ohne Etikett. Kein guter Schmuggelwhisky, sondern Blue Ruin, der minderwertigste Fusel, der unter der Hand auf dem Fischmarkt gehandelt wurde. Eine weitere Flasche lag auf dem Boden. Leer. Als der Mann Bill erblickte, nahm er einen Schluck Branntwein und fragte: »Scheiße, was zum Teufel willst du denn hier?«

»Ich will auch was trinken«, sagte Bill.

»Dann kauf dir was!«

Bill lachte. Er holte alles Geld, das er hatte, aus der Tasche und schleuderte es seinem Vater entgegen. »So, jetzt hab ich's mir gekauft«, sagte er und bückte sich nach der Flasche Blue Ruin.

Sein Vater schlug ihm ins Gesicht.

Bill reagierte nicht. Er zog den Korken aus dem Flaschenhals und nahm einen großen Schluck. Angewidert fuhr er sich dann mit der Hand über den Mund. Mit Daumen und Zeigefinger nahm er etwas Durchsichtiges auf und schnippte es auf den Boden. »Fisch. Wie ekelhaft«, bemerkte er. »Überall verlierst du Schuppen.«

In dem Moment betrat eine kleine, dünne, ausgezehrt wirkende Frau den Raum. Sie hatte schwermütig dreinblickende große, schwarze Augen und hervorstehende Wangenknochen, über denen die olivfarbene Haut spannte. Den Morgenrock, den sie trug, kannte Bill seit Jahren, doch an ihrem Kiefer prangte ein neuer blauer Fleck, den Bill noch nicht gesehen hatte.

»Ma«, sagte er, die Flasche in der Hand.

»Bill!«, rief die Frau und lief zu ihrem Jungen, um ihn in die Arme zu schließen.

Bill jedoch streckte ihr die Flasche Blue Ruin entgegen und hielt sie so auf Abstand.

Die Frau schlug die Hand vor den Mund. In den großen schwarzen Augen standen Sorge und Verzweiflung. Die Sorge war ein neues Gefühl, das erst an diesem Tag geboren worden war. Die Verzweiflung war seit Jahren ihr ständiger Begleiter. Bill konnte sich nicht erinnern, jemals einen anderen Ausdruck in ihren Augen gesehen zu haben.

»Die Polizei war hier«, sagte die Frau leise. Da entdeckte sie den Ring am kleinen Finger ihres Sohnes. »Bill, Bill . . . was hast du angestellt?«

»Du dämliches Judenweib«, polterte der Vater los und erhob sich schwankend aus dem Sessel. »Hier siehst du, was er angestellt hat!« Er schleuderte ihr das Geld ins Gesicht. »Nur Scheiße hast du im Kopf, wie alle Juden!«

»Schluss damit, Pa«, sagte Bill. »Schluss damit«, wiederholte er und nahm noch einen Schluck.

Der Vater musterte ihn. Er war größer als Bill. Und stärker. Ein Leben lang hatte er ihn gezüchtigt. Mit bloßen Händen, Fußtritten oder mit dem Gürtel. »Du bist genauso ein Scheißjude, Bill«, sagte er. »Ist dir klar, dass du als Sohn einer jüdischen Nutte selbst ein Jude bist?« Als er grinste, trat ein finsteres Leuchten in seine Augen.

»Ja, du hast es mir millionenfach gesagt, Pa.« Bill nahm noch einen Schluck. »Und ich kann nicht mehr drüber lachen.«

»Hört auf . . . ich bitte euch«, warf die Mutter ein.

Der Vater wandte sich ihr zu. Er holte aus und schlug ihr mit voller Wucht ins Gesicht. »Judenschlampe, immer musst du dich einmischen.«

Wortlos drehte Bill sich um und ging in die Küche.

»Komm her, du Stück Scheiße. Gib mir meine Flasche zurück. Dein Geld schieb ich dir in den Arsch. Du wirst am Galgen enden, und dann feiere ich ein Fest. Aber vorher will ich noch ein paar Spuren auf deinem Judenrücken hinterlassen.« Langsam schnallte der Vater den Gürtel auf, zog ihn ab und wickelte ihn um seine Faust. Und während er in dem Versuch, sich auf den Beinen zu halten, nach rechts und links taumelte, rutschte ihm die Hose herunter. Doch das schien er nicht zu bemerken.

»Du tust mir leid«, sagte Bill, als er zurück ins Zimmer kam. Nach einem letzten Schluck warf er die Branntweinflasche auf den Boden und rammte seinem Vater das Messer, mit dem der auf dem Markt die Fische ausnahm, in den Bauch.

Als sich die Mutter zwischen Vater und Sohn werfen wollte, stach Bill ein zweites Mal zu. Die Frau spürte, wie die Klinge ihr die Rippen zersplitterte und mit einem schmatzenden Geräusch in ihren Brustkorb eindrang. Sie riss die Augen auf und brach dann zusammen. Da hob Bill abermals das Messer in die Höhe und stach zu. Sein Vater streckte die Hände aus, um sich zu schützen. Die Klinge zerfetzte ihm die Handfläche.

»Hab ich dir je gesagt, wie widerlich ich deine Fischhände finde, Pa?«, fragte Bill lachend und versetzte ihm einen weiteren Stich in den Bauch.

Der Vater sackte zu Boden, auf seine Frau.

Bill holte aus und stach wieder und wieder zu, ohne darauf zu achten, ob er seine Mutter, die Jüdin, oder seinen Vater, den deutschen Fischverkäufer, traf. Und als er das Messer ein letztes Mal versenkte, sagte er zu seinem eigenen Erstaunen laut: »Siebenundzwanzig.« Siebenundzwanzig Messerstiche. Er hatte mitgezählt.

Er ließ die Waffe auf die verrenkten, blutüberströmten Körper fallen und suchte in der Speisekammer nach etwas Essbarem und einer Flasche Blue Ruin. Er sammelte seine vierzehn Dollar und zwanzig Cent wieder ein, warf einen Blick in die Pappschachtel, in der, wie er wusste, seine Mutter das Geld aufbewahrte, und zählte drei Dollar fünfundvierzig. Danach durchsuchte er die Taschen seines Vaters und fand einen Dollar fünfundzwanzig. Er setzte sich in den grünen Sessel und zählte, wie viel er beisammenhatte. Achtzehn Dollar neunzig.

Da betrachtete er den Ring an seinem Finger. Er streifte ihn ab. Mit der Spitze des blutigen Messers löste er nach und nach sämtliche Edelsteine heraus, füllte sie in ein Tütchen aus Zeitungspapier und steckte es ein. Aus der Tasche des toten Vaters ragte ein Taschentuch. Er zog es heraus und wischte damit das Blut von der Ringfassung ab.

Schließlich kletterte er aus dem Fenster, durch das er zuvor in die Wohnung gestiegen war, und ging den ganzen Weg in die entgegengesetzte Richtung zurück, wie als kleiner Junge, wenn er Angst vor der Dunkelheit gehabt hatte, weil er nicht sicher hatte sein können, aus welcher Richtung sich sein betrunkener Vater mit dem Gürtel um die Faust näherte, um ihn zu verprügeln. Wenn er von zu Hause weggelaufen war, weil er wusste, dass seine Mutter, die Jüdin, ihn nicht in Schutz nehmen würde. Weil alle Frauen Schlampen waren. Und Jüdinnen waren die schlimmsten.

»Wie viel gibst du mir für die silberne Fassung hier?«, fragte Bill den alten Juden.

Der kleine Laden hatte wie immer bis spät in den Abend hinein geöffnet. Bill grinste abfällig. Juden waren widerliche Schweine. Für Geld würden sie alles tun. Diese Leute hatten kein Herz.

Der Alte nahm seine Lupe und begutachtete die Fassung von allen Seiten. Dann blickte er auf den Jungen. »Was soll so eine Fassung schon wert sein?«, sagte er schulterzuckend. »Zwei Dollar.«

»Zwei Dollar, mehr nicht?«

»Da lässt sich kein anderer Stein einsetzen, nur das Original. Man muss sie komplett einschmelzen und eine neue Fassung für einen anderen Stein fertigen. Der Aufwand ist viel zu groß. Da bleibt ja kein Verdienst«, erklärte der Alte.

Juden. So waren sie alle. Bill wusste das genau. Und der Alte war noch schlimmer als die anderen. Auch das wusste Bill genau. Aber außer ihm kannte er keinen, der ihm den Ring abkaufen würde. Zumindest keinen, der um die Zeit noch geöffnet hatte. Und für ihn galt es, das Bestmögliche herauszuschlagen und dann schleunigst zu verschwinden. Er tastete nach der Tüte mit den Edelsteinen in seiner Tasche. Nein, das konnte er nicht tun. Der alte Jude würde ihn für einen Dieb halten und die Polizei rufen.

»Ich will mindestens fünf. Die Fassung ist aus Silber.«

In den Augen des Juden funkelte es spöttisch. »Drei.«

»Vier«, forderte Bill.

Der Alte zählte vier Scheine ab und schob sie durch die Öffnung im Schutzgitter. Dann nahm er die Fassung an sich.

Regungslos sah Bill ihn an.

»Ist noch was?«, fragte der Jude.

Bill blickte geradewegs in die Augen des alten Mannes, den er schon so viele Male beobachtet hatte, als kleines Kind gemeinsam mit seiner Mutter und später, als er größer war, alleine. Er starrte den geizigen, herzlosen alten Juden an, der seine Tochter aus dem Haus geworfen hatte, als sie sich in einen deutschen Fischverkäufer verliebt hatte. Den widerwärtigen Juden, der alle Spiegel im Haus verdeckt und das *Kaddish*, das Totengebet, gesprochen hatte, weil seine Tochter für ihn gestorben war und er sie nie wieder sehen wollte. Und der seinen Enkel nie hatte kennenlernen wollen.

Bill sah seinen Großvater an. »Scheißjude!« Bill lachte auf seine unbekümmerte Art. Danach drehte er sich um und ging.

Der Alte zuckte mit keiner Wimper. »Martha«, sagte er dann, nach hinten gewandt. »Stell dir vor, ein Idiot hat mir gerade für vier Dollar eine Ringfassung verkauft, die mindestens fünfzig wert ist. Eine Fassung aus Platin. Und dieser Idiot hat geglaubt, es wäre Silber.« Ja, der Junge war wie all diese Amerikaner ein

Vollidiot. Solchen Jungs waren die Juden verhasst, weil sie ihnen an Klugheit überlegen waren. So zumindest hatte der alte Mann es sich immer erklärt, und er lachte, auf seine unbekümmerte, fröhliche, so besondere Art, mit der er fünfzig Jahre zuvor das Herz seiner angebeteten Ehefrau erobert hatte. Es war das gleiche fröhliche und unbekümmerte Lachen, mit dem er drei Jahre später die Nachricht aufgenommen hatte, dass seine Frau ein wundervolles Mädchen zur Welt gebracht hatte. Bills Mutter.

14

Manhattan, 1922

In kurzer Zeit hatte das Ereignis die Runde gemacht. Und sich immer mehr aufgebläht. Nun erzählte man sich bereits, Christmas sei aus dem Wagen eines bekannten jüdischen Gangsters gestiegen, eines der ganz Großen. Manch einer machte sogar leise Andeutungen. Manch anderer ging noch weiter und schloss, noch leiser, aus den Andeutungen, der Wagen gehöre Louis Lepke Buchalter oder gar Arnold Rothstein. Und innerhalb von zwei Tagen war man sich überall in der Lower East Side sicher, Christmas habe vor dem Hauseingang in der Monroe Street nicht einen Fünfzig-Dollar-Schein, sondern ein ganzes Bündel Geldscheine aus der Tasche gezogen. »Mehr als tausend Dollar«, schworen viele. Und fügten noch hinzu, im Hosenbund des Jungen habe ein Colt mit einem Griff aus Elfenbein gesteckt.

»He, das neulich war nur Spaß . . .«

Gleichgültig sah Christmas die Jungen an. Er trug Hose, Hemd und Anzugjacke, alles nagelneu. Und ein Paar Schuhe aus glänzendem Leder in seiner Größe. Ohne einen Cent dafür bezahlt zu haben. Als Christmas Moses Strauss' Laden betreten hatte, war der Schneider fast gestorben vor Angst. Er hatte geglaubt, der Junge käme aus einem ganz bestimmten Grund. Als ihm dann klar wurde, dass Christmas nicht vorhatte, ihn zu erpressen, war er derart erleichtert und dankbar gewesen, dass er ihm alles geschenkt hatte. Und wieder hatte das Ereignis im Viertel in Windeseile die Runde gemacht. Moses Strauss stand nämlich im Ruf, ein Halsabschneider zu sein. Er gewährte den armen Bewohnern der Lower East Side weder Darlehen noch den geringsten Zahlungsaufschub. Wenn sogar dieser jüdische Halsabschneider vor Christmas katzbuckelte, musste alles, was man sich über die Diamond Dogs erzählte, wahr sein.

»Wirklich, das war nur Spaß …«, wiederholte der Anführer der Gang, von der Christmas wenige Tage zuvor abgewiesen und ausgelacht worden war.

Santo Filesi war ein paar Schritte zurückgeblieben. In der Hand hielt er eine große Blechdose. Er fühlte sich in Gegenwart dieser Halbstarken unbehaglich. Auch er war von oben bis unten neu eingekleidet. Moses Strauss hatte ihm zunächst, ungewöhnlich genug, nur einen Rabatt gewähren wollen. Doch dann hatte der Schneider geglaubt zu bemerken, wie Christmas' Gesicht sich verfinsterte. Da hatte der Schneider alles eingepackt und nicht aufgehört zu betonen, es sei ihm eine Ehre, solch tüchtige Jungs zu seinen Kunden zu zählen.

»Sie nehmen es mir doch nicht übel, wenn ich Sie Jungs nenne, nicht wahr, meine Herren?«, hatte er eilig mit einer Verbeugung hinzugefügt.

»Was willst du?«, fragte Christmas den Anführer der Gang. »Ich habe zu tun.«

»Ich wollte bloß sagen …«, stammelte der Junge, der mit seinen sechzehn Jahren groß und kräftig war und die Züge eines Mastiffs hatte. Sein niedriger Haaransatz ließ nur wenig Raum für seine Stirn. »Also, wir dachten …« Er sah sich unter seinen Bandenmitgliedern um, die ähnlich gefährlich aussahen wie er und dichte schwarze Augenbrauen hatten, sich jedoch genau wie er Mühe gaben, zu lächeln und freundschaftlich zu tun. »Also, wir dachten, dass es keinen Grund gibt, warum wir nicht Freunde sein sollten. Wir sind alle Italiener …«

»Ich bin Amerikaner«, versetzte Christmas und maß sie mit seinen Blicken.

Diesmal lachte niemand.

»Na ja, eigentlich sind wir ja auch Amerikaner ...« Der Junge drehte den schäbigen Hut, den er vor Christmas vom Kopf genommen hatte, in seiner Hand. »Was ich sagen will, ist ... Keine Ahnung, vielleicht wollt ihr Diamond Dogs euch ja vergrößern. Wir sind bereit, bei euch mitzumachen ... wenn es dir recht ist. Wir könnten aus den beiden Gangs eine machen ...«

Christmas sah ihn mit einem spöttischen Grinsen an. Dann drehte er sich zu Santo um und lachte. Santo versuchte mitzulachen.

»Was soll ich mit euch anfangen?«, sagte Christmas zu dem Jungen. »Du hattest deine Chance und hast sie vermasselt.«

»Ich hab dir doch gesagt, es war nur Spaß ...«

»Aber ihr habt mich nicht zum Lachen gebracht.«

»Na ja, vielleicht war es ein dummer Spaß ...«, räumte der Junge an seine Kumpel gewandt ein und zwinkerte ihnen zu.

»Ja, klar, das war ein dummer Spaß«, tönten alle im Chor.

»Was hätte ich davon, wenn wir uns zusammentun?«, fragte Christmas daraufhin skeptisch.

»Wir sind viele«, sagte der Junge.

»Hier geht's ums Geschäft«, erwiderte Christmas. »Wie viel kassiert ihr denn so in der Woche?« Bevor der Junge antworten konnte, fuhr er fort: »Ach was, ihr wärt mir nur ein Klotz am Bein, entschuldigt, wenn ich euch das sage.«

Der Anführer der Gang ballte die Fäuste, schluckte die Kränkung jedoch hinunter.

Schweigend sah Christmas ihn an. »Machen wir's doch so«, schlug er dann in nachsichtigem Ton vor, »ich lasse euch weiter eure Geschäfte machen, und ihr haltet euch an wenige Regeln. Erstens: Ihr vergreift euch nicht an Frauen. Zweitens: Ihr vergreift euch nicht am Hund von Pep, dem Metzger hier um die Ecke.«

»An der räudigen Töle?«, fragte der Junge. »Warum?«

»Weil Pep mein Freund ist.« Dabei sah Christmas dem Jungen fest ins Gesicht und baute sich unmittelbar vor ihm auf. »Reicht dir das?«

Der Junge blickte zu Boden. »Okay«, stimmte er zu. »Wir vergreifen uns nicht an Frauen, und wir vergreifen uns nicht an der räudigen Töle.«

»Lilliput«, sagte Christmas. »Von jetzt an heißt sie auch für euch Lilliput.«

»Lilliput . . .«

Christmas sah zu den anderen Jungen hinüber.

»Lilliput«, tönten alle im Chor.

Christmas streckte die Hand aus und legte sie dem Anführer wohlwollend auf die Schulter. »Wenn die Diamond Dogs verlässliche Leute für kleinere Aufträge von draußen brauchen, werde ich an euch denken.«

Die Miene des Jungen hellte sich auf. »Wann immer du willst, wir sind bereit.« Er ließ ein Messer aufschnappen. Alle anderen hinter ihm zückten ebenfalls ihre Messer.

Santo schlotterten die Knie.

»Steckt die weg«, sagte Christmas. »Die Diamond Dogs arbeiten hiermit.« Er tippte sich mit dem Finger an die Schläfe. »Dem Kopf.«

Die Jungen steckten die Messer wieder ein.

»Lass uns gehen, Santo«, wandte sich Christmas an seinen Stellvertreter, der weiß wie die Wand war. »Wir müssen uns beeilen, wir haben doch noch eine Verabredung mit du weißt schon wem.«

Santo hatte seine Lektion gelernt. Er sollte nur ein einziges Wort sagen. Unzählige Male hatte er es sich selbst vorgesprochen. Unverfroren dreinblickend, eine Hand in der Hosentasche, hatte er den ganzen Morgen vor dem Spiegel seiner Mutter geprobt. Doch aus Furcht vor den Messern gehorchte ihm nun seine Stimme nicht mehr. »Arnold?«, stieß er dennoch hervor.

»Willst du etwa auch noch den Nachnamen ausplaudern?«, fuhr Christmas ihn in gespielter Wut an, damit die Jungs der Gang keinen Zweifel mehr daran hegten, dass vom Furcht einflößenden Arnold Rothstein die Rede war. Daraufhin blickte er dem Anführer ins Gesicht. »Ihr habt nichts gehört, sind wir uns da einig?«, sagte er mit warnend ausgestrecktem Zeigefinger.

»Wir sind taub, stimmt's?«, erwiderte der Junge und sah seine Gangmitglieder an.

»Taub«, tönten alle im Chor.

Da machten Christmas und Santo sich auf den Weg und bogen um die nächste Ecke. Kaum hatten sie die Gasse erreicht, auf die der Hinterausgang der Metzgerei hinausführte, stieß Christmas einen Pfiff aus. Jaulend kam Peps Hündin aus dem Laden gerannt.

»Lilliput!«, rief Christmas zufrieden, kniete sich hin und streichelte das Tier, das ihn freudig begrüßte.

»Wie eklig«, befand Santo.

Lilliput knurrte ihn an.

Christmas lachte und ließ sich die Blechdose geben, um die Santo seine Mutter gebeten hatte.

»Willst du sie grillen?«, fragte Pep, als er aus der Hintertür kam und seine Hündin über und über mit Salbe eingeschmiert sah. In der einen Hand trug er einen Stuhl, in der anderen eine Zeitung.

Die Hündin lief zu ihm hin, wedelte mit dem Schwanz, strich einmal um seine Beine und kehrte dann zu Christmas zurück.

Der Metzger stellte den Stuhl in den aufgeweichten Boden der Gasse, legte die Zeitung darauf und verschwand wieder im Laden. Als er zurückkam, trug er eine dicke Jacke über der blutverschmierten Schürze. Er setzte sich so, dass er die Metzgerei immer im Auge hatte, und schlug die Zeitung auf. »Weißt du, wieso ich den Stuhl hier in den Matsch stellen kann?«, fragte er Christmas stolz. »Er ist aus Metall. Unverwüstlich. Und Rückenlehne und Sitz sind aus Bakelit. Das Bakelit haben wir hier in New York erfunden, wusstest du das? Unverwüstlich.«

»Schön«, sagte Christmas und deutete, an Santo gewandt, auf die Metzgerei. »Geh mal aufpassen, dass kein Aasgeier reinkommt.«

»Wer?«, erwiderte Santo verständnislos.

Christmas schnaubte. »Stell dich vor den Eingang und sorg dafür, dass nicht irgendein Schlaumeier ein Stück Fleisch umsonst mitgehen lässt.«

Santo wirkte einen Moment unentschlossen, doch dann machte er sich in Richtung Straße auf.

»Wo willst du hin?«, rief Christmas ihm hinterher.

»Ich gehe außen herum . . .«

»Ich denke, du kannst hier durch.« Er zeigte auf den Hintereingang. »Ist das okay, Pep?«

Der Metzger nickte. »Solange du mir nicht das Fleisch klaust, Junge.«

»Nein . . . nein, Sir . . . ich . . .«, stotterte Santo.

Der Metzger lachte, und Santo verschwand mit hochrotem Kopf im Laden.

»Ein ganz harter Bursche, was?«, sagte Pep zu Christmas. Und wieder lachte er.

Christmas gab keine Antwort und rieb Lilliputs räudiges Fell weiter mit Salbe ein.

»Du hast sie mir ja ganz schön eingefettet«, bemerkte Pep. »Was soll das sein?«

»Das ist eine Salbe gegen Räude.«

»Was verstehst du denn von Räude?«

»Ich gar nichts. Aber der Arzt, der sie mir angerührt hat, kennt sich mit Räude aus.«

»Du willst dafür doch wohl kein Geld von mir, oder, Junge?«

Christmas stand auf, wischte sich mit dem Taschentuch die

Hände ab und verschloss die Dose. »Na ja, der Arzt hat sie mir ja nicht umsonst gemacht«, entgegnete er schließlich.

»Und wer hat dich darum gebeten?« Pep vertiefte sich in die Zeitung.

Christmas zuckte mit den Schultern und trat gegen einen Stein. Knurrend jagte Lilliput dem kleinen Geschoss hinterher, nahm es ins Maul, schüttelte den Kopf wie in einem Kampf, bis sie zu Christmas zurückkehrte und den Stein vor ihm ablegte. Christmas lachte und trat erneut dagegen. Lilliput schnappte sich den Stein wieder mit einem Knurren.

»Wie viel hast du denn dafür bezahlt?«, erkundigte sich der Metzger und blickte von der Zeitung auf.

»Zwei Dollar«, antwortete Christmas, als interessierte ihn die Angelegenheit nicht sonderlich, und schoss abermals den Stein weg.

»Zwei Dollar?«, wiederholte der Metzger kopfschüttelnd und blätterte weiter in der Zeitung. Doch nach einer Weile ließ er sie sinken, pfiff Lilliput herbei, nahm sie hoch und schnupperte an ihr, als wäre sie tatsächlich ein Grillhähnchen. Er setzte sie wieder ab. »Zitrone. Und Destillat.« Mit dem Finger strich er über das Hundefell und rieb dann die Fingerspitzen aneinander. »Paraffin.« Er wischte sich die Hände an der Schürze ab und griff wieder zur Zeitung. Gleich darauf jedoch ließ er sie mit einem entrüsteten Blick auf Christmas erneut sinken. »Zwei verfluchte Dollar?«, schimpfte er. »Für ein bisschen Zitrone, billigen Fusel und Paraffin?«

»Der Arzt sagt, man muss sie täglich auftragen«, gab Christmas zurück, ohne den Blick zu senken.

»Junge«, erwiderte Pep und hielt ihm einen Finger entgegen, der dick wie eine Wurst und mit Schnittwunden übersät war, »ich habe viel von dir gehört in letzter Zeit. Die Leute reden über nichts anderes. Aber eines will ich dir sagen. Ihr Verbrecher könnt mich alle mal kreuzweise, ob ihr nun Italiener oder Juden oder Iren seid. Ihr seid miese Schweine, die davon leben, dass arme, ehrlich arbeitende Leute sich euretwegen in die Hosen machen. Aber mich kümmern eure Gangs einen Scheißdreck, mir macht ihr keine Angst. Ich trete euch allen miteinander in den Arsch. Haben wir uns verstanden?«

Wortlos sah Christmas ihn an. Santo erschien mit besorgtem Gesicht in der Tür.

»Geh zurück an deinen Platz«, befahl Christmas ihm; sein Stellvertreter gehorchte. »Wolltest du nicht Zeitung lesen, Pep?«, fragte Christmas den Metzger.

»Sag du mir nicht, was ich tun will, du Rotzbengel.«

Mit verspieltem Knurren legte Lilliput wieder den Stein vor Christmas ab, der grinsend dagegentrat.

Der Metzger sah seiner Hündin zu, die fröhlich hinter dem Stein herjagte und ihn dann apportierte. »Sie kratzt sich schon weniger«, brummte er, noch immer mit grimmiger Miene.

Abermals schoss Christmas den Stein für Lilliput.

»Ach, zum Teufel!«, fluchte Pep, stand auf und griff nach dem Stuhl. Dabei fiel die Zeitung herunter, mitten in den Matsch. »Na, bist du jetzt zufrieden?«, sagte er und deutete auf die Zeitung. »Lilliput, bei Fuß«, befahl er dem Hund, der ihm in den Laden folgte. »Und du, raus mit dir!«, hörte man Pep kurz darauf brüllen.

Während Santo mit sorgenvoller Miene aus dem Laden gelaufen kam, hob Christmas die matschverschmierte Zeitung auf.

»Mr. Pep hat gesagt, die soll ich dir geben.« Santo hielt Christmas zwei Dollar hin.

Christmas steckte sie lächelnd ein.

»Er bezahlt uns gut, was?«

»Es geht.«

»Wie hoch ist mein Anteil?«

Statt zu antworten, schlug Christmas die Zeitung auf. Die Schlagzeile auf der ersten Seite verkündete:

Nach dem Überfall auf die Enkelin des Textilmagnaten Saul Isaac-
son ermordet er seine Eltern. Die Polizei jagt William Hofflund.

Christmas' Miene verfinsterte sich. »William Hofflund«, murmelte er grollend.

»Wie hoch ist mein Anteil?«

Christmas sah Santo an. Seine Augen waren schmal wie
Schlitze. »Das ist er. William Hofflund«, sagte er nur und ging
davon.

15

»Ja … jetzt schmecke ich dich … So ist es gut … Ja, ich schmecke dich … Komm raus … gut so … Sie bricht auf … die Blüte
öffnet sich … und drängt … drängt nach draußen … So ist es
gut … Jetzt, jetzt … jetzt … Still meinen Durst …«
    »Sal!«, stöhnte Cetta. Ohne Scham gab sie sich den lustvollen
Zuckungen hin, während sie, die Finger in Sals dichtem Haar
verschränkt, seinen Kopf an ihren erregten Körper presste und
nachspürte, wie ihre warmen Körpersäfte sich mit dem Speichel des Mannes mischten, der zwischen ihren Beinen kniete.
»Sal …«, sagte sie wieder, nun jedoch schwächer, lockerte den
Griff ihrer Hände und wölbte den Rücken in einem letzten ver-
zückten Aufbäumen. Ihr war, als setzte alles in ihr aus, Herz,
Atem, Gedanken. Wie in einer pantomimischen Darstellung
des Todes – eines süßen Todes, dem man sich auslieferte, um nur
ein bisschen zu sterben. Um dann, wenn man von diesem kleinen Tod erwachte und mühevoll die Augen aufschlug, die Welt
anders, gedämpft, schläfrig und zugleich neugeboren wiederzuentdecken. Mit einem Seufzer räkelte sie sich wie eine Katze
nackt auf dem Bett. Als Sal sich neben sie legte, schmiegte sie
sich an seine warme Brust. »Sal …«
    Die Arme hinter dem Kopf verschränkt, starrte er an die nied-
rige, mit Wasserflecken übersäte Zimmerdecke. Der Sommer
war erbarmungslos. In dem Zimmer, in dem Tonia und Vito die
letzten Jahre ihres Lebens verbracht hatten und das nun Cettas
Zuhause war, herrschte eine drückende Schwüle. Das alte Ehebett ächzte bei jeder Bewegung. Sal war schweißgebadet. Das
Unterhemd klebte ihm am Rücken.

Cetta stand auf, tauchte ein Tuch in die Wasserschüssel und machte sich daran, Sal behutsam zu waschen. Er schloss die Augen. Mit dem Tuch fuhr Cetta über die Vertiefung am Hals, unter dem Kinn entlang, über die schlecht rasierten Wangen und die Stirn. Es folgten Arme und Achselhöhlen. Dann schob sie sein Unterhemd hoch und wusch und trocknete ihm Bauch und Brust. Schließlich legte sie das Tuch in die Waschschüssel zurück und schickte sich an, Sals Gürtel zu öffnen. Sal schlug die Augen auf.

»Lass mich nur machen«, sagte Cetta leise.

Sie schnürte seine Schuhe auf, streifte ihm die Hose ab, löste die Strumpfhalter und zog ihm die Strümpfe aus. Erneut griff sie nach dem feuchten Tuch und säuberte und kühlte zunächst Sals Füße. Anschließend wandte sie sich den Beinen zu, strich mit dem Tuch über die Kniekehlen und weiter hinauf zu den kräftigen Oberschenkeln, zunächst außen entlang, dann sinnlich über die Innenseiten, bis sie seine Leiste berührte. Cetta legte das Tuch zurück in die Schüssel und wollte ihm die Unterhose herunterziehen. Doch er hielt sie mit einer Hand auf.

»Es ist warm«, hauchte Cetta. »Lass mich nur machen.«

Sal lockerte den Griff.

Cetta ließ die Unterhose langsam nach unten gleiten und entblößte Sals dunklen Penis. Sie warf die Unterhose auf den Boden und nahm das feuchte Tuch wieder zur Hand. Behutsam wusch sie seine großen, runden Hoden und seinen Penis, den sie streichelte, während sie ihn betrachtete. Schließlich näherte sie sich ihm mit den Lippen und küsste ihn.

Schlagartig setzte Sal sich auf, packte sie gewaltsam an den Haaren und zog ihren Kopf hoch, bevor er sie heftig und voller Wut zur Seite stieß.

Cetta fiel aus dem Bett.

»Nein, habe ich gesagt!«, brüllte er.

»Warum nicht?«, fragte Cetta und berührte mit einer Hand seinen Fuß.

Verärgert zog Sal das Bein weg. »Hast du's noch immer nicht kapiert, du dumme Gans?«

Schweigend sah Cetta ihn an, bevor sie aufstand und sich auf die Bettkante setzte. Erneut streckte sie die Hand aus und streichelte seinen Fuß. Und wieder wich Sal ihr aus. Finster starrte er sie an.

»Du ...«, sagte Cetta, während sie nach den richtigen Worten suchte, »du ... kannst nicht?«

Sal schnellte vor und hielt ihr einen Finger vor das Gesicht. »Ich kann sanft oder aber sehr brutal sein«, knurrte er bedrohlich. »Du hast die Wahl, hast du mich verstanden?«

Cetta saß wie versteinert da.

»Sollte ich erfahren, dass du es herumerzählt hast«, drohte Sal und betonte Wort für Wort, »finden sie deine Leiche im East River.«

Ohne den Blick von Sal abzuwenden, griff Cetta langsam nach seinem Finger und drückte ihn herunter. »Ist es meine Schuld?«, fragte sie.

»Nein.«

»Tust du es mit den anderen?«

»Nein.«

»Du hast es ... noch nie getan?«

»Noch nie.«

Da beugte Cetta sich vor und küsste ihn auf den Mund.

Sal stieß sie weg.

»Das habe ich noch nie getan«, erklärte Cetta mit gesenktem Blick und errötete. »Ich habe noch nie einen Mann geküsst.«

»Tja, jetzt hast du es getan«, brummte Sal, während er sich in die ächzende Umarmung des Bettes zurückfallen ließ.

»Ich werde nie einen anderen küssen«, sagte Cetta.

»Darum habe ich dich nicht gebeten.«

Sie rückte an Sal heran und schmiegte den Kopf an seine Schulter. »Ich schwöre es dir«, setzte sie hinzu.

»Schwör nicht«, entgegnete er.

Cetta nahm seine Hand und streichelte sie eine Weile. »Ich möchte sie dir waschen«, sagte sie schließlich.

»Nein.«

Schweigend streichelte Cetta weiter die kräftige Hand. Sie zog sie an die Lippen und küsste sie. Mit festem Druck führte sie sie dann an ihrem Gesicht entlang. »Warum nicht?«

»Das bringt Unglück.«

Cetta stupste ihn gegen die Brust.

»Außerdem bastele ich gern an Motoren herum«, fügte Sal da hinzu. »Es ist sinnlos, sie sauberzumachen, sie werden ohnehin sofort wieder schmutzig.«

Cetta lächelte und schlang die Arme um seine breite Brust. »Warum nicht, Sal?«, fragte sie noch einmal.

Sal seufzte. Er griff nach der halben Zigarre auf dem Nachttisch und steckte sie sich, ohne sie anzuzünden, in den Mund. »Als ich ungefähr in deinem Alter war, haben sie mich mal geschnappt«, begann er zögerlich zu erzählen. »Ein missglückter Überfall. Ich war kein guter Räuber ...« Er lachte leise.

Cetta spürte, wie die dumpfen Töne in Sals Brust vibrierten und ihr Ohr kitzelten. Sal lacht sonst nie, dachte sie.

»Ich kam ins Gefängnis«, fuhr er fort. »Sie fuhren mir mit einer Tintenwalze über die Finger und nahmen meine Abdrücke. Und dabei lachten sie. Sie lachten über meine schmutzigen Hände. Und im Besuchsraum sah meine Mutter mich dann mit diesen schwarzen Händen und brach in Tränen aus. Am Abend scheuerte ich meine Finger an der Zellenwand, aber sie wollten nicht sauber werden. Die Tinte war tief in die Haut einzogen.«

Cetta streichelte noch immer seine Hand. Sie küsste sie und führte sie unter ihre linke Brust, dorthin, wo ihr Herz schlug.

»Den Umgang mit Motoren habe ich im Gefängnis gelernt«, erzählte Sal grinsend. »Autos waren mir damals völlig egal. Aber eines Tages sah ich im Hof einen Kerl mit abstoßend schwarzen

Händen. Er arbeitete als Mechaniker. Da habe auch ich mich für die Werkstatt einteilen lassen. Und jede Nacht, wenn ich mich auf meiner Pritsche schlafen legte, schaute ich mir meine Hände an und dachte, dass man sie mir nicht noch schmutziger machen konnte, falls ich noch einmal geschnappt werden sollte.« Sal schwieg kurz, hob eine Hand an und betrachtete sie. »Seitdem meine Hände so aussehen, haben sie mich nie mehr geschnappt«, fügte er lachend hinzu. »Deshalb glaube ich, es bringt Unglück, wenn ich sie mir wasche.«

Auf einen Ellenbogen gestützt, näherte Cetta sich Sals Gesicht, nahm ihm die Zigarre aus dem Mund und küsste ihn.

»Pass auf, dass du nicht zur Klette wirst, Mädchen«, sagte Sal.

Cetta lachte, schob die Zigarre zwischen seine Lippen und schmiegte sich wieder an seine Brust.

»Wann bringen sie dir die rotznasige Nervensäge zurück?«, fragte Sal.

In dem Moment klopfte es an der Tür.

»Jetzt.« Cetta grinste verlegen und erhob sich vom Bett. Sie schlüpfte in ihren Morgenrock und ging zur Tür. Die Türklinke in der Hand, drehte sie sich noch mal zu Sal um, der sich in aller Ruhe anzog. »Tut mir leid«, sagte sie.

Ohne sie anzusehen, zuckte Sal mit den Schultern und zündete sich die Zigarre an.

Beschämt senkte Cetta den Blick. »Tut mir leid.«

»Okay, das sagtest du schon«, knurrte Sal und zog seine Hose hoch.

Es klopfte erneut. Cetta öffnete die Tür. Auf dem Flur stand eine dicke Frau, die Christmas auf dem Arm trug. An ihrem Rock hingen zwei weitere kleine Kinder im Alter von vier und fünf Jahren, die genauso dick waren wie sie.

»Vielen Dank, Signora Sciacca«, sagte Cetta und nahm ihr Christmas ab.

Die Frau versuchte, einen Blick ins Zimmer zu erhaschen.

»Der Junge macht mir eine Menge Arbeit«, seufzte sie. »Und Sie haben sehr ungünstige Arbeitszeiten ...«

Cetta sah sie schweigend an. Seit Tonia und Vito gestorben waren, gab sie Christmas in die Obhut von Signora Sciacca, die im zweiten Stock in einer Wohnung mit Fenster wohnte, gemeinsam mit ihrem Mann und vier Kindern. Cetta gab ihr einen Dollar in der Woche dafür, dass sie Christmas beaufsichtigte. »Können Sie ihn nicht mehr nehmen?«

»Nicht, dass ich nicht mehr kann, aber Ihre Zeiten ...«

»Die Arbeitszeiten lassen sich nicht ändern«, fiel Sal, der in Hose und Unterhemd in der Tür erschien, der Signora ins Wort. Daraufhin griff er in seine Tasche und zückte ein Bündel Geldscheine. Er zog einen Fünfer heraus und hielt ihn der Frau hin. »Nehmen Sie das hier«, sagte Sal und musterte sie mit strengem Blick. »Und grüßen Sie mir Ihren Mann herzlich. Er ist ein tüchtiger Kerl.«

Signora Sciacca wurde blass, nahm das Geld und nickte langsam.

»Passen Sie gut auf die Rotznase auf«, fügte Sal noch hinzu. »Sie wissen ja, wie Kinder in dem Alter sind, sie tun sich schnell weh. Und das würde mich ärgern.«

Signora Sciacca, die immer blasser wurde, versuchte zu lächeln. »Machen Sie sich keine Sorgen, Mr. Tropea«, sagte sie. »Wir alle vergöttern Christmas.« Sie wandte sich an ihre Söhne. »Nicht wahr, Kinder, ihr habt Christmas doch lieb?«

Als sie angesprochen wurden, flüchteten sich die beiden Kinder hinter das breite Hinterteil der Mutter.

Grußlos schloss Sal die Tür, griff nach seinem kurzärmeligen weißen Hemd, das er über einen Stuhl gehängt hatte, und streifte es über. Er zog die Hosenträger hoch und schnallte das Pistolenholster um.

Cetta drückte Christmas an sich, der glücklich strahlte, und gab ihm einen Kuss auf die Wange. Doch ihr Blick lag auf Sal, der so groß und hässlich war. Und sie dachte daran zurück, wie sie ihn kurz nach ihrer Ankunft in Amerika zum ersten Mal gesehen hatte, in der Tür des Anwalts, der sie aus Ellis Island herausgeholt hatte und ihr den Jungen hatte wegnehmen wollen. »Du wurdest beschützt«, wisperte sie Christmas ins Ohr und spürte, wie die Rührung sie beinahe übermannte.

»Hat der Hosenscheißer heute Geburtstag?«, fragte Sal in dem Moment und schleuderte dabei eine Stoffpuppe auf den Tisch, die ein Yankee-Trikot mit der Rückennummer drei und einen kleinen Holzschläger in der Hand trug.

Da versetzte es Cetta einen heftigen Schlag in die Magengrube. Einen Augenblick lang fürchtete sie, Christmas fallen zu lassen. Sie biss die Zähne zusammen und verzog schmerzlich das Gesicht. Unvermittelt wurde sie daraufhin von einem heftigen Schluchzen geschüttelt. Christmas legte seine Händchen an ihre tränennassen Wangen. Als er die Finger in den Mund steckte und das Salz schmeckte, begann er zu weinen.

Kopfschüttelnd betrachtete Sal die beiden, bevor er sich fertig anzog.

Cetta hatte währenddessen nach der Puppe gegriffen und ließ sie, noch immer weinend, vor Christmas' geröteten Augen tanzen. Sie legte sie aufs Bett und zeichnete mit dem Finger die Nummer auf dem Trikot nach. »Drei, siehst du?«, sagte sie. »Genauso alt bist du . . .«

»Ihr seid echte Heulsusen«, bemerkte Sal und öffnete die Wohnungstür.

Cetta sah ihn tränenüberströmt an und brach dann unvermittelt in Gelächter aus, während Christmas die Puppe auf das Bett schlug.

»Komm nicht auf dumme Gedanken«, mahnte Sal. »Da ist nichts zwischen uns beiden.«

»Ich weiß, Sal«, sagte Cetta lachend, doch die Tür hatte sich bereits hinter ihm geschlossen.

16

Manhattan – New Jersey, 1922

Als am frühen Morgen der luxuriöse graue Rolls-Royce Silver Ghost ein weiteres Mal in der Monroe Street vor dem Haus Nummer 320 anhielt, war allen klar, dass Christmas Luminita trotz seines jugendlichen Alters tatsächlich eine große Nummer geworden war.

Der neugierige Pulk begleitete den Chauffeur durch das Treppenhaus nach oben. Unterwegs fragte einer, ob der Wagen Rothstein gehöre, ein anderer wollte wissen, was sich denn in dem großen Paket verberge, das er bei sich hatte, und noch ein anderer versuchte, den an Christmas adressierten Brief, der aus der Tasche des Chauffeurs ragte, zu erhaschen. Der Fahrer jedoch schwieg zu all den Fragen professionell und verzog keine Miene. Er stellte das Paket vor der Wohnung von Cetta und Christmas Luminita ab und klopfte dezent an. Nach einigen Sekunden versuchte er es nochmals. Nichts regte sich hinter der Tür.

»Christmas! Christmas!«, brüllte da Santo, der hervortrat und vor lauter Begeisterung rücksichtslos gegen die Tür hämmerte. »Mach auf, Christmas!«

»Was zum Teufel ist in dich gefahren, Santo?« Das helle Haar vom Schlaf zerzaust, stand Christmas, nur mit Unterwäsche bekleidet, im Türrahmen.

»Christmas, mach nicht so einen Lärm!«, hörte man es aus der Wohnung schimpfen, kurz darauf knallte eine Tür.

Überrascht starrte Christmas auf den Chauffeur, der das Paket wieder hochgenommen hatte.

»Ich bin es, Fred, Mr. Luminita«, sagte der Chauffeur.

»Ja, ja ...«, stammelte Christmas, noch immer benommen. »Hallo, Fred.«

»Mich schickt Mister ...«, hob der Chauffeur an.

»Okay, okay«, schnitt Christmas ihm das Wort ab. »Lass uns keine Namen nennen. Das ist nicht nötig. Wir wissen beide, wer dich schickt. Komm rein, hier sind zu viele Ohren.« Und damit zog er den Mann in die Wohnung und schloss sofort die Tür.

Santo, der einen Schritt vorgetreten war, um mit hineinzugehen, stieß beinahe mit der Nase gegen die Türfüllung. Vor Scham lief er rot an. Einen Augenblick später wurde die Tür wieder geöffnet, Christmas' Hand packte ihn am Arm und zerrte ihn hinein. Schließlich wurde die Tür ein drittes Mal aufgerissen, und Christmas erschien auf dem Flur. »Verschwindet!«, rief er den Neugierigen zu.

Ein Murren ging durch die kleine Menge, bevor alle aufgeregt plappernd die Treppe hinabstiegen und sich im Viertel verstreuten, um die Neuigkeit zu verbreiten.

»Habt ihr hier elektrischen Strom?«, erkundigte sich Fred, während er sich in der Küche, die zugleich Christmas' Schlafzimmer war, beklommen umschaute.

»Klar haben wir Strom, für wen hältst du uns?«, entgegnete Christmas, die Hände in die Hüften gestemmt, großspurig.

»Junge, sei um Himmels willen leise!«, schimpfte Cetta aus dem Schlafzimmer.

»Meine Mutter«, erklärte Christmas und deutete mit dem Kopf auf die Tür. »Sie arbeitet in einem Nachtclub.«

Fred sah ihn unbeirrt an. »Soll ich Ihnen Zeit zum Anziehen geben, Mr. Luminita?«

»Wie?« Verlegen blickte Christmas an sich herunter auf seine lange Unterhose.

Santo lachte.

»Christmas!«, brüllte Cetta wieder.

»Ja, ist wohl besser ...«, flüsterte Christmas und zog den Kopf ein wie alle kleinen Jungen, wenn sie ausgeschimpft werden. »Santo, geh mit ihm in den Salon.« Hastig zog er sich an, tauchte zwei Finger in eine Schüssel mit eiskaltem Wasser, erschauerte und ging zu den beiden Wartenden in das kleine Zimmer, das Cetta hochtrabend als Salon bezeichnete. »Wir haben auch ein Fenster«, betonte Christmas stolz und zeigte auf das Glanzstück der Wohnung.

»Das sehe ich«, entgegnete Fred.

»Also gut, kommen wir zum Geschäft. Was willst du, Fred?«

»Darf ich Namen nennen?«

»Zur Sicherheit besser nicht.«

»So kann ich nicht zwitschern, wenn sie mich ausquetschen«, erklärte Santo mit prahlerischem Stolz und steckte die Hände in die Hosentaschen.

»Verstehe«, gab Fred mit unverändertem Gleichmut zurück und nickte ernst. »Nun denn, Sie wissen schon wer lässt Ihnen ein Geschenk überbringen, Mr. Luminita«, sagte er daraufhin und hielt Christmas das Paket hin.

»Der Alte?«

»Ja ... der Alte«, bestätigte Fred, doch sein Ton verriet, dass ihm die Bezeichnung nicht gefiel.

Christmas öffnete das Paket. Zum Vorschein kam ein Radio, aus dem sechs Röhren hervorragten. Mit einem trichterförmigen Lautsprecher aus glänzendem schwarzem Bakelit. Ein am Radio seitlich mit zwei Schrauben befestigtes Metallschildchen verkündete in grauen Buchstaben: *Radiola*, und gleich darunter: *Long Distance Radio Concert Amplifier – Model AA 485*, und noch weiter unten: *RCA – Radio Corporation of America*.

»Wahnsinn!«, entfuhr es Christmas.

»Das ist ein Radio!«, rief Santo.

»Das weiß ich auch«, entgegnete Christmas. Aufs Geratewohl spielte er an den Knöpfen herum. »Funktioniert es auch?«, fragte er Fred.

»Das sollte es«, antwortete der Chauffeur. »Erlauben Sie?«
Suchend blickte er sich um, fand die Steckdose und steckte den
Stecker hinein. Dann drehte er an einem Knopf. Die beiden
Jungen lauschten gespannt, während es aus dem Radio dumpf
rauschte. »Die Röhren müssen sich erst aufheizen«, erklärte
Fred.

»Es hat sogar Röhren«, staunte Christmas.

Santo schaute verblüfft drein.

Kurz darauf ließ das Rauschen nach, und eine krächzende
Stimme ertönte.

»Seit Februar hat auch Präsident Harding ein Radio im Weißen Haus«, erzählte Fred. »Mit diesem Knopf stellt man den
Sender ein.« Er wählte ein Musikprogramm aus.

Christmas und Santo starrten das Radio mit offenem Mund
an.

»Der andere Knopf ist für die Lautstärke«, erklärte Fred weiter. »Aber im Moment sollten wir es wohl leise stellen. Wegen
Ihrer Mutter, meine ich . . .«

Da fuhr Christmas zu der Tür herum, hinter der Cetta schlief.
Er rannte hin und steckte, ohne anzuklopfen, den Kopf in den
fensterlosen Raum. »Mama! Mama! Komm mal!« Noch aufgeregter als zuvor kehrte er in den Salon zurück. »Mama!«, rief er
erneut. »Stell es lauter, so laut es geht«, sagte er zu Fred.

»Das halte ich für keine gute Idee . . .«

»Ach, Blödsinn!« Christmas stürzte sich auf das Radio und
drehte genau in dem Moment die Lautstärke voll auf, als Cetta –
eingedenk des Morgens, an dem sie wegen des vergewaltigten
Mädchens geweckt worden war – mit sorgenvoller Miene im
Salon erschien. »Sieh mal, Mama, ein Radio!«, überschrie
Christmas die Musik.

Cettas Gesichtsausdruck schlug um in Verwirrung. Als sie
den uniformierten Chauffeur bemerkte, hüllte sie sich enger in
ihren dünnen Morgenmantel.

»Wir haben ein Radio, Mama!«, sagte Christmas aufgeregt und fiel ihr um den Hals. »Genau wie der Präsident!«

Wie eine Furie entwand Cetta sich ihm, stürzte zum Radio und schaltete es aus. »Wo kommt das her?«, fragte sie. »Also stimmt es, was man sich im Viertel erzählt. Hast du es gestohlen? Bringst du dich gerade in Schwierigkeiten?«

»Nein, Mama, nein. Das ist ein Geschenk ...«

»Ein Geschenk von wem?« Cettas Augen blitzten finster. Sie wandte sich dem Chauffeur zu. »Und wer sind Sie?«, fragte sie angriffslustig.

»Verzeihen Sie die Störung, Ma'am. Ich wusste nicht, dass Sie in einem Nachtclub arbeiten, sonst wäre ich später gekommen ...«, hob Fred an.

»Wer sind Sie?« Cetta trat dicht an ihn heran.

»Warte, Mama, warte. Kein Wort, Fred«, ging Christmas, den Zeigefinger auf den Chauffeur gerichtet, dazwischen. Dann nahm er Santo beim Arm und zog ihn zur Tür. »Das ist eine Familienangelegenheit«, sagte er, schob ihn hinaus und schloss die Tür wieder.

»Bringt mein Sohn sich gerade in Schwierigkeiten?«, erkundigte Cetta sich in finsterem Ton bei Fred.

»Nein, Ma'am, das versichere ich Ihnen«, beruhigte der Chauffeur sie. Dann wandte er sich an Christmas. »Vielleicht sollten Sie Ihrer Mutter alles erzählen.«

»Was hast du mir zu erzählen?«

»Ich habe nichts Böses getan, Mama. Sag du es ihr, Fred.«

»Mr. Saul Isaacson«, begann der Chauffeur, der immer noch kerzengerade dastand, »wollte Mr. Luminita für die Rettung seiner Enkelin danken.«

»Ruth, Mama. Erinnerst du dich an sie?«

»Wie geht es ihr? Das arme Mädchen ...«, sagte Cetta sogleich sanfter.

»Viel besser, Ma'am, danke.«

»Ich bringe mich nicht in Schwierigkeiten, Mama«, betonte Christmas.

»Nein, nein, mein Junge«, murmelte Cetta, schloss ihn in die Arme und strich über sein blondes Haar. Dann nahm sie lächelnd sein Gesicht in ihre Hände. »Ein Radio!«, rief sie freudestrahlend aus. »Das hat niemand sonst im ganzen Viertel.« Sie kicherte wie ein kleines Mädchen.

»Da wäre auch noch der hier«, warf Fred ein und reichte Christmas zögernd den Briefumschlag, den er in der Tasche trug. »Wenn Sie wollen, kann ich . . .«

»Mein Sohn kann lesen und schreiben«, unterbrach Cetta den Fahrer voller Stolz und warf ihm einen vernichtenden Blick zu.

»Ja, ich kann lesen, Fred«, bestätigte Christmas und nahm den Umschlag entgegen.

»Bitte entschuldigen Sie. Auch Sie, Ma'am . . .«, sagte Fred und senkte leicht den Kopf. »Er ist von Miss Ruth. Wenn Sie ihn gleich lesen möchten, stehe ich Ihnen auf Wunsch von Mr. Isaacson weiter zur Verfügung.«

Verwirrt öffnete Christmas den Brief. Nur wenige Zeilen in eleganter Handschrift bedeckten das blassgrüne Briefpapier.

»Was für eine schöne Schrift sie hat!«, bemerkte Cetta. Verlegen lächelte sie Fred an, bevor ihr Blick wieder auf den Brief zurückfiel. »Was schreibt sie?«

Christmas senkte das Blatt. Er war blass. Bewegt.

»Was schreibt sie?«, fragte Cetta noch einmal.

»Sie will mich sehen, Mama.«

»Wo? Wann?«

»Miss Ruth ist noch nicht wieder vollkommen gesund«, mischte sich Fred ein. »Sie wurde aus der Klinik entlassen, aber der Arzt hat ihr geraten, sich nicht zu überanstrengen. Sie ist jetzt auf dem Land. Wenn Mr. Luminita einverstanden ist und keine anderweitigen Verpflichtungen hat, würde ich ihn zur Villa Isaacson fahren und am Nachmittag wieder zurückbringen. Es wäre Miss Ruths Familie eine Ehre, ihn beim Mittagessen zu Gast zu haben.«

»Mama...« Christmas wusste nicht, was er sagen sollte. Mit großen Augen sah er sie an.

Cetta lächelte ihm zu und drückte ihn an sich. »Hab keine Angst, mein Junge«, flüsterte sie ihm ins Ohr. »Geh nur, und iss für mich mit.« Sie lachte.

»In Ordnung...«, sagte Christmas zu Fred und versuchte, Haltung anzunehmen. »Dann komme ich mit.«

»Ich warte im Wagen auf Sie. Lassen Sie sich ruhig Zeit«, sagte Fred. »Entschuldigen Sie die Störung, Ma'am.« Er deutete eine Verbeugung vor Cetta an.

»Schon gut...«, erwiderte sie. Kaum hatte der Chauffeur die Wohnung verlassen, schaltete sie das Radio ein. »Es funktioniert nicht mehr«, stellte sie enttäuscht fest, als sie nichts als Rauschen hörte.

»Die Röhren müssen sich erst aufheizen, Mama«, erklärte Christmas nachsichtig.

»Was du alles weißt, mein Sohn«, sagte Cetta voll ehrlicher Bewunderung und nahm sein Gesicht in ihre Hände. Mit einem Mal erfüllte Musik den Salon. Cetta nahm Christmas an den Händen und fing lachend an zu tanzen.

»Ich habe ein bisschen Angst, Mama«, gestand Christmas.

Cetta blieb stehen. Ernst sah sie ihn an. »Denk immer daran, selbst wenn sie alles Geld dieser Welt besitzen, sind sie nicht besser als du. Wenn du in Verlegenheit bist, stell sie dir beim Kacken vor.«

Christmas lachte.

»Das funktioniert«, sagte Cetta ernst. »Oma Tonia hat es mir beigebracht.«

»Beim Kacken?«

»Ja, sicher. Wenn sie etwas sagen, was du nicht verstehst, wenn du das Gefühl hast, sie wären dir überlegen, stell sie dir einfach vor, wie sie auf dem Klo sitzen und mit puterrotem Gesicht einen Haufen herauspressen.«

Wieder lachte Christmas.

»Na los, du bist ganz verstrubbelt, komm mal her.« Cetta ging mit ihm in die Küche und glättete ihm mit einem Kamm das blonde Haar. Dann tauchte sie einen Lappen in die Waschschüssel und rieb ihm damit durchs Gesicht. Mit einem Stück Seife wusch sie ihm die Hände und kratzte mit der Messerspitze das Schwarze unter seinen Fingernägeln weg. »Wie hübsch du bist, Christmas. Die Mädchen werden verrückt nach dir sein«, sagte sie stolz.

»Ruth auch?«, fragte Christmas schüchtern.

Für einen Augenblick verfinsterte sich Cettas Gesicht. »Ruth auch«, antwortete sie. »Aber lauf nicht den Reichen hinterher, such dir ein Mädchen aus dem Viertel.«

»Mama, wie verhält man sich, wenn man bei reichen Leuten zum Essen ist?«

»Na ja ... normal ...«

»Wie, normal?«

»Mach es wie sie. Beobachte sie und mach es ihnen nach. Das ist ganz leicht.«

»Ist gut ...«

»Sprich nicht mit vollem Mund und rülpse nicht.«

»Ist gut ...«

»Und sag keine Schimpfwörter.«

»Ist gut.« Christmas trat von einem Bein auf das andere. »Ich geh dann mal.«

»Warte«, rief Cetta, lief in ihr Zimmer und kam mit der Geldbörse zurück. »Kauf ihr einen Strauß Blumen«, sagte sie und drückte Christmas zehn Cent in die Hand. »Blumen mitzubringen ist ziemlich schick.«

Christmas dankte seiner Mutter mit einem Lächeln und ging zur Wohnungstür. Er hatte sie bereits geöffnet, als er innehielt. »Hör zu, Mama, erzähl den Leuten nichts von dieser Sache. Ich erklär's dir später. Sag nur, dass er ein einflussreicher Jude ist. In Ordnung?«

»Sie sind Juden?«

»Ja, Mama, aber ...«

Cetta spuckte auf den Boden. »Juden ...«, brummte sie.

»Mama!«

»Die Juden haben versucht, Sal zu töten«, sagte Cetta düster.

»Ja, ich weiß«, stöhnte Christmas.

»Ist wenigstens Ruth Amerikanerin?«

»Ja, sie ist Amerikanerin.«

»Ah, gelobt sei der Herr«, seufzte Cetta erleichtert. Plötzlich riss sie die Augen auf, als wäre ihr ein entscheidendes Detail eingefallen. »Warte. Das Parfüm. Ich gebe dir ein bisschen von meinem Parfüm.«

»Nein, Mama, das ist Frauenkram.« Christmas flüchtete die Treppe hinunter.

Auf der Straße erwartete ihn Santo inmitten einer kleinen Menschenmenge. Der Rolls-Royce war von Kindern umringt. Gleichmütig saß Fred hinter dem Steuer. Als er Christmas entdeckte, stieg er aus dem Wagen und hielt ihm die Tür auf.

»Wohin fährst du?«, wollte Santo wissen.

»Zum großen Boss persönlich«, antwortete Christmas laut, damit jeder ihn hörte. »Er hat mich zum Essen eingeladen. Wir haben etwas Geschäftliches zu besprechen.«

Ein Raunen ging durch die Menge.

Christmas gab Santo die zehn Cent. »Geh ein paar Blumen für mich kaufen. Die schönsten, die du kriegen kannst. Aber beeil dich!«

Santo rannte zum Blumenhändler an der Ecke. Er wusste, er durfte keine Fragen stellen. Regel Nummer eins der Gang hatte er verinnerlicht. *Wenn du's nicht gleich kapierst, kapierst du's später. Und wenn du's auch später nicht kapierst, denk daran, es gibt immer einen Grund.* Wenig später kam er atemlos mit dem Blumenstrauß zurück und gab Christmas die zwei Cent Restgeld.

»Geh und kauf dir eine Limonade«, sagte Christmas und warf ihm die Münze zu. Mit einem Blick in die Menge, die ihn umringte, erklärte er dann: »Es ist ziemlich schick, einer Dame Blumen mitzubringen.« Schließlich stieg er ins Auto und ließ Fred die Tür schließen.

In dem Augenblick dröhnte aus dem ersten Stock laute Musik auf die Straße. Christmas sah aus dem Auto nach oben. Freudestrahlend und schön tauchte Cetta im Fenster auf, in der Hand den Lautsprecher des Radios, das sie den Leuten auf der Straße vorführen wollte. Aber nur ein kleiner Teil des Lautsprechers ragte hinaus. Cetta zog noch einmal kräftig, und das Radio verstummte. Offenbar hatte sie den Stecker aus der Steckdose gerissen. »Mist!«, fluchte sie, und Christmas sah seine Mutter in der Wohnung verschwinden.

Während aus dem Fenster erneut Musik schallte, fuhr der Silver Ghost los.

»Du hast Stil, Fred«, bemerkte Christmas, als sie die Monroe Street hinter sich ließen.

Der Chauffeur sah ihn im Rückspiegel an. Er griff nach dem Mikrofon und sagte: »Sie müssen in das Mikrofon zu Ihrer Linken sprechen.«

Christmas nahm das Mikrofon in die Hand. »Du hast Stil, Fred«, wiederholte er.

»Danke, Sir.« Der Chauffeur grinste. »Lehnen Sie sich zurück, die Fahrt wird ein wenig länger dauern.«

»Wohin fahren wir?«

»New Jersey.«

»New Jersey? Wo ist das denn? Richtung Brooklyn?«

»Genau entgegengesetzt. Gute Fahrt.«

Christmas hatte ein flaues Gefühl im Magen. Da zog er Ruths Brief aus der Tasche. Und wieder sah er die grünen Augen des Mädchens vor sich, dem er in seinem Herzen ewige Liebe geschworen hatte. Schließlich öffnete er den Umschlag und las den Brief ein weiteres Mal.

Lieber Christmas,

Großvater hat mir erzählt, was passiert ist, als Du mich im Krankenhaus besucht hast. Es tut mir leid, ich kann mich an kaum etwas erinnern. Du hast mir das Leben gerettet, und dafür möchte ich mich jetzt, da es mir besser geht, persönlich bei Dir bedanken. Großvater dachte daran, Dich zum Essen einzuladen.

Ruth Isaacson

P.S.: Die Idee mit dem Radio ist von mir.

Christmas griff zum Mikrofon. »Hey, Fred.«

»Ja, bitte?«

»Der Alte hat in dem Laden das Sagen, stimmt's?«

»Vielleicht wäre es besser, Sie würden ihn Mr. Isaacson nennen.«

»Okay. Aber jedenfalls hat er das Sagen, oder?«

»Er hat zweifellos eine starke Persönlichkeit.«

»Ja oder nein, Fred?«

»Wenn Sie mich so fragen ... ja.«

»Das dachte ich mir ...« Christmas sank wieder in den Ledersitz zurück, in der Hand den Brief, den er wieder und wieder las. Nach einer Weile griff er erneut zum Mikrofon. »Hey, Fred.«

»Ja, bitte?«

»Hast du eine Ahnung, was zum Teufel ›P.S.‹ heißen soll?«

»Das benutzt man, wenn man eine Anmerkung unter einen Brief setzen will.«

»Ich verstehe kein Wort.«

»Wenn der Brief schon fertig und unterschrieben ist, man aber noch etwas zu sagen hat, schreibt man ›P.S.‹ und dahinter das, was man hinzufügen will.«

»So in der Art: ›Ach, was ich vergessen habe‹?«

»Genau.«

Christmas blickte noch einmal auf den Brief und konzentrierte sich auf das ›P. S.‹ in Ruths schöner Handschrift. Sie erschien ihm sehr elegant. Er blickte aus dem Fenster. Der Wagen bog auf eine erhöht gebaute Hauptverkehrsstraße ab, von der Christmas nicht einmal gewusst hatte, dass sie existierte. Die Hinweisschilder zogen zu schnell vorbei, als dass er die Namen all der unbekannten Orte hätte entziffern können. Die Geschwindigkeit, diese Welt, die über seine gewohnte Wahrnehmung hinausging, vermittelten ihm ein Gefühl von Gefahr. In seinem Kopf drehte sich alles, und das Atmen fiel ihm schwer, je weiter die Landschaft sich öffnete. Die Insel Manhattan rückte in immer weitere Ferne. Eine verblasste Ansichtskarte in der Heckscheibe des Autos. Nach etwa zehnminütiger schneller Fahrt wurde der Wagen langsamer und nahm eine Abfahrt. An deren Ende zeigte sich die Welt wiederum anders. Eine Straße verlief schnurgerade inmitten von Wiesen und Wäldern. Und zur Linken das Meer. Blau mit weißen Schaumkronen. Ganz anders als das dunkle Wasser, das man von den Docks oder der Fähre nach Coney Island aus sah. Und ein weißer Strand.

Da griff Christmas wieder zum Mikrofon. »P. S., Fred.«

»Wie bitte?«

»P.S.«

»Was soll das heißen, Mr. Luminita?«

»Dass ich vergessen habe, dir etwas zu sagen, Fred. P. S., oder nicht?«

»Ach so, natürlich … Was gibt es?«

»Könnte ich nicht vielleicht nach vorne kommen?«

»Wie meinen Sie das?«

»Ich würde lieber vorne bei dir sitzen. Hier hinten komme ich mir vor wie in einem Sarg, und dieses Mikrofon ist schrecklich.«

Fred grinste und hielt am Straßenrand an. Christmas sprang aus dem Wagen und setzte sich neben Fred. Der Chauffeur sah ihn an. Christmas zog ihm die Mütze vom Kopf und setzte sie sich selbst auf. Dann lachte er und legte die Füße auf das Armaturenbrett. Nachdem Fred den spontanen Impuls, das Auto zu schützen, niedergekämpft hatte, lachte auch er und fuhr wieder an.

»Ah, so macht Autofahren Spaß«, rief Christmas aus. Er wandte sich dem steif dasitzenden Chauffeur zu. »Rauchst du, Fred?«

»Ja, Sir.«

»Dann rauch doch eine.«

»Ich darf im Wagen nicht rauchen.«

»Aber der Alte raucht doch auch.«

»Er ist der Chef. Außerdem habe ich Ihnen gesagt, es wäre besser . . .«

»Ja, ja, Fred, Mr. Isaacson. Der Alte ist aber jetzt nicht hier. Na los, steck dir eine an. Du hast mich echt nicht verstanden, wenn du denkst, was ich denke, das du denkst. Ich bin kein Maulwurf.«

»Kein . . . Maulwurf?

»Ah!«, rief Christmas erfreut und schlug sich lachend auf den Schenkel. »Du weißt also nicht alles, Fred! Ein Maulwurf ist ein Spitzel.«

»Ich darf nicht rauchen.«

»Und ich?«

»Sie sind Mr. Isaacsons Gast und können tun, was immer Sie wollen.«

»Okay, Fred, dann rück mal eine Zigarette raus.«

»Die sind in dem Fach, auf dem Sie gerade ihre schmutzigen Schuhabdrücke hinterlassen.«

Christmas nahm die Füße herunter, klappte das Fach auf, nahm eine Zigarette heraus und zündete sie an. »Ist ja widerlich!« Hustend schloss er das Fach wieder, wischte mit dem Jackenärmel darüber und legte abermals die Füße hoch. Schließlich steckte er Fred die Zigarette in den Mund. »Tu so, als würde ich sie rauchen.«

Einen Moment lang war Fred wie versteinert. »Ach, zum Teufel«, murmelte er dann, trat aufs Gas und jagte den Wagen über eine breite Straße, die sich in einer tiefgrünen Landschaft verlor.

»So macht Autofahren Spaß!«, brüllte Christmas aus dem Fenster.

Nach etwa zwanzig Minuten bog der Wagen in einen Schotterweg ein und hielt vor einem Eisentor. Ein Mann in Uniform trat gleich, als er das Auto sah, aus einem niedrigen Häuschen und öffnete das Tor. Während der Wagen die Allee entlangfuhr, staunte Christmas mit offenem Mund.

»Wie viele Leute wohnen da drin?«, fragte er fassungslos angesichts der riesigen weißen Villa, die vor ihnen aufgetaucht war.

»Mr. Isaacson, sein Sohn, dessen Frau und Miss Ruth. Und die Dienerschaft.«

Christmas stieg aus dem Auto. Noch nie hatte er etwas Schöneres gesehen. Überwältigt sah er sich nach Fred um.

»Ich freue mich, dass du die Einladung angenommen hast, Junge«, erklang eine Stimme hinter ihm.

Christmas wandte sich um und blickte in die lebhaften Augen Saul Isaacsons. Der alte Mann war mit einer Samthose und einer Jagdjacke bekleidet. Er kam auf Christmas zu und schüttelte ihm lächelnd die Hand.

»Seit einer Woche ist meine Ruth wieder zu Hause«, sagte der Alte. »Sie ist genauso zäh wie ihr Großvater.«

Christmas wusste nicht, was er sagen sollte. Ein dümmliches Lächeln lag auf seinem Gesicht. Erneut drehte er sich nach Fred um.

»Ich nehme an, du möchtest sie sehen«, sagte der Alte.

Da griff Christmas in die Innentasche seiner Jacke und zog einen gefalteten Zeitungsausschnitt heraus, den er Isaacson zeigte. »Das ist er«, sagte er, auf den Namen in der Schlagzeile deutend. »William Hofflund.«

Die Miene des alten Mannes wurde finster. »Steck das weg«, forderte er in strengem Ton.

»Der Bastard war es«, sagte Christmas.

»Steck das weg«, wiederholte der Alte. »Und kein Wort darüber zu Ruth. Sie ist noch ganz verstört. Ich will nicht, dass davon gesprochen wird.« Er setzte ihm den Gehstock an die Brust. »Hast du mich verstanden, Junge?«

Christmas schob den Stock von sich weg und sah dem Alten dabei weiter unverwandt ins Gesicht. Mit einem Mal war seine Angst verflogen. Er fühlte sich auch nicht länger verloren. »Wenn es Sie alle nicht interessiert, schnappe ich ihn mir«, erklärte er.

Für einen Augenblick funkelte der Alte ihn böse an. Dann brach er in Gelächter aus. »Junge, du gefällst mir. Du hast Schneid«, stellte er fest. Gleich darauf aber wurde er wieder ernst und zielte erneut mit dem Stock auf Christmas' Brust. »Kein Wort darüber zu Ruth, verstanden?«

»Verstanden. Aber lassen Sie das mit dem Stock.«

Langsam ließ der Alte den Gehstock sinken. Kaum merklich nickte er und trat näher zu Christmas. »Wir kriegen ihn«, sagte er leise. »Ich habe viele einflussreiche Freunde bei der Polizei und eine Belohnung von tausend Dollar auf diesen Hurensohn ausgesetzt.«

»William Hofflund«, stieß Christmas hervor.

»Ja, William Hofflund. Bill.«

Noch immer sahen sich die beiden in die Augen, als würden sie einander seit jeher kennen, als lägen zwischen ihnen keine sechzig Jahre Altersunterschied und mehrere Millionen Dollar.

»Komm, Junge, steck die Zeitung weg«, bat der alte Mann schließlich.

Christmas faltete sie wieder zusammen und ließ sie in seiner Tasche verschwinden. »Wo ist Ruth?«, fragte er dann.

Der Alte grinste und schlug einen schmalen, von einer gepflegten Buchsbaumhecke gesäumten Kiespfad ein. Christmas folgte ihm. Bei einer großen Eiche angelangt, deutete der Alte mit dem Stock auf die weiße Rückenlehne eines Liegestuhls und einen kleinen Bambustisch. »Ruth«, rief er. »Schau mal, wer zu Besuch gekommen ist.«

Zunächst sah Christmas, wie eine verbundene Hand sich auf die Lehne des Liegestuhls stützte. Und dann einen langen, dunklen Lockenschopf, der hinter der Rückenlehne zum Vorschein kam.

Und inmitten der Locken leuchteten Ruths grüne Augen.

17

New Jersey, 1922

»Hallo«, sagte Christmas.

»Hallo ...«

Schweigend sahen sie sich an. Christmas stand da und wusste nicht, wohin mit seinen Händen, bis er sie schließlich in den Hosentaschen vergrub. Ruth saß da, eine dunkle Kaschmirdecke über den Beinen und zwei Modezeitschriften, die *Vogue* und die *Vanity Fair*, auf dem Schoß.

»Nun«, machte sich der alte Isaacson bemerkbar, »ich nehme an, ihr Kinder wollt allein sein.« Mit verständnisvoll-zärtlichem Blick erforschte er Ruths Reaktion. »Wenn es dir recht ist«, fügte er halblaut hinzu und lächelte sie an.

Ruth nickte.

Der Alte streichelte seiner Enkelin über das Haar, und während er über den schmalen Pfad davonging, schlug er rhythmisch mit dem Stock gegen die Buchsbaumhecke. »Das Essen ist bald fertig«, rief er noch, ohne sich umzudrehen.

»Mir scheint, den Stock trägt er eher als Waffe bei sich, nicht als Gehhilfe«, bemerkte Christmas.

Ruth verzog den Mund zu einem schwachen Lächeln und senkte den Blick.

»Nett hier«, sagte Christmas, während er von einem Fuß auf den anderen trat.

»Setz dich doch«, bat Ruth.

Christmas schaute sich um und entdeckte in etwa zehn Schritten Entfernung eine Bank aus Holz und Metall. Er ging hinüber und setzte sich. Auf der Bank lag eine Ausgabe der *New York Post*. Ruth sah zu Christmas hinüber. Sie lächelte verlegen.

Dann errötete sie und schob ihre verbundene Hand unter die Decke.

»Wie geht's dir?«, erkundigte sich Christmas bewusst besonders leise.

»Wie bitte?«, fragte Ruth.

Christmas rollte die *Post* zusammen und sprach hindurch, als wäre sie ein Sprachrohr. »Wie geht's dir?«

Ruth lächelte. »Gut«, rief sie.

»Ich kann dich nicht hören«, gab Christmas wieder durch die Zeitung zurück. »Du brauchst auch ein Sprachrohr.«

Ruth lachte und rollte die *Vanity Fair* zusammen. »Gut«, sagte sie.

Christmas stand von der Bank auf und ging zu Ruth hinüber; auf der Wiese neben dem Liegestuhl breitete er die Zeitung aus und ließ sich darauf nieder. Ruths Augen waren von einem noch intensiveren Grün, als er es in Erinnerung hatte. Ihr Gesicht war noch immer gezeichnet. Zwei veilchenblaue Blutergüsse prangten zu beiden Seiten ihrer Nase, eine helle Narbe an der Oberlippe. Sie war viel hübscher, als er es unter alldem Blut hatte erahnen können.

»Das Radio ist toll«, sagte Christmas.

Wieder lächelte Ruth und wich seinem Blick aus.

»Da, wo ich wohne, hat niemand sonst eins«, fuhr Christmas fort.

Ruth spielte mit dem Titelblatt der *Vanity Fair*.

»Es hat sogar Röhren«, sagte Christmas. »Wusstest du, dass man warten muss, bis sie aufgeheizt sind, bevor man etwas hört?«

Ruth nickte, ohne ihn anzusehen.

»Danke«, sagte Christmas.

Mit gesenktem Blick presste Ruth die Lippen aufeinander. Sie konnte sich kaum an diesen Jungen erinnern. Nur an seinen Namen, diesen komischen Namen. Und an seine Arme, die sie ins Krankenhaus getragen hatten. Und an seine Stimme, die ihren Namen gerufen hatte, als man sie auf die Trage gelegt hatte. An sein Aussehen jedoch konnte sie sich nicht erinnern. Sie hatte nicht gewusst, dass er blondes Haar hatte und eine Locke ihm über die pechschwarzen Augen fiel. Sie erinnerte sich nicht an diesen offenen, beinahe frechen Blick. Auch nicht an das so ansteckende Lächeln. Ruth errötete. Sie erinnerte sich an kaum etwas, aber sie wusste, dass dieser Junge wusste, was ihr zugestoßen war. Und sie war sicher, dass er sie auch jetzt nicht als die ansah, die sie war, sondern als die, die sie gewesen war, als er sie gefunden hatte. Und folglich wusste er auch ... er wusste auch ...

»Der Kiefer ist wieder eingerenkt«, stieß Ruth hervor, während sie Christmas einen trotzigen Blick zuwarf. »Sie haben mir die Nase wieder gerichtet, zwei falsche Zähne eingesetzt, die Rippenbrüche sind verheilt, die inneren Blutungen gestillt und auf dem linken Ohr höre ich zwar wenig, aber das müsste sich mit der Zeit geben.« Dann zog sie die verbundene Hand unter der Decke hervor. »Gegen das hier kann man allerdings nichts tun.«

Nein. Stumm schüttelte Christmas den Kopf. Während er vergeblich nach Worten suchte, sah er sie mit leicht geöffnetem Mund schweigend an. Sein Blick verriet seine Wut über das, was Ruth hatte durchmachen müssen.

»Nichts und niemand kann mir je den Finger wieder wachsen lassen«, setzte Ruth in aggressivem Ton hinzu.

Christmas schloss den Mund, konnte aber den Blick nicht von ihr abwenden.

»Ich werde immer nur bis neun zählen können«, sagte Ruth da und lachte gezwungen, voller Zynismus wie eine Erwachsene. So nämlich fühlte sie sich nun. Wie ein Mädchen, das gezwungenermaßen in einer einzigen Nacht hatte erwachsen werden müssen.

»Wäre ich dein Lehrer«, antwortete Christmas leise, »würde ich die Mathematik für dich neu erfinden.«

Auf einen solchen Kommentar war Ruth nicht gefasst gewesen. Sie war auf Mitleid gefasst gewesen, auf ein paar höfliche Floskeln. War es doch ihre einzige Absicht gewesen, den dummen blonden Jungen mit den pechschwarzen Augen mindestens ebenso verlegen zu machen, wie sie selbst es war bei dem Gedanken, dass er über ein furchtbares Detail ihres Lebens Bescheid wusste, über eine Verstümmelung zwischen ihren Beinen, die zu erwähnen sie nicht den Mut gehabt hatte.

»Und wäre ich Präsident Harding, würde ich alle Amerikaner dazu verpflichten, nur bis neun zu zählen«, sagte Christmas.

Noch immer hielt Ruth ihre Hand in die Höhe wie eine blutgetränkte Flagge. Sie spürte, dass etwas in ihr aufbrach, und befürchtete, in Tränen auszubrechen. »Du bist ein Idiot«, fuhr sie ihn wütend an und wandte sich, die Augen aufgerissen, damit sie rasch wieder trockneten, von ihm ab. Hinter ihrem Rücken hörte sie es rascheln. Als sie sicher war, nicht weinen zu müssen, drehte sie sich wieder um. Christmas saß nicht mehr auf dem Boden. Suchend blickte sie sich um und sah ihn jenseits der Wiese, dort, wo der schmale Pfad endete, in das Auto ihres Großvaters steigen. Er ist schrecklich angezogen, dachte sie. Wie arme Leute, wenn sie sich in ihren Sonntagsstaat werfen. Wie die Fabrikarbeiter auf dem Fest, das Großvater zu *Hannukkà* gibt. Ihre Kleider sind immer zu neu und gleichzeitig zu alt. Für einen Augenblick hatte Ruth Angst, Christmas würde wieder gehen.

Da drehte er sich zu ihr um und lächelte. Auch dort hinten, jenseits der Wiese, wirkte sein Lächeln offen. Er warf den Kopf zur Seite, um sein Gesicht von der blonden Locke zu befreien, die ihm frech in die Stirn fiel. So strahlend. Weizengelb. Wie manch alter Goldschmuck ihrer Großmutter. Und seine Augen, die doch tiefschwarz waren, leuchteten sogar auf die Entfernung. Wie von einem inneren Licht erhellt. Sie beobachtete, wie er mit einem Paket hantierte und dreimal etwas Buntes wegwarf. Und dann kam Christmas über den schmalen Pfad wieder zurück. Sein Gang war geschmeidig und verriet zugleich Nervosität. Beinahe ruckartig warf er die Beine nach vorn, aber es war, als liefe er durch Wasser. Und wenn sein Fuß den Boden berührte, neigte sein Kopf sich keck ein wenig zur Seite.

Als Christmas schließlich vor ihr stand, hielt er ihr einen Blumenstrauß hin, der in unansehnliches, unten angefeuchtetes Packpapier eingewickelt war.

Ruth rührte sich nicht. Den Blumen schenkte sie keinen Blick.

»Ich bin ein Idiot, du hast recht«, sagte Christmas und legte den Strauß behutsam auf die Kaschmirdecke.

Da endlich blickte Ruth auf die Blumen. Sie zählte sie. Es waren neun. Neun scheußliche Arme-Leute-Blumen. Und abermals kamen ihr die Tränen.

»Ich würde dich ja gern jeden Tag besuchen, aber . . .«, sagte da Christmas, die Hände wieder in den Taschen und von einem Fuß auf den anderen tretend, in verlegenem Ton, dem er etwas Scherzhaftes zu geben versuchte, »tja, du wohnst nicht gerade um die Ecke.« Er grinste.

»Wir leben nicht das ganze Jahr hier. Das Schuljahr über wohnen wir in Manhattan. In zwei Wochen etwa, sobald ich wieder ganz gesund bin, werden wir wohl zurückfahren«, erwiderte Ruth zu ihrer eigenen Überraschung, als bedauerte auch sie es, ihn nicht öfter sehen zu können. Und nun konnte sie sich nicht mehr zurückhalten. »Wir haben eine Wohnung in der Park Avenue.«

»Ah, ja . . .« Christmas nickte. »Von der habe ich schon gehört.« Er unterbrach sich und blickte auf seine Schuhe hinunter. »Kennst du denn die Monroe Street?«, fragte er schließlich.

»Nein . . .«

Christmas lachte. »Da hast du nichts verpasst.«

Ruth lauschte dem Lachen in ihren Ohren nach. Und sie musste an Bills Lachen denken, das sie fröhlich gestimmt hatte, das sie dazu bewegt hatte, ihrem großen, freudlosen Zuhause zu entfliehen. Das Lachen, hinter dem sich das Grauen verborgen hatte. Sie sah Christmas an, der wieder ernst geworden war. »Danke . . .«, sagte sie.

Christmas zuckte mit den Schultern. »Da, wo ich herkomme, gibt es leider keine teuren Blumenläden«, entgegnete er.

»Ich meinte nicht die Blumen.«

»Ach so . . .« Schweigen. »Nun ja, also . . .« Schweigen. »Tja, bitte.«

Ruth lachte. Leise jedoch, kaum hörbar. »Und das Radio gefällt dir wirklich?«

»Machst du Witze? Es ist fantastisch!«

»Was für Sendungen hörst du denn?«

»Was für Sendungen? Ich . . . ich weiß nicht . . . Ich hatte ja noch nie ein Radio.«

»Ich mag die Sendungen, in denen gesprochen wird.«

»Echt? Und worüber wird gesprochen?«

»Über alles Mögliche.«

»Ah, ja . . . klar.«

Erneut entstand ein Schweigen zwischen ihnen. Aber es war plötzlich anders.

»Miss Ruth! Das Essen ist fertig!«

Christmas drehte sich um. Er bemerkte ein junges Dienstmädchen in einem schwarzen Kittelkleid mit weißen Manschetten, weißem Kragen und einer weißen Haube auf dem Kopf.

»Sie sieht aus wie ein Huhn in Trauerkleidern.«

Ruth lachte. »Ich komme«, rief sie zurück, stand auf und griff nach ihrem aus neun Blumen gebundenen Strauß.

Christmas folgte ihr, die Hände in den Taschen vergraben.

Als sie auf den Vorplatz der Villa kamen, sah er Fred den Silver Ghost polieren. Er stieß einen Pfiff aus. »Hey, Fred, ich geh jetzt essen«, rief er ihm zu.

Ruth grinste.

»Hervorragend, Mr. Luminita«, gab der Chauffeur zurück.

Ein Butler in schnurbesetzter Livree erwartete Ruth und Christmas am Eingang. »Die Herrschaften sind bereits alle im Speisesaal, Miss«, sagte er mit einer leichten Verbeugung.

Ruth nickte.

Der Butler wandte sich an Christmas. »Möchte der Herr sich die Hände waschen?«

»Nein, Admiral«, gab Christmas zurück.

Ruth lachte. Der Butler verzog keine Miene und führte die beiden Kinder hinein. Ruth drückte dem Mann den Blumenstrauß in die Hand und flüsterte ihm zu: »In mein Zimmer.«

Mit offenem Mund staunend, ging Christmas durch das Haus und wusste nicht, wohin er zuerst schauen sollte. Bald zog ein Gemälde seine Aufmerksamkeit auf sich, bald ein Teppich, bald die schimmernden Marmorböden, bald die mit Intarsien verzierten Türen, bald ein siebenarmiger Silberleuchter. »Donnerwetter ...«, flüsterte er dem Butler zu, als der ihm die Tür zum Speisesaal zeigte.

Christmas gab Ruths Vater, den er bereits kannte, die Hand, dann ihrer Mutter, einer attraktiven, eleganten Dame, die auf ihn wirkte wie eine ausgeknipste Lampe. Der alte Isaacson saß am Kopfende des Tisches, an dessen Kante griffbereit sein treuer Begleiter, der Gehstock, lehnte.

Während alle Platz nahmen, kam ein Diener mit einem großen Silbertablett herein, unter dessen Deckel sich wohl das Essen verbarg, wie Christmas vermutete.

»Warte«, befahl der alte Isaacson dem Diener und fuhr verärgert hoch, kurz davor, seinen Stock zu schwingen. »Sarah, Philip, wollt ihr euch bei dem Jungen, der Ruth das Leben gerettet hat, nicht wenigstens bedanken?« Er warf seinem Sohn und seiner Schwiegertochter einen strengen Blick zu.

Die Eheleute Isaacson erstarrten auf ihren Stühlen.

»Aber natürlich«, sagte schließlich Ruths Mutter mit einem höflichen Lächeln in Christmas' Richtung. »Wir wollten ihm bloß die Zeit geben, sich zu setzen. Wir haben noch das ganze Mittagessen, um uns bei ihm zu bedanken. Wie auch immer, du sollst wissen, dass wir dir von ganzem Herzen dankbar sind, Junge.«

»Nicht der Rede wert, Ma'am«, erwiderte Christmas und sah hinüber zu Ruth, die ihn beobachtete, jedoch den Blick niederschlug, kaum dass sie in die tiefgründigen, schwarzen Augen ihres Lebensretters sah.

»Ja, vielen Dank«, setzte Ruths Vater schwach hinzu.

»Verdammt noch mal, hier geht es ja zu wie auf einer Beerdigung, dabei sollte das doch ein Fest sein!«, rief der Alte aus.

»Du kannst jetzt auftragen, Nate«, wies Sarah Isaacson den Diener an.

»Ich dachte, reiche Leute benutzen keine Schimpfwörter«, merkte Christmas an.

»Reiche Leute tun und lassen, was ihnen gefällt, Junge.« Saul Isaacson lachte zufrieden.

»Manche reichen Leute, Junge«, sagte Ruths Vater. »Manch andere wiederum vermeiden diese Art von Sprache, wie du ganz richtig festgestellt hast.«

»Stimmt, und zwar diejenigen, die nichts zu ihrem Reichtum beigetragen haben«, stellte der Patriarch der Familie fest. Dann wandte er sich an Christmas. »Da du ja Italiener bist, habe ich für dich Spaghetti mit Fleischklößen zubereiten lassen«, erklärte er, während der Diener reihum die Teller füllte.

»Ich bin Amerikaner«, widersprach Christmas. »Wie dem auch sei, die sehen gut aus«, fügte er mit Blick auf den Spaghettiberg hinzu, den der Diener ihm auf den Teller häufte.

163

»Die Fleischklöße sind allerdings ohne Wurst zubereitet«, sagte der Alte. »Wir Juden essen kein Schweinefleisch. Und das Fleisch ist koscher.«

Christmas wollte sich schon auf die Nudeln stürzen, als ihm wieder einfiel, dass er schauen sollte, wie die anderen sich benahmen. Sie sogen die Spaghetti nicht schlürfend in den Mund, stellte er fest und befand, dass gutes Benehmen eine ziemlich langweilige Angelegenheit war. Gerade das Schlürfen war doch das Lustige an Spaghetti. Aber er passte sich an. Als er den ersten Bissen hinuntergeschluckt hatte, fragte er den Alten: »Sind Sie nicht in Amerika geboren, Mr. Isaacson?«

»Nein.«

»Ihr Sohn dagegen schon?«

»Ja.«

»Dann ist Ihr Sohn also Amerikaner, kein Jude«, folgerte Christmas.

»Nein, Junge. Mein Sohn ist ein amerikanischer Jude.«

Nachdenklich aß Christmas eine weitere Gabel voll Nudeln. »Das heißt, wenn du Jude bist, hast du Pech gehabt, was?«, sagte er schließlich. »Du wirst nie einfach nur Amerikaner.«

Die Eheleute Isaacson erstarrten. Ruth sah ihren Großvater an.

Der alte Mann lachte leise. »Genau, wenn du Jude bist, hast du Pech gehabt.«

»So ist das auch bei Italienern«, bemerkte Christmas kopfschüttelnd.

»Ja, ich denke schon«, stimmte der Alte zu.

Nachdem Christmas den letzten Fleischkloß verputzt hatte, legte er die Gabel auf den Teller und wischte sich den Mund ab. »Tja, ich will einfach nur Amerikaner sein.«

Der Alte hob den Kopf und sah ihm geradewegs ins Gesicht. »Viel Glück«, sagte er.

Ruth beobachtete ihren Großvater. Es war offensichtlich,

dass er den blonden Jungen mit den pechschwarzen Augen mochte. Niemandem sonst hätte er derartige Bemerkungen durchgehen lassen. Vor allem aber hätte er sich keinem anderen gegenüber so gut gelaunt gezeigt. Der Großvater schenkte selten jemandem ein Lächeln, und wenn, dann fast nur ihr. Ruth blickte hinüber zu ihren Eltern. Nur halbherzig und mit unverkennbarem Desinteresse verfolgten sie die Unterhaltung. Wie immer waren sie mit den Gedanken woanders. Ebenso unverkennbar war ihre Geringschätzung – oder, schlimmer noch, ihre völlige Nichtbeachtung – des Jungen, der ihre Tochter gerettet hatte. Ruth hatte manchmal den Eindruck, als lebten sie in dem Glauben, allen anderen Menschen überlegen zu sein. Viele Male hatte sie den Großvater und ihren Vater über die Fabrikarbeiter reden hören. Für Großvater Saul waren sie Juden, wie er selbst einer war, ihr Vater hingegen bezeichnete sie als »Hungerleider« und »Leute aus dem Osten«. Der Großvater hatte keine Skrupel, sie auszubeuten und so schlecht wie möglich zu bezahlen, doch er zeigte Interesse für ihre Familien. Ihr Vater hatte keine Skrupel, sie auszubeuten und so schlecht wie möglich zu bezahlen, doch er wusste noch nicht einmal, wie sie hießen, wo sie lebten und wer sie eigentlich waren. Und die Arbeiter – die »Hungerleider« – betrachteten den Großvater als einen der Ihren, der es geschafft hatte, während der Vater für sie ein Niemand war. Und es gab Momente, in denen Ruth den Eindruck hatte, auch Großvater Saul halte seinen Sohn für einen Niemand. Ganz im Gegensatz dazu schien Christmas für ihn jemand zu sein. Der Großvater ließ eine Art Bewunderung für den Jungen erkennen. Vielleicht war es diese Beobachtung, die Ruths Widerstand schmelzen ließ und bei ihr eine unerwartete Gefühlsregung auslöste. So als gefiele ihr der Junge oder als könnte er ihr gefallen. Kaum wurde Ruth sich dieses Gefühls bewusst, erschrak sie, hatte sie sich doch geschworen, die Männer für immer aus ihrem Leben zu verbannen.

»Wie heißt eigentlich das Land der Juden?«, fragte Christmas unterdessen den alten Mann und machte sich über die scharf gewürzte Hauptspeise her.

»Die Juden haben kein eigenes Land«, erklärte der Alte.

»Was macht einen dann zum Juden?«

Saul Isaacson lachte.

»Das ist eine Frage der Abstammung«, warf Philip Isaacson in hochmütigem Tonfall ein. »Wir schützen unser Blut, es hebt uns von den anderen ab.«

»Wenn wir schon dabei sind, da gäbe es noch eine weitere Besonderheit«, warf der Alte schmunzelnd ein.

Die Worte brachten Christmas kurz ins Grübeln, doch dann erhellte sich seine Miene. »Ach, dann stimmt es also!«, rief er überrascht. »Ich dachte, es wäre nur irgend so ein Blödsinn, den man sich im Viertel erzählt.« Ungläubig schüttelte er den Kopf. Dann sah er den Alten an. »Wenn man wissen will, ob einer Jude ist, muss man also wirklich nur gucken, wie seine ...« Er unterbrach sich, weil er begriff, dass er seinen Gedanken nicht laut aussprechen konnte. Er sah zu Ruth hinüber und lief rot an.

»Wie seine Nase aussieht«, sagte der Alte, der Christmas' Verlegenheit bemerkt hatte. »Man muss gucken, wie seine Nase aussieht.«

Ruths Mutter hustete. Philip Isaacson zog leicht die Augenbraue hoch und aß weiter.

Nach kurzem Stillschweigen schlug hingegen der Alte mit der Hand auf den Tisch und brach in schallendes Gelächter aus. »Was willst du denn einmal werden, Junge?«, fragte er nach einer ganzen Weile und führte eine Gabel voll Kuchen mit Sahne und kandierten Kirschen zum Mund. »Hast du eine Arbeit?«

»Ich hatte schon viele Jobs, Sir, aber keinen, der mir gefallen hätte«, entgegnete Christmas, nachdem er, um dem Rat seiner

Mutter zu folgen und nicht mit vollem Mund zu sprechen, hastig eine Kirsche hinuntergeschluckt hatte. »Ich habe Zeitungen verkauft, Dächer geteert, Schnee geschaufelt, Waren für ein Feinkostgeschäft ausgeliefert, aber jetzt habe ich ... habe ich ...« Christmas hatte ihnen gerade von seiner Gang erzählen wollen, doch nun wurde ihm schlagartig klar, dass so etwas nicht zu den Tätigkeiten gehörte, mit denen man bei einer reichen jüdischen Familie Eindruck schindete. Mit offenem Mund saß er da und wusste nicht, wie er fortfahren sollte, fürchtete aber zugleich, schon zu weit gegangen zu sein, um noch schweigen zu können.

»Du hast was?«, hakte der Alte nach.

Christmas blickte hinüber zu Ruth. Seine Gedanken schweiften ab. Sie war überirdisch schön. »Ich habe ...«, stotterte er, »jetzt habe ich ein Radio.« Dabei lächelte er sie an.

»Das klingt mir nicht nach einer Arbeit«, erwiderte der Alte und lachte.

»Nein, Sir«, gab Christmas zu, ohne den Blick von Ruth lösen zu können. »Aber ich werde einmal meine eigene Radiosendung haben«, fuhr er an sie gerichtet fort. »Eine dieser Sendungen, in denen gesprochen wird ...«

Ruth sah ihn an. Sie sah den Jungen an, der ihr neun Blumen geschenkt hatte, der die Mathematik für sie neu erfunden hätte, und sie hasste ihn von ganzem Herzen, weil sie die Augen nicht von ihm abwenden konnte, weil es ihr einfach nicht gelingen wollte, ihn nicht anzusehen.

»Dann kann Ruth mir zuhören«, schloss Christmas.

Der alte Saul Isaacson ließ den Blick von Christmas zu seiner Enkelin und wieder zurück zu Christmas schweifen. Schade, dass du kein Jude bist, dachte er und blickte instinktiv auf seinen Sohn, dem das Geld eine aristokratische Gesetztheit verliehen hatte, der verweichlicht und schwach wirkte. »Willst du eine Zigarre rauchen, Junge?«, fragte er.

Mit großen Augen wandte sich Christmas um. »Oh, nein, bei allem Respekt, die finde ich ziemlich widerlich.«

Der Alte lachte und stand auf. »Nun, aber ich werde mir eine feine Zigarre anstecken. Wenn ihr mich bitte entschuldigen wollt ...« Damit ging er ins Nebenzimmer des Speisesaals, wo der Butler bereits alles Nötige auf einem kleinen Rauchertisch bereitgelegt hatte.

Auch Ruths Eltern erhoben sich. Die Mutter schützte starkes Kopfweh, der Vater eine dienstliche Verpflichtung vor. Mit einem förmlichen Händedruck verabschiedeten sie sich von ihrem Gast und zogen sich zurück.

Ruth und Christmas blieben am Tisch sitzen. Erneut schwiegen sie sich an. Beide blickten hinab auf die Sahnereste auf ihren Tellern.

Ruth spielte mit den Brotkrumen auf der Tischdecke.

Christmas betrachtete ihre verbundene Hand. Und die veilchenblauen Blutergüsse zu beiden Seiten ihrer Nase. »Damals«, hob er schließlich leise an und errötete bei der Erinnerung, »vor vielen Jahren, als ich noch klein war ... lebten wir woanders, meine Mutter und ich. Und ich ging zur Schule. Ich war gerade in die vierte Klasse gekommen ...« Die Worte kamen ihm nur mit Mühe über die Lippen. Christmas spürte, wie seine roten Wangen glühten. Er ballte die Fäuste und fuhr fort. »Tja, eines Tages also kommt auf dem Schulhof ein großer, kräftiger Typ aus der Sechsten auf mich zu, zusammen mit den Jungs aus seiner und auch denen aus meiner Klasse. Und alle lachen mir ins Gesicht. Dann sagt der Typ zu mir, er wüsste, was für einen Beruf meine Mutter hat ... und alle lachen ...«

Ruth blickte von ihrem Teller auf. Sie sah Christmas mit hochrotem Kopf und geballten Fäusten dasitzen. Als ihre Blicke sich begegneten, gelang es ihr nicht mehr, die Augen niederzuschlagen.

»Na ja, er meint, es wäre ein schlimmer Beruf, und ich antworte ihm, das ist nicht wahr, und da fangen alle an zu lachen, und der Typ sagt, er würde demnächst seinem Vater ein paar Cent klauen und ... und ...« Christmas presste die Lippen zusammen und atmete tief durch, ein, zwei, drei Mal. »Du weißt, was ich meine, oder? Er sagt, für ein paar Cent würde er meine Mutter mit auf ein Zimmer nehmen und widerliches Zeug mit ihr tun. Da gehe ich auf ihn los, damit er alles zurücknimmt, was er gesagt hat, aber er ...«, Christmas lachte freudlos auf, »er hat zugeschlagen, mit nur einem Faustschlag hat er mich umgehauen. Und während alle lachen, zieht er ein Messer, setzt sich auf mich, reißt mir das Hemd auf ...«, Christmas begann, sein Oberhemd aufzuknöpfen, »und ritzt mir das hier ein.«

Als er sein Hemd öffnete, sah Ruth die Narbe. Eine schmale Narbe, olivfarben und wulstig, die aussah wie ein H.

»Hure«, sagte Christmas leise. »Und damit mich auch alle sehen konnten, zog er mich danach am Ohr über den ganzen Schulhof, als wäre ich ein Hund.« Christmas schwieg und blickte Ruth an. »Ich bin immer gern zur Schule gegangen. Aber seit dem Tag war ich nicht mehr da.«

Ruth sah an seinen geröteten Augen, dass er mit den Tränen der Wut kämpfte. Instinktiv wollte sie die Hand ausstrecken, um ihn zu berühren.

»An dem Tag fand ich auch heraus, was für einen Beruf meine Mutter hatte«, sagte Christmas mit ausdrucksloser Stimme.

Ruth ließ von den Krümeln ab und bewegte langsam die Hand. Dieser Junge war fähig, Geschenke zu machen, die mit keinem Geld der Welt zu kaufen waren. Du musstest es sein, dachte sie zu ihrer Überraschung. Und sie stellte sich vor, wie sanft dieser Junge sie in seine Arme nehmen würde, ohne ihr das Gefühl zu geben, in Gefahr zu sein, ohne jede Gewalt, jederzeit bereit, sie vor allem und jedem zu beschützen. Sie stellte sich vor, wie zart seine Berührungen sein würden, wie wohlriechend seine Lippen, wie strahlend seine Augen. Dabei fühlte sie sich zu ihm hingezogen wie in einem glasklaren Wasserstrudel, wie in einem Anfall von Schwindel. Und wie von selbst schob sich ihre Hand durch die Brotkrumenwüste hin zu seiner. Ihr Mund bewegte sich auf seine Lippen zu, in dem verzweifelten Wunsch, die Erinnerung an jene anderen Lippen auszulöschen.

Doch als Ruth plötzlich zu sprechen begann, klang ihre Stimme hart und aggressiv. »Wir können nicht mehr als Freunde sein«, sagte sie übertrieben laut und zog sich zurück.

Im Nebenzimmer seufzte der alte Saul auf.

Christmas versetzte es einen Stich in die Magengrube. Hätte ich gestanden, dachte er, wären mir die Beine eingeknickt. »Klar . . .«, sagte er schließlich. Er blickte hinab auf seinen Teller. Ach, zum Teufel!, dachte er und fuhr mit dem Finger durch die Sahnereste, die er mit dem Löffel nicht hatte aufnehmen können. Wie zum Trotz steckte er ihn in den Mund und leckte ihn ab, wobei er Ruth nicht aus den Augen ließ. »Klar«, sagte er noch einmal, nun ebenfalls in aggressivem Ton. »Du bist ein reiches Mädchen und ich ein armer Schlucker aus der Lower East Side. Glaubst du, ich weiß das nicht?«

Ruth sprang auf. Sie warf mit der Serviette nach ihm. »Du bist ein Idiot!«, zischte sie, rot im Gesicht vor Wut. »Darum geht es überhaupt nicht.«

Christmas knüllte seine Serviette zusammen, tauchte sie in die Wasserkaraffe und tat, als zielte er damit auf Ruth.

»Versuch das ja nicht«, sagte sie und wich zurück.

Christmas grinste sie an. Abermals holte er aus, als wollte er sie bewerfen.

Ruth stieß einen spitzen Schrei aus und trat einen weiteren Schritt zurück.

Christmas lachte. Da konnte auch Ruth nicht mehr anders und stimmte in sein Lachen ein. Christmas legte die Serviette auf den Tisch und sah Ruth ernst an.

»Wir werden sehen«, sagte er.

»Was werden wir sehen?«

»Wir werden sehen«, wiederholte Christmas.

Ruth betrachtete ihn schweigend. Sie versuchte, Bills Gesicht, das vor ihrem inneren Auge stand, zu vertreiben. Doch es war ihr unmöglich. Immer und überall sah sie es vor sich. Sogar wenn sie ihren Vater anschaute. Immer, wenn sie dem Blick eines Mannes begegnete, sah sie Bill. Und dann spürte sie den erniedrigenden Riss zwischen ihren Beinen und das Blut, das ihr die Beine herabrann. Und sie hörte das Knacken – wie das eines trockenen Astes –, mit dem die Gartenschere ihr den Finger abtrennte.

»Gar nichts werden wir sehen«, sagte Ruth ernst.

Blitzschnell schnappte sich Christmas die Serviette und bewarf sie damit.

»Blödmann!«, schimpfte Ruth, und für einen Moment verschwand Bills Gesicht und sie sah einzig Christmas' schwarze Augen unter der vorwitzigen Locke, deren Farbe sie an den alten Goldschmuck ihrer Großmutter erinnerte. Da lachte sie, hob die Serviette auf und warf sie, übermütig wie ein kleines Mädchen, zurück. Wie ein kleines Mädchen, dem es hin und wieder gelang zu vergessen, dass es in nur einer Nacht zur Frau geworden war.

Im Nebenzimmer stand Saul Isaacson mit der Zigarre im Mund auf und verließ den Raum. Er ging zu Fred nach draußen und sagte: »Es wird Zeit, diesen Wirbelwind zurückzufahren, bevor er mir das ganze Haus auf den Kopf stellt.«

Ruth und der alte Isaacson blieben auf der Treppe zum Portikus der Villa stehen und sahen dem Rolls nach, wie er kurz darauf knirschend über die Kiesallee davonfuhr.

»Ich habe mich immer gefragt, wie ein hübsches Mädchen wie Oma so einen hässlichen Vogel wie dich heiraten konnte«, sagte Ruth und lehnte den Kopf an die Schulter des Großvaters.

Der Alte lachte leise.

Am Ende der Allee hielt der Rolls vor dem Haupttor.

»Warst du als Junge so wie Christmas?«, wollte Ruth wissen.

Langsam öffnete der Wächter das Tor.

»Vielleicht«, antwortete der Alte nach einer Weile.

Der Rolls fuhr erneut an, bog nach links ab und verschwand.

»Bin ich so hübsch wie Oma?«

Der Alte wandte sich Ruth zu. Er strich ihr über das Haar und legte dann den Arm um ihre Schultern. »Lass uns hineingehen, nicht dass dir noch kalt wird.«

Am Ende der Allee schloss der Wächter das Tor.

Und in die bequemen Sitze des Rolls geschmiegt, hielt Christmas einen kleinen Zettel fest umklammert. Ruths Adresse in Manhattan, die ihrer Schule und eine Telefonnummer.

18

Manhattan, 1911–1912

»Was wird aus mir, wenn mein Körper nicht mehr begehrenswert ist?«, fragte Cetta.

»Du bist siebzehn. Bis dahin ist noch Zeit«, antwortete Sal, der im Unterhemd auf dem Bett lag und Christmas beobachtete, der auf dem Boden saß und mit der Puppe spielte, die er zu seinem dritten Geburtstag geschenkt bekommen hatte. »Der Hosenscheißer wächst schnell, was?«, bemerkte Sal grinsend.

»Auch ich wachse schnell«, brummte Cetta. »Nur da heißt es ›alt werden‹.«

Einen Augenblick noch sah Sal zu, wie Christmas, ohne Unterlass plappernd, sein neues Stofftier – einen Löwen, dem er bereits den Schwanz abgerissen hatte – mit der Yankee-Puppe kämpfen ließ. Die Puppe hatte im Laufe der Zeit durch den Übermut des Jungen weitaus schlimmere Verstümmelungen erlitten als ihr Kamerad mit der rotbraunen Mähne. Dann stand Sal vom Bett auf und trat zu Cetta an den Herd, auf dem die Nudelsoße vor sich hin köchelte. »Wieso sollen wir uns den Sonntag verderben?«, fragte er und legte ihr die Hand auf die Schulter.

Cetta wich der Berührung aus.

»Wäre da nicht der Hosenscheißer, wüsste ich schon, wie ich dich zähmen könnte«, scherzte Sal augenzwinkernd.

»Stirb, Hosenscheißer!«, brüllte Christmas, während er den Löwen auf die Kehle des Yankee-Spielers losließ.

Sal lachte. Cetta wandte ihm den Blick zu. Noch vor einiger Zeit hätte sie nicht geglaubt, Sal einmal so herzlich lachen zu sehen. Doch Christmas brachte ihn oft zum Lachen. Sal sah sie an und lächelte. Sofort wurde Cetta wieder ernst.

»Werde ich diesen Job für immer machen müssen? Bis ich alt und hässlich bin? Bis du es leid bist, mich zu kosten?«, fragte sie und wedelte zornig mit dem Kochlöffel durch die Luft.

»Runter mit der Waffe«, sagte Sal.

»Runter mit der Waffe, Hosenscheißer!«, rief Christmas fröhlich.

Wieder lachte Sal.

»Es ist mir ernst«, sagte Cetta.

»Du schmeckst zu lecker«, schmeichelte Sal und trat näher zur ihr heran. »Ich werde es nie leid sein, dich zu kosten.«

»Ich meine es ernst!« Cetta knallte den Kochlöffel auf den Herd.

Sal lachte erneut. »Entschuldige . . .«, bat er schließlich.

»Ich will mein eigenes *Haus*, so wie Ma'am«, murrte Cetta. »Und ich will viele hübsche Mädchen, die sich . . .« Sie unterbrach sich und blickte zu Christmas hinüber. »Nun ja, ich will, dass die anderen die Arbeit tun und nicht immer ich.«

»Es ist noch Zeit, Cetta«, sagte Sal finster, und seine Stimme hatte alle Fröhlichkeit verloren. »Wir haben schon darüber gesprochen.«

»Bedeute ich dir denn nichts, Sal?«

»Du gehst mir auf den Sack«, brach es aus ihm hervor. Er trat zum Bett, zog sich an, und kurz darauf fiel die Tür krachend hinter ihm ins Schloss.

»Sal!«, rief Cetta ihm nach, doch er kam nicht zurück.

Da setzte Cetta sich aufs Bett und begann, still zu weinen. Christmas stand auf, ging zu seiner Mutter und lehnte sich an ihre Hüfte. »Willst du spielen, Mama?«, fragte er mit seinem Kinderstimmchen und legte ihr sein Spielzeug auf den Schoß.

Cetta strich ihm über das weizenblonde Haar und drückte ihn stumm an sich.

»Ich habe auch geweint, als Leos Schwanz abgegangen ist«, sagte Christmas. »Weißt du noch, Mama?«

»Ja, mein Schatz«, antwortete Cetta lächelnd und zog ihn noch enger an sich. »Das weiß ich noch.«

In dem Moment sah sie die Pistole in ihrem Holster auf dem Stuhl liegen.

Sal beschloss, zum Diner zu fahren, da er sicher war, dort jemanden zu finden, mit dem er den Sonntag verbringen konnte. Cetta trieb ihn mehr und mehr in die Enge. Doch nicht das war es, was Sal auf der Seele brannte. Vielmehr war es die Tatsache, dass er sich in Gegenwart dieses Mädchens immer wohler fühlte. Sogar an dem kleinen Hosenscheißer hatte er Gefallen gefunden.

Tonia und Vito Frainas Tod hatte eine Lücke in seinem Leben hinterlassen. Die beiden Alten waren alles gewesen, was er hatte. Ihnen war es gelungen, ihn von den beharrlichen Schuldgefühlen zu befreien, die ihn seit dem Mord an ihrem Sohn gequält hatten. Sal hatte endlich aufgehört, sich deswegen Vorwürfe zu machen. Und ohne dass es ihm bewusst geworden war, hatte Cetta nun nach und nach die Lücke gefüllt. Aber sie ist nur eine der Nutten aus dem Bordell, sagte er sich immer wieder und versuchte so, den Gedanken zurückzudrängen, der so sehr einem Gefühl ähnelte.

Dabei war gerade kein guter Moment, um schwach zu sein. Nicht mehr nur die irischen Killerbanden mussten in Schach gehalten werden. Was von den Eastmans übrig war – obgleich sie von niemandem mehr so genannt wurden, seitdem Monk Eastman sich vor sieben Jahren hatte erwischen lassen und nun in Sing-Sing einsaß –, waren radikale Splittergruppen. Immer wieder tauchten neue Namen auf, neue Anführer, die glaubten, zu den guten alten Zeiten zurückkehren zu können, als man unvorstellbare Kriege gegen die Polizei oder gegen Paul Kellys

Italiener geführt hatte. Als es, um die Männer zusammenzurufen, ausgereicht hatte, eine Andeutung auf der Straße zu machen oder in Gluckows *Odessa Tea House* in der Broome Street, in Sam Boeskes *Hop Joint* in der Stanton Street oder in Dora Golds *Drogerie* in der First Street. Als es ausgereicht hatte, ein paar Flaschen Blue Ruin zu spendieren, des billigsten Rachenputzers, der im Umlauf war. Schießereien, die von morgens bis abends anhielten, Feldschlachten, in denen Passanten fielen wie Laub, Barrikaden und Steine und Kämpfe mit Stöcken, Knüppeln, Rohren und Schleudern. Und so hatten es sich seit einigen Jahren Kerle wie Zweibach, Dopey, Bid Yid oder Little Augie und Kid Dropper angewöhnt, keinerlei Regeln zu beachten.

Nein, es war kein guter Moment, um schwach zu sein. Und eine Frau macht schwach, dachte Sal auf der Fahrt zum Diner. Gefühle machen schwach.

Wie immer parkte er einen halben Häuserblock entfernt, stieg aus und kaufte bei *Nora's* eine Zigarre. Als er wieder auf die Straße trat, fiel ihm auf, dass er seine Pistole bei Cetta vergessen hatte.

Frauen und Gefühle machen schwach.

Und während er sich, die Zigarette im Mund, kopfschüttelnd einen Idioten schimpfte, übersah er den schwarzen Wagen, der mit hoher Geschwindigkeit um die Ecke gebogen kam. Er bemerkte ihn erst, als der erste Schuss fiel. Sal hörte den Knall und spürte ein Brennen in der Schulter. Mit Wucht wurde er gegen eine Straßenlaterne geschleudert. Er stieß mit der Schläfe dagegen und stürzte hinter ein geparktes Auto. Ohne Pistole saß er in der Falle. Ihm brach der Schweiß aus allen Poren, während er sich, vor Schmerzen fast betäubt, aufrappelte und taumelnd in Sicherheit zu bringen suchte.

Ich bin erledigt, dachte er.

Doch gleich darauf stürzten seine Freunde aus dem Diner herbei und erwiderten das Feuer. Der schwarze Wagen geriet ins

Schleudern, raste auf den gegenüberliegenden Bürgersteig, riss zwei schreckensstarr kreischende Frauen mit und drückte sie gegen die Mauer, bevor er in das Schaufenster eines Friseurladens krachte.

Sals Freunde rannten zu dem Wagen hinüber. Silver, ein Zuhälter, der trotz seiner erst dreißig Jahre bereits schlohweißes Haar hatte, erreichte ihn als Erster. Er zerrte einen der Attentäter, der schützend die Arme vor seinen Kopf hielt, aus dem Auto, zog ihn ein Stück zur Seite und schoss ihm in den Kopf. Unterdessen feuerten die anderen ins Wageninnere.

Sal ging wankend auf den Friseurladen zu, vorbei an den beiden Frauen, die der Wagen mitgerissen hatte. Die hatte kein Gesicht mehr, die andere lag mit zertrümmerten Knien da, die Beine makaber verdreht. Sie würgte einen Schwall Blut hervor und schloss dann mit einem Zucken die Augen. Im Wageninneren sah Sal nun zwei von Schüssen zersiebte Leichen, am Boden die dritte. Der Friseur im Laden schrie aus Leibeskräften; er war blutüberströmt. Die Scherben der zerborstenen Scheibe hatten seine Haut aufgerissen.

»Diese Judenschweine«, sagte Silver. »Sie schicken Kinder los.«

Sal erkannte, dass die drei Toten noch keine fünfzehn Jahre alt waren. Der, den Silver erschossen hatte, hatte ein klaffendes Loch dort, wo die Kugel ihm das linke Auge zerschmettert hatte. Tränenspuren glitzerten auf seinen Wangen und vermischten sich mit dem Blut, das aus seiner Wunde rann.

Dann wurde alles schwarz um Sal, und er verlor das Bewusstsein.

»Hast du noch immer Schmerzen?«, fragte Cetta sechs Monate später, als sie sah, wie Sal den Arm nach einem Glas ausstreckte und gequält den Mund verzog.

»Ich hoffe, ich habe Schmerzen, solange ich lebe. So vergesse ich nie wieder meine Pistole bei einer Nutte«, entgegnete er grob wie immer.

Seit dem Tag der Schießerei hatte sich zweierlei für Sal verändert. Zum einen hatte der Gangsterboss Vince Salemme, der als Sieger aus dem Krieg hervorgegangen war, Sal und Silver »befördert«. Sal hatte er neben der Leitung des Bordells die einer neuen Spielhölle anvertraut, die von allen klangvoll als *Clubhouse* bezeichnet wurde und die an der Ecke, wo die 3rd und die 4th Avenue in die Bowery münden, eröffnet worden war. Silver hingegen gehörte nun zu den Männern, die den Finger schnell am Abzug hatten, und war vom Zuhälter zum Auftragskiller aufgestiegen.

Das andere, das sich verändert hatte, war Sals Wesen. Seit jenem Tag hatte er Angst. Er war regelrecht paranoid. Ständig vergewisserte er sich, dass seine Pistole auch geladen war; unentwegt ließ er seinen Blick schweifen oder wandte sich ruckartig um, weil er wissen wollte, was hinter seinem Rücken vor sich ging. Vor allem aber hatte er nicht mehr denselben Blick wie zuvor. Der Schulterdurchschuss, der ihm den Kopf des Oberarmknochens zersplittert hatte, hatte ihn zwar nicht zum Krüppel gemacht, doch er hatte eine Wunde in seine Seele gerissen, die sich, anders als die Fleischwunde, nicht wieder schließen wollte. Diese Wunde schwärte und sonderte Anspannung, Furcht und Sorge ab. Verwundet durch drei Kinder, dachte Sal jede Nacht vor dem Einschlafen grimmig.

Fortwährend hielt er sich seine Unachtsamkeit, die ihn das Leben hätte kosten können, vor Augen – und machte sie Cetta scharf zum Vorwurf. Andererseits führte ihn seine neue Schwäche immer häufiger in die Arme seiner Geliebten. Die Leitung der Spielhölle schränkte seine freie Zeit drastisch ein. Doch Sal riss sich ein Bein aus, damit er Cetta jeden Morgen von zu Hause abholen und zum Bordell fahren konnte, als schwebte auch sie seit jenem Tag in Gefahr. Und am Abend ließ er das *Clubhouse* für eine Weile unbeaufsichtigt, um sie wieder abzuholen. Manchmal fuhr er sie nach Hause, ein anderes Mal nahm er sie mit in die Spielhölle. Und jeden Sonntagmittag richtete er es ein, dass er bei Cetta und Christmas essen konnte. So kam es, dass ihre Beziehung innerhalb weniger Monate die Züge einer Ehe annahm.

Christmas blühte immer mehr auf. Und er begann, sein kleines Herz an Sal zu hängen, der diese Gefühle erwiderte, wenn auch auf seine Weise. Immer wieder ertappte sich Cetta dabei, wie sie die beiden gerührt beobachtete. Und voller Dankbarkeit registrierte sie die Verwandlung ihres Mannes, der weder besser noch schlechter war als zuvor, der aber mit jedem Tag mehr ihr gehörte.

»Peng! Du bist tot, Hosenscheißer!«, schrie Christmas eines Tages, als Sal nach dem sonntäglichen Mittagessen kurz davor war einzunicken, und hielt ihm eine Holzpistole an den Körper.

Sal fuhr auf dem Stuhl zusammen und riss Christmas die Pistole aus der Hand. Cetta sah in Sals Blick Furcht, aber auch Zorn, und bekam Angst um Christmas. Als sie sich zwischen die beiden stellte, befahl Sal:

»Sag ihm, er soll das nie wieder tun.« Daraufhin gab er Christmas die Pistole zurück und schloss wieder die Augen.

Vielleicht gehört er mir nur deshalb mehr, weil er Angst hat, dachte Cetta da. Doch da sie ihn liebte und wusste, wie sehr Sal unter seiner Angst litt, ging sie in die Kirche, kniete vor der Statue der Jungfrau Maria nieder und betete darum, er möge wieder zu dem selbstbewussten und furchtlosen Mann werden, der er einmal gewesen war. »Er ist ein Gangster«, erklärte sie der Muttergottes leise.

1912 brach in der Lower East Side erneut ein Krieg aus, nun zwischen Italienern und Iren. Aber es war ein Krieg, der nicht auf den Straßen und nicht mit Pistolen geführt wurde. Die von den Iren angeworbene Armee war die New Yorker Polizei, der Teil der Polizei, der sich mit großzügigen Schmiergeldzahlungen bestechen ließ.

Es ging um Clubs und Bordelle, Lagerräume voll mit *getauftem* – gepanschtem – Whisky, Glücksspielautomaten, Wetten, Spielhöllen. Es war ein Angriff auf das Geschäft. Auf das Herz des Gangstersyndikats. Ein in erster Linie aus finanziellen Gesichtspunkten motivierter Angriff. Aber gleichzeitig stand dahinter eine wohldurchdachte Strategie, um die dicken Fische über die kleinen auszuschalten, indem man über Strafen und Immunität verhandelte.

Am Abend des dreizehnten Mai 1912 tauchte Silver in einem eleganten Anzug und herausgeputzt wie ein Schauspieler im *Clubhouse* auf. Das Seidenjackett saß perfekt und warf nur winzige Falten dort, wo sich die Pistole verbarg. Er hatte sich sehr verändert, seit Sal ihn zuletzt gesehen hatte. Man erzählte sich, Silver habe Geschmack am Töten gefunden, nachdem er dem jüdischen Jungen in den Kopf geschossen hatte.

»Der Boss kommt heute Abend vorbei«, eröffnete er Sal. »Er sagte, du sollst dir die Hände waschen. Er findet es nämlich abstoßend, wenn so schmutzige Hände wie deine ihm etwas zu trinken ausschenken.«

»Dafür sind doch die Barkeeper zuständig«, entgegnete Sal.

Silver zuckte mit den Schultern. »Am Ende bittet er mich noch, sie dir abzuhacken«, sagte er, und als er lachte, blitzte in seinem Oberkiefer einer seiner falschen Schneidezähne golden auf.

Ich würde ihm liebend gern auch noch den anderen ausschlagen, dachte Sal grimmig, doch er beherrschte sich. Wahrscheinlich hatte Vince Salemme niemals diese Bemerkung über Sals Hände gemacht, und es war bloß wieder eine dieser blödsinnigen Ideen, für die Silver zunehmend berüchtigt war. Wenn nun aber tatsächlich der Boss den Befehl gegeben hatte, wäre es nicht besonders clever gewesen, ihm mit schmutzigen Händen gegenüberzutreten. »Wann kommt er?«, fragte Sal deshalb.

»Warum? Wie viel Zeit brauchst du denn zum Händewaschen?«

Sal musterte ihn schweigend.

»Er fährt erst bei *Nate's* in Livonia vorbei, danach kommt er her«, sagte Silver schließlich.

Sal drehte sich um und ging ins Bad. Während er seine Hände schrubbte, bis sie rot waren, schnürte ihm eine zunehmende Anspannung die Kehle zu. Das bringt Unglück, dachte er.

Die Razzien in den Spielhöllen an der Bowery und in Livonia erfolgten zeitgleich. Als die von den Iren angeheuerten Polizisten in die drei Lokale eindrangen, ließen sie viele Gäste und auch einige Huren laufen. Von Beginn an war klar, dass sie ein bestimmtes Ziel im Auge hatten. Sie waren auf der Suche nach dem dicken Fisch, nach Vince Salemme. Da sie ihn nicht fanden, musste in der Nacht wenigstens ein kleiner Fisch in ihre Netze gehen, und dieser kleine Fisch war Sal Tropea.

Gleich danach drangen die Polizisten in das Bordell ein. Cetta, Ma'am und etwa zehn weitere Huren wurden in einen schwarzen Polizeiwagen verfrachtet. Bei der Durchsuchung kam ein Beamter aus dem Bürgermeisteramt ums Leben, der in die Innentasche seines Jacketts gegriffen hatte, um der Polizei seinen Ausweis zu zeigen. Ein Polizist hatte jedoch, in dem Glauben, der Mann wolle eine Pistole ziehen, fünf Schüsse auf ihn abgefeuert, von denen einer die Hure, die bei ihm lag, ins Bein traf. Als die Polizisten sahen, dass der Mann eine Brieftasche in der Hand hielt, nahmen sie sie ihm ab. Wie durch Zauberei hatte die Leiche später, beim Eintreffen der Fotografen, eine Pistole in der Hand. Eine Woche lang hetzten die Zeitungen gegen den Bürgermeister und warfen ihm vor, Mitarbeiter einzustellen, die in kriminelle Machenschaften verwickelt waren. Danach legte sich die Aufregung wieder.

Als Cetta, kaum dass man sie in den Polizeiwagen befördert hatte, Sal in Handschellen sah, fiel sie ihm um den Hals und weinte bitterlich. Ihre Tränen galten Christmas.

Im Polizeirevier wurden Cetta und Sal voneinander getrennt. Cetta landete zusammen mit Ma'am und den anderen Huren in einer Gemeinschaftszelle. Sal wurde brutal zusammengeschlagen und dann alleine in einen Käfig in der Mitte eines Raumes gesperrt, in dem ein ständiges Kommen und Gehen von Polizisten herrschte, die ihn beschimpften, bedrohten und bespuckten.

»Ich möchte eine Kaution hinterlegen«, sagte Sal, als der Captain des Reviers, der keine Ahnung von dem Pakt zwischen den Iren und seinen Männern hatte, zu ihm kam.

»Du kommst hier nicht auf Kaution raus«, gab ihm der Captain zur Antwort.

»Die Kaution ist nicht für mich«, sagte Sal, während ihm das Blut aus der Nase rann, »sondern für Cetta Luminita, eine der Huren.«

Der Captain musterte ihn erstaunt.

»Sie hat ein Recht darauf«, betonte Sal und steckte seine großen, sauberen Hände durch die Maschen des Metallkäfigs.

»Morgen früh werden wir sehen«, erwiderte der Captain.

»Sie hat einen kleinen Sohn«, sagte Sal und rüttelte wütend am Gitter.

Schweigend sah der Captain ihn an. Sein Blick war streng, aber nicht grausam. »Wie, sagtest du, war ihr Name?«, fragte er schließlich.

»Cetta Luminita.«

Der Captain nickte kaum merklich und verließ den Raum.

Am darauffolgenden Morgen erschien der Anwalt Di Stefano bei Sal. Als er sich dem Käfig näherte, rümpfte er die Nase. »Scheiße, hast du dir in die Hosen gemacht?«

»Die lassen mich nicht aufs Klo gehen.«

Der Anwalt schüttelte voller Abscheu den Kopf.

»Haben sie den Boss in Livonia geschnappt?«, fragte Sal.

»Was weißt du von seinem Aufenthaltsort?«, gab Di Stefano zurück. Er sprach leise durch das Gitter hindurch, damit die Polizisten ihn nicht hören konnten.

»Haben sie ihn geschnappt?«

»Nein. Er hat es sich im letzten Moment anders überlegt«, antwortete der Anwalt.

Sal sah ihn an und begann zu begreifen. »Wer?«

»Silver.«

Sal spuckte auf den Boden.

»Das Stück Scheiße wird nichts von dem Geld für seinen Verrat haben, sei unbesorgt«, sagte der Anwalt noch leiser.

»Hoffentlich.«

»Jetzt ist es an dir zu beweisen, ob du ein Mann oder ein Stück Scheiße bist«, fuhr der Anwalt fort und musterte ihn kalt.

Sal wusste, dass der Satz eine Drohung war. Er bedeutete: Willst du am Leben bleiben? Ohne die Augen niederzuschlagen und ohne auch nur mit der Wimper zu zucken, erwiderte er den Blick des Anwalts. »Ich bin kein Stück Scheiße«, erklärte er mit fester Stimme.

»Du wirst im Knast landen.«

»Ich weiß.«

»Sie werden dich in die Mangel nehmen.«

Sal grinste. »Sind Sie etwa blind?«, sagte er. »Sehen Sie sich mein Gesicht an. Sehen Sie sich meine bepinkelten Hosen an. Sie haben schon längst damit angefangen.«

»Sie werden dir ein Angebot unterbreiten.«

»Ich verhandle nicht mit Polizisten. Schon gar nicht, wenn sie von einem Iren geschmiert sind.«

Schweigend musterte der Anwalt ihn weiter. Es oblag ihm zu beurteilen, ob man Sal Tropea trauen konnte oder nicht. Doch durfte er sich nicht nur auf Sals Worte verlassen. Er musste es auch in seinen Augen lesen.

Und Sal war bewusst, dass seine Zukunft von diesem letzten Blick abhing. Da plötzlich verflog die Angst, die ihn lähmte, seit er an der Schulter getroffen worden war, und Sal fand zu sich selbst zurück. Und fühlte sich frei und leicht. Und er lachte sein tiefes, dröhnendes Lachen.

Die spitzen Gesichtszüge des Anwalts verrieten im ersten Moment Erstaunen, bevor sie sich entspannten. Sal Tropea würde nicht reden. Dessen war er sich nun sicher. Aber eine letzte Karte hatte er noch auszuspielen. Eine letzte Warnung. »Diese Nutte, die dir so sehr am Herzen liegt...«, sagte er leise, und seine Stimme klang nicht mehr dringlich, da er sich nun sicher war und sich erlauben konnte, einfach nur grausam zu sein. »Sie ist zu Hause bei ihrem Sohn. Wie heißt er noch... Christmas, richtig?«

Sal erstarrte.

»Der Junge sieht dir gar nicht ähnlich«, sagte der Anwalt. »Ich habe ihn gesehen, er ist blond.«

»Er ist nicht mein Sohn«, erwiderte Sal, in die Defensive gedrängt. Ihm war völlig klar, was da vor sich ging.

»Er heißt wie ein Nigger und ist blond wie ein Ire, der kleine Bastard.«

»Der Junge ist mir scheißegal«, behauptete Sal.

Der Anwalt lachte leise. Offenbar glaubte er ihm nicht. Immer noch grinsend, sagte er dann: »Diese Nutte muss dir einiges bedeuten, wenn du die Kaution für sie bezahlst.«

»Sie sollten als Auftragskiller arbeiten, nicht als Anwalt. Sie haben Talent dafür«, bemerkte Sal.

Wieder lachte der Anwalt, dieses Mal zufrieden. »Ich werde es mir überlegen, danke für den Rat.« Daraufhin näherte er sich wieder dem Gitter, nicht jedoch, weil er etwas Geheimes zu sagen hatte. Er musste dafür sorgen, dass die Botschaft auch ankam, obgleich er eigentlich nicht daran zweifelte, denn er war von seinen eigenen Fähigkeiten sehr überzeugt und Sal Tropea weniger schwer von Begriff als die Handlanger, denen er gewöhnlich Drohungen überbrachte. Außerdem gefiel es Di Stefano, Leuten zu drohen. Es war, als feuerte er aus einer Pistole. Dabei floss zwar kein Blut, aber der Schmerz in den Augen seines Gegenübers entschädigte ihn dafür und verriet, wenn er getroffen hatte.

»Der Boss hat beschlossen, dir die Kaution, die du für die Nutte bezahlt hast, zu erstatten«, sagte er. »Da sie dir so am Herzen liegt, wird er sich um sie kümmern, solange du Urlaub machst.«

Sal schwieg.

»Wir sind eine Familie, oder etwa nicht?«, sagte der Anwalt.

Sal nickte.

»Ich sorge dafür, dass sie dich hier in der Nähe einquartieren, dann kann deine Hübsche dich besuchen, wann immer sie will«, versprach der Anwalt, dann drehte er sich um und ging.

Noch am gleichen Tag wurde Sal zusammengeschlagen. In der Nacht waren seine Lippen so sehr geschwollen, dass er aus Furcht, er könnte im Schlaf ersticken, die ganze Zeit wach blieb. Am Morgen bemerkte er den Sonnenaufgang nicht, weil seine Lider so dick waren, dass er die Augen nicht öffnen konnte. Und er schmeckte nichts von dem wenigen, das man ihm zu essen und zu trinken gab, da alles sofort den Geschmack von Blut annahm. Als Nächstes boten sie ihm einen Strafnachlass an, schließlich sogar die Freiheit. Doch Sal schwieg zu allem. Zehn Tage später verurteilte man ihn, zog ihn aus und steckte ihn in einen Sträflingsanzug.

Der Anwalt Di Stefano hielt Wort. Sal wurde nicht nach Sing-Sing verlegt – wie das Urteil es verlangte –, sondern in die Strafanstalt auf Blackwell's Island, im East River, zwischen Manhattan und Queens.

Als Sal in der darauffolgenden Woche im Besuchsraum Cetta gegenübersaß, war sein Gesicht noch immer gezeichnet.

»Wenn ich hier rauskomme, werde ich noch hässlicher sein«, sagte er.

Doch das war Cetta gleichgültig. Sie wusste nun, dass Sal keine Angst mehr hatte. Dass er wieder der Alte war. Der die armseligen Waren eines fliegenden Händlers unter seinen Reifen zerquetschte, bloß weil sie, Cetta, ihm ein Lächeln geschenkt hatte. Und im Stillen dankte sie der Jungfrau Maria, dass sie ihr Gebet erhört hatte.

Sal zog eine Grimasse und legte die Hände an das Gitter, das sie voneinander trennte. »Ich wusste doch, es bringt Unglück, wenn ich sie mir wasche«, sagte er.

19

Ellis Island, 1922

Das Wasser war eiskalt. Es ließ einem den Atem stocken. Bill klammerte sich an einem verwitterten, von Algen überzogenen Holzpfahl fest, um nicht unterzugehen. Er war nackt. Seine Zähne klapperten aufeinander, ohne dass er etwas dagegen tun konnte. Seine Beine spürte er längst nicht mehr.

Doch die Fähre der Einwanderungsbehörde war nun nicht mehr weit. Mit einem langen Sirenenton hatte sie sich angekündigt. Bill konnte sie bereits sehen. Er musste nur noch ein wenig durchhalten.

Schon als er in jener Nacht seinen Plan geschmiedet hatte, war er sich darüber im Klaren gewesen, dass es sehr schwer für ihn werden würde. Aber er wusste keinen anderen Weg. Wenn er überleben wollte, musste er die eisigen Qualen im Wasser durchstehen.

Alle Zeitungen der Stadt berichteten über den blutrünstigen Mord am Ehepaar Hofflund. Und über die Vergewaltigung der kleinen Judenschlampe. Die Kollegen vom Fischmarkt beschrieben Bills Vater als ehrlichen Arbeiter. Ein Haufen erbärmlicher Säufer, die sicherlich genau wie sein Vater die Abende damit verbringen, ihre Frauen und Kinder mit dem Gürtel auszupeitschen, hatte Bill gedacht. Hätte er gewusst, wie man eine Bombe zündet, er hätte sie alle miteinander in die Luft gejagt.

»Dreckschweine«, stammelte er halb erfroren.

Er war außer sich. Und die Wut – mehr noch als die Furcht, auf dem elektrischen Stuhl geröstet zu werden – gab ihm die Kraft durchzuhalten. Wenn es ihm möglich gewesen wäre, hätte er auch Bomben in die Verlagshäuser der Zeitungen geworfen, die derartige Lügen abdruckten, wie er sie gelesen hatte. Sein Vater war so etwas wie ein Held geworden, ein deutscher Einwanderer, der hart für die Stadt New York gearbeitet hatte. Ein Symbol für all die ehrlichen Männer, die sich still und klaglos die Last der niedersten Arbeiten aufluden. Ja, Bill hätte am liebsten eine Bombe in jedes dieser Zeitungshäuser geworfen und dann die Sprösslinge dieser verfluchten Journalisten in die Obhut jener stillen und ehrlichen Fischmarktarbeiter gegeben, damit auch diese Kinder für die Lügen ihrer Väter bezahlten. Mit Freuden hätte Bill die Gürtelstriemen auf ihren Rücken gezählt. Der amerikanische Traum, was für ein Schwachsinn. Er, Bill, würde ihre zarte, an warme Bäder und Wollsachen gewöhnte Haut spüren lassen, wie sich das Knallen des amerikanischen Albtraums anfühlte.

»Dreckschweine«, fluchte er abermals und rutschte dabei für eine Sekunde von dem Pfahl ab, der den Landungssteg über seinem Kopf stützte. Er hustete das Wasser aus, das ihm in den Hals geschwappt war, und begann erneut mit den Zähnen zu klappern.

Blondes Haar, blaue Augen, mittlere Größe, mittlere Statur, hieß es in den Polizeimeldungen, die von den Zeitungen verbreitet wurden.

Bill versuchte zu lachen. Aber er zitterte zu stark. »Dann findet mich mal«, sagte er leise. Wie viele Personen entsprachen einer derart allgemeinen Beschreibung? Beinahe sämtliche Einwohner New Yorks, einmal abgesehen von den Niggern, den Drecksjuden und den Italienern.

In der Ferne stieß die Fähre einen dreifachen Sirenenton aus. Der Steg über seinem Kopf bebte, als die Landungshelfer in ihren robusten Schuhen heranschlurften. Eine weitere Schiffsladung Ratten für den großen amerikanischen Traum, dachte Bill. Es war fast so weit. Er hatte es fast geschafft.

Weder die Zeitungen noch die Polizei hatten ein Foto von ihm. Niemals würden sie ihn finden. Aber sie kannten seinen

Namen. In riesigen Lettern hatte er in allen Zeitungen gestanden, die Zeitungsschreier riefen ihn durch sämtliche Straßen der Stadt. William Hofflund, William Hofflund, William Hofflund ... Sein Ausweis würde ihn entlarven. Wenn er sich nicht einen anderen Namen und andere Papiere zulegte, würde man ihn früher oder später erwischen.

Während die Fähre sich näherte, schwamm Bill von Pfahl zu Pfahl, bis er an eine kleine Sprossenleiter kam, die aus dem Wasser hinauf auf den Landungssteg führte. Alles würde sich innerhalb weniger Augenblicke abspielen. Im eiskalten Wasser durchzuhalten, war der härteste Teil gewesen, nun jedoch kam der heikelste Teil. Wenn er den überstand, war es so gut wie geschafft. Er zog sich hoch auf einen Querbalken zwischen zwei Pfählen, gleich neben der Leiter. Falls einer der Landungshelfer sich vorbeugte, um ins Wasser zu spucken, bestand die Gefahr, dass er ihn entdeckte. Bill hielt den Atem an und versuchte, das Zähneklappern zu unterdrücken. Aber es gelang ihm nicht. Also schob er die Zunge zwischen die Zähne. Es war schmerzhaft, doch das ihm ohrenbetäubend erscheinende Geräusch verstummte. Das Bündel mit seinen Sachen, das er dort versteckt hatte, war trocken. Kaum hatte er den Balken erreicht, begann er, sich anzuziehen. Bald würde die Kälte ein Ende haben, sagte er sich immer wieder, während er vergeblich versuchte, mit steif gefrorenen Händen sein Hemd zuzuknöpfen. Seine Finger waren blau vor Kälte, die Lippen wie erstarrt. Es würde vorübergehen, alles würde vorübergehen. Bald.

Das erstaunte und verängstigte Gesicht seines Vaters, als er das nach Fisch stinkende Messer in seinem Bauch und dann in der Hand und im Rücken und im Hals gespürt hatte, kam Bill in den Sinn. Es war schon Ironie des Schicksals, dass ihn ausgerechnet der Gedanke an seinen Vater auf die Idee gebracht hatte. Die entscheidende Eingebung verdankte er dem Säufer mit den Fischschuppen. Ja, das war echt zum Lachen.

In Angst und Schrecken versetzt durch das, was er in den Zeitungen gelesen hatte, war Bill in der Nacht zuvor ziellos in den finstersten und einsamsten Straßen der Stadt umhergelaufen und hatte sich keinen Rat gewusst. Wie eine aufgescheuchte Kanalratte. Als er im Schutz einer Mülltonne ein wenig hatte verschnaufen und überlegen wollen, was er tun konnte, war er sich vorgekommen wie in einem Käfig. Die Furcht ließ seine Beine nicht zur Ruhe kommen, und so rannte Bill weiter. Nach einer Weile wurde ihm bewusst, dass er im Kreis lief, in konzentrischen Kreisen immer näher auf den Fischmarkt zu. Den Ort, der ihm am meisten verhasst war. Das Reich seines Vaters, des Deutschen, der die polnische Jüdin geheiratet hatte. Da aber kam Bill plötzlich die Idee. Er erinnerte sich wieder an ein leidiges Klagelied, das sein Vater wieder und wieder angestimmt hatte. Ein Gejammer, das Bill gehasst hatte, das ihm jedoch an dem Abend mit einem Mal von Nutzen war.

»Das Erste, was ich sah, als ich mit dem Schiff aus Hamburg ankam, war die Freiheitsstatue«, hatte sein Vater immer im Suff erzählt. »Es war Abend, und man konnte von der Stadt nichts erkennen. Aber die Umrisse der verlogenen Statue zeichneten sich gegen den Himmel ab. Sie war das Erste, was ich sah, und ich begriff nicht, dass sie eine bescheuerte Fackel hochhielt, ich dachte, es wäre ein Bündel Geldscheine. Mein Geld, das Geld, das ich in der Neuen Welt verdienen wollte, das Einzige, was mich dazu bewegt hatte, von meiner Mutter und meinem Vater fortzugehen, um nicht wie er als Fischverkäufer zu enden, der die Schuppen nicht mehr von den Händen abbekommt. Und als wäre es nicht genug, dass ich in dieser verdammten Stadt weder Geld noch Freiheit gefunden habe, sind auch meine Hände längst voller Fischschuppen. Und jedes Mal, wenn ich auf dem Markt stehe und hinaufschaue, sehe ich diese verfluchte Statue, wie sie dasteht und sich über mich lustig macht. Mit ihrem Feuer hat sie all meine Träume verbrannt.«

Und da richtete Bill in der Dunkelheit der Kanalrattennacht den Blick nach oben und erblickte sie. Sie hielt die Fackel in der Hand, um dem Ankommenden den Weg zu leuchten und ihn willkommen zu heißen. Die Freiheitsstatue, das Symbol seiner neuen Freiheit. Während Bill auf die schemenhafte Statue blickte, ging ihm auf, was zu tun war: Er würde in New York, auf Ellis Island, an Land gehen wie einer der vielen Unbekannten, die mit dem Schiff ins Land der unbegrenzten Möglichkeiten kamen. Die Fackel dort oben würde seine Träume nicht verbrennen.

»Zum Teufel mit dir, Pa«, lachte er und vernichtete anschließend seinen Ausweis.

Wer würde inmitten der Neuankömmlinge nach einem Mörder suchen? Bill war sich bewusst, dass nicht mehr so viele Menschen ankamen wie zu Zeiten seines Vaters und Ellis Island nun kein Auffangzentrum, sondern eher ein Inhaftierungslager war. Doch ein paar neue Ratten kamen immer noch an. Ja, die Regierung der Vereinigten Staaten von Amerika würde ihn willkommen heißen, ihm zu einem neuen Namen und neuen Papieren verhelfen. Verdammt komisch.

So stahl er noch in der Nacht – nachdem er das Geld und die Edelsteine aus dem Ring in ein Wachstuch eingeschlagen und im Battery Park in einer hochgelegenen Baumhöhle versteckt hatte – ein kleines Ruderboot, wie es gewöhnlich für den Pendelverkehr zwischen größeren Booten eingesetzt wurde, und machte sich auf den Weg nach Ellis Island. Es war nicht so leicht, wie er anfangs geglaubt hatte. Das Boot war schwer, die Strömung stark, und Orientierungspunkte gab es so gut wie keine in der nächtlichen Dunkelheit. Aber er schaffte es dennoch. Von der Aufsicht unbemerkt, erreichte er vom Meer aus das Goldene Tor. Er ruderte bis an den Pier heran, zog sich aus und tauchte, einen Arm in die Höhe gereckt, damit sein Kleiderbündel nicht nass wurde, ins eiskalte Wasser ein. Atemlos vor

Kälte klammerte er sich an einen Pfahl und ließ das Boot treiben. Langsam nahm die Strömung es mit sich fort.

Mehr als einmal war er kurz davor gewesen, den Griff zu lösen, sich unter Wasser sinken zu lassen und dem Ganzen ein Ende zu setzen. Doch er hatte gesiegt. Nun, beim letzten ohrenbetäubend langen Signalton der Fähre der Einwanderungsbehörde, wusste er, dass er gesiegt hatte. Eine Welle schlug schäumend unter die Brücke und verbreitete einen Geruch von Dieselkraftstoff und Salz in der Luft. Die im Wasser verankerten Pfähle bebten. In einem Gewirr von Stimmen riefen die Landungshelfer einander Zeiten und Befehle zu. Der Augenblick war gekommen. Bill konnte fast die eiserne Schiffswand berühren.

Er wartete ab, bis die Gangways festgemacht waren. Die Neuankömmlinge würden bald das Schiff verlassen dürfen. Zitternd wartete Bill ab. Da schließlich griff er nach der ersten Sprosse der kleinen Leiter und tauchte oben am Pier auf.

»Hey, du«, rief jemand.

Bill wandte sich nicht nach der Stimme um. Er kletterte die letzten Sprossen hinauf und ging auf die aus dem Schiff strömende Menschenmenge zu.

»Du, bleib stehen«, befahl die Stimme.

Bill wollte schon losrennen, blieb jedoch stehen. Langsam drehte er sich um. Der Polizist war groß und kräftig und zückte, während er auf ihn zukam, seinen Schlagstock. Bei ihm waren drei Landungshelfer.

»Wer bist du?«, fragte der Polizist, als er dicht vor ihm stand.

Bill sah hinüber zu den Einwanderern, die, kaum hatten sie die Gangways verlassen, wie eine Herde Schafe in Dreierreihen eingeteilt wurden. Dann blickte er zurück auf den Polizisten. Er wusste nicht, was er tun sollte, und hatte keine Ahnung, welche Sprache die Neuankömmlinge sprachen. »Ich . . .«, sagte er auf gut Glück, »gehöre zu denen.«

Der Polizist deutete auf die Menschen, die über die Gangways strömten. »Und was zum Teufel tust du dann hier?«

Nun blickte Bill auf die Leiter.

»Ich wette, er war kacken«, sagte einer der Helfer. »Neun von zehn kommen mit Durchfall hier an.«

Bill sah ihn an.

»Warst du da unten kacken?«, wollte der Polizist wissen.

Bill nickte.

Der Polizist brach in Gelächter aus. »Was für eine Sauerei! Ihr Iren seid wie die Tiere. Es gibt Klos in Amerika.«

Die drei Helfer fielen in das Gelächter des Polizisten ein. »Guck mal, er ist ganz blau im Gesicht«, sagte einer. »Der hat sich die Seele aus dem Leib geschissen.«

Der Polizist hielt Bill den Schlagstock an die Brust. »Stell dich zu den anderen in die Schlange«, befahl er und versetzte ihm einen Stoß.

Langsam drehte Bill sich um, und während ihm Freudentränen in die Augen stiegen und es ihn innerlich schüttelte vor Lachen, ging er ohne jede Eile hinüber zu den Iren.

Und auch die anderen hinter ihm lachten. Der Polizist trat an den Rand des Stegs und blickte hinab aufs Wasser. »Wie das hier nach Scheiße stinkt«, rief er. Die drei Landungshelfer beugten sich zum Wasser vor und fächelten sich Luft zu. »Der hat alles verpestet«, sagte einer.

»Er wird doch wohl wenigstens ein paar Ratten umgebracht haben«, meinte ein anderer.

»Hey, Ire, was zum Teufel hast du gegessen?«, brüllte der Polizist.

Bill wandte sich um und grinste. Dann stellte er sich mit den anderen in eine Reihe und musterte seine neuen Weggefährten. Jeder der Einwanderer hielt in der Hand ein Dokument, auf dem vermerkt war, welches Schiff ihn nach New York gebracht hatte.

Am Ende der Schlange versammelten drei Beamte der Einwanderungsbehörde die Männer auf der einen Seite, die Frauen und Kinder auf der anderen. Von dort wurden sie in eine Halle geführt, wo eine Gruppe Ärzte jeden der Neuankömmlinge im Schnellverfahren auf seinen Gesundheitszustand hin untersuchte. Bill beobachtete, wie manch einem mit Kreide ein oder zwei Buchstaben auf den Rücken gemalt wurden. C stand für Tuberkulose, H für Herz, SC für Kopfhaut, TC für Trachom, X für Geisteskrankheit. Und wer einen Buchstaben trug, war so gut wie erledigt, man würde ihn wieder dorthin zurückschicken, wo er hergekommen war. Bill sah sich um. Er entdeckte die Waschräume und bat einen Polizisten um die Erlaubnis, sie aufsuchen zu dürfen.

Der Beamte sah ihn prüfend an, ehe er zustimmend nickte.

Als Bill den Waschraum betrat, traf er dort auf weitere fünf Personen, zwei alte Männer, zwei Jugendliche und einen Mann um die vierzig. Bill wurde unruhig. In einer der Latrinen wartete er. So lange, dass er durchzudrehen glaubte. Dann endlich bot sich die Gelegenheit.

Blondes Haar, blaue Augen, mittlere Größe, mittlere Statur. Und um die zwanzig.

»Ich muss mit dir reden«, sprach Bill den jungen Iren an und ging auf ihn zu.

Der beäugte ihn misstrauisch. Außer ihnen stand noch ein alter Mann im Waschraum.

»Ich bin hinter einen Betrug gekommen«, sagte Bill leise zu dem Jungen.

»Was für ein Betrug?«

Bill legte einen Finger an die Lippen und deutete auf den alten Mann. »Er könnte einer von denen sein«, flüsterte er.

»Wie, von denen?«

»Warten wir, bis er weg ist«, gab Bill scheinbar abwehrend zurück.

»Interessiert mich auch einen Scheiß«, sagte der Junge schulterzuckend.

Bill packte ihn am Arm. »Ich bin dabei, dir den Arsch zu retten, du Idiot«, zischte er. »Dir und allen anderen in unserem Alter.«

Der Junge wusste nicht, wie er reagieren sollte. Er warf einen argwöhnischen Blick zu dem alten Mann hinüber und wandte sich dann wieder Bill zu. »Was für ein Betrug?«

Der Alte ließ einen Furz fahren und zog eine Grimasse in Richtung der jungen Männer, dann verließ er den Waschraum.

»Was für ein Betrug?«, fragte der Junge noch einmal.

Bill traf ihn mit dem Kopf mitten im Gesicht. Dann packte er ihn am Hals, drückte mit aller Kraft zu und versuchte, den Jungen in eine der hölzernen Latrinen zu schleifen. Der Ire war stark und wehrte sich heftig. Mit beiden Händen krallte er sich an Bills Arm und versuchte, den Würgegriff zu lockern, damit er Luft bekam. Bill war vom langen Ausharren im eiskalten Wasser erschöpft, aber der brennende Siegeswille verlieh ihm Bärenkräfte. Hinter ihm lag eine ganze Nacht, in der er ums Überleben gekämpft hatte. Eine ganze Nacht, die er mit dem Gedanken an den Tod verbracht hatte. Das Gesicht zu einer hässlichen Grimasse verzerrt, drückte er immer fester zu und hielt den Fausthieben stand, die der Junge nun blind austeilte, die jedoch schwächer und schwächer wurden. Mit einer letzten Kraftanstrengung drückte Bill zweimal brutal zu. Er fühlte, wie die Luftröhre des Jungen einknickte wie der Panzer einer Kakerlake. Daraufhin zuckte der Ire mit den Beinen, trat um sich, wurde von einem Zittern geschüttelt und sank schließlich in sich zusammen.

Bill schloss die Latrinentür und durchsuchte die Taschen des Jungen. Er fand die Reisedokumente und einen Pass. In der Unterhose stieß er zudem auf ein Bündel Geldscheine.

Da wurde die Tür des Waschraums geöffnet. Zwei lachende

Männerstimmen erklangen. Bill setzte den toten Jungen aufs Klo. Lautlos schob er sich unter der Holzwand hindurch in die Latrine nebenan und trat nach einer Weile hinaus. Er lächelte den beiden Männern zu und kehrte zurück in die große Halle.

Nachdem er die ärztlichen Untersuchungen und ein Diktat zur Feststellung seiner orthografischen Kenntnisse hinter sich gebracht hatte, wurde er in den Registrierungssaal gebracht, einen riesigen Raum im zweiten Stock mit hohem Deckengewölbe und einer von quadratischen Säulen getragenen Empore auf halber Höhe des Raumes. In der Mitte des Saals saßen an Tischen voller Papiere und Stempel die Inspektoren der Einwanderungsbehörde. Rechts und links zwangen Metallgestelle, die an Käfige denken ließen, die Wartenden dazu, in Schlangenlinien vorzurücken.

»Name?«, fragte der Inspektor, als Bill an der Reihe war.

»Cochrann Fennore«, antwortete er.

Beim Verlassen des Saals bemerkte Bill eine Gruppe Putzfrauen, die mit Strohbesen, Lappen und Eimern voll Desinfektionsmitteln in der Hand auf dem Weg zu den Waschräumen waren. Gerade ging er mit neuem Namen und neuen Papieren die Treppe hinunter, als er einen durchdringenden Schrei hörte. Die Frauen haben ihn gefunden, dachte Bill grinsend. Sie haben den Iren gefunden, der mir mein zweites Leben geschenkt hat.

Wieder schrie eine Frau durchdringend.

Und da musste Bill plötzlich an seine Mutter denken. Erst als er den durchdringenden Schrei der Putzfrau hörte, ging ihm durch den Kopf, dass seine Mutter gestorben war, wie sie gelebt hatte: still, ohne ein einziges Mal zu schreien oder auf andere Art aufzubegehren.

»Wo ist Cochrann?«, hörte er hinter sich eine Stimme, als er die Fähre der Einwanderungsbehörde betrat, deren Ziel das Aufnahmezentrum in New Jersey war.

Er drehte sich um und erblickte ein Mädchen mit roten Wangen und zerschundenen Händen, eine Wäscherin vielleicht, und ein Paar um die fünfzig. Er war klein und kräftig, vermutlich Transportarbeiter, sie bucklig, mit tiefen Augenringen und Händen, die noch zerschundener waren als die ihrer Tochter und an den Knöcheln so wund, dass sie wohl niemals mehr verheilen würden.

»Ohne Cochrann fahre ich nicht«, sagte das Mädchen und wollte zurück auf die Gangway.

Ein Polizist hielt sie auf. »Geh wieder rein, Aussteigen ist verboten!«

»Ohne meinen Cochrann fahre ich nicht«, beharrte das Mädchen.

»Geh wieder rein!«, brüllte der Polizist.

Die Frau um die fünfzig nahm das Mädchen bei den Schultern und schob es in den Innenraum der Fähre.

Der kräftige kleine Mann blickte suchend umher. »Er hat all unser Geld«, sagte er mutlos.

Auch das Mädchen ließ suchend den Blick über die Passagiere schweifen. »Cochrann! Cochrann!«

Ich bin hier, Liebes, dachte Bill, der nur den Arm hätte ausstrecken müssen, um sie zu berühren. Ich bin Cochrann. Und plötzlich fing er vor lauter Glück an zu lachen.

Manhattan, 1912–1913

Cetta war nun allein, zum ersten Mal, seit sie in New York war. Sal würde sich eine lange Zeit nicht mehr um sie kümmern können. Wenn die Einsamkeit sie quälte, ging sie bis zur Queensboro Bridge und blickte hinüber auf Blackwell's Island und die Haftanstalt, in der Sal seine Strafe verbüßte. Di Stefano, der Anwalt, hatte die Gefängnisleitung bestochen, sodass Cetta die Erlaubnis bekommen hatte, Sal einmal in der Woche für eine Stunde in einem Raum ohne Trenngitter zu sehen. Dann stieg sie in das Boot der New Yorker Strafvollzugsbehörde, ging auf der Insel an Land und wurde von Gefängniswärtern eskortiert, die anzüglich lachten und ihr Geld boten, damit sie sich auch mit ihnen in ein Zimmer einschloss. Doch Cetta hörte sie gar nicht. Sie wollte nur eins: bei Sal sein, neben ihm sitzen und seine Hände betrachten, die nun wieder schmutzig waren. Wenn die Stunde vorüber war, stand Cetta auf und kehrte zurück in ihr Leben. Ohne ihn.

Das Bordell war inzwischen in ein unauffälliges kleines Wohnhaus an der Kreuzung 8th Avenue und West 47th Street verlegt worden. Cetta bedauerte den Umzug vor allem deshalb, weil sie früher im Bordell in der 25th Street bei offenen Fenstern den fröhlichen Klängen des Ragtime hatte lauschen können, der in der nahe gelegenen Tin Pan Alley gespielt wurde. Doch Cetta haderte wie gewöhnlich nicht lange mit ihrem Schicksal, sondern stürzte sich Hals über Kopf in das neue Abenteuer. Zum ersten Mal war Cetta allein, und zum ersten Mal nahm sie die U-Bahn IRT.

Sie lief die Fulton Street hinauf bis zur Haltestelle Cortland

Street. An der 49th Street stieg sie aus und ging zurück bis zur 47th Street. Jeden Nachmittag und jeden Abend nahm sie diesen Weg. Sie setzte sich zu den anderen Leuten und fühlte sich als eine von ihnen, als eine Bürgerin Amerikas. Und nichts freute sie mehr als dieses Zugehörigkeitsgefühl. Oft nahm sie in ihrer freien Zeit auch Christmas mit, um das Gefühl an ihren Sohn weiterzugeben. »Siehst du? Du bist ein Amerikaner inmitten ganz vieler anderer Amerikaner«, sagte sie dann mit gedämpfter Stimme.

Eines Nachts, als sie von der Arbeit nach Hause fuhr, saß Cetta ein wenig abseits im Waggon. Leise summte sie *Alexander's Ragtime Band* vor sich hin, einen Schlager, der im Jahr zuvor sehr erfolgreich gewesen war. Als Cetta erfahren hatte, dass er von einem gewissen Berlin, einem jüdischen Musiker, geschrieben worden war, hatte sie sich eingeredet, diesen Schlager nicht zu mögen. Seit den Schüssen auf Sal hatte sie den Juden im Stillen den Krieg erklärt und hasste sie von ganzem Herzen. Aber dann hatte sie beschlossen, bei diesem Song eine Ausnahme zu machen, denn *Alexander's Ragtime Band* gefiel ihr einfach zu gut. Und so hatte sie auch in dieser Nacht Irving Berlins Melodie im Ohr.

Ungefähr in der Mitte des Waggons alberten drei Kleinganoven, die um die achtzehn Jahre alt sein mochten, miteinander herum und warfen ab und zu einen Blick zu ihr herüber. Cetta beachtete sie nicht. Weiter hinten, am anderen Ende des Waggons, saß ein blonder Mann um die dreißig, er trug eine Brille und einen zerknitterten Anzug und hielt ein aufgeschlagenes Buch auf den Knien. Seit er eingestiegen war, hatte er nicht aufgehört zu lesen. Ihm gegenüber stützte ein Polizist den Kopf in die Hände und döste vor sich hin.

»Wieso ist ein hübsches Mädchen wie du um diese Zeit noch unterwegs?«, sprach einer der drei Kleinganoven Cetta an. Er setzte sich neben sie und schnitt seinen beiden Freunden eine prahlerische Grimasse.

Cetta gab keine Antwort und wandte den Blick dem Fenster zu.

»Spiel hier nicht die feine Dame, Süße«, raunte der Junge ihr zu. »Eine feine Dame nimmt nicht den Zug.«

Seine beiden Freunde gesellten sich zu ihnen. Einer setzte sich Cetta gegenüber und musterte sie. Der andere ließ sich hinter ihr, gleich am Fenster, nieder.

»Was wollt ihr?«, fragte Cetta und blickte hinüber zu dem Polizisten, der noch immer döste.

Sie wollte aufstehen, doch der Junge, der vor ihr saß, stieß sie zurück auf ihren Sitz. Der Ganove hinter ihr presste ihr eine Hand auf den Mund, sodass sie sich nicht mehr rühren konnte, und hielt ihr mit der anderen Hand die spitze Klinge eines Klappmessers an den Hals. »Sei schön brav«, zischte er ihr zu.

Der Junge neben ihr fasste ihr unter den Rock. »Glaub mir, wir wollen uns bloß mit dir anfreunden«, sagte er.

In dem Moment drosselte der Zug seine Geschwindigkeit, da er sich einer Haltestelle näherte. Am anderen Ende des Waggons blickte der Mann von seinem Buch auf und sah geradewegs in Cettas angsterfüllte Augen. »He«, schrie er und erhob sich. Der Polizist schrak auf und wandte sich langsam um. Da kamen die Lichter der Canal Street Station in Sicht, und der Zug hielt kurz darauf an. Die drei Kleinganoven ließen von Cetta ab und machten sich eiligst davon. Der Polizist sprang aus dem Zug und nahm die Verfolgung auf.

»Sind Sie wohlauf?«, wollte der Mann um die dreißig wissen und kam auf Cetta zu.

Obwohl ihr Tränen in den Augen standen, nickte sie hastig. Der Mann zog ein Taschentuch aus seiner Jackentasche und reichte es ihr. Cetta sah ihn an. Er war dünn und nicht sehr groß. Aber er hat ehrliche Augen, dachte sie. »Danke . . .«

Der Mann lächelte, während er ihr noch immer das Taschentuch hinhielt. »Trocknen Sie Ihre Tränen.«

»Ich müsste mir vor allem die Nase putzen.« Sie lachte und griff nach dem Tuch. »Aber Vorsicht. Ich habe nie gelernt, es leise zu tun, so wie die Damen von Welt«, fügte sie hinzu und schnäuzte sich.

Der Mann lächelte sie offen an. »Die Damen von Welt fand ich immer schon äußerst langweilig. Darf ich mich zu Ihnen setzen?«

Cetta nickte.

»Darf ich Sie denn auch bis nach Hause begleiten?«

Cetta erstarrte.

»Sie hatten für heute Nacht schon genug Aufregung. Ich fühle mich verpflichtet, Ihnen Geleitschutz zu geben.«

Prüfend sah Cetta ihn an. Er hatte gutmütige Augen. Sie konnte ihm gewiss vertrauen. »Okay«, willigte sie ein. »Wir steigen an der Cortland Station aus. Von da aus ist es noch ein Stück zu Fuß.«

»Cortland Station und dann ein Stück zu Fuß. Verstanden«, sagte der Mann, wobei er die Hand an die Schläfe führte, als salutierte er.

Cetta lachte.

»Ich heiße Andrew Perth«, stellte er sich da vor und reichte ihr die Hand.

»Cetta Luminita«, antwortete sie und erwiderte den Händedruck.

Der Mann hielt ihre Finger mit leichtem Nachdruck umschlossen und sah ihr geradewegs in die Augen. Gutmütige Augen, dachte Cetta erneut. Die Augen eines Mannes allerdings, Augen voller Begehren. Cetta kannte solche Augen, aber sie fühlte sich geschmeichelt. Sie senkte den Blick, und der Mann ließ ihre Hand los. Nach einer Weile gab sie Andrew zu verstehen, dass sie nun aussteigen mussten.

Während sie Arm in Arm über verlassene Gehwege zu Cettas Wohnhaus gingen, erzählte Andrew Perth ein wenig von sich.

Als Gewerkschafter befasste er sich mit den Arbeitsbedingungen der Arbeiter. Und während er sich über die unzumutbaren Arbeitszeiten, die Elendslöhne und die Schikanen ausließ, denen die Arbeiter hilflos ausgesetzt waren, bemerkte Cetta das Feuer in Andrews Augen. Und sie entdeckte darin eine wahre Leidenschaft. Eine Leidenschaft wie bei einer großen Liebe.

Als sie vor dem Hauseingang ankamen, blieb Cetta stehen. »Wir sind da.«

»Schade«, erwiderte Andrew und sah sie an.

Cetta lächelte und errötete, denn in dieser Nacht war sie keine Hure, sondern einfach ein ganz normales Mädchen, das einen anständigen Mann kennengelernt hatte. Einen Mann, dem sie gefiel und der sie nicht ausnutzen würde. »Ich muss gehen«, sagte sie, weil sie wusste, der Augenblick würde nicht ewig dauern. Eilig schüttelte sie Andrew die Hand, drehte sich um und lief in ihren stickigen Kellerraum hinunter.

An einem der folgenden Abende traf sie Andrew ein zweites Mal, an der Haltestelle Cortland Street. Sie lachten sich an, und Andrew bot an, sie nach Hause zu begleiten. Als der Zeitpunkt des Abschieds gekommen war und sie sich die Hand gaben, hielt Andrew Cettas Finger umfangen und sah sie ernst an.

»Es war kein Zufall, dass wir uns getroffen haben«, gestand er ihr. »Ich wollte Sie wiedersehen.«

Cetta stockte der Atem. Sie wusste nichts zu erwidern.

»Darf ich Sie einmal zum Abendessen einladen?«, fragte er.

»Zum Abendessen . . . ?«

»Ja.«

»In ein Restaurant . . . ?«

Niemand hatte Cetta je zum Abendessen eingeladen. Sie war fast neunzehn Jahre alt und niemand hatte sie je zum Abendessen ausgeführt. Denn sie war kein Mädchen wie alle anderen. Sie war eine Hure. Und mit Huren ging man ins Bett, nicht ins Restaurant. »Okay«, sagte sie aus ihren Gedanken heraus.

»Und wann?«

»Vorher muss ich Ihnen aber sagen . . .« Cetta unterbrach sich erschrocken. Andrew hatte ehrliche Augen. Und sie sollte ihm wirklich sagen . . .

»Übermorgen Abend?«, drängte er lächelnd.

Niemand hatte sie je so angesehen. »Okay«, stimmte Cetta leise zu.

»Ich hole Sie um sieben Uhr ab.«

»Ja, um sieben«, wiederholte Cetta. »Und dann ins Restaurant.«

Am nächsten Tag fuhr sie zu Sal. Während sie nebeneinander in dem winzigen Raum saßen, ging ihr durch den Kopf, dass sie auch ihm etwas sagen sollte. Und da nahm sie zum ersten Mal jenes neue Gefühl in sich wahr: Ein Gefühl von Schuld breitete sich in ihr aus. Aber warum fühle ich mich schuldig?, dachte sie, während sie schweigend dasaßen. Es ist nichts passiert. Ich tue nichts Unrechtes! Das Schuldgefühl schlug plötzlich in Wut um, und in diesem Moment meinte sie, Sal zu hassen.

Auf der Rückfahrt nach Manhattan wandte sich Cetta im Boot der Strafvollzugsbehörde zu dem düsteren, trostlosen Bau um. »Ich tue nichts Unrechtes, Sal«, sagte sie so leise, dass die Strafvollzugsbeamten sie nicht hörten. »Ich gehe bloß essen.«

Ma'am erzählte sie, Christmas gehe es nicht gut und er brauche sie. Nachdem sie bis spät in die Nacht gearbeitet hatte, eilte sie nach Hause und schlüpfte aufgeregt wie ein kleines Mädchen ins Bett. Erst bei Tagesanbruch fand sie Schlaf, und als Signora Sciacca ihr Christmas zurückbrachte, verfluchte Cetta sich selbst. Sie würde am Abend schrecklich übernächtigt aussehen! Dabei sollte Andrew sie doch hübsch finden.

Den halben Tag verbrachte sie damit, das passende Kleid auszuwählen. Sie schminkte sich zehn Mal neu, weil sie sich nie gefiel. Jedes Mal, wenn sie in den Spiegel schaute, sah sie nur das gewöhnliche Gesicht einer Hure. Sie weinte und lachte und schwankte unzählige Male zwischen Verzweiflung und Euphorie. Sie sprühte sich mit Parfüm ein. Dann wusch sie sich mit Seife und eiskaltem Wasser, weil auch das Parfüm nach Hure roch. Sie brachte Schuhe und Handtasche auf Hochglanz und steckte ihr Haar zu einem Knoten auf, um es sich gleich darauf offen über die Schultern zu kämmen.

»Sie sehen bezaubernd aus, Miss Luminita«, begrüßte Andrew sie am Abend. »In der Delancey gibt es ein italienisches Restaurant. Ist Ihnen das recht?«

»Wieso nicht?«, entgegnete Cetta, obwohl sie diese Floskel immer sehr affektiert gefunden hatte.

»Darf ich dich Cetta nennen?«, fragte er sie nach einigen Schritten.

Sie hakte sich bei ihm ein. »Ja, Andrew.«

Ein paar kleine Schneeflocken schwebten durch die Luft und glänzten wie Edelsteine, sobald sie in den Lichtkegel einer Straßenlaterne rieselten.

»Ist dir kalt?«

»Nein«, antwortete Cetta lächelnd.

Das Restaurant war ein schlichtes Lokal, in dem es nach Knoblauch und Wurst roch. Das Speiseangebot stand in weißer Schrift auf der Fensterscheibe geschrieben. Die Spezialitäten des Hauses waren dick unterstrichen.

»Ich wünschte, ich hätte so dunkle Augen wie du, Cetta«, sagte Andrew da.

Cetta errötete, bevor sie verlegen erwiderte: »Ich dagegen wünschte, ich hätte so helle Augen wie du. Sie wirken sehr amerikanisch.«

Während sie Caponata aus Paprikaschoten und Auberginen, pikante Würstchen in Tomatensoße und zum Nachtisch Cannoli mit einer Füllung aus Ricottacreme und kandierten Früchten aßen und dazu einen herben Rotwein tranken, erzählte Andrew von einer kleinen Industriestadt, in der die Fabrikbesitzer im Jahr zuvor »das Maß überschritten hatten«, wie er sich ausdrückte.

»Silk City, du weißt schon«, sagte er.

»Wo liegt denn das?«

»Hast du etwa noch nie davon gehört?«, fragte Andrew erstaunt.

Cetta schüttelte beschämt den Kopf. »Nein, tut mir leid.«

Andrew streckte die Hand über den Tisch aus. »Ich bitte um Entschuldigung, Cetta«, sagte er in sanftem Ton. »Ich habe ständig mit diesen Dingen zu tun, aber du ...« Er hielt inne, um sich kurz darauf erneut zu ereifern. »Genau das meine ich, wenn ich zu den gewöhnlichen Leuten spreche. Die Probleme der Arbeiter sind die Probleme aller, verstehst du?«

Cetta nickte schüchtern.

»Die allgemeine Unwissenheit erlaubt es den Fabrikbesitzern zu handeln, wie es ihnen gefällt. Aber das wird bald ein Ende haben, Cetta. Wenn ihr alle erst einmal für die Probleme der Arbeiter sensibilisiert seid, wird unser Kampf zum Erfolg führen. Verstehst du?«

»Ja ...«, sagte Cetta. »Ich will nicht länger unwissend sein.«

Stolz sah Andrew sie an. »Ich werde dir alles beibringen.«

Ein warmes Gefühl stieg in Cetta auf. Und Andrew begann begeistert zu erzählen: In Paterson, New Jersey, einer Kleinstadt mit über dreihundert Seidenfabriken – weshalb sie den Beinamen Silk City bekommen hatte –, hatten die Fabrikbesitzer beschlossen, jedem der Arbeiter vier Webstühle zu übertragen anstelle der zwei, mit denen sie bis dahin betraut gewesen waren. »Auf diese Weise sparen sie drastisch Personal ein. Die Hälfte der insgesamt dreiundsiebzigtausend Arbeiter verliert ihren Job.«

»Ja ...«

»Kannst du dir vorstellen, wie viele Familien Hunger leiden werden?«

»Ja ...«

»Aus diesem Grund kämpfe ich.«

Cetta betrachtete ihn voller Bewunderung. Dieser schmächtige blonde Mann mit den blauen Augen kämpfte für dreiundsiebzigtausend Menschen. Er war so etwas wie ein General. Ein guter General, der sich für die Schwächsten der Schwachen einsetzte. Und von nun an würde er sich auch für sie, Cetta, einsetzen. Er würde ihr alles beibringen. Durch ihn würde sie ein besserer Mensch werden.

So kam es, dass sie Andrew gewähren ließ, als er, später am Abend, vor dem Eingang zum Kellergeschoss den Arm um ihre Taille legte und sie sanft an sich zog. Auch als Andrew sie auf den Mund küsste, wehrte Cetta sich nicht. Sie schloss die Augen und gab sich diesem gutmütigen, ehrlichen Mann hin, der sagte, er finde sie bezaubernd. Als ihre Lippen sich voneinander lösten, schmiegte sie sich an ihn und hielt ihn eng umschlungen, denn zum ersten Mal in ihrem Leben war Cetta ein Mädchen wie jedes andere. Und als sie ihn umschlungen hielt, spürte sie, dass sie diesen wunderbaren Mann, der sich für sie interessierte, nicht verdient hatte.

»Ich arbeite als Hure im Bordell an der Kreuzung 8th Avenue und West 47th Street«, raunte sie ihm ins Ohr.

Sie spürte, wie Andrews schmaler Körper erstarrte, bevor er sich langsam aus der Umarmung löste.

»Ich muss jetzt gehen«, sagte er.

»Ja . . .«

»Es gibt noch so viel zu organisieren . . . Du weißt ja, der Streik . . .«

»Ja . . .«

»Also, ich gehe dann jetzt.«

»Danke für das Abendessen«, sagte Cetta leise, ohne den Blick zu senken, denn sie wusste, sie würde Andrew nie wiedersehen. »Es war wunderschön.«

Er deutete ein Lächeln an, dann drehte er sich um und ging davon.

»Danke für den Kuss«, murmelte Cetta, während sie ihm nachsah, bis er um die Ecke bog.

In ihrem Zimmer ließ sie sich aufs Bett fallen. Ich hatte geschworen, niemand anderen zu küssen, dachte sie, während sie Leo streichelte, den abgewetzten Stofflöwen, den Christmas von Sal geschenkt bekommen hatte. Und als die Tränen sie übermannten, erhob sie sich rasch vom Bett und lief zum Bordell, erzählte Ma'am, Christmas sei wieder gesund, und arbeitete bis tief in die Nacht.

Zwei Wochen später, am Silvesterabend, teilte Ma'am ihr mit, ein Freier erwarte sie im grünen Zimmer. Cetta legte ein wenig Lippenstift auf, rückte ihre Brüste im Mieder zurecht und ging in das Zimmer.

Es war Andrew. Er stand mit dem Rücken zu ihr und blickte aus dem Fenster. Als er die Tür ins Schloss fallen hörte, drehte er sich um.

»Ich muss Tag und Nacht an dich denken.« Er kam auf sie zu, umarmte sie und presste sie an sich, wie er es mit einem ganz normalen Mädchen nie getan hätte. »Ich begehre dich zu sehr.« Er küsste ihren Hals und ließ seine Hände über ihre Hüften gleiten und noch tiefer, bis unter ihr Kleid.

Cetta erlaubte ihm nicht, dass er sie auf den Mund küsste. Sie legte sich aufs Bett und öffnete die Beine. Als sie den Kopf wandte, sah sie, dass Andrew fünf Dollar auf den Nachttisch gelegt hatte.

Andrew zog sich aus und legte sich zu ihr. Er fasste sie an und drang in sie ein, wie er es mit einem anständigen Mädchen nie getan hätte. Als sie fertig waren, kleidete er sich rasch wieder an. Cetta hingegen blieb nackt auf dem Bett liegen.

»Ich bitte dich, zieh dir was über«, sagte Andrew da.

»Die halbe Stunde ist um«, entgegnete Cetta.

Kopfschüttelnd hielt Andrew sich die Augen zu. Er zog einen weiteren Fünf-Dollar-Schein aus der Brieftasche und hielt ihn Cetta hin. »Hier, ich zahle dir noch eine halbe Stunde.«

Cetta nahm das Geld und legte es auf den Nachttisch.

»Zieh dir was über, Cetta«, sagte Andrew.

Träge schlüpfte Cetta in die Kleider, die Andrew ihr zuvor beinahe vom Leib gerissen hatte.

Andrew hatte sich mit dem Rücken zu ihr auf der Bettkante niedergelassen. Und auf einmal stützte er den Kopf in die Hände und begann zu schluchzen. »Verzeih mir«, bat er mit tränenerstickter Stimme. »Ich komme mir vor wie ein Tier. Ich habe mich so abscheulich benommen, wie all die Männer, die ich immer verachtet habe. Ich ... Es ist noch nie vorgekommen ... Ich war nie zuvor im Bett mit ... mit ...«

»Einer Hure«, sagte Cetta.

Andrew fuhr zu ihr herum. »Cetta, glaub mir!« Sein Gesicht war tränenüberströmt.

Sie sah ihm in die Augen. Gutmütige Augen, dachte sie. Ehrliche Augen.

»Wirst du mir je verzeihen können? Nicht eine Sekunde lang habe ich aufgehört, dich zu begehren, seit ich dich zum ersten Mal gesehen habe, und jetzt ... jetzt ... ekele ich mich vor mir selbst.«

Still setzte Cetta sich neben ihn und zog seinen Kopf an ihre Brust. Den Blick ins Leere gerichtet, streichelte sie über sein blondes Haar. So saßen sie schweigend da.

»Die halbe Stunde ist um«, sagte Cetta schließlich.

Andrew stand auf. Die Tränen auf seinen Wangen waren getrocknet. Cetta sah ihm nicht nach, als er das Zimmer verließ. Sie hörte die Tür leise ins Schloss fallen. Reglos blieb sie auf dem Bett liegen. Kurz darauf wurde die Tür erneut geöffnet und wieder geschlossen.

»Tu so, als würdest du schlafen«, sagte eine unbekannte

Stimme barsch. »Beweg dich nicht.« Der Mann, der das Zimmer betreten hatte, legte fünf Dollar auf den Nachttisch neben Andrews Geld, schob ihren Rock hoch und nahm sie hastig von hinten.

In der folgenden Woche hatte Cetta nicht den Mut, Sal zu besuchen. Sie schickte ihm eine Torte, die sie in einer Konditorei gekauft hatte.

Anfang Januar kam Andrew erneut ins Bordell.

»Ich will nicht mit dir schlafen«, sagte er und legte fünf Dollar auf den Nachttisch. »Ich möchte einfach nur bei dir sein.«

Er war zurückgekommen. Cetta streichelte über seine frisch rasierten Wangen. Der Mann, der sich für dreiundsiebzigtausend Arbeiter einsetzte, war zurückgekommen. Ihretwegen. Sie näherte sich Andrews Mund und küsste ihn. Lange und mit geschlossenen Augen. Dann zog sie ihn aus und nahm ihn in sich auf. Als Andrew ihr schließlich mit seiner Lust Erfüllung geschenkt hatte, schmiegte sie sich in den zerwühlten Laken eng an ihn.

»Du brauchst nicht mehr zu bezahlen. Ich will kein Geld von dir«, sagte sie zu ihm. »Wir werden uns bei dir zu Hause treffen.«

Andrew sah sie mit seinen blauen Augen an. »Das geht nicht«, erwiderte er. »Ich bin verheiratet.«

21

Orange – Richmond – Manhattan – Hackensack, 1923

Nachdem Bill das Aufnahmezentrum in New Jersey verlassen und das Geld des Iren, dessen Namen er sich zugelegt hatte, in dreihundertzweiundsiebzig Dollar umgetauscht hatte, schlug er sich ins Landesinnere durch und fand Arbeit in einem Sägewerk in Orange, nahe einer seit Beginn der Prohibition geschlossenen Brauerei, auf deren verblichenen und dem Verfall überlassenen Schildern zu lesen stand: *The Winter Brother's Brewery.* Die Arbeit war schlecht bezahlt und kräftezehrend. Gewaltige frisch geschlagene und entrindete Stämme wurden auf lange Fließbänder gewuchtet und in dicke Scheiben gesägt. Trotz der Arbeitshandschuhe, die Bill vom ersten Wochenlohn abgezogen worden waren, bohrten sich ihm die Splitter tief in die Hände. Abends war er todmüde. Er aß einen Teller Suppe und ein Stück Kochspeck und legte sich dann schlafen. Die alte Frau, bei der er wohnte, nahm ihm für das Bett, die abendliche Suppe, ein karges Frühstück und ein nicht eben üppiges Mittagessen ein Vermögen ab.

»Entweder Sie akzeptieren es – oder Sie lassen es bleiben«, hatte die Alte, die knochigen Fäuste in die Hüften gestemmt, an seinem ersten Tag bei ihr gesagt. Und Bill hatte akzeptiert, weil er abwarten musste, bis die Wogen sich geglättet hatten. Erst dann konnte er zu dem Baum im Battery Park zurückkehren, wo er das Geld und die Edelsteine versteckt hatte. Das Zimmer teilte er sich mit zwei anderen Pensionsgästen, jungen Männern, die auch neu in der Stadt waren. Der eine war ein schmächtiger Italiener mit gelblich verfärbten Augen, der auf alles und jeden wütend zu sein schien. Ihm steht das Wort »Verräter« auf die

Stirn geschrieben, dachte Bill, kaum dass er ihn gesehen hatte. Der andere war ein plump wirkender Hüne, blond und rüstig, der nur wenig sprach und aus einem Land in Europa stammte, dessen Namen Bill noch nie zuvor gehört hatte. Er war so groß und stämmig, dass seine Füße und Schultern zwei Handbreit aus dem Bett ragten. Ganz allein hob er Stämme an, mit denen sich ansonsten wenigstens drei Männer abmühten. Bill aber wechselte mit keinem von beiden ein Wort. Dem Italiener traute er nicht über den Weg, und der Hüne war ein solcher Schwachkopf, dass er ihn, selbst ohne es zu wollen, am Ende noch in Schwierigkeiten bringen würde.

Im Sägewerk wimmelte es von Menschen. Überwiegend waren es Schwarze. Schwarze, die ihr Leben lang dort arbeiten würden, und Einwanderer, denen sich vielleicht einmal andere Möglichkeiten bieten würden. Doch Bill freundete sich auch mit keinem seiner Kollegen an. Er hielt sich abseits. Wenn die Sirene zur Mittagspause rief, zog er sich mit dem Taschentuch in der Hand, in das sein Essen eingewickelt war, zurück. Ganz für sich allein aß er langsam die Zwiebel, das Schwarzbrot und das getrocknete Rindfleisch und schmiedete Zukunftspläne. Doch nach zwei Wochen kreisten seine Gedanken nur noch um die Träume, die ihn des Nachts überfielen, Träume, die in den folgenden zwei Wochen zu Albträumen wurden. Nass geschwitzt und zu Tode erschrocken, wachte Bill beinahe jede Nacht von seinen eigenen Schreien auf.

»Du gehst mir auf den Sack, Cochrann«, sagte der Italiener nach einer Weile zu ihm. Der Hüne dagegen hörte nie etwas, sondern schnarchte friedlich weiter. Als der Italiener in einer Kreissäge den halben Arm verlor, wurde er vom Sägewerk entlassen, und an seine Stelle trat ein alter Mann, der beinahe seinen ganzen Lohn für Schmuggelschnaps verprasste und in der Nacht ebenso schnarchte wie der Hüne. So blieb Bill mit seinen Albträumen allein.

Die bösen Träume waren immer anders und doch gleich. Egal, wie schön sie begannen – sie endeten stets mit seinem Tod: Bill starb durch die Hand der jüdischen Hure Ruth. Im ersten Traum sah er sich in einem vornehmen Restaurant. Der Kellner brachte ihm einen Teller mit glänzendem Silberdeckel, unter dem sich ein Brathähnchen mit Kartoffeln verbergen sollte. Als Bill jedoch den Deckel abnahm, lag auf dem Teller nur der abgetrennte Finger einer Frau. In dem Moment rammte ihm der Kellner ein Bratenmesser in den Hals. Und mit einem Mal war aus dem Kellner die jüdische Hure geworden. Oder aber er träumte, einem Vogel gleich durch die Lüfte zu schweben. Und unvermittelt erschien Ruth, verkleidet als Tontaubenschützin, und gab einen Schuss auf ihn ab. Oder sie ertränkte ihn, erstickte ihn, zündete ihn an, erhängte ihn oder brachte ihn auf den elektrischen Stuhl.

Ruth drangsalierte ihn. Und während er ganz für sich allein sein Mittagessen aß, gelang es ihm nicht, die erschreckenden Bilder, die ihn in der Nacht heimgesucht hatten, abzuschütteln. Auch mit dem Schnaps des Alten hatte er sich schon zu betäuben versucht. In der Nacht hatte er dann geträumt, er wäre vergiftet worden. Und als seine Muskeln lahm und steif wurden, lachte Ruth und zeigte ihm die blutüberströmte Hand, an der der Finger fehlte.

Nach sieben Monaten hatte Bill tiefe dunkle Augenringe und einen irren Blick. Er versuchte, gegen den Schlaf anzukämpfen und sich nachts wach zu halten. Doch nach der anstrengenden Arbeit fielen ihm sehr schnell die Augen zu, und Ruth kehrte zu ihm zurück. Im Laufe der sieben Monate fürchtete Bill, verrückt zu werden. Daher kam er eines Abends, nachdem er seinen Wochenlohn abgeholt hatte, nach Hause, sammelte ohne ein Wort seine wenigen Habseligkeiten zusammen, durchsuchte die Küche der alten Frau, bis er etwas Geld fand, steckte es ein und verschwand. Es war an der Zeit, zum Battery Park zurückzukehren, sich zu holen, was ihm gehörte, und etwas zu unternehmen, um sich wenigstens von einem Teil des in ihm aufgestauten Hasses zu befreien. Seine Haare und sein Bart waren inzwischen lang und ungepflegt. Niemand würde ihn erkennen. Nach all den Monaten würde sich ohnehin keiner mehr an ihn erinnern. In dem Elendsbezirk, aus dem er stammte, hinterließ der Tod keine nennenswerten Spuren. Und zur Sicherheit hatte er in der Hosentasche ein Messer, das ihn beschützen würde.

Am folgenden Morgen hielt er auf der Fahrt nach Hause in Richmond an einem Schreibwarenladen an. »Ich muss einen Brief an ein Mädchen schreiben«, erklärte er. »Ich hätte gern einen farbigen Umschlag, vielleicht mit einer Zeichnung drauf. Irgendetwas Heiteres.«

Die Verkäuferin gab ihm einen rosa Umschlag mit aufgedruckten Blumen.

»Könnten Sie ihn wohl adressieren?«, fragte Bill. »Meine Handschrift ist nicht schön, ich möchte einen guten Eindruck machen.«

Die Verkäuferin lächelte gerührt. Sie nahm einen Füllfederhalter zur Hand und wartete, dass Bill zu diktieren begann.

»Miss Ruth Isaacson«, sagte er und legte dabei so viel Zärtlichkeit in seine Stimme, dass jedermann geschworen hätte, es handele sich um wahre Liebe.

»Soll ich nicht auch die Anschrift schreiben?«, fragte die Verkäuferin.

»Nein«, erwiderte Bill. »Ich überreiche ihn ihr persönlich.«
Er bezahlte, und nachdem er seine alten schmutzigen Kleider weggeworfen und sich einen Wollmantel, einen seriösen grauen Anzug und ein blaues Hemd gekauft hatte, ließ er sich, um nicht wie ein Landstreicher auszusehen, beim Friseur Haare und Bart ein wenig stutzen. Anschließend setzte er die Fahrt fort.

Kurz vor Manhattan hielt er an, um den Einbruch der Dunkelheit abzuwarten. Zufrieden mit seinem Plan, drehte er den

Briefumschlag in seiner Hand. Niemand würde bei einem solchen Umschlag Verdacht schöpfen. Der Briefumschlag wirkte unschuldig, heiter. Der Brief einer Freundin, würden alle denken. Die Einladung zu einem Fest vielleicht. Bill lachte, und nach Monaten hörte er zum ersten Mal wieder den Klang seines kristallklaren Lachens, das so lange verstummt gewesen war. Endlich fühlte er sich wieder lebendig.

Er überlegte hin und her, was er schreiben sollte, und als er jedes Wort festgelegt hatte, begann er wieder zu lachen. Und je mehr er lachte, desto besser gefiel ihm sein Lachen.

In der Nacht erreichte Bill den Battery Park, kletterte auf den Baum, schob die Hand in die Höhle und fingerte das Wachstuch heraus, das er dort versteckt hatte. Vorsichtig schlug er es auf und fand darin das Geld, das er zurückgelassen hatte, und die Juwelen aus dem Ring, den großen Smaragd und die kleinen Diamanten. Zusammengerechnet besaß er nun vierhundertvierundfünfzig Dollar und ein bisschen Kleingeld. Ein Vermögen. Vor allem, wenn man bedachte, dass er die Edelsteine noch nicht verkauft hatte. Bill stopfte alles in seine Taschen und steuerte entschlossen auf die Park Avenue zu.

Als er in die Nähe von Ruths vornehmem Zuhause kam, spürte er, wie seine Erregung wuchs – und mit ihr die Anspannung all der Monate voller Albträume zurückkehrte. Die, so fürchtete er, könnten nun jeden Moment Wirklichkeit werden. In Gedanken sah er, wie Ruth einen Polizisten auf ihn aufmerksam machte, er sah sich weglaufen und von einem Schuss in den Rücken getroffen werden, er sah sich geröstet auf dem elektrischen Stuhl.

»Miese Schlampe!«, zischte er, als er den Umschlag in den Briefkasten steckte. Und mit einem Mal erschien ihm der Brief nichtig, eine bloße Kinderei, und er fand, er sollte der Jüdin auflauern, sie auf ihrem Weg zur Schule abfangen und ihr an Ort und Stelle, inmitten all ihrer reichen Freundinnen, die Kehle durchschneiden, sodass das Blut ihre teure Kleidung ruinierte. »Miese Schlampe!«, fluchte er erneut und wandte sich wieder zum Gehen. Instinktiv machte er sich auf den Weg nach Hause, in seinen alten Bezirk, als könnte der Ort ihn beschützen oder es ihm ermöglichen, wieder der alte Bill zu werden. Als könnte das Elendsviertel, in dem er seinen Vater, den Deutschen, und seine Mutter, die Jüdin, getötet hatte, ihm sein Lachen zurückgeben, das von Neuem verstummt war.

Auf dem Weg – dort, wo die 3rd und die 4th Avenue in die Bowery münden – bemerkte er die Lichter eines zwielichtig und heruntergekommen wirkenden Clubs. Er brauchte etwas zu trinken und eine Nutte und ging hinein.

Sie fiel ihm sofort auf. Sie geleitete die Gäste an die Tische oder zu den Separees. Sie war um die dreißig, vermutlich Italienerin. Freilich hielten sich in dem Lokal nur Italiener auf. Er erkannte sie an ihrer geschmacklosen grellbunten Kleidung, an ihren vorlauten Bemerkungen und ihrem rüpelhaften Auftreten. Italiener und Juden waren für Bill ein und dasselbe: Abschaum. Eine Besonderheit an dieser Frau erregte ihn sofort. Kaum merklich zog sie das linke Bein nach. Als sie nach der Verabschiedung zweier Gäste zurück zum Tresen ging, schlug sie sich mit der Faust leicht auf den linken Schenkel und neigte – im Glauben, dass niemand sie beobachtete – den Oberkörper zur linken Seite, woraufhin das Bein wieder beweglich wurde. Die Frau richtete sich auf und ging weiter. Du hinkst ja, du Schlampe, dachte Bill, während er, von ihrem Makel erregt, auf den Tresen zusteuerte.

»Ein Glas Whisky«, sagte er zum Barkeeper.

»Alkoholische Getränke sind verboten, Sir«, erwiderte der Mann und musterte ihn.

Bill schüttelte den Kopf und sah sich um, schließlich deutete er auf einen Gast ganz in der Nähe. »Und was trinkt der da?«

»Eistee.«

»Dann gib mir auch einen Eistee. Aber einen guten«, sagte er und holte sein Geld hervor.

»Auf Eis oder mit Soda?«

»Pur. Einen doppelten.«

»Das ist der beste Tee, den Sie in der Gegend kriegen können«, meinte der Barkeeper grinsend und schenkte ihm einen doppelten Schmuggelwhisky ein.

»Und was kostet mich die Nutte da drüben, mein Freund?« Bill hatte sich über den Tresen gelehnt und deutete auf die Frau, die ihn erregte, weil sie hinkte.

»Miss Cetta ist keine Nutte, Sir«, erwiderte der Barkeeper. »Aber wenn Sie die Ware interessiert, gibt es im ersten Stock noch andere Mädchen.«

Bill gab keine Antwort. In einem Schluck stürzte er den Whisky hinunter, verzog das Gesicht und knallte das Glas auf den Tresen. »Noch einen doppelten Tee.«

Der Barkeeper füllte ihm das Glas bis zum Rand, Bill trank und zahlte. Während er durch das Lokal schlenderte, behielt er Cetta unentwegt im Auge. Als er sah, wie sie mit einer Kiste leerer Flaschen auf den Hinterausgang zuging, folgte er ihr.

»He, Süße«, sprach er sie draußen an, »soll ich dir das Bein massieren?«

Cetta fuhr herum. Sie stellte die Kiste ab und wollte wieder hineingehen.

Bill aber versperrte ihr den Weg und grinste hämisch. »Was ist? Findest du mich nicht nett?«

»Lassen Sie mich durch«, sagte Cetta.

»Ich will dir keine schönen Augen machen«, fuhr er fort und fasste sie am Arm. »Falls du es noch nicht kapiert hast, ich will dich bloß ficken.«

»Lassen Sie mich los.«

Doch Bill packte noch fester zu, drehte ihr den Arm hinter

den Rücken und zog sie an sich. »Hör zu, du Schlampe, ich zahle auch.«

»Lass mich los, du Schwein.«

»Du hast mich also nicht verstanden . . .«

»Sie hat dich ganz genau verstanden«, unterbrach ihn eine tiefe, raue Stimme.

Bill sah einen hässlichen Mann mit schwarzen Händen in der Tür zum Lokal stehen. »Wer zum Teufel bist du denn?«, fragte er, während er Cetta losließ und nach dem Messer fingerte, das er bei sich trug.

Mit unerwarteter Schnelligkeit zog der Mann die Pistole aus dem Holster und drückte sie Bill an die Stirn. »Verpiss dich, du Arschloch.«

Langsam zog Bill die Hand aus seiner Tasche. Er nahm beide Arme hoch und versuchte zu lächeln. »He, das war nur Spaß. Versteht ihr hier etwa keinen Spaß, mein Freund?«

Ohne ein Wort hielt der Mann ihm weiter den Pistolenlauf an die Stirn.

Bill wich ein paar Schritte zurück. Voller Furcht, hinterrücks von einer Kugel getroffen zu werden, ging er dann langsam davon. Der Angstschweiß lief ihm den Rücken hinunter. Bevor er um die Ecke bog, warf er noch einmal einen Blick zurück zum Hinterausgang des Lokals. Die Frau lag in den Armen des Mannes.

»Verdammte Hure!« Im Laufschritt legte er drei Häuserblocks zurück. Er kochte innerlich vor Wut, während er vor seiner Angst, der Demütigung und der Frustration zu fliehen versuchte.

»Soll ich es dir mit dem Mund machen?«, sprach ihn eine Stimme in der Dunkelheit an. Die Hure war alt, ihr strohblond gefärbtes Haar spröde. Der tiefe Ausschnitt ihres Kleides ließ zwei welke dunkle Brustwarzen erkennen. Sie nahm ihr künstliches Gebiss heraus. »Mein Mund ist samtweich, Süßer.«

Bill sah sich um, stieß sie in eine düstere Gasse, knöpfte seine Hose auf und zwang sie vor sich in die Knie.

»Du musst mich vorher bezahlen«, protestierte die Hure zaghaft.

Bill zückte sein Messer und richtete es auf ihren Hals. »Lutsch, Nutte«, befahl er ihr. »Ein Mucks, und ich stech dich ab.« Und während die Frau sein vor lauter Wut steifes Glied in den Mund nahm, hielt er ihr unentwegt das Messer an den Hals. »Schluck das, Judenschlampe«, sagte er, als er sich wenig später all seines Grolls entledigte. Dann trat er einen Schritt zurück, knöpfte seine Hose zu, warf einen Blick auf die Hure, die noch immer vor ihm kniete, und trat ihr mitten ins Gesicht. Gleich darauf stürzte er sich auf sie und zerriss ihr Kleid. Die schlaffen Brüste gaben ein paar Dollarscheine frei. Bill hob das Geld auf und steckte es ein. Schließlich stand er auf.

»Bring mich nicht um ...«

Mit abgrundtiefer Verachtung sah Bill die Hure an. Dann zertrat er das Gebiss, das zu Boden gefallen war. »Judenschlampe!«, brüllte er noch einmal und rannte davon.

Als er Manhattan hinter sich gelassen hatte, gelang es ihm, auf einen gen Norden fahrenden Güterzug aufzuspringen, doch der Zug hatte nach einer Stunde die Endstation erreicht. Bill, der noch nicht entschieden hatte, wohin er gehen sollte, sprang ab und las, noch immer zitternd vor Wut, das Bahnhofsschild. *Hackensack*, stand dort. Er erreichte die Bundesstraße und ging weiter in Richtung Norden. Keiner der wenigen vorbeifahrenden Lastwagen nahm ihn mit. Nach einigen Meilen jedoch hielt überraschend ein schwarzes Auto am Straßenrand. Ein Mann lehnte sich aus dem Fenster.

»Wohin willst du, Junge? Kann ich dich mitnehmen?«

Bill stieg ein. Der Mann war um die fünfzig und hatte ein freundliches Gesicht und das für einen Handlungsreisenden typische lockere Mundwerk. Unaufhörlich zupfte er an seiner billigen Perücke. »Plaudern hält mich wach«, erklärte er und hörte fortan nicht mehr auf zu reden.

Als er das erste Mal in seinem Redefluss innehielt, bemerkte Bill: »Schönes Auto.«

»Eine Tin Lizzy. Die lässt dich nicht im Stich. Das ist ein Ford.«

»Ford«, wiederholte Bill traumverloren. Und zum ersten Mal seit langer Zeit fühlte er sich entspannt. Er liebte Autos, und das hier war wirklich schön.

»Das ist das T-Modell«, fuhr der Mann schwärmerisch fort und streichelte das Armaturenbrett, als wäre der Wagen ein wertvolles Rassetier. »Junge, als echter Amerikaner fährst du ein T-Modell. Und das hier ist ein Runabout, die Luxusausführung, mit Zündung und Reserverad. Der hat mich vierhundertzwanzig Dollar gekostet.«

»Er ist bildschön.«

»Das kannst du laut sagen«, sagte der Mann voller Stolz. »Wie heißt du, Junge?«

»Cochrann. Aber nennen Sie mich Bill.«

»In Ordnung, Bill. Wohin willst du?«

»Wo werden die Fords gebaut?«

»In Detroit, Michigan, natürlich.«

Bill sah vor sich auf die von flimmernden Autoscheinwerfern beleuchtete Straße. Seine Ohren waren erfüllt vom gleichmäßigen Tuckern des Motors. Und da auf einmal fand er sein Lachen wieder.

Auch der Handlungsreisende lachte. »Also, wohin willst du, Bill?«

»Detroit, Michigan.«

22

Manhattan, 1923

Christmas bebte vor Wut. Seine Hände krampften sich um das Blatt Papier und zitterten vor Anspannung. Er hörte nicht das Geschrei der Kinder, die ringsum auf den mit spätem Schnee bestäubten Wiesen des Central Parks spielten; er spürte nicht die Kälte dieses Frühlingstages, der, obwohl der März bereits zur Neige ging, den Winter nicht vergessen wollte; er sah nichts außer der auf schlichtem Papier geschriebenen Nachricht. Unbändiger Hass brodelte in ihm. Seine Augen hingen an der plumpen Handschrift und überflogen wieder und wieder die Zeilen.

Judenschlampe, denkst Du an mich? Da bin ich sicher. Ich tue noch mehr. Jeden Tag sehe ich Dich an, folge Dir, beschatte Dich. Und wann immer ich will, werde ich Dich wieder nehmen. Erinnerst du Dich, wie viel Spaß wir miteinander hatten? An meiner Schere klebt noch Dein Blut.

In Liebe, Bill

Ruth, die neben Christmas auf der Parkbank saß, wo sie sich nun schon seit Monaten einmal in der Woche trafen, blickte verstört vor sich hin. »Ich habe ihn niemandem gezeigt«, hatte sie gesagt, als sie Christmas den Brief gereicht hatte. »Ich habe ihn niemandem gezeigt«, sagte sie nun wieder.

Christmas, der nur mit Mühe den Blick von Bills Nachricht lösen konnte, wandte ihr das Gesicht zu. Eine Welle zorniger Eifersucht durchströmte ihn. Sie gehört ihm, dachte er.

Ruths Augen waren die eines kleinen Mädchens, große grüne Augen, deren Pupillen jetzt vor Angst geweitet waren.

»Wieso hast du niemandem davon erzählt?«, wollte Christmas wissen.

»Weil sie mir dann alles verbieten würden.«

»Du musst es deinem Großvater sagen.«

Schweigend senkte Ruth den Blick auf ihre verstümmelte Hand. Christmas legte den Arm um sie und drückte sie fest. Da schüttelte sich Ruth, entwand sich ihm und sprang mit hochrotem Kopf auf.

»Versuch nie wieder, mich anzufassen«, fuhr sie ihn an.

Christmas sah sie schweigend an. Er war an den harten Glanz gewohnt, der in ihre Augen trat, sobald er ihr näher kam als erlaubt.

Ruth drehte sich um und steuerte auf den Bürgersteig zu, wo Fred in Uniform neben dem Wagen auf sie wartete. Bills Brief in der Hand, folgte Christmas ihr, und als er sie so in ihrem warmen Kaschmirmantel vor sich hergehen sah, dachte er erneut: Sie gehört ihm. Am Wagen angekommen, stieg Ruth wortlos ein und zog die Tür hinter sich zu.

»Halt die Augen auf«, sagte Christmas zu Fred.

Hinter dem Fenster saß Ruth wie zu einer Eisskulptur erstarrt. Der Motor sprang an, langsam setzte sich der Wagen in Bewegung.

Christmas blieb regungslos auf dem Bürgersteig stehen. In dem Moment wandte Ruth ihm den Blick zu. Nun, da sie davonfuhr, war die Härte aus ihren Augen verschwunden. Sie legte die verstümmelte Hand ans Fenster und sah ihn eindringlich an, bevor sie im Verkehr der Stadt verschwand.

Christmas' Blick fiel wieder auf Bills Brief, den Ruth vergessen hatte zurückzufordern. Ein paar Kinder liefen lärmend an ihm vorbei und bewarfen einander mit Schneebällen. Ein gefrorenes Geschoss landete direkt vor Christmas' Füßen. Als er sich umdrehte, stand ihm noch immer grenzenlose Wut ins Gesicht geschrieben.

»Entschuldigen Sie, Sir«, sagte einer der Jungen erschrocken. Er war höchstens vier Jahre jünger als Christmas, doch zwischen den beiden schienen Jahrzehnte zu liegen. Christmas war unversehens zum Mann geworden. Die Liebe hatte ihn viel zu schnell erwachsen werden lassen. Sie war etwas Brennendes, Aufreibendes, sie machte schön, aber auch hässlich.

Die Dinge hatten sich nicht so entwickelt, wie Christmas es sich gewünscht hatte. Seit Monaten sahen Ruth und er sich einmal in der Woche, immer freitags. Sie trafen sich am Central Park West, Ecke 72nd Street, und nachdem Christmas Fred begrüßt hatte, ging er mit Ruth in den Park, wo sie sich auf »ihre« Bank setzten. Mit Blick auf den nahe gelegenen See sprachen sie über dies und das, scherzten und lachten, doch ebenso gab es lange Augenblicke, in denen sie schwiegen, als bedürfe es keiner Worte zwischen ihnen. Und jedes Mal, wenn sie sich verabschiedeten, war Christmas ein wenig erwachsener geworden. Ruth stieg in den luxuriösen Rolls-Royce ihres Großvaters, er suchte in seinen Taschen nach etwas Kleingeld, damit er am Bahnhof in der 72nd Street den Zug der BMT-Linie nehmen konnte, der ihn ins Lower-East-Side-Ghetto zurückbrachte. Ruth trug warme Mäntel und mit Kaninchenfell gefütterte Handschuhe, die sie vor der schneidenden Winterkälte schützten, er zog die Schultern hoch, die Stoffjacke bis zum Hals zugeknöpft, und sah auf seine aufgeplatzten Fingerknöchel herunter. Sie war eine reiche Westjüdin, er ein *Wop*, wie man die Italiener abfällig nannte.

Doch was ihn vor allem so schnell hatte erwachsen werden lassen, war die Liebe, die er von Zeit zu Zeit in Ruths Augen erkannte. Die Liebe, gegen die sie Tag und Nacht verzweifelt ankämpfte. Bill hatte sie zusammengebracht und zugleich voneinander getrennt. Mit seinen schmutzigen Händen und seiner Schere und seiner Gewalt hatte er aus der Liebe etwas Schmutziges und Verabscheuungswürdiges gemacht, und Ruth gelang es einfach nicht, darin etwas anderes zu sehen als Schmutz und Verderbtheit. Deshalb hielt sie auch Christmas auf Abstand. Je mehr Zeit verging, desto weniger wusste er mit dieser Liebe umzugehen. Unterdrückt und doch ungestüm blieb sie in seinem Herzen verschlossen und vergiftete ihn mehr und mehr. Christmas war argwöhnisch geworden; sein Blick hatte sich verfinstert; seine Hoffnungen und Träume, seine Fröhlichkeit und Unbeschwertheit waren nur noch verschwommene Kindheitserinnerungen, die den wütenden Sturm im Inneren des Erwachsenen nicht überlebt hatten.

Während Christmas mit Bills Brief in der Hand zurück nach Hause fuhr, bebte er vor Wut. In seinem Kopf überschlugen sich Gedanken, die keine konkrete Form annehmen, aber auch nicht schweigen wollten. Wie ein körperloser Geisterschwarm, der heulend durch die Luft schwirrte, ohne einen klaren Luftstrom zu erzeugen.

Leise schlüpfte er in die Wohnung. Die Tür zum Zimmer seiner Mutter war geschlossen. Sie schlief offenbar noch. Christmas ging in den Salon und schaltete leise das Radio ein.

»Kauf einen Ford und erlebe den Unterschied«, warb ein Sprecher gerade. »Und nicht vergessen: Seit 1909 können Sie ihn in jeder Farbe haben ... sofern es Schwarz ist.« Man hörte Gelächter über Henry Fords berühmten Scherz, dann einen kurzen Jingle und schließlich: »Schon für nur zweihundertneunundsechzig Dollar kann die Tin Lizzy Ihnen gehören ...«

»Wieso bist du zu Hause?« Cetta war verschlafen im Salon erschienen. »Musstest du nicht arbeiten?«

»Was hast du denn mit deinen Haaren gemacht?«, fragte Christmas statt einer Antwort und verdrehte die Augen.

»Gefalle ich dir nicht? Das ist der letzte Schrei.« Cetta vollführte vor Christmas eine Pirouette. Ihr Haar war zu einem kinnlangen Pagenkopf geschnitten, der den Nacken frei ließ.

»Du siehst aus wie ein Mann.«

»Das ist die allerneueste Mode«, erwiderte Cetta schulterzuckend. »Ich bin jetzt ein Flapper.«

Christmas sah sie verständnislos an.

»Flapper. So heißen die, die mit der Mode gehen.«

»Weil ihr Männer sein wollt?«

»Unabhängig und frei wie die Männer wollen wir sein. Wir Flapper sind unvoreingenommen.«

»Wer, ihr?«

»Die neuen Frauen. Die modernen Frauen.«

»Du siehst aus wie ein Mann«, schloss Christmas und wandte sich ab.

»Musstest du heute nicht arbeiten?«, fragte Cetta abermals.

»Ich habe keine Lust, Dächer zu teeren.«

»Sal hat gesagt, sie zahlen dir zehn Dollar.«

»Ist mir egal.«

»Zehn Dollar, Christmas.«

»Ich habe keine Lust zu solchen Handlangerjobs, von denen man ein Leben lang schmutzige Hände behält und die einem den Rücken kaputt machen. Ich will reich werden.«

»Wie denn?« Cetta kam auf ihn zu und fuhr ihm mit der Hand durch das blonde Haar, das er von seinem Vater, dem Vergewaltiger, geerbt hatte.

»Ich weiß nicht«, sagte Christmas und wich ihr genervt aus. »Ich werde einen Weg finden. Aber nicht, indem ich Dächer teere.«

»Das Leben ist anders, als man es sich in deinem Alter vorstellt ...« Zärtlich sah Cetta ihn an. Schon seit einiger Zeit war ihr aufgefallen, dass die Stimmung ihres Sohnes sich verändert hatte. Anfangs hatte er ihr von dem jüdischen Mädchen erzählt, das er gerettet hatte. Er hatte ihr von der luxuriösen Villa in New Jersey erzählt, von der riesengroßen Wohnung in der Nähe des Central Parks, von den Autos, von den Kleidern. Und davon, wie verliebt er in sie war. Cetta hatte ihm zu erklären versucht, dass sie aus verschiedenen Welten kamen, dass solche romantischen Märchen im wahren Leben nicht passierten, aber dann hatte Christmas plötzlich aufgehört, mit ihr zu reden, und sich immer mehr in sich selbst zurückgezogen. Cetta hatte Angst, dass ihr Sohn, anders als sie selbst und die anderen Bewohner der Lower East Side, womöglich nicht lernen würde, sich zufriedenzugeben.

»Ist es wegen dieses Mädchens?«, fragte sie. »Bist du verliebt?«

»Was weißt du denn schon von Liebe?«, fuhr Christmas sie erbittert an. »Was weiß denn schon eine … eine, die in deinem Gewerbe arbeitet, von Liebe?«

Cetta verspürte einen Stich im Herzen. Ihre Augen füllten sich mit Tränen. »Was geschieht mit dir, mein Kind?«, sagte sie leise.

»Ich bin kein Kind mehr!«, schrie Christmas und knallte im Hinauslaufen die Tür hinter sich zu.

Draußen auf der Straße hing der Geruch nach Knoblauch in der Luft, wie immer zur Mittagszeit. Die Einwanderer schafften es einfach nicht, sich von ihrer Herkunft, von ihrer untergeordneten Rolle in der Gesellschaft abzunabeln. Der gleiche Duft aus jeder der unzähligen Wohnungen des Stadtviertels. Ich bin nicht wie ihr, dachte Christmas, noch immer in den Fängen der Wut, die er am liebsten an der ganzen Welt ausgelassen hätte. Ich bin Amerikaner. Zornig trat er gegen einen Stein.

»Was ist los mit dir?«, erkundigte sich Santo, der ihn vom Fenster im ersten Stock aus gesehen hatte. Trotz der Proteste seiner Mutter war er gleich zu ihm auf die Straße gelaufen.

Christmas zog Bills Brief aus der Tasche und hielt ihn ihm hin. Während Santo las, wurde er immer blasser; die roten Pickel in seinem Gesicht schienen noch leuchtender hervorzutreten.

»Und?«, fragte Christmas, als Santo ihm den Brief zurückgab.

»Scheiße!«

»Wir müssen sie beschützen«, sagte Christmas. »Wir müssen ihr Rückendeckung geben.«

»Wer, wir?«, und Santo wurde noch bleicher und verdrehte die Augen. Instinktiv, als wäre Christmas der Träger eines gefährlichen Virus, wich er einen Schritt zurück.

»Na, wir. Wer denn sonst? Und wenn wir ihn erwischen, reiß ich ihm das Herz durch den Hintern raus.«

Santo trat einen weiteren Schritt zurück. »Der hat seine Eltern abgestochen wie zwei Schweine«, sagte er mit zitternder Stimme. »Und er hat Ruth das angetan. Er ist gefährlich ... Zwei wie uns macht der doch im Handumdrehen fertig.«

»Du scheißt dir in die Hosen. Wie immer. Scher dich zum Teufel, Santo.«

»Christmas ... warte ...«

»Scher dich zum Teufel.« Christmas rannte davon und stieß dabei jeden zur Seite, der ihm in den Weg kam. Scheißgegend, dachte er, immer noch rasend vor Wut. Und mit dieser Wut im Herzen erschienen ihm die Männer und Frauen seines Viertels plötzlich kleiner, behaarter und hässlicher als zuvor. Ihre Blicke waren trostlos, ihre Rücken von Elend und Hoffnungslosigkeit gebeugt, ihre ewig leeren Taschen zeugten vom Hunger, sie klafften auf wie die Münder ihrer schreienden, unterernährten Kinder. Und während Christmas davonlief, kam es ihm so vor, als hallte die ewig gleiche alte Leier all dieser von Armut geplagten Menschen in seinen Ohren wider. Vom Himmel und von der Sonne ihres Heimatdorfes hörte er sie reden, von Maultieren, Schafen, Hühnern und dem kargen Ackerland, das im Schweiße ihres Angesichts gepflügt und mit dem Blut ihrer Hände gedüngt werden musste und das, wie sie sagten, das Einzige war, was für sie auf dieser Welt zählte. Auch hörte er all ihr Gerede über Amerika, diese »außergewöhnliche Nation«, die alles versprach und keines der Versprechen hielt. Und während Christmas die Leute zur Seite stieß und sich zwischen fliegenden Händlern und Marktweibern hindurchdrängte, empfand er ein zorniges Unbehagen, weil diese Menschen von Amerika sprachen wie von einer Illusion, als existierte es nur in Erzählungen und läge nicht gleich vor ihrer Haustür. Als wären sie dorthin aufgebrochen, aber niemals angekommen.

Mit gesenktem Kopf durchquerte er die Gegend, die von allen Bloody Angle genannt wurde, in Chinatown, zwischen der Doyer, der Mott und der Pell. Die Hautfarbe wandelte sich, und aus soßenbespritzten Unterhemden wurden kragenlose Gewänder. Die Form der Augen veränderte sich und die Gerüche auf der Straße – ein Gemisch aus Zwiebeln, Opium, Frittierfett und Stärkedampf aus den Reinigungen erfüllte nun die Luft –, doch die Blicke waren so hoffnungslos wie die in der Lower East Side. Bloody Angle war nichts als ein weiteres Ghetto, ein weiteres Gefängnis.

Das ist eine Welt, die niemand verlässt. Eine Welt ohne Türen und Fenster, dachte Christmas bei sich. Ich dagegen werde fortgehen. Den Kopf noch immer gesenkt, als müsste er gegen den Wind ankämpfen, ging er schnell weiter, rannte beinahe, ohne Ziel, als versuchte er, dem Labyrinth zu entkommen, in dem sich all die anderen verirrt hatten. Entschlossen setzte er seinen Weg fort, bis er den Rand der Elendsviertel erreicht hatte.

Als Christmas atemlos stehen blieb und den Blick hob, stellte er fest, dass er sein Ziel von Anfang an gekannt hatte. Ganz oben an dem wuchtigen quadratischen Ziegelsteingebäude vor ihm stach ein vom Regen ausgewaschener Schriftzug hervor: *Saul Isaacson's Clothing*. Die Hand, die während der ganzen Zeit Bills Drohbrief umklammert gehalten hatte, lockerte sich. Er war angekommen. Er allein wusste, was das Beste für Ruth war.

Am glänzenden Kotflügel des Rolls-Royce lehnte Fred und rauchte eine Zigarette.

»Hallo, Fred«, sagte Christmas. »Ruth hast du zu Hause gelassen, oder?«

»Natürlich.«

»Alles ruhig?«

»Was ist los?«

»Schon gut, Fred. Ist der Alte da drin?« Mit dem Kinn deutete Christmas auf das Fabrikgebäude.

Seufzend wollte der Chauffeur ihn wegen der respektlosen Bezeichnung korrigieren, doch Christmas unterbrach ihn.

»Ja oder nein, Fred? Die Lage ist ernst.«

»Ja, Mr. Isaacson ist in seinem Büro im zweiten Stock.« Daraufhin drehte Fred sich nach einem stämmigen Kerl um, der vor dem Eingang mit den zwei schweren roten Eisenschiebetüren postiert war. »Lass ihn rein! Es ist wegen der Streiks, Mister Luminata...«, fügte Fred erklärend hinzu.

»Du bist ein wahrer Freund«, sagte Christmas.

»Stecken Sie in Schwierigkeiten, Mister?«

Christmas zwinkerte ihm zu und wandte sich dem Eingang zu. Der Wachmann trug einen Schlagstock im Hosenbund. Christmas hob zum Gruß das Kinn, bevor er im Gebäude verschwand.

Lautes Gesumme wie in einem mechanischen Bienenstock empfing ihn. Ein paar Männer, in der Mehrzahl aber Frauen, saßen, ein jeder über eine Nähmaschine gebeugt, zu Dutzenden dicht an dicht und führten alle die gleichen Handbewegungen aus, schnell, effizient, beinahe synchron. All diese Arbeiter waren Juden; Christmas entdeckte keinen einzigen Amerikaner unter ihnen. Aber ich werde fortgehen, sagte er sich erneut, bevor er, ohne anzuklopfen, die Tür zum Büro des Fabrikbesitzers öffnete.

Saul Isaacson saß hinter einem wertvollen Schreibtisch, im

Mund eine lange, helle Zigarre, den Stock quer über den Tisch gelegt. Neben ihm stand ein volles Glas Branntwein. Die Prohibition kümmerte den Alten offenbar nicht. Mitten im Zimmer, das mit einem dunklen Teppich ausgelegt war, kniete ein zierlicher Mann mit Glatze, einem langen Bart und Stecknadeln im Mund vor einem großgewachsenen, gertenschlanken Mädchen.

»Noch länger?«, fragte der Schneider gerade zweifelnd.

Saul Isaacson antwortete nicht, sondern wandte sich Christmas zu. Das Mädchen, das das Haar so kurz und glatt trug wie Christmas' Mutter, lächelte dem Neuankömmling zu. Ihr Kleid schmiegte sich eng um ihre flache Brust und fiel dann in geradem Schnitt hinab bis zu den Waden.

»Ich muss mit Ihnen reden, Mr. Isaacson«, sagte Christmas mit ernster Miene.

Der Alte betrachtete ihn schweigend. Schließlich nickte er ihm zu und wandte sich an den Schneider. »Ja, Asher, zwei Fingerbreit länger.«

»Aber Coco Chanel sagt, dass . . .«

»Coco Chanel ist mir völlig egal«, fiel der Chef Asher ins Wort. »Was die in Europa machen, interessiert mich nicht. Wir sind hier in Amerika. Zwei Fingerbreit länger.«

Der Schneider ließ den Saum heraus und steckte den Rock des Mädchens mit einer Nadel ab.

»Wer ist Coco Chanel, Mr. Isaacson?«, fragte Christmas, nachdem die beiden anderen das Büro verlassen hatten.

»Eine großartige Frau. Vor Kurzem habe ich Ruth das Parfüm Chanel N° 5 geschenkt, einzigartig. Aber sie ist zu europäisch für die Amerikaner.« Saul Isaacson musterte Christmas einen Augenblick. »Nun? Du bist wohl kaum wegen einer Lektion über Madame Chanel hier, habe ich recht?«

Christmas zog Bills Brief aus der Tasche und legte ihn vor Isaacson auf den Schreibtisch. Die Miene des Alten war undurchdringlich, während er las. Als er fertig war, knallte er den Stock auf den Tisch, erhob sich, riss die Bürotür auf und brüllte: »Greenie! Greenie!« Dann setzte er sich mit zusammengekniffenen Augenbrauen wieder hin.

Kurz darauf betrat ein Mann in einem grellgrünen Seidenanzug und einem violett gestreiften Hemd, das zu den Hosenträgern passte, das Büro. Sein Anblick verursachte Christmas ein seltsames Gefühl des Wiedererkennens. Da war etwas in Greenies Augen, das er schon in den Straßen der Lower East Side gesehen hatte. Eine Art eisige Ruhe, wie man sie auf dem Grund eines Teiches erwartete.

Saul Isaacson reichte dem Mann den Brief. Greenie las ihn, ohne auch nur mit der Wimper zu zucken. Mit unbewegter Miene legte er den Brief schließlich auf den Schreibtisch und wartete, bis der Alte zu sprechen begann.

Der hat's geschafft, dachte Christmas bewundernd. Greenie ist ein Amerikaner.

»Ich will nicht, dass meiner Enkelin etwas zustößt«, sagte Saul Isaacson. »Kümmer dich um die Sache.«

Greenie nickte kaum merklich. Sein Haar war mit Pomade frisiert und im Nacken, wo der gedrungene, muskulöse Hals Falten bildete, raspelkurz geschnitten.

»Und wenn du den Hurensohn findest, bring mir seinen Kopf.«

»Sein Name ist William Hofflund«, sagte Christmas. »Bill.«

Greenie würdigte ihn keines Blickes.

»Der Preis spielt bei dieser Sache keine Rolle«, erklärte der Alte.

Erneut nickte Greenie kurz, bevor er sich zum Gehen wandte. Seine glänzenden Lackschuhe knirschten.

»Ich begleite dich«, sagte Christmas.

»Verschwinde, Junge«, erwiderte Greenie und trat auf den Korridor hinaus.

23

»Hey, Kumpel . . . bist du's, oder bist du's nicht?«

Die Stimme ließ Christmas, der in seine düsteren Gedanken versunken gewesen war, herumfahren. Sein Blick traf auf einen spindeldürren Jungen mit dunklen Ringen unter den Augen, der einen aufgeweckten und lebenserfahrenen Eindruck machte.

»Ich wette, du erinnerst dich nicht mehr an mich, Diamond«, sagte der Junge, während er näher kam.

Christmas betrachtete ihn genauer. Er hatte langgliedrige Pianistenhände, die mit Wachs bestrichen waren und unnatürlich glänzten. »Du bist . . .« Er versuchte, sich an den Namen des Jungen zu erinnern, den er seinerzeit im Gefängnis kennengelernt hatte. »Du bist . . .«

»Joey.«

»Joey, natürlich! Der Taschendieb.« Christmas grinste.

»Sprich leise, Diamond. Die Spatzen hier im Viertel müssen es ja nicht gleich von den Dächern pfeifen.« Joey sah sich verstohlen um. »Wie läuft's bei dir?«

Christmas, dessen Gedanken noch immer von seiner Wut beherrscht waren, winkte ab und zuckte die Schultern. Er wünschte, er hätte sich Greenie anschließen können, um Ruth zu beschützen.

»Ich war bis vor einer Woche im *Hotel*«, sagte Joey ebenfalls grinsend.

»Im Hotel?«

»In der Besserungsanstalt in Elmira, im Norden«, erklärte Joey gespielt gleichgültig.

Doch Christmas glaubte zu erkennen, dass Joeys Augen einen

resignierten Ausdruck hatten. Und als der Junge die Hände in die Hosentaschen steckte, schien ihm, als täte er es, weil sie leicht zu zittern begonnen hatten. »War es hart?«, erkundigte er sich.

»Wie Ferien«, antwortete Joey mit einem kleinen Lachen, doch es klang freudlos. »Du kriegst umsonst zu essen und schläfst den ganzen Tag.«

Christmas musterte ihn schweigend.

Verlegen senkte Joey den Blick. Als er wieder aufblickte, grinste er spöttisch. »Du schließt eine Menge neuer Freundschaften und lernst das wahre Leben kennen.«

Christmas wusste, dass er log. Dennoch durchfuhr ihn wie bei Greenie ein Anflug von Bewunderung. Auch Joey wünschte sich, aus dem Ghetto herauszukommen.

»Im Hotel hatte keiner je von den Diamond Dogs gehört«, sagte Joey.

»Tja ... wir sind noch neu. Aber wir arbeiten uns gerade hoch.«

»Womit seid ihr denn im Geschäft?«

»Zurzeit beschützen wir ein Mädchen vor einem Killer.«

»Heilige Scheiße! Ein Killer! Du redest von einem echten Killer?«

»Zwei hat er schon umgelegt.«

»Das klingt allerdings nach einem Job für die Bullen«, bemerkte Joey. »Nichts für ungut, Diamond.«

»Man bezahlt uns gut.«

»Wer?«

»Irgend so ein Jude. Wir werfen auch ein Auge auf seine Fabrik. Er ist stinkreich.«

»Aha, ein Westjude.« Joey grinste spöttisch.

»Was weißt du denn davon?«

»Du kennst dich nicht aus mit Juden, was?«, gab Joey überlegen lächelnd zurück. »Ich schon. Seit ich in den Windeln gelegen habe, höre ich nur von Abraham und Isaak, von der Sintflut, den Sieben Plagen, Exodus, den Zehn Geboten ...«

Christmas runzelte die Stirn.

»Ich bin selbst Jude, Diamond.« Joey lachte wieder, und zum ersten Mal blitzten seine Augen belustigt auf. »Joey Fein, genannt Sticky, weil mir sämtliche Geldbörsen an den Fingern kleben bleiben, Sohn von Abe dem Trottel, einem Ostjuden, der in dem Glauben hierherkam, das Gelobte Land zu finden, und zwanzig Jahre danach noch immer mit einem Pappkoffer und Löchern in den Schuhen durch die Straßen zieht und Krawatten und Hosenträger verkauft. Verstehst du jetzt, wieso ich alles über die Juden weiß? Die aus dem Westen sind die Geldsäcke, wir aus dem Osten die armen Schlucker.«

»Ich dachte immer, alle Juden wären reich ...«

»Ach ja? Na, dann komm mal zu mir nach Brownsville, und ich werde dich vom Gegenteil überzeugen.«

»Wohin?«

»Menschenskind, Diamond, bist du noch nie aus der East Side rausgekommen? Brownsville, der dreckige Hintern Brooklyns.« Joey musterte Christmas für einen Moment. »Hey, was liegt heute bei dir an?«

»Heute? Nichts ...«

»Und dein Killer?«

»Auf den habe ich Greenie angesetzt, dem kann ich vertrauen.«

»Warum kommst du dann nicht mit mir nach Brownsville? Ich muss was für die Shapiros erledigen ... Kennst du die?«

»Ich hab von ihnen gehört, ja ...«, schwindelte Christmas.

»Glücksspielautomaten und andere Geschäfte. Die werden sich einen Namen machen, wenn man sie nicht vorher umbringt. Alt werden ist nicht leicht in dem Job«, erklärte Joey mit wissender Miene.

»Stimmt, ist nicht leicht«, sagte Christmas, um sich keine Blöße zu geben.

»Was ist nun? Gehen wir?«

Christmas spürte, dass er im Begriff war, eine neue und gefährliche Welt zu betreten. Er musste an die mahnenden Worte seiner Mutter denken – er kannte sie auswendig, seit er ein kleiner Junge war. Und an die Geschichten der vielen Jungen, die nicht auf die Ermahnungen ihrer Mütter hatten hören wollen, die versucht hatten, ihr Schicksal zu überlisten. Er zögerte. Aber ihn hatte eine seltsame Erregung ergriffen. Ich werde von hier weggehen, dachte er. Er zuckte mit den Schultern und lächelte.

»Gehen wir.«

Joey stieß einen Pfiff aus, legte ihm den Arm um die Schultern und steuerte auf die BMT-Haltestelle in der Bowery zu. Als sie vor den Gittern standen, kramte Christmas in seinen Hosentaschen nach Kleingeld.

»Nicht doch, Kumpel«, sagte Joey. »Was zum Teufel gibt dir diese Stadt? Nichts. Also geben wir ihr auch nichts.« Er ließ den Blick ringsum über die Menschenmenge in der U-Bahn schweifen. »Da haben wir sie«, sagte er dann und ging auf eine müde aussehende Frau ganz in Schwarz zu, die einen Korb mit Dörräpfeln in der Hand hielt. Bei ihr war ein ebenfalls schwarz gekleidetes junges Mädchen, dessen Gesicht bereits abgezehrt wirkte wie das einer alten Frau. Wie zufällig rempelte er beide an, stieß den Korb um, entschuldigte sich, half der Frau, die Äpfel wieder einzusammeln, klopfte ihr auf die Schulter und streichelte dem Mädchen über die Wange, bevor er zu Christmas zurückkehrte und ihm zwinkernd zwei Fahrkarten unter die Nase hielt.

»Die beiden hatten doch selbst nichts«, protestierte Christmas.

»Tatsächlich? Ich habe nur gesehen, dass sie Fahrkarten in der Hand hielten, Diamond. Ich weiß nicht, wer sie sind, und es ist mir auch völlig egal. So ist das Leben hier in Amerika. Einer wie ich kann jeden Tag auf einem Markt zusammengeschlagen und blutend liegen gelassen werden. In einer Minute ist alles vorbei, und die Leute gehen weiter und tun so, als hätten sie nichts gesehen. Ich werde mich nicht plattmachen lassen«, erklärte er, während der Zug heranratterte. Sie stiegen ein und suchten sich einen Platz am Ende des Waggons. »Nimm Abe den Trottel«, fuhr Joey verächtlich fort, »meinen Vater«, und seine Augen glühten vor stummem Zorn. »Er besaß nichts, als er hierherkam. Er begegnete einer Frau, die ebenso wenig besaß wie er, sie heirateten und besaßen zusammen weiterhin nichts. Dann wurde ich geboren, und da hatten sie zum ersten Mal etwas.« Er spuckte auf den Boden. »Ist das zu fassen?«

Während Joey immer weiterredete, blickte Christmas aus dem Fenster, und die ganze Stadt kam ihm verändert vor, als hätte er bis zu dem Moment in einem Traum gelebt, einem Traum, der an seiner Liebe zu Ruth zerbrochen war. Einer unerfüllbaren Liebe. Weil er ein armer Schlucker und sie eine Westjüdin war. Weil Ruth von Bill gebrandmarkt war. Weil ihm, Christmas, nun alles schmutzig vorkam.

»Wenn Abe der Trottel ins Gras beißt, wird man ihn auf dem Mount Zion Cemetery in eine Grube werfen, und auf dem Grab wird stehen: *Geboren 1874. Gestorben . . .* Ach, was weiß ich. *Schluss, aus.* Und weißt du, wieso? Weil es zum Verrecken über Abe den Trottel nicht mehr zu sagen gibt«, höhnte Joey mit dem gleichen Zorn im Blick, der auch in Christmas' Augen loderte.

Auf meinem Grab wird nicht *Christmas-Schluss-Aus* stehen, dachte Christmas.

»Wir müssen aussteigen«, sagte Joey schließlich. »Es ist noch ein Stück zu gehen«, setzte er hinzu, als sie den Bahnhof verließen.

Christmas sah sich um. Dunstverhangen ragten am Horizont die Wolkenkratzer Manhattans auf. Die Häuser ringsum jedoch waren niedrig. Christmas kam es so vor, als hätte er eine andere Stadt, eine andere Welt betreten. Die Männer, die von der Frühschicht in den Mühlen oder Konservenfabriken heimkehrten, sahen so ausgelaugt und arm wie überall aus, sie wirkten wie Gespenster. Und an jeder Straßenecke ernteten sie feindselige Blicke von stämmigen Jungen, die sich als harte Kerle gebärdeten.

»Hey, Sticky«, sagte einer von ihnen.

»Wie läuft's, Red?«, entgegnete Joey.

»Und bei dir?«

»Ich zeige meinem Kumpel Christmas von den Diamond Dogs aus der East Side die Gegend hier.«

»Habt ihr Lust, ein paar Knochen zu brechen? Wir haben eine Ratte zu erledigen«, sagte der Schlägertyp.

»Dich lassen sie das machen? Das muss eine Wanze sein, keine Ratte«, gab Joey zurück und ging weiter, ohne ihn noch eines Blickes zu würdigen.

»Du kannst mich mal, Sticky.«

Joey lachte. »Schönen Tag noch, Red.«

»Wer war das?«, wollte Christmas wissen.

»Ein ganz Tougher.«

»Was bedeutet ›Ratte‹?«

»Das ist einer, der zum Tode verurteilt ist.«

Weitere zehn Minuten gingen Christmas und Joey schweigend nebeneinander her. Christmas ließ den Blick schweifen. Ja, das war eine andere Welt. Und doch die gleiche. Von Menschen bevölkert, die es nicht schafften.

»Amerika gibt einem nichts«, sagte Joey auf einmal und blieb vor einem flachen, baufälligen Mietshaus an der Pitkin Avenue, Ecke Watkins Street, stehen. »Das, was es verspricht, bekommt man nicht durch Arbeit, wie man uns einreden will. Man muss es sich nehmen, mit Gewalt, selbst auf die Gefahr hin, dass man seine Seele dafür hergibt. Entscheidend ist, dass du zum Ziel kommst, Diamond. Und nicht, wie du dorthin gekommen bist. Nur Vollidioten diskutieren über den Weg zum Ziel.« Er zeigte mit dem Finger auf ein verwittertes Fenster im ersten Stock. »Bis dahin ist Abe der Trottel gekommen«, sagte er und ging auf das Haus zu.

Die Wohnung war ärmlich, so wie Christmas sie zuhauf in der Lower East Side gesehen hatte. Anstatt nach Knoblauch roch es hier nach scharfen Gewürzen und geräuchertem Rindfleisch; Abbilder der Muttergottes oder des Schutzpatrons waren durch jüdische Symbole ersetzt, einen kleinen siebenarmigen Kerzenleuchter aus Messing, einen Davidstern. Andere Gerüche, andere Bilder. Nichts Neues. Und auch Joeys Mutter glich durch und durch den Frauen, die Christmas zur Genüge kannte: ein resigniertes Gesicht, Filzpantoffeln, die über den Boden schlurften.

»Ist der Trottel unterwegs?«, fragte Joey sofort, als er hereinkam.

»Nenn ihn nicht so. Er ist dein Vater«, sagte die Frau ohne Nachdruck, eher als betete sie die Worte immer wieder wie eine Litanei herunter, ohne noch auf ein Wunder zu hoffen.

»Lass gut sein, Ma. Das ist mein Freund Diamond.«

Christmas streckte der Frau lächelnd die Hand entgegen.

»Bist du Jude?«

»Ich bin Amerikaner ...«

»Er ist Italiener«, sagte Joey gleichzeitig.

Die Frau zog die Hand zurück, die sie Christmas hatte reichen wollen, und ließ sie in die weite Tasche ihrer schmutzigen Schürze gleiten. Dann wandte sie sich ab und ging zurück in die Küche.

»Komm mit, Kumpel.« Joey führte Christmas in ein enges Zimmer mit einem Bett, das ebenso klein und schmal war wie das, in dem Christmas schlief. Als er einen Holzkeil entfernte, kam das Versteck zweier Klappmesser zum Vorschein. Er nahm sie heraus und reichte eines der Messer Christmas. »Wie sollst du dich ohne das amüsieren?« Lachend verschloss er das Versteck wieder. »Ich bin weg, Ma!«, rief er, als er die Wohnungstür öffnete.

Aus der Küche kam nur ein unverständlicher Laut.

»Wozu brauchen wir denn das Messer?«, fragte Christmas, als sie auf der Straße standen.

»Für den Job, den wir zu erledigen haben.«

Die Hände in den Taschen vergraben und das Messer fest im Griff, liefen sie schweigend einige Häuserblocks weiter, bis sie vor einem schmutzigen, heruntergekommenen Diner standen. Joey ging hinein, und Christmas folgte ihm mit einem Kloß im Hals. Das Messer hielt er weiterhin mit verschwitzter, schmerzender Hand umklammert. Joey nickte der Wirtin des Diners zu und setzte sich ganz hinten im Lokal an einen Tisch.

»Was nehmt ihr?«, wollte die beleibte Frau wissen.

»Zwei Roastbeef-Sandwiches«, erwiderte Joey, ohne Christmas zu fragen.

Als die Wirtin gegangen war, sah Christmas sich um. Wenige Gäste hatten sich in dem Diner eingefunden. Ein jeder saß mit gesenktem Kopf da. Keiner sprach ein Wort. »Und was tun wir jetzt?«, fragte er nervös.

»Wir warten«, erwiderte Joey und lehnte sich auf der dunkelgrünen Polsterbank zurück.

Die Sandwiches wurden serviert. Während Joey seines gierig verschlang, rührte Christmas das andere nicht einmal an. Er ließ es auf dem weißen Teller mit dem gesprungenen Rand liegen. In der Magengegend verspürte er einen Stich. Das Messer bohrte sich in seine Seite.

»Willst du nichts essen?«, fragte Joey, schnappte sich Christmas' Sandwich und biss, ohne eine Antwort abzuwarten, hinein. Er hatte es schon halb aufgegessen, als hinter einer schmutzigen Tür, die auf einen dunklen Gang hinausführte, plötzlich das

Telefon klingelte. Christmas zuckte auf dem Stuhl zusammen. Joey prustete los und spie dabei ein paar Krümel über den Tisch.

Die Wirtin des Diners nahm den Anruf entgegen. »Ist für dich, *Stinky*«, sagte sie mit dem Hörer in der Hand.

»Sticky«, verbesserte Joey sie verärgert und stand auf.

»Na, dann wasch dich mal«, gab die Frau zurück und reichte ihm den Hörer.

»Hallo?«, meldete sich Joey mit verschwörerisch gesenkter Stimme. »Okay«, sagte er nach einer kurzen Pause nur und legte auf. »Es geht los«, erklärte er Christmas. »Die Luft ist rein.«

»Du musst noch die beiden Sandwiches bezahlen, Stinky«, rief die Wirtin, als sie die Jungen hinausgehen sah.

»Setz sie auf die Rechnung, Dickerchen«, entgegnete Joey.

Keiner der Gäste wandte den Kopf oder zuckte auch nur mit einem Muskel.

»He, was liegt an, Sticky?«, fragte ein etwa zwölfjähriger Junge, kaum dass sie draußen waren. Er war dünn und für sein Alter ziemlich klein. Seine Augen wirkten lebhaft und ängstlich zugleich. Als fände er kein Gleichgewicht, hüpfte er von einem Bein auf das andere.

»Zieh Leine, Chick«, sagte Joey und ging weiter.

Doch der Junge heftete sich an ihre Fersen. »Wohin gehst du, Sticky?«

»Geh mir nicht auf die Nerven, Chick, verzieh dich.«

»Du hast einen Job zu erledigen, stimmt's?«, fuhr Chick fort. »Ich wette, du bist auf dem Weg in Buggsys *Speakeasy*.«

»Halt die Klappe, Chick«, brauste Joey auf, blieb stehen und packte ihn am Kragen. »Woher zum Teufel weißt du das?«

»Ich hab's gehört . . .«

»Verfluchter Mist. Wenn du es gehört hast, hat es Buggsy womöglich auch gehört«, überlegte Joey.

»Nein, nein, nur ich weiß davon«, quiekte Chick. »Kann ich mitkommen?«

»Sei still und lass mich nachdenken.«

»Stimmt was nicht?«, fragte Christmas.

Joey zog ihn am Arm beiseite und wandte sich unterdessen mit drohender Geste an Chick. »Lass mich in Ruhe mit Diamond reden, oder ich reiß dir den Arsch auf«, sagte er. Leise erklärte er Christmas daraufhin, Buggsy sei ein armseliger Kleinkrimineller, der eine *Speakeasy*-Kneipe führe und dort keine Glücksspielautomaten der Shapiros aufstellen wolle. Daher habe er, Joey, auf den Anruf eines Spitzels gewartet, der ihm melden sollte, wenn Buggsy seine miese Spelunke verließ, damit sie ohne Gefahr die Reifen seines Transporters zerstechen konnten. »Aber wenn Chick davon Wind bekommen hat, könnte auch Buggsy es gesteckt bekommen haben und uns in eine Falle locken«, sagte er und wiegte nachdenklich den Kopf hin und her.

Abermals spürte Christmas, dass er an einem Scheideweg angekommen war. Er konnte aus der Sache aussteigen, Joey das Messer wiedergeben und zu seinem gewohnten Leben zurückkehren, bevor es zu spät war. Aber noch immer zerfraß ihn innerlich die Wut. Und zu dem Leben, das er kannte, wollte er nicht zurückkehren. »Gehen wir«, sagte er, das Messer in der Tasche fest in der Hand.

Schweigend sah Joey ihn an. »Ja, gehen wir, scheiß doch drauf«, stimmte er zu.

Christmas hielt ihn am Arm fest. »Lass uns Chick mitnehmen«, flüsterte er.

»Diese Nervensäge?«

»Wenn er hierbleibt, plaudert er am Ende noch was aus. Wenn er bei uns ist, kann er keinen Schaden anrichten.«

»Du hast Grips, Diamond.« Joey grinste zufrieden. »Wir sind ein starkes Team, was?«

»Ein starkes Team«, gab Christmas zurück, während ihm das Herz bis zum Hals schlug.

»Beweg dich, Chick«, sagte Joey, als er über die Straße lief.

»Ich darf mitkommen?«, rief der Junge aufgeregt.

»Aber wenn du auch nur einen Mucks machst, schubs ich dich vor einen Zug.«

»Hurra, mach dir keine Sorgen, Sticky, ich bin still, so still wie ein Fisch, so still ...«

»Fang jetzt gleich damit an!«, fuhr Christmas ihn an.

Der Junge verstummte, und Angst flackerte in seinem Blick auf. Joey lachte. Dann gingen sie weiter, Christmas und Joey vorneweg, der Junge schweigend und noch immer im Hüpfschritt hinter ihnen her.

Der Himmel färbte sich langsam dunkel, als Joey drei Häuserblocks weiter auf ein niedriges Gebäude deutete, das nichts weiter war als ein dicht an eine Garage gebauter Flachdachverschlag. Joey deutete mit dem Finger auf das *Speakeasy*. Noch immer schweigend, wies er Christmas dann auf einen zwischen zwei Eisenstangen gespannten Drahtzaun hin. »Dahinter steht der Transporter«, erklärte er leise. »Im Zaun müsste jetzt ein Loch sein.«

Dicht an den Hauswänden entlang schlichen die drei Jungen bis zum Zaun. Das wacklige Tor war mit einem Vorhängeschloss gesichert. Joey sah sich um. »Gut, Buggsys Auto ist nirgends zu sehen. Also ist auch er nicht da.« Dann wandte er sich an Chick: »Sieh mal nach, wie groß das Loch ist.«

Der Junge ballte die Fäuste, riss die Augen auf und ging zu der Stelle, wo der Zaun an der Kneipenwand befestigt war. Er rüttelte daran und grinste zu Joey und Christmas herüber.

»Wir sind dran«, sagte Joey und ließ das Messer aufspringen. »Kümmere du dich um die Vorderreifen, ich nehme die hinteren.«

Christmas konnte nicht mehr schlucken, so dick war der Kloß in seiner Kehle. Die Hand am Messer rührte sich nicht, sie war wie versteinert. Dann aber kochte die Wut, die in ihm gärte, wieder hoch, und das Messer klappte auf. »Los geht's«, sagte er mehr zu sich selbst als zu Joey.

Sie schlüpften durch das Loch, für das der Maulwurf wie versprochen gesorgt hatte, und landeten auf dem gestampften Lehmboden eines kleinen Hofes. Der Transporter, ein kleiner Lastwagen mit hölzerner Ladefläche und einer Wachsplane zum Abdecken der Ladung – natürlich Schmuggelalkohol –, war in einer Hofecke geparkt. Entschlossen steuerte Joey auf die Hinterräder zu. Christmas näherte sich den vorderen Reifen und stach zu. Das Zischen kam ihm unerträglich laut vor, wie ein Wehklagen, wie ein Schrei. Wie der Schrei, den er aus Bills Kehle hervorholen würde, dachte er, als er sich über den anderen Reifen hermachte. Ein, zwei, drei Mal. Mit aller Kraft stach er zu, ganz so, als rammte er das Messer in den Körper des Mannes namens William Hofflund. Bill. Beim vierten Stoß zerbrach die Klinge.

»Komm jetzt, verdammt, was tust du denn da?«, zischte Joey und zog ihn am Arm.

»Sticky!«, rief in dem Moment Chick, der ängstlich hüpfend danebengestanden und zugesehen hatte.

»Hab ich euch erwischt, ihr verfluchten Schwanzlutscher!«, brüllte ein kleiner, stämmiger Mann um die dreißig mit dem Gesicht eines Boxers, der, mit einer Pistole in der Hand und gefolgt von zwei ebenfalls bewaffneten finsteren Gestalten, aus dem Hinterausgang gelaufen kam.

»Renn weg!«, schrie Joey Christmas zu, während bereits die ersten Schüsse fielen und die einschlagenden Kugeln im Hof Erde und Staub aufwirbelten.

Joey schaffte es als Erster, sich durch das Loch im Zaun zu zwängen. Christmas erreichte den Durchschlupf gemeinsam mit Chick. In seiner Panik stieß er ihn zur Seite und rettete sich auf die Straße. Chick, der durch Christmas' Stoß ins Stolpern geraten war, rappelte sich wieder hoch und begann plötzlich zu schreien. Dann brach er zusammen. Christmas drehte sich um. Sein Blick traf auf Chicks schreckgeweitete Augen. Da machte er kehrt, streckte den Arm nach Chick aus und zog ihn, während die Kugeln die Wand neben ihm zersplitterten, durch das Zaunloch.

»Ich schaff es nicht«, wimmerte Chick.

In dem Augenblick kam auch Joey zurück, packte den Verletzten am Arm und zog ihn vom Boden hoch. »Lauf, Chick, oder ich bin es, der dich umbringt!«, brüllte er. Christmas hakte den Jungen auf der anderen Seite unter, und so rannten sie zu dritt Arm in Arm los, während der Kerl mit dem Boxergesicht sich fluchend in den zerschnittenen Maschen des Drahtzauns verfing.

Die drei Jungen waren zwei Häuserblocks weit gekommen, als Chick immer schwerer zu werden schien. Keuchend blieben sie in einer dunklen Gasse stehen. Als Christmas und Joey sich ansahen, waren ihre Pupillen vor Angst geweitet, ihre Nasenflügel bebten. Keiner von beiden wagte es jedoch, Chick anzuschauen, der stöhnend zu Boden gesunken war.

»Ich blute«, sagte er und hob eine rote Hand in die Höhe.

Da wandten sich Christmas und Joey ihm zu.

»Verdammt, wo bist du denn verletzt, Nervensäge?«, fragte Joey mit zitternder Stimme.

»Am Bein«, weinte Chick. »Es tut weh . . .«

Das Hosenbein des Jungen war vom Knie abwärts voller Blut. Joey zog einen Stofffetzen aus der Tasche, der womöglich einmal ein Taschentuch gewesen war, und band damit knapp oberhalb der Wunde Chicks dünnen Schenkel ab.

»Was tun wir jetzt?«, fragte Christmas erschrocken.

Joey blickte sich um. Er steckte den Kopf aus der Gasse. »Wir bringen ihn zu Big Head«, entschied er. Daraufhin wandte er sich an Chick. »Bis zum Billardsaal musst du laufen, kleiner Scheißer. Wenn du das nicht schaffst, lasse ich dich mitten auf der Straße liegen, und Buggsy macht dich fertig. Ist das klar? Und hör auf zu heulen.«

Chick schluckte und versuchte, die Tränen zurückzuhalten. Seine Augen sehen jetzt aus wie die eines Kindes, dachte Christmas beklommen. Und noch ein Gedanke nahm in seinem Kopf Gestalt an, doch wie um ihn zu verjagen, atmete er tief durch und sagte in hartem, energischem Ton: »Los geht's, beweg dich, du Mädchen.«

Als sie den Billardsaal in der Sutter Avenue betraten, war Chick weiß wie die Wand. Christmas und Joey mussten ihn die Treppe hinauftragen. Im Saal drehten sich alle Gäste nach ihnen um. Als Gangster waren sie an Blut gewöhnt. Doch Blut zog in den meisten Fällen weiteres Blut nach sich. Und beim Anblick der drei Jungen stellte sich ihnen die Frage, ob es besser war zu gehen oder ob sie ihre Partie zu Ende spielen konnten.

»Was zum Teufel wollt ihr hier?«, brummte ein hässlicher Mann, der an einem Tisch in der Ecke vor einem Würfelspiel saß. Er hatte einen mächtigen, missgebildeten Kopf. Eine Schläfe und ein Teil der Stirn waren dick geschwollen. Aus dem Grund wurde er Big Head genannt.

»Der Maulwurf hat uns verraten«, erklärte Joey außer Atem. »Buggsy war da und hat auf uns gewartet.«

»Ich hatte dir doch gesagt, du sollst den Job allein erledigen. Was wolltest du denn mit Chick, verfluchte Scheiße? Du weißt doch, dass er nichts taugt. Und wer ist der andere Typ?«, fragte Big Head, während er Joey eine mit Narben übersäte Pranke auf die Schulter legte.

»Diamond aus der Lower East Side. Er hat seine eigene Gang.«

Big Head musterte Christmas. »Bist du hergekommen, um Ärger zu machen?«

»Nein, Sir«, antwortete Christmas. »Chick geht es schlecht«, sagte er dann.

»Bring ihn ins Büro, Joey.« Big Head zeigte auf einen kleinen Raum am Ende des Saals. »Hol Zeiger her«, wies er dann einen seiner Mitspieler am Würfeltisch an. »Und beeil dich ein bisschen.«

Joey und Christmas hatten unterdessen Chick in das Zimmer getragen, in dem ein schmutziges, durchgesessenes Sofa stand. Dort legten sie ihn gerade ab, als auch Big Head hereinkam.

»He, he, was zum Teufel macht ihr da, ihr Penner?«, brüllte er. »Das Sofa gehört mir. Legt ihn auf den Boden und verschwindet.«

Christmas und Joey warfen sich einen Blick zu.

»Raus hier!«, brüllte Big Head.

Die beiden Jungen verließen den Raum und verzogen sich in eine dunkle Ecke des Billardsaals. Sie sprachen kein Wort miteinander. Christmas war in Gedanken versunken. Er kam nicht dagegen an. Gemeinsam mit Chick hatte er den Zaun erreicht. Er war der Größere und Stärkere. Chick war ein Kind, dünn und zerbrechlich, und er hatte ihn weggestoßen, um als Erster durch das Loch im Zaun zu klettern. Und Chick hatte die Kugel abbekommen. Dieser Gedanke ließ Christmas nicht los. Chick hatte die Kugel abbekommen, die das Schicksal eigentlich für ihn, Christmas, bereitgehalten hatte.

Zeiger, ein etwa fünfzigjähriger Mann, der aussah wie ein Postbeamter, betrat in Begleitung von Big Heads Mann den Billardsaal. Zeiger hatte einen schwankenden Gang. Aber er war nicht betrunken. Es war, als ginge unaufhörlich ein Zittern durch seinen Körper. Er hatte ein längliches, gelb verfärbtes Gesicht und dunkle, lose sitzende Zähne. Das schwarze Köfferchen, das er bei sich trug, fiel ihm aus der Hand und sprang auf. Chirurgische Instrumente verteilten sich über den Boden. Zeiger warf alles zurück in den Koffer, nahm ihn wieder auf und setzte seinen Weg zum Büro fort.

Christmas sah kurz zu Joey hinüber, der den Blick niedergeschlagen hatte und nervös die Hände knetete. »Hier, nimm«, sagte Christmas und reichte ihm das zerbrochene Klappmesser.

Joey starrte auf die Waffe, zog eine Grimasse und nahm sie schließlich entgegen, ohne zu Christmas aufzublicken. »Tut mir leid, Diamond.«

Christmas schwieg. Kurz darauf beobachtete er, wie der Ganove, der Zeiger zu Chick geführt hatte, das Zimmer verließ und in einen Lagerraum ging. Mit einem Stoffüberwurf zum Abdecken der Billardtische kam er wieder heraus und kehrte zurück ins Büro. Langsam bewegte Christmas sich auf den Raum zu. Joey packte ihn am Arm, doch Christmas entzog sich brüsk seinem Griff. Er wollte nicht angefasst werden. Joey folgte ihm. Gerade als sie vor der angelehnten Tür standen, kam Big Head aus dem Zimmer und sah die beiden Jungen grimmig an.

»Von jetzt an gelten der Maulwurf und Buggsy als Ratten«, sagte er. »Und ich werde mich persönlich um sie kümmern.«

Christmas lugte in das Zimmer hinein und erhaschte einen Blick auf Chick, der weinend auf der Billarddecke lag.

Big Head griff in seine Hosentasche, zog ein Bündel Geldscheine hervor und gab Joey hundert Dollar. »Das ist für Chicks Mutter. Er wird ein lahmes Bein behalten. Buggsy hat ihn ins Knie getroffen. Sorg dafür, dass es im Hafen ankommt.« Dann drückte er Christmas und Joey je einen Fünfziger in die Hand. »Und das ist für euch, Jungs.«

Aus dem Büro tauchte Zeiger auf. »Hast du was für mich, Big Head?«, nuschelte er.

»Mach, dass du wegkommst«, erwiderte Big Head, ohne ihn eines Blickes zu würdigen. »Such deinen Dreck bei den Chinesen.«

»Ich bin pleite ...«

»Mach, dass du wegkommst, hab ich gesagt«, knurrte Big Head, wobei er ihn noch immer nicht ansah. Während Zeiger schließlich aus dem Billardsaal wankte, zeigte Big Head mit dem Finger auf einen alten Mann, der nah bei einem Spucknapf auf einem Klappstuhl saß, und brüllte zu ihm hinüber: »Verfluchter Mist, worauf wartest du, wisch endlich das Scheißblut von meinem Boden auf!«

Der Alte fuhr hoch, ging in den Lagerraum, kam mit einem Eimer samt Schrubber und Putzlappen wieder heraus und schlurfte mit müden Beinen geräuschvoll ins Büro. Chick wurde aus dem Zimmer getragen und auf einen Stuhl gesetzt. Seine Augen waren vom vielen Weinen verquollen, die Hose war über dem Schenkel abgeschnitten und sein Knie verbunden. An seiner Socke klebte geronnenes Blut.

»Was wollt ihr beiden denn noch?«, sagte Big Head zu Christmas und Joey. »Einen Gutenachtkuss?«

Joey zog Christmas am Arm hinaus auf die Sutter Avenue.

»Ich muss mir wohl eine Auszeit nehmen, während Big Head die beiden Ratten erledigt«, sagte Joey, kaum dass sie auf der Straße waren. »Vielleicht suche ich mir ja bei dir in der Gegend irgendein Loch.«

Abwesend nickte Christmas. Er konnte an nichts anderes denken als an Chick, der von einem Bein auf das andere gehüpft war wie eine Feder. Und im Ohr hatte er einzig das rhythmische Geräusch, das er dabei verursacht hatte.

Joey wickelte sich den Geldschein um den Finger. »Abe der Trottel braucht mindestens ein halbes Jahr, um so einen fetten Fünfziger zu machen«, sagte er und versuchte zu lachen.

»Tja . . .«, brachte Christmas hervor. Er wollte nur noch nach Hause. Er lebte. Und Chick würde seinetwegen ein Leben lang hinken.

Abermals wickelte Joey den Schein um seinen Finger. »Man sieht sich, Kumpel«, meinte er schließlich.

»Man sieht sich«, gab Christmas zurück und machte sich auf den Weg zur Lower East Side.

Als er zu Hause ankam, war die Wohnung nicht dunkel, wie er erwartet hätte. Cetta saß regungslos im Wohnzimmer auf dem Sofa. Das Radio war ausgeschaltet.

»Bist du nicht zur Arbeit gegangen?«, fragte Christmas überrascht.

»Nein«, antwortete Cetta bloß. Sie erzählte ihm nicht, dass sie auf ihn gewartet hatte, dass sie Sal angefleht hatte, ihr an dem Abend freizugeben, weil sie gewusst hatte, ihr Sohn würde sie brauchen.

Christmas blieb schweigend stehen In ihm gärte noch immer die Wut, und er konnte die Gedanken an Chick nicht abschütteln. Genauso wenig wie die an Bill und an Ruth.

»Setz dich hierher«, sagte Cetta und klopfte mit der Hand auf den Platz neben sich.

Christmas zögerte. Dann gehorchte er. So saßen sie schweigend nebeneinander da, den Kopf gesenkt, den Blick auf die Schuhspitzen gerichtet. Und langsam wich in Christmas die Wut der Angst.

»Mama . . .«, sagte er nach einer ganzen Weile leise.

»Ja?«

»Sieht man, wenn man erwachsen wird, überall nur noch Schmutz?«

Cetta gab keine Antwort. Sie starrte ins Leere. Es gab Fragen, die man nicht beantworten musste. Denn die Antwort war nicht weniger schmerzlich als die Frage. Und so zog sie ihren fünfzehnjährigen Sohn an sich, nahm ihn in die Arme und streichelte ihm sanft über das Haar.

Instinktiv wollte Christmas von ihr abrücken, doch dann schmiegte er sich in die Arme der Mutter, ahnte er doch, dass dies die letzten Liebkosungen waren, die er als Kind empfing. Sie schwiegen, denn es gab nichts weiter zu sagen.

24

Manhattan, 1913

Cetta blieb liegen, als Andrew vom Bett aufstand und sich anzog.

»Wie geht es mit dem Streik in Paterson voran?«, erkundigte sie sich bei ihm.

»Es geht voran.«

»Was heißt das?«, hakte Cetta mit einem gezwungenen Lächeln nach.

»Dass es vorangeht«, sagte Andrew, ohne sich umzudrehen. Mit dem Rücken zu Cetta setzte er sich aufs Bett und band sich die Schuhe zu.

»Werdet ihr denn bekommen, was ihr fordert?« Cetta streckte ein Bein aus und streichelte mit dem Fuß Andrews Rücken.

Andrew setzte sich gerade und stand wieder auf. Er nahm seine Uhr vom Nachttisch und ließ sie in die Westentasche gleiten. Dann schloss er die fünf Knöpfe. »Ich muss gehen, Liebling«, sagte er. »Ich habe jetzt keine Zeit, entschuldige.«

Er nennt mich immer »Liebling«, dachte Cetta, während sie ihm zusah, wie er seine Jacke mit den Flicken an den Ellbogen anzog und seine runden Brillengläser mit einem Taschentuch putzte. Er nannte sie immer »Liebling«, hatte jedoch nie viel Zeit, mit ihr zusammen zu sein. Nicht nachdem sie miteinander geschlafen hatten. Auch hatte er sie noch nie an einem Sonntag zu Hause besucht, um gemeinsam mit ihr zu essen und Christmas kennenzulernen. Und nie wieder hatte er sie in das italienische Restaurant in der Delancey ausgeführt. Es gab nur dieses Zimmer in der Pension am South Seaport, unweit des Gewerkschaftsbüros. Jeden Donnerstag. Manchmal auch dienstags.

Andrew wandte sich zu ihr um. »Liebling, sei nicht böse ...«

Ja, »Liebling« ist ein Wort, das Andrew mit großer Leichtigkeit ausspricht, dachte Cetta. Ganz anders als Sal, der sie nicht ein einziges Mal so genannt hatte. Der sie aber Sonntag für Sonntag im Kellerraum bei Tonia und Vito Fraina besucht hatte, pikante Würstchen und Wein mitgebracht und ihr nie beim Kochen geholfen hatte.

Andrew beugte sich über das Bett und gab ihr einen Kuss auf den Mund.

Er küsst mich immer auf den Mund, dachte Cetta weiter. Wenn wir uns treffen, wenn wir miteinander schlafen und wenn er wieder geht und mich ermahnt, noch etwas zu warten, bevor ich die Pension verlasse, weil es besser ist, wenn man uns nicht zusammen sieht. Weil er ein verheirateter Mann ist.

»Warte zehn Minuten, bevor du hinausgehst«, bat Andrew.

»Ja.«

»Was ist los?«

Cetta sah ihn kalt an. »Es hat mehr Spaß gemacht, als ich noch fünf Dollar pro Fick bekommen habe, *Liebling*. Das ist los«, sagte sie mit einem aufgesetzten Lächeln und rollte sich auf die Seite.

Andrew seufzte. Er blickte zur Zimmertür. Dann seufzte er wieder und setzte sich aufs Bett. Er legte eine Hand auf Cettas nackten Rücken. »Du bist wunderschön«, sagte er.

Cetta drehte sich nicht zu ihm um.

Andrew streckte sich auf dem Bett aus. Er küsste ihren Rücken, bevor er die Decke beiseiteschob und mit dem Mund immer tiefer bis zu ihrem Po wanderte.

Cetta wandte sich ihm zu und vergrub die Hand in seinen blonden Haaren. Sie setzte sich auf und spreizte die Beine. »Koste mich.«

»Wie bitte?«

»Leck meine Möse.« Cettas Blick war hart. Und in ihr stieg

ein alter Kummer auf, der schmerzte wie eine unangenehme Erinnerung.

Verdutzt sah Andrew sie an. »Ich muss gehen . . .«, sagte er. »Die Genossen erwarten mich im Gewerkschaftsbüro . . .«

»Und dann erzählst du ihnen, dass du es mit einer Hure treibst?«, fragte Cetta mit unverändert hartem Blick.

»Liebling, was sagst du denn da?«

»Erzählst du ihnen nicht, was man mit einer Hure alles tun kann?«, fuhr sie fort, die Beine noch immer gespreizt.

»Nein.«

»Erzählst du ihnen nicht, wie es ist, wenn ich ihn in den Mund nehme?«

»Cetta . . . was ist los mit dir?«

»Magst du es, wenn ich ihn in den Mund nehme?«

»Ja, Liebling, ja, natürlich . . .«

»Dann leck meine Möse. Zeig mir, dass auch du eine Hure sein kannst.«

Andrew sprang auf. »Ich habe einen Streik zu organisieren!«

»Mit deiner Frau?«

»Mit den Genossen! Begreifst du das nicht? Das ist mein Leben!« Andrew deckte Cetta zu. »Das ist mein Leben.« Damit wandte er sich ab und ging zur Tür. Er hatte die Klinke schon in der Hand, als er regungslos stehen blieb.

»Dann teil dein Scheißleben mit mir, wenn ich nicht nur eine Hure bin!«, schrie Cetta.

Verwundert drehte Andrew sich zu ihr um.

Er hat gutmütige Augen, dachte Cetta. In sanfterem Ton sagte sie da: »Du hattest mir versprochen, eine richtige Amerikanerin aus mir zu machen.«

Andrew lächelte. »Du bist wie ein Kind«, erwiderte er zärtlich und kehrte zurück zum Bett. Er nahm sie in den Arm, drückte sie an sich und strich ihr mit der Hand durch das schwarze Haar. »Du bist wie ein Kind. Ich wollte dich überraschen«, flüsterte er.

»Aber es ist schwer, ein Kind zu überraschen. In zehn Tagen gehe ich mit dir in den Madison Square Garden. Wir stellen ein Stück auf die Beine, um Geld zu sammeln und die Massen aufzurütteln. Ich nehme dich mit ins Theater.« Er küsste sie.

Cetta gab sich dem Kuss hin. Als ihre Lippen sich voneinander lösten, war Andrews Brille von ihrem Atem beschlagen. Cetta lachte, nahm sie ihm ab und putzte sie mit der Bettdecke, die nach ihnen beiden roch. »Ins Theater?«

»Am siebten Juni«, erklärte Andrew lächelnd. »Samstag. Um halb neun.«

»Um halb neun. Madison Square Garden«, wiederholte Cetta und schmiegte sich eng an ihn.

Andrew lachte und löste sich aus der Umarmung. »Jetzt muss ich gehen. Man erwartet mich.« Er ging zur Zimmertür. »Vielleicht schaffe ich es, mich am Dienstag freizumachen.«

»Sonst Donnerstag«, erwiderte Cetta.

»Warte zehn Minuten, bevor du hinausgehst.«

Dann fiel die Tür hinter Andrew zu. Und in Cetta machte sich erneut das brennende Gefühl bemerkbar, das sie nicht wahrhaben wollte. Ich werde ins Theater gehen, dachte sie da, um den alten Kummer, der schmerzte wie eine unangenehme Erinnerung, zum Schweigen zu bringen.

»Sie haben mich versetzt«, sagte Sal. Er hockte mit gesenktem Kopf auf dem wackligen Stuhl im Besuchsraum und rieb einen seiner Finger. »Mit der Autowerkstatt ist es vorbei. Die wird geschlossen. Sie haben mich in die Schreinerei versetzt.« Er hob den Blick zu Cetta, die ihm gegenübersaß.

Schweigend sah Cetta ihn an.

»In der Schreinerei ist es schwieriger, sich die Hände schmutzig zu machen. Du jagst dir nur andauernd Splitter hinein.« Sal senkte den Blick wieder und bearbeitete weiter seinen Finger.

»Lass mal sehen«, sagte Cetta und nahm seine Hand. Sie betrachtete sie aufmerksam. »Komm ans Licht.« Sie stand auf und trat an das schmutzige Mattglasfenster, das mit einem Eisengitter gesichert war.

Sal folgte ihr. Cetta ergriff seine Hand und untersuchte sie. »Da ist er.« Mit den Fingernägeln versuchte sie, den Splitter herauszuziehen. Sal schaute aus dem Fenster, hinter dessen Mattglasscheibe sich undeutlich die Gefängnisgebäude von Blackwell's Island abzeichneten wie die Umrisse eines riesigen, geometrisch geformten Gespenstes.

»Ich krieg ihn nicht raus«, sagte Cetta. Sie hob die Hand an ihren Mund und biss vorsichtig in die Stelle, wo der Splitter in die Haut eingedrungen war. »Tue ich dir weh?«

Sal sah sie wortlos an. Er war blass, und in seinen Augen lag ein resignierter Ausdruck.

Cetta hielt seinem Blick nicht stand und wandte ihre Aufmerksamkeit wieder dem Splitter zu. »Geschafft. Er ist raus.« Sie spuckte aus.

»Danke«, erwiderte Sal und starrte erneut auf das Gespenst hinter der matten Scheibe.

Cetta schmiegte sich an seine Brust. »Du hast abgenommen«, stellte sie fest, während Sal regungslos dastand. »Nimm mich in den Arm«, bat Cetta.

Sal rührte sich nicht. »Was hat sich verändert?«, fragte er.

Cetta erstarrte. Ein kalter Schauer lief ihr über den Rücken. »Was sich verändert hat?«, wiederholte sie mit unsicherer Stimme.

Sal rückte von ihr ab. »Ich meine, in New York«, sagte er und setzte sich wieder.

Cetta sah ihn prüfend an. Sal sprach nicht von New York. Sie konnte es in seinen glanzlosen Augen lesen. Es waren die Augen eines Mannes, der Bescheid wusste, aber nichts tun konnte, um seine Frau zu halten. Weil er ein Gefangener war.

»Gerade werden eine Menge neuer Wolkenkratzer gebaut«, erzählte Cetta, während sie wieder ihm gegenüber Platz nahm.

»Gut ...«, sagte Sal abwesend.

Wieder schwiegen sie.

»Die Mädchen lassen dich grüßen. Und Ma'am auch.«

Sal erwiderte nichts.

»Sie vermissen dich alle.«

Wortlos sah Sal sie an.

»Ich vermisse dich«, sagte Cetta und ergriff seine Hände.

»Ja ...«

Erneut senkte sich Schweigen über sie.

»Sal ...«, hob Cetta an.

Doch er stand beinahe ruckartig auf. »Ich muss gehen«, sagte er und wandte sich von ihr ab. Er klopfte an die Tür, die von einem Gefängniswärter bewacht wurde. »Mach auf«, rief er laut.

»Sal ...«

»Ich muss für heute Abend noch den Schreibtisch des Direktors fertig polieren«, fiel Sal ihr abermals ins Wort, ohne sie anzusehen.

Cetta hörte, wie der Schlüssel im Schloss herumgedreht wurde. Die Tür ging auf.

Auf dem Boot der New Yorker Strafvollzugsbehörde spürte Cetta erneut ein Stechen in der Magengegend. Wie ein alter Kummer. Wie eine schmerzliche Erinnerung, ein brennendes Gefühl, eine Mischung aus Sehnsucht und Schuldbewusstsein. Sie fühlte sich schmutzig. Tränen schossen ihr in die Augen.

Es war Donnerstag. Sie würde Andrew in der Pension am South Seaport treffen, sich ausziehen, ihn in sich aufnehmen, und er würde sie, bevor er ging, mit einer Eintrittskarte fürs Theater belohnen.

Am Samstag, dem siebten Juni 1913, stand Cetta vor dem Eingang des Madison Square Garden. Über den Köpfen der Zuschauer, die sich vor den Kartenschaltern drängten, erregte zuallererst das Theaterplakat ihre Aufmerksamkeit. Es war ganz in Schwarz gehalten. Aus dem Schwarz stach nur das Brustbild eines jungen Arbeiters hervor. Die rechte Hand mit gespreizten Fingern in die Höhe gereckt, blickte er entschlossen geradeaus. Der linke Arm war nach hinten gebogen und verlor sich unterhalb des Ellbogens im Dunkeln. Hinter dem stolzen Kopf des jungen Arbeiters schienen drei Buchstaben auf, *IWW*, die Abkürzung für *Industrial Workers of the World*. Das Stück trug den Titel *Das Festspiel vom Paterson-Streik*. Und darunter stand in kleinerer Schrift: *Aufgeführt von den Streikenden selbst*.

Die Eintrittskarte fest in der Hand, bahnte sich Cetta einen Weg durch die Menge und trat näher an das Plakat heran. Im unteren Teil waren die Eintrittspreise angegeben. *Logen: $20 und $10. Sitzplätze: $2 – $1,5 – $1 – 50 Cent – 25 Cent – 10 Cent.* Cetta warf einen Blick auf ihre Karte: *$1*. Dann sah sie sich nach Andrew um.

»Ich werde mich nicht zu dir setzen können, Liebling«, hatte er ihr erklärt, als er ihr die Karte überreicht hatte. »Ich muss bei den Funktionären bleiben. Das verstehst du doch, nicht wahr?«

Doch Cetta wollte ihn wenigstens kurz sehen, bevor das Stück begann. Vielleicht würde sie ihn nicht küssen können, aber sie würde ihm die Hand schütteln. Er war der erste und einzige Mann, der sie in ein Restaurant eingeladen hatte. Und er war der erste und einzige Mann, der sie ins Theater eingeladen hatte. Ein bedeutender und guter Mann, der sich all der Menschen annahm, die sich in Silk City seit Anfang Februar im Streik befanden. Aus dem Grund hat er nicht viel Zeit für mich, sagte sich Cetta, während sie den Blick über die Menge schweifen ließ.

»Wo sind denn die Funktionäre?«, erkundigte sie sich bei

einem Mann, der von der Gewerkschaft zu sein schien und mit einer roten Binde am Arm vor dem Eingang stand.

Der Mann musterte sie. »Bist du eine von uns?«

»Natürlich«, antwortete Cetta stolz, und für einen Moment fühlte sie sich nicht mehr fremd inmitten all der Leute.

»Entschuldige«, sagte er da. »Es ist nur ... nun ja, unsere Frauen sehen nicht so aufgetakelt aus ... normalerweise.«

Errötend blickte Cetta an ihrem tief ausgeschnittenen grüngelb geblümten Kleid hinunter. »Tja, ich normalerweise auch nicht«, sagte sie mit einem beschämten Lächeln.

»Wen suchst du?«, fragte der Mann. »John, Bill, Carlo oder Elizabeth?«

»Wen?«

»Reed, Haywood, Tresca oder Elizabeth Flynn.«

»Nein, ich suche Andrew Perth«, erklärte Cetta.

Der Gewerkschafter überlegte kurz. Dann tippte er einem Mann neben sich auf die Schulter. »Sag mal, kennst du einen Andrew Perth?«

Der Mann schüttelte den Kopf.

»Weißt du, wer Andrew Perth ist?«, wandte der Gewerkschafter sich an einen anderen, der etwas weiter entfernt stand und ebenfalls eine rote Binde am Arm trug.

»Andrew Perth?«, gab der zurück. »Ist das nicht einer vom Ortsverein South Seaport?«

»Keine Ahnung. Die Genossin hier fragt nach ihm.«

»Er wird drinnen sein. Die von South Seaport sitzen in Loge drei.«

»Loge drei«, wiederholte Cetta. »Verstanden. Dann gehe ich hinein.«

»Warte, Genossin«, hielt der Mann sie auf. »Hast du eine Eintrittskarte?«

Cetta zeigte sie ihm.

»Ein Ein-Dollar-Platz«, stellte er fest. »Du hättest am Kleid sparen und stattdessen mehr Geld für uns ausgeben können«, setzte er hinzu. Dann streckte er den Arm mit der roten Binde aus und zeigte auf einen Eingang. »Du sitzt da hinten.«

Cetta drehte sich um und ging in die ihr gewiesene Richtung. Sie hatte keine Ahnung, wer die Leute waren, deren Namen der Gewerkschafter aufgezählt hatte, aber ganz offensichtlich war Andrew nicht der Gewerkschaftsführer.

Als sie das Theater betrat, verschlug es ihr den Atem. Es war ungeheuer groß. Zumindest kam es ihr so vor. Aber sie hatte keine Ahnung, ob alle Theater so waren. Hinweisschilder trennten, je nach Preis der Eintrittskarte, die man besaß, unterschiedliche Bereiche voneinander ab. Die Ein-Dollar-Zone befand sich fast ganz hinten im Saal. Während sie dort einen freien Platz ansteuerte, ließ sie den Blick erneut umherschweifen. Plötzlich entdeckte sie Andrew in einer Loge für zwanzig Dollar. Er stand an der Brüstung, gestikulierte und rief etwas. Dann klatschte er Beifall. Neben ihm sah Cetta eine Frau, die wie ein Mann gekleidet war. Womöglich hat sie sogar eine Hose an, dachte Cetta. Wie Andrew trug sie eine runde Brille und eine Kappe auf dem Kopf, unter der ihre Haare verschwanden. Aber Cetta wusste, dass sie blond, fein und glatt waren. Ihre Haut war hell, fast durchscheinend. Und sie lächelte Andrew stolz an. Hinter ihnen standen weitere vier Männer und Frauen. Alle gleich angezogen, wie Arbeiter.

Erneut schämte sich Cetta für ihr grün-gelbes Blümchenkleid, das sie eigens für diesen Anlass bei einem fliegenden Händler in der Lower East Side für drei Dollar achtzig gekauft hatte.

Als sie den Blick wieder hob, sah sie, wie Andrew sich lachend zu der Frau mit der Brille umdrehte, sie umarmte und küsste. Cetta war drauf und dran, das Theater zu verlassen. Doch irgendetwas hielt sie zurück.

»Ist der Platz neben dir frei, Süße?«, fragte jemand zu ihrer Rechten.

Cetta drehte sich zu einem Arbeiter um, der auf ihren Ausschnitt starrte. »Wenn du deine Hände nicht bei dir behältst, reiß ich dir den Schwanz ab und stopf ihn dir in den Rachen«, sagte sie und blickte erneut zu Andrew und seiner Frau hinüber. Wie sehr sie sich gleichen!, dachte Cetta. Sie sind beide Amerikaner. Und wieder fühlte sie sich fehl am Platz.

Schließlich senkten sich die Lichter, und die Vorstellung begann. Unaufmerksam verfolgte Cetta die Zusammenfassung der Kämpfe zwischen Arbeitern und Polizei. Sie fühlte sich zunehmend unbehaglich. Es lag nicht an der Wut, die in ihr tobte. Darauf war sie gefasst gewesen, kaum dass sie Andrew und seine Frau entdeckt hatte. Es war etwas Subtileres. Etwas, das sie noch nicht akzeptieren wollte.

Das Publikum sprang auf und sang gemeinsam mit den Schauspielern auf der Bühne ein Lied in einer fremden Sprache. Auch Cetta stand auf. Ihr jedoch ging es darum, Andrew zu beobachten.

Der Arbeiter an Cettas Seite starrte ihr in den Ausschnitt. »Kennst du die *Marseillaise* nicht?«

»Du kannst mich mal«, gab Cetta zurück und sah wieder hinüber zu Andrew, der singend die Frau mit der Brille im Arm hielt.

Sie verfolgte die zweite Szene, in der während der Zusammenstöße mit der Polizei ein bedauernswerter Pechvogel, der von der Veranda aus die Unruhen beobachtete, versehentlich durch einen Schuss getötet wurde. Er hieß Valentino Modestino.

Immer müssen Italiener dran glauben, ging es Cetta durch den Kopf, während sie wieder zu Andrew blickte. In der dritten Szene wurde der von roten Streikfahnen bedeckte Sarg Modestinos, vom Trauermarsch untermalt, zu Grabe getragen. Als wäre der Mann ein Held. Er war keiner von euch. Das alles bedeutete ihm überhaupt nichts, dachte Cetta wütend. Dann sah sie wieder hinüber zu Andrew, und mit brüchiger Stimme sagte sie leise: »Er hatte dich nicht gebeten, ihm etwas beizubringen.«

Von dem Moment an gelang es Cetta nicht mehr, der Vorstellung zu folgen, so beherrscht war sie von dem Gedanken, den ihr Verstand nicht in Worte fassen wollte, während ihr Blick unentwegt auf Andrew und seiner Frau lag. Ich bin nicht wie ihr, dachte sie. Und während das Publikum die *Internationale* anstimmte, fiel Cetta auf, dass der Arbeiter neben ihr noch immer in den Ausschnitt ihres Kleides schielte. Nein, ich bin nicht wie ihr, dachte sie erneut und ließ sich vom Gefühl des Fremdseins überwältigen. Ich bin eine aufgetakelte Hure.

In dem Moment bemerkte Andrew sie. Ihre Blicke trafen sich für eine Sekunde, dann sah Andrew betreten weg. Und auch Andrews Frau bemerkte Cetta.

Als die Vorstellung vorbei war, strömte die Menge hinaus auf die Straße. Cetta sah Andrew aufgeregt mit den Leuten reden. Etwas weiter weg verteilte seine Frau Flugblätter. Cetta fiel auf, dass sie immer wieder zu ihr herüberstarrte. Dann kam die Frau auf sie zu. Inmitten des Gedränges standen sie sich mit nicht einmal einem Schritt Abstand gegenüber. Mit unverhohlener Verachtung musterte Andrews Frau Cettas Kleid.

»Er hatte mir nicht gesagt, dass das hier ein Maskenball sein würde«, sagte Cetta.

Andrews Frau nahm die Kappe ab und schüttelte ihr Haar. Es war blond, glatt und fein. Und sie hat die blauen Augen einer Amerikanerin, dachte Cetta. Wie Andrew.

»Hat er dir wenigstens beigebracht, ein Gewissen zu haben?«, fragte die Frau und musterte sie mit einem sarkastischen Lächeln.

»Und hat er dir beigebracht, wie man fickt?«, gab Cetta mit ihren schwarzen Augen und dem im Nacken zu einem Knoten geschlungenen krausen Haar zurück.

Der Hieb hatte offenbar gesessen. Für eine Sekunde senkte die Frau verletzt den Blick. Cetta bemerkte, dass Andrew auf sie aufmerksam geworden war. Er war bleich und wirkte besorgt. Schwach. Kläglich.

»Er gehört ganz dir«, sagte Cetta da. »Er hat es nur geschafft, mir beizubringen, dass ich eine Hure bin. Aber das wusste ich auch vorher.« Damit drehte sie sich um und stürzte sich in die Menge, die den Streik in Silk City bejubelte.

Auf dem Heimweg kaufte sie sich eine Modezeitschrift. Anschließend lief sie nach Hause, von unbändiger Wut angetrieben. Sie fühlte sich so gedemütigt, dass es ihr den Atem raubte. Statt ins Kellergeschoss ging sie hinauf in den zweiten Stock und hämmerte gegen Signora Sciaccas Tür. Was hast du dir denn eingebildet?, fragte sie sich wieder und wieder.

Mit einem blauen Wollumhang über dem Nachthemd öffnete die beleibte Frau verschlafen die Tür. »Es ist spät«, sagte sie.

»Ich muss Christmas sehen«, drängte Cetta, ohne einen vernünftigen Grund zu nennen.

»Er schläft . . .«

»Ich muss ihm etwas Wichtiges sagen. Lassen Sie mich durch.« Damit stieß Cetta Signora Sciacca beiseite und stürmte wie eine Furie in die Wohnung. Sie lief zum Kinderbett, in dem Christmas schlief, hob ihn hoch und riss ihn dabei gewaltsam aus dem Schlaf.

Christmas brummelte etwas. Dann schlug er die Augen auf und erkannte seine Mutter. Er war inzwischen fünf Jahre alt, die blonde Locke hing ihm zerzaust in die Stirn. Seine Augen blickten erschrocken.

Cetta trug Christmas zum Wohnzimmerfenster und öffnete es. Sie setzte ihn auf die Fensterbank und hielt ihm die Modezeitschrift vor die Nase.

Das Kind war wie erstarrt.

»Sieh ihn dir gut an, das ist ein Amerikaner«, sagte Cetta,

während sie Christmas ein Fotomodell im Polotrikot zeigte. Dann drehte sie das Gesicht des Jungen zur Straße. »Und nun sieh dir den an.« Dabei deutete sie auf einen Straßenhändler, der eben heimkehrte. »Aus dem wird nie ein Amerikaner.« Rasend blätterte sie weiter in der Zeitschrift, völlig beherrscht von der Wut in ihrem Inneren, die einfach nicht nachlassen wollte. Als sie das Bild einer Schauspielerin entdeckte, hielt sie inne. »Das ist eine Amerikanerin«, erklärte sie Christmas. Daraufhin drehte sie sein Gesicht wieder zur Straße. »Und aus der wird nie eine«, sagte sie und zeigte auf eine bucklige Frau, die in den Abfällen der Verkaufsstände wühlte.

»Mama ...«

»Hör mir zu! Hör mir gut zu, mein Schatz.« Wie besessen nahm Cetta sein Gesicht in ihre Hände. »Ich werde nie eine Amerikanerin sein. Aber du, du wirst ein Amerikaner. Hast du mich verstanden?«

»Mama ...« Christmas begann, verstört zu wimmern.

»Hast du mich verstanden?«, rief Cetta und hörte selbst, dass ihre Stimme einen hysterischen Ton angenommen hatte.

Mit krausgezogenen Lippen unterdrückte Christmas ein Schluchzen.

»Du wirst ein Amerikaner sein! Sprich mir nach!«

Christmas' Augen waren vor Schreck geweitet.

»Sprich mir nach!«

»Ich bin so müde ...«

»Sprich mir nach!«

»Ich werde ... ein Amerikaner sein ...«, brachte Christmas leise weinend heraus und versuchte, sich aus den Armen seiner Mutter zu befreien.

Da drückte Cetta ihn fest an sich, und endlich löste sich ihre Wut, und sie brach in Tränen aus. »Du wirst ein Amerikaner sein, Christmas ... ja, du wirst ein Amerikaner sein ... Verzeih mir, verzeih mir, mein Schatz ...«, weinte Cetta und streichelte ihrem Sohn über das Haar. Sie drückte ihn an sich, trocknete seine Tränen und benetzte sein Haar mit den ihren. »Mama hat dich lieb ... Du bist Mamas Ein und Alles ... ihr Ein und Alles ... Ach, mein kleiner Junge, mein kleiner amerikanischer Junge ...«

In der Tür stand Signora Sciacca, umringt von ihren Kindern, die mit verschlafenen Gesichtern an ihrem Nachthemd hingen, und beobachtete sie.

25

Manhattan, 1923

»Sag diesem kleinen Arschloch, er soll meine Metzgerei sofort verlassen, Christmas«, sagte Pep mit Blick auf Joey.

Lilliput, Peps Hündin, knurrte Joey, der an der Hintertür lehnte, leise an. Santo stand mit hochrotem Kopf daneben. Er machte auf dem Absatz kehrt und ging hinaus.

Christmas wandte sich nach Joey um. »Lass uns allein«, forderte er ihn auf, in der Hand eine Blechdose.

»Du lässt dir von einem alten Mann Befehle geben?«, spottete Joey.

Da ging Pep mit seiner ganzen Körperfülle auf ihn los. Mit beiden Händen packte er Joey am Kragen seiner zerschlissenen Jacke, hob ihn hoch und warf ihn aus der Metzgerei. Wütend bellte Lilliput ihm hinterher. »Schluss jetzt, Hund!«, brüllte Pep, bevor er die Hintertür mit solcher Wucht zuschlug, dass einige Brocken Putz von den Wänden fielen. Dann drückte Pep Christmas mit einer Hand gegen die Wand. »Was hast du vor, Junge?«, fragte er mit drohend gesenkter Stimme.

»Pep, beruhige dich. Ich bringe dir die Salbe für Lilliput. Es geht ihr besser, nicht wahr?«

»Ja, es geht ihr besser«, erwiderte Pep. »Also? Beantworte meine Frage.«

»Ich habe sie doch beantwortet ...«

»Ich scheiß auf die Salbe«, sagte Pep und nahm die Hand von Christmas' Brust.

Christmas steckte sein Hemd wieder ordentlich in die Hose, bevor er Pep die Dose reichte. »Du schuldest mir nichts.«

»Ach ja? Und wieso? Bist du plötzlich reich geworden?«

Christmas zuckte mit den Schultern. »Lilliput ist mir ans Herz gewachsen.« Er griff nach der Klinke und öffnete die Tür.

Mit Wucht stieß Pep sie wieder zu. »Hör mir zu, Junge«, sagte er und richtete einen mit Tierblut verschmierten Finger auf ihn. »Hör mir gut zu . . .«

»He, alles in Ordnung da drin, Diamond?«, klang von draußen Joeys Stimme zu ihnen herein.

Pep und Christmas sahen sich schweigend an.

»Alles in Ordnung«, rief Christmas dann.

»Er gefällt mir nicht«, sagte Pep und wies mit dem Daumen in Richtung Tür.

»Er ist mein Freund, nicht deiner«, gab Christmas zurück und sah Pep herausfordernd an. »Er muss mir gefallen.«

»Ich frage dich noch einmal: Was hast du vor, Junge?«

»Pep, es ist wirklich schön, mit dir zu plaudern, aber ich muss jetzt gehen«, sagte Christmas. Er wollte sich weder Peps Ermahnungen noch die irgendwelcher anderer Leute anhören. Schließlich war er kein kleiner Junge mehr, sondern erwachsen.

»Erinnerst du dich an unsere erste Begegnung?«, fuhr Pep fort. »Erinnerst du dich?«

Christmas hob gelangweilt die Schultern.

»Die Diamond Dogs!« Pep lachte bitter. »Hast du wirklich gedacht, ich hätte dir das abgekauft? Du hattest keine Gang, das wusste ich genau. Und weißt du, wieso? Weil deine Augen es mir gesagt haben.«

Für einen Moment blickte Christmas zu Boden. »Was zum Teufel willst du, Pep? Ist gerade Predigtstunde?«, sagte er jedoch gleich darauf und steckte lässig die Hände in die Hosentaschen.

»Spiel mir nicht den Abgebrühten vor«, sagte Pep. »Du bist dabei, ein billiger Gauner zu werden. Weißt du, warum ich dir damals den halben Dollar gegeben habe? Weil ich dir in die Augen gesehen habe, und ganz sicher nicht, weil ich dachte, du könntest Lilliput tatsächlich beschützen. Ich habe in deinen Augen etwas gelesen, das mir gefallen hat. Aber jetzt erkenne ich dich nicht mehr wieder. Würde ich dir heute zum ersten Mal begegnen, ich würde dich mit einem Tritt in den Hintern wegjagen, wie den Verbrecher da draußen.« Pep schüttelte den Kopf, bevor er in warmem, väterlichem Ton weitersprach. »Meine räudige Hündin hat sofort mit dem Schwanz gewedelt, als sie dich gesehen hat. Man soll den Tieren vertrauen, weißt du? Sie haben einen untrüglichen Instinkt. Aber wenn du so weitermachst, wird sie auch dich in zwei Wochen anknurren, wenn du herkommst, um Schutzgeld von mir zu erpressen, wie diese Lumpen aus Ocean Hill. Wenn auch du den armen Kerlen, die keine Pistole besitzen, das Blut aussaugen willst. New York ist ein verdammter Käfig. Und wir sind zu viele. Da dreht man leicht durch. Und das hier ist nicht länger ein Spiel. Es ist jetzt Ernst. Aber für dich ist es noch früh genug, ein guter Mann zu werden und kein Lump.«

Christmas musterte ihn mit hartem Blick. In seinem Inneren tobte Wut, die er nicht in Schach zu halten vermochte. »Es war schön, mit dir zu reden, Pep«, sagte er tonlos.

Schweigend erwiderte der Metzger seinen Blick, bevor er schmerzlich den Mund verzog und zur Seite trat. Christmas ging zur Tür und öffnete sie.

»Eine Sache noch«, sagte Pep. »Das Pickelgesicht da draußen«, und mit dem Kopf deutete er auf Santo, der neben Joey an der Mauer lehnte, »wird dabei draufgehen, wenn er dir folgt. Werd ihn los, wenn du noch einen Rest Eier hast. Reiß ihn nicht mit in den Abgrund.«

Christmas schnaubte. »Du hättest Priester werden sollen, Pep.«

Lilliput stieß ein lang gezogenes Geheul aus. Dann verkroch sie sich leise jaulend zwischen den Beinen ihres Herrchens.

»Lass dich hier nicht mehr blicken«, sagte Pep und schloss die Tür.

Christmas spürte, dass sich in diesem Augenblick nicht bloß die Tür einer Metzgerei in der Lower East Side schloss. Einen Moment beschlich ihn Angst. Doch dann entschied er sich, dem Gefühl keine Beachtung zu schenken. Er hatte nun einen Panzer, und der würde mit der Zeit härter und härter werden. Er pfiff nach seinen beiden Kumpanen und ging durch die Gasse davon.

»Hat er dir die zwei Dollar gegeben?«, fragte Santo, als er ihn eingeholt hatte.

Christmas sah ihn an. Santos Blick hatte sich nicht verändert. Er griff in seine Tasche, holte zwei Münzen hervor und warf sie in die Luft. »Klar doch. Was hast du denn gedacht?«

Santo gelang es, eine der Münzen zu fangen. Die andere landete in einer Schlammpfütze. Santo griff mit der Hand in den Matsch und wischte sie anschließend an seiner Hose ab. »Müssen wir jetzt durch drei teilen?«

»Nein, das Geld gehört dir«, antwortete Christmas.

»Zwei Dollar nur für mich?«, vergewisserte sich Santo zufrieden.

»Was soll das denn?«, mischte sich Joey ein.

Christmas fuhr herum. »Die gehören ihm!«

Joey sah ihn ruhig an. »Okay.«

In der Woche nach dem Job, der Chick das Knie gekostet hatte, war Joey in einem schäbigen Zimmer über *Wally's Bar and Grill* untergekommen, einem von gewissen Italienern betriebenen Lokal, die Freunde von Big Head waren. Einen Monat später waren Buggsy und der Maulwurf tot gewesen. Joey aber war in der Lower East Side geblieben und das dritte Mitglied der Diamond Dogs geworden. Nach wenigen Tagen hatte er begriffen, dass die Gang in Wahrheit gar nicht existierte. Sein Plan jedoch bestand darin, Christmas' Berühmtheit im Viertel für seine Zwecke auszunutzen. Im Laufe eines Monats erbeuteten sie ein wenig Schutzgeld und hatten ein paar kleine Betrügereien organisiert. Auf Santo konnte er nicht zählen, das wusste er. Doch Christmas schien nicht auf den Angsthasen verzichten zu wollen. Im Gegensatz dazu hatte der Anführer der Diamond Dogs Talent, fand Joey. Er war clever und lernte schnell.

Seit wenigen Tagen war mit einem Schlag der Sommer über die Stadt hereingebrochen. Der Asphalt auf den Straßen schien zu schmelzen.

»Was für eine Scheißhitze«, sagte Christmas. »Lasst uns einen Hydranten aufdrehen.«

»Kostenlose Dusche«, lachte Joey.

Santo wurde blass. Wie üblich stand ihm die Angst ins Gesicht geschrieben. Christmas schlug ihm auf die Schultern. »Joey und ich gehen allein.«

»Warum?«, wollte Santo wissen.

»Du musst für mich in der Bäckerei in der Henry Street vorbeischauen.«

»Und was soll ich da?«

Christmas kramte ein paar Münzen aus der Hosentasche. »Kauf ein Stück Kuchen und bring es deiner Mutter.«

»Ja, aber . . .«

»Tu es einfach, Santo. Wenn du's nicht gleich kapierst, kapierst du's später. Du kennst doch die Regel.«

Joey klopfte sich vor Lachen auf den Schenkel. Beschämt senkte Santo den Blick.

»Kumpel«, sagte da Christmas und legte ihm den Arm um die Schultern, »du brauchst nur für mich hinzugehen und dich blicken zu lassen. Das genügt schon. Kauf ein Stück Kuchen. Und bezahl es mit zehn Dollar.« Er gab Santo noch einen Geldschein. »Die kennen dich. Die wissen, dass du einer von den Diamond Dogs bist. Zeig ihnen, dass wir gut im Geschäft sind. Und dass es uns nicht an Geld fehlt. Dann geh nach Hause zu deiner Mutter.«

»Okay, Chef«, entgegnete Santo. Er hatte sein Lächeln wiedergefunden. »Hier, deine Nickel«, sagte er und gab ihm das Kleingeld zurück.

»Danke, Santo. Ich schulde dir was.«

»Wir sind doch die Diamond Dogs, oder nicht?«

Christmas wartete, bis Santo um die Ecke gebogen war, bevor er Joey den Zeigefinger an die Brust hielt. »Wenn du ihn noch einmal auslachst, reiß ich dir den Arsch auf.«

Mit erhobenen Händen wich Joey einen Schritt zurück.

Christmas sah ihn schweigend an. »Ich habe mich entschieden, ihn loszuwerden.«

Ruth schlug ihr Tagebuch auf. Sie strich mit dem Finger über neun sorgsam getrocknete Blumen. Neun Blumen, die Christmas ihr vor beinahe einem Jahr geschenkt hatte. Neun, wie die Finger an ihren Händen.

Ringsum auf dem Pausenhof der exklusiven Schule, die sie besuchte, lachten und scherzten ihre Klassenkameraden und die Schüler aus den anderen Klassen miteinander. Ruth hielt sich abseits. Hinter dem Gitterzaun konnte sie einen der schrecklichen Kerle erkennen, die ihr Großvater zu ihrem Schutz engagiert hatte. Jedes Mal, wenn sie das Haus verließ, hängte sich einer dieser Männer an ihren Rockzipfel. Einmal hatte ein Junge aus einer höheren Jahrgangsstufe sich ihr aus Spaß genähert, woraufhin Großvaters Gorilla ihn am Arm gepackt und sie gefragt hatte: »Alles in Ordnung, Miss Isaacson?« Seit diesem Tag nannte man sie in der Schule »Alles-in-Ordnung-Miss-Isaacson«. Ruth hatte sich noch mehr zurückgezogen. Sie war abweisend geworden. Zu den wenigen Partys, zu denen sie noch eingeladen wurde, ging sie erst gar nicht mehr hin.

Doch es gab noch einen anderen Grund, weswegen sie sich von ihren Mitschülern fernhielt: Sie war vierzehn Jahre alt, und mit ihrem Körper ging etwas vor sich, worüber sie keine Kontrolle hatte. Er veränderte sich. Ihre Brüste wuchsen langsam und füllten ihre Bluse aus. Anfangs hatten ihre Brustwarzen geschmerzt, ein matter Schmerz, als wäre sie gekniffen worden. Seither waren sie empfindlicher. Wenn Ruth sie nun berührte, empfand sie es als angenehm und unangenehm zugleich. So ähnlich wie Sehnsucht. Das Schlimmste war jedoch gewesen, als sich eines Morgens nach einem kalten Krampf in ihrem Unterleib ein warmer roter Strahl über die Innenseite ihrer Schenkel ergossen hatte. Wie erstarrt, mit Tränen in den Augen, hatte sie im Bad gestanden. Blut, wie es ihr an den Beinen hinabgelaufen war, nachdem Bill sie vergewaltigt hatte. Der gleiche Schmerz in ihrem Leib. Und fortan erinnerte ihre weibliche Natur sie Monat für Monat an Bill und daran, dass sie beschmutzt worden war.

Als Ruth die Zeitschriften ihrer Mutter durchgeblättert hatte, war sie auf die neue Mode gestoßen. Die Flapper. Sie trugen Kurzhaarschnitte, und manche banden sich die Brust ab, um androgyner zu wirken. Und im gleichen Augenblick hatte Ruth beschlossen, ein Flapper zu werden und sich die Brust so eng abzubinden, dass sie so flach aussah wie die eines Mannes.

Ruth wandte den Kopf zu einer Gruppe junger Leute, die auf der Wiese saßen und über etwas lachten, das sich offenbar ein Stück entfernt an einem Baum abspielte. Neugierig geworden, folgte Ruth den Blicken der anderen, und dann sah sie sie auch. Cynthia Siegel und Benny Dershowitz küssten sich. Küssen war zurzeit unter ihren Klassenkameradinnen ein großes Thema. Auch Ruths einzige Freundin, Judith Sifakis, hatte schon einmal einen Jungen geküsst. Sie hatte es ihr in allen Einzelheiten erzählt. Ruth wandte den Blick von Cynthia Siegel und Benny Dershowitz ab.

Sie selbst wollte nur einen einzigen Jungen küssen, und das war Christmas. Und aus dem Grund hasste sie ihn. Weil sie anders war als alle anderen, weil sie neun Finger hatte und nicht zehn. Aber sie musste ständig an Christmas denken. Bei ihm allein fühlte sie sich frei. Doch neuerdings versuchte sie, ihm auszuweichen; sie wollte ihm nicht länger Vertrauen schenken. Christmas bedeutete eine Gefahr für sie. Die Liebe war schmutzig, und Ruth wollte nicht mehr beschmutzt werden. Aber wenn Christmas bei ihr war, spürte sie es auf ihren Lippen und weiter unten, zwischen ihren Beinen. Dann hatte sie ein Gefühl, als krabbelten tausend Ameisen unter ihrer Haut. Und auch aus diesem Grund hasste sie ihn.

In letzter Zeit jedoch war da noch etwas anderes an Christmas, was sie verstörte. Seine wundervollen, so heiteren und klaren Augen hatten sich verfinstert und erinnerten sie manchmal an Bills düsteren Blick. Manchmal war Christmas kaum wiederzuerkennen und wirkte geradezu geheimnisvoll. Überhaupt fand Ruth ihn viel männlicher als ihre reichen Klassenkameraden. Diese Tatsache verstörte sie nicht nur, sondern verstärkte auch ihren Wunsch, ihn zu küssen und sich seiner Umarmung hinzugeben. Und je größer ihr Verlangen wurde, desto kälter verhielt sie sich Christmas gegenüber, damit er nichts von ihren verstörenden Gefühlen merkte.

»He, schläfst du? Es hat längst geläutet.«

Beim Klang der Stimme schlug Ruth ihr Tagebuch zu. Eine der neun getrockneten Blumen fiel zu Boden.

Der Junge kam näher. Es war Larry Schenck, einer der bestaussehenden Jungen der Schule. Er war sechzehn. Larry hob die Blume auf und reichte sie Ruth. »Alles-in-Ordnung-Miss-Isaacson ist also verliebt«, bemerkte er grinsend. »Und wer ist der Glückliche?«

Ruth zerbröselte die Blume. »Niemand«, erwiderte sie, stand auf und ging zurück in ihre Klasse.

»Hallo, Greenie.« Christmas hatte soeben die Fabrik des alten Saul Isaacson betreten, als ihm der Mann in dem grünen Seidenanzug über den Weg gelaufen war. »Ist Ruth in Sicherheit?«

Greenie musterte ihn, antwortete aber nicht.

»Habt ihr die Ratte erwischt?«

Greenie schüttelte den Kopf und fuhr sich mit der Hand durch das vor Pomade glänzende Haar.

Christmas verzog das Gesicht und machte sich dann zum Büro des Alten auf, der ihn hatte rufen lassen.

»Es gibt zwei Wege, zum Geschäftsleiter aufzusteigen«, erklärte der Eigentümer der Saul Isaacson's Clothing Christmas nach kurzer Begrüßung. »Der eine beginnt im Dunkeln, im Lager, im Herzstück des Geschäfts, wo die Ware verstaut wird; dort lernt man, was benötigt wird, dort kann man seinen Marktinstinkt unter Beweis stellen. Der andere beginnt hinter der Ladentheke, im direkten Kontakt mit den Kunden; dabei lernt man zu verstehen, wie die Menschen sind, was sie sich wünschen und wie man sie manipulieren kann. Diese beiden Ausbildungswege sind sehr verschieden. Ein guter Leiter aber muss beide Bereiche des Geschäfts beherrschen. Wer als Lagerist angefangen hat, muss die Menschen verstehen lernen, sonst wird er ein Leben lang von seinen Verkäufern abhängig sein; wer hingegen Verkäufer war, muss lernen, das Lager zu verwalten, sonst wird er immer vom Lageristen abhängig sein. Weißt du, welcher Typ Geschäftsleiter du sein könntest?«

»Wieso sollte das für mich wichtig sein?«

»Weil du die richtige Wahl treffen wirst, wenn du im Leben weißt, wer du sein könntest.«

»Ich kann gut mit Leuten reden.«

»Ja, das ist mir aufgefallen. Nun, aus dem Grund habe ich dich rufen lassen: Ich möchte dir einen Vorschlag machen. Ich bin dabei, ein Einzelhandelsgeschäft zu eröffnen, und brauche Verkäufer und Lageristen. Normalerweise nehme ich Leute mit einem Minimum an Erfahrung, aber ich habe beschlossen, in deinem Fall eine Ausnahme zu machen. Willst du eine Stelle als Verkäufer? Falls du deine Karten richtig auszuspielen weißt, könntest du einmal Geschäftsleiter werden.«

Schweigend sah Christmas ihn an. »Hat Ruth Sie darum gebeten?«, fragte er dann.

»Nein.«

»Verkäufer zu sein interessiert mich nicht. Ich habe andere Pläne.«

»Ich stehe in deiner Schuld«, entgegnete der Alte. »Der Zufall ist ein Tritt in den Hintern, den das Leben dir gibt, damit du einen Schritt nach vorne machst. In der Welt der Erwachsenen ist der Zufall eine Chance, die man nicht vergeuden sollte.«

»Darum habe ich auch vor, sie zu nutzen.«

»Wie denn?«

»Ist Ihnen je in den Sinn gekommen, Ruth einmal einem Geschäftsleiter zur Frau zu geben?«

»Nein, für meine Enkelin wünsche ich mir etwas Besseres.«

»Ich auch.«

»Was hast du dir in den Kopf gesetzt, Junge?«

»Es geht mir um Ruth. Nicht um Sie, Mr. Isaacson.«

»Ruth ist Jüdin, und du bist Italiener.«

»Ich bin Amerikaner.«

»Rede keinen Unsinn ...«

»Ich bin Amerikaner«, beharrte Christmas.

»Na, jedenfalls bist du kein Jude. Und Ruth wird einen Juden heiraten.«

»Einen Juden wird sie nicht lieben!«, erwiderte Christmas zornig.

»Und dich wird sie lieben?«, spottete der Alte, doch sein Lachen klang gezwungen. Die Augen des Jungen waren so tiefgründig, wie er sie in Erinnerung hatte. Nun aber hatten sie auch einen entschlossenen Ausdruck. So als wäre Christmas unversehens zum Mann gereift.

»Das ist die Chance, die der Zufall mir geboten hat. Und ich habe nicht vor, sie zu vergeuden, genau wie Sie sagen.«

Saul Isaacson ergriff seinen Stock und fuchtelte damit vor Christmas' Gesicht herum. »Von jetzt an verbiete ich dir, Ruth zu sehen«, sagte er.

Christmas lächelte ihn herausfordernd an. »Aber Sie fühlen sich noch immer in meiner Schuld, richtig?«

»Nicht bis zu diesem Punkt.«

»Nein, ich dachte an Ihr Stellenangebot«, erklärte Christmas. »Ich habe da genau den Richtigen für Sie.«

»Ich bin kein Wohltätigkeitsverein.«

»Als ich Ruth gefunden habe, war ich mit einem Freund unterwegs. Auch er verdient die Möglichkeit, den Zufall zu nutzen. Und Ihre Dankbarkeit.«

Der alte Jude sah Christmas eindringlich an. »Und wer soll das sein? Noch so ein Schwätzer wie du?«

»Nein, Sir. Santo ist der geborene Lagerist.«

»Santo?«

»Santo Filesi. Er kann lesen und schreiben.«

Saul Isaacson wiegte den Kopf hin und her. »Also gut«, schnaufte er schließlich. »Sag ihm, wenn er die Stelle haben will, soll er morgen früh pünktlich um neun Uhr hier in der Fabrik erscheinen.« Er hielt Christmas den Stock an die Brust. »Du aber halt dich von Ruth fern.«

»Nein, Sir. Wenn Sie das wollen, müssen Sie mich schon von Greenie blutig prügeln lassen. Aber solange er mich nicht umbringt ... werde ich wieder aufstehen«, sagte Christmas entschieden, drehte sich um und verließ das Büro.

Im Weggehen hörte Christmas, wie der Stock des alten Mannes dreimal heftig auf die Tischplatte geschlagen wurde. Dann knackte es plötzlich, wie von splitterndem Holz.

Am nächsten Morgen erschien Santo pünktlich um neun Uhr bei Saul Isaacson. Er reichte dem Alten einen nagelneuen Stock, den Christmas umsonst von einem Trödelhändler im Viertel bekommen hatte, nachdem er behauptet hatte, er wäre für einen mächtigen Gangsterboss, für den die Diamond Dogs arbeiteten. Der Trödelhändler hatte seinen besten Spazierstock herausgesucht: silberner Knauf, abgelagertes tiefschwarzes afrikanisches Ebenholz, verstärkte Silberspitze.

»Von Christmas«, sagte Santo. »Er hat gesagt, das Ding hält einiges aus.«

Saul Isaacson riss ihm den Stock aus der Hand und holte damit wie zum Schlag aus. Mit einem Mal aber brach er in schallendes Gelächter aus und stellte Santo für einen Wochenlohn von siebenundzwanzig Dollar fünfzig ein.

Als der Herbst begann, war das Lachen des alten Mannes für immer verstummt.

Dr. Goldsmith sagte, er habe Saul Isaacson ermahnt, gesünder zu leben, Anstrengung zu vermeiden, sein Arbeitspensum zu verringern, sich beim Essen zu mäßigen und das Rauchen aufzugeben. Doch Isaacson, so Dr. Goldsmith weiter, habe geantwortet: »Ich will nicht wie ein Kranker leben, um gesund zu sterben.« Nun hatte der Gründer der Saul Isaacson's Clothing, eine der florierendsten Fabriken für Stoffe und Konfektionskleidung im ganzen Land, einen tödlichen Herzinfarkt erlitten.

Ich friere, hatte Ruth gedacht, doch sie hatte nicht eine Träne vergießen können. Es war, als wäre ihr gesamter Körper urplötzlich gefroren. Einzig im Stumpf des abgetrennten Fingers hatte sie einen stechenden Schmerz gespürt. Und obwohl die Tage noch mild waren, hatte Ruth sich in dicke Pullover und Kaschmirdecken gehüllt. Und dennoch hatte sie bis zu diesem Tag nicht aufgehört zu frieren.

Reglos saß sie auf dem Stuhl, der so lange ihrem Großvater vorbehalten gewesen war, und suchte, umgeben von schwarz verhangenen Spiegeln und während ihr Vater das *Kaddish* rezitierte, nach einem Hauch der Wärme, die der aufbrausende, herzliche alte Mann immer ausgestrahlt hatte.

Niemand in ihrem riesigen Haus hatte auch nur eine Träne vergossen. Nicht der Vater, der sich, wie es die Tradition verlangte, den Bart wachsen ließ. Nicht die Mutter, die, so dachte Ruth, vielleicht noch nie hatte weinen können.

Am Tag des in sämtlichen Zeitungen angekündigten Begräbnisses versammelten sich auf dem Friedhof unzählige Arbeiter und Arbeiterinnen mit einer schwarzen Binde am Arm, die Männer trugen zudem die *Yarmulke* auf dem Kopf. Und auch von den Arbeitern weinte niemand. Sie hielten stumm den Blick gesenkt. In der ersten Reihe, neben Ruth und ihren Eltern, standen elegante Männer und Frauen aus der Geschäftswelt. Ruth fror, und noch immer konnte sie keine Träne für den Mann vergießen, den sie so sehr geliebt hatte.

Ruths Vater ergriff das Wort. Er beschrieb jedoch nicht, wer Opa Saul gewesen war. Er berichtete, wie er aus Europa herübergekommen war, wie er die Saul Isaacson's Clothing gegründet und die Geschäfte zum Erfolg geführt hatte. Die Ansprachen des Schneiders Asher Mankiewicz, die eines Arbeiters, der im Namen aller anderen sprach, sowie die einiger Geschäftsmänner und des Rabbis rauschten an Ruth vorbei. So viele Worte, dachte sie, und keines vermag zu beschreiben, wie Großvater wirklich gewesen ist.

Dann senkte der Sarg sich ins Grab hinab.

Ich bin allein, dachte Ruth inmitten all der Menschen.

»Und mit seinem Spazierstock schlug er härter zu als Babe Ruth«, erklang in dem Moment eine Stimme neben ihr so laut, dass es auch die Menschen in den hinteren Reihen hören konnten. »Amen.«

Ruth und alle anderen wandten sich um. Christmas hatte eine alberne gehäkelte *Yarmulke* in bunten Farben aufgesetzt, die ihm zu weit vorn und ein wenig schief auf dem Kopf saß.

Und da plötzlich begann Ruth zu weinen. All die Tränen, die bis dahin nicht hatten fließen wollen, rannen nun über ihre Wangen, wie ein Strom, der mit unaufhaltsamer Macht über die Ufer trat. Und auf einmal schien die Wärme in ihren Körper zurückzukehren. Ihre Beine wurden schwach, und während sie auf die Knie sank, schlug sie die Hände vor die Augen, überzeugt, den Verlust des geliebten Großvaters nie verwinden zu können.

Sofort war Christmas bei ihr, kniete sich neben sie und legte ihr den Arm um die Schultern, um das Schluchzen zu beruhigen, von dem sie geschüttelt wurde.

»Jetzt bin ich da«, flüsterte er ihr ins Ohr.

»Ruth! Ruth!«, mahnte die Mutter leise, aber mit schriller Stimme. »Mach kein Theater.«

»Junge, das hier ist ein Begräbnis, kein Zirkus«, sagte Ruths Vater und versuchte, Christmas am Arm fortzuziehen.

Doch Christmas ließ Ruth nicht los.

»Tu doch etwas, Philip«, drängte Sarah Isaacson. »Er macht uns lächerlich.«

»Greenie! Greenie!«, rief Philip.

Der Gangster in Grün bahnte sich einen Weg bis an den Rand des Grabes, in dem Saul Isaacson lag. Entschieden packte er Christmas bei den Schultern und zog ihn unsanft hoch.

»Bring ihn weg«, befahl Ruths Vater.

»Zwing mich nicht, vor all den Leuten hier handgreiflich zu werden, Junge«, sagte Greenie leise.

Christmas half Ruth auf die Beine und streichelte über ihr tränennasses Gesicht. »Er wird mir fehlen«, sagte er.

Da begann Ruth noch heftiger zu weinen und klammerte sich verzweifelt an Christmas.

»Hör auf damit, Ruth!«, zischte die Mutter.

»Bring ihn weg, Greenie«, befahl der Vater abermals.

»Gehen wir, Junge«, sagte Greenie und packte ihn noch fester am Arm.

Christmas warf einen letzten Blick auf Ruth, bevor er sich durch die Menge bis auf den asphaltierten Friedhofsweg führen ließ.

»Tut mir leid«, murmelte Greenie.

Christmas drehte sich um und ging langsam auf den Ausgang zu, vorbei an den Luxuslimousinen, die den Trauerzug gebildet hatten.

26

Manhattan, 1923

Ruth hatte die Bibliothek eine Stunde früher verlassen, Fred aber nichts davon gesagt. An diesem Tag wollte sie allein nach Hause gehen.

Nachdem ihr Großvater gestorben war, hatten ihre Eltern Greenie und seine Bande von Gorillas entlassen. Die Aufgabe, Ruth überallhin zu begleiten, oblag seitdem allein Fred. Bills Brief hatte in den vergangenen Monaten seine bedrohliche Wirkung verloren und klang nun nur noch wie eine sadistische Wichtigtuerei. Die Maschen des Schutznetzes hatten sich geweitet, doch Ruth fühlte sich auch durch Freds ständige Anwesenheit massiv in ihrer persönlichen Freiheit eingeschränkt. Und mit jedem Tag wurde der Wunsch, frei zu sein, stärker in ihr.

Der Großvater war nun seit drei Monaten tot, und noch immer fand sie nicht zurück ins Leben. Die Leere, die er in ihrem Herzen hinterlassen hatte, ließ sich durch nichts füllen. Ruth war noch verschlossener geworden. Eine Ewigkeit schien vergangen zu sein seit dem Abend, an dem sie als Dreizehnjährige heimlich mit Bill ausgegangen war. Eine Ewigkeit schien vergangen zu sein – dabei waren es nicht einmal zwei Jahre –, und es war, als hätte es dieses unbedarfte Mädchen, das Abenteuer, Lachen und Fröhlichkeit gesucht hatte, nie gegeben. Bill hatte sie für ihr Leben gezeichnet. Und der Tod des Großvaters hatte sie in noch tiefere Einsamkeit gestürzt.

An diesem Tag also hatte Ruth beschlossen, sich ein kleines Stück ihres alten Lebens zurückzuerobern. Fred hatte sie gesagt, er solle sie um fünf Uhr abholen, doch um vier Uhr stand sie bereits draußen vor der Bibliothek. Sie wollte endlich einmal wieder allein durch die Straßen laufen. Allein einen Schaufensterbummel unternehmen. Wie ein ganz normales Mädchen. Anschließend würde sie nach Hause gehen und sich für die nachmittägliche Verabredung mit Christmas zurechtmachen, dem einzigen Menschen, bei dem sie sich frei fühlte. Dem einzigen, den sie zugleich liebte und hasste. Alle anderen schienen für sie gar nicht mehr zu existieren.

Während sie die Gehwege entlanglief, stellte sie sich vor, wie sie eines Tages zu Christmas gehen würde. Bis in seine Straße, zu ihm nach Hause. Allein. Vielleicht würde sie auch seine Mutter, die Prostituierte, kennenlernen. Und sie würde wieder ein ganz normales Mädchen sein. Es würde ihr keine Angst machen, durch die bedrohliche Lower East Side zu laufen – den Ort, der ihrem Zuhause so nah und doch so fern war, dass keiner ihrer Freunde je einen Fuß dort hineingesetzt hatte, so fern, dass die, die etwas zu berichten wussten, darüber sprachen, als entstammte der Ort der Mythologie oder der Hölle –, denn Christmas würde sie beschützen. Und wie sie so in aller Ruhe über die 5th Avenue schlenderte, war sie ganz sicher, dass sie nicht zögern würde, das verrufene Viertel zu betreten. Sie würde sich nicht wie ein kleines Mädchen fühlen, das verängstigt vor einem bedrohlichen Wald steht; Ruth war ganz sicher, dass sie die gefährliche Grenze überschreiten würde, hinter der wilde Tiere lebten und Schlangen aus finsterem Astgewirr herabbaumelten; sie war ganz sicher, dass sie sich nicht vor den Lauten der geheimnisvollen Tiere erschrecken würde, die, für das Auge unsichtbar, mit unheimlichem Rascheln durch den Laubteppich huschten. Und sie würde keine Dämonen, gequälte Gespenster, Zauberer oder Hexen fürchten. Weil Christmas bei ihr sein würde.

Auf ihrem Heimweg – der sie am Tempel in der 86th Street vorbeiführte, der Synagoge, die ihr Großvater besucht hatte –, lächelte Ruth ihrem Spiegelbild in einem eleganten Schaufenster zu. Nein, sie würde keine Angst haben, weil Christmas bei ihr sein würde, der Kobold aus der Lower East Side.

Voller Elan und Begeisterung, die sie so seit Monaten nicht mehr empfunden hatte, betrat sie die Wohnung. Sie konnte sich nicht erinnern, jemals so viel Lebenslust und Lebensfreude verspürt zu haben. Und sie dankte ihrem Schicksal, dass es sie mit dem einzigen guten Kobold aus dem verbotenen Reich der Lower East Side zusammengeführt hatte.

Die Eltern waren gewiss nicht zu Hause, dachte sie. Ihr Vater hatte in der Fabrik zu tun, ihre Mutter gab in irgendeinem Geschäft sinnlos Geld aus. Und zum ersten Mal war sie beiden dankbar für die Gleichgültigkeit, die sie ihr entgegenbrachten und unter der sie sonst immer litt. Ruth lief ins Bad der Mutter und begann, aufgeregt wie eine Diebin bei ihrem ersten Coup, in den Schubladen zu kramen. Die Menge an Kosmetika überraschte sie. War es das, was eine Frau ausmachte? Ruth hielt inne und betrachtete sich im Spiegel. Sie wusste nicht, ob sie bereit war. Ihr Körper hatte sich vollkommen verändert. Sie wusste, dass sie zur Frau geworden war. Aber sie wusste nicht, ob sie wirklich bereit war, eine Frau zu sein.

All die kindliche Freude, die sie bis zu diesem Augenblick angetrieben hatte, verschwand mit einem Mal. Sie spürte, dass ihre Gedanken nicht mehr die eines Mädchens waren, dass es ihr nicht mehr gelang, die neuen Regungen zu unterdrücken. Und die Freude wich einem fremden, brennenden, dunkleren Gefühl, dem etwas Geheimnisvolles anhaftete. Gleich einem Sog, einem Taumel.

Mit einer Hand strich sie über ihre Brust, dort, wo der Verband drückte, der sie wie einen Jungen aussehen ließ. Sie zog die dunkelblaue Kaschmirstrickjacke aus und knöpfte dann langsam ihre weiße Bluse auf. Abermals betrachtete sie sich. Zaudernd knotete sie den Verband auf und begann, ihn abzuwickeln. Die erste Lage, die zweite, die dritte, die vierte und schließlich die fünfte. Fünf Lagen Mull, die bewirken sollten, dass sie nicht aussah wie eine Frau, dass sie nicht aussah wie sie selbst. Wieder betrachtete sie sich. Nackt. Ihre kleinen Brüste waren vom Druck gerötet. Wo die Verbandränder eingeschnitten hatten, zeigten sich tiefe waagerechte Streifen. Da streichelte sie sich erneut. Doch nun berührte sie ihre Haut.

Bist du bereit, eine Frau zu sein?, fragte sie sich fast so, als erhoffte sie mit der Frage zugleich die Antwort zu bekommen.

Am Brustansatz hielt ihre Hand inne. Schließlich glitt sie hinauf zur Brustwarze. Ruth durchfuhr ein sehnsuchtsvoller Schauer, als löste sich in ihrem Inneren etwas, und sie schloss die Augen. Inmitten der verzehrenden und unerwarteten Dunkelheit tauchte Christmas' Gesicht vor ihr auf, sein weizenblondes Haar, seine glänzenden Glutaugen. Sein offenes Lächeln, seine wohltuende Art. Wohltuend wie die Hand auf ihrer Brust, die Fingerspitzen an ihren Brustwarzen.

Ruth riss erschrocken die Augen auf. Sie hatte die Antwort bekommen, die sie gesucht und die sie gefürchtet hatte.

Sie war bereit, eine Frau zu werden.

Aber nicht sofort, sagte sie sich selbst, ohne den Blick von ihrem Spiegelbild abwenden zu können, das sie so nackt, so hingebungsvoll zeigte. Sinnlich. Nicht sofort, dachte sie. Und ihr war, als zitterte auch der Gedanke, so wie ihre Stimme gezittert hätte, hätte sie die Worte laut ausgesprochen.

Der Schmutz, mit dem Bill sie beworfen hatte, war wie die Blutspur, die er zurückgelassen hatte, noch immer da, verborgen zwischen ihren Beinen, eingebrannt in ihren Blick. So hob sie die Mullbinde auf, die sie auf den Boden hatte fallen lassen, und wickelte sie erneut um sich. Der Verband war nicht so eng wie zuvor. Er lag weich an wie eine sanfte Berührung. Wie die Erinnerung an etwas, das sie beschützen sollte, warm, tröstlich. Sie brauchte keine Angst vor dem zu haben, was sich in ihren

Gedanken abspielte. Vor dem Beschluss, den sie gerade gefasst hatte.

Sie zog sich wieder an, schaute erneut in die Schubladen der Mutter und puderte sich zart das Gesicht. Den Augenlidern gab sie einen kaum wahrnehmbaren bernsteinfarbenen Schimmer. Sie kämmte sich das Haar und band zwei rote Satinschleifen in ihre schwarzen Locken. In ihrem Zimmer parfümierte sie sich mit Chanel N° 5, dem letzten Geschenk ihres Großvaters. Anschließend kehrte sie noch einmal zurück ins Bad der Mutter und öffnete ein kleines schwarzes Etui. Sie trat an den Spiegel heran und legte mit zitternder Hand einen Hauch Lippenstift auf.

Vielleicht würde sie nämlich noch am gleichen Tag Christmas, den Kobold, küssen.

»Wir müssen mit dir reden, Schatz«, ließ sich der Vater aus dem Salon vernehmen, während Ruth sich an der Garderobe ausgehfertig machte, um pünktlich zu ihrer Verabredung im Central Park zu kommen.

Ruth zuckte zusammen. Sie war gar nicht allein in der Wohnung. Hastig zog sie die roten Bänder aus ihrem Haar und wischte sich in fieberhafter Eile das Make-up aus dem Gesicht. Sie holte tief Luft und ging mit klopfendem Herzen in den Salon.

Ihr Vater und ihre Mutter saßen, die Hände im Schoß verschränkt, mit beiläufigen Mienen jeder in seinem Sessel.

Und da erst bemerkte Ruth, dass die Teppiche zusammengerollt in einer Ecke lagen und an den Griffen oder Schlüsseln einiger Möbelstücke kleine Schilder hingen.

»Setz dich, Ruth«, sagte die Mutter.

27

Manhattan, 1923

Christmas hatte es nicht eilig, nach Hause zu kommen. Am gewohnten Treffpunkt, der Bank im Central Park, hatte er auf Ruth gewartet. Doch Ruth war nicht aufgetaucht. Es war das erste Mal, dass sie eine Verabredung nicht einhielt. Anfangs hatte er einfach nur abgewartet. Schließlich war er von der Bank aufgestanden und bis zur Ecke Central Park West und 72nd Street gelaufen, wo sie sich die erste Zeit getroffen hatten. Und dann war er wieder zur Bank zurückgerannt, da er, für den Fall, dass Ruth inzwischen gekommen war, befürchtete, sie würde wieder gehen, wenn sie ihn nicht antraf. Da hatte er Fred entdeckt. Mit einem Brief in der Hand.

Vergiss mich. Es ist aus. Leb wohl, Ruth.

Lange hatte er auf der Bank – ihrer Bank – gesessen und den Brief in den Händen gedreht, ihn zusammengerollt, zerknüllt, auf den Boden geworfen und wieder aufgehoben und ihn am Ende stets aufs Neue gelesen, als hoffte er, auf diese Weise könnten die wenigen Buchstaben durcheinandergewürfelt werden und andere Worte bilden. Nach zwei Stunden spürte er schließlich, wie ein tiefer Zorn in ihm hochkochte. Er lief quer durch den Park und über die 5th Avenue hinüber bis zur Park Avenue.

Der Portier in Uniform hielt ihn sofort auf. Über eine Sprechanlage rief er dann in der Wohnung der Isaacsons an. »Ein Junge namens Christmas fragt nach Miss Ruth«, gab er durch. Stocksteif lauschte er der Antwort. »Sehr wohl, gnädige Frau, und verzeihen Sie die Störung«, sagte er, bevor er die Verbindung beendete. Daraufhin wandte er sich an Christmas und berichtete mit unangenehm näselnder Stimme: »Madame Isaacson sagt, das Fräulein sei sehr beschäftigt, und lässt Sie bitten, sie nicht auch noch zu Hause zu belästigen.«

»Ruth soll es mir ins Gesicht sagen!«, grollte Christmas, schwenkte den Brief in der Luft herum und trat einen Schritt vor.

Der Portier ließ ihn nicht durch. »Zwingen Sie mich nicht, die Polizei zu rufen.«

»Ich will mit Ruth sprechen!«, rief Christmas.

In dem Moment betrat eine elegante alte Dame den Hausflur und sah Christmas entrüstet an.

»Guten Abend, Mrs. Lester«, begrüßte der Portier sie mit einer leichten Verbeugung. »Ich habe Ihnen Ihre Zeitschriften besorgt.«

Die alte Frau verzog die runzligen Mundwinkel zu einem gezwungenen Lächeln. Dann ging sie weiter zum Fahrstuhl, wo der Liftboy sie in strammer Haltung erwartete.

Ohne sein Lächeln zu verlieren, beugte sich der Portier da zu Christmas vor und sagte: »Zisch ab, Wop, oder es gibt Ärger.« Er richtete sich wieder auf, verschränkte die Hände vor der Brust und setzte wieder die freundlich-nichtssagende Miene eines Portiers in der Park Avenue auf.

So machte sich Christmas ohne Eile auf den Weg zurück in sein Ghetto. Er war außer sich vor Wut. Was bildete Ruth sich ein? Dass sie ihn wie einen Sklaven behandeln durfte? Nur weil sie reich und er ein armer Schlucker war? Solche Spinnereien würde er ihr schon austreiben. Bis zum gestrigen Tag noch schien sie – auch wenn sie es mit aller Kraft zu verbergen suchte – ihn mit dem gleichen absoluten und überwältigenden Gefühl zu lieben, das er von dem Moment an empfunden hatte, als er sie gesehen hatte, hinter einem Schleier aus geronnenem

Blut, ohne zu wissen, wer sie war, und ohne danach zu fragen. Er hatte gespürt, dass er ihr gehörte. Vom ersten Moment an, seit er sie in seinen Armen getragen hatte, als wäre sie ein kostbarer Schatz. Und mit diesem Brief meinte Ruth, nun alles beenden zu können? Leb wohl. Christmas trat gegen ein abgebrochenes Stück Asphalt.

»He, pass doch auf, Junge«, sagte ein Mann um die vierzig in einem grauen Anzug und einem Mantel mit Pelzkragen, den der Stein gestreift hatte.

»Was zum Teufel willst du?«, raunzte Christmas ihn an und gab ihm einen Schubs. »Was hast du vor, du Scheißkerl? Glaubst du, mit deinem Mäusefell machst du mir Angst?« Zornig versetzte er ihm einen weiteren Stoß. »Hältst du dich für was Besonderes? Willst du Prügel beziehen? Soll ich dich ausrauben? Willst du Weihnachten im Krankenhaus verbringen?«

»Polizei! Polizei!«, rief der Mann.

Sofort ertönte der Pfiff eines Polizisten.

Christmas spuckte dem Mann mit dem Pelzmantel ins Gesicht und rannte los, so schnell er konnte, bis er das Pfeifen des Polizisten, der seine Verfolgung aufgenommen hatte, nicht mehr hörte. Da blieb er stehen und schnappte, die Hände auf die Knie gestützt, nach Luft. Ringsum sah er nur gut gelaunte Menschen, Männer und Frauen, die, bepackt mit Paketen und Päckchen, nach Hause gingen. Für all diese Menschen war Weihnachten, nur nicht für Christmas.

»Zur Hölle mit euch allen!«, schrie er. Und seine Augen füllten sich mit Tränen, gegen die er sofort ankämpfte. »Du bist es nicht wert, Ruth, dass ich um dich weine«, sagte er leise. »Du bist nichts als eine blöde reiche Gans.«

Er kam an den Times Square. Das Schild am Fabrikgebäude war neu. Nun stand dort: *Aaron Zelter & Son*. Christmas erinnerte sich nicht einmal mehr, wann er Santo zum letzten Mal besucht hatte. Ihre Lebenswege hatten sich getrennt, sie hatten gänzlich unterschiedliche Richtungen eingeschlagen. Christmas näherte sich dem Laden. Auch die Gesichter der Verkäufer schienen ihm andere zu sein, doch er war nicht sicher.

»Sie wünschen?«, fragte der neue Geschäftsleiter argwöhnisch.

»Arbeitet Santo Filesi noch hier?«

»Wer?«

»Der Lagerist«, erklärte Christmas.

»Ach, der Italiener. Ja. Warum?«

»Ich bin ein Freund, ich wollte ihm Hallo sagen«, erklärte Christmas mit einem Lächeln.

»Warte hinter dem Laden auf ihn. Im Augenblick hat er zu tun«, antwortete der Geschäftsleiter, ohne das Lächeln zu erwidern. Dann zog er eine Uhr aus der Weste und warf einen Blick darauf. »In fünf Minuten schließen wir, und wenn dein Freund fertig ist, kannst du so lange mit ihm reden, wie du willst, ohne mir die Zeit zu stehlen.«

»Danke . . .« Christmas wandte sich dem Ausgang zu.

»Es gibt ein altes Sprichwort: ›Es ist verboten, Zeit zu vergeuden, die von Gott bemessen und von Menschen bezahlt wird.‹«

Gelangweilt schüttelte Christmas den Kopf. Ihm stand nicht der Sinn nach Moralpredigten. Er bog um die Ecke, und während er den Geschäftsschluss abwartete, betete er, dass die Minuten schnell vergingen, denn er hatte Angst, mit seinen Gedanken alleine zu sein.

»Christmas!«, rief Santo überrascht, kaum dass er aus dem Hinterausgang trat und den Freund entdeckte.

»Sie haben den ganzen Schuppen neu gemacht«, sagte Christmas mit Blick auf den Laden. »Seltsam, dass sie so einen Klotz am Bein wie dich nicht vor die Tür gesetzt haben.«

»Es hat nicht viel gefehlt«, erwiderte Santo, während sie sich fröhlich wie in alten Zeiten gemeinsam auf den Heimweg machten. »Weißt du, was sein Lieblingsspruch ist?«

»Es ist verboten, Zeit zu vergeuden, die von Gott bemessen und von Menschen bezahlt wird.«

Santo lachte. »Stimmt genau. Hat er den auch zu dir gesagt? Was für eine Nervensäge! Seit der alte Isaacson tot ist, versucht sein Sohn nach und nach, alles loszuwerden. Der Laden gehört jetzt diesem widerlichen Geizkragen. Er hat mir den Lohn um einen Dollar fünfzig gekürzt, dabei arbeite ich fast doppelt so viel wie früher.«

Christmas gab Santo einen Schubs. »Du bist angezogen wie ein schwuler Beamter.«

»Ich werde auch einer, wenn das so weitergeht, ständig eingesperrt in diesem blöden Lager.«

Die beiden Jungen lachten. Sie waren fünfzehn Jahre alt. Der erste Bartflaum zeigte sich. Ein paar Lebensspuren spiegelten sich in ihren Augen. Schweigend wie in alten Zeiten gingen sie einige Blocks nebeneinander her.

»Wie läuft's mit Joey?«, fragte Santo schließlich.

»Er ist nicht wie du«, schwindelte Christmas.

Santo grinste strahlend. »Die Diamond Dogs fehlen mir.«

»Du gehörst weiter zu uns ...«

»Klar ...«, murmelte Santo und steckte die Hände in die Taschen. »Meiner Mutter geht es nicht gut.«

»Ja, ich hab's gehört.«

»Weißt du, wann ich gemerkt habe, dass es was Ernstes ist?«

»Wann?«

»Als sie aufgehört hat, mich zu ohrfeigen.« Santo versuchte zu lächeln.

»Ja ...«, brummte Christmas. »Tut mir leid, Kumpel.«

»Klar ...«

Und wieder gingen sie einige Blocks schweigend nebeneinander her.

»Ich hätte nicht gedacht, dass mir die Ohrfeigen meiner Mutter einmal fehlen könnten«, bemerkte Santo unvermittelt.

Christmas sagte nichts darauf. Weil es nichts zu sagen gab. Und weil Santo keine Antwort von ihm erwartete. So war das zwischen ihnen. So war es schon immer gewesen.

»Wie geht es denn diesem Mädchen?«.

»Wem?«, fragte Christmas zurück, als wüsste er nicht, wen Santo meinte.

»Ruth.«

»Ach so, Ruth...« Nur mit Mühe konnte Christmas seine Wut im Zaum halten. »Ich treffe sie nicht mehr. Sie ist eine blöde Kuh«, erklärte er kurz angebunden.

Santo sagte nichts darauf. Denn so war das zwischen ihnen.

»Fröhliche Weihnachten, mein Freund«, wünschte Christmas, als sie zu Hause angekommen waren.

»Dir auch fröhliche Weihnachten ... Chef.«

28

Manhattan, 1913–1917

Cetta sah Andrew nie wieder. Nach einiger Zeit strich sie ihn aus ihren Gedanken. Sie erinnerte sich einzig daran, wie sehr der Madison Square Garden sie bewegt hatte. Und fortan erzählte sie Christmas wieder und wieder davon. »Das Theater«, sagte sie, »ist eine vollkommene Welt, wo alles so ist, wie es sein sollte. Auch wenn das Stück schlecht ausgeht. Denn alles hat seine Ordnung.«

Christmas war fünf Jahre alt und begriff nicht, was seine Mutter da redete. Aber wenn sie zusammen auf dem Bett lagen oder durch den Battery Park spazierten und dabei beobachteten, wie lauter fröhliche Menschen auf die Fähren nach Coney Island strömten, oder wenn Cetta mit ihm zur Queensboro Bridge ging, auf Blackwell's Island zeigte und ihm erklärte, dass Sal dort in dem grauen Bau war und bald herauskommen würde, dann bat Christmas sie, ihm noch mehr vom Theater zu erzählen. Und da Cetta sich nur noch vage an das Stück der Streikenden von Paterson erinnerte, dachte sie sich jedes Mal eine neue Geschichte aus. Ausgehend vom Streik, entstanden so Geschichten, die von Liebe oder Freundschaft handelten oder in denen Drachen und Prinzessinnen vorkamen und Helden, die ihre Liebste nie im Stich ließen, selbst wenn sie bereits mit einer Hexe verheiratet waren oder der König sich ihrer Liebe entgegenstellte.

»Wann gehst du mit mir ins Theater?«, fragte Christmas.

»Wenn du groß bist, mein Junge«, antwortete Cetta und strich ihm die blonde Locke aus der Stirn.

»Warum bist du nicht Schauspielerin geworden?«

»Weil ich zu dir gehöre.« Cetta nahm ihn in die Arme und drückte ihn an sich.

»Dann kann auch ich nie Theater spielen«, hatte Christmas eines Tages gesagt. »Auch ich gehöre zu dir, stimmt's, Mama?«

»Ja, Schatz, du gehörst zu mir«, hatte Cetta gerührt erwidert. Dann hatte sie sein Gesicht in ihre Hände genommen und war ernst geworden. »Aber du kannst im Leben tun, was immer du willst. Und weißt du, warum?«

»Puh, ja . . .«, hatte Christmas gestöhnt und sich aus der Umarmung befreit.

»Sag es.«

»Mama, nicht schon wieder . . .«

»Sag es, Christmas.«

»Weil ich Amerikaner bin.«

»Sehr gut, Junge.« Cetta hatte gelacht. »Ja, du bist Amerikaner.«

Um aber ein echter Amerikaner zu sein, musste er zur Schule gehen. Und so meldete Cetta ihn im darauffolgenden Jahr an der Bezirksschule an. »Von nun an bist du ein Mann«, sagte sie. Sie kaufte ihm das Lehrbuch, drei Schulhefte, zwei Schreibfedern, je ein Fass schwarze und rote Tinte, fünf Bleistifte, einen Anspitzer und einen Radiergummi. Und zum Abschluss des ersten Jahres – in dem sich herausstellte, dass Christmas ein vorbildlicher Schüler war, rastlos und neugierig, von schneller Auffassungsgabe – schenkte sie ihm ein Buch.

Im Battery Park setzten sie sich gemeinsam auf eine Bank, und Christmas las Cetta laut die Abenteuer von *Wolfsblut* vor. Jeden Tag eine Seite.

»Das ist unsere Geschichte«, sagte Cetta, als sie das Buch nach fast einem Jahr ausgelesen hatten. »Wir sind wie Wolfsblut, so wie Wölfe, wenn wir in New York ankommen. Wir sind stark, aber wir sind wild. Und wir treffen auf böse Menschen, die uns noch mehr verwildern lassen. Die fähig sind, uns in den Tod zu schicken, wenn wir uns nicht dagegen wehren. Aber wir sind nicht nur wild. Wir sind auch stark, Christmas, vergiss das nie. Und wenn wir auf jemanden treffen, der anständig ist, oder wenn das Schicksal es endlich gut mit uns meint, dann werden wir dank unserer Stärke wie Wolfsblut. Amerikaner. Wir sind nicht mehr wild. Darum geht es in dem Buch.«

»Ich mag Wölfe lieber als Hunde«, sagte Christmas.

Cetta streichelte über sein weizenblondes Haar. »Mein Liebling, du bist ein Wolf. Und der Wolf in dir wird dich, wenn du groß bist, stark und unbesiegbar machen. Aber wie Wolfsblut musst du auf die Stimme der Liebe hören. Wenn du für diese Stimme taub bist, wirst du wie all die Jungen hier im Viertel werden: Diese Banditen sind keine wilden Wölfe, sondern wütende Hunde.«

»Ist Sal im Gefängnis, weil er ein wütender Hund ist, Mama?«

»Nein, mein Schatz«, sagte Cetta lächelnd. »Sal ist im Gefängnis, weil auch er ein mutiger Wolf ist. Aber sein Schicksal ist anders verlaufen als das von Wolfsblut. Er ist wie der alte Anführer des Rudels, der auf einem Auge blind ist, weise auf der sehenden Seite und blind auf der anderen.«

»Bist du dann Wolfsbluts Mama? Machst du, dass die Hunde sich in dich verlieben, und lockst sie dann in den Wald, wo die Wölfe sie in Stücke reißen?«

Stolz sah Cetta ihn an. »Nein, ich bin deine Mama und sonst nichts, Schatz. Ich bin wie die Seiten des Buches. Auf denen du deine ganze Geschichte aufschreiben kannst und …«

»Und Amerikaner werden kannst, ja, ich weiß«, fiel Christmas ihr lachend ins Wort und stand auf. »Lass uns nach Hause gehen, Mama, ich habe Hunger. Auch Amerikaner müssen essen, stimmt's?«

Sal hatte ihr gesagt, er werde am siebzehnten Juli 1916 aus dem Gefängnis entlassen. In zwei Wochen, hatte Cetta gedacht. Da war sie zweiundzwanzig, Christmas acht Jahre alt.

Unaufhörlich hin- und hergerissen zwischen Erregung und Angst, Freude und Unbehagen, zählte Cetta die Tage. Fortwährend dachte sie an die gemeinsamen Sonntage mit Sal zurück, als wollte sie sich schon jetzt an seine Anwesenheit gewöhnen. Und wenn sie ihn im Gefängnis besuchte, erinnerte sie auch ihn daran, wie um sicher zu sein, dass er auch zu ihnen zurückkam.

Nach den einsamen und beständigen Jahren, in denen Cetta sich nur um Christmas gekümmert hatte, war sie nun rastlos und konnte keinen Moment stillsitzen. Im Kellerraum hielt sie es nicht aus, vor allem nicht an den Sonntagen.

»Lass uns rausgehen«, sagte sie an einem dieser Sonntage zu Christmas und schleifte ihn durch die Straßen. Sie hatte kein bestimmtes Ziel vor Augen. Das aber war auch nicht wichtig. Spaziergänge lenkten sie ab. Mit jedem Schritt verging eine Sekunde. Eine Sekunde weniger bis zu dem Augenblick, in dem sie Sal auf dem Boot der New Yorker Strafvollzugsbehörde entdecken würde. Eine Sekunde weniger, bis Sal und sie einander in die Augen sehen würden, beide frei.

Während Cetta so in den Straßen der Lower East Side umherlief, bemerkte sie auf einmal eine Menschentraube und wehende amerikanische Flaggen. »Komm, wir gehen mal gucken, Schatz«, sagte sie. Im Näherkommen entdeckte sie einen kleinen, gedrungenen Mann auf einer mit Kokarden geschmückten Holzbühne, der allen Bewohnern der Lower East Side seinen Dank aussprach. Sein heiter und entschlossen wirkendes Gesicht kam Cetta bekannt vor, doch sie hätte nicht zu sagen vermocht, woher sie es kannte. »Wer ist das?«, fragte sie eine Frau aus der Nachbarschaft.

»Das ist der Typ, der uns im Kongress vertritt. Er heißt Fiorello ... Soundso. Er hat einen komischen Namen, wie dein Christmas.«

Und da plötzlich blieb Cetta fast das Herz stehen, als sie begriff, wer der Mann auf der Bühne war. Sie wartete, bis der Politiker seine Rede beendet hatte, dann bahnte sie sich einen Weg durch die Menge und trat zutiefst aufgewühlt an ihn heran. »Signor LaGuardia!«, rief sie mit lauter Stimme. »Signor LaGuardia!«

Der Mann wandte sich um. Sofort schoben sich zwei bullige Leibwächter zwischen ihn und Cetta.

»Sieh ihn dir gut an, Christmas«, sagte Cetta, als sie Fiorello LaGuardia erreichte. Sie drängte sich zwischen die beiden Gorillas, reckte sich nach dem Mann vor, ergriff seine Hand und küsste sie. Daraufhin zog sie Christmas zu sich heran und schob ihn auf den Politiker zu. »Das ist mein Sohn Christmas«, erklärte sie ihm. »Seinen amerikanischen Namen hat er von Ihnen.«

Fiorello LaGuardia, der nicht begriff, sah sie peinlich berührt an.

»Vor beinahe acht Jahren«, fuhr Cetta aufgeregt fort, »kamen wir mit dem Schiff in Ellis Island an, und da waren Sie ... Sie sprachen als Einziger Italienisch ... Der Inspektor verstand nicht, und Sie sagten... Mein Sohn hier hieß Natale... Und Sie sagten ...«

»Christmas?«, fragte Fiorello LaGuardia amüsiert.

»Christmas Luminita, ja«, bestätigte Cetta stolz und bewegt. »Und nun ist er Amerikaner ...« Tränen stiegen ihr in die Augen. »Berühren Sie ihn. Ich bitte Sie, legen Sie ihm die Hand auf ...«

Unbeholfen legte Fiorello LaGuardia seine rundliche kleine Hand auf Christmas' blonden Schopf.

Cetta stürzte auf ihn zu und umarmte ihn. Gleich darauf wich sie zurück. »Verzeihen Sie, verzeihen Sie, ich ...« Sie wusste nicht mehr weiter. »Ich ... ich werde Sie immer wählen«, rief sie mit Nachdruck aus. »Immer.«

Fiorello LaGuardia lächelte. »Dann müssen wir ja schnellstens für das Frauenwahlrecht sorgen«, sagte er.

Die Männer, die bei ihm standen, lachten. Cetta begriff nicht und wurde rot. Sie blickte zu Boden und wollte gerade gehen, als Fiorello LaGuardia Christmas' Arm in die Höhe hob.

»Für die Zukunft dieser jungen Amerikaner werde ich in Washington kämpfen!«, sagte er laut genug, dass alle Anwesenden ihn hören konnten. »Für diese neuen Helden!«

Cetta blickte auf ihren Sohn. Heul nicht, du dumme Gans!, ermahnte sie sich stumm. Doch im Nu verschleierte sich ihr Blick, und Tränen strömten ihr über das Gesicht. Während Fiorello LaGuardia sich unter allgemeinem Applaus zurückzog, nahm Cetta ihren Sohn fest in die Arme. »Hast du gehört, was er gesagt hat?«, fragte sie ihn wieder und wieder, und dabei schrie sie fast. »Du bist ein junger Amerikaner! Ein Held! Hast du gesehen, Christmas? Das ist der Mann, der dir deinen Namen gegeben hat ... es ist wie bei Wolfsblut, er ist Richter Scott. Du bist Amerikaner, auch Fiorello LaGuardia hat das gesagt!«

Als Sal in der darauffolgenden Woche aus dem Gefängnis entlassen wurde, gab Ma'am Cetta frei. Und den ganzen Abend lang erzählte Cetta Sal aufgeregt und glücklich von der Begegnung mit Fiorello LaGuardia.

»Er ist groß geworden«, sagte Sal, als er schon spät in der Nacht den schlafenden Christmas betrachtete. Dann zündete er sich eine Zigarre an, wandte sich Cetta zu, und sein Blick wurde hart. »Ich glaube, da ist noch etwas, was du mir erzählen musst.«

Cetta ging auch am Abend darauf nicht zur Arbeit. Am Morgen hatte Sal ihr ein Seidenkleid gebracht. Es war blau und hatte einen perlweißen Kragen und einen Taillengürtel in der gleichen Farbe. Dazu dunkle Strümpfe und glänzende schwarze Schuhe mit abgerundeter Spitze. »Heute Abend gehen wir aus. Ich hole dich um halb acht ab«, hatte er ihr kühl mitgeteilt.

Am Vorabend hatte Cetta ihm alles über Andrew erzählt. Auch vom Madison Square Garden. »Aber das ist vorbei«, hatte sie ihm versichert. Sal hatte kein Wort gesagt. Nachdem er seine Zigarre zu Ende geraucht hatte, war er vom Thronstuhl aufgestanden und gegangen. Cetta hatte nicht gewusst, wohin. Und sie wusste auch nicht, ob er zurückkommen würde.

Am Morgen jedoch war Sal wieder aufgetaucht, mit dem Kleid, den Strümpfen und den Schuhen. Und um halb acht hatte er sie mit dem Auto abgeholt.

»Wohin fahren wir?«, fragte Cetta ihn.

»Madison Square Garden«, antwortete Sal. Mehr sagte er nicht. Er trug einen eleganten dunklen Anzug aus glänzendem Stoff, der ihm vielleicht eine Nummer zu klein war, und einen schwarzen Kaschmirmantel. In der rechten Manteltasche hielt er ein langes, schmales, in Blümchenpapier eingewickeltes Päckchen. »Erste Reihe, nicht Oberrang«, sagte Sal, als sie den Madison betraten.

Cetta stockte der Atem, und ihre Beine zitterten vor Rührung.

Ein blondes Mädchen führte sie zu ihren Plätzen. Die Scheinwerfer waren auf ein erhöhtes und von einem Seil begrenztes Viereck gerichtet. Darin warteten zwei Männer in kurzen Hosen und Boxhandschuhen auf den Beginn des Kampfes.

»Es gab nichts anderes heute Abend«, sagte Sal mit seiner tiefen Stimme.

»Wer ist der Stärkere?«, fragte Cetta. »Wer wird gewinnen?«

»Der Schwarze.«

»Aber es sind beides Schwarze.«

»Eben.«

Für einen Augenblick war Cetta still, bevor sie in Gelächter ausbrach. Und als der Gong ertönte und die beiden Boxer aufeinander losgingen, schmiegte sie sich an Sals Arm. »Ich liebe dich«, flüsterte sie ihm ins Ohr.

Sal gab keine Antwort. Er griff in seine Manteltasche, zog das geblümte Päckchen heraus und reichte es Cetta, ohne sie anzusehen. »In der Schreinerei habe ich gelernt zu schnitzen«, sagte er. »Das hier habe ich für dich gemacht.«

Mit einem glücklichen Lächeln küsste Cetta ihn auf die Wange und wickelte eifrig das Päckchen aus. Ein Holzpenis kam zum Vorschein.

»Wenn du das nächste Mal das Bedürfnis hast, die Beine breit zu machen, benutz den hier«, sagte Sal und stand auf. »Ich habe meine Zigarre vergessen«, erklärte er, noch immer ohne sie anzusehen, und ging, während einer der Boxer von einem wuchtigen Aufwärtshaken getroffen wurde und ein Schweißspritzer auf Cettas neuem Kleid landete.

Sal stieg die Treppe hinauf, schloss sich in einer Toilette ein und stützte mit geschlossenen Augen und zusammengebissenen Zähnen die Hände gegen die löchrige Mauer. Dann erschütterte ein fürchterliches Geräusch aus seinem Inneren seinen mächtigen Körper, und all die Tränen brachen sich Bahn, die Sal Cetta nicht zeigen wollte.

»Sal Tropea ist ausgebrannt. Er hat mit der Straße abgeschlossen«, hatte der Boss Vince Salemme seinen Stellvertretern erklärt. Anschließend hatte er Sal zu sich gerufen.

»Als es zu diesem ganzen Ärger mit den Iren kam, habe ich ein erstes Zeichen gesetzt. Silver hat man erhängt an einer irischen Flagge gefunden, so wie er es verdiente. Verdammter Judas! Aber ich habe auf dich gewartet, um das zweite Zeichen zu setzen.« Und zum Beweis seiner Dankbarkeit dafür, dass Sal geschwiegen hatte, und für all die Jahre im Gefängnis schenkte er ihm das Haus Nummer 320 in der Monroe Street. »Die Hälfte der Mieteinnahmen geht an mich, Sal, und du kümmerst dich auf eigene Kosten um sämtliche Reparaturen und die Instandhaltung«, hatte Vince Salemme gesagt. »In fünfzehn Jahren gehört das Haus dir. Aber du bist noch immer Teil der Familie, vergiss das nicht. Wenn ich dich brauche, springst du.«

Zuallererst sah Sal sich das Gebäude an. Die Fassade war marode und die Treppe in einem noch schlechteren Zustand. Im Haus wohnten ausschließlich Italiener und Juden. Viele von ihnen waren der amerikanischen Sprache nicht mächtig und lebten zu zehnt zusammengepfercht in zwei Zimmern. Jedes Stockwerk umfasste sieben bis neun Wohnungen, insgesamt gab es fünf Stockwerke sowie ein Kellergeschoss mit acht fensterlosen Zimmern. Im Erdgeschoss befanden sich vier Wohnungen mit Bad. Im Hinterhof, über den sich ein Netz von Wäscheleinen spannte, auf denen ständig Wäsche zum Trocknen hing, befand sich ein fensterloser klotziger Bau, hinter dessen drei Türen aus Metall und Glas sich drei Werkstätten und eine Gemeinschaftstoilette verbargen. Im ersten Raum arbeitete ein Flickschuster, im zweiten ein Tischler, im dritten ein Schlosser. Und alle drei Handwerker lebten mit ihrer ganzen Familie in der Werkstatt. Sal rechnete aus, dass er zweiundfünfzig potenzielle Mieter hatte. Tatsächlich aber hatte jeder Mieter weitere Untermieter, mit denen er die Wohnung teilte.

Ohne Cettas Wissen vertrieb Sal im Laufe eines Monats die säumigen Mieter aus ihren Wohnungen und verlangte von denen, die untervermieten wollten, einen übertriebenen Aufschlag. Nach einem weiteren Monat hatten so gut wie alle Hausbewohner ihre Untermieter vor die Tür gesetzt. Da warb Sal eine Hand voll italienischer Maurer an mit dem Versprechen, jeweils zwei Familien als Gegenleistung für die Sanierung des Gebäudes eine Wohnung zur Verfügung zu stellen. Zwei Jahre lang würde ihnen die Miete erlassen, danach würden sie für die laufende Instandhaltung des Hauses im Gegenzug dreißig Prozent weniger zahlen. Im darauffolgenden Jahr ließ Sal mit Baumaterial, das aus nächtlichen Diebeszügen stammte, in alle Wohnungen Strom, fließendes Wasser und einen Kanalanschluss legen. Aus den beiden Gemeinschaftsbädern auf jeder Etage gewann er zwei kleine Zimmer und erhöhte auf diese Weise die Zahl der vermietbaren Wohneinheiten von zweiundfünfzig auf siebenundfünfzig.

Als das Haus schließlich in einem annehmbaren Zustand war, funktionierte Sal eine Wohnung im ersten Stock zu seinem Büro um. Aus dem Laden eines Antiquitätenhändlers ließ er einen Schreibtisch aus Nussbaumholz stehlen und dazu einen Lehnstuhl mit Sitz- und Rückenpolstern aus Leder. Obgleich Sal nicht die Absicht hatte, seine Wohnung in Bensonhurst aufzugeben, stellte er im Hinterzimmer des Büros ein Bett auf. Als Nächstes möblierte er das Apartment gleich nebenan. Ein Zimmer richtete er mit einem Doppelbett ein, die Küche mit einem quadratischen Tisch, drei Stühlen und einer Pritsche und das Wohnzimmer mit einem Teppich, einer Couch und einem Sessel. Als er fertig war, fuhr er zum Kellergeschoss, in dem Tonia und Vito Fraina gelebt hatten.

»Streicht euch dieses Datum an: achtzehnter Oktober 1917 . . .«, hob er stolz an, als er die Tür zum Kellerraum öffnete, verstummte jedoch sogleich jäh.

Cetta kniete vor Christmas und säuberte ihm den nackten, blutverschmierten Oberkörper.

»Verdammt, was hast du angestellt, Hosenscheißer?«, fragte Sal.

Christmas gab keine Antwort. Mit zusammengepressten Lippen, die Hände zu Fäusten geballt, stand er da, während seine Mutter ihm eine Schnittwunde mitten auf der Brust desinfizierte. Ein nicht tiefer, aber deutlich erkennbarer Schnitt.

»Das haben sie in der Schule mit ihm gemacht«, sagte Cetta.

Sal spürte, wie ihm das Blut in den Kopf schoss, als Cetta ihm von dem bulligen Jungen erzählte, der Christmas mit dem Gewerbe seiner Mutter aufgezogen und schließlich mit dem Messer gebrandmarkt hatte.

»Es ist ein H«, schloss Cetta.

»Du tust diese schlimmen Dinge doch nicht, oder, Mama?«, wollte Christmas da wissen.

Noch bevor Cetta ihren Sohn in den Arm nehmen konnte, hatte Sal ihn bei der Hand gepackt und zerrte ihn mit sich aus dem Kellergeschoss. Ohne ein Wort steuerte er wutentbrannt auf Christmas' Schule zu. »Wer war das?«, fragte er mit finsterem Blick auf die Kinder, die aus ihren Klassenzimmern gelaufen kamen.

Christmas antwortete nicht.

»Wer war das?«, wiederholte Sal außer sich.

»Ich bin wie du«, erklärte Christmas mit tränenverhangenen Augen. »Ich petze nicht.«

Sal schüttelte den Kopf, bevor er sich auf den Rückweg zum Kellergeschoss machte.

»Entweder du oder der Hosenscheißer, einer von euch beiden schafft es immer wieder, alles kaputt zu machen«, brummte Sal, während er Cettas Sachen in einen Koffer packte. Dann ließ er die beiden ins Auto steigen und fuhr sie zur Monroe Street Nummer 320. »Das ist euer neues Zuhause«, erklärte er schroff und deutete mit einem schmutzigen Finger auf ein Fenster im ersten Stock. Er schob Christmas über die Türschwelle und nahm Cetta den Koffer aus der Hand. »Na los, geh schon«, sagte er zu ihr. Vor der Wohnungstür zog er einen Schlüssel aus der Tasche und gab ihn Cetta. »Mach auf, worauf wartest du? Du bist jetzt hier zu Hause.«

Cetta war sprachlos. Sie schloss die Tür auf und trat in die Küche. Zu ihrer Rechten befand sich ein Zimmer mit einem

Doppelbett, zu ihrer Linken ein Wohnzimmer. »Das ist ja eine Wohnung ...«, brachte sie nur mühsam hervor.

»Gut erkannt«, bemerkte Sal. »Jetzt macht kein Spektakel, ich muss ins Büro. Ich bin gleich nebenan ...«

Cetta fiel ihm um den Hals und küsste ihn.

Sal stieß sie von sich. »Doch nicht vor dem Hosenscheißer, verflucht noch mal, sonst machst du ihn mir noch zur Schwuchtel«, brummte er im Hinausgehen.

Tags darauf kam Sal mit einem Messingschild vorbei, das er an die Wohnungstür schraubte. Cetta war bereits zur Arbeit gegangen. »Was macht die Wunde, Hosenscheißer?«, wollte er wissen.

»Ich gehe nie wieder in die Schule.«

»Klär das mit deiner Mutter«, entgegnete Sal kurz angebunden und zeigte auf das Messingschild. »Was steht da?«

Christmas stellte sich auf die Zehenspitzen. »*Signora Cetta Luminita*«, las er vor.

»*Signora* ...«, wiederholte Sal. »Hast du mich verstanden?«

29

Dearborn – Detroit, 1923–1924

Die Zimmer zur Miete waren eines wie das andere, ebenso die Bedingungen: Vorauszahlung, kein Frauenbesuch. Bill war bereits viermal umgezogen, seitdem er in Wayne County, Michigan, lebte. Es war ihm egal. Wenn er das Zimmer wechselte, so nur aus dem Grund, weil er ein anderes gefunden hatte, das näher bei der River-Rouge-Fabrik lag, der Fabrik, in der Ford seine Autos bauen ließ. Das T-Modell.

Hier jedoch war alles ganz anders, als Bill es sich bei seiner Einstellung ausgemalt hatte. Die Fabrik war noch im Bau, eine riesengroße Anlage, Tausende Arbeiter. Jeder von ihnen war nur für die Fertigung eines einzigen unbedeutenden, namenlosen Bruchstücks verantwortlich, nicht für ein ganzes Auto. Bill setzte ein Teil des Fahrgestells zusammen. Drei Metallschellen musste er mittels ebenso vieler Schrauben festziehen. Das war sein Beitrag zum T-Modell, mehr nicht.

An dem Tag, als er eingestellt wurde, hing am Eingang zu seiner Werkshalle ein Zeitungsausschnitt. Die Schlagzeile lautete: *Mehr Tin Lizzie als Badewannen auf Amerikas Farmen.* Der Reporter schrieb, das T-Modell habe den auf dem Land lebenden Amerikanern endlich die Möglichkeit gegeben, sich weiter als zwölf Meilen, der maximalen Distanz, die sie für gewöhnlich mit einem Pferd zurücklegten, von ihren Höfen fortzubewegen. Dank des T-Modells seien die Städte für sie in greifbare Nähe gerückt. Und im Zuge seiner Recherchen war dem Reporter aufgefallen, dass auf fast jedem Hof ein Ford stand, wohingegen es häufig an einer Badewanne mangelte. Als er die Frau eines Landwirts nach einer Erklärung fragte, gab diese zur Antwort: »Mit einer Badewanne kommt man eben nicht in die Stadt.«

Belustigt hatte Bill aufgelacht. Da hatte ihm der Kontrolleur auf die Schulter getippt und den Finger an die Lippen gelegt. »Psst.« Bill hatte gelernt, dass die Fabrik von dem beherrscht wurde, was unter den Arbeitern als »*Ford whisper*« bekannt war, dem Raunen. Es war strengstens verboten, sich an die Maschinen zu lehnen, zu sitzen, zu reden, zu singen und sogar zu pfeifen oder zu lächeln. Daher hatten die Arbeiter miteinander zu kommunizieren gelernt, ohne dabei die Lippen zu bewegen, um der Überwachung durch die Kontrolleure auszuweichen: durch Raunen.

Was der Reporter in seinem Artikel nicht erwähnt hatte, war die neue Gepflogenheit, die das T-Modell hervorgebracht hatte: Die jungen Männer holten ihre Mädchen zu Hause ab und unternahmen mit ihnen einen Ausflug. Und dann trieben sie es mit ihnen auf der Rückbank. Die Arbeiter machten sich in den Pausen darüber lustig. Wer die Sitze montierte, behauptete gegenüber den Kollegen augenzwinkernd, er könne die nackten Mädchenhintern bereits riechen.

Eines Tages – nachdem die Geschäftsleitung aus diesem Grund beschlossen hatte, schmalere Rücksitze herzustellen – gelang es einigen der Arbeiter, eine solche Rückbank zu stehlen, und im Schutz einer noch im Bau befindlichen Fabrikhalle versuchten sie herauszufinden, ob Ford damit die neue Mode tatsächlich würde unterbinden können.

Unter ihnen befand sich auch Bill. Er lachte nicht wie die anderen, er stand ein wenig abseits und amüsierte sich allein.

Eine der Arbeiterinnen, die sich darauf eingelassen hatten, alle möglichen Positionen durchzuspielen, eine junge Blondine mit aufreizendem Blick, nahm ihn bei der Hand. »Na los, zeig mir, was du draufhast«, sagte sie laut und lachte.

Die Arbeiter grölten und pfiffen. Bill fühlte sämtliche Blicke brennend auf sich gerichtet, als wäre er in einem Käfig. Die junge Frau zog ihn zur Rückbank. Der Arbeitsanzug spannte über ihrem üppigen Busen. Da verdrehte Bill ihr mit Nachdruck den Arm und zwang sie, sich umzudrehen. Er stieß sie auf den Sitz und hielt sie an den Haaren fest, während er sie von hinten bestieg.

»He, die Stellung heißt ›Pack den Stier bei den Hörnern‹!«, rief einer der Arbeiter.

»Ach was, Stier! Die Kuh!«, verbesserte ihn ein anderer.

Und wieder lachten alle hämisch und stießen schrille Pfiffe aus.

Das Mädchen hingegen war mit einem Mal ernst geworden. Sie spürte ein warmes Ziehen im Bauch, dann ein überwältigendes Gefühl. Als Bill sie losließ, wandte sie sich zu ihm um. »Wie heißt du?«, fragte sie.

»Cochrann.«

In dem Moment trat ein schwächlich und schüchtern wirkender Arbeiter zu den beiden. »Es reicht jetzt, Liv«, sagte er geradezu flehentlich zu dem Mädchen.

»Verzieh dich, Brad«, erwiderte sie, ohne den Blick von Bill abzuwenden.

»Liv . . .«

»Es ist aus, Brad«, sagte das Mädchen. »Verschwinde.«

Der Arbeiter rührte sich nicht vom Fleck. Bill wandte sich ihm zu. »Bist du taub?«

Der andere senkte den Blick und räumte schließlich das Feld.

Noch am gleichen Abend wurde Liv Bills Geliebte. Auf einer Wiese schliefen sie miteinander. Beide liebten sie die Gewalt. Kaum stieß Bill mit weniger Nachdruck zu, krallte Liv ihre Nägel so fest in seinen Rücken, dass sie ihn verletzte. Sobald Bill ihr wieder wehtat, löste Liv ihre Umklammerung. Auch sie schien den Geschlechtsakt als puren Schmerz zu begreifen.

303

Mit Liv verschwanden endlich Bills Albträume. Ruth hörte auf, ihn in der Nacht zu quälen.

Liv ließ sich schlagen, fesseln, beißen. Sie schrie vor Lust, wenn Bill sie so fest an den Haaren packte, dass er sie ihr ausriss. Wenn Bill dann erschöpft war, tat Liv ihm weh. Sie fesselte, schlug, biss ihn. Und Bill lernte vor Schmerz zu schreien und Freude am Schmerz zu empfinden. Sein Zimmer zur Miete gab er auf und zog in Livs Baracke. Und bis zum Silvesterabend dachte er, dass er sie vielleicht sogar liebte. Und er überlegte, die Juwelen zu verkaufen und sich und ihr ein besseres Zuhause zu schaffen. Er spielte sogar mit dem Gedanken, sie zu heiraten.

Am Silvesterabend jedoch eröffnete Liv ihm: »Ich bekomme ein Kind.«

Als Bill an dem Abend mit ihr schlief, schlug er sie mit brutaler Gewalt mitten ins Gesicht. Und er nahm sie so brutal von hinten, dass sie beinahe ohnmächtig wurde. Mitten in der Nacht wachte Bill schweißgebadet auf. Ruth war zu ihm zurückgekehrt. Sie war zurückgekehrt, um ihn zu töten. Leise stand er auf und setzte sich in die Küche, die Ellbogen auf den wackligen Tisch, den Kopf in beide Hände gestützt. Er schloss die Augen und sah das Bild seines Vaters, der den Gürtel aus den Schlaufen der Hose zog und seine Mutter und ihn auspeitschte. Er schlug die Augen auf, entdeckte eine halb volle Flasche Kokos-Whisky, ein drei Wochen in einer Kokosnussschale gereiftes Destillat, und leerte sie in einem Zug. Als ihm der Alkohol zu Kopf stieg, schloss er erneut die Augen. Und wieder sah er seinen betrunkenen Vater vor sich, der ihn und seine Mutter auspeitschte. Doch mit einiger Verzögerung wurde Bill bewusst, dass es nicht mehr sein Vater war, der einen Jungen und eine Frau mit dem Gürtel züchtigte. Er war es, er selbst, und er peitschte Liv und ihr gemeinsames Kind aus. Das Kind, das bald zur Welt kommen würde.

Da öffnete Bill die Blechdose, in der Liv ihre armseligen Ersparnisse aufbewahrte, und stahl das Geld. Er steckte seine eigenen Ersparnisse und die Edelsteine ein, packte leise, ohne Liv zu wecken, seine Sachen in einen Koffer und floh aus der Baracke.

Im Morgengrauen erreichte er Detroit und nahm sich dort ein Zimmer. Den Tag über sah er sich sämtliche Juweliergeschäfte der Stadt an, bis er eines fand, das ihm für seine Zwecke geeignet schien. Es lag am Stadtrand. Zudem hatte er zwei finstere Gestalten hineingehen sehen. Durch das Schaufenster hatte er rasch einen Blick ins Innere des Geschäfts geworfen und sofort begriffen. Als er am Tag darauf einen anderen Kerl, der aussah wie ein Gangster, den Laden betreten sah, folgte er ihm.

Hinter der Theke war eine beleibte Frau gerade damit beschäftigt, eine Vitrine mit Kristall- und Porzellanfiguren zu polieren.

»Der Mönch schickt dir zwei Präsente«, sagte der Gangster zum Juwelier.

Bevor ihn jemand bemerkte, hatte Bill das Geschäft wieder verlassen. Hinter eine Hausecke geduckt, wartete er ab, bis er den Gangster herauskommen sah, und ließ danach noch weitere zehn Minuten verstreichen.

»Der Mönch hatte die Hauptsache vergessen«, sagte Bill kurz darauf zu dem Juwelier.

Die Zigarette schief im Mundwinkel, musterte der Schmuckhändler ihn misstrauisch. »Wer bist du denn?«

Die rundliche Frau hinter der Ladentheke starrte Bill an.

»Wer ich bin, tut nichts zur Sache. Was zählt, ist, ob der Mönch sauer wird, meinst du nicht?«, entgegnete Bill, über die Ladentheke gebeugt, mit gesenkter Stimme.

Der Juwelier ging in den hinteren Bereich des Ladens. »Komm mit«, sagte er und öffnete eine von einem Vorhang verdeckte kleine Tür.

Bill warf der Dicken einen Blick zu und folgte dem Mann.

»Tausend«, sagte der Juwelier, als er von der Lupe aufblickte. Die Edelsteine funkelten im Lichtschein. In einem schweren bronzenen Aschenbecher glühte die Zigarette des Juweliers vor sich hin.

»Tausend für die Diamanten? Okay«, erwiderte Bill. »Jetzt schätz den Smaragd, der Mönch ist nämlich sehr gespannt, ob auch du der Meinung bist, dass alles zusammen mindestens zweitausend wert ist.«

»Zweitausend?«, rief der Schmuckhändler kopfschüttelnd aus.

Doch Bill war sofort klar, dass er ihm das Geld geben würde.

»Und was springt für mich dann noch raus?«, jammerte der Juwelier.

»Deine Gesundheit.«

Der Schmuckhändler räumte die Steine zusammen und wandte sich zum Tresor. Er öffnete ihn und begann, das Geld abzuzählen. Bill zog ihm den bronzenen Aschenbecher über den Kopf. Stöhnend brach der Juwelier zusammen. Die Geldscheine flogen raschelnd umher. Während sich aus dem Haar des Juweliers eine dicke rote Lache über den Boden ergoss, sammelte Bill alles Geld auf und stopfte es in seine Taschen. Bei seiner Flucht aus dem Laden riss er die rundliche Frau um, die sich dem Hinterzimmer genähert hatte.

Bei einem Autohändler kaufte er für fünfhundertneunzig Dollar, die er bar bezahlte, ein T-Modell in einer der besten Ausführungen, die auf dem Markt waren. Er holte seinen Koffer aus der Pension, in der er abgestiegen war, und verließ Detroit. Als die Stadt hinter ihm lag, zählte er das Geld des Juweliers. Viertausendfünfhundert Dollar. Da lachte er. Er lauschte, wie sein Lachen sich im Innern des Wagens ausbreitete, bevor es erstarb. Ich bin reich, dachte er, lachte abermals und gab Gas.

Er kannte sein Ziel. Liv hatte ihm immer davon erzählt. Sie hatte gesagt, das Klima sei herrlich und das Meer das ganze Jahr über warm. Von nichts anderem hatte sie gesprochen als von Palmen, schneeweißem Sand, Sonne.

»Kalifornien, ich komme!«, rief er aus dem Fenster, während die Tin Lizzie über die Straße brauste.

30

Manhattan, 1924

»Ein frohes neues Jahr, Miss Isaacson«, wünschte der Liftboy, als er die Türen schloss.

Ruth hielt den Blick starr geradeaus gerichtet und gab keine Antwort. Der Junge in Uniform und steifer Kappe betätigte einige Hebel, woraufhin die Fahrstuhlkabine sich nach unten in Bewegung setzte. In der Hand hielt Ruth einen Anhänger an einem schlichten Lederband, ein glänzendes rotes Herz von der Größe eines Aprikosenkerns. Scheußlich.

»Ein frohes neues Jahr, Miss Isaacson«, wünschte der Portier am Eingang, als er ihr die Tür aufhielt.

Ruth antwortete nicht. Mit gesenktem Kopf ging sie vorbei. Selbst den eisigen Wind, der sie draußen empfing, nahm sie nicht wahr. Mit dem Daumen fuhr sie über den glänzenden Anhänger, den sie am Tag vor Weihnachten geschenkt bekommen hatte. Sie hatte ihn im Briefkasten gefunden. *Dann leb wohl*, lautete die Nachricht beifügte. Weiter nichts. Keine Unterschrift.

»Ein frohes neues Jahr, Miss Ruth«, sagte Fred, während er die Tür des Silver Ghost schloss.

Doch nicht einmal ihm gab Ruth eine Antwort. Sie sank in die weichen Ledersitze, die nicht mehr nach Zigarre und Brandy rochen und nun keine Erinnerung mehr an ihren Großvater wachriefen. Unablässig strich sie mit dem Daumen über das rote Herz. Wütend fast, als wollte sie den hässlichen Lack abkratzen. Eine Woche war vergangen, seit sie es geschenkt bekommen hatte. Heute war Neujahr.

»Weißt du, wo Christmas wohnt?«, erkundigte sie sich plötzlich, ohne den Blick zu heben.

»Ja, Miss Ruth.«

»Fahr mich hin.«

»Miss Ruth, Ihre Mutter erwartet Sie zum Mittagessen im ...«

»Bitte, Fred.«

Unentschlossen nahm der Chauffeur den Fuß vom Gas.

»Sie haben dich doch schon entlassen, oder?«, fragte Ruth.

»Ja.«

»Was also können sie dir noch anhaben?«

Fred sah sie im Rückspiegel an. Er lächelte ihr zu. »Sie haben recht, Miss Ruth.« Er wendete den Wagen und steuerte auf die Lower East Side zu.

»Hast du schon eine neue Anstellung gefunden, Fred?«, fragte Ruth, nachdem sie einige Häuserblocks hinter sich gelassen hatten.

»Nein.«

»Und was hast du nun vor?«

Fred lachte. »Ich heuere bei den Whiskyschmugglern als Lastwagenfahrer an.«

Ruth kannte ihn von klein auf. »Mein Vater hat den Karren ganz schön in den Dreck gefahren, was?«

Fred warf ihr im Spiegel einen belustigten Blick zu. »Miss Ruth, ich glaube, der Umgang mit diesem Jungen tut Ihrer Ausdruckweise nicht gut.«

Wieder streichelte Ruth mit dem Finger über das Lackherz. »Du magst Christmas, nicht wahr?«

Fred antwortete nicht, aber Ruth bemerkte sein Lächeln.

»Großvater mochte ihn auch«, fügte sie hinzu. Sie sah aus dem Fenster. Soeben fuhren sie unter den Gleisen der BMT-Linie hindurch. Das Reich der Lower East Side begann. »Du und er wart einander ähnlich ...«

»Ja«, bestätigte Fred leise. Dann bog er von der Market Street in die Monroe Street ein, wo er vor dem Haus Nummer 320 anhielt. »Erster Stock.« Er stieg aus und öffnete Ruth die Tür. »Ich begleite Sie.«

»Nein, ich gehe allein.«

»Besser nicht, Miss Ruth.«

Die Treppe war schmal und steil. Ruth sah sich um und bemerkte, dass sie wirklich keine Erinnerung mehr an dieses Haus hatte. Es roch streng nach Knoblauch und anderen Gerüchen, die Ruth nicht entschlüsseln konnte. Ausdünstungen menschlicher Körper, dachte sie. Vieler Körper. Die Wände, von denen der Putz bröckelte, waren übersät mit Inschriften, darunter einige Obszönitäten. Die Treppenstufen waren schmutzig und ausgetreten. Ruth verbarg den scheußlichen Anhänger, das schönste Weihnachtsgeschenk, das sie in dem Jahr bekommen hatte, in der Tasche ihres Kaschmirmantels. Während sie gemeinsam mit Fred die Treppe hinaufstieg, spürte sie eine Last auf ihrer Brust. *Dann leb wohl*, hatte Christmas ihr geschrieben. Seit zehn Tagen hatte sie ihn nicht gesehen. Und Christmas hatte keine Ahnung, dass sie sich am Make-up ihrer Mutter bedient hatte, um ihren Lippen ein intensiveres Rot zu verleihen. Er hatte keine Ahnung, dass sie ihn an jenem Tag hatte küssen wollen.

»Warte, Fred«, sagte sie, als sie vor der Wohnungstür standen.

Christmas hatte keine Ahnung, weshalb sie nicht zu ihrer Verabredung erschienen war. Er wusste nicht, was ihre Eltern ihr an dem Tag mitgeteilt hatten, wusste nicht, weshalb es aus war. Ruth spürte, wie ihr die Tränen in die Augen stiegen.

»Warte, Fred«, sagte sie erneut und wandte sich von der Tür ab.

Stimmen tönten durch das Haus, Stimmen von Menschen, die lachten und in einer fremden Sprache schrien und stritten. Tellergeklapper, vulgäre Gesänge, weinende Kinder. Dazu dieser schreckliche Geruch, der Geruch nach Menschen. Und das Gefühl, unwiderruflich ausgeschlossen zu sein aus dieser Welt.

In hilfloser Wut drehte Ruth sich wieder um und klopfte mit Nachdruck an die Tür.

Als Christmas öffnete und Ruth vor sich sah, erstarrte er. Seine Augen wurden schmal. Flüchtig warf er einen strengen Blick zu Fred hinüber. Mit kaltem Ausdruck musterte er daraufhin wieder Ruth. Wortlos.

»Wer ist da?«, klang eine Frauenstimme aus der Wohnung.

Ein hässlicher Mann mit einer Serviette voller Soßenflecken im Hemdkragen tauchte an der Tür auf.

Christmas schwieg noch immer.

Eine Frau, sicher die, die zuvor gesprochen hatte, kam hinzu. Sie war klein und dunkelhaarig. Ihre Frisur war die eines Flappers. Wie eine Prostituierte sieht sie nicht aus, dachte Ruth und wunderte sich erneut, dass sie keinerlei Erinnerung an Christmas' Mutter mehr hatte.

»Mama . . . das ist Ruth, erinnerst du dich?«

Ruth bemerkte, dass der Blick der Frau sofort auf ihre Hand fiel.

»Tut mir leid, Christmas«, sagte Ruth. »Es war ein Fehler hierherzukommen.« Damit machte sie auf dem Absatz kehrt und lief die Treppe hinunter.

»Warum hast du sie hergebracht?«, herrschte Christmas Fred an, während er an ihm vorbei hinter Ruth herrannte. Im schmalen Hausflur holte er sie ein, packte sie am Arm und zwang sie, sich umzudrehen. »Für wen hältst du dich?«, schrie er ihr ins Gesicht.

Fred hielt am Fuß der Treppe inne.

»Für wen hältst du dich?«, rief Christmas noch einmal.

»Warte im Wagen auf mich, Fred«, sagte Ruth. »Ich brauche nur einen Moment.«

Unschlüssig blieb Fred einen Moment stehen und musterte

die beiden jungen Leute. Dann ging er hinaus. Christmas und Ruth starrten sich schweigend an.

»Und, hast du genug gesehen?«, fragte Christmas schließlich grimmig. Mit ausgebreiteten Armen holte er demonstrativ Luft. »Atme tief ein, Ruth. Das ist die Luft, die ich in den Lungen habe. Dein Großvater hatte ganz recht, diese Scheiße wirst du nicht los. Hast du gesehen, wer wir sind? Dann kannst du jetzt ja gehen.«

Ruth versetzte ihm eine Ohrfeige. Da packte Christmas sie an den Schultern und drückte sie keuchend gegen die Wand, mit zornentbranntem Blick, den Mund ganz nah an ihren Lippen. Und da sah er die Angst in ihren Augen. Die Angst, die sie vor Bill gehabt haben musste. Unvermittelt ließ er sie los und trat erschrocken zurück.

»Verzeih mir«, bat er.

Ruth sagte nichts, sie schüttelte bloß den Kopf, während die Angst von ihr abfiel.

Christmas trat noch einen weiteren Schritt zurück. »Jetzt kannst du gehen.«

Er hatte keine Ahnung, weshalb Ruth nicht zu ihrer Verabredung erschienen war, weshalb sie ihm den Abschiedsbrief geschrieben hatte. Er hatte keine Ahnung, dass sie sich geschminkt hatte. Er hatte keine Ahnung, dass Ruth für einen kurzen Moment bereit gewesen war, ein ganz normales Mädchen zu sein. Für ihn.

»Ich gehe nach Kalifornien«, erklärte Ruth mit kalter, vor Zorn bebender Stimme. »Mein Vater hat die Fabrik verkauft. Er will Filme produzieren. Wir ziehen nach Kalifornien, nach Los Angeles.« Sie hatte geglaubt, es würde ihr schwerfallen, es ihm zu erzählen. Stattdessen fühlte sie sich nun erleichtert. Die Augen zu schmalen Schlitzen zusammengekniffen, sah sie ihn an. Sie hasste ihn. Sie hasste ihn aus tiefstem Herzen. Weil Christmas alles war, was ihr geblieben war. Und sie musste ihn verlassen. Für immer. Sie hasste ihn seiner klaren Augen wegen, die ganz ohne Scham jedes seiner Gefühle verrieten. Und sie hasste ihn, weil sie in seinem Blick las, wie verzweifelt er war, sie zu verlieren.

»Leb wohl«, sagte sie schnell, bevor er in ihren Augen die gleiche Verzweiflung lesen konnte. Damit drehte sie sich um und lief zum Auto hinaus. »Fahr los, beeil dich, Fred«, drängte sie und zog die Wagentür zu.

Christmas brauchte einen Augenblick, um sich zu fangen. Als er auf die Straße trat, fuhr der Wagen gerade vom Bordstein herunter. »Das kümmert mich einen Scheiß!«, schrie er aus vollem Hals.

Ruth aber blickte nicht zurück.

31

Manhattan, 1917–1921

Cettas Versuche, ihn umzustimmen, scheiterten allesamt kläglich: Christmas kehrte nie wieder in die Schule zurück. Schließlich gab Cetta auf. Während sie aufmerksam verfolgte, wie ihr Sohn heranwuchs, fragte sie sich besorgt, was wohl aus ihm werden würde, wenn er einmal groß war. Wenn sie ihn am frühen Abend, nachdem er einen ganzen Nachmittag lang durch die Straßen gelaufen war und Zeitungsschlagzeilen ausgerufen hatte, mit ein bisschen Kleingeld in den Taschen heimkommen sah, krampfte sich ihr Herz zusammen. Sie wollte etwas anderes für Christmas, etwas Besseres, doch sie wusste nicht, was. Mehr als einmal ertappte sie sich bei dem Gedanken, weder sie noch er würden je Amerikaner sein und die gleichen Chancen wie Amerikaner haben, ähnelte die Lower East Side doch in vielem einem Hochsicherheitsgefängnis, aus dem es kein Entkommen gab. Und das Strafmaß eines jeden, der hier lebte, lautete auf lebenslänglich.

Im nächsten Moment aber schenkte ihr angeborener Optimismus ihr neue Hoffnung. Und so fasste sie ihren Sohn eines Tages an den Schultern und sagte: »Man muss auf die richtige Gelegenheit warten. Das Entscheidende ist, sie nicht zu verpassen. Aber jeder von uns bekommt seine Gelegenheit, vergiss das nie.«

Christmas verstand nicht recht, was seine Mutter ihm damit sagen wollte. Er hatte gelernt, zu nicken und ihre Worte einfach zu wiederholen. Auf diese Weise hatte er am schnellsten seine Ruhe und konnte sich wieder seinen kindlichen Spielen zuwenden.

Er war nicht ganz zehn Jahre alt und hatte sich eine völlig eigene Welt aus imaginären Freunden und Feinden geschaffen. Mit den anderen Kindern aus dem Haus war er nicht so gern zusammen. Sie ließen ihn an etwas denken, woran er lieber nicht erinnert werden wollte. Sie erinnerten ihn an die Schule und den Jungen, der ihm das H in die Brust geritzt hatte. H wie Hure. Und immer, wenn er mit ihnen spielte, fürchtete er, einer von ihnen könnte eine Anspielung auf Cetta und ihren Beruf machen. Zudem hatten all die anderen Kinder einen Vater.

Eines Tages spielte Christmas allein im Treppenhaus, als er Sal mit lauten Schritten aus dem Büro kommen hörte. Die Holzpistole in der Hand, drückte Christmas sich in eine dunkle Ecke. Im dem Moment, als Sal dicht an ihm vorbeiging, sprang Christmas aus seinem Versteck, richtete die Waffe auf ihn und schrie: »Peng!«

Sal verzog keine Miene. »Tu das nie wieder«, sagte er nur mit seiner tiefen Stimme und stieg dann weiter die Treppe hinunter.

Christmas lachte, bis Sals Auto draußen auf der Straße davonfuhr.

In der Woche darauf hörte Christmas abermals Sals Schritte auf der Treppe. Er versteckte sich und sprang dann urplötzlich mit der Pistole in der Hand hervor. »Peng! Ich hab dich reingelegt, du Bastard!«

Völlig ungerührt verpasste Sal ihm eine so heftige Ohrfeige, dass Christmas hintüberflog. »Ich hatte dich gewarnt, du solltest das nie wieder tun. Ich wiederhole mich nicht gern.« Damit verschwand er in seinem Büro.

Mit geröteter Wange kehrte Christmas in die Wohnung zurück.

»Wer war das?«, fragte Cetta ihn.

Christmas gab keine Antwort; freudestrahlend ließ er sich auf das Sofa fallen.

»Wer war das?«

Mein Vater, dachte Christmas lächelnd, antwortete jedoch noch immer nicht.

Cetta zog ihren Mantel an. »Ich muss noch einige Besorgungen machen. Es wird nicht lange dauern.«

Kaum hatte sie die Tür hinter sich geschlossen, stand Christmas grinsend vom Sofa auf, lief in das Schlafzimmer seiner Mutter und lauschte an der Wand zu Sals Büro.

Cetta, die nichts davon ahnte, schlüpfte in Sals kleine Wohnung, umarmte ihn und legte sich aufs Bett. Sal schob ihren Rock hoch, zog ihr das Höschen aus und kniete vor ihr nieder. Dann spreizte er ihre Beine und versenkte seinen Kopf in ihrer Mitte. Und Cetta gab sich Sals Liebkosungen hin und genoss die Lust, die sie erfüllte.

Von beiden unbemerkt, klebte Christmas noch immer mit dem Ohr an der Wand und kicherte. So wie alle kleinen Jungen kichern, wenn sie die Geräusche der Liebe hören.

»Der Boss hat gesagt, zum Aufhören ist es noch zu früh«, sagte Sal Wochen später düster.

Cetta schnaubte. »Wie lange muss ich das denn noch machen?«

Sal erhob sich vom Bordellsofa. »Ich muss gehen«, sagte er.

»Wie lange noch?«, begehrte Cetta auf.

»Ich weiß es nicht!«, brüllte er zurück.

Da nahm Cetta in den Augen ihres Freundes etwas wahr, das sie zuvor nie gesehen hatte: Kummer. Sal bekümmerte es, dass sie als Hure arbeitete. »Na ja, vielleicht nächstes Jahr«, sagte sie deshalb betont gleichgültig und ergriff seine Hand.

Sal blickte schweigend zu Boden.

»Schläfst du heute Nacht im Büro?«

»Kann sein . . .«, antwortete er. »Ich muss mich um ein paar Rechnungen kümmern.«

Seit einigen Monaten bereits fand Sal Abend für Abend irgendeine Ausrede, um nicht zurück nach Bensonhurst zu fahren. Und Cetta schlief bis zum Morgengrauen in seinen Armen. Dann stand sie auf und schlich auf Zehenspitzen, damit sie Christmas nicht weckte, in ihr Schlafzimmer hinüber.

»Ich bin glücklich«, sagte Cetta unvermittelt.

»Wir werden sehen, ich kann dir nichts versprechen.«

»Ich weiß, Sal.«

»Jetzt muss ich gehen, Kleines.«

Cetta lächelte. Sie mochte es, wenn Sal sie »Kleines« nannte, obwohl sie nun eine Frau von fast fünfundzwanzig Jahren war.

»Sag das noch einmal.«

»Was?«

»Kleines ...«

Sal ließ Cettas Hand los. »Ich habe keine Zeit zu verlieren. Es geht gerade alles drunter und drüber wegen dieser Alkoholgeschichte.«

Cetta horchte auf. »Dann ist es also sicher?« Alle sprachen davon. Die Regierung wollte per Gesetz den Genuss von Alkohol verbieten.

»Ja, es ist sicher«, bestätigte Sal. »Ein neues Zeitalter beginnt. Kannst du dir vorstellen, dass in Amerika demnächst niemand mehr trinkt?«

Cetta zuckte die Schultern.

»Das ist ein Jahrhundertgeschäft. Wir werden alle eine Menge Geld machen«, fuhr Sal fort. »Und ich will dabei sein.«

»Wie denn?« Cetta spürte, wie Sorge in ihr aufstieg.

Sal lachte. »Natürlich habe ich keine Lust, mich auf der Straße von der Polizei abknallen zu lassen. Schmuggel ist ja nicht alles. Wir werden auch Geheimlokale aufmachen müssen, wo die Leute trinken können, nicht wahr? Und ich will, dass man mir ein solches Lokal überträgt.«

»Dann wirst du noch seltener zu Hause sein ...«, bemerkte sie düster.

Er zwinkerte ihr zu und grinste. »Vielleicht überzeuge ich den Boss, dich in meiner Kneipe als Kellnerin einzustellen.«

»Wirklich?«, rief Cetta aufgeregt und schlang die Arme um seinen Hals.

»Die Arbeit einer Kellnerin ist hart«, erklärte Sal, während er sich aus der Umarmung befreite. »Da kann man nicht wie du den ganzen Tag im Bett liegen.«

»Verschwinde«, rief Cetta lachend. »Aber sag es vorher noch mal!«

»Ich bin doch nicht dein dressierter Affe!«, erwiderte er, und kurz darauf war die Tür schon hinter ihm ins Schloss gefallen.

Cetta setzte sich aufs Sofa. Ein Lächeln umspielte ihre rot geschminkten Lippen. Sie sah in den Spiegel an der Wand und betrachtete das Kleid, das ihr kurz nach ihrer Ankunft in New York so damenhaft und elegant erschienen war. Und sie dachte an ihre erste Begegnung mit Sal zurück, dem Mann, der sie gerettet hatte. Und der sie bald ein weiteres Mal retten würde, wenn er sie als Kellnerin arbeiten ließ. Schon stellte sie sich vor, wie sie mit einer rot-weiß gestreiften Schürze aussehen würde.

Da klingelte es an der Eingangstür.

Cetta sprang auf. »Ich gehe schon!«, rief sie den anderen Huren im Flur fröhlich zu. Das ist Sal, der »Kleines« zu mir sagen will, dachte sie mit einem Lachen.

Der Mann an der Tür starrte in ihren tiefen Ausschnitt und grinste blinzelnd. »Genau zu dir wollte ich, Zuckerschnute«, sagte er und begrapschte ihren Po. Er war klein und dick und roch wie immer streng nach Kölnischwasser. »Ich habe dir Bonbons mitgebracht, du böses Mädchen.«

Schon bald lachte Christmas nicht mehr über die Geräusche der Liebe, die aus Sals Büro zu ihm herüberklangen. Die Liebe schien ihm nicht länger witzig zu sein. Etwas in ihm hatte sich verändert. Und obgleich er nicht so genau wusste, wie er mit dieser Veränderung umgehen sollte, hatte er begriffen, dass die Liebe für die Erwachsenen eine ernste und undurchschaubare Sache war, geheimnisvoll und faszinierend. Und so presste er nicht länger sein Ohr an die Wand zwischen den beiden Wohnungen. Und wenn er seine Mutter im Morgengrauen in ihr Zimmer huschen hörte, stellte er sich schlafend.

Einige der älteren Jungen aus dem Haus sprachen über Frauen. Aber was sie sagten, klang wirr. Vor allem benutzte niemand von ihnen je das Wort »Liebe«. Die Sache zwischen Mann und Frau schien eher eine mechanische Angelegenheit zu sein. Aus ihren Erzählungen hatte Christmas verstanden, wie man »es« machte. Aber was ihn interessierte, war die Liebe. Und davon sprach nie jemand. Auch die Erwachsenen nicht.

Zu seinem dreizehnten Geburtstag schenkte Cetta ihm einen Baseballschläger und einen Lederball. Sie arbeitete nun als Kellnerin, nicht mehr als Prostituierte. Ihr Verdienst war geringer, und Christmas wusste, wie lange sie gespart haben musste, um ihm dieses Geschenk machen zu können.

Eines Tages hatte Christmas Schläger und Ball neben sich auf den Stufen zum Eingang des Hauses in der Monroe Street abgelegt und las zum zweiten Mal die Geschichte der unerfüllbaren und tragischen Liebe des Hungerleiders Martin Eden zur reichen Ruth Morse.

Sal parkte den Wagen zwischen den Verkaufsständen zweier fliegender Händler und sagte, als er das Haus betrat: »Wenn du willst, Junge, hätte ich einen Job für dich.«

Christmas schlug das Buch zu, hob Schläger und Ball auf und folgte Sal ins Treppenhaus.

»Wenn ich du wäre, würde ich den Ball wegwerfen und den

Schläger behalten, Hosenscheißer«, bemerkte Sal und lachte in sich hinein.

»Um was für eine Arbeit geht es denn?«

»Die zahlen dir sieben Dollar, wenn du noch ein Dach in der Orchard Street teerst«, entgegnete Sal. »Es sind die von letzter Woche. Sie haben gesagt, du machst das gut.«

Christmas seufzte leise. Von sieben Dollar am Tag wurde man nicht reich. Man lief Gefahr, genau so ein Scheißleben zu führen wie Martin Eden. Trotzdem gefiel es ihm, dass Sal sich um ihn kümmerte. »Wir sind so etwas wie eine Familie, oder?«, fragte er ihn unvermittelt.

Sal blieb auf halbem Weg stehen und sah ihn an. Dann ging er kopfschüttelnd weiter die Treppe hinauf und öffnete die Tür zu seinem so genannten »Büro« – an dieser Bezeichnung hielt Sal hartnäckig fest, obwohl er die Wohnung in Bensonhurst inzwischen verkauft hatte. »Wer setzt dir denn solche Flausen in den Kopf? Deine Mutter?«

Christmas folgte ihm in die Wohnung. »Liebst du sie?«

Sal erstarrte. Verlegen wippte er von einem Fuß auf den anderen. Schließlich trat er ans Fenster hinter dem Schreibtisch und blickte hinaus. »Ich habe es ihr nie gesagt«, bekannte er, ohne sich zu Christmas umzudrehen.

»Und warum nicht?«

»Was ist denn heute los mit dir?«, platzte Sal heraus und fuhr mit rotem Gesicht zu ihm herum. »Was zum Teufel sollen all diese Fragen?«

Christmas wich einen Schritt zurück. Sein Blick fiel hinab auf den Einband von *Martin Eden*. »Ich wollte doch bloß wissen, warum ...«, sagte er leise und ging zur Tür.

»Weil ich noch nie ein mutiger Mann war, nehme ich an ...«

Tags darauf hörte Christmas Cetta im Morgengrauen in die Wohnung kommen. Regungslos lag er unter der Decke und lächelte. Schließlich verließ er das Haus und schlenderte ein wenig durch die Straßen, kaufte von einem kleinen Teil des Geldes, das er in der Woche zuvor mit dem Teeren von Dächern verdient hatte, ein Zuckerbrot und kehrte um elf Uhr zurück nach Hause. Um diese Zeit wurde seine Mutter gewöhnlich wach. Er setzte sich zu ihr aufs Bett und reichte ihr das noch warme Zuckerbrot.

Während Cetta am Brot knabberte, streichelte sie seine Hand. »Du bist wirklich ein hübscher Junge geworden«, stellte sie lächelnd fest.

Christmas wurde rot. »Mir macht es nichts aus, wenn du am Morgen bei Sal bleibst«, sagte er da mit gesenktem Blick.

Cetta verschluckte sich und begann zu husten. Dann lachte sie und zog Christmas zu sich, drückte ihn fest und gab ihm einen Kuss auf die Stirn. »Nein, nein, es ist schön zu wissen, dass du am Morgen über mich wachst«, sagte sie, und eng umschlungen blieben sie nebeneinander auf dem Bett liegen.

»Mama, Sal liebt dich, hast du das gewusst?«, fragte Christmas nach einer Weile.

»Ja, mein Schatz.«

»Und wie kannst du das wissen, wenn er es dir nie gesagt hat?«

Cetta seufzte und strich über Christmas' blonde Stirnlocke. »Weißt du, was Liebe ist?«, sagte sie. »Wenn du in der Lage bist, etwas zu sehen, was kein anderer sehen kann. Und wenn du bereit bist, etwas zu zeigen, was du keinem anderen zeigen würdest.«

Christmas schmiegte sich an seine Mutter. »Werde auch ich mich eines Tages verlieben?«

32

Manhattan, 1924

»Sie reisen heute Abend ab«, hatte ihm Fred eines Morgens Mitte Januar mitgeteilt. Er hatte Christmas zu Hause besucht, um ihm die Nachricht zu überbringen.

Schweigend hatte Christmas ihn angesehen. Es stimmt also, hatte er gedacht. Bis zu dem Tag hatte er sich immer wieder eingeredet, es könnte nicht sein. Weil es für ihn undenkbar war, Ruth nie wiederzusehen, sie vergessen zu müssen.

»Central Station«, hatte Fred da gesagt, als könnte er Gedanken lesen. »Gleis fünf. Um sieben Uhr zweiunddreißig.«

So machte sich Christmas am Abend auf den Weg zur Grand Central Station. Während er sich dem Haupteingang an der 42nd Street näherte, sah er auf die mächtige Bahnhofsuhr, den Blickfang der Fassade. Sieben Uhr fünfundzwanzig. Anfangs hatte Christmas vorgehabt, gar nicht erst hinzugehen. Das verwöhnte reiche Mädchen verdiente seine Liebe nicht. Sie war also fähig, ihn mir nichts, dir nichts aus ihrem Leben zu streichen? Nun, dann würde er eben das Gleiche tun! Doch schließlich hatte er es nicht ausgehalten. Ich werde dich immer lieben, selbst wenn du mich niemals lieben solltest, hatte er gedacht, und augenblicklich war all seine Wut verraucht. Christmas hatte den Jungen wiedergefunden, der er immer gewesen war. Und nun war in ihm einzig Raum für die grenzenlose Liebe, die er für Ruth empfand.

Der Minutenzeiger bewegte sich einen Strich weiter. Sieben Uhr sechsundzwanzig. Die Statuen von Merkur, Herkules und Minerva schienen ihn streng anzusehen. Christmas beschloss hineinzugehen, unter dem blinden Statuenblick des Eisenbahnmagnaten Cornelius »Commodore« Vanderbilt. Und mit einem Mal war ihm, als bliebe ihm keine Zeit mehr.

Er rannte hinüber zu Gleis fünf. Er wollte sie sehen, ein letztes Mal. Damit ihre Gesichtszüge, die er längst auswendig kannte, sich unauslöschlich in seine Augen einbrannten. Weil Ruth zu ihm gehörte und er zu Ruth.

Außer Atem bahnte er sich einen Weg durch die Menschenmenge auf dem Bahnsteig und lief von Wagen zu Wagen, während die Angst, sie nicht zu finden, ihm die Kehle zuschnürte. Die Abfahrt des Zuges war bereits angekündigt. Sieben Uhr neunundzwanzig. Drei Minuten. Drei Minuten blieben ihm noch, bevor Ruth aus seinem Leben verschwinden würde.

Da endlich entdeckte er sie. Mit abwesender Miene, den Blick ins Leere gerichtet, saß sie am Fenster. Christmas wollte ans Fenster klopfen, durch die Scheibe ein letztes Mal ihre Hand berühren. Doch er hatte nicht den Mut, sich Ruth zu nähern. Inmitten der umherschwärmenden Menschen stand er reglos da und beobachtete sie. Ohne zu wissen, aus welchem Grund, nahm er seine Mütze ab. Plötzlich sah er, wie Ruth auf etwas hinabblickte, das sie in der Hand hielt. Und dann band sie sich dieses Etwas um den Hals. Christmas' Beine begannen zu zittern.

»Es ist scheußlich«, sagte im Innern des Wagens Ruths Mutter, die ihr gegenübersaß und auf den herzförmigen Anhänger starrte, den Ruth sich um den Hals gebunden hatte.

»Ich weiß«, sagte Ruth und fuhr mit dem Finger über das rot glänzende Herz. Sie streichelte es. Mit Liebe, wie sie sich eingestand, nun, da sie abreiste und nichts mehr riskierte. Schließlich blickte sie durch das Fenster auf das Gleis hinaus.

Und da entdeckte sie ihn, das über der Stirn zerzauste weizenblonde Haar, die dunklen tiefgründigen, leidenschaftlichen Augen. Die alberne Mütze in der Hand. Und im gleichen Augenblick, ohne dass sie etwas dagegen tun konnte, verschwand Christmas hinter einem Schleier von Tränen.

Unsicher löste er sich aus der Menge und trat einen Schritt vor. Doch es war bereits zu spät, sie konnten einander nichts mehr sagen. Nur ihre Augen hielten einander fest. Und ihre tränengetrübten Blicke bargen in sich mehr Worte, als sie hätten aussprechen, mehr Wahrheiten, als sie hätten gestehen, mehr Liebe, als sie hätten zeigen können. Und in ihnen lag mehr Schmerz, als sie zu ertragen imstande waren.

»Ich werde dich finden«, sagte Christmas leise, als der Zug schnaufte und sich in Bewegung setzte.

Christmas sah, dass Ruth mit einer Hand das rote Herz umschlossen hielt, das er ihr geschenkt hatte.

»Ich werde dich finden«, wiederholte er, während Ruth immer weiter fortgetragen wurde.

Als Christmas aus ihrem Blickfeld verschwand, richtete Ruth sich in ihrem Sitz auf. Eine Träne rann ihr über die Wange.

Ihre Mutter betrachtete sie mit dem ihr eigenen kalten und distanzierten Gesichtsausdruck. Auch sie hatte Christmas entdeckt, nachdem sie bemerkt hatte, wie aufgewühlt ihre Tochter war. Sie musterte sie noch eine Weile, bevor sie sich ihrem Mann, der eine Zeitung aufgeschlagen hatte, zuwandte. »Eine Jugendliebe ist wie ein Sommergewitter«, seufzte sie gelangweilt. »Im Handumdrehen lässt die Sonne das Wasser verdunsten, und kurz darauf erinnert nichts mehr daran, dass es überhaupt geregnet hat.«

Ruth stand auf.

»Wohin gehst du, Schatz?«

»Zur Toilette.« Ruth blitzte sie zornig an. »Darf ich?«

»Schatz, reiß dich zusammen«, gab ihre Mutter zurück und griff nach einer der Zeitschriften, die sie sich regelmäßig aus Paris schicken ließ.

Ruth hielt Ausschau nach dem Wagenkellner, ließ sich eine

Schere geben und schloss sich damit im Waschraum ein. Sie legte ihre Kleider ab und schlang den Verband, der ihre Brüste abschnürte und verbarg, noch enger um sich. Als sie sich wieder angezogen hatte, schnitt sie fest entschlossen mit der Schere ihre langen Locken ab, vorne auf Kinnlänge, im Nacken kürzer. Sie versuchte, sie mit Wasser zu glätten. Nachdem sie dem Kellner die Schere zurückgebracht hatte, setzte sie sich wieder auf ihren Platz, ihrer Mutter gegenüber.

Die Reise nach Kalifornien hatte begonnen.

Leb wohl, dachte Ruth.

ZWEITER TEIL

Manhattan, 1926

Am späten Vormittag des zweiten April 1926 – Christmas' achtzehntem Geburtstag – lag über einem weiten Teil der Straße beißender Rauch, der in den Augen brannte. Raunend drängten sich Schaulustige rings um den Feuerwehrwagen, der den Laden verdeckte.

Christmas war groß und kräftig geworden. Knapp unter dem linken Auge hatte er eine noch frische Narbe. Und auf den unrasierten Wangen wuchs ihm ein spärlicher blonder Bart. Er trug einen Anzug, wie ihn sich nicht viele hier hätten leisten können, der jedoch zerknittert und schmutzig war. In der rechten Tasche steckte ein Klappmesser. Seine Augen wirkten glanzlos, wie erloschen und schauten stets voller Zynismus in die Welt, kalt und hart. Dieser Blick war das äußere Zeichen dafür, dass Christmas in den vergangenen Jahren wie die anderen Jugendlichen geworden war, die auf der Straße und von der Straße lebten.

Gefolgt von Joey, drängelte er sich durch die Reihen der Neugierigen, die er zur Seite schubste, wenn sie ihm im Weg standen. Er musste unbedingt sehen, was hinter dem Feuerwehrwagen vor sich ging. Er musste einen Blick auf den Laden werfen. Und während er sich durch den Rauch kämpfte, der dichter und dichter wurde, hörte er, wie ein Mann sagte: »Ganz allein konnte er das nicht schaffen.« Und ein anderer: »Er war stur wie ein Esel.« Eine kleine, magere Frau, der die Bosheit der Schwachen und Hungerleidenden ins Gesicht geschrieben stand, sagte: »Er hielt sich eben für was Besseres.« Und wieder ein anderer meinte: »Schutzgeld muss man zahlen«, wobei er sich an einen

Nachbarn wandte, der antwortete: »Ob nun an irische Polizisten oder an diese italienischen und jüdischen Schurken, Schutzgeld muss man zahlen.«

Der Rauch trieb Christmas die Tränen in die Augen, aber vor allem stieg ihm – je näher er dem Feuerwehrwagen kam – ein scharfer und giftiger Geruch in die Nase. Ein Geruch, den er wiederzuerkennen glaubte.

»Ich hatte ihn gewarnt«, bemerkte ein kräftiger Mann, an dem Christmas sich nur mit Mühe vorbeischieben konnte. »Er hat es darauf angelegt«, sagte ein anderer, beinahe grollend. »Was für ein schlimmes Ende!«, murmelte eine schwarz gekleidete Frau entsetzt und bekreuzigte sich. »Was sind das nur? Tiere? Teufel?«, schimpfte ihre Begleiterin, doch es klang matt und resigniert. Wie alle anderen im Lower-East-Side-Ghetto wusste wohl auch sie, dass die Antwort auf diese Frage ein simples Ja war.

Ein Geruch wie von angebranntem Braten, von zu lange gekochtem Fleisch, dachte Christmas, als er nur noch wenige Schritte vom Feuerwehrwagen entfernt war. Der Wagen verdeckte noch immer den Laden, aus dem sich der dichte, feuchte Rauch des gerade erst eingedämmten Brandes seinen Weg ins Freie suchte. Ein Geruch wie von angebranntem und dann abgelöschtem Braten.

Gleich hinter dem Feuerwehrwagen hatten einige Polizisten einen Halbkreis gebildet und drängten die Schaulustigen zurück. Drohend hoben sie ihre Schlagstöcke und brüllten Befehle, die niemand zu beachten schien.

»Ach du Scheiße.« Joey lachte auf, als Christmas und er nebeneinander in vorderster Reihe standen, von Angesicht zu Angesicht mit einem feisten, in Schweiß gebadeten Polizisten mit roten Haaren. Von Angesicht zu Angesicht mit dem, was vom Laden übrig war.

Christmas hatte noch immer den harten und kalten Blick, der

sich in den zwei Jahren seit Ruths Wegzug in sein Gesicht geprägt hatte, als er nun durch den sich lichtenden Rauch hindurch allmählich ins Innere des Ladens sehen konnte, der Metzgerei, die Giuseppe LoGiudice gehört hatte, allen bekannt als Pep. Christmas erkannte die Arbeitsplatte aus hellem Marmor, der in der Hitze zerborsten war. Und er sah die unzähligen zusammengeschmolzenen Scherben der Fleischtheke wie Pailletten auf den schwarz verkohlten, qualmenden Fleischstücken glitzern, die im Löschwasser umherschwammen. Er sah steif am Haken hängende Wurstketten, aus denen das Fett heraustropfte, zersprungene, aus ihrem Mörtelbett gerissene weiße Wandfliesen, und an den nackten Wänden sah er Spuren, als hätten die Flammen lange, zur Decke hin spitz zulaufende schwarze Zungen hineintätowiert, verewigt im Moment ihres letzten gierigen, allen Sauerstoff verschlingenden Aufloderns.

Und in einer dreieckigen großen Spiegelscherbe, die einer der Feuerwehrleute soeben aus dem Laden trug, sah Christmas für eine Sekunde sich selbst. Seinen leeren, gefühllosen Blick. Und er erkannte sich nicht wieder.

Während die Feuerwehrleute den Metallstutzen vom Hydranten lösten und den gewachsten Löschschlauch wieder auf den Schlauchwagen des Feuerwehrautos rollten, bemerkte Christmas einen Lieutenant der Polizei und hinter ihm eine etwa fünfzigjährige Frau, die verzweifelt schluchzte und sich an die Schultern eines Mannes um die dreißig klammerte, der groß und kräftig war, riesige Hände hatte und Pep ähnelte wie ein Ei dem anderen. Du hattest eine Frau und einen Sohn, schoss es Christmas durch den Kopf. Das wusste ich nicht, Pep.

Ein plötzlicher Windstoß verfing sich im Laden – gerade als der Lieutenant die Frau warnte: »Sehen Sie nicht hin, Mrs. LoGiudice!« – und blies den Rauch hinaus, schlug ihn der Menge ins Gesicht wie eine giftige Ohrfeige, bevor er ihn hoch in der Luft zerstreute. Und da sah Christmas Pep. Er sah, was von ihm übrig war. Mitten in der Metzgerei.

Die Frau schrie auf.

Der Stuhl war aus Metall. Der Stuhl, auf dem Pep immer gesessen hatte, wenn er in der Gasse hinter dem Laden seine Zeitung gelesen hatte. Und Christmas sah, was vom Stuhl und von Pep übrig war. Mitten in der Metzgerei, mit dem verbogenen Stuhlrahmen verschmolzen, ein verdorrter Klumpen Fleisch, der nichts mehr mit dem gutmütigen Riesen zu tun hatte, der er zu Lebzeiten gewesen war.

»Sie haben ihn mit Draht an den Stuhl gefesselt«, erklärte ein Polizist seinem Kollegen. »Hätten sie ein Seil benutzt, wäre es verbrannt, und der arme Kerl hätte sich vielleicht retten können.«

Wieder schrie Peps Frau auf. Dann musste sie husten. Ihre Knie gaben nach. Ihr Sohn wollte sie wegführen, doch sie stemmte sich gegen ihn und schrie gellend: »Nein!«

Alles Gute zum Geburtstag, dachte Christmas.

»Lass uns abhauen«, wisperte ihm Joey ins Ohr. »Ich war einkaufen.«

Christmas drehte sich zu ihm um. Joeys Augen schienen noch tiefer in den Höhlen zu liegen, wie in einem Moor oder in dunklem Treibsand, der langsam seinen Blick verschlang. Und als Christmas sich in diesen Pupillen, die nicht mehr die eines Jungen waren, gespiegelt sah, erkannte er sich aufs Neue nicht wieder. Hastig schaute er weg, um den Fragen – und, mehr noch, den Antworten – nicht die Zeit zu geben, sich in ihm zu konkretisieren. Mit einem Mal sehnte er sich verzweifelt nach Santo, den er schon seit mehr als zwei Jahren nicht mehr gesehen hatte. Beinahe war ihm nach Lachen zumute, als er an Santos pickliges Gesicht zurückdachte, an seine Gutgläubigkeit, an die Angst, die ihm die Stimme versagen ließ. An die Pickelcreme, die sie Pep aufgeschwatzt hatten für ...

Christmas riss die Augen auf. Was war mit Lilliput passiert? Er schlüpfte an dem Polizisten, der ihn aufzuhalten versuchte, vorbei und gelangte bis an die noch immer glühende Ladentür, durch die ihm feuchtheiße, beißende Luft entgegenschlug. Suchend ließ er den Blick über das verbrannte Fleisch schweifen.

Der rothaarige Polizist packte ihn am Arm und zog ihn zurück. Ohne zu wissen, was er sagen oder fragen sollte, sah Christmas hinüber zu Peps Sohn.

»Warten Sie«, sagte da die Witwe zu dem Polizisten. »Hast du meinen Pep gekannt, Junge?«

»Ja, Ma'am.«

»Wie heißt du?«

»Christmas.«

Für einen Moment meinte er, hinter alldem Schmerz im Gesicht der Frau eine glückliche Erinnerung aufblitzen zu sehen. »Du bist der Junge, den Pep von der Straße fernhalten wollte, hab ich recht?«

Christmas versetzte es einen Stich in die Magengrube. Er schüttelte den Kopf. »Nein, Sie irren sich ... Sie müssen mich mit jemandem verwechseln ...«

Die Witwe musterte ihn von Kopf bis Fuß. Mit einer innigen Vertrautheit, die Christmas unvorbereitet traf, strich sie ihm über den Kragen des Jacketts. »Ein schöner Anzug«, sagte sie leise. »Hast du gesehen, was sie mit ihm gemacht haben, Christmas?« Dann wandte sie sich ab.

Regungslos blieb er stehen. Der rothaarige Polizist zog ihn hinüber zur Menge der Schaulustigen. »Und Lilliput?«, rief Christmas der Frau hinterher.

Signora LoGiudice nahm ihn gar nicht mehr wahr. Peps Sohn jedoch drehte sich zu Christmas um. »Sie ist letztes Jahr gestorben. An Altersschwäche«, erklärte er.

Die Witwe blickte zu ihrem Sohn auf, als sähe sie wieder Pep vor sich, und streichelte ihm über das Gesicht. Und unwillkürlich senkte sich ihr Blick hinab zu seinen Füßen, als suchte sie nach der hässlichen kleinen, räudigen Hündin mit den vorstehenden Augen, die Pep so geliebt hatte. Abermals zuckte sie schluchzend zusammen. Tränen standen in ihren Augen, als sie erneut zu Christmas herüberschaute. »Hast du gesehen, was sie mit ihm gemacht haben?«, sagte sie wieder. Ihr Blick war ins Leere gerichtet, und ihre Frage war an niemanden im Besonderen gerichtet. Vielleicht wiederholte sie sie schlicht auf der Suche nach Halt, während sie sich an ihren Sohn klammerte, der alles war, was ihr noch geblieben war.

Christmas hielt ihren Blick nicht aus und entwand sich dem Griff des Polizisten. »Gehen wir«, sagte er schroff zu Joey und drängte sich mit ausgefahrenen Ellbogen wütend durch die Menge, als bekäme er plötzlich keine Luft mehr. Außer Atem blieb er erst stehen, als er auf der anderen Straßenseite angelangt war. Erneut betrachtete er die gesamte Szenerie – die Schaulustigen, den Feuerwehrwagen, der den Laden verdeckte, den Rauch, der über der Metzgerei in die Höhe stieg –, jetzt jedoch kannte er jedes einzelne Detail. Wo warst du?, grübelte er. Wo bist du die ganze Zeit gewesen? »Ach, verflucht!«, schimpfte er schließlich laut, um die Selbstvorwürfe zu übertönen, die er nicht mehr unterdrücken konnte.

»Ach, verflucht!«, rief auch Joey aus, doch er lachte dabei. »Lass uns schleunigst abhauen.«

Christmas fuhr herum. Hinter Joey erkannte er die Mitglieder der Jugendbande, die ihn nicht gewollt hatte, als er noch ein Kind gewesen war. All diese Jungs hatten einen ebenso abgebrühten, kalten und teilnahmslosen Blick wie Joey. Ihre Hände steckten in den Hosentaschen. Und sie grinsten, während sie ihn musterten. Unbedeutende Handlanger der Ocean Hill Hooligans waren sie geworden. Unentwegt lungerten sie bei *Sally's Bar & Grill* herum und warteten, dass irgendjemand ihnen einen Auftrag gab.

»War das Dasher?«, schrie Christmas und ging auf sie los.

Doch Joey hielt ihn zurück. Dann ertönte der Pfiff eines Polizisten. Alarmiert drehte Christmas sich um. Als er wieder nach der Gang Ausschau hielt, war die Straße wie leer gefegt.

»Weg hier, verdammt!«, sagte Joey.

Eilig folgte Christmas ihm. Er rannte beinahe. Und bald waren sie im schmutzigen Labyrinth des Ghettos untergetaucht. In einer engen Gasse blieben sie schließlich stehen. Joey zog sein Hemd aus der Hose und ließ einen Damengeldbeutel, eine Brieftasche, eine Taschenuhr und ein paar Münzen auf die Pflastersteine fallen. Er lachte.

»Ich hab dir doch gesagt, ich war einkaufen«, sagte er, während er den Geldbeutel und die Brieftasche durchsuchte, alte Fotos und zerknitterte Zettel wegwarf und zwei magere Dollar herausfischte. »Armseliges Pack«, brummte er kopfschüttelnd.

»Das war Frank Abbandando«, sagte Christmas.

»Ja, und?«

»Pep wollte ihm kein Schutzgeld zahlen.«

»Blöder Arsch«, meinte Joey schulterzuckend und voller Groll. »Weißt du noch, was dieser Scheißmetzger zu mir gesagt hat? Fahr zur Hölle, Pep! Du kannst mich mal. Ich bin hier, und du bist ein gegrillter Arsch.«

Mit verbissener Miene presste Christmas ihm den Unterarm an die Kehle, stieß ihn mit Wucht gegen die Mauer und drückte ihm die Luft ab. Aber erneut sah er sich selbst in Joeys schwarzen Pupillen.

»Du bist der Junge, den Pep von der Straße fernhalten wollte, hab ich recht?« Die Worte der Witwe schwirrten Christmas durch den Kopf. Und während er sich in Joeys Augen spiegelte, erkannte er sich wieder. Er war wie Joey. Er war wie die Ocean Hill Hooligans. Er war wie Frank Dasher Abbandando. Er war ein Ganove. Und er würde zum Mörder werden. Denn wenn das eigene Leben nichts wert ist, wenn man keine Achtung vor sich selbst hat, sind irgendwann auch die anderen nichts mehr wert. Andere wie Pep. Ein gegrillter Arsch. Er ließ Joey los.

Joey hustete, spuckte aus und atmete einige Male keuchend. »Verdammt, was ist denn in dich gefahren?«, sagte er und trat gegen den leeren Geldbeutel. »Was ist in dich gefahren, verfluchte Scheiße?«

34

Manhattan, 1926

Die Reifen quietschten auf dem groben Asphalt der Cherry Street, als der Cadillac Type V-63 auf den Straßenrand zusteuerte. Christmas wandte sich um. Noch während der Fahrt wurde die Wagentür aufgestoßen. Er sah, wie ein Mann um die dreißig – blond, helle Augen, Segelohren und eine eingeschlagene Adlernase – vom Trittbrett auf ihn zusprang, ihn am Kragen packte und ihm den Griff einer Pistole gegen die Stirn schlug. Dann wurde er in Richtung des Autos gestoßen und fand sich gleich darauf im Wageninneren wieder. Während ihm das Blut in die Augen rann, stürzte er vornüber mit dem Kopf auf die Beine eines gut gekleideten dunkelhaarigen Mannes mit einem grauen Hut und einem Gesicht, das mit seinem offenen Lächeln und der knubbeligen Nase an einen Cockerspaniel erinnerte. Der Mann nahm ihn bei den Schultern und richtete ihn wieder auf, während der Blonde ins Auto stieg und der Fahrer Vollgas gab.

Ich sollte eigentlich Angst haben, dachte Christmas, als er mit der Stirn gegen die Schulter des Mannes mit dem Cockerspanielgesicht prallte und ihm dabei den Anzug beschmierte. Der Mann stieß ihn von sich, das Lächeln auf seinen wulstigen Lippen erstarb. Er hob den Arm, um den Blutfleck auf seinem Anzug zu begutachten. Im nächsten Moment spürte Christmas einen Ellbogen, der ihm die Unterlippe gegen die Zähne schlug. Und er hörte den Mann mit dem Cockerspanielgesicht sagen: »Blöder Idiot.«

Christmas lehnte den Kopf nach hinten an den Ledersitz, der nach billigen Zigarren und Schießpulver roch. Er forschte in seinem Innersten nach der Spur eines Gefühls, tauchte jedoch mit leeren Händen wieder auf. Er schloss die Augen und lauschte. Nichts. Ich sollte eigentlich Angst haben, sagte er sich wieder und warf einen raschen Blick zu dem Mann hinüber, der finster vor sich hin starrte. Aber es kümmert mich einen Scheiß.

Peps Tod hatte eine Reihe von Fragen in ihm aufgeworfen, denen Christmas sich nie hatte stellen wollen. Ihm war so vieles bewusst geworden. Wäre er danach gefragt worden, wie er die zwei Jahre, seit Ruth nach Kalifornien aufgebrochen und aus seinem Leben verschwunden war, verbracht hatte, er hätte es nicht sagen können. Er hatte sich ganz einfach dem Leben überlassen, so wie er sich auch jetzt, auf dem Rücksitz des Wagens, dem Leben überließ. Phasen jugendlicher Unbekümmertheit hatten sich mit Phasen jugendlicher Verzweiflung abgewechselt, ohne dass die einen oder die anderen Narben bei ihm hinterlassen hatten. Hätte er jedoch eine Art roten Faden, ein Bindeglied zwischen beiden nennen sollen, so hätte er einzig von jenem Abend vor zwei Jahren in der Grand Central Station gesprochen. Und von Ruths Augen, die unablässig auf ihm gelegen hatten. Von dem langen Zug hätte er erzählt, der immer kleiner wurde und schließlich ganz im Schlund der Wolkenkratzer verschwand, der ihm Ruth wegnahm und ihm die einzige tiefe, entstellende Wunde seines Lebens zufügte, die noch immer blutete und niemals heilen würde. Er hätte sich erinnert, wie ihn die vielen Menschen auf den Bahnsteigen angerempelt hatten, als sähen sie ihn gar nicht, als wäre er nicht da, und er hätte jedes einzelne ihrer tausend überflüssigen Worte wiederholen können, die ihm auch jetzt, zwei Jahre später, noch in den Ohren rauschten wie Brandungswellen, die mit tiefem Grollen gegen Felsen schlugen, wie das Gekreische der Möwen am Strand. Eine sinn- und kraftlose Kakofonie, die nicht gegen seine eigene Stimme ankam, die unablässig flüsterte: »Ruth ...«

Und während der Cadillac auf ein unbekanntes Ziel zubrauste, überlagerten sich in seinem durch die Schläge verwirrten Verstand die Worte »Idiot« und »Ruth« und formten dann einen einzigen Gedanken. Du bist noch immer der Idiot, der Ruth liebt. Da schloss er die Augen und lächelte. Und zugleich war ihm nach Weinen zumute, so stur und beharrlich war seine Liebe, die ihn an jenen Abend in der Grand Central Station kettete. Die es ihm unmöglich machte, sein Leben zu leben, da sie ihn – wie ein Strudel, dem man nicht entrinnen kann – zu dem einen Augenblick hinzog, in dem er nicht imstande gewesen war, einen Schritt auf Ruth zuzugehen, durch die kalte Fensterscheibe hindurch ihre Hand zu berühren und ihr all seinen Schmerz entgegenzuschreien.

Der Cadillac glitt durch die staubigen Straßen des Ghettos. Christmas' Kopf pochte heftig, seine Lippe schwoll immer mehr an. Der Mann mit dem Cockerspanielgesicht mühte sich, mit einem Taschentuch das Blut von seiner Anzugjacke zu reiben.

»Wo bringt ihr mich hin?«, fragte Christmas mit ausdrucksloser Stimme.

Mit dem Finger an den Lippen forderte der Blonde ihn auf zu schweigen.

»Was wollt ihr?«

Heftig und unerwartet schlug der Blonde ihm die Faust in die Magengrube. Christmas krümmte sich atemlos zusammen. Der Fahrer lachte und wich einem Fußgänger aus, wodurch der V-63 ins Schleudern geriet. Christmas prallte gegen den Arm des Blonden.

»So was, du bist echt ein blöder Idiot!«, schimpfte der und versetzte Christmas einen Schlag gegen den Hals.

Das kümmert mich einen Scheiß, dachte Christmas wieder und stöhnte vor Schmerz.

In den Wochen gleich nach Ruths Abreise war es Christmas eines Nachts mit Joeys Hilfe gelungen, in die kleine Pförtnerloge in der Park Avenue einzubrechen. Er hatte einen Brief gefunden, der mit der Morgenpost den Isaacsons nachgeschickt werden sollte und an ein Hotel in Los Angeles adressiert war, an das *Beverly Hills Hotel*, 9641 Sunset Boulevard. Christmas schrieb Ruth einen Brief, erhielt jedoch keine Antwort. Also schrieb er ihr wieder und wieder. Und er fand sich nicht mit Ruths Schweigen ab, bis eines Tages sein letzter Brief mit dem einzigen Vermerk zurückkam: *Empfänger unbekannt verzogen.* Doch Christmas gab sich nicht geschlagen. Er ging zu AT&T und rief im *Beverly Hills Hotel* an. Man fragte nach seinem Namen und teilte ihm nach einer endlosen Wartezeit, die ihn zwei Dollar und neunzig Cent kostete, ausweichend mit, die Isaacsons hätten keine Adresse hinterlassen. Aber Christmas begriff, dass sein Name auf eine Liste unerwünschter Personen gesetzt worden war. Daher spannte er seine Mutter ein. Mit ihr zusammen ging er erneut zu AT&T, trug ihr auf, sich dem Concierge des *Beverly Hills Hotels* als Mrs. Berkowitz, eine Nachbarin aus der Park Lane, vorzustellen, bei der Mrs. Isaacson versehentlich einen Nerzmantel vergessen habe, und so kamen sie wie durch Zauberei an die Adresse einer Villa in Holmby Hills. Aber Ruth antwortete auch weiterhin nicht auf Christmas' Briefe.

»Halt vor dem Eingang an«, sagte der Mann mit dem Cockerspanielgesicht zum Fahrer.

»Nicht hinter dem Haus?«, fragte der.

»Redet Lepke etwa Chinesisch?«, wetterte der Blonde los, und versetzte dem Fahrer einen Schlag in den Nacken. »Als Fahrer bist du eine Katastrophe, und davon abgesehen gehst du einem auf den Geist. Wenn Lepke dir was sagt, machst du das, basta.«

Der Fahrer zog den Kopf ein und warf Christmas im Rückspiegel einen flüchtigen Blick zu. Er mag um die zwanzig sein, dachte Christmas. So alt wie ich. Wie viele Autos, in denen Ratten saßen, mochte er schon gesteuert haben? Wie viele Tote hatte er wohl bereits zu Gesicht bekommen? Wie viele Schüsse gehört? Zu viele, dachte Christmas. Und nun gab es für ihn kein Zurück mehr. Er mochte um die zwanzig sein. So alt wie er selbst.

»Was wollt ihr von mir?«, fragte Christmas abermals. Dabei nahm er in seiner Stimme einen neuen, zunehmend besorgten Unterton wahr.

»Gurrah, dieser Wagen ist voll von Nervensägen«, bemerkte der Mann mit dem Cockerspanielgesicht ganz gelassen, während er das blutverschmierte Taschentuch aus dem Fenster warf.

Der Blonde schlug zu. Ein blitzschneller, mechanischer Fausthieb traf Christmas auf den Mund. Dann klopfte der Schläger dem Fahrer auf die Schulter. »Fahr rechts ran«, befahl er ihm.

Abrupt hielt der V-63 mitten auf der Straße. Der Blonde zog Christmas aus dem Wagen und stieß ihn zwischen einem braunen Pontiac und einer brandneuen LaSalle-Limousine hindurch in Richtung Bürgersteig. Christmas versuchte zu entwischen. Der Blonde aber hielt ihn fest und ließ sich nicht aus dem Gleichgewicht bringen. Er trat ihm in die Kniekehlen, sodass Christmas stürzte und mit dem Gesicht auf den Boden schlug. Am Jackenkragen zog er ihn wieder hoch. Christmas sah, dass sie vor dem *Lincoln Republican Club* an der Ecke Allen und Forsythe angekommen waren. Da plötzlich ging ihm auf, wer der Mann mit dem Cockerspanielgesicht war. Und sein blonder Schläger. Und wen er, Christmas, treffen würde.

Wenn ich erst einmal dort drin bin, schoss es ihm durch den Kopf, gibt es auch für mich kein Zurück mehr. Wie für den namenlosen Fahrer. Wie für Pep und Ruth. Da bekam er es mit der Angst zu tun.

»Ich hab euch nichts getan«, sagte er.

»Beweg dich, du Penner«, befahl der Blonde und drängte ihn zum Eingang des *Lincoln.*

»Lepke Buchalter und Gurrah Shapiro«, murmelte Christmas, dem der Schrecken nun den Magen zusammenschnürte.

»Halt die Klappe«, sagte der Blonde und stieß ihn mit Gewalt gegen die Tür des *Lincoln.*

Im Club saß Greenie auf einem Stuhl, im Mundwinkel eine Zigarette. Greenie sah in seinem Zweihundert-Dollar-Anzug aus wie ein leuchtend bunter Papagei.

»Greenie . . .«, sagte Christmas, an Lippe und Stirn blutend, leise.

Völlig emotionslos erwiderte der Gangster seinen Blick, nur seine Mundwinkel hoben sich kaum merklich, er stieß eine Rauchwolke aus und schüttelte den Kopf.

»Beweg dich, Schwachkopf«, herrschte der Blonde Christmas an und trieb ihn mit einem erneuten Stoß in einen Saal, wo ein Mann mit dem Rücken zu ihnen allein Billard spielte.

Hier also bist du jetzt gelandet, dachte Christmas. Seine Augen füllten sich mit Tränen. Und plötzlich – während man ihn auf einen Stuhl drückte – sah er wieder die Straße vor sich, die Welt, die Joey ihm gezeigt hatte und in die er sich ohne Gegenwehr, ohne die Folgen zu bedenken, hatte hineinziehen lassen. Er dachte an sein Leben, an die beiden zurückliegenden sinnlosen Jahre und begriff, dass er in eine Sackgasse geraten war.

Mit einem gezielten Stoß versenkte der Mann, der mit dem Rücken zu ihm stand, die Acht in der Seitentasche. Die unterhalb der Mitte getroffene weiße Kugel stoppte unmittelbar nach ihrem Aufprall auf die Acht und rollte dann unter der Wirkung des Effets langsam zurück, bis sie eine Handbreit vor der Fünf nah bei einer der Ecktaschen liegen blieb.

»Guter Stoß, Chef«, rief ein kleiner, untersetzter Typ mit buschigen Augenbrauen und einem stumpfen, seltsam affenartigen Gesicht. Dem Mann ragte eine schwere Pistole aus dem Schulterholster.

Ohne ihn auch nur eines Blickes, geschweige denn einer Antwort zu würdigen, wandte der Billardspieler sich zu Christmas um. Den Queue in der Hand, musterte er ihn schweigend.

Seitdem der Rolls des alten Saul Isaacson zum ersten Mal in der Monroe Street vor dem Haus, das Sal Tropea gehörte, vorgefahren war, hatte die gesamte Lower East Side an die Geschichte geglaubt, die Christmas erfunden hatte. Alle hatten sich – ganze vier Jahre lang – den Namen dieses Mannes zugeraunt, da sie überzeugt waren, Christmas mache Geschäfte mit ihm. Mit dem Mann, der als »Mr. Big« oder »The Fixer« oder »das Gehirn« bekannt war. Dem Mann, der stets ein dickes Bündel aufgerollter Geldscheine bei sich trug und der 1919 die World Series der Baseball-Liga manipuliert hatte. Dem Gangsterboss, den Christmas in Wahrheit nie kennengelernt hatte, dem Mann aus Uptown. Christmas erkannte ihn sofort. Er hatte von der diamantenbesetzten Krawattennadel und der goldenen Uhr erzählen hören. Und von den langen, schlanken Fingern und den schmalen Handgelenken.

Der Mann ließ ihn nicht aus den Augen, während er auf ihn zukam. Er war schlank und von dunkler Schönheit, hohe Stirn und markante Nase, schmale Lippen, leicht schräge Augen und ein Leberfleck auf der linken Wange. Mit seiner natürlichen Eleganz wirkte er nicht wie ein Gangster. Sein maßgeschneiderter Wollanzug war dunkel und stilvoll. Wie ein Geschäftsmann sah er aus. Und er war auch einer, das wusste Christmas. Was ihn aber am meisten beeindruckte, war die Art, wie der Mann ihn schweigend ansah. Liebenswürdig und eiskalt zugleich, gleichsam als mischten sich in seinem Blick Eleganz und Brutalität.

Ohne ein einziges Wort gesagt zu haben, kehrte der Mann an den Billardtisch zurück. Und während er die Fünf im Eckloch versenkte und anschließend die Lage der anderen Kugeln studierte, als wäre er allein im Raum, spürte Christmas, dass er seine Angst nicht mehr zu beherrschen vermochte.

»Mr. Rothstein ...«, hob er mit dünner Stimme an.

Arnold Rothstein drehte sich nicht um. Er gab der weißen Kugel einen seitlichen Effet, sodass sie von der Bande rückwärts abprallte und dabei gegen die Dreizehn stieß, die vom Loch verschluckt wurde. Rothstein richtete den Queue auf die Drei in der entgegengesetzten Ecke. Zwischen dem Spielball und der Drei lag die Neun.

Es kümmert mich einen Scheiß, dachte Christmas in dem Moment, und die Angst, die ihm die Kehle zugeschnürt hatte, verflog mit einem Mal. Und urplötzlich wurde ihm klar, dass sein Weg nirgendwohin führte, dass er seit zwei Jahren sein Leben wegwarf. Und wie die Billardkugeln war er früher oder später dazu bestimmt, in einem schwarzen Loch zu verschwinden. »Es kümmert mich einen Scheiß«, sagte er da mit kraftvoller Stimme und richtete sich ein wenig auf dem Stuhl auf.

Rothstein verpatzte den Stoß. Der Holzqueue vibrierte misstönend, die weiße Kugel nahm einen Schlingerkurs, stieß gegen die Neun und blieb, während sie sich um sich selbst drehte, mitten auf dem grünen Tuch liegen. Eine unnatürliche Stille senkte sich über den Raum.

»Was hast du gesagt, Junge?«, fragte Rothstein und warf den Queue auf den Tisch.

Christmas hatte keine Angst mehr. War er am Ende der Sackgasse angelangt? Vielleicht. Aber waren die vergangenen zwei Jahre nicht eine einzige, lange Sackgasse gewesen? Wortlos sah er Rothstein an.

»Hast du ihm was erklärt?«, wandte sich Arnold Rothstein an Lepke.

Louis Lepke Buchalter schüttelte den Kopf.

»Nein ...«, sagte Rothstein. »Kannst du dir denn vorstellen, Junge, weshalb du hier bist?«

Christmas verneinte. Seine Lippe und seine Stirn schmerzten. Auch der Hals, die Knie und der Bauch.

»Nein ...«, wiederholte Rothstein ruhig und hielt ihn weiter fest im Blick. »Ist Greenie da?«

Lepke nickte.

»Greenie kennt mich«, sagte Christmas.

»Ich weiß«, gab Rothstein zurück. »Er ist dein Anwalt. Andernfalls wärst du längst tot.«

Christmas schluckte, und er schmeckte Blut.

»Nun, Junge, ich warte noch immer«, fuhr Rothstein fort. »Was hast du vorhin gesagt?«

Christmas wischte sich mit dem Jackenärmel über die Augen. Er betrachtete die dunklen Blutspuren auf dem Stoff. »Es kümmert mich einen Scheiß«, sagte er.

Rothstein brach in Gelächter aus. Aber sein Lachen hatte nichts Fröhliches. »Raus«, befahl er gleich darauf mit kalter, schneidender Stimme.

Lepke, Gurrah und der affengesichtige Handlanger verließen den Raum. Rothstein griff nach einem Stuhl und stellte ihn vor Christmas auf. Tief atmete er ein und aus. Er rieb sich die Fingerspitze, die von der Billardkreide blau verfärbt war. »Es kümmert mich einen Scheiß ...«, wiederholte er leise. »Was genau kümmert dich einen Scheiß?«

»Wollen Sie mir Angst einjagen?«, fragte Christmas und richtete sich herausfordernd weiter auf dem Stuhl auf.

Rothstein grinste. »Willst du mir etwa weismachen, du hättest keine Angst?«

»Ich habe keine Angst vor Ihnen«, entgegnete Christmas. So sicher war er sich dessen nicht. Dennoch trieb ihn innerlich irgendetwas dazu, dieses Spiel zu spielen, das Risiko einzugehen, denn er hatte nichts zu verlieren.

Rothstein musterte ihn eindringlich. »In der Lower East Side und in Brooklyn wimmelt es an jeder Straßenecke nur so von

Banden kleiner Gauner wie dir. Um die kümmere ich mich nicht, das wäre so, als finge ich an, Kakerlaken und Ratten zu zählen. New York ist voll davon.«

Stumm sah Christmas ihn an.

»Von dir und den Diamond Dogs habe ich vor einigen Jahren zum ersten Mal reden hören«, fuhr Rothstein fort, »weil du herumerzählt hast, du würdest Geschäfte mit mir machen. Und mir entgeht nichts, was mich betrifft.«

Christmas sah ihm weiter unverwandt ins Gesicht. Er schlug den Blick nicht nieder. Und das, obwohl ihm bewusst war, dass er Rothstein fürchten sollte. Was zum Teufel tust du hier?, fragte er sich selbst. Was zum Teufel versuchst du zu beweisen? Eine Art Sehnsucht nach dem ängstlichen Jungen, der er einst gewesen war, kam in ihm auf. Denn der Christmas, der er einmal gewesen war, hätte eine Heidenangst gehabt, wenn er so blutüberströmt dem mächtigsten Gangsterboss New Yorks gegenübergesessen hätte. Christmas erinnerte sich daran, was Pep zu ihm gesagt hatte: »Für dich ist es noch früh genug, ein Mann zu sein und kein Lump.« Er erinnerte sich daran, wie er sich in den Blicken Joeys und aller Ganoven der Lower East Side gespiegelt und entdeckt hatte, dass er war wie sie: innerlich leer.

»Haben Sie mich deshalb verprügeln lassen?«, fragte er. Und an seinem frechen Ton hörte er abermals, dass er war wie alle Straßenjungen ohne Zukunft, ohne Träume. Getrieben allein von Wut.

Rothstein grinste. Seine weißen Zähne blitzten, als wären es Rasierklingen. »Spiel mir nicht den harten Kerl vor, Junge«, sagte er ganz ruhig. »Dazu hast du nicht das Zeug. Du bist weich wie Butter.«

»Was wollen Sie von mir?« Christmas spannte den Rücken an und machte sich noch größer auf seinem Stuhl.

»Lepke ist ein harter Kerl«, fuhr Rothstein fort, stand auf und wandte Christmas den Rücken zu. »Gurrah ist ein harter Kerl. »Du bist es nicht.«

»Was wollen Sie von mir?«, fragte Christmas erneut und erhob sich.

»Setz dich hin«, sagte Rothstein, noch immer mit dem Rücken zu ihm, ruhig und resolut.

Christmas spürte, wie seine Beine dem Befehl gehorchten, obwohl sein Verstand dagegen aufbegehrte. Unvermittelt saß er wieder.

Als Rothstein den Stuhl knarren hörte, drehte er sich lächelnd um. Er zog ein Taschentuch mit aufgesticktem Monogramm hervor und reichte es ihm. »Wisch dir das Blut ab.«

Christmas tupfte sich mit dem Tuch über die Stirn, bevor er es auf seine Lippe presste.

»Was ist, haben wir genug gespielt?«, fragte Rothstein und klopfte ihm auf die Schulter.

Bei der Berührung hatte Christmas mit einem Mal das Gefühl, in sich zusammenzufallen, als streckte er die Waffen. »Was habe ich getan, Sir?«, fragte er leise, ohne Angriffslust.

»Seit du dich mit Joey Sticky Fein, diesem kleinen Versager, zusammengetan hast, wirst du mir ein bisschen lästig«, erklärte Rothstein, während er sich Christmas wieder gegenübersetzte. Er beugte sich zu ihm vor und legte ihm die Hand auf das Knie, als spräche er zu einem Freund. »Dein Kumpel ist ein faules Ei, als Verräter geboren. Man sieht es ihm an. Aber das ist deine Sache. Der Punkt ist, dass ihr euch ein bisschen an den Mieten für meine Glücksspielautomaten bedient, hin und wieder bei den Kleinhändlern mein Schutzgeld abkassiert und nun auch noch anfangt, mit meinem Zeug zu dealen . . .«

»Ich deale nicht«, protestierte Christmas vehement.

»Wenn deine Leute etwas tun, ist das so, als tätest du es selbst, so lautet die Regel«, sagte Rothstein so ruhig wie ein gewöhnlicher Geschäftsmann.

Christmas zuckte mit keinem Muskel.

»Neuerdings aber schaffst du mir Probleme an den Hals, die ich nicht haben will.« Urplötzlich schlug Rothstein einen scharfen Ton an. »Du erzählst überall herum, Dasher hätte einen gewissen Metzger kaltgemacht ...«

»Er war es!«

»Er war es nicht. Ich habe Happy Maione gefragt, als er bei mir war, um sich zu beschweren.«

»Er war es!«

»Dein Metzger interessiert mich einen Scheißdreck!« Rothstein brüllte nun. Seine Augen verengten sich zu Schlitzen, seine Nasenflügel bebten. Mit ausgestrecktem Finger klopfte er Christmas rhythmisch an die Brust, während er mit heiserer, finsterer Stimme weitersprach. »Er interessiert mich einen Scheißdreck. Mich interessiert nur, keinen Stress mit Happy Maione und Frank Abbandando zu bekommen. Ich kann die beiden jederzeit fertigmachen ... aber dann, wenn es mir passt. Ich will keinen Ärger, nur weil ein kleiner Scheißer, den alle für einen meiner Männer halten, durch die Gegend läuft und Blödsinn verzapft. Happy Maione wollte sich von mir die Erlaubnis holen, dich zu erledigen. Happy kennt nämlich die Regeln. Ich hätte ihm mein Okay geben können ...«

Christmas schlug den Blick nieder.

»Ein komischer Typ bist du. Eigentlich besitzt du keinen Cent, und trotzdem schwören alle, du hättest immer einen Haufen Geld bei dir«, fuhr Rothstein fort. Er stand auf. »Es heißt, du machst jeden Tag fünfzig Dollar für ein rotznasiges Pickelgesicht locker, das als Verkäufer in einem Kleidergeschäft arbeitet.«

»Nein, Sir, das war nur ein Mal, und ich hab mir die Kohle gleich wieder zurückgeholt. Das war nur geblufft.«

Rothstein lächelte. Er wusste nicht, warum, aber der Junge gefiel ihm. Er hätte schwören können, dass er ein Spieler war. »Man hat gesehen, wie du dem Fahrer eines Silver Ghost, von dem alle dachten, es wäre meiner, zehn Dollar Trinkgeld gegeben hast.«

»Die hab ich mir auch gleich wieder zurückgeholt.«

Rothstein lachte. »Was bist du, ein Zauberer? Ein Taschenspieler?«

»Nein, Sir. Aber so schwer ist das nicht«, erklärte Christmas. »Die Leute sehen, was sie sehen wollen.«

»Also, was bist du dann?«, hakte Rothstein belustigt nach. »Ein Betrüger?«

»Nein, Sir«, erwiderte Christmas. Und mit einem Mal erinnerte er sich wieder, wer er einmal gewesen war. Er erinnerte sich an sein Leben, das den beiden Jahren der Finsternis vorausgegangen war. Er erinnerte sich an Santo und Pep und Lilliput und an die Salbe gegen Räude. Und er erinnerte sich an Ruth. Und als wären sie niemals erloschen, sondern nur beiseitegeschoben worden, hielt er wieder all seine Träume in Händen. »Ich bin gut darin, mir Geschichten auszudenken.«

Rothstein sah ihn einen Moment lang prüfend an. »Mit anderen Worten, du verzapfst Blödsinn.«

»Nein, Sir, ich . . .«

»Jetzt reicht es mir aber mit diesem *Sir*«, fiel ihm Rothstein entnervt ins Wort. »Also?«

»Ich kann Geschichten erzählen. Das ist das Einzige, worin ich wirklich gut bin«, sagte Christmas und fand sein Lächeln wieder. Zugleich wusste er, dass er bei einem Blick in den Spiegel auch den Ausdruck in seinen Augen wiedergefunden hätte, der Pep vor vielen Jahren als Erstes an ihm aufgefallen war. »Geschichten, an die die Leute glauben. Die Leute träumen nämlich gern.«

Rothstein setzte sich wieder hin und lehnte sich zu Christmas vor. Seine Miene schwankte zwischen Ungläubigkeit und Belustigung. Er hätte schwören können, dass dieser Junge ein Spieler war. Und Spielernaturen gefielen ihm, war er selbst doch in erster Linie ein Spieler. »Wieso erzählst du herum, du würdest für mich arbeiten?«

Christmas grinste. »Ich habe Ihren Namen nicht ein einziges Mal erwähnt, das schwöre ich Ihnen. Ich habe die Leute bloß glauben lassen, dass ich mit Ihnen Geschäfte mache, und ... na ja, stimmt schon, abgestritten habe ich das Gerücht nie ... aber sie haben sich das alles selbst zusammengereimt.«

Rothstein nahm eine Zigarette aus einem goldenen Zigarettenetui und steckte sie sich unangezündet zwischen die Lippen. »Keiner meiner Leute würde dir abnehmen, dass wir im Geschäft sind.«

»Sicher«, entgegnete Christmas prompt und beugte sich mit einem Enthusiasmus, den er selbst längst verloren geglaubt hatte, zu dem gefürchteten Gangsterboss vor. »Aber auch die könnte ich, ohne es tatsächlich auszusprechen, etwas glauben machen, was ihnen gefällt.«

»Zum Beispiel?«

Die Finsternis ist verflogen, dachte Christmas. Er hatte einfach vergessen zu spielen. Wie und warum das geschehen war, wusste er nicht zu sagen. Weil Ruth aus seinem Leben verschwunden war? Er hatte ihr versprochen, sie wiederzufinden. Aber wie sollte er sie wiederfinden, wenn er selbst sich in den Straßen New Yorks verlor? Er musste sich selbst wiederfinden. Dann würde er auch Ruth finden. »Haben Sie Lust auf eine Wette?«, fragte er.

Rothsteins Augen leuchteten für einen kurzen Moment auf. Einzig seiner Wettleidenschaft wegen hatte er sich vom bequemen Uptown-Leben und der reichen Familie losgesagt. Er hatte es gewusst, dieser Junge war ein Spieler. Rothstein irrte nie in seinem Urteil über einen Menschen. »Worum kann einer, der nichts hat, wetten?«

»Um hundert Dollar?«

»Und woher willst du die nehmen?«

»Sie leihen sie mir. Die sind mein Wetteinsatz.«

Rothstein lachte. »Du bist verrückt«, sagte er, zog jedoch ein dickes Geldbündel aus der Tasche, zählte hundert Dollar ab und gab sie Christmas. »Und ich bin noch verrückter als du. Denn gewinne ich, kriege ich mein Geld zurück, verliere ich, gebe ich dir das Doppelte.« Wieder lachte er.

»Jetzt müssen Sie mir helfen«, sagte Christmas.

»Ich soll dir auch noch helfen zu gewinnen?« Rothstein wirkte immer noch amüsiert.

»Es reicht schon, wenn Sie mir keine Steine in den Weg legen. Wenn Sie mir die Voraussetzung dafür schaffen . . . dass man mir glaubt.«

Ja, der Junge war verrückt. Wie alle Spieler. Und er gefiel ihm immer besser. Der Nachmittag begann, interessant zu werden. »Was soll ich tun?«

»Nichts. Aber ich werde Sie Arnold nennen, so als hätten wir uns angefreundet. Als wollten Sie mich nicht mehr umbringen.«

»Ich hätte dich niemals umgebracht«, warf Rothstein lächelnd ein.

»Aber Ihre Männer, die hätten mich umbringen können, richtig?«

»Ja.« Rothstein lachte, als wäre die Tatsache völlig belanglos. Er stand vom Stuhl auf und wandte sich zur Tür. »Lepke, Greenie, Gurrah, Monkey!«, rief er laut.

Die Männer kamen herein. Sie blickten gewohnt finster drein, und ihr entschlossener Gang verriet, dass sie nicht lange fackelten. Doch als sie sahen, dass Christmas, der die Beine auf dem Stuhl, auf dem zuvor Rothstein gesessen hatte, ausgestreckt und die Hände im Nacken verschränkt hatte, trotz der Spuren, die ihre Schläge hinterlassen hatten, gelassen lächelte, hielten sie kaum merklich inne und sahen zu ihrem Boss hinüber. Rothstein jedoch hatte ihnen den Rücken zugewandt und widmete sich wieder seinem einsamen Billardspiel.

»Greenie«, sagte Christmas. »Arnold hat mir erzählt, dass du dich für mich eingesetzt hast. Für die gute Absicht schulde ich dir was. Aber wir haben schon alles unter guten Freunden geregelt, stimmt's, Arnold?«

Rothstein drehte sich um. Ein amüsiertes Lächeln lag auf seinem Gesicht. Er sagte nichts, er spielte lediglich mit einer Billardkugel in seiner Hand. Mit der Elf, der Zahl, mit der man beim Würfelspiel gewann.

»Entspann du dich auch, Lepke«, sagte Christmas. »Du brauchst mich heute nicht umzubringen.«

Rothstein lachte schallend.

Die drei Gangster wussten nicht, was sie von alldem halten sollten. Ihre kalten Blicke, die selbst angesichts des größten Blutvergießens gleichmütig blieben, wanderten verwirrt zwischen Christmas und Rothstein hin und her.

»Was ist hier los, Boss?«, fragte Monkey, der Handlanger mit dem Affengesicht.

Rothstein sah Christmas an.

»Kennst du die Grundregel nicht, Monkey?«, sagte da Christmas. »Wenn du's nicht gleich kapierst, kapierst du's später. Und wenn du's auch später nicht kapierst, denk dran, ein Boss hat immer einen Grund.« Er sah wieder hinüber zu Rothstein. »Hab ich recht, Arnold?«

»Ich hör dir zu«, erwiderte Rothstein mit hochgezogener Augenbraue. Wirf die Würfel, Junge, schien sein Blick zu sagen.

Christmas lächelte ihm zu. Dann wandte er sich an Lepke, Greenie, Gurrah und Monkey und begann, über die Iren im Allgemeinen zu sprechen, wie sehr er sie hasste, wie korrupt sie als Polizisten waren und wie ungehobelt als Verbrecher. Im gleichen Atemzug kam er dann plötzlich auf sein blondes Haar zu sprechen, das ihm der Hurensohn vererbt hatte, der seine Mutter als junges Mädchen vergewaltigt hatte.

Während die vier Gangster ihm zuhörten, warfen sie Rothstein weiter verständnislose Blicke zu.

»Und es heißt, dass dieser Bastard … aber der ist mir eigentlich scheißegal … dass der Bastard immer einen Schlüsselanhänger mit einer Hasenpfote in der Westentasche hatte.« Christmas nahm die Beine vom Stuhl, stand auf, ging zu den vier Männern hinüber und raunte: »Von einem toten … Hasen, wenn ihr wisst, was ich meine.« Er drehte sich einmal um sich selbst und setzte sich wieder hin. »Ein blonder Mistkerl mit einem toten Hasen in der Westentasche«, sagte er leise, wie zu sich selbst.

»War er einer von den Dead Rabbits?«, fragte Gurrah.

»Das hab ich nicht gesagt«, gab Christmas zurück, streckte ihm warnend den Zeigefinger entgegen und wandte sich Rothstein zu. »Das habe ich nicht gesagt, Arnold.« Dann sah er Gurrah direkt in die Augen. »Hab ich das gesagt?«, fragte er ihn.

»Nein«, antwortete der Gangster.

»Hab ich das gesagt?«, wollte er von Monkey wissen.

»Nein, aber …«

»Aber, aber, aber«, unterbrach Christmas ihn. »Ihr legt mir Worte in den Mund, die ich nicht gesagt habe. Damit das klar ist, mit gewissen Leuten habe ich nichts zu tun. Was ich sicher weiß, ist nur, dass mein Vater, dieser Bastard … tja, der Blitz soll mich treffen, wenn er nicht der beste Freund des Chefs war.«

»Dein Vater war die rechte Hand von …?«, hob Greenie an.

Doch auch ihn unterbrach Christmas mit einer schroffen Geste. »Das weiß ich nicht, und ich will die Namen dieser Scheißtypen auch nicht wissen, Greenie. Alles, was ich weiß, ist, dass er mir diese blonden Haare vererbt hat, durch die ich aussehe wie ein verdammter Ire, und dass sein Blut in meinen Adern fließt, ob ich will oder nicht!« Er spuckte angewidert auf den Boden.

Es folgte ein betretenes Schweigen. Lepke blickte von Rothstein zu Christmas und sagte: »Dein Vater war ein Scheißtyp von einem Iren, du hast recht. Und die Dead Rabbits waren Scheißtypen, so wie alle Iren. Aber sie waren zähe Burschen. In den Straßen Manhattans spricht man noch immer von ihnen.« Daraufhin kam er auf Christmas zu und klopfte ihm auf die Schulter.

»Man hatte mir gesagt, Junge, du wärst nur ein kleiner Versager«, bemerkte Gurrah mit einem Seitenblick auf Greenie. »Aber schon als du hier reinkamst, war mir klar, dass du auf Zack bist.«

Greenie lachte. »Ach, leck mich doch, Gurrah.«

»Das hab ich wirklich gedacht«, protestierte der.

»Na klar doch«, scherzte Greenie weiter. Dann sah er Christmas an. »Ich freu mich, Junge.«

»Tut mir leid, dass ich dich vermöbelt habe«, entschuldigte sich Gurrah nun. »Ging nicht gegen dich persönlich.«

»Kein Problem«, gab Christmas zurück. Während er mit den hundert Dollar in der Hand spielte, ließ er daraufhin den Blick zu Rothstein wandern. »Wollen wir unsere Unterhaltung unter vier Augen zu Ende führen, Arnold?«

Rothstein gab den Männern mit dem Kopf ein Zeichen, woraufhin sie augenblicklich den Raum verließen.

»Ich habe nicht eine einzige Lüge erzählt, Sir«, sagte Christmas, kaum dass sie allein waren. »Abgesehen von der Sache mit den Iren, gegen die habe ich eigentlich gar nichts. Ansonsten war das alles wahr. Meine Mutter war dreizehn Jahre alt, als sie in Italien von einem blonden Kerl vergewaltigt wurde, der mit dem Besitzer des Gutshofs, auf dem sie lebte, befreundet war. Ire war er nicht, nur blond, und genau das habe ich gesagt. Und dem Bastard baumelte eine Hasenpfote aus der Westentasche, während er meine Mutter vergewaltigte. In Italien gilt eine Hasenpfote als Glücksbringer. Und natürlich muss der Hase zwingend tot sein. Aber Ihre Männer glauben jetzt, ich wäre der Sohn eines Mitglieds der Dead Rabbits. Obwohl das zeitlich keinen Sinn ergibt, denn ich müsste vor fast hundert Jahren gezeugt worden sein. Doch ihnen gefällt der Gedanke, weil sie Gangster sind ...«

Rothstein lachte und setzte sich ihm gegenüber.

»Habe ich die Wette gewonnen, Sir?«, fragte Christmas.

»Gib mir die hundert Dollar zurück«, forderte Rothstein.

Christmas erstarrte, bevor er ihm das Geld reichte.

Rothstein nahm es entgegen und hielt es ihm dann wieder hin. »Du hast ein Talent, Blödsinn zu verzapfen. Und du hast gewonnen. Hier hast du deine hundert Dollar.« Er lachte.

»Sagten Sie nicht, wenn Sie verlieren, verlieren Sie doppelt?«, fragte Christmas.

»Übertreib nicht, Junge. Das war ein gutes Trinkgeld. Gib dich zufrieden. Ich verliere nicht gern.«

Christmas grinste und verzog dann das Gesicht. Seine Lippe hatte aufs Neue zu bluten begonnen.

Wieder lachte Rothstein, als verschaffte ihm diese Wunde eine kleine Genugtuung. »Und was fängt man an mit der Gabe, sich Geschichten auszudenken?«

Mit halb offenem Mund starrte Christmas ihn an. Wie gelähmt von einem Bild, das plötzlich in ihm aufgeblitzt war. Ein Paket, das von Fred ausgepackt wurde und aus dem ein schwarzes Radio aus Bakelit zum Vorschein kam. Stimmen und Geräusche wurden wieder lebendig. »Man muss warten, bis sich die Röhren aufgeheizt haben.« Dann ein Rauschen. Und Musik. Und das Klopfen des schwarzen Spazierstocks, mit dem der alte Saul Isaacson auf den Boden pochte. »Weil du die richtige Wahl treffen wirst, wenn du im Leben weißt, wer du sein könntest.« Schließlich sie, Ruth, mit einem Verband um die Hand, auf dem ein Blutfleck prangte. Und ihr schwarzes Haar. Und ihre Stimme. »Ich mag die Sendungen, in denen gesprochen wird.«

»Junge, träumst du?«, fragte Rothstein da. »Wofür zum Henker sollen deine Geschichten gut sein?«

»Ich möchte sie im Radio erzählen«, sagte Christmas.

Arnold Rothstein runzelte die Stirn und neigte den Kopf zur Seite, als verstünde er nicht. »Wieso das?«

»Weil ein ganz bestimmtes Mädchen dann vielleicht meine Stimme hören würde«, erklärte Christmas. »Selbst wenn sie ganz weit weg ist.«

Rothstein massierte sich die Nasenwurzel, spreizte langsam Daumen und Zeigefinger und strich seine Augenbrauen glatt. Der Junge gefiel ihm wirklich. »Das Radio reicht bis in die Ferne«, bemerkte er nur.

»Ja, Sir.«

»Arnold«, sagte Rothstein. »Unter Spielern nennt man sich beim Vornamen, Christmas.«

»Danke . . . Arnold.«

Rothstein erhob sich vom Stuhl und kehrte an den Billardtisch zurück. »Und gib Ruhe in Sachen Dasher und Happy Maione.«

Wortlos sah Christmas ihn an.

»Du kannst gehen«, erklärte Rothstein. »Sag diesem Arschloch von Sticky, er soll vorsichtig sein. Im Gegensatz zu dir ist er mir nicht sympathisch. Und du, halt dich von der Straße fern. Das ist kein Leben für dich.«

Christmas sah den meistgefürchteten Gangster New Yorks lange eindringlich an, bevor er sich zum Ausgang wandte.

»Warte«, sagte da Rothstein hinter ihm. »Ist das mit dem Radio auch so ein Blödsinn von dir?«

»Nein.«

Arnold Rothstein hatte den Mund schon geöffnet, um etwas zu sagen, als er den Kopf schüttelte und schnaufte. »Lass mich darüber nachdenken«, brummte er. Er hob die Hand und ließ sie gleich darauf ruckartig wieder sinken. Als wollte er eine Fliege verscheuchen. »Mach, dass du wegkommst, Christmas.«

35

Manhattan, 1926

Die Nachricht hatte im Nu die Runde gemacht. »Sie haben Christmas Luminita abgeholt«, berichteten die Zeugen aus der Cherry Street. Und wenn es hieß, jemand sei *abgeholt* worden, rechneten nicht viele im Viertel mit seiner Rückkehr. Erst recht nicht, wenn er von Lepke Buchalter und Gurrah Shapiro, zwei großen Tieren, abgeholt worden war, denn wenn sich die beiden persönlich bemühten, bedeutete das, sie handelten im Auftrag des Mannes aus Uptown. Damit wurde eine Rückkehr dessen, der abgeholt worden war, noch unwahrscheinlicher. Die Nachricht verbreitete sich wie ein Lauffeuer. Und innerhalb kürzester Zeit wurde Christmas für tot erklärt.

Eine alte Klatschbase der übelsten Sorte stand bereits mit einem Fuß auf der Treppe des Hauses Nummer 320 in der Monroe Street, um Mrs. Luminita aufzusuchen und sich als Erste im Schmerz der Mutter des Verstorbenen zu suhlen, als derselbe schwarze Cadillac Type V-63, der Christmas abgeholt hatte, ganz in ihrer Nähe anhielt. Und das Herz der Klatschbase schlug höher, als die Wagentür geöffnet wurde und der Abgeholte höchstpersönlich mit geschwollenem, blutverklebtem Gesicht heraustaumelte. Womöglich, so dachte sie, konnte sie miterleben, wie er unmittelbar vor ihren Augen starb. Und im Nu malte sie sich aus, wie anschaulich sie Mrs. Luminita die letzten Augenblicke im Leben ihres Sohnes schildern würde, wie sie ihre Erzählung mit all dem Gift würzen würde, das viele Jahre übles Gerede in ihrem Mund hinterlassen hatten. Und einen Moment lang fühlte sie sich wieder jung, so, als strömte frisches Blut durch ihre von Krampfadern durchzogenen, stämmigen

Beine. Konnte es denn wahr sein, dass das Schicksal beinahe am Ende ihres Weges einen solch grandiosen Theatercoup für sie bereithielt? Und ihr schmaler, verkniffener Mund verzog sich zu einem Grinsen, das ihre Augen glänzen ließ.

Doch da streckte ein Mann mit einem Cockerspanielgesicht den Kopf aus dem Wagenfenster und rief in freundschaftlichem Ton und völlig unaufgeregt: »He, Rabbit, pass auf dich auf! Man sieht sich.«

»Das ist Lepke«, stellte einer der kleinen Ganoven, die sich auf der Straße herumtrieben, verdattert fest. Ringsum wurde bewunderndes Raunen laut.

Die Klatschbase erstarrte. Mit offenem Mund musste sie mit ansehen, wie ein zweiter Kerl mit einer Boxernase aus dem Auto stieg. Er klopfte Christmas Luminita, der keinesfalls den Eindruck machte, als würde er jeden Moment auf dem Bürgersteig zusammenbrechen, zum Abschied auf die Schulter und rief lachend: »Mach's gut, mein Freund!«.

»Leck mich, Gurrah!«, antwortete Christmas grinsend.

Die Klatschbase spürte, wie ihre Beine zu zittern begannen und all der jugendliche Elan, den sie eben noch empfunden hatte, augenblicklich verpuffte. In ihrem Mund machte sich ein bitterer Geschmack breit, Galle oder Hass auf den Jungen, der sie um ihren Theatercoup betrog. Mit einem Ächzen sackte sie auf der Treppe vor dem Haus Monroe Street Nummer 320 in sich zusammen. Und bevor sie starb, hatte sie nur zwei Empfindungen: brennenden Neid auf ein Waschweib ganz in Schwarz, das genau in dem Moment hinzustieß und ihrer Familie die schreckliche Nachricht von ihrem Tod würde überbringen können, und Empörung über den glücklichen Christmas, der pfeifend an ihr vorbeilief, ohne die geringste Notiz von ihr zu nehmen.

»Tritt nicht auf die Alte, Rabbit!«, brüllte Lepke, während der Cadillac mit Vollgas davonbrauste. Das schallende Gelächter der beiden Männer ging im Dröhnen des V8-Zylinder unter.

Christmas tat die Lippe weh. Und ihm war klar, dass er sich in seinem Zustand nicht zu Hause blicken lassen konnte. So durchquerte er den Hausflur und klopfte leise an eine Tür im Erdgeschoss, hinter der er einen alten Freund zu finden hoffte, der bereit war, ihm zu helfen.

»Ach, du Scheiße, Chef, wer hat dich denn so zugerichtet?«, entfuhr es Santo Filesi, als er die Tür der Wohnung öffnete, in der er mit seinen Eltern lebte.

»Wenn ich's dir sage, machst du die Kerle dann fertig?«, fragte Christmas, um einen Scherz bemüht.

Santo lief rot an. »Ich ... nein, ich meinte doch ...«

»Gott segne dich, Santo«, sagte Christmas da und fiel ihm um den Hals.

Eine Woche später sahen die Wunden schon besser aus.

»Du wirst Narben zurückbehalten«, hatte Cetta gesagt. »Die auf der Stirn wird unter deiner Locke verschwinden, die an der Lippe jedoch wird immer zu sehen sein.«

Ein Arzt hatte sie ihm mit ein paar Stichen genäht. Die verkrustete Wunde verlief jedoch fast einen Daumenbreit hinunter bis zum Kinn.

Mit traurigem Blick, als hätte man ihr ein vollkommenes Spielzeug kaputt gemacht, hatte Cetta ihren Sohn gestreichelt. Und dann erzählte sie ihm von Mikey, dem Sohn ihrer Adoptivgroßeltern Tonia und Vito Fraina. Ein stets fröhlicher Junge sei er gewesen, so sagte sie, einer, der das Leben nicht ernst genommen habe, der grelle Anzüge getragen und immer einen Haufen Geld in der Tasche gehabt habe. Cettas Stimme klang weich, warm und liebevoll, aber auch betrübt. Sie erzählte Christmas, dass man Mikey einen Eispickel in Kehle, Herz und Leber gerammt hatte. Und anschließend hatte man ihm ins Ohr geschossen, sodass ihm das halbe Gehirn zur anderen Seite herausgespritzt war. Und weil er noch immer gezuckt hatte, war er mit einem Draht erdrosselt worden. Schließlich hatte man ihn in einen gestohlenen Wagen geladen, so Cetta weiter, und habe Sal, seinen einzigen Freund, gezwungen, sich ans Steuer zu setzen und Mikey und den Wagen auf einer Bauparzelle in Red Hook, Brooklyn, zurückzulassen.

»Ich habe Oma Tonia noch vor Augen«, sagte Cetta. »Sie fuhr immer mit dem Finger über das Foto ihres toten Jungen. Die Aufnahme war schon ganz verblichen, so oft hatte sie ihn gestreichelt . . .« Da legte sie die Arme um Christmas und drückte ihn an sich, den Blick ins Leere gerichtet. Ihre Gedanken wanderten zu ihrer Mutter und zu dem Tag zurück, an dem sie sie zum Krüppel gemacht hatte, um zu verhindern, dass der Gutsherr sie vergewaltigte. Zwanzig Jahre waren seither vergangen, in denen Cetta nicht mehr daran gedacht hatte, all das schien zu einem anderen Leben, zu einer anderen Welt zu gehören. Doch während sie ihren Sohn nun umfangen hielt, verstand sie plötzlich, was damals in ihrer Mutter vorgegangen war. Und nach zwanzig Jahren vergab sie ihr.

»Hör mir zu, Christmas«, sagte Cetta da mit den Worten ihrer Mutter in ebenso strengem Tonfall und schob ihn ein Stück von sich. »Du bist nun erwachsen und verstehst mich genau, wenn ich mit dir rede, ebenso wie du, wenn du mir in die Augen siehst, genau verstehst, dass ich fähig bin zu tun, was ich dir jetzt sage. Solltest du dein Leben nicht ändern, bringe ich dich lieber eigenhändig um.« Einen kurzen Moment schwieg sie. »Ich bin nicht wie Oma Tonia. Ich werde nicht das Foto meines toten Sohnes streicheln.« Ihre Augen füllten sich mit Tränen, doch ihr Blick blieb hart und entschlossen. Langsam ballte sie die Hand zur Faust und versetzte ihm urplötzlich mit aller Kraft einen Hieb gegen die Brust. Dann verließ sie das Haus.

Als sie zehn Minuten später wieder zurückkam, hielt sie ein Paket in der Hand.

Den Kopf in die Hände gestützt, die Finger im weizenblonden Haar vergraben, saß Christmas noch immer auf dem Sofa.

»Steh auf«, sagte Cetta.

Christmas sah sie an und gehorchte.

»Zieh dich aus.«

Christmas runzelte zunächst die Stirn, doch als er den unnachgiebigen Blick der Mutter bemerkte, legte er Jacke, Hose und Hemd ab, bis er nur noch mit einem wollenen Unterhemd, halblangen Unterhosen und Strümpfen bekleidet dastand. Cetta sammelte seine Kleider auf, knüllte sie zusammen, ging zum Herd, öffnete die Ofenklappe und warf das Kleiderbündel in die glühenden Kohlen.

Christmas schwieg.

Aus dem Herdrost stieg bereits dichter Rauch auf, als Cetta zurückkam und ihm schroff das Paket zuwarf. »Ab heute ziehst du dich nicht mehr an wie ein kleiner, mieser Gangster«, sagte sie entschlossen.

Christmas öffnete das Paket und hielt kurz darauf einen braunen Anzug, wie ihn die gewöhnlichen Leute im Viertel trugen, und ein weißes Hemd in Händen.

»Und kämm dich«, sagte Cetta noch, während sie ihm den Rücken zuwandte, in ihr Schlafzimmer ging und die Tür zuschlug, weil die Angst sie nun zu übermannen drohte.

Halb nackt, den braunen Anzug und das weiße Hemd in der Hand, stand Christmas wie versteinert mitten im Wohnzimmer, während der Raum sich mit dichtem, beißendem Rauch füllte, der ihm die Tränen in die Augen trieb. Genau wie der Rauch, der aus Peps Metzgerladen geströmt war. Er musste husten. Schließlich riss er das Fenster auf. Er blickte hinunter auf die Straße, nahm die Stimmen der Leute wahr und beobachtete zerlumpte Jungen, die um einen Betrunkenen herumscharwenzelten. Sie warteten nur auf einen geeigneten Moment, ihn zu beklauen. Die kalte Luft, die sich mit dem Rauch seiner brennenden Kleider mischte, ließ Christmas erschauern.

Langsam streifte er da das weiße Hemd und den braunen Anzug über.

»He, Diamond, man erkennt dich gar nicht wieder. Was ist denn mit dir passiert?«, lachte Joey. »Du siehst aus wie ein Angestellter. Wo hast du denn den Anzug her, aus der Lumpensammlung?«

»Seit zwei Wochen bist du untergetaucht.« Christmas packte ihn am Jackenkragen und zog ihn zu sich heran. »Wo zum Henker hast du gesteckt?«

Joey breitete die Arme aus, grinste verschlagen und neigte den Kopf zur Seite. »Reg dich ab. Ich hatte ein paar Geschäfte zu regeln ...«

Ohne seinen Griff zu lockern, drückte Christmas ihn gegen die Wand. »Was für Geschäfte?«

»Reg dich ab ...« Joey grinste noch immer, doch in seinem Blick, der Christmas auszuweichen versuchte, spiegelte sich wachsendes Unbehagen. »Die üblichen Geschäfte, Diamond.« Er steckte die linke Hand in die Hosentasche. »Hier hab ich deinen Anteil, keine Sorge, schließlich sind wir Partner, richtig? Ich vergesse doch meinen Partner nicht ...«

»Wieso bist du untergetaucht?« Christmas' Stimme hallte finster durch die Gasse. »Hattest du mich schon abgeschrieben? Hast du dir vor Schiss in die Hose gemacht?«

»Was redest du denn da?« Die Hand noch immer in der Tasche, lachte Joey, doch es klang ein wenig schrill. Noch immer vermied er es, ihm in die Augen zu schauen.

Christmas drückte ihn noch fester gegen die Wand. »Sieh mich an! Wieso bist du untergetaucht?«

Joeys Augen wurden schmal. Plötzlich fuhr seine Hand aus der Tasche, ein Messer schnappte auf, und Christmas spürte die spitze Klinge in seiner Seite, nahe der Leber. »Nimm deine Hände weg von mir, Diamond!«, zischte Joey.

Christmas hielt ihn weiter im Griff. Er sah Joey geradewegs in die Augen, und langsam breitete sich ein verächtliches Grinsen auf seinen Lippen aus. »Ja, du hast dir in die Hosen gemacht«, stellte er leise fest.

Die Klinge bohrte sich fester in seine Seite. »Lass mich los«, wiederholte Joey. »Wir sollten nicht alles durcheinanderbringen.«

»Sag es«, beharrte Christmas voller Abscheu. »Sag, dass du dir in die Hose gemacht hast.«

Schweigend forderten die beiden Jungen einander heraus, Auge in Auge. Bis Joey schließlich unter dem Druck der Verachtung, die er in Christmas' Gesicht las, langsam das Messer sinken ließ. »Du bist eine Null«, sagte er zu ihm. »Du bist genau wie Abe der Trottel, vom gleichen Schlag wie mein Vater.«

Christmas lächelte, während er von ihm abließ und sich zum Gehen wandte.

»Du bist ein Nichts, ein Niemand«, sprach Joey weiter, und seine Stimme bebte vor Groll. »Ich hab dich doch in den letzten Jahren durchgefüttert. Die Diamond Dogs sind nichts als Blödsinn. Du bist ein wandelnder Blödsinn. Nur ein Vollidiot wie Santo konnte an deinen Blödsinn glauben. Du denkst, das wäre ein Spiel . . . Sieh mich an! Jetzt sieh du mich an!«, schrie er auf einmal.

Christmas drehte sich um. Die blonde Locke fiel ihm zerzaust ins Gesicht und verdeckte die Wunde an der Schläfe. Die Kruste, die sich von seiner Lippe fast bis hinab zum Kinn zog, war schwarz und dick.

»Ich hab dich durchgefüttert!«, schrie Joey wieder und schlug sich dabei mit der Hand auf die Brust.

Lächelnd schüttelte Christmas den Kopf. »Verschwinde«, sagte er leise und emotionslos.

»Was hast du Rothstein erzählt, um deinen Arsch zu retten?«, bohrte Joey. »Was hast du ihm erzählt? Hast du mich verkauft?«

»Er weiß über alles Bescheid, ich musste ihm gar nichts erzählen«, gab Christmas zurück. Lange musterte er ihn, und seine Verachtung verwandelte sich in Mitleid. »Du bist ein Wurm, Joey. Hau ab.«

Joey stürzte sich blindwütig auf ihn. Christmas wich ihm aus, packte ihn am Arm, schleuderte ihn einmal herum und schließlich gegen die Ziegelsteinmauer. Joey stürzte inmitten von Müll zu Boden. Er rappelte sich wieder hoch und warf sich wutentbrannt erneut auf Christmas. Der erwartete ihn schon. Mit dem Ellbogen traf er ihn gegen die Kehle und verpasste ihm anschließend einen Boxhieb in den Magen. Joey krümmte sich und hustete keuchend, dann gaben seine Beine nach. Er sackte auf die Knie und erbrach eine gelbliche Masse auf den zerlöcherten Gassenboden. Sofort war Christmas über ihm, um erneut auf ihn einzuschlagen. Mit der gleichen Wut, mit der er auf Bill einschlagen würde, sobald er ihn fand. So wie er stets auf seine Rivalen einschlug und dabei an Bill, immer nur an Bill, dachte. Doch Bill würde er töten, wenn er ihn fand. Nur dafür war er stark geworden. Für Bill.

Christmas hob die Faust, um sie auf Joeys Nacken niedersausen zu lassen, aber plötzlich hielt er inne. »Ich hab keine Lust, mich zu prügeln.«

»Für wen zum Teufel hältst du dich eigentlich?«, stieß Joey hervor, sobald er wieder Luft bekam. »Du bist ein Niemand . . .«

»Sei vorsichtig mit Rothstein.« Warnend hielt Christmas ihm einen Finger unter die Nase. »Er weiß alles. Und es juckt ihm unterm Hintern. Du hast recht, das ist kein Spiel. Lass die Finger von seinen Drogen . . .«

»Was für Drogen?«

»Er weiß alles, verfluchte Scheiße!«, brüllte Christmas. »Er weiß, was ich nicht wusste!«

Joey lachte und stand auf. »Du bist echt genau wie Abe der Trottel. Was dachtest du denn, woher das ganze Geld kommt? Du kannst mich mal, Diamond. Spar dir deine Predigten. Was ist aus dir geworden? Kriechst du jetzt Rothstein in den Arsch?«

»Mach, was du willst. Aber erzähl nie wieder herum, du wärst einer von den Diamond Dogs.« Christmas wandte sich von ihm ab und verließ die Gasse.

Ratternd fuhr ein Zug der BMT-Linie über die Canal Street. Christmas mischte sich unter die Passanten. Er wusste nicht, wohin er gehen sollte. Doch das Entscheidende in dem Moment war, nicht zu bleiben, wo er war.

»Diamond! Diamond!«, hörte er hinter sich eine Stimme rufen. Er sah sich um.

Auf dem Bürgersteig, etwa zehn Schritte entfernt, stand Joey. Kaum bemerkte er, dass Christmas stehen blieb, wurde auch er langsamer, als hätte ihn der Mut verlassen. »Hör mal ... Diamond«, brachte er stockend hervor, als er vor ihm stand, »warum müssen wir alles kaputt machen? Wir sind doch Freunde ...« Er warf ihm einen hilflosen Blick zu.

Christmas kam er in diesem Augenblick noch dünner, bleicher, angeschlagener vor.

»Wir sind doch noch immer Freunde, nicht wahr?«, sagte Joey mit flehendem Unterton und versuchte zu lächeln.

»Joey ...«

»Nein, warte, warte«, unterbrach Joey ihn aufgewühlt und versuchte abermals zu lachen. Vor lauter Anspannung bekam er jedoch kaum Luft. »Scheiße noch mal, warte. Ich weiß, was du sagen willst. Ich weiß ... Okay, hör zu, wir lassen das mit den Drogen. Schluss damit. Keine Drogen mehr, zum Teufel mit den Süchtigen, zum Teufel mit Rothstein. Gut so?«

Christmas seufzte. »Joey . . .«

Joey griff nach seinem Arm. Sein Griff war schwach wie der eines Haltsuchenden, eines Ertrinkenden. »Scheiße, Diamond . . .«

Christmas musterte ihn schweigend.

»Wir sind doch Partner, du und ich«, sagte Joey flehentlich. »Wir zwei sind die Diamond Dogs . . .« Hastig griff er in seine Tasche und zog ein Geldbündel heraus. Er zählte einige Scheine ab und reichte sie Christmas. »Hier hast du deinen Anteil. Genau die Hälfte. Schließlich machen wir gemeinsam Geschäfte, stimmt's?«

Regungslos starrte Christmas auf das Geld.

»Na los, nimm es schon«, forderte ihn Joey auf. Seine ausgestreckte Hand zitterte. Forschend sah er Christmas in die Augen. »Du bist mein einziger Freund.« In seinem Blick lag nun Angst. »Bitte . . .«

»Ich will mein Leben ändern, Joey«, erklärte Christmas ruhig und entschlossen.

»Ja, okay, ich auch . . .«, erwiderte Joey fest. Ein ängstlicher Hoffnungsschimmer lag in seinen Augen. »In Ordnung, verdammt, lass uns vernünftig werden«, lachte er und drückte Christmas die Geldscheine an die Brust. »Aber doch wohl Schritt für Schritt? Lassen wir das ein oder andere kleine Geschäft weiterlaufen. Nur um ein paar Dollar zu machen, bis wir einen passablen Job finden . . . Aber Scheiße, Diamond, verlang nicht von mir, dass ich Schnürsenkel verkaufe wie Abe der Trottel. Das kannst nicht einmal du von mir verlangen. Wir müssen einen Job finden, der unseren Fähigkeiten entspricht. Was sagst du dazu?« Dabei klopfte er Christmas auf die Schulter. Dann hakte er sich bei ihm unter und marschierte los. »Wo gehen wir hin? Das müssen wir feiern. Na los, nimm das Geld, Diamond . . .«

»Nein, Joey«, entgegnete Christmas. »Ich hab dir doch gesagt, ich will mein Leben ändern.«

Joey blickte auf das Geld, bevor er es wieder einsteckte. »Oh, verdammt, ist ja gut. Ich leg's für dich zur Seite, falls du es dir anders überlegst, in Ordnung? Aber es ist deins.« Mit deutlichem Unbehagen lachte er auf und redete sofort weiter: »Also, wo wollen wir feiern? Ach, ich hab gehört, in der Broome Street hat eine neue *Speakeasy*-Kneipe aufgemacht, hättest du das gedacht? Ziemliche Kaschemme, im Keller eines Wohnhauses, aber … was meinst du? So können wir gleich gucken, ob die Glücksspielautomaten haben. Vielleicht springt ein bisschen Kleingeld für uns raus. Die glauben doch wohl nicht, sie könnten Geschäfte machen, ohne die Diamond Dogs zu beteiligen, was?«

»Joey…«

»Komm schon, war doch nur Spaß!«

Los Angeles, 1926

Als Bill nach einwöchiger Reise in Kalifornien angekommen war, hatte er nicht schlecht gestaunt. Das Land erschien ihm noch schöner, als Liv es ihm immer wieder beschrieben hatte. Was ihn zuallererst beeindruckte, war das Klima. Bill war in New York aufgewachsen, wo die Winter höllisch kalt und die Sommer drückend, feucht und schwül waren. In Kalifornien dagegen herrschte zu jeder Jahreszeit ein luftig-mildes und trockenes Klima. Das Zweite, was ihn beeindruckte, war das Licht. Ganz anders als im düsteren, wolkenverhangenen New York, wo die Hochhäuser die Aussicht verstellten war der Himmel in Kalifornien hoch, wolkenlos blau und nachts von Sternen übersät. Strahlend klar war das Licht. Es leuchtete einen endlos weiten Horizont aus, sowohl zur Pazifikküste als auch zur Sierra Nevada und dem von ihr umgrenzten fruchtbaren Eden-Tal hin. Und der Ozean war von einem kräftigen, einladenden Blau, ganz anders als das schlammige, dunkle Meer, das sich mit den Fluten des East River oder des Hudson vermischte. Ob Rot, Grün oder Blau, in Kalifornien war jede Farbe von lebendiger, intensiver Leuchtkraft, und doch musste sich auch jede Farbe vor der unbestrittenen Herrscherin dieser Welt verneigen: dem Gelb. In Kalifornien gab es nichts, was nicht zumindest eine Spur von Gelb in sich trug. Das Goldgelb der Nuggets, nach denen die Goldschürfer gesucht hatten, das Sonnengelb, das jeden Winkel erwärmte, das helle, fast weiße Gelb der Strände entlang der Meeresküste, langer, breiter Streifen warmen, glitzernden Sandes bis hinein in die kahlen Dünen, hinter denen die Küstenstraße verlief. Und die gesamte Natur schien sich dieser

Sonnenexplosion anzupassen, ringsum blühte in blendender Fülle gelber Mohn, von heute auf morgen breitete er sich aus und eroberte den trockenen, gut dränierten Boden. Der gelbe Mohn schien von einem atemlosen, ungezügelten Leben ohne Zukunftssorgen, ohne Reue, ohne Zweifel zu erzählen. Es war ein Leben, wie es sein sollte. Unbeschwert. Die Menschen trugen leuchtend bunte Hemden, liefen lachend über den Strand und liebten sich, als sorgten sie sich nicht um das Morgen.

All das hatte Bill gesehen, als er vor drei Jahren nach Kalifornien gekommen war. Und er dachte: Hier bin ich zu Hause. Ja, er glaubte sogar, in diesem verzauberten Reich glücklich werden zu können.

Über San Francisco hatte er schließlich Los Angeles erreicht. Eine Stadt solchen Ausmaßes hätte er sich nie träumen lassen. Er übernachtete im erstbesten Hotel, das er entlang der Straße fand, und fragte den Besitzer nach einem Hochhaus, in das er sich einmieten konnte. Er wollte das Meer von oben betrachten, wollte der Sonne so nah wie möglich sein. Der Hotelbesitzer erzählte ihm von seiner Cousine, die Parterrewohnungen am Cahuenga Boulevard vermietete. In einer sehr gepflegten und dennoch günstigen Wohnanlage. Parterre? Bill lachte ihm ins Gesicht.

»Ich bin reich«, erklärte er und tastete dabei nach den beinahe viertausendfünfhundert Dollar in seiner Tasche.

»In Los Angeles ist das Geld schnell aufgebraucht«, warnte ihn der Hotelbesitzer.

Wieder lachte Bill. Er fühlte sich wie eine kalifornische Mohnblume. Er war endlich aufgeblüht und wollte die Sonne genießen, nichts anderes. Vor dem Morgen musste er sich hier nicht fürchten. Es gab nur ein Heute, das es zu feiern galt.

Zwei Monate später wurde Bill jedoch klar, dass die Wohnung mit der herrlichen Aussicht ihn bald ausbluten lassen würde. So packte er seine wenigen Habseligkeiten und kehrte zurück zum Hotel.

»Wo genau am Cahuenga Boulevard liegt diese Wohnanlage?«, fragte er den Hotelbesitzer.

Noch am gleichen Abend bezog er eine Parterrewohnung in der spanisch angehauchten Wohnanlage von Beverly Ciccone, einer üppigen blondierten Frau von fünfzig Jahren, die den Besitz von ihrem mit dreiundachtzig Jahren verstorbenen zweiten Ehemann Tony Ciccone geerbt hatte, einem Sizilianer, der im Valley einen Orangenhain angelegt und ihn später an eine Fruchtsaftfirma verkauft hatte. Nun, da sie Witwe war, was sie ausdrücklich hervorhob, musste Mrs. Ciccone sich vor Mitgiftjägern in Acht nehmen. Los Angeles war, wie sie behauptete, nämlich voll davon, und ein Anwesen wie das *Palermo Apartment House* war für viele ein Anreiz. »So wie es für mich ein Anreiz war«, fügte sie hinzu und lachte, dass ihr mächtiger Busen bebte. Dann führte sie Bill in sein neues Reich.

Das *Palermo Apartment House* am Cahuenga Boulevard war ein hufeisenförmiger Komplex, den man über drei rötliche Steinstufen und durch einen Eingangsbogen betrat, wie Bill ihn in einigen Western an mexikanischen Gebäuden gesehen hatte. In der Mitte verlief ein Weg aus quadratischen Waschbetonplatten. Rechts und links davon hatte Mrs. Ciccone Rosen gepflanzt. Ein schmaler Kiesweg führte zur Veranda einer jeden Wohnung. Alle zwanzig Wohneinheiten – sieben auf jeder Längsseite, zwei in den Ecken und vier am anderen Ende – bestanden aus einem kleinen Wohnraum unmittelbar hinter der Eingangstür, einem Bad und einer eingerichteten Kochnische. Das Wohnzimmer war mit einer zweisitzigen Schlafcouch, einem kleinen Sessel, einem Teppich und einem Tisch mit zwei Stühlen eingerichtet. Neben der Schlafcouch stand ein niedriges Möbelstück, das als Nachttisch diente, an der Wand ein Schrank mit zwei Türen.

»Wenn Sie einen Spiegel im Bad wollen, müssen Sie mir dafür fünf Dollar im Voraus bezahlen«, erklärte Mrs. Ciccone. »Der

Vormieter hat ihn zerbrochen und sich aus dem Staub gemacht, ohne ihn mir zu ersetzen. Ich kann schließlich nicht noch draufzahlen.«

»Und wieso soll ich draufzahlen?«

»Also gut«, lenkte die üppige Witwe ein. »Jeder von uns zahlt die Hälfte, und die Sache ist erledigt. Zwei Dollar fünfzig.«

Bill zog sein Geldbündel aus der Tasche. Er bezahlte im Voraus die Miete für vier Wochen und die Hälfte des Spiegels. Mrs. Ciccone konnte den Blick nicht von dem Dollarbündel abwenden. Als sie mit dem Spiegel zurückkam, bemerkte Bill, dass sie ihre Lippen zu einem roten Herz nachgezogen und die obersten beiden Knöpfe ihrer rosafarbenen Bluse geöffnet hatte, sodass ihre prallen, in einen farblich zur Bluse passenden Büstenhalter gezwängten milchweißen Brüste zur Geltung kamen. Und die ausgetretenen Pantoffeln, die sie zuvor getragen hatte, waren einem Paar spitzer, hochhackiger Pumps gewichen.

»Sind Sie Schauspieler, Mr. Fennore?«, fragte sie und fuhr sich mit einer Hand durch die blondierten Locken.

»Nein.«

»Aber Sie arbeiten beim Film, nicht wahr?«

»Nein.«

»Seltsam«, bemerkte die Witwe Ciccone.

»Wieso?«

»Weil in Los Angeles alle ins Filmgeschäft wollen.«

»Ich nicht.«

»Bedauerlich ... Sie haben eine gute Figur«, sagte sie mit einem vielsagenden Lächeln. »Sie können mich übrigens Beverly nennen, wenn Sie möchten, Mr. Fennore. Oder einfach nur Bev.«

»In Ordnung.«

»Wenn das so ist, werde ich dich Cochrann nennen, ja? Oder vielleicht der Einfachheit halber ... Cock.« Kichernd schlug sie sich die Hand vor den Mund.

Bill blieb ernst. An solchen Schlampen konnte er nichts Amüsantes finden. »Wo finde ich hier eine Bank?«, erkundigte er sich.

»Zwei Blocks weiter. Der Direktor ist ein Freund von mir ... nun ja, er kennt mich. Sag ihm, dass ich dich schicke, Cock.« Mit diesen Worten stolzierte sie aus der Wohnung und schwenkte dabei ihren ausladenden Hintern, der vielleicht einer der Gründe für das frühzeitige Ableben Tony Ciccones gewesen war.

Bill schloss die Tür und sah sich in Ruhe in seiner Wohnung um. Die Wände waren schmutzig, und an manchen Stellen waren dunkel umrandete hellere Rechtecke zu sehen, wo einmal Bilder gehangen haben mussten.

Am Tag darauf zahlte er zweitausend Dollar auf ein Depotkonto bei der American Savings Bank ein, behielt siebenundsiebzig Dollar in der Tasche und kaufte einen Pinsel und zwei Eimer weiße Farbe. Damit kehrte er ins *Palermo* zurück und strich die Wände seines Apartments. In der Nacht darauf herrschte ein unerträglicher Gestank in der Wohnung, sodass Bill zum Schlafen die Fenster weit aufriss und, im Bett liegend, der Geräuschkulisse von Los Angeles lauschte.

Fast alle Gäste des *Palermo Apartment House* träumten davon, ins Filmgeschäft einzusteigen. Das Mädchen, das Bill gegenüber in Nummer fünf wohnte, hatte lange, kastanienbraune Locken, die es seit dem Tod von Olive Thomas im Jahr 1920 mit großer Sorgfalt pflegte. Die junge Frau, Leslie Bizzard – »Aber mein Künstlername ist Leslie Bizz«, hatte sie Bill anvertraut –, rechnete fest damit, dass Hollywood auf der Suche nach einem Ersatz für die Hauptdarstellerin aus *The Flapper* war, die sich in Paris mit Gift das Leben genommen hatte. Sechs Jahre war Olive Thomas bereits tot, aber dennoch pflegte Leslie unermüdlich ihre kastanienbraunen Locken, die ihr, wie sie fand, eine unglaubliche Ähnlichkeit mit dem verstorbenen Filmstar verliehen und somit der Garant für ihren Erfolg waren. »Alles eine Frage der Geduld«, hatte sie Bill erklärt. Einstweilen arbeitete sie als Verkäuferin in einem Modegeschäft und wartete darauf, entdeckt zu werden.

In Nummer sieben lebte Alan Rush, ein an Arthritis leidender alter Mann, dem sämtliche Mieter Respekt zollten, da er als Statist in zwei Monumentalfilmen von Cecil B. DeMille mitgespielt hatte.

Der Mieter von Nummer acht war ein knabenhafter junger Mann, Sean Lefebre, ein Ensemble-Tänzer, der im Theater und gelegentlich auch beim Film arbeitete. Bill hatte eine spontane Abneigung gegen diesen Schönling gefasst. Und als er ihn dann eines Abends, eng umschlungen und zärtlich turtelnd, mit einem anderen Mann in Wohnung Nummer acht verschwinden sah, fühlte Bill sich in seinem ersten Eindruck bestätigt. Tags darauf setzte er die Eigentümerin des *Palermo Apartment House* von dem Schwulen in Kenntnis und machte dabei aus seiner Abscheu keinen Hehl. Mrs. Ciccone jedoch lachte ihn aus. »In Los Angeles wimmelt es nur so von Schwuchteln, Süßer«, erklärte sie ihm. »Besser, du gewöhnst dich schon mal daran, Cock.«

Der Bewohner von Nummer vierzehn war ein stämmiger, ungehobelter Kerl namens Trevor Lavender, Requisiteur bei der Fox Film Corporation, der die »Künstler« hasste. Alle, ohne Ausnahme, weil sie, wie er sagte, Schwächlinge seien.

In Nummer sechzehn lebte Clarisse Horton, eine vierzigjährige Frau, die in den Paramount-Studios als Friseurin arbeitete und ihren – bei Bills Ankunft sieben Jahre alten – Sohn Jack allein großzog. Jack war die Frucht eines flüchtigen Abenteuers mit einem geheimnisvollen Filmstar, dessen Namen Clarisse nie hatte preisgeben wollen. Aus dem Jungen sollte einmal ein Musicalstar werden, weshalb er sich im Singen übte und dabei immer wieder aufs Neue das ausdrucksvolle, rührselige Lied von einem Jungen anstimmte, dessen Mutter eines Nachts davongelaufen war und ihn zurückgelassen hatte. Jack breitete beim Singen die Arme aus und verfolgte, das Gesicht verwundert und traurig zum Horizont gewandt, die imaginäre Reise der Mutter. Dabei fragte er sich – so wollte es das Lied –, wohin es sie wohl führen werde, und gab sich selbst zur Antwort, sie werde sich vielleicht all den anderen Müttern, die ihre Kinder verlassen hatten, anschließen, ihre Tat bereuen, und am Ende würden alle wieder nach Hause zurückkehren. »Auf der Suche nach dem Glück«, hieß es in der letzten Strophe des Liedes.

Während die Zeit verstrich, fand Bill jedoch vom Glück nicht die geringste Spur. Alles war pure Illusion.

Immer mehr Stunden verbrachte Bill schlafend. Ruth suchte ihn nicht mehr in bösen Träumen heim. Bills Schlaf wurde zunehmend bleiern. Nach dem Aufwachen fühlte er sich erschöpfter und schläfriger als vor dem Einschlafen. Er gähnte und gähnte, verbrachte oft ganze Tage im Schlafanzug, rasierte sich nicht und wusch sich nicht. Anfangs hatte er geglaubt, so wäre das Leben der Reichen, ein Leben ohne Pflichten, ohne Zeitplan, ohne Wecker. Ein Leben, das nur aus Müßiggang bestand. Und in der ersten Zeit hatte er dabei vielleicht nicht unbedingt Glück, aber doch eine gewisse Befriedigung empfunden. Nach und nach jedoch hatte sich die Gewohnheit in Apathie verwandelt. Und aus der Apathie wiederum war eine Form der Depression geworden. Seine Unzufriedenheit – eine latente, noch nicht verarbeitete Unzufriedenheit – ließ ihn seine Umwelt ohne jegliches Interesse betrachten und hielt ihn noch länger auf seinem Schlafsofa fest, das er gar nicht erst zusammenklappte. Woche für Woche schmolzen seine Ersparnisse auf dem Konto bei der American Savings Bank mehr in sich zusammen. Und Woche für Woche schob Bill das Problem vor sich her. Doch war ihm durchaus bewusst, dass er nicht mehr reich war. An allem musste er sparen, zuallererst am Essen. Anfangs war er immer in einem kleinen mexikanischen Restaurant an der La Brea Avenue eingekehrt. Dann war er auf einen Sandwichstand am Ende des Pico Boulevard ausgewichen; er stellte den Ford an der Ecke zur Schnellstraße ab, setzte sich in den warmen Sand und blickte beim Essen hinaus aufs Meer. Schon bald jedoch hatte er auch auf die Sandwiches vom Pico verzichten müssen und fuhr die Tin Lizzie, da er Benzin sparen musste, immer seltener. Er ging dazu über, Lebensmittel in einem kleinen Laden für spanische Einwanderer zu kaufen und sich selbst etwas zu kochen. Bill stellte fest, dass die Witwe Ciccone ihm nicht länger schöne Augen machte. Sie nannte ihn auch nicht mehr Cock.

Je mehr Bill sich einschränkte, desto stärker kochte die alte Wut wieder in ihm hoch. Und mit der Wut fand er langsam zu sich selbst zurück. Ein neues Gefühl bildete sich heraus: Neid, zermürbender Neid auf den Reichtum, dem er an jeder Straßenecke begegnete. Die armen Schlucker, wie er selbst einer war, sah er nicht mehr, seine Nachbarn mit ihrer alltäglichen Not nahm er nicht wahr. Die meiste Zeit verbrachte er am Sunset Boulevard, wo er in die Villen äugte und den Luxuskarossen hinterherblickte, die vorbeirasten, ohne ihn und den übrigen unbedeutenden Teil der Menschheit zu beachten. Ganz aus der Nähe hatte er sich den vierundzwanzigtausend Dollar teuren Pierce-Arrow angesehen, der einmal Roscoe Fatty Arbuckle gehört hatte; den kobaltblauen McFarlan, den Wally Reid gefahren hatte, bevor er in einer Irrenanstalt gestorben war; den Voisin-Sportwagen von Valentino mit der Kühlerfigur in Form einer eingerollten Kobra; den roten Kissel von Clara Bow; den kanariengelben Pierce-Arrow und den weißen Rolls-Royce mit uniformiertem Chauffeur von Mae Murray; den veilchenblauen Packard von Olga Petrova; Gloria Swansons mit Leopardenfell ausgekleideten Lancia, der eine Shalimar-Duftwolke um sich verbreitete. Da hatte sich Bill beim Anblick seines alten Ford, so unansehnlich, bedeutungslos, lächerlich wie er war, der Magen umgedreht.

Auf dem Sunset war Bill aufgefallen, dass jeder dieser verdammten Reichen etwas besaß, was er selbst gern gehabt hätte. Und der Neid hatte ihm Tag für Tag den Blick ein wenig mehr getrübt, bis er schließlich überzeugt war, ausnahmslos alle, nicht nur die Reichen, besäßen mehr als er.

Rasend vor Wut, versprach er sich da aufs Neue, zu Geld zu kommen, tatsächlich reich zu werden, koste es, was es wolle. Und der schnellste Weg dorthin war ein Job im Filmgeschäft. Als seine Rücklagen bei der American Savings Bank nahezu aufgebraucht waren, wurde auch Bill ein Sklave des Traumes, den so viele Einwohner von Los Angeles träumten.

Als er sich auf eine Anzeige hin, auf die er in einer Theaterzeitung gestoßen war, in einer kleinen Straße in Downtown vorstellte, war er voller Hoffnung. In der Anzeige wurden Leute für eben neu gegründete Filmteams gesucht. Die Fabrikhalle lag außerhalb des Studioviertels, doch Bill war klar, dass er irgendwo anfangen musste, wenn er seinen Traum vom Reichtum verwirklichen wollte. Daher bewarb er sich. Er wurde als Bühnenbauhelfer eingestellt. Sein Lohn war bescheiden, erlaubte ihm jedoch, sein Essen zu bezahlen und im *Palermo Apartment House* wohnen zu bleiben, was für den Anfang ausreichte.

»In Ordnung«, stimmte Bill zu.

»Bis morgen«, verabschiedete ihn der Aufnahmeleiter.

»Was für Filme machen wir?«, wollte Bill wissen.

»Morgen drehen wir einen Western«, antwortete der Aufnahmeleiter.

»Ich liebe Western«, sagte Bill, bevor er sich zum Gehen wandte.

Der Western, an dem Bill mitwirkte, war zwölf Minuten lang und wurde an einem einzigen Tag abgedreht. Eine Frau fuhr in einer Kutsche durch die Wüste. In Wirklichkeit sah man die Wüste nicht, die Kamera filmte nur das Geschehen im Inneren der Kutsche, an der zwei Männer von außen rüttelten, um eine Fahrtbewegung zu simulieren. In der Kutsche lüftete die Frau ihren Rock, schnürte ihr Mieder auf, bis ihre prallen weißen Brüste hervorquollen, und ließ es sich von einem mitreisenden Mann besorgen. Sieben Minuten dauerte die Szene, die Verführung eingeschlossen. Danach wurde die Kutsche von Indianern überfallen. Und die Frau, die den Angriff überlebte, wurde anschließend vom Indianerhäuptling vergewaltigt, einem blonden Schauspieler mit einer albernen schwarzen Perücke auf dem Kopf und rot geschminktem Gesicht. Die Szene dauerte fünf Minuten.

Als der Regisseur den Drehtag für beendet erklärte, schminkte sich die Frau, die sich vor aller Augen von zwei Männern hatte vögeln lassen, die Lippen und verließ die Halle, vor der ein älterer Mann in einem nagelneuen Packard auf sie wartete.

»Diese Art Western kannte ich noch gar nicht«, bemerkte Bill grinsend zu einem Requisiteur, der sich in den Schritt fasste, während er auf eine Schauspielerin starrte, die gerade ihre Kostüme für den nächsten Drehtag anprobierte.

»Man muss schon reich sein, um sich einen Pornofilm kaufen zu können«, gab der andere zurück. »Und auch, um sich eines dieser Klasseweiber leisten zu können.«

Als Bill am Abend nach Hause kam, musste er sich an den Gedanken gewöhnen, dass der Weg nach Hollywood kein leichter sein würde. Doch da war noch etwas anderes, was ihm an seinem neuen Job missfiel: Alle Männer am Set waren hinter den Schauspielerinnen her. Bill hingegen empfand für diese Schlampen nur Verachtung. Hinzu kam, dass er sich unter ihren Blicken unwohl fühlte, denn sie waren reiche Schlampen. Behangen mit Pelzen und Schmuck, wenn auch von minderwertiger Qualität, hielten sie sich ihm gegenüber für etwas Besseres. Niemand aus dem Team, dessen war er sicher, würde je bei ihnen eine Chance haben. Denn nur wer Geld hatte, gelangte überhaupt ins Blickfeld dieser Frauen, wurde überhaupt von ihnen wahrgenommen. Einzig Arty Short, den Regisseur und Produzenten, ließen sie an sich heran. Arty hatte sie gewiss alle gehabt. Und er nahm sie sich, wann immer er wollte.

Doch kündigen konnte Bill nicht. Er besaß keinen müden Cent mehr. Von diesem Job, mochte er noch so abstoßend sein, hing nun sein Überleben ab. Bei dem Gedanken bebte Bill vor Wut, und sein Hass auf diese Schauspielschlampen wurde immer größer.

Während er sich vor Wut in seinem Bett hin und her warf, hörte er im Innenhof Bev Ciccones schrille Stimme. Er trat ans Fenster und schob den Vorhang beiseite. Hinter der Witwe Ciccone ging eine gut gekleidete dunkelhaarige junge Frau mit sehr heller Haut, die mühsam einen schweren Pappkoffer hinter sich herzog. Ihr Blick war spöttisch und selbstsicher, so wie der aller Mädchen, die nach Hollywood kamen. Mit der Zeit würde sich der Blick im Zuge der Enttäuschungen verhärten.

Noch eine Schauspielerin, dachte Bill. Noch eine Schlampe.

Die junge Frau bemerkte, dass Bill hinter der Gardine stand und sie beobachtete. Prompt richtete sie sich gerade auf, drückte die Brust heraus und wandte sich sogleich mit kühler Miene ab. Bill jedoch glaubte, sie erröten zu sehen.

»Hier ist es«, ließ sich Bev Ciccones Stimme klar und deutlich aus der Nachbarwohnung vernehmen. Dann erzählte sie von ihrem verstorbenen Ehemann Tony Ciccone, vom Orangenhain im Valley, von den Fruchtsäften und den Mitgiftjägern, die ihr, der Eigentümerin des *Palermo Apartment House*, nachstellten. »Wenn du einen Spiegel im Bad willst, Schätzchen, musst du mir dafür fünf Dollar im Voraus bezahlen«, erklärte die Witwe schließlich. »Der Vormieter hat ihn zerbrochen und sich davongemacht, ohne ihn mir zu ersetzen. Ich kann schließlich nicht noch draufzahlen. Das verstehst du doch, nicht wahr, Schätzchen?«

In seinem Wohnzimmer hörte Bill, wie die junge Frau widerspruchslos einwilligte. Sie hieß Linda Merritt und war – welch große Überraschung – davon überzeugt, ein Star zu werden. Linda war auf der Farm ihrer Eltern aufgewachsen, die sie mit der Gewissheit verlassen hatte, bald eine Rolle in Hollywood zu finden.

Bill ließ sich auf das Sofa fallen und verfolgte die Unterhaltung zwischen der Witwe Ciccone und seiner neuen Nachbarin nicht weiter, bis er schließlich die Wohnungstür zufallen und Bev über den Kiesweg schlurfen hörte.

Da stand er vom Sofa auf und legte ein Ohr an die dünne Zwischenwand. Weshalb er das tat, hätte er selbst nicht sagen können. Irgendetwas Besonderes hatte er im Blick der neuen Nachbarin wahrgenommen. Eine Art Schwäche. Vielleicht waren es aber auch ihr dunkles Haar und die auffallend helle Haut, die Bill im Abendlicht für einen Moment an Ruth erinnert hatten. Er wusste nicht, weshalb, aber mit einem Mal war er neugierig. Er hörte, wie sie ihren Koffer auf den Tisch wuchtete. Dann ging sie ins Bad. Und kurz darauf rauschte die Wasserspülung. Dann hörte Bill ein Quietschen. Die Sprungfedern der Schlafcouch im Wohnzimmer, dachte er. Danach war es für ein paar Minuten so still, als wäre Linda Merritt wie erstarrt. Doch als Bill sich schon wieder aufs Sofa setzen wollte, drang plötzlich ein unterdrücktes Schluchzen zu ihm herüber.

Ein Schauer durchlief Bills Körper. »Du bist keine Schlampe«, wisperte er mit einem Lächeln. Er fasste sich in den Schritt und stellte fest, dass er erregt war. Nach drei Jahren Einsamkeit hatte er ein Mädchen gefunden, das ihm gefiel. Zufrieden sank er wenig später in den Schlaf, um am nächsten Morgen, kaum dass Linda auf der Suche nach einem Job das Haus verlassen hatte, bei einem Eisenwarenhändler einen Handbohrer zu kaufen. Zurück in der Wohnung, bohrte er damit ein kleines Loch in die Wand zwischen seinem und Lindas Badezimmer.

Am Abend legte er sich auf die Lauer und wurde bald belohnt. Mit angehaltenem Atem konnte er zusehen, wie Linda ihren Schlüpfer herunterzog und sich auf die Toilette setzte. Er beobachtete, wie sie sich mit Toilettenpapier abwischte und den Schlüpfer wieder hochzog. Weiß und dick war er, weiß wie die Strümpfe samt Strumpfhalter. Anschließend ging Linda zurück ins Wohnzimmer. Bill tat es ihr nach und horchte an der Wand. Er hörte Geräusche, die er nicht genau ergründen konnte. Ein Rascheln. Entweder blättert sie in einer Zeitung, oder sie schreibt einen Brief an ihre Eltern, entschied er. Dann hörte er sie in der Küche hantieren und schließlich essen. Gegen halb zehn ging Linda erneut ins Bad, und Bill beobachtete sie wieder. Das Mädchen legte seine Kleider ab und begann, sich zu waschen. Bill berührte sein Geschlecht. Doch von der Erregung des Vorabends war nichts zu spüren. Zornig versetzte er dem Waschbecken einen Tritt. Auf das Geräusch hin wandte Linda den Kopf. Ihr Blick wirkte verstört. Schwach. Mit einem Mal spürte Bill ein Kribbeln zwischen seinen Schenkeln. Kaum jedoch wusch sich das Mädchen weiter, ließ das Kribbeln nach.

Schlecht gelaunt ging Bill zu Bett. Es war bereits Nacht, und er lag noch immer wach, als er ein Schluchzen hörte. Er stand auf und presste das Ohr an die Wand. Und da hörte er Linda leise weinen. Sein Penis richtete sich auf.

Als Linda am Tag darauf das Haus verlassen hatte, bohrte Bill ein Loch in die Wand zwischen den beiden Wohnzimmern. Nach der Arbeit kehrte er eilig ins *Palermo* zurück. Bill spähte durch das Loch und stellte fest, dass Linda bereits zu Hause war und aß. Heiter gestimmt bereitete auch er sich etwas zu essen zu und wartete, bis er Lindas Schlafsofa quietschen hörte.

Kaum begann sie zu schluchzen, stellte er sich vor das Guckloch und lugte ins Dunkle. Schemenhaft konnte er das Mädchen in Fötushaltung unter der Bettdecke liegen sehen. Ihre Schultern zuckten kaum wahrnehmbar. Da schob Bill eine Hand in seinen Pyjama und begann, sich langsam zu streicheln. Und als er den Höhepunkt erreichte, flüsterte er leise Lindas Namen.

Da erst kostete er, genährt durch ihren Kummer, ein wenig von dem Glück, von dem er drei Jahre zuvor geglaubt hatte, es läge in Kalifornien auf der Straße.

37

Los Angeles, 1926

»Mit deinen fürchterlichen Haaren muss etwas geschehen. Du bist kein kleines Mädchen mehr, du bist jetzt eine Frau, vergiss das nicht«, hatte ihre Mutter an jenem Morgen verkündet. »Ich gehe mit dir zu meinem Friseur.«

»Ja, Mama«, antwortete Ruth, die in ihrem Zimmer am Fenster saß, das zum Swimmingpool der Villa in Holmby Hills hinauszeigte.

»Ich möchte, dass du perfekt aussiehst.«

»Ja, Mama«, erwiderte Ruth mit ausdrucksloser Stimme, ohne den Blick von den acht Statuen im klassizistischen Stil abzuwenden, die um den Swimmingpool herum aufgestellt waren. Drei an jeder Längsseite und je eine in der Mitte der kurzen, abgerundeten Seiten.

»Und zwing dich, heute Abend zu lächeln«, fuhr die Mutter fort. »Du weißt, wie wichtig der Abend für deinen Vater ist.«

»Ja, Mama«, antwortete Ruth ein drittes Mal, ohne sich zu regen.

Da packte die Mutter sie am Arm. »Worauf wartest du?«

Ohne ein weiteres Wort stand Ruth auf und folgte ihr aus dem Zimmer die breite Treppe der Villa hinunter und zum imposanten Eingangsportal aus italienischem Marmor hinaus, bevor sie schließlich in den neuen Hispano-Suiza H6C einstieg, der den H6B aus New Yorker Zeiten ersetzt hatte.

Beim Friseur nahm sie auf einem Stuhl in einer abgetrennten Kabine Platz und ließ sich teilnahmslos von einem blondierten Mädchen einen Umhang umlegen, während ihre Mutter und

Auguste – der Friseur mit dem französischen Namen – berieten, was mit ihren Haaren zu tun sei.

Schließlich schaute Auguste Ruth im Spiegel an. »Du wirst wunderschön aussehen heute Abend«, versicherte er ihr.

Sie gab keine Antwort.

Ein wenig ungehalten wandte Auguste sich wieder der Mutter zu. »Welche Farbe für die Nägel, Madame?«

Sarah Isaacsons Blick fiel auf Ruths Fingerstumpf. »Sie wird Handschuhe tragen«, entgegnete sie eisig. Dann ging sie hinaus.

Ruth saß reglos da, als nähme sie nichts von dem wahr, was um sie herum geschah. Wenn sie gebeten wurde, den Kopf zu heben, hob sie ihn, und wenn sie gebeten wurde, zur Seite zu rücken, rückte sie zur Seite. Als sie gefragt wurde, ob das Wasser zu kühl sei, verneinte sie, und ebenso abwesend verneinte sie, als sie gefragt wurde, ob es zu heiß sei. Sie war da und zugleich nicht da. Und es war ihr völlig gleichgültig. Sie hörte niemanden, nahm nichts um sich herum wahr.

Seit annähernd drei Jahren nämlich gelang es Ruth, die Außenwelt auszusperren.

Es war, als säße sie wieder in dem Zug, der sie aus New York fortbrachte. Gleich nach ihrer Ankunft in Los Angeles hatte sie begonnen, auf einen Brief von Christmas zu warten. All ihre Aufmerksamkeit, all ihre Gedanken und Gefühle hatte sie auf ihr vergangenes Leben gelenkt und die Hoffnung genährt, Christmas, der Kobold aus der Lower East Side, werde weiterhin ihre Gegenwart und Zukunft sein. Christmas aber war verschwunden. Kaum im *Beverly Hills Hotel* angekommen, hatte Ruth ihm an die Adresse Monroe Street Nummer 320 geschrieben und keine Antwort erhalten. Sie hatte ihm geschrieben, nachdem sie die Villa in Holmby Hills bezogen hatten. Und wieder war die Antwort ausgeblieben. Doch Ruth hatte gewartet. Christmas wird mich nie enttäuschen, versicherte sie sich wieder und wieder. Doch die Überzeugung schwand mit jedem Tag ein wenig mehr. Bis Ruth eines Morgens nach dem Aufwachen das scheußliche rote Lackherz ganz hinten in eine Schublade verbannt hatte.

Und in dem Moment, als sie die Lade geschlossen hatte, hatte sie in ihrem Kopf ein *krack* gehört, ganz leise nur und doch deutlich.

Dennoch hatte sie gewartet. Ohne noch länger zu hoffen. Und mit dem Verlust der Hoffnung war in ihrem Kopf reichlich Platz für Gedanken entstanden, die die Sehnsucht nach Christmas für lange Zeit hatten verscheuchen können. Als Ruth erkannte, dass sie darauf wartete, Bill möge aus ihren Albträumen verschwinden, war es zu spät. Und als sie erkannte, dass sie darauf wartete, die Wunde, die Opa Sauls Tod hinterlassen hatte, möge sich schließen, war es zu spät. Schlagartig hatte sich das Warten in Angst verwandelt. Ruth verfügte jedoch über keinerlei Waffen, mit denen sie sich gegen die wachsende Angst hätte verteidigen können. Auf einmal kam es vor, dass sie außer Atem war, als wäre sie schnell gerannt, obwohl sie in dem exklusiven College, das sie besuchte, still in ihrer Schulbank saß. Oder ihr fiel auf, dass ihre Augen weit aufgerissen waren, als starrte sie auf etwas Grauenvolles, obwohl sie nur auf die Tafel blickte, auf der ein Lehrer gerade mit Kreide die Unterrichtsinhalte festhielt. Oder aber es kam ihr vor, als zerplatzten ihre Trommelfelle bei einer schrecklichen Detonation, obwohl es nur die Stimme eines Klassenkameraden war, der sie zu einem Fest einlud. Denn es war, als bestünde die ganze Welt neuerdings aus Farben, Geschmacksnuancen, Gerüchen und Lauten, die schlichtweg zu stark für sie waren.

Sie hatte sich eine dunkle Brille aufgesetzt. Die Farben jedoch waren in ihrem Kopf. Nachts hielt sie sich die Ohren mit dem Kissen zu, doch die Schreie kamen aus ihrem Herzen. Sie aß kaum noch etwas, aber der Geschmack, der wie Gift in ihrem

Mund brannte, kam tief aus ihrem Inneren. Sie versuchte, nichts und niemanden zu berühren, doch kam es ihr vor, als erzählte der Finger, den ihr Bill abgetrennt hatte, ihr dennoch von der Kälte und dem Höllenfeuer der Welt.

Und beinahe ein Jahr nach ihrer Abreise, an einem Tag, an dem sie unter all der Last, die ihr auf der Seele lag, zu ersticken glaubte, an einem Tag, an dem sie sicher war, es nicht mehr auszuhalten, und mit dem Gedanken spielte, sich vor einen heranbrausenden Pierce-Arrow zu werfen, an dem Tag schließlich hörte sie erneut das *krack* in ihrem Kopf.

Lauter nun. Deutlicher.

Und als das Echo des Geräusches hinter ihrer Stirn verhallte, war alles ringsum, Farben und Laute und Gerüche, verblasst. Alles war grau geworden. Still und reglos. Die Meereswellen waren verstummt, ebenso die Möwen am Himmel. Bills Lachen hörte sie nicht mehr. Und ebenso wenig die Stimme des Großvaters.

Endlich sind sie alle tot, hatte sie seltsam apathisch gedacht.

Zu der Zeit erst entdeckte sie ihre »acht Schwestern«, obgleich sie schon immer dort gestanden hatten.

Und nun hatte Ruth in den zwei Stunden, die Auguste, der Friseur, bereits mit ihren Haaren beschäftigt war, noch nicht ein Mal in den Spiegel geschaut. Sie schaute sich auch dann nicht an, als die Mutter – die mit einer riesigen Tüte aus einem der exklusivsten Geschäfte in ganz Los Angeles zurückkam – Auguste für sein Frisurenwerk lobte und mit einem Scheck über eine astronomisch hohe Summe belohnte.

»Versuch, die Frisur bis heute Abend nicht zu ruinieren«, sagte die Mutter, als Ruth ins Auto einstieg.

»Ist gut«, entgegnete sie und sprach bis Holmby Hills kein Wort mehr. Sie stieg aus dem Wagen, kehrte zurück in ihr Zimmer, setzte sich ans Fenster und starrte wieder hinaus auf die klassizistischen Statuen rund um den Swimmingpool, ihre »acht

Schwestern«. Acht Schwestern ohne Seele und Gefühle, kalt und stumm. Ruth fröstelte. Aber sie stand nicht auf, um sich einen Pullover überzuziehen. Es lohnte nicht. Wie bei ihren acht Schwestern kam die Kälte von innen. Und kein Kaschmir konnte Ruth wärmen.

Zum Glück war da diese Apathie, die ihr ein wenig Schutz bot, die einen schweren, düsteren, schwarzen Schlaf ohne Träume und Gedanken mit sich brachte. Still und undurchlässig, dem Tode gleich. Einen Schlaf, unterbrochen von kurzen Wachphasen, denen man sich leicht widersetzen konnte, die nur einen schwachen Unmut hervorriefen. Ein Schweregefühl im Kopf, eine Trägheit, eine Zerschlagenheit, die schon bald den Verlockungen eines neuen Schlafes, eines neuen Abtauchens wichen. So konnte Ruth erneut abtauchen. Ohne dass jemand sie fand. Die Lethargie, der sie sich hingegeben hatte, begleitete sie in den Unterricht am College, umgab sie, wenn sie mit ihren Eltern bei Tisch saß, verbarg die Schrecken der Nacht und die brutale Wirklichkeit des Tages vor ihr.

Am Fenster sitzend, nickte Ruth ein. Dann wachte sie wieder auf. Sie döste erneut vor sich hin und schlug abermals die Augen auf und schloss sie wieder. Und jedes Mal, wenn sie die Augen aufschlug, sah sie, dass für das Fest ein weiteres Zelt am Swimmingpool aufgestellt worden war. Je mehr Zelte für das Buffet hinzukamen, desto mehr wurde ihr die Sicht auf die acht Schwestern genommen. Aber Ruth wusste, dass sie da waren. Und sie wandte den Blick nicht ab. Nicht ein einziger Gedanke ging ihr dabei durch den Kopf, kein Gefühl drang in ihr Bewusstsein vor. Gedanken und Gefühle waren es, die ihr diese Kälte beschert hatten, gegen die nicht einmal die Sonne Kaliforniens etwas ausrichten konnte. Die Kälte, die sie in ihrem Leben erstmals gespürt hatte, als ihr Großvater gestorben war. Eine Kälte, gegen die es keine Abhilfe gab. Und so saß sie einfach reglos da, ohne auf die Scharen von Hausdienern und Hausmädchen zu achten, die unentwegt zwischen der Küche der Villa und den großen Tischen, auf denen sie das Buffet anrichteten, hin- und herliefen; ohne Interesse für die Klänge des Orchesters, das sich einspielte und die neuesten Schlager probte; taub für die eisige Stimme der Mutter, die ihren Mann einen Schlappschwanz schimpfte, einen Versager, einen Schatten von Opa Saul; taub für die brüchige, resignierte Stimme des Vaters, der seine Frau ein verwöhntes Weib ohne jede Fähigkeit zur Anteilnahme nannte; blind für das allmählich verblassende Tageslicht.

»Bist du noch immer nicht umgezogen?«, fragte die Mutter, als sie ins Zimmer trat, während draußen die acht Schwestern im flackernden Lichtschein der Fackeln, die rund um den Swimmingpool und entlang der Wege im Garten verteilt worden waren, zum Leben zu erwachen schienen.

Langsam drehte Ruth sich um.

Die Mutter deutete auf das Bett, auf dem etwas lag.

Ohne Neugier sah Ruth hin. Das Kleid war aus Seide, rubinrot, weit ausgeschnitten und ärmellos. Neben ihm lagen ein Paar ellbogenlange Handschuhe im gleichen Farbton. Und auf dem französischen Teppich ein Paar roter, hochhackiger Schuhe mit zwei schmalen Riemchen, die quer über den Fußspann verliefen.

»Entweder schwarze oder rauchgraue Strümpfe«, sagte die Mutter. Als stellte sie sich die Wirkung bildlich vor, schloss sie die Augen, um sie kurz darauf mit einem Kopfschütteln wieder zu öffnen. »Nein, rauchgrau, keine Frage«, entschied sie, wählte nach einem Blick in eine Schublade auch die Strümpfe aus und warf sie auf das Kleid. Anschließend öffnete sie eine weitere Schublade und kramte zwischen den Strumpfhaltern. »Wann entschließt du dich endlich, eine Frau zu werden?«, stöhnte sie, unzufrieden mit der Ausbeute. Sie ging aus dem Zimmer und kam kurz darauf mit perlgrauen Strumpfhaltern in der Hand zurück. »Hier«, sagte sie. »Der Strumpfhalter muss so zart sein wie die Berührung eines Geliebten, wenn man ein Seidenkleid tragen will.«

Unterdessen hatte Ruth nicht eine Sekunde lang den Blick von dem Kleid auf ihrem Bett lösen können.

»Wenn du fertig bist, geh in mein Bad und leg einen Hauch Lippenstift auf, die Nummer sieben«, fuhr die Mutter fort. »Ich lasse ihn offen, dann kannst du ihn nicht verwechseln.«

Ruth rührte sich nicht.

»Hast du mich verstanden?«

»Ja, Mama.«

Die Mutter betrachtete sie einen Moment und zupfte ihr eine Haarlocke zurecht. »Möchtest du eine Kette anziehen?«

»Wie du willst«, gab Ruth zurück.

Die Mutter musterte sie mit kritischer Miene. »Lieber nicht«, urteilte sie. »Muss ich dich noch einmal daran erinnern, wie wichtig dieser Abend für deinen Vater ist?«

Ruth schaffte es, den Blick vom Bett abzuwenden und ihre Mutter anzusehen. Am liebsten hätte sie ihr gesagt, dass sie das rubinrote Kleid verabscheute. Doch sie konnte sich den Grund dafür nicht erklären.

Krack.

»Woran denkst du?«, fragte die Mutter gereizt.

»An nichts, Mama«, antwortete Ruth. An nichts, wiederholte sie in Gedanken, als wäre es ein Befehl. An nichts.

»Lächle und sei freundlich zu allen.«

Ruth nickte.

»Was bist du nur für eine Langweilerin ...«, brummte die Mutter im Hinausgehen. »Komm erst herunter, wenn alle da sind. Um halb neun«, rief sie ihr noch zu, während sie über den Flur davonging.

Ruth blieb einen Augenblick still sitzen, bevor sie wieder zu dem Kleid auf ihrem Bett hinüberblickte. Sie verabscheute es. Und dieses Gefühl beängstigte sie. Seit beinahe zwei Jahren hatte sie nichts mehr verabscheut. Am meisten jedoch beunruhigte sie, dass sie nicht wusste, warum sie einen immer größeren Abscheu gegen das Kleid empfand, das sich über ihr Bett ergoss wie ein roter Fleck.

Krack.

Acht Schwestern, dachte sie, um sich von dem Geräusch abzulenken, das in ihren Ohren widerhallte. Und du bist die neunte, sagte sie zu sich selbst. Neun. Neun wie die Anzahl ihrer Finger. Ich denke an nichts!, befahl sie sich mit Nachdruck und schloss die Augen. Ich denke an nichts! Ich höre nichts!

Doch selbst in der Dunkelheit hinter ihren Lidern tauchte das rubinrote Kleid auf, das sich über ihr Bett ergoss wie eine Blutlache.

Krack. Leise. Als träte jemand auf trockenes Laub. *Krack.* Lauter. Als knickte jemand einen Zweig ab. *Krack.* Noch lauter. Als schnitte jemand mit der Schere einen Finger ab.

Ohrenbetäubend.

Ruth sah zu, wie sie schlemmten und den Champagner in sich hineinschütteten, den ihr Vater hatte auffahren lassen. Wie Heuschrecken sehen sie aus, ging es ihr durch den Kopf. Tote Heuschrecken, die vollgefressen noch mit den Beinen zuckten. Vielleicht aber, dachte sie, ohne den Blick von den lärmenden Gästen abzuwenden, bin ich es, die tot ist. Mit offenen Augen.

Sie war wunderschön. Das wusste sie. Sie hatte sich im Spiegel betrachtet. Sie war wunderschön. So wie Bill sie gesehen hatte. Großzügig hatte sie ihre Lippen mit Lippenstift nachgezogen, nicht mit der zarten Nummer sieben, die ihre Mutter bereitgelegt hatte, sondern mit der kräftigen Nummer elf. Und sie hatte ihn auch auf die Augenlider aufgetragen. Scharlachrot. Mit scharlachrot umrandeten, weit aufgerissenen Augen beobachtete sie nun die Heuschrecken.

Ruth lachte. Sie stieg die erste Stufe hinab und geriet ins Taumeln.

Sie erschauerte in ihrem neuen schulter- und rückenfreien rubinroten Abendkleid aus Seide.

»Rot wie das Blut, das zwischen meinen Beinen klebt, nicht wahr, Bill?«, sagte sie leise und lachte. »Rot wie das Blut, das mir immer weiter aus dem Finger spritzt, den du mir abgeschnitten hast, nicht wahr, Bill?« Und sie hörte nicht auf zu lachen, so komisch war das alles. So komisch, dass sie es auch den Heuschrecken erzählen musste. Die rote Ruth.

Sie nahm eine weitere Stufe und stützte sich dabei auf den Handlauf. »Deine Pillen sind gut, Mama...«, murmelte sie, wacklig auf den Beinen. Doch noch immer nahm niemand sie wahr. Die Heuschrecken aßen und aßen. Und sie lachten. »Auch dein Schmuggelwhisky ist gut, Mama...«, sagte Ruth, während sie die nächste Stufe hinabstieg. Sie würde all diese Leute noch mehr zum Lachen bringen. Über das Blut. »Rot wie das rote Herz, nicht wahr, Christmas? Rot wie der Kuss, den ich dir nie gegeben habe, nicht wahr, Christmas?« Eine weitere Stufe. »Ich bin die Blutpriesterin«, kicherte sie. »Deshalb hat meine Mutter mir dieses Kleid aus Blut geschenkt...« Noch zwei Stufen. In ihrem Inneren aber drehte sich alles. Die Decke löste sich von den Wänden, die Wände vom Fußboden. Und der Boden unter ihren Füßen schwankte hin und her wie ein Schiffsdeck bei Sturm. »Ja, ich treibe mitten im Blutsee... und ertrinke. Ich ertrinke und... Lustig, nicht? Lustig zu sehen, wie jemand im Blut ertrinkt... weil... weil es eben lustig ist.« Sie stieg weitere drei Stufen hinunter, obwohl ihre Knie nachzugeben drohten. Ruth klammerte sich noch fester an den Handlauf und zog die Schuhe aus. »Rote Schuhe«, sagte sie kichernd und ließ sie zu Boden fallen. Als sie wieder aufblickte, entdeckte sie den Vater in seinem makellos weißen Leinenanzug. Sein Gesicht war bleich und angespannt. »Du hast kein Blut in dir, Papa...«, lallte sie.

»Dein ganzes Blut ... habe ich vergossen ...« Sie lachte und betrachtete den Fingerstumpf an ihrer Hand. »Die Handschuhe habe ich nicht angezogen ... tut mir leid, Mama ... Ich wollte sie nicht mit Blut besudeln ...«, sagte sie, noch immer lachend, während sie mit der Hand vor ihren Augen herumfuchtelte und nur verschwommen den verstümmelten Finger wahrnahm, den sie rubinrot angemalt hatte. Mit dem Lippenstift, den sie auch für Lippen und Augen benutzt hatte. Erneut betrachtete sie ihren Vater, der besorgt unter den Gästen Ausschau hielt. »Sie sind nicht gekommen, stimmt's, Papa?« Ihr wurde übel. Sie schlug die Hand vor den Mund und riss die Augen auf. Ihre Stirn war eiskalt und mit Schweißperlen bedeckt. Sie nahm die letzte Treppenstufe. Draußen vor dem marmornen Eingangsportal sah sie sie. Die Gäste drängten sich alle um das Buffet neben den acht Schwestern, die sich nicht herabließen, mit ihnen zu reden. Ruth versuchte, genauer hinzusehen, aber sie erkannte keinen der Filmstars, denn wenn sie auf der Leinwand auch wie Engel wirkten, so waren sie im wahren Leben doch nichts als Heuschrecken, die zwischen ihren Furcht erregenden Backen zermalmten, was auch immer ihnen an Essbarem in den Weg kam. Ohne überhaupt zu wissen, wer es ihnen anbot. Sie waren Halbgötter, alles stand ihnen zu. Vielleicht aber, dachte Ruth, ahnen sie auch, dass ihr Ruhm nur von kurzer Dauer sein wird. »Ich werde auch nur von kurzer Dauer sein!«, rief sie lachend. »Guten Abend allerseits!« Dann brach sie zusammen. Mit dem Kopf prallte sie gegen den gusseisernen Pfosten des Handlaufs. Sie lachte und sah, wie ihre Mutter herbeigelaufen kam. »Mama ...«, murmelte sie beinahe liebevoll, fast so, als hätte sich neu aufkeimende Hoffnung in ihrer Kehle ausgebreitet und die Betonung des Wortes verfälscht. »Mama ...« Und während sie den Namen erneut aussprach, schien er ihr anders zu klingen, so als hätte sie »Opa« gesagt. Oder »Christmas«. Und da plötzlich – als die Mutter, gefolgt von zwei Dienstboten, an sie herantrat, als sämtliche Heuschrecken sich mit vollen Backen nach ihr umdrehten – verwandelte sich ihr Lachen für einen kurzen Moment in Weinen. »Weine ich Blut, Mama?«, fragte sie mit vom Alkohol und von den Pillen der Mutter belegter Stimme.

»Ruth!«, zischte Sarah Isaacson ungehalten. »Ruth ...«

»... mach kein Theater«, vollendete Ruth den Satz. Und während sie sich die Tränen abwischte, brach sie erneut in Gelächter aus. Mit einem Mal dann, einem Beben, einem Erdstoß gleich, packte sie die Wut. Sie stand auf, entwand sich den Armen, die sie hielten, gab einem der Hausdiener eine Ohrfeige und stieß die Mutter beiseite. Zornentbrannt sah sie zu den Heuschrecken hinüber, die schlagartig verstummt waren und sie anstarrten. Und als die Wut sie blitzschnell und unvermittelt wie Feuer auf einem Strohfeld überwältigte, bohrte sie die Fingernägel in ihr Kleid, in sich selbst, denn ihre Wut richtete sich nicht auf die Mutter oder die Heuschrecken, nicht auf Christmas oder Bill, sondern auf sich selbst. Sie bohrte die Nägel in ihr Kleid und zerriss es. Und so sahen alle, dass das Mädchen mit den roten Augen sich mit einer dicken Bandage die Brust abgebunden hatte.

Als sie sich an dem Verband zu schaffen machte, nahmen die zwei Dienstboten sie fest in den Griff.

»Es ist alles in Ordnung. Amüsieren Sie sich«, sagte die Mutter zu den Gästen, während Ruth, die von den Hausdienern die Treppe hinaufgetragen wurde, ihr Schweigen aus sich herausschrie.

Ruth wurde aufs Bett geworfen.

»Muss ich dich festbinden?«, fragte die Mutter mit eisigem, scharfem Blick.

Ruth verstummte ebenso plötzlich, wie sie zu schreien begonnen hatte. Sie wandte das Gesicht ab. »Nein, Mama«, sagte sie leise.

»Du hast deinem Vater den Abend ruiniert, ist dir das klar?«

»Ja, Mama.«

»Du bist verrückt.«

»Ja, Mama.«

»Jetzt muss ich mich um die Gäste kümmern«, fuhr die Mutter fort. »Danach rufe ich einen Arzt.«

»Ja, Mama.«

»Hinaus«, befahl Sarah Isaacson den beiden Dienern. Dann folgte sie ihnen aus dem Zimmer.

Ruth hörte, wie die Zimmertür abgeschlossen wurde. Mit abgewandtem Gesicht blieb sie liegen. Reglos.

Krack.

Ein sanfter Laut nun. Ein freundlicher Laut. Gedämpft und matt.

»Du hast deinem Vater das Fest ruiniert ...«, hob sie mit tonloser Stimme leise an. »Tu mir den Gefallen, Ruth ... Dein Vater hat sein ganzes Geld investiert ... unser Geld ... in die DeForest-Technik ... DeForest ... das weißt du doch, oder? Der Tonfilm ... Dein Vater ist nicht wie dein Großvater ... er ist nicht wie dein Großvater ... er ist nicht wie dein Großvater ... DeForest ... die DeForest-Technik ... sein ganzes Geld ... DeForest-Phonofilm ... pleite ... DeForest ist pleite ... die Produzenten ... dein Vater ist nicht wie Opa Saul ... Die Produzenten müssen ihm helfen ... Er ist nicht wie Opa Saul ... helfen ... helfen ... helfen ... Du hast deinem Vater den Abend ruiniert ... Opa Saul ... deinem Vater ... Du hast deinen Vater ruiniert ...«

Krack.

Wie ein sanfter Schlag.

Ruth schwieg. Nichts drehte sich mehr. Wände und Decke und Fußboden standen still. Alles stand nun still. Alles war klar. Ihr Verstand war wach, ungetrübt.

Sie stand vom Bett auf, trat ans Fenster und öffnete es. Sie kletterte auf das Sims. Unten konnte sie die Heuschrecken sehen. Doch die gefräßigen Insekten sahen sie nicht. Allein die acht Schwestern wandten ihr den Blick zu und lächelten ihr zu. Und sie breiteten die Arme aus, ihr entgegen.

Ruth sprang in die Tiefe.

Krack.

Als sie unten inmitten der Festgäste auf den toskanischen Terrakottafliesen aufschlug, war sie für den Bruchteil einer Sekunde überrascht. Sie nahm nichts wahr. Wieder nahm sie nichts wahr. Keinen Schmerz, keine Schreie. Und sie sah keine Farben. In ihrem Mund war ein süßlicher Geschmack. Ihr Blut war süß geworden.

Dann endlich wurde es dunkel um sie.

38

Manhattan, 1926

Sieben breite Stufen aus grobkörnigem weißem Granit zählte
Christmas. Er legte die Hand an den Metallgriff der Drehtür
und betrat die Eingangshalle des Gebäudes an der West 55th
Street, nicht weit entfernt von der Bank im Central Park, wo er
sich einst mit Ruth getroffen hatte. Mit zögerlichen Schritten
näherte er sich dem glänzenden Empfangstresen aus Wurzel-
holz. Am Empfang saßen zwei Frauen, blutjung die eine, um die
vierzig die andere, beide attraktiv und identisch gekleidet. Und
hinter ihren Köpfen prangte ein großer Schriftzug: *N. Y. Broadcast.*

»Ich soll mich heute vorstellen«, sprach Christmas die jüngere
der beiden an.

Das Mädchen schenkte ihm ein Lächeln, während es zum
Hörer des Haustelefons griff. »Mit wem sind Sie verabredet?«,
erkundigte sie sich freundlich.

Christmas griff in seine Tasche und holte einen Zettel heraus,
auf dem er sich einen Namen notiert hatte. »Cyril Davies.«

Das Mädchen zog die Stirn kraus und hob den Finger zum
Zeichen, er möge warten. Daraufhin blickte sie zu ihrer Kollegin
hinüber, die gerade telefonierte, und wartete, bis sie aufgelegt
hatte.

Christmas schaute sich um und dachte aufgeregt: Ich hab's
geschafft. Ich hab's tatsächlich geschafft.

»Kennst du die Nebenstelle von . . . Cyril Davies?«, fragte das
Mädchen die Kollegin.

Die Frau machte ein ratloses Gesicht und schüttelte den
Kopf.

»Sind Sie sicher, dass er hier arbeitet?«, wollte das Mädchen von Christmas wissen.

Prüfend sahen die beiden Frauen ihn an. Sie musterten seinen braunen Anzug von der Stange, die Narbe, die seine Unterlippe zeichnete und sich bis zum Kinn hinabzog.

»Bist du sicher?«, fragte auch die ältere.

»So wurde mir gesagt«, antwortete Christmas mit einem unbehaglichen Gefühl.

Die Vierzigerin hob eine Augenbraue und sagte, ohne den Blick von ihm abzuwenden, zu ihrer jungen Kollegin: »Sieh mal in der Liste nach.« Dann griff sie zum Telefon und wählte eine Nummer. »Mark«, sagte sie mit gedämpfter Stimme, »wo bist du?«

Kurz darauf – während die jüngere eine lange Liste durchging und murmelte: »D... D... Dampton ... Dartland ... Davemport ...« – tauchte ein uniformierter Wachmann in der Eingangshalle auf.

»Probleme?«, fragte er mit Blick auf Christmas.

»Davidson ... Dewey ...«, fuhr unterdessen die junge Frau fort. »Kein Davies«, teilte sie der Kollegin mit.

»Tut mir leid«, sagte die ältere zu Christmas. »Kein Davies.«

»Man hat mir gesagt, ich soll mich heute vorstellen«, beharrte er. »Und das ist der Name.«

Die Vierzigerin griff nach der Liste und deutete mit dem Finger zwischen zwei Namen. »Nach Davidson kommt Dewey. Davies gibt es hier nicht, tut mir leid«, erklärte sie kühl.

»Das kann nicht sein«, widersprach Christmas.

»Mein Herr ...«, hob der Wachmann an und wollte Christmas am Arm greifen.

»Nein, das kann nicht sein«, wiederholte Christmas. »Ich bin hier eingestellt worden, um beim Radio zu arbeiten«, sagte er mit Nachdruck und wich einen Schritt zurück, damit der Wachmann ihn nicht zu fassen bekam.

»Mein Herr . . .«, sagte der Mann abermals, die Hand noch immer nach ihm ausgestreckt.

»Sehen Sie noch einmal nach. Das kann nicht sein«, bat Christmas die junge Frau.

»Hier arbeitet kein Cyril Davies, Junge«, erklärte die Vierzigerin in kaltem Ton.

»Tut mir leid«, murmelte die junge Frau und sah ihn an.

»Cyril?«, fragte da der Wachmann.

»Cyril Davies«, bestätigte Christmas.

Der Mann lachte und ließ den Arm sinken. »Das ist der aus dem Lager«, erklärte er den beiden Frauen. »Der Schwarze.«

»Cyril?«, wiederholte die Vierzigerin und schaute ihre junge Kollegin ratlos an. »Der Schwarze. Hast du verstanden, wer?«

Die junge Frau nickte vage, bevor sie eine Zeitschrift aufschlug und sich nicht weiter um Christmas kümmerte.

»Du musst den Eingang für das Hauspersonal nehmen«, sagte die ältere Frau zu Christmas.

»Geh raus, rechts um die Ecke und klopf am Ende der Gasse an eine grüne Tür. Auf der steht *N. Y. Broadcast*, du kannst nichts falsch machen«, erklärte der Wachmann, der sich gleich darauf von ihm abwandte, die Ellbogen auf den Empfangstisch stützte und sich zu der Vierzigerin vorbeugte. »Lena, ich habe zwei Karten für . . .«

»Das interessiert mich nicht, Mark«, fiel sie ihm mürrisch ins Wort. »Bleib an deinem Platz und lauf nicht in der Gegend herum, du wirst dafür bezahlt, dass du aufpasst, wer hereinkommt. Zwing mich nicht, mich über dich zu beschweren.«

Der Mann lief rot an, schnaubte, trat vom Tresen zurück und wandte sich zur Eingangstür um. Christmas stand noch immer mitten in der Halle und starrte auf den großen Schriftzug *N. Y. Broadcast*. »Na los, worauf wartest du?«, raunzte der Wachmann ihn an. »Das hier ist der Eingang für die wichtigen Leute. Zieh Leine. Du bist nicht beim Radio, du arbeitest bloß im Lager.«

Christmas drehte sich um und ging hinaus.

Während er die sieben weißen Granitstufen hinabstieg, spürte er die Enttäuschung, die an ihm nagte. Auf der letzten Stufe jedoch drehte er sich noch einmal zum Eingang um und sagte, während ein gut gekleideter Mann mit einem glänzenden Lederkoffer das Funkhaus von N. Y. Broadcast betrat, mit leiser Stimme: »Eines Tages gehe ich durch diese Tür hinein, und Ruth wird meine Stimme hören.« Dann lief er am Gebäude entlang, bog um die Ecke in eine dunkle, mit leeren Kartons zugestellte Gasse und entdeckte ganz hinten eine grün lackierte zweiflüglige Metalltür, auf der in blank geputzten Messingbuchstaben die Aufschrift *N. Y. Broadcast* prangte. Christmas strich mit den Fingern darüber.

»Jetzt beweis mir, dass die Geschichte mit dem Radio nicht nur wieder so ein Blödsinn von dir ist, Junge«, hatte Arnold Rothstein zwei Tage zuvor zu ihm gesagt, nachdem er ihn in den *Lincoln Republican Club* hatte rufen lassen.

Anfangs hatte Christmas nicht begriffen. Mit verschränkten Armen hatten Lepke und Gurrah ihn beobachtet, während Rothstein ihm erklärt hatte, er habe ihm mithilfe *gewisser Freunde* einen Job bei einer Radiostation verschafft. Christmas bekam nicht einmal ein »Danke« heraus. Mit offenem Mund stand er da und fragte schließlich wie benommen: »Radio?«

Alle brachen in Gelächter aus. Rothstein klopfte ihm auf die Schulter, nahm seine Hände und drehte seine Handflächen nach oben. Sie waren schwarz und rissig. »Besser als Dächer zu teeren, oder?«, sagte er.

»Ich schulde Ihnen einen Gefallen, Mr. Big«, antwortete Christmas.

Da lachten wieder alle. Am lautesten, hoch und schrill, Gurrah, dem die Pistole herunterfiel, während er sich auf die Schenkel klopfte und andauernd wiederholte: »Er schuldet dir einen Gefallen, Boss!«

Erst nachdem das allgemeine Gelächter abgeklungen war, gelang es Christmas, Arnold Rothstein, dem Mann, der New York regierte, ins Gesicht zu sehen. Und Rothstein lächelte so wohlwollend, wie es einem Mann wie ihm möglich war. Er legte ihm die Hand in den Nacken und führte ihn zum Billardtisch. Nachdem er sämtliche Kugeln beiseitegeräumt hatte, holte er aus seiner Westentasche zwei Würfel aus schneeweißem Elfenbein hervor und drückte sie Christmas in die Hand. »Lass mal sehen, ob du Glück hast. Elf gewinnt, sieben verliert.«

Während Christmas nun an seinen Wurf zurückdachte, zeichnete er unablässig die Messingbuchstaben auf der grünen Tür nach. *N. Y. Broadcast.*

»Nimm deine Schmuddelfinger von meiner Aufschrift«, herrschte ihn von hinten jemand an.

Christmas drehte sich um und bemerkte in der Mitte der Gasse einen hageren, gekrümmt gehenden Schwarzen, dessen eines Bein kürzer war als das andere. Der Schwarze zog einen Schlüsselbund aus der Tasche seines Arbeitsanzugs, kam auf Christmas zu und stieß ihn zur Seite. Mit seinem baumwollenen Jackenärmel wischte er über die Buchstaben, bevor er einen der Schlüssel ins Schlüsselloch der Tür steckte. Er hatte ein welkes, faltiges Gesicht wie die alten Austernfischer aus der Gegend um South Street und Pike Slip, die auf dem East River, unterhalb der Manhattan Bridge, lebten, und gelbliche, von winzigen scharlachroten Äderchen durchzogene, hervorstehende Augen. Dabei war er höchstens vierzig Jahre alt.

Er schloss auf und wandte sich nach Christmas um. »Was hast du hier zu suchen? Treib dich woanders herum!«

Christmas sah ihn an und lächelte.

Unterdessen dachte er an den Flug der Würfel zurück, wie sie

munter über den grünen Filz gehüpft, leise gegen die Bande ge-
prallt und im Zurückrollen immer langsamer geworden waren.
Eine Fünf. Und dann eine Sechs.

»Du hast Schwein, Rabbit«, war Gurrahs Kommentar gewesen.

Rothstein, der seine Hand die ganze Zeit über in Christmas'
Nacken hatte liegen lassen, hatte ihm kurz auf die Schulter geklopft. »Jetzt verschwinde«, hatte er gesagt.

Und erst beim Hinausgehen war es Christmas über die Lippen gekommen. »Danke.«

Lepke hatte ihm nachgepfiffen. »Nimm dich in Acht, diese
Künstler sind alle Schwuchteln.« Sein höhnisches Gelächter
hatte Christmas noch bis nach draußen begleitet.

»Was gibt's da zu lachen, Junge?«, wollte jetzt der Schwarze
vor der Tür von N. Y. Broadcast wissen.

Es mag zwar nicht so sein, wie ich es mir in den vergangenen
beiden Tagen erträumt habe, dachte Christmas. Es wird dauern,
bis ich das Funkhaus durch den Haupteingang betreten kann.
Aber ich bin da. Und das ist alles, was zählt. »Ich hatte eine Elf«,
erklärte er dem Schwarzen.

»Bist du nicht ganz richtig im Kopf?«

»Du bist Cyril?«, vergewisserte sich Christmas.

Der Schwarze zog die Stirn kraus. »Was willst du?«

»Man hat mir gesagt, ich soll mich heute vorstellen.« Unschlüssig hielt Christmas ihm den Zettel hin.

Unwirsch riss Cyril ihn an sich. »Ich bin zwar schwarz, aber
kein Analphabet«, sagte er mürrisch, während er einen Blick auf
den Zettel warf. »Ah, man hatte mir gesagt, dass ein Neuer
kommt.« Er musterte ihn. »Ich brauche keinen Gehilfen. Aber
wenn sie dich eingestellt haben ...« Er zuckte die Schultern.
»Was verstehst du denn vom Radio?«

»Nichts.«

Cyril schüttelte den Kopf und ließ die Mundwinkel hängen, wodurch sein Gesicht noch zerfurchter wirkte. »Wie heißt du?«

»Christmas Luminita.«

»Was für ein Name ... der passt zu einem Nigger.«

Christmas sah ihm geradewegs ins Gesicht. »Da bist du der Experte von uns beiden, Cyril«, konterte er.

Cyril tippte ihm an die Brust. »Für dich, Junge, bin ich *Mr. Davies*«, erwiderte er brummend, aber Christmas sah Cyrils Augen belustigt aufblitzen. Dann griff der Mann in den Lagerraum, brachte einen Lappen zum Vorschein und warf ihn Christmas zu. »Von heute an bist für das Polieren der Buchstaben zuständig.« Damit ging er ins Lager und ließ die Tür mit einem dumpfen Schlag hinter sich ins Schloss fallen.

Hastig putzte Christmas mit dem Lappen die Buchstaben und klopfte anschließend an die Tür.

»Wer ist da?«, rief Cyril von drinnen.

»Mach auf, Cyril, ich bin fertig.«

»Hier ist kein Cyril.«

Christmas schnaubte. »In Ordnung. Würden Sie die Tür bitte aufmachen, Mr. Davies?«

Cyril kam an die Tür, stieß Christmas zurück und warf einen prüfenden Blick auf die Buchstaben. Das Messing glänzte. Er nickte, bevor er wieder hineinging und die Tür hinter sich offen ließ. Christmas folgte ihm.

»Und mach sie leise zu«, sagte Cyril, ohne sich umzuwenden.

Ich bin drin, schoss es Christmas durch den Kopf.

Der Raum war riesig groß, mit Regalen vollgestellt, düster und niedrig. Etwas weiter hinten stand ein Werktisch mit einem elektrischen Lötkolben und einer Zwinge. Im Näherkommen entdeckte Christmas außerdem Schraubenzieher, eine große

Lupe, die auf einem ausziehbaren Gestell an der Wand befestigt war, Scheren, Schachteln mit Schrauben in allen Größen, in Einzelteile zerlegte Mikrofone, Drahtspulen und Radioröhren und andere Utensilien, von denen er nicht die leiseste Ahnung hatte, wozu sie gut sein könnten.

»Was soll ich tun?«, fragte er.

»Nichts«, entgegnete Cyril, während er sich an den Werktisch setzte. »Such dir eine Ecke, wo du mich nicht störst, und sei still.«

Christmas schlenderte durch den Lagerraum und blickte neugierig in die Regale. Er zog einen Sockel mit aufmontierten Röhren heraus.

»Leg das zurück«, sagte Cyril, ohne sich umzudrehen.

Christmas gehorchte und setzte seine Inspektion fort. Im Raum lag ein Geruch, den er nicht kannte, der ihm aber gefiel. Ein metallischer Geruch. Christmas entdeckte eine dicke, mit blankem Kupferdraht umwickelte Holztrommel. »Wozu braucht man denn die hier?«, wollte er wissen.

Cyril gab keine Antwort. Er nahm einen Schraubenzieher zur Hand und baute ein Mikrofon auseinander.

Christmas ging zu ihm und beobachtete ihn. »Wollen Sie es reparieren?«

»Verstehst du das unter still sein?«

Christmas beobachtete weiter Cyrils knochige Hände, die sich schnell und geschickt bewegten. Nachdem er die Schutzkappe des Mikrofons abgeschraubt hatte, legte er den Schraubenzieher beiseite, steckte einen Finger in ein Kabelknäuel, zog es vorsichtig heraus und rief schließlich: »Ah, da bist du ja, du Bastard!«

»*Da bist du ja*? Wen meinen Sie?«, fragte Christmas.

Cyril gab keine Antwort. Erneut griff er nach dem Schraubenzieher, löste im Inneren des Mikrofons eine Klemme, wickelte ein Stück Bleidraht ab, legte ein Kabel auf eine Scheibe und schmolz mit dem Lötkolben zwei Tropfen Blei, in die er das zerfaserte Kabelende eintauchte. Er pustete darauf, prüfte die Lötstelle, schraubte die Klemme wieder fest, verstaute die Kabel ordentlich an ihrem Platz und befestigte den Metallpanzer. Mit einem fettverschmierten Lappen polierte er schließlich die Chromteile des Mikrofons und steckte es auf eine Platte. »Du Bastard legst mich nicht herein«, sprach er ins Mikrofon. Und vom anderen Ende des Lagerraums her verstärkte ein Lautsprecher seine Stimme. Cyril lachte, zog das Mikrofon heraus und packte es wieder in einen weißen Pappkarton zu seiner Linken, auf dem geschrieben stand: *Studio A – IV. OG – Toneffekte.*

Er streckte sich und holte dann aus einer identischen Schachtel zu seiner Rechten eine Röhre hervor. Er hielt sie ins Licht der Tischlampe und untersuchte sie schweigend. Kopfschüttelnd wickelte er sie in einen dicken Lappen. Dann nahm er einen kleinen Hammer zur Hand und schlug entschlossen zu. »Leb wohl, Jerusalem«, sagte er, als das Glas zersprang. Er klappte den Lappen auf, pickte mit der Pinzette einige dünne Glühfäden heraus und sammelte sie in einer Schachtel, bevor er mit dem Lappen in der Hand aufstand. »Musst du mir genau zwischen den Füßen herumstehen, Junge?«, fragte er, während er zu einem Metallkorb hinüberging, in den er die Glasscherben ausleerte. Als er zum Werktisch zurückkehrte, hielt Christmas ein altes Foto in der Hand, das eine schwarze Frau mit starrem und dennoch eindringlichem Blick zeigte. Sie stand, beide Hände auf die Rückenlehne gestützt, hinter einem Stuhl, auf dem ein Mantel und ein Hut lagen.

»Ist das Ihre Mutter?«, fragte Christmas.

Cyril nahm ihm das Foto aus der Hand und legte es zurück auf den Tisch. Nachdem er sich wieder hingesetzt hatte, holte er aus einer anderen Kiste ein Pult mit Schiebereglern hervor. Er griff sich einen Schraubenzieher und machte sich schweigend daran, es in seine Einzelteile zu zerlegen.

Christmas stand einen Moment lang wie angewurzelt da, dann drehte er sich um und ging hinüber zum anderen Ende des Lagerraums, wo er sich entmutigt auf den Boden setzte. Wenig später hörte er aus dem Lautsprecher über seinem Kopf ein elektrostatisches Knacken.

»Wie alle Weißen hast du keine Ahnung, Junge«, schallte Cyrils verstärkte Stimme durch den Raum. »Das ist nicht meine Mutter. Das ist Harriet Tubman. Sie war eine Sklavin. Ihr Besitzer verlieh sie an andere Sklavenhalter. Man hat sie geschlagen, in Ketten gelegt, ihr Schädel und Knochen zertrümmert, sie musste zusehen, wie ihre Schwestern an andere Besitzer verkauft wurden. Und als sie fliehen konnte, hat ihr Mann, ein freier Schwarzer, sie aus Angst um das Nichts, das er besaß, verlassen. Von da an hat Harriet Dutzenden von Sklaven zur Flucht verholfen. Nach dem Bürgerkrieg waren vierzigtausend Dollar Belohnung auf ihren Kopf ausgesetzt, mehr als auf irgendeinen Verbrecher damals. Grandma Moses, wie wir sie nennen, war nämlich für euch Weiße schlimmer als ein Verbrecher. Sie sprach von Freiheit, und das ist ein Wort, das nur ihr Weißen in den Mund nehmen dürft. Im Mund eines Schwarzen dagegen wird es zum Verbrechen. Bis zum Schluss hat sie für die Abschaffung der Sklaverei gekämpft. Am zehnten März 1913 ist sie hier in New York County gestorben. Und jeden zehnten März spucke ich ihr zu Ehren auf irgendetwas, das einem Weißen gehört. Lass deshalb nichts von dir herumliegen an dem Tag, du bist jetzt gewarnt.«

Christmas verharrte eine Weile schweigend. »Meine Mutter ist Italienerin«, sagte er schließlich. »Und man hat sie wie eine Art Schwarze behandelt.«

»Unsinn«, gab Cyril zurück. Dann verriet ein Knacken, dass der Lautsprecher ausgesteckt wurde.

Einige Minuten lang fiel kein einziges Wort mehr. Cyril saß über seine Arbeit gebeugt. Christmas hockte auf dem Boden.

»Komm mal her und halt das Kabel für mich«, sagte Cyril auf einmal.

Christmas erhob sich und ging hinüber zum Werktisch.

»Hier, halt es genau so«, brummte Cyril.

»So?«

Cyril nahm seine Hand und schlug sie dort auf den Tisch, wo er das Kabel halten sollte. Dann machte er sich daran, es mit einem anderen Kabel zu verlöten.

»Danke«, sagte Christmas.

»Du redest zu viel.«

39

Manhattan, 1926

Cyril saß wie immer über seinen Werktisch gebeugt. Und auf seinem zerfurchten Gesicht lag seit einer Woche ein Ausdruck der Zufriedenheit. Cyril wusste alles über das Radio. Das Radio war sein Leben. Wegen seiner pechschwarzen Haut würde er niemals Karriere machen, aber das war ihm nicht wichtig. Ihm genügte es, alles, was kaputtging, reparieren zu können und auszutüfteln, wie sich Worte und Musik noch besser in den Äther übertragen ließen. Das war alles, was er wollte. Zudem hatte er auf seine Weise bereits Karriere gemacht. Als er als Lagerarbeiter eingestellt worden war, hatte er keine andere Aufgabe gehabt, als Ersatzteile zu sortieren und sie den Technikern, die für Reparaturen zuständig waren, auszuhändigen. Wenn auch sein Lohn der eines Lagerarbeiters geblieben war, war er dann nach und nach selbst zum Techniker geworden, an den alle höheren Etagen sich wandten. Und das hatte einen glücklichen Mann aus Cyril gemacht. Das Lager war seine Welt, sein Reich. Er kannte jedes einzelne Regal und wusste jederzeit, wo er finden konnte, was er brauchte, obgleich das Lager fremden Augen chaotisch erscheinen mochte.

Als man Cyril ungefähr zehn Tage zuvor mitgeteilt hatte, er werde einen Gehilfen bekommen, war er erstarrt. Der Gedanke an einen Fremden hatte ihm gar nicht gefallen, vielmehr hatte er Christmas' Erscheinen als unliebsame Invasion empfunden. Seit einer Woche jedoch war Cyril hinter seiner mürrischen Fassade eine gewisse Zufriedenheit darüber anzusehen, dass Christmas nun da war. Wenn Cyril etwas hasste, dann waren es die Gänge in die oberen Etagen, die Etagen der Weißen, um die reparierten

Teile zurückzubringen und anzuschließen. In den eigentlichen Sendestudios war er nicht mehr der König, als der er sich im Lager fühlte. Dort oben war er wieder nur ein Schwarzer. »Zum Putzen ist jetzt keine Zeit«, sagten sie zu ihm, wenn sie ihn kommen sahen. Sicher, was konnte ein Schwarzer an einem Ort für Weiße schon zu suchen haben? Er konnte nur eine billige Reinigungskraft sein. Auch erkannte ihn keiner der Weißen aus den höheren Etagen je wieder. Für die Weißen sahen alle Schwarzen gleich aus, so wie auf New Yorks Gehwegen ein Hundehaufen den Millionen anderer Hundehaufen glich. Nun aber oblag es Christmas, die reparierten Teile auszuliefern. Und Cyril konnte sich ab sofort jede Sekunde des Tages als der König des Lagers fühlen. Daher lächelte er auch jetzt, während er einen Galenit-Kristall aus einem alten Radio ausbaute, leise in sich hinein.

»Diamond!«, ertönte auf einmal eine laute Stimme. »Hey, Diamond!«

Cyril drehte sich zur metallenen Lagertür um, die unter den Schlägen des Rufers auf der anderen Seite erzitterte. Er erhob sich von seinem Werktisch und ging bedächtig zur Tür.

»Diamond! Diamond, bist du da drin? Mach die verfluchte Tür auf!«

»Wer bist du?«, fragte Cyril, ohne zu öffnen.

Das Hämmern brach ab. »Ich suche Christmas«, sagte die Stimme. »Er arbeitet doch hier?«

»Wer bist du?«, fragte Cyril erneut.

»Ich bin ein Freund.«

Cyril ließ das Schloss aufschnappen und öffnete die Tür einen Spaltbreit. Draußen stand ein Weißer, kaum älter als zwanzig Jahre, mit dem Gesicht eines Taugenichts und einem zu grellen Anzug, als dass man den Jungen für einen anständigen Kerl hätte halten können. Augenblicklich bereute Cyril, die Tür geöffnet zu haben. »Christmas ist nicht da. Er liefert gerade etwas aus«, sagte er hastig und wollte die Tür wieder schließen.

Der Junge aber schob seinen Fuß in den Spalt. Er trug auffällige Lackschuhe. »Wann kommt er denn wieder?«

»Gleich«, entgegnete Cyril und versuchte abermals, die Tür zu schließen. »Warte draußen.«

»Für wen hältst du dich, Nigger, dass du mich herumkommandierst?«, herrschte ihn der Junge an, der die Tür nun mit Gewalt aufstemmte. »Ich warte drinnen auf ihn.«

»Du hast hier nichts verloren«, widersprach Cyril.

Da ließ der Junge ein Messer aufspringen und fuhr mit der Klinge zwischen seinen Zähnen entlang. »Ich hasse Roastbeef-Sandwiches. Das ganze Fleisch bleibt einem in den Zähnen hängen«, sagte er mit frechem Blick.

»Und ich hasse Wichtigtuer. Raus mit dir, du Arschloch.«

»Wer ist hier ein Arschloch?«, gab der Junge zurück und trat mit dem Messer in der Hand an Cyril heran. »›Arschloch‹ kannst du zu deinem Niggervater sagen.«

»Du machst mir keine Angst.«

»Dabei machst du dir gerade in die Hose, Scheißnigger«, lachte der Junge und stieß ihn zurück.

»Verschwinde . . .«, sagte Cyril nun weniger entschieden.

Erneut stieß der Junge ihn zurück. »Ich hab dir doch gesagt, du sollst mich nicht herumkommandieren, Nigger. Troll dich oder . . .«

»Joey!«, brüllte Christmas, der in dem Augenblick zur Innentür hereinkam, aus vollem Hals.

»Hey, Diamond«, rief Joey, von einem Bein auf das andere hüpfend, als tanzte er zu einer Musik, die nur er selbst hören konnte. »Dein Sklave hier dachte, er könnte mich herumkommandieren.« Er lachte spöttisch.

Wie eine Furie schoss Christmas auf die beiden zu und stellte sich zwischen sie. »Steck das Messer weg«, forderte er streng.

Joey grinste ihn an. In den Knien federnd, klappte er schließlich das Messer zu und ließ es mit einer geschmeidigen Geste in seiner Tasche verschwinden. Sein Blick wanderte durch den Lagerraum. »In diesem Dreckloch arbeitest du also ...«

Christmas packte ihn rüde am Arm und drängte ihn in Richtung der Tür, die auf die Gasse hinausführte. »Entschuldigen Sie mich, Mr. Davies. Ich bin sofort wieder da«, sagte er an Cyril gewandt, während er Joey weiter zum Ausgang schob.

»Mr. Davies?« Mit einem übertrieben überraschten Ausdruck in den Augen sperrte Joey den Mund auf.

»Beweg dich, Joey!«

»Du sagst zu einem Nigger ›Mr. Davies‹?«, lachte Joey. »Scheiße, Diamond, du machst mir echt Spaß. So weit ist es also mit dir gekommen? Du arbeitest für einen Nigger und musst ihn sogar noch Mister nennen?«

»Ich brauche nur eine Sekunde«, sagte Christmas noch einmal zu Cyril, während er die Tür hinter sich zuzog. Als er allein mit Joey in der Gasse stand, stieß er ihn von sich weg und ließ seinen Arm los. »Was willst du?«, fragte er ihn mit eisiger Stimme.

Joey breitete die Arme aus und drehte sich einmal um die eigene Achse. »Fällt dir nichts auf?«

»Schöner Anzug.«

»Hundertfünfzig Dollar.«

»Schön, hab ich doch schon gesagt.«

»Willst du denn nicht wissen, wie ich mir den leisten kann?«

»Ich kann's mir denken.«

»Tja, mein Freund, ich wette, das kannst du nicht. Ich habe jetzt einen Job. Fünfundsiebzig Dollar die Woche, aber bald werden es hundertfünfundzwanzig sein. Weißt du, was das bedeutet? Fünfhundert im Monat. Sechstausend im Jahr.« Joey zwinkerte Christmas zu, während er eine weitere Pirouette vollführte. »Es bedeutet, ich werde mir bald ein eigenes Auto kaufen.«

»Freut mich für dich.«

»Und du, was springt für dich in diesem Loch heraus?«

»Zwanzig.«

»Zwanzig? Was für ein Mist, Anständigkeit macht sich nicht bezahlt.« Wieder lachte Joey, doch es klang gekünstelt. »Wenn du ein Loch im Schuh hast, musst du es mit Pappe flicken wie Abe der Trottel, was?«

»Sieht so aus«, gab Christmas zurück. »Ich muss jetzt wieder rein.«

»Willst du denn gar nicht wissen, was mein Job ist?«

»Du dealst.«

»Falsch. *Schlamming*.«

Wortlos sah Christmas ihn an.

»Ich verwette meinen Arsch, dass du keinen Schimmer hast, wovon ich rede, stimmt's?«

»Es interessiert mich nicht, Joey.«

»Ich erzähl's dir aber trotzdem. Damit du was lernst. Alles, was du weißt, hab eigentlich ich dir beigebracht. Hab ich recht oder nicht?«

»Ich hab's auch wieder vergessen.«

Joey lachte. »Du bist echt witzig, Diamond. Mir kommt es so vor, als wärst du der Sohn von Abe dem Trottel. Du redest genau wie er.«

Christmas nickte mit gleichgültiger, kühler Miene, die Joey vor Wut beben ließ.

»*Schlamming* bedeutet, du besorgst dir eine Eisenstange und wickelst sie in eine Ausgabe der *New York Times*. Und dann brichst du damit ein paar Arbeitern Schädel und Beine. Das macht Spaß. Hast du von dem ganzen Solidaritätsquatsch gehört, den man sich über uns Juden erzählt? Tja, das ist echt totaler Unsinn. Die reichen Westjuden heuern ostjüdische Gangster an, damit sie den ostjüdischen Habenichtsen, die für bessere Löhne streiken, eins überziehen. Witzig, was?«

»Und wie.«

»Na los, Diamond, komm aus der Deckung.« Während er wie ein Boxer umhertänzelte, knuffte Joey ihm in die Schulter. »Wir sind doch Freunde, stimmt's?« Er breitete die Arme aus. »Wenn du's dir anders überlegst und in das Geschäft einsteigen willst, findest du mich jederzeit im *Knickerbocker Hotel* zwischen der 42nd Street und dem Broadway. Du bist ein kräftiger Kerl, wir könnten dich gebrauchen. Denk darüber nach.«

»Okay, ich muss jetzt gehen. War schön, dich zu sehen«, gab Christmas zurück und wandte sich zur grünen Tür mit dem auffälligen Schriftzug *N. Y. Broadcast*, den er auch an diesem Morgen wieder poliert hatte.

»Diamond, warum nimmst du dir nicht zwei Stunden frei?«, fragte da Joey mit vor Zorn bebender Stimme.

»Ich kann nicht.«

»Kannst du nicht, oder willst du nicht?«

»Was macht das für einen Unterschied?«

Joey verzog den Mund zu einem hämischen Grinsen. »Komm schon, sag diesem Mr. Nigger, du wärst in zwei Stunden wieder da. Im *Knickerbocker* gibt es zwei geile Nutten. Du schiebst eine heiße Nummer und kommst danach zurück in das Loch hier. Die Rechnung geht auf mich.«

»Ich lass mich nicht mit Nutten ein«, erwiderte Christmas wie versteinert und sah ihn mit eisigem Blick an.

Joey wich einige Schritte zurück. Theatralisch fasste er sich an die Stirn. »Ach ja, ich hatte ganz vergessen, dass deine Mutter eine Hure war.« Er grinste ihn noch einmal an, doch sein Blick war voller Groll, dann ging er rückwärts davon. »Wenn du's mit einer Nutte treibst, kommt es dir vor, als würdest du deine Mutter ficken, ist es nicht so?«

»Du kannst mich mal, Joey.« Christmas kehrte zurück ins Lager und knallte die Tür hinter sich ins Schloss. Dann trat er gegen einen Karton. Und noch einmal. Und ein weiteres Mal, so oft, bis der Karton völlig zerstampft war.

Cyril saß an seinem Werktisch. Er wandte sich um, sagte aber nichts.

Christmas fing seinen Blick auf. »Verzeihen Sie, Mr. Davies«, bat er, und seine Stimme zitterte vor Wut.

»Wenn du gern etwas zerstören möchtest, komm her und mach dich nützlich, es gibt ein paar *jüdische Hochzeiten* zu feiern.«

Missmutig trat Christmas an den Tisch heran. »Ein paar was?«

Cyril grinste. »Ich bin auf den Namen gekommen, weil die Juden bei ihrer Hochzeit ein Glas in ein Taschentuch wickeln und es dann zerbrechen.« Dabei zeigte er auf einen Behälter. »Da drin sind lauter kaputte Radioröhren. Nimm dir den Lappen da und einen Hammer. Zerschlag sie und leg die Kathoden in diese Schachtel hier, die Anoden in die andere und die Steuergitter hierher.«

»Okay«, sagte Christmas mit finsterer Miene.

»Wenn du dich abreagiert hast, musst du hoch in den fünften Stock, in den Konzertsaal. Bist du in der Lage, ein Mikrofon anzuschließen?«

»Nicht, dass ich wüsste . . .«

»Was soll ich bloß mit einem Gehilfen anfangen, der rein gar nichts kann?«, brummte Cyril. »Du hast doch bei mir schon dutzende Male gesehen, wie es geht. Jeder Idiot könnte das.«

»Okay.«

»Okay.« Damit drehte Cyril sich um und beugte sich wieder über seinen Werktisch.

Christmas schnappte sich den Behälter mit den defekten Röhren und begann, mit dem Hammer wütend auf sie einzuschlagen. Mehr als fünfzig zertrümmerte er. Dann hielt er inne. Er blickte zu Cyril hinüber, der gerade eine Schalttafel reparierte. Tief atmete er ein paar Mal ein und aus. »Tut mir leid, was passiert ist, Mr. Davies«, sagte er schließlich.

»Wenn du genug Getöse veranstaltet hast, würde es dir dann

etwas ausmachen, im fünften Stock das Mikrofon einzubauen? Ohne Eile natürlich. N. Y. Broadcast richtet sich ganz nach dir.«

Christmas grinste, kippte die Glasscherben in den Abfalleimer und griff sich den Karton mit dem Mikrofon. »Bin schon weg, Mr. Davies.«

»Und hör auf mit diesem *Mr. Davies*, du Idiot. Willst du dich vor allen lächerlich machen?«

Der Konzertsaal wurde so genannt, weil er das größte Aufnahmestudio bei N. Y. Broadcast war, komplett ausgestattet für ein vierzigköpfiges Orchester. Christmas hatte bereits mit Cyril dort zu tun gehabt und war vom ersten Augenblick an beeindruckt gewesen von dem Raum, der mit seinen erhöhten Rängen für die Musiker wie ein Amphitheater wirkte. Die gegenüberliegende Wand war von einem großen Glasrechteck durchbrochen, durch das man in die Kabine der Tontechniker blicken konnte. In der Saalmitte stand ein einzelnes Mikrofon für den Solisten oder Sänger, rechts davon ein gewaltiger, schwarz glänzender Konzertflügel.

»Ah, da bist du ja endlich«, erklang eine Stimme hinter ihm.

Christmas drehte sich um und sah eine Frau Mitte zwanzig mit gebräuntem Teint und einer pechschwarzen krausen Lockenmähne durch eine kleine schalldichte Tür hereinkommen.

»Na los, beeil dich«, sagte die Frau mit einem leichten spanischen Akzent. »Ich hole den Tontechniker.«

»Ich ...«

»Ich bitte dich, halt mich nicht noch länger auf«, unterbrach die Frau ihn, die schnell, aber in freundlichem Ton sprach. »Das Solistenmikrofon.« Sie deutete auf den Platz in der Saalmitte. »Hast du die Partitur dabei?«

»Nein, schauen Sie, ich ...«

»Wusste ich's doch!«, lachte sie und zeigte ihre makellos weißen Zähne. »Ihr seid alle gleich. Schon gut, ich hole sie. Ich habe eine Kopie mehr machen lassen.« Sie ging auf die Tür zu, durch die Christmas hereingekommen war.

Dort tauchte in dem Moment ein Mann um die vierzig mit einem schwarzen Köfferchen unter dem Arm auf.

»Wer sind Sie denn?«, wollte die Frau wissen.

»Man hat mich für ein Kornettsolo herbestellt«, antwortete der Neuankömmling und schwenkte seinen kleinen Koffer.

Die Frau drehte sich zu Christmas um. »Und wer bist dann du?«

»Ich soll ein Mikrofon einbauen. Ich arbeite unten im Lager und . . .«

»Und ich habe dich nicht zu Wort kommen lassen«, lachte sie.

Sie ist sehr schön, dachte Christmas, strahlend.

In einer Art Pirouette fuhr die Frau wieder zu dem Musiker herum. »Haben Sie denn die Partitur dabei?«

»Nein.«

Da sah die Frau erneut zu Christmas hinüber. »Was habe ich dir gesagt? Sie haben sie nie dabei«, sagte sie und zwinkerte ihm zu. »Gut, bau du inzwischen das Mikrofon ein.« Sie wandte sich wieder zu dem Musiker um. »Und Sie wärmen schon einmal Ihre Lippen an, wir zeichnen gleich auf. Ich sage dem Tontechniker Bescheid und hole Ihnen die Partitur . . .«

»Sie hat eine Kopie mehr machen lassen«, warf Christmas ein.

Die Frau drehte sich um und schenkte ihm ein strahlendes Lächeln, bevor sie aus dem Raum ging.

Christmas stellte den weißen Karton auf den Boden und packte das Mikrofon aus. Es war mit *5R3* beschriftet. Also fünfter Platz von rechts, dritte Reihe.

Unterdessen hatte der Musiker das Kornett an die zuvor angefeuchteten Lippen gesetzt und spielte nun schnelle Tonleitern vor einem Mikrofon in der zweiten Reihe.

»Entschuldigen Sie«, sprach Christmas ihn an, während er die Kabel anschloss. »Sie nehmen am Solistenmikrofon auf.«

»Red keinen Unsinn«, gab der Musiker zurück. »Das Kornett spielt immer hier.«

In dem Augenblick kam die dunkelhaarige Frau in Begleitung des Tontechnikers zurück. »Er hat aber recht. Ans Solistenmikrofon, danke«, sagte sie zu dem Musiker, während sie die Partitur auf dem Notenpult in der Saalmitte ausbreitete.

»Wer ist denn das?«, wollte der Tontechniker wissen und deutete mit dem Kinn auf Christmas.

»Mein persönlicher Assistent«, gab die Frau zur Antwort und lachte.

Der Tontechniker verschwand durch eine schalldichte Tür, um kurz darauf hinter dem großen Glasrechteck wieder aufzutauchen. Die Gegensprechanlage knisterte. »Zuerst einen Pegeltest. Und bitte deinen persönlichen Assistenten, die Tür sorgfältig zu schließen, wenn er geht.«

Die Frau drehte sich zu Christmas um, der mit dem Einbau des Mikrofons fertig war. »Willst du bleiben?«, fragte sie ihn leise.

Christmas strahlte. »Darf ich?«

»Du bist doch mein persönlicher Assistent, oder nicht? Komm her, setz dich zu mir.« Sie ging hinüber zu einem kleinen Tisch vor der Glasscheibe, von dem aus man den Konzertsaal überblicken konnte.

Christmas nahm neben ihr Platz.

»Licht aus, Ted«, sagte die Frau.

Die Lichter im Saal senkten sich auf ein angenehmes Halbdunkel herab. Am Notenpult leuchtete eine Lampe auf.

»Von Takt vierundfünfzig bis hundertfünfunddreißig«, sagte die Frau zu dem Musiker.

»Tonprobe«, ließ sich der Tontechniker durch die Gegen-sprechanlage vernehmen.

»Nein, Ted, mach die Tonprobe, während er das Stück probt.«

»In Ordnung.«

»Spiel uns die übrige Aufnahme in den Saal und lass sie ihm danach im Kopfhörer.«

»Ich bin bereit«, sagte der Tontechniker.

»Bereit?«, fragte die Frau den Musiker.

Der Mann nickte.

Mit einem Mal erfüllte Musik den Saal. Der Kornettist blickte auf die Frau. Sanft, wie ein Schmetterling, schwang sie die Hand vor dem Körper. Dann zählte sie leise: »Und ... eins, zwei, drei, vier«, bevor sie dem Musiker ein Zeichen gab. Auf den Taktschlag präzise hob das Kornett zu seiner Melodie an.

Christmas saß mit weit aufgerissenen Augen da. Es war wie Magie.

Die Frau wandte ihm den Blick zu. Er ist schön, dachte sie. Stolz und intelligent wirkt er. Und die Narbe, die ihm die Lippe spaltet, verleiht ihm etwas sehr Anziehendes. Obwohl er noch so jung ist. »Wie heißt du eigentlich?«, fragte sie ihn flüsternd.

»Christmas.«

»Christmas?«

»Ich weiß, ich weiß, das ist ein Niggername«, erwiderte Christmas, völlig im Bann der Musik, in resigniertem Ton.

»Nein, das meinte ich nicht«, widersprach die Frau. »Der Name klingt fröhlich.«

Da wandte Christmas ihr den Blick zu. Ihre Gesichter waren nah beieinander. Sie hat volle Lippen, dachte Christmas, rot und sinnlich. »Und du, wie heißt du?«

»Maria.« Sie sah ihn mit ihren dunklen Augen an und lä-chelte. »Ich weiß, ich weiß, das ist ein Name für eine Italiene-rin ...«

»Maria«, unterbrach der Tontechniker sie. »Könntest du still sein?«

»Ja, Ted.« Maria seufzte schmunzelnd, ohne Christmas aus den Augen zu lassen. Sie beugte sich noch weiter zu ihm vor, bis sie mit ihren warmen Lippen sein Ohr berührte. »Aber ich bin Puerto Ricanerin.«

Sie riecht gut, dachte Christmas. Nach sonnengetrockneten Gewürzen.

Und er wusste, dass er ihr gefiel.

Christmas war zum ersten Mal mit einer Frau zusammen gewesen, als er siebzehn Jahre alt gewesen war. Ruths Abreise nach Los Angeles lag damals bereits ein Jahr zurück. Christmas war mit Joey in Brooklyn, in einem *Speakeasy* in Livonia. Zwar redete Joey ständig von Frauen, aber Christmas hatte ihn nie wirklich mit einer Frau zusammen gesehen. An jenem Abend spielte er vor einer Kellnerin, die etwas älter war als sie beide, den Witzbold. Er pfiff ihr hinterher, wenn sie auf ihrem Weg zu den Tischen an ihm vorbeikam, und was er zu ihr sagte, kam Christmas ziemlich albern vor. Irgendwann drehte die Kellnerin sich um, kam zurück und baute sich, die Hände in die Hüften gestemmt, vor Joey auf, das Gesicht nur wenige Handbreit von seinem entfernt. Sie sagte kein Wort. Christmas beobachtete, wie Joey rot anlief, einen Schritt zurückwich und etwas vor sich hin brummte. »Das ist also alles, was du draufhast, Rudolph Valentino?«, sagte die Kellnerin, während sie ihn von Kopf bis Fuß musterte. Christmas musste lachen. Da wandte die Kellnerin ihm den Blick zu. »Du bist hübsch«, sagte sie zu ihm, bevor sie weiter an den Tischen bediente.

Kaum war sie fort, machte Joey eine wütende Bemerkung und erklärte dann, er habe keine Zeit für die dumme Gans, er müsse ein bisschen Geld aus den Glücksspielautomaten herausquetschen. »Erst kommt das Geschäft, dann die Frauen, Diamond«, sagte er noch, während er zu einem finster dreinblickenden Komplizen hinüberging.

Während Christmas weiter mit einem belustigten Grinsen ein wenig abseits stand, fiel sein Blick auf die Kellnerin. Dabei stellte er fest, dass auch sie zu ihm herübersah. Anders als sie Joey angesehen hatte. Das Grinsen verschwand aus seinem Gesicht. Und in seinem Inneren spürte er eine Art Aufruhr. Langsam neigte er den Kopf zur Seite, damit ihm die blonde Locke nicht mehr in die Augen fiel. Die Kellnerin blickte sich um, als überprüfte sie etwas. Schließlich wanderte ihr Blick zurück zu Christmas, und kaum merklich gab sie ihm mit dem Kopf ein Zeichen, lud ihn ein, ihr zu folgen. Und wie in Trance ging Christmas hinter ihr her.

Am Tresen blieb die Kellnerin stehen und blickte sich erneut um, bevor sie nach einem Schlüsselbund griff und sich auf den Weg zum Hinterausgang machte. Christmas sah, wie die Tür hinter der Kellnerin ins Schloss fiel. Obwohl er noch immer von Unruhe erfasst war, zögerte er, dann folgte er ihr. Er trat ins Freie und fand sich auf einem dunklen Parkplatz wieder. Von der Kellnerin jedoch war nichts zu sehen. »Psst . . .«, hörte Christmas da jemanden wispern und drehte sich um.

Die Kellnerin saß auf dem Rücksitz eines Wagens und winkte ihn durch das offene Fenster zu sich heran.

»Mach zu, es ist kalt«, sagte sie, sobald Christmas im Auto war.

Umständlich setzte Christmas sich neben sie. Sein Herz schlug laut, sein Atem ging schnell. Schließlich musste er leise lachen. Und die Kellnerin fiel in sein Lachen ein, lehnte den Kopf an seine Schulter und streichelte seine Brust. Dann begann sie, sein Hemd aufzuknöpfen. Sie schlug es auf und küsste seine helle Haut. Christmas schloss die Augen und konnte nicht aufhören, leise zu lachen. Und während die Kellnerin mit ihren Küssen zu seinem Bauch hinabwanderte, lachte sie mit ihm. Dann führte sie seine Hand an ihren Busen, drückte und bewegte sie. Durch den Stoff des blauen Kleides hindurch ertastete Christmas das dralle, weiche weibliche Fleisch, von dem er jede Nacht in seinem Bett träumte.

»Knöpf mein Kleid auf«, hauchte die Kellnerin ihm ins Ohr, während ihre Hand zwischen seine Beine glitt.

Bei der Berührung zuckte Christmas zusammen, voller Scham über die Lust, die seine Hose spannte.

Die Kellnerin lachte lauter, doch ohne jeden Spott. »Ist es das erste Mal?«, fragte sie leise.

»Ja«, gestand Christmas lächelnd, ohne Scham.

Die Kellnerin stöhnte wohlig und flüsterte: »Dann müssen wir es gründlich angehen.« Sie knöpfte ihr Kleid auf und zeigte Christmas ihre weichen, von einem Büstenhalter umschlossenen milchweißen Brüste. Dann rieb sie seine Finger zwischen ihren Händen und hauchte sie an. »Sie sind kalt. Für eine Frau brauchst du warme Hände, weißt du?«

»Ja...«, murmelte Christmas und konnte den Blick nicht von ihrem üppigen Dekolleté lösen.

Die Kellnerin führte seine Hand in ihren Büstenhalter. Beim Hautkontakt öffnete Christmas atemlos den Mund.

»Massier sie«, sagte sie, als sie Christmas' Finger an ihrer Brustwarze spürte. »Sachte ... ja, so ... Fühlst du, wie sie größer wird?«

»Ja...«

»Und jetzt zieh sie vorsichtig aus dem Büstenhalter, wie etwas Wertvolles.« Wieder lachte sie.

Christmas wollte in ihr Lachen einfallen, doch er war zu sehr auf ihre wunderbare Brust konzentriert, die ein bisschen nach Whisky, ein bisschen nach Schweiß und ein bisschen nach etwas Unbekanntem roch, das Christmas für den Duft der Frauen hielt.

»Küss sie ... und leck mit der Zungenspitze über die Brustwarze ... Genau so, ja ... Und knabber daran, aber ganz sanft, wie man kleinen Kindern am Bauchnabel knabbert ... ja, sehr gut...«

Und dann zog die Kellnerin ihren Rock hoch, führte seine Hand zwischen ihre Beine, und Christmas spürte hinter der weichen Moosdecke eine feuchte, samtig-zarte Stelle, verschlossen noch, aber bereit, sich zu öffnen, die ihm eine warme Quelle schlüpfriger, einladender Flüssigkeiten von herbem, beißendem Aroma offenbarte. Und als die Kellnerin seine Hose aufknöpfte, sich auf ihn setzte und ihn dabei mit durchgebogenem Rücken in sich hineinlenkte, wurde Christmas klar, dass er nie mehr etwas anderes tun wollte, als sein Verlangen an dieser Quelle zu stillen.

Als die Kellnerin sich schließlich wieder anzog, überkam Christmas erneut der Drang zu lachen. Und er lachte und drückte sie dabei an sich. Und er küsste ihren Busen und ihren Mund und ihren Hals. Und er lachte und konnte gar nicht damit aufhören. Er lachte auch noch, als er spürte, dass eine neue, eilends wiedererstarkte Kraft in seine Leisten drängte und seinen Penis anschwellen ließ.

»Ich muss wieder rein«, sagte die Kellnerin und drängte ihn auszusteigen. Mit einem Taschentuch beseitigte sie anschließend die Spuren, die ihr Liebesakt auf dem Autositz hinterlassen hatte. Nachdem auch sie ausgestiegen war, fuhr sie Christmas durch das verstrubbelte blonde Haar. »Du bist so hübsch«, sagte sie. »Mit dieser Locke wirst du die Frauen um den Verstand bringen.«

Christmas zog sie an sich und küsste sie. Zärtlich und mit geschlossenen Augen, als wollte er sich ihren Geruch und ihren Geschmack ganz genau einprägen. »Du schmeckst gut.«

»Ja, du wirst die Frauen um den Verstand bringen, Kleiner«, erwiderte die Kellnerin lächelnd und zerzauste ihm die vorwitzige Locke, die ihm ins Gesicht fiel. »Für eine Weile aber will ich dich ganz für mich allein. Komm wieder her. Ich nehme dich mit zu mir nach Hause.« Daraufhin verschwand sie in der Tür des *Speakeasy*.

In einem Zustand schläfriger Anmut und mit einem breiten, entrückten Lächeln im Gesicht, blieb Christmas benommen auf dem Parkplatz zurück, ohne die schneidende New Yorker Winterkälte zu spüren.

»Ah, da bist du ja«, sagte Joey schließlich und trat zu ihm. »Was zum Teufel tust du hier? Ich suche dich schon seit einer halben Stunde.«

Christmas gab keine Antwort.

»Weißt du noch, die Kellnerin von vorhin?«, sagte da Joey mit stolzgeschwellter Brust. »Sie kam mir gerade drinnen entgegen und hat mich auf die Wange geküsst. Die leg ich flach, wann immer ich will.«

»Ja . . .«, gab Christmas verträumt zurück.

»Bist du betrunken, Diamond? Du verträgst keinen Alkohol. Hauen wir ab, ich hab zwanzig Dollar kassiert, Partner.«

Christmas ging ihm nach und war auf dem Weg nur damit beschäftigt, sich an möglichst alle Düfte der Liebe zu erinnern.

Zu Hause in seinem Bett dachte er in jener Nacht an Ruth. Doch er fühlte sich nicht schuldig, denn er wusste, dass er die Kellnerin nicht liebte. Und er nahm sich vor, für Ruth ein feinfühliger und meisterhafter Liebhaber zu werden. Mit Ruth nämlich sollte es noch schöner sein. »Ich muss üben«, sagte er leise zu sich selbst. Dann sank er glücklich in den Schlaf.

In den folgenden Monaten verbrachte er viel Zeit mit der Kellnerin. Und nach ihr kamen andere Frauen, die fast alle älter waren als er. Er lernte, dass dralle weiße Brüste mit blassrosa Brustwarzen von der Größe eines Schönheitsflecks süßlich schmeckten; birnenförmige Brüste mit Brustwarzen wie Chrysanthemen, weich, dunkel und ein wenig verblüht, hatten einen bitteren Geschmack; kleine, feste, braune Brüste mit aufschnellenden Brustwarzen wie fliegende Fische, die sich von der Wasseroberfläche lösen, schmeckten salzig und scharf; pralle, durchscheinende, von blauen Äderchen durchzogene Brüste, die an aufgeblasene Luftballons erinnerten und deren Brustwarzen straff und gespannt aussahen, hatten eine Pudernote; und die weichen, schlaffen Brüste der reiferen Frauen mit leicht runzligen Brustwarzen wie sonnengetrocknete Rosinen schmeckten nach all dem, was die Damen an Liebesspeisen verzehrt, angenommen und vergessen hatten. Und die Haut der Frauen war glatt oder wie geschaffen, um Liebkosungen aufzunehmen, oder zart und pudrig oder auch feucht und in der Lage, das intensivste Vergnügen zu verlängern. Und das Geheimnis, das sie zwischen ihren Beinen hüteten, war eine Blume, die mit Vorsicht oder mit Hingabe oder mit Feingefühl oder auch mit wilder Leidenschaft entblättert werden wollte. Christmas lernte, jeden Blick, jeden Hinweis zu deuten. Seine freche Stirnlocke einzusetzen, sein offenes Lächeln, seinen Schmollblick, seine Dreistigkeit, seine Fröhlichkeit, seinen nun zugleich muskulösen und geschmeidigen Körper. Und er lernte, die Frauen zu lieben, alle, ganz unbefangen, ohne aber Ruth auch nur für einen Augenblick zu vergessen.

»Wir nehmen auf«, krächzte die Stimme des Tontechnikers durch die Gegensprechanlage des Konzertsaals und holte Christmas in die Gegenwart zurück.

»Woran hast du gedacht?«, fragte Maria leise.

»Ich habe deinen Gedanken gelauscht«, flüsterte er ihr ins Ohr.

Maria lächelte. »Lügner.«

»Maria, gib du ihm den Einsatz«, sagte der Tontechniker wieder.

Sie setzte den Kopfhörer auf und bewegte, zum Musiker gewandt, erneut die Hand in der Luft. Dann gab sie ihm das Zeichen zum Einsatz. Das Kornett hob an. Da nahm Maria den Kopfhörer ab und drehte sich zu Christmas um. »Jetzt müssen wir still sein«, raunte sie ihm zu.

Er lächelte und ließ Maria nicht aus den Augen, während er seine gefalteten Hände vor den Mund nahm und hineinhauchte.

Mit hochgezogenen Augenbrauen sah Maria ihn stumm und fragend an.

Christmas legte einen Finger an die Lippen, um sie zum Schweigen zu bringen, und neigte den Kopf, sodass die blonde Locke über sein Auge fiel. »Jetzt sind meine Hände warm«, flüsterte er ihr zu.

Wieder zog Maria die Augenbrauen hoch.

»Wie schon gesagt, ich habe deinen Gedanken gelauscht.«

Besorgt sah sich Maria nach dem Tontechniker um. »Christmas, wir müssen wirklich still sein«, wisperte sie.

Christmas lächelte sie an. Schweigend streckte er seine Hand nach ihrer aus und streichelte sie. Sinnlich fuhr er mit den Fingerspitzen über ihren Handrücken und dann die Finger entlang. Für einen Moment war Maria wie erstarrt. Abermals wandte sie sich nach dem Tontechniker um und blickte dann hinüber zum Musiker. Aber sie zog ihre Hand nicht zurück. So ließ Christmas seine Fingern über ihr Handgelenk und den Unterarm hinaufgleiten. Dann wechselte er über zum Bein. Langsam näherte er sich ihrem Knie und begann, ihren Rock hochzuziehen. Maria hielt seine Hand fest, ohne sie jedoch von ihrem Bein zu nehmen. Kurz wartete Christmas, bevor er weiter den Rock aufrollte. Da ließ Maria ihn los. Als Christmas den Rocksaum zwischen seinen Fingern spürte, schob er ihn beiseite und ließ die Finger über ihre glatten Strümpfe gleiten, um dann ganz langsam, ohne Hast, über dem Strumpfband die zarte Haut an der Innenseite ihrer Schenkel zu streicheln. Und bevor Christmas am Ziel angelangt war, dort, wo Marias Beine sich vereinigten, bewegten seine sanften Finger sich zaudernd, näherten sich und entfernten sich wieder, zögerten den Moment hinaus, ließen ihn erträumen, herbeisehnen, fürchten. Nachdem Christmas mit den Fingern unter den Schlüpfer und durch einen dichten Flaum geglitten war, fand Christmas Maria warm und feucht vor. Bereit, geöffnet, verlockend, hingegeben.

Maria zuckte bei der Berührung zusammen.

»Wir müssen leise sein«, flüsterte Christmas ihr ins Ohr.

Die Antwort war ein atemloses, sehnsuchtsvolles Stöhnen.

Da forschte Christmas nach dem Zentrum des Verlangens – der kleinen, weichen und zugleich festen Wölbung, die ihm die Kellnerin gezeigt hatte, um ihn in das Geheimnis der weiblichen Lust einzuweihen – und begann, die Stelle sanft mit langsam kreisenden, aber ständig variierenden Bewegungen zu streicheln, bis er, zeitgleich mit einem hohen Ton des Kornetts, das gerade seinen Part aufnahm, spürte, wie Maria ihre Beine anspannte und immer enger zusammenpresste. Und wie die Hand der jungen Frau sich um seinen Arm krampfte. Da wurden Christmas' Bewegungen schneller, und erst als Maria atemlos ihre Fingernägel in seinen Arm krallte, hielt er langsam inne, um sie behutsam wieder vom Gipfel ihrer Lust hinabzuführen.

»Ich denke, das war gut«, sagte der Tontechniker, als der Musiker den letzten Takt gespielt hatte. »Was meinst du, Maria?«

»Ja ...«

»Willst du noch eine machen?«, fragte der Tontechniker.

»Nein ... nein, das reicht. Danke«, gab Maria hastig zurück und stand auf. »Ich muss los, Ted«, sagte sie. Sie zupfte Christmas am Kragen und verließ den Konzertsaal. Suchend sah sie sich um, lief mit großen Schritten bis zum Ende des Flures, öffnete eine Tür und steckte den Kopf hinein. Dann zog sie Christmas, der ihr gefolgt war, hinter sich her, schloss die Tür ab und küsste ihn leidenschaftlich. Christmas hob sie auf den Rand des Waschbeckens, das unter ihrem Gewicht bedenklich knirschte.

»Mach schnell«, sagte Maria.

So ungestüm, wie sie es erwartete, schob Christmas ihren Rock hoch und drang in sie ein. Maria vergrub hitzig die Finger in seinem Haar, küsste ihn und zog ihn leise stöhnend noch tiefer in sich hinein. Schon bald atmeten beide schwer und im gleichen Rhythmus, bis sie auf dem Höhepunkt zu Boden sackten, zusammen mit dem Waschbecken, das sich aus seiner Verankerung in der Wand gelöst hatte.

»Hast du dir wehgetan?«, fragte Christmas besorgt.

»Nein«, lachte Maria. »Aber lass uns rasch verschwinden, sonst müssen wir das Becken noch ersetzen.« Und wieder lachte sie.

»Ich mag Frauen, die lachen«, sagte Christmas.

Als er am Abend nach Hause kam, bemerkte er Santo, der auf der anderen Straßenseite Hand in Hand mit einem recht hässlichen, pummeligen kleinen Mädchen entlangspazierte. Er blieb stehen und betrachtete die beiden. Als hätte Santo den Blick des Freundes im Rücken gespürt, drehte er sich um, und ihre Augen trafen sich. Im Schein der Straßenlaterne konnte Christmas erkennen, dass Santo errötend den Blick senkte und dann weiterging, als hätte er ihn nicht gesehen. Christmas lächelte und betrat den schäbigen Eingang des Hauses Nummer 320 in der Monroe Street. Mit der Jazzmelodie auf den Lippen, die das Kornett an dem Tag im Konzertsaal gespielt hatte, stieg er die Treppe hinauf. Im Zwischenstock angekommen, blieb er jedoch stehen und lauschte den aufgeregten Stimmen, die aus dem Erdgeschoss zu ihm hinaufdrangen.

»Da ist er, das ist Carmelinas Vater Tony«, hörte er Santos Vater an der Wohnungstür zu seiner Frau hineinrufen, die seit drei Jahren bettlägerig war, entgegen der Diagnose der Ärzte jedoch nicht starb. »Antonio arbeitet mit mir am Slip dreizehn seit ... seit wie vielen Jahren entladen wir nun schon Waren, Tony?«

»Zählen wir sie bloß nicht, das macht uns noch älter«, erwiderte der andere Ladearbeiter. »Denken wir lieber an unsere Kinder, die sind schließlich noch jung. Und hoffen wir, dass ihre Ehe so glücklich wird wie unsere.«

»Das ist wahr«, pflichtete Santos Vater ihm bei. »Komm rein und lass uns auf deine Carmelina und meinen Santo anstoßen.«

Christmas hörte die Wohnungstür der Filesis ins Schloss fallen. Da trat er an das kleine Zwischengeschossfenster, das zur Monroe Street hinausging. Und er beobachtete, wie Santo in einem dunklen Winkel der Straße Carmelina, seine pummelige, kleine Verlobte, stürmisch an sich zog. Und während er sie küsste, strich er ihr immer wieder ungelenk über die Schultern.

»Zu ungestüm, Santo.« Christmas lachte leise und trat vom Fenster zurück. Dabei pfiff er abermals den Jazzschlager vor sich hin. Aber ein Hauch von Wehmut hatte ihn ergriffen, als ihm etwas klar geworden war. Nur die Frauen waren es, die ihm in den vergangenen Jahren ein Gefühl von Lebendigkeit gegeben hatten.

Ruth aber hatte er verloren.

»Ich werde dich finden«, versprach er sich und ihr.

40

Newhall – Los Angeles, 1926–1927

Vater und Mutter kamen immer sonntags zu Besuch. Der Vater begrüßte sie nur kurz, drückte ihr einen flüchtigen Kuss auf die Wange und hielt sich dann abseits. Ruth und ihre Mutter setzten sich in den Hof. Dort beobachteten sie die anderen Geister, die unter den wachsamen Blicken der weiß bekittelten Pfleger durch den Garten wandelten. Die Mutter redete, ohne jedoch wirklich etwas zu sagen. Sie redete, weil sie meinte, in solchen Momenten reden zu müssen.

Nach einer Stunde verabschiedeten die Eltern sich wieder. »Es ist spät«, sagte die Mutter. »Ja, es ist spät«, bekräftigte der Vater. »Bis nächsten Sonntag«, sagte die Mutter. Der Vater ging zum Auto vor und hielt seiner Frau die Tür auf. Es war kein Hispano-Suiza H6C. Auch kein Pierce-Arrow. Es war ein anderer, älterer Wagen. Er war weniger blank poliert, und hinter seinem Steuer saß auch kein Chauffeur.

An einem Sonntag jedoch hatte die Mutter etwas erzählt. »Dein Vater, der Versager, hat beinahe unser gesamtes Geld bei dem Phonofilm-Geschäft in den Sand gesetzt. Keiner in Hollywood interessiert sich dafür. Warner Brothers arbeitet mit Vitaphone. William Fox arbeitet mit Movietone. Und Paramount arbeitet mit Photophone. Niemand interessiert sich für Phonofilm; DeForest ist bankrott. Und wir mit ihm ... beinahe ...«

»Lass sie in Ruhe«, hatte sich da der Vater zum ersten Mal, seitdem sie zu Besuch kamen, eingemischt. »Glaubst du etwa, das interessiert sie in dem ... in dem Zustand?«

»Sie muss Bescheid wissen«, beharrte die Mutter.

Der Vater schüttelte den Kopf. »Siehst du nicht, dass sie dir überhaupt nicht zuhört?«

»Sie muss Bescheid wissen!«

»Lass sie in Ruhe«, sagte der Vater streng, fast bestimmt.

Da wandte ihm Ruth erstmals den Blick zu. Der Vater schenkte ihr beinahe ein Lächeln. Und für einen kurzen Moment schien es ihr, als ähnelte er ihrem Großvater.

»Es ist spät«, sagte die Mutter, stand auf und streifte sich demonstrativ die Handschuhe über.

»Ich bin gleich da. Warte im Wagen auf mich«, sagte der Vater entgegen dem sonntäglichen Ritual und erwiderte unablässig Ruths Blick.

»Es ist spät«, wiederholte die Mutter kalt und machte sich auf den Weg zum Auto, das auf dem Kiesweg geparkt war.

Da setzte sich der Vater zu Ruth, zum ersten Mal in all den Monaten. Er zog eine stabile schwarze Pappschachtel aus seiner Tasche. Als er sie öffnete, kam ein kleiner Fotoapparat zum Vorschein. »Das ist eine Leica I«, erklärte er, als wäre er ein ganz normaler Vater in einer ganz normalen Situation, während er die Kamera in seiner Hand drehte. »Ein deutsches Fabrikat. Sie hat einen Film. Und ein Fünfzig-Millimeter-Objektiv. Und einen Entfernungsmesser ... hier, siehst du? Den braucht man zum Scharfstellen.« Er reichte seiner Tochter den Fotoapparat. »Du musst durch den Sucher hier gucken. Was du siehst, ist, was du fotografierst. Du brauchst nur diesen Knopf zu drücken. Aber zuerst musst du die Verschlusszeit der Blende einstellen. Je schwächer das Licht ist, desto mehr Zeit musst du ihr geben.«

Ruth saß reglos da und sah hinab auf die Hände des Vaters, die ihr die Kamera hinhielten. Seine unerwartet liebevolle Stimme summte ihr in den Ohren. Und sie dachte, dass sie ein wenig wie die Stimme des Großvaters klang.

»Wenn du ein Foto gemacht hast«, erklärte der Vater weiter,

»musst du den Film für das nächste Bild vorbereiten, indem du an diesem Rädchen drehst, so . . . in diese Richtung.«

Ruth rührte sich nicht, sie griff auch nicht nach der Kamera.

Da legte ihr der Vater den Fotoapparat auf den Schoß und sagte eine Weile nichts mehr. »Was deine Mutter erzählt hat, stimmt«, hob er schließlich erneut an, aber seine Stimme klang nun verändert, müde, aufgerieben. Matt. »Wir haben fast alles verloren. Die Wertsachen verkaufen wir gerade. Aber das sind Geier, weißt du? Sie bieten mir lächerliche Summen, weil sie wissen, dass ich nicht ablehnen kann. Auch die Villa in Holmby Hills musste ich zum Verkauf anbieten . . .« Er hielt inne, als fehlte ihm zum Weiterreden die Kraft.

Ruth wandte ihm stumm den Blick zu.

Der Vater saß mit eingezogenen Schultern da und ließ den Kopf hängen. Dann sah er zu seiner Tochter auf. »Versuch, schnell gesund zu werden, Schatz«, sagte er. Und seine Stimme klang wieder liebevoll. »Ich weiß nicht, wie lange ich das hier noch bezahlen kann.« Sein Kopf sank erneut hinab. Er streckte eine Hand aus und streichelte seiner Tochter sanft über das Bein.

Ruth betrachtete seine Finger. Die Knöchel wurden langsam knotig, wie die des Großvaters. Und auf dem Handrücken zeigten sich die ersten Altersflecken. Ebenfalls wie beim Großvater.

»Es tut mir leid . . .«, sagte der Vater, dann stand er auf und ging zum Auto.

Ruth hörte die Wagentüren zuschlagen. Der Motor sprang an, und der Kies knirschte unter den Reifen. Ohne den Kopf zu heben, saß Ruth da, den Blick starr auf die Berührung gerichtet, die sie noch immer warm auf ihrem Bein spürte.

Und auf einmal, ohne zu wissen, warum, nahm sie die Kamera zur Hand und beobachtete durch den Sucher das Auto, das ihre Eltern forttrug. Dann drückte sie auf den Auslöser.

Ihr erstes Foto.

Als sie es entwickeln ließ, sah sie Wagen und Toreinfahrt in

Schwarz-Weiß. Schwarz-Weiß war auch das Schild mit der Aufschrift *Newhall Spirit Resort for Women*, der Nervenheilanstalt, in der sie eingesperrt war.

Ruth spürte, dass sie ein kleines bisschen Frieden gefunden hatte.

Mrs. Bailey war um die sechzig Jahre alt und lebte seit über zehn Jahren im Newhall Spirit Resort for Women. Die meiste Zeit saß sie in einer Ecke des Aufenthaltsraumes, der nur den als »nicht störend« eingestuften Patientinnen vorbehalten war. Die anderen, die Störenfriede, wurden in Gummizellen eingesperrt, und man bekam sie fast nie zu Gesicht. Nicht störend waren Patientinnen wie Mrs. Bailey und Ruth, die positiv auf ihre »Arzneibehandlung« ansprachen, die in Wahrheit darin bestand, dass man ihnen Narkosemittel verabreichte, die eine beruhigende Wirkung erzielen sollten. Unbequem waren die Patientinnen, die wegen Alkoholismus, Drogensucht oder Schizophrenie eingewiesen worden waren und eine Gefahr für sich selbst und andere darstellten. Sie wurden häufig eiskalt gebadet und in Zellen gesperrt, in denen sie möglichst wenig Schaden anrichten konnten. Was nicht hieß, dass die kräftigen Pfleger sie nicht mit Zustimmung der Ärzte schlugen und misshandelten. Neben dem Zwangsentzug war in Wirklichkeit nämlich Gewalt die einzige Therapie, die hier praktiziert wurde. Der Unterschied zwischen dem Newhall Spirit Resort for Women und den psychiatrischen Kliniken, in denen die Kranken aus weniger wohlhabenden Schichten vergessen wurden, bestand allein in der Qualität des Essens, der Bettdecken, Matratzen, Laken, in der äußeren Fassade – der Einrichtung also, die den Familien, die sich ihrer Angehörigen entledigten, die Schuldgefühle nehmen sollte. Den bedeutendsten Unterschied aber machte natürlich der Betrag aus, der für die Behandlung aufgebracht werden musste.

Ruth – die zunächst leichthin als selbstmordgefährdet einge-stuft und für eine kurze Beobachtungszeit isoliert worden war – hatte, nachdem die Ärzte sich davon überzeugt hatten, dass sie nicht zu den Störenden gehörte und von ihr keine Gefahr für andere ausging, ein Doppelzimmer zugewiesen bekommen. Im anderen Bett schlief Mrs. Bailey, bei der man eine schizophrene Störung diagnostiziert hatte, die zwischen Hebephrenie und Katatonie schwankte. Es überwogen die Symptome von gedank-licher Dissoziation, die die Hebephrenie mit sich brachte, hinzu kamen Willensstörungen und unkontrolliertes Verhalten, aus-gelöst durch die Katatonie. Anfangs hatten Mrs. Bailey und ihr düsteres Schweigen Ruth Angst gemacht.

Gleich am ersten Tag ihres Zusammenlebens war ihr aufge-fallen, dass Mrs. Bailey keine Schuhe ertragen konnte. Sie zog sie aus, sobald sie nur konnte. Und wenn sie barfuß war, schlug sie die großen Zehen über den jeweils angrenzenden Zeh. In dem Moment entspannten sich die Gesichtszüge der Frau und nahmen einen Ausdruck zerstreuter Heiterkeit an.

»Jeder muss sein eigenes Gleichgewicht finden«, sagte Mrs. Bailey, nachdem sie eine Woche stumm miteinander verbracht hatten, unvermittelt, als hätte sie Ruths Blick gespürt, und starrte dabei weiter beharrlich geradeaus auf einen unbestimmten Punkt.

Mrs. Bailey war die erste Patientin, die Ruth mit ihrer Leica fotografierte. »Darf ich ein Foto von Ihnen machen?«, fragte sie an jenem Tag.

»Die Hühner bitten nicht um Erlaubnis, Eier legen zu dür-fen«, entgegnete die Frau.

»Wie bitte?«

»Und der Fuchs bittet nicht um Erlaubnis, sie ihnen wegfres-sen zu dürfen.«

»Also darf ich ein Foto von Ihnen machen?«

»Und der Bauer bittet den Fuchs nicht um Erlaubnis, eine Falle aufstellen zu dürfen.«

Ruth hob die Leica ans Auge und richtete sie auf Mrs. Baileys Profil.

»Darum bin ich hier«, sagte die Frau, ohne den Blick von dem Punkt abzuwenden, den sie unablässig anstarrte. »Wegen der Falle …« Und eine Träne rann ihr über die runzlige Wange.

Ruth drückte auf den Auslöser und spulte den Film weiter.

Mrs. Bailey wandte den Kopf und sah sie an.

Erneut drückte Ruth auf den Auslöser. Als sie die entwickelten Bilder in Händen hielt, blickten ihr vom Papier Mrs. Baileys wundervoll dramatische blaue Augen entgegen, genau wie an dem Tag, an dem sie sie fotografiert hatte. Doch sie machten ihr keine Angst mehr. Ruth verbrachte viel Zeit damit, diese blauen Augen zu studieren, und glaubte bald zu verstehen, wer Mrs. Bailey war. Sie durch das Objektiv zu betrachten erhöhte und verringerte zugleich die Distanz. Es erlaubte Ruth zu forschen, ohne selbst erforscht zu werden. Sie hatte das Gefühl zu betrachten, aber nicht gesehen zu werden. Als wäre ihre Leica eine Rüstung, ein Paravent, ein Versteck. Als wirkte der Film vermittelnd auf ihre Gefühle, als vereinfachte er auch sie zu einem Schwarz-Weiß-Abzug, als machte er sie erträglich, annehmbar.

Nach Mrs. Bailey war die junge Esther an der Reihe, die immer, wenn die Leica auf sie gerichtet war, die Hand an ihren schmalen Mund führte und ängstlich an den Nägeln kaute, um gleich darauf zu fragen: »Kannst du von meiner Mutter auch ein Foto machen?«, obwohl ihre Mutter, wie Ruth herausgefunden hatte, bei ihrer Geburt gestorben war. Dann war da noch Mrs. Lavander, die sich nur mit geschlossenen Augen fotografieren ließ. Und Estelle Rochester, die sich stets Sorgen wegen des Hintergrundes machte, denn sie wollte nicht, dass ihr Mann womöglich hinter ihr einen Riss in der Wand entdeckte, da Mauern ihm als Bauunternehmer wichtig waren. Oder Charlene Summerset Villebone, die weder Ruth noch irgendwen sonst wahrnahm. Oder Daisy Thalberg, die Ruth bat, laut bis drei zu zählen, bevor sie auf den Auslöser drückte, weil es ihr unerträglich war, nicht zu wissen, wann es so weit war, und weil sie vor lauter Aufregung den Atem anhielt, bis der Fotoapparat *klick* machte.

»Mach auch ein Foto von mir«, bat ein junger Arzt Ruth einige Zeit später.

»Nein«, gab sie zur Antwort.

»Warum nicht?«

»Weil Sie lächeln.«

Ruths bevorzugtes Motiv aber war noch immer Mrs. Bailey.

Mehr als fünfzig Fotos hatte sie in den drei Wochen, die sie zusammenlebten, von der älteren Dame aufgenommen. Sie bewahrte sie alle, getrennt von den Fotos der anderen Bewohnerinnen des Newhall Spirit Resort for Women, in ihrer Nachttischschublade auf. Vielleicht weil Mrs. Bailey ihre Zimmergenossin war. Vielleicht weil sie ihr sympathischer war als die anderen. Vielleicht weil etwas in ihrem Blick sie an sich selbst erinnerte. Vielleicht weil sie die Einzige war, der sie – am Abend, wenn die Pfleger sie im Zimmer einschlossen – von sich und Bill und Christmas erzählte, auch wenn Mrs. Bailey weder jemals etwas erwiderte noch erkennen ließ, dass sie ihr zuhörte.

»Zeig sie ihm«, sagte Mrs. Bailey eines Tages zu ihr.

Das war an einem Sonntag. Und es war der erste Sonntag, an dem Ruths Eltern nicht zu Besuch kommen würden. Der Vater hatte ihr ein Telegramm geschickt. Sie hatten einen Termin mit einem möglichen Käufer der Villa in Holmby Hills.

»Wem soll ich sie zeigen?«, fragte Ruth mechanisch, ohne Neugier, da sie daran gewöhnt war, dass die Frau hin und wieder mit Sätzen ohne jeden Zusammenhang ihr Schweigen brach.

In dem Augenblick wurde die Tür geöffnet, und ins Zimmer trat ein kleiner, rundlicher Mann um die siebzig mit einer dicken Nase, dichten weißen Augenbrauen und zwei winzigen hellen

433

Augen, die tief in ihren Höhlen lagen und gescheit dreinblickten.

»Clarence«, sagte Mrs. Bailey, »sieh dir Ruths Fotos an.«

Ein freudiges Strahlen erhellte das Gesicht des Mannes. »Wie fühlst du dich, Liebes? Schön, dich sprechen zu hören«, sagte er überschwänglich, während er sich seiner Frau näherte und sie zärtlich auf den Kopf küsste. »Ich liebe dich«, flüsterte er.

Mrs. Bailey aber hatte sich schon wieder in ihre eigene Welt zurückgezogen und blickte aufs Neue starr geradeaus auf irgendeinen Punkt.

»Liebes…«, sagte der Mann. »Liebes…« Unversehens erstarb das Lächeln auf seinen Lippen. Behutsam, fast lautlos nahm er sich einen Stuhl und stellte ihn neben den seiner Frau. Er setzte sich, ergriff die Hand seiner Frau und streichelte sie sanft, ohne zu sprechen.

Eine Stunde lang saß er so da, dann stand er auf, küsste seine Frau erneut auf den Kopf und flüsterte ihr noch einmal zu: »Ich liebe dich.« Schließlich ging er schwerfällig hinaus und zog leise die Tür hinter sich zu, ohne Ruth auch nur ein einziges Mal angesehen zu haben.

»Woher wussten Sie, dass Ihr Mann vor der Tür stand?«, wollte Ruth wissen, kaum dass sie allein waren.

Mrs. Bailey gab keine Antwort.

Eine Woche später sagte sie zu Ruth: »Weil ich ihn immer gehört habe. Ich habe ihn sogar schon gehört, bevor ich ihn kannte.«

Es war wieder Sonntag, und Ruths Vater hatte in einem weiteren Telegramm angekündigt, dass er und seine Frau auch an diesem Tag nicht zu Besuch kommen würden. Wie den Sonntag zuvor war Ruth nicht in den Hof hinuntergegangen, sondern mit Mrs. Bailey im Zimmer geblieben.

»Wen haben Sie gehört?«, fragte Ruth.

Da betrat Clarence Bailey das Zimmer.

»Sieh dir Ruths Fotos an«, sagte Mrs. Bailey.

Und zum ersten Mal, seitdem der Mann seine Frau besuchte, wandte er den Blick von ihr ab und sah hinüber zu Ruth.

»Hilf ihr, Clarence«, sagte Mrs. Bailey.

Als Ruth nach einem viermonatigen Aufenthalt im Newhall Spirit Resort for Women auf dem Weg nach Hause war, fühlte sie sich unbehaglich und freudig erregt zugleich. Ihre Eltern saßen vorn, der Vater am Steuer, daneben die Mutter, den Blick aus dem Seitenfenster gerichtet und scheinbar in die Betrachtung der Landschaft vertieft. Ruth belegte die Rückbank. Anders als sie es von den Autos der Familie seit jeher gewohnt war, roch der Wagen nicht sauber und nach Leder. Auch war er nicht luxuriös ausgestattet wie die anderen Autos, in denen Ruth seit ihrer Kindheit herumkutschiert worden war. Aber Ruth war das egal. Der Wagen stand für ihr allererstes Foto. Und vor ihr saß ihr Vater, der Mann, der ihr die Leica geschenkt hatte, der Mann, der sanft zu ihr gesprochen hatte mit einer Stimme, die sie an Opa Saul erinnert hatte, der Mann, der ihr Bein gestreichelt hatte und sich ihrer annehmen würde. Ihr Vater. Ihr neuer Vater. Dieser Gedanke nämlich ging Ruth seit dem Besuch, der ihr Leben in der Klinik verändert hatte, tagtäglich durch den Kopf. Sie hatte einen neuen Vater, einen, der sie in den Arm nehmen, wärmen und beschützen würde.

»Mach dich auf etwas gefasst«, brach die Mutter plötzlich das Schweigen und wandte sich zu ihrer Tochter um. »Zu Hause hat sich viel verändert.« Für einen Moment schaute sie wieder aus dem Fenster. »Und das verdanken wir deinem Vater ...«

»Sarah, fang nicht wieder damit an«, warf er matt ein, ohne den Blick von der Straße zu lösen.

»... und seinem untrüglichen Geschäftssinn«, fuhr Sarah Isaacson jedoch unbeirrt fort.

»Sie hat gerade erst diesen Ort verlassen ...«

»Die Klapsmühle für Reiche«, bemerkte Mrs. Isaacson kalt und drehte sich wieder zu ihrer Tochter um.

Ruth senkte den Blick und presste den Stapel Fotografien, den sie in der Hand hielt, an sich.

»Und sie soll wissen, dass wir nicht mehr reich sind – dank dir ...«

»Sarah ... bitte.«

»Sieh mir in die Augen, Ruth«, sprach die Mutter weiter.

Ruth blickte auf. Am liebsten hätte sie sich hinter ihrer Leica versteckt.

»Sollte dir das wieder passieren«, erklärte Mrs. Isaacson und sah sie fest an, »können wir uns nicht mehr erlauben, dich an diesem ›Ort‹, wie dein Vater sagt, unterzubringen ...«

Am liebsten hätte Ruth ihre Leica vors Gesicht gezogen. Mama werde ich niemals fotografieren, dachte sie.

»Sarah, es reicht jetzt!«, schrie Mr. Isaacson und schlug mit der Faust aufs Lenkrad.

In seinem Schrei liegt keine Kraft, dachte Ruth. Von Opa Sauls Stärke ist in Papas Stimme nichts mehr zu hören.

»Ich will, dass deine Tochter ... wenigstens sie«, hob die Mutter mit einem eisigen, abfälligen Lächeln in Richtung des Vaters erneut an, »den Mut aufbringt, der Wahrheit ins Gesicht zu sehen.«

»Hör nicht auf sie, Ruth«, warf Philip Isaacson ein und suchte im Rückspiegel den Blick seiner Tochter. Ruth entdeckte in den Augen des Vaters die altbekannte Schwäche, kein helles Funkeln wie bei Opa Saul. »Hör nicht auf sie, Schatz ...«

Auch nichts von seiner Zärtlichkeit.

»Ich habe vor, in ein sehr interessantes Projekt einzusteigen«, sagte der Vater, bevor er innehielt, zu stottern begann und dem Blick der Tochter auswich. »Ich werde einen Film produzieren ...«, erklärte er schließlich kleinlaut.

Ruths Mutter sah ihn an und brach in grausames Gelächter aus.

»Lass das, Sarah ...«

»Na los, sag's ihr, du großer Produzent!« Und wieder lachte sie. »Sag's deinem Mädchen. Sag ihr, was für einen Film du produzieren wirst.«

»Sarah, halt den Mund!«

Eine ganze Weile sah Mrs. Isaacson ihren Mann schweigend an. Dann wandte sie den Blick wieder aus dem Fenster. »Dein Vater steckt das bisschen Geld, das uns geblieben ist ...«, hob sie mit ausdrucksloser Stimme an.

»Sarah!«, brüllte Philip Isaacson und trat mit Wucht auf die Bremse. Der Wagen geriet ins Schleudern und kam am Straßenrand zum Stehen.

Ruths Mutter prallte mit der Stirn gegen die Windschutzscheibe. Ruth kippte nach vorn und schlug mit dem Gesicht an den Vordersitz, wobei ihr der Fotopacken aus der Hand fiel. Die Bilder verteilten sich über den Boden.

»Das erlaube ich dir nicht«, sagte Mr. Isaacson und richtete den Finger bebend auf seine Frau.

Die Frau betastete nah am Haaransatz ihre Stirn. Dann blickte sie auf ihren Finger. Er war blutverschmiert. »Gewöhn dich daran, Schatz«, sagte sie beherrscht zu ihrer Tochter, während sie ihr einen Blick im Rückspiegel zuwarf, den sie verstellt hatte, damit sie die kleine Wunde in ihrer gepflegten Haut untersuchen konnte. »Das ist die Atmosphäre, die dich erwartet. Dein Vater hat vergessen, wessen Sohn er ist, woher er stammt, wer wir sind.«

Mr. Isaacson ließ den Kopf aufs Lenkrad sinken. »Ich bitte dich, Sarah ...« Seine Stimme klang jetzt weinerlich.

Seine Frau würdigte ihn keines Blickes. Vornehm betupfte sie mit einem blütenweißen Taschentuch ihre Wunde. »Dein Vater macht einen Film nur für Männer, Ruth ...«

»Sarah ...«

Ruth bückte sich und begann, ihre Fotos aufzusammeln. Ich will nichts hören, sagte sie sich immer wieder, ich will nichts hören.

»Einen Film mit Huren. Für Perverslinge . . .«

»Bitte, Sarah . . .«

»In Zukunft werden wir also mit Huren und Perverslingen verkehren . . .«

»Sarah . . .«

Ruth sammelte weiter ihre Fotos auf. Das Gesicht von Mrs. Bailey. Die Aufnahmen von Estelle Rochester und Charlene Summerset Villebone und Daisy Thalberg und der jungen Esther, die von Clarisse, Dianne, Cynthia. Sag nichts mehr, Mama, dachte sie. Sei still.

Mrs. Isaacson öffnete ihre Tasche und zog ein schmales, glänzendes Metallfläschchen heraus.

»Nicht vor ihren Augen, ich bitte dich, Sarah . . .«

Die Frau schraubte den Verschluss auf, benetzte ihr Taschentuch und tupfte ihre Wunde damit ab. Anschließend nahm sie einen großzügigen Schluck aus der kleinen Flasche.

Da begriff Ruth, warum es in dem Wagen so anders roch als in allen, die sie zuvor besessen hatten.

»Nicht vor ihren Augen . . .«, flehte der Vater noch einmal.

Mrs. Isaacson schraubte den Flachmann zu und ließ ihn wieder in ihrer Tasche verschwinden. »Und auch diese unselige Unternehmung wird er in den Sand setzen«, bemerkte sie mit einem höhnischen Grinsen. Sie zog sich die Lippen nach und kämmte sich das Haar. »Fahr uns nach Hause, du Versager«, sagte sie.

Einen Moment lang rührte sich Mr. Isaacson nicht. Dann legte er den Gang ein und trat folgsam aufs Gaspedal, den Blick verloren geradeaus auf die Straße gerichtet.

Ruth sammelte die letzten Fotos auf und presste sie an sich.

»Du hast Talent«, hatte Clarence Bailey lobend zu ihr gesagt, nachdem er an jenem Sonntag aufmerksam ihre Aufnahmen betrachtet hatte. »Ich weiß, wovon ich spreche. Du hast Talent. Du siehst den Menschen in die Seele.« Daraufhin hatte er ein Foto seiner Frau zur Hand genommen, und seine kleinen, gescheiten Augen waren feucht geworden. »Darf ich das behalten?«, fragte er. »Das ist sie, wie sie einmal war ...« Und bevor er ging, notierte Clarence Bailey auf der Rückseite eines der Fotos seiner Frau eine Adresse: »Ich werde dir helfen, Ruth. Komm mich besuchen, falls ... wenn ...«

»Sie ist nicht in die Falle geraten«, sagte da Mrs. Bailey. »Sie kommt heraus. Hilf ihr, Clarence.«

»Ich werde ihr helfen, mein Schatz«, hatte Mr. Bailey versprochen und beim Verlassen des Zimmers wie jeden Sonntag leise die Tür hinter sich geschlossen, die seine Frau seit zehn Jahren gefangen hielt.

Im Auto fiel nun kein Wort mehr. Ruth dachte an jenen Sonntag vor zwei Monaten zurück und hielt die Fotos an ihre Brust gedrückt.

Als das imposante Eingangstor zur Villa in Holmby Hills vor ihnen auftauchte, nahm Ruth eines der Fotos zur Hand. Ausdruckslos sahen Mrs. Baileys Augen sie an. Ruth drehte das Bild herum. Mr. Baileys Schrift war klein und ordentlich. *Wonderful Photos – 1305 Venice Boulevard – 4. Stock.*

Ruths Vater hielt den Wagen an, stieg aus, öffnete das Tor und setzte sich wieder hinter das Steuer.

»Ich habe einen Job«, sagte Ruth da. »Ich gehe nicht zurück aufs College, und ich werde hier nicht wohnen bleiben.«

Weder Vater noch Mutter drehten sich zu ihr um. Reglos saß Sarah Isaacson da, elegant und beherrscht wie immer. Der Vater hielt das Lenkrad fest umklammert. Ruth sah, dass seine Knöchel weiß hervortraten.

»Fahren wir«, sagte Mrs. Isaacson.

Ihr Mann gab Gas.

41

Manhattan, 1927

»Du brauchst dir keine Sorgen zu machen. Am nächsten zehnten März, zu Ehren des Todestages von Harriet Tubman, werde ich auf nichts spucken, was dir gehört.« Cyril lachte und schwenkte eine alte Zeitung vor Christmas' Nase. »Und weißt du, wieso nicht?«

»Weil ich so ein toller Lagergehilfe bin und du dank mir die oberen Etagen nicht mehr betreten musst«, entgegnete Christmas grinsend.

»Red keinen Unsinn. Ich werde auf nichts spucken, was dir gehört, weil du gar kein Weißer bist.« Lauthals lachend schlug Cyril die Zeitung auf den Werktisch. »Sieh mal. Alabama, 1922. Jim Rollins, einer, der noch schwärzer ist als ich, schläft mit einer Weißen. *Miscegenation*, Rassenmischung, eine schwere Straftat. Früher wurdest du für so etwas gehängt, Junge. Dann aber kommt heraus, dass die Frau, mit der Jim Rollins geschlafen hat, Italienerin ist. Hier steht es ... Edith Labue. Und er wird freigesprochen. Ihr Italiener seid nämlich für die Amerikaner keine Weißen. Ihr habt, was sie den ›Niggertropfen‹ nennen.« Wieder lachte Cyril. »Wir sind so gut wie Brüder, Junge, und darum stehst du am zehnten März nicht auf meiner Liste von Weißen, auf die ich spucke.«

»Wo hast du denn die Zeitung aufgetrieben?«

»Im Archiv meines Schwagers. Er kämpft für die Bürgerrechte von uns *arrrmen* Niggern, *junger Herre Ghrisdmas*«, scherzte Cyril. »Ich habe ihm von dir erzählt, und dabei ist diese Geschichte herausgekommen.«

»Und wieso hast du mit deinem Schwager über mich gesprochen, *Bruder*?«

»Ich habe ihm erzählt, für einen Weißen wärst gar nicht so übel. Und die Erklärung dafür ist tatsächlich, dass du gar kein Weißer bist«, antwortete Cyril wieder lachend. »Und jetzt mach dich an die Arbeit, du Trödelfritze. Man sieht wirklich, dass du Niggerblut in dir hast, für einen echten Weißen fehlt dir der Arbeitseifer.« Damit reichte er Christmas einen Karton. »Ich nehme an, es macht dir nicht allzu viel aus, dieses Mischpult oben im Konzertsaal einzubauen. Aber bleib nicht den ganzen Vormittag bei deiner Schönen. Heute arbeiten wir nur einen halben Tag, und es gibt noch eine Menge zu tun.«

Christmas nahm den Karton entgegen. »Wenn ich mich beeile, zeigst du mir dann, wie man ein Radio baut? Ich möchte es einem Freund schenken, der bald heiratet.«

Einen Augenblick lang sah Cyril ihn schweigend an, als müsste er eine bedeutsame Entscheidung treffen. »Da wir heute nur einen halben Tag arbeiten«, sagte er, »komm doch, wenn du nichts Besseres vorhast, zum Essen mit zu mir nach Hause. Da müsste ich noch ein paar fertige Radios haben.«

»Zu dir nach Hause?«, fragte Christmas erstaunt.

»Was ist, ekelst du dich davor, das Haus eines Niggers zu betreten?«

Christmas lachte. »Was willst du für das Radio haben?«

Cyril machte eine verächtliche Handbewegung. »Du bist wirklich zur Hälfte weiß, Junge. Wenn ein Schwarzer wie ich zu dir sagt, er hat ein Radio, und er lädt dich zum Essen zu sich nach Hause ein, heißt das, er schenkt es dir. Du hast echt keine Ahnung von Schwarzen.«

»Wirklich?«

»Was wirklich? Dass du keine Ahnung von Schwarzen hast? Allerdings.«

»Du bist super, Cyril«, sagte Christmas. »Du bist ein wahrer Freund. Ich werde mich revanchieren. Ich schwör's dir. Eines Tages werde ich mich revanchieren.«

»Ach, hör schon auf, *Pate*«, brummte Cyril und beugte sich über seinen Tisch. »Jetzt beeil dich mit dem Mischpult. Weißt du wenigstens noch, wie es funktioniert?«

»Klar doch«, erwiderte Christmas, während er sich zur Tür wandte.

»Zuerst musst du alles ausstecken . . .«

»Ich weiß, Bruder, ich weiß.« Christmas ging aus dem Lagerraum, ohne auf Cyrils Gemurre zu hören. Dann rannte er die Treppe hinauf zum Konzertsaal.

»Christmas, schmiede keine Pläne für uns beide«, hatte Maria zu ihm gesagt, nachdem sie sich zwei Wochen lang an jedem erdenklichen Ort im Funkhaus von N. Y. Broadcast geliebt hatten. »Ich werde einmal einen Puerto Ricaner heiraten.«

»Das freut mich, Maria«, hatte er lächelnd erwidert, »ich werde nämlich einmal eine Jüdin heiraten.« Von allen Gefühlslasten befreit, war ihr Verhältnis von diesem Augenblick an nur noch leidenschaftlicher geworden.

Maria, die den Kontakt zu den Künstlern, die für die einzelnen Programme verpflichtet worden waren, herstellte, hatte Christmas die Türen zu den Studios geöffnet, und so hatte er endlich erfahren, wie Radio gemacht wurde. In jeder freien Minute war er bei Aufzeichnungen oder Livesendungen dabei. Er hörte Musik, aber auch lustige Hörspiele oder Debatten. Und es dauerte nicht lange, da war ihm jedes einzelne Studio, das er gesehen hatte, vertraut. Er hatte Freundschaft mit Technikern, Hörspielregisseuren und sogar einigen Künstlern geschlossen. Im dunklen Raum setzte er sich in eine Ecke und lauschte, lernte und träumte.

»Ich soll ein Mischpult einbauen«, erklärte er Maria, als er sie im Konzertsaal traf.

Sie sah wie immer strahlend aus. Sie warf ihr dichtes schwarzes Haar zurück und zeigte ihm die ausgebaute Konsole im Tonregieraum. »Sie gehört ganz dir«, sagte sie und streichelte ihm, kaum war der Tontechniker aus dem Raum, über den Rücken.

»Heute Nacht habe ich von dir geträumt«, raunte sie ihm ins Ohr.

»Was habe ich denn gemacht?«, fragte Christmas, der gerade ein Kabelknäuel entwirren wollte.

»Das Übliche ...«

Er grinste. »Sogar im Traum?«

Maria schlang die Arme um ihn und schmiegte sich an ihn. »Aber sicher. Deshalb habe ich auch heute keine Lust darauf.«

Christmas wandte ihr den Blick zu. »Ich sorge schon dafür, dass sie zurückkommt.«

Maria strich ihm die blonde Locke aus dem Gesicht. »Möchtest du heute Abend mit mir ins Theater gehen?«

»Ins Theater?«

»Ja. Victor Arden, ein begabter Pianist, der, wenn er Zeit hat, auch für uns spielt, hat mir zwei Karten für heute Abend gegeben.«

Christmas sah sie verblüfft an. »Und du willst mit mir ins Theater gehen?«

»Ja ... hast du Lust?«

»Heute ist der Tag der Einladungen«, sagte er.

»Wer hat dich denn noch eingeladen?«

Christmas lachte. »Cyril. Ich esse bei ihm zu Hause zu Mittag.«

Maria neigte den Kopf zur Seite, ihre schwarzen Augen funkelten. »Du bist anders als alle, die ich kenne. Kein Weißer würde bei einem Schwarzen zu Hause essen.«

Er zwinkerte ihr zu. »Wenn es danach geht – du bist auch nicht gerade weiß und trotzdem ...«

»Mit dieser Sache haben die Weißen kein großes Problem.«

»Wie dem auch sei, ich habe soeben herausgefunden, dass Italiener gar keine Weißen sind.« Christmas grinste, zog sie an sich und küsste sie. »Du, Cyril und ich, wir sind Amerikaner. Schluss, aus.«

»Ein schöner Traum.«

»Es ist so, Maria«, entgegnete er mit Nachdruck.

Maria blickte ihm in die Augen. »Du hast die Gabe, einen an das glauben zu lassen, was du erzählst, weißt du das?«

Ernst sah Christmas sie an. »Es ist so«, sagte er noch einmal. Dann beugte er sich wieder über das Kabelknäuel.

Maria schlug die Augen nieder und rückte von ihm ab. »Kommst du nun mit ins Theater? Das Alvin. Es ist gerade erst fertig gebaut geworden. Heute Abend wird es eingeweiht. Es ist die Eröffnungsshow. Sie zeigen *Funny Face*, ein Musical mit Adele und Fred Astaire, weißt du, die beiden Geschwister . . .«

»*Lady, Be Good!*«, rief Christmas. »Das hat meine Mutter immer gesungen. Wenn ich ihr erzähle, dass ich da hingehe, wird sie platzen vor Neid.«

»Vielleicht könnte ich noch zwei Karten für einen anderen Abend besorgen . . .«

Christmas umarmte sie überschwänglich. »Ich bete dich an, Maria! Das wäre fantastisch.«

»Also heute Abend?«

»Aber . . . was soll ich denn anziehen?«, fragte er, und sein Blick verfinsterte sich.

Sie lächelte ihn an. »So wie jetzt bist du wunderschön. Alle werden mich beneiden.«

»Maria!«, rief ein Mann, der in Sakko und Krawatte den Konzertsaal betrat. »Wir fangen an.«

»Ich muss gehen«, sagte sie eilig. »West 52nd Street, Alvin Theater . . .«

»*Funny Face*«, vollendete Christmas und schnitt eine Grimasse.

Maria lachte und verließ den Konzertsaal.

Es war bereits Nacht. Ziellos spazierte Christmas durch die dunklen Straßen Manhattans und dachte an seinen Tag zurück.

Das Mittagessen bei Cyril hatte für eine Überraschung nach der anderen gesorgt. Christmas hatte einen Teil der Stadt kennengelernt, von dem er bisher nicht das Geringste gewusst hatte. Ab der 110th Street, wo das weite Grün des Central Parks endete, bot das Reichenviertel mit einem Mal einen ganz anderen Anblick, und nach wenigen Häuserblocks begannen die als »Negro Tenements« bezeichneten Mietskasernen rund um die 125th Street, die sich durch nichts von denen im Lower-East-Side-Ghetto, in dem Christmas aufgewachsen war, unterschieden. Cyril jedoch lebte nicht in einem dieser riesigen Gebäude. Sein Haus war aus Holz und Ziegelsteinen in einem Stil gebaut, den Christmas aus Bensonhurst und überhaupt aus Brooklyn kannte.

In dem baufälligen Haus mit zwei Stockwerken und einer Fassade, der die feuchtkalten Winter und die schwüle Sommerhitze New Yorks arg zugesetzt hatten, lebte Cyril mit seiner Frau Rachel, deren Schwester Eleanore, seinem Schwager Marvin, dem Bürgerrechtsaktivisten, und ihren drei Kindern im Alter von fünf, sieben und zehn Jahren. Außerdem waren da noch Cyrils betagte Mutter Oma Rochelle – Tochter zweier Sklaven aus dem Süden und Witwe eines befreiten Sklaven – und der Vater seines Schwagers, Nathaniel, der in seiner Jugend mit dem Vater von Count Basie befreundet gewesen war und die ganze Zeit über auf einem leuchtend grün lackierten Klavier, das in der Küche stand, herumklimperte, untermalt von Oma Rochelle, die immer wieder leise vor sich hin brummelte, alle Künstler seien nichtsnutzige Halunken. Christmas nahm am Tisch Platz und aß vom Süßkartoffelauflauf und einem gewaltigen Katzenwels mit, die die Frauen zubereitet hatten.

Was Christmas aber neben der Selbstverständlichkeit, mit der man ihn im Haus aufnahm, am meisten in Erstaunen versetzte, war die Hütte, die Cyril als seine »Werkstatt«, bezeichnete. In

Wahrheit stand auf dem kleinen Grundstück hinter dem Haus nichts als eine wacklige Holzruine – vielleicht die ehemalige Latrine –, die Cyril mit bunt zusammengezimmertem Abfallmaterial zu einem kleinen Schuppen ausgebaut hatte. Im Inneren der Werkstatt herrschte ein noch größeres Chaos als im Lager von N. Y. Broadcast. Darunter fanden sich einige höchst seltsame Dinge. Voller Bewunderung für Cyrils Erfindungsgabe nahm Christmas eines nach dem anderen in Augenschein.

»Das sind Prototypen«, erklärte Cyril stolz. »Alle absolut funktionstüchtig. Schau mal hier.« Er nahm zwei dünne Holzpfähle zur Hand, die sich zusammenstecken ließen, und befestigte den so entstandenen Mast von fast zwanzig Fuß Höhe an der Außenwand der Hütte. Am oberen Ende des Mastes schwankte eine simple Antenne hin und her. Cyril leitete Strom in einen schwarzen Kasten hinein, der daraufhin zu surren begann. Daran schloss er ein Mikrofon an und rollte das Kabel bis in die Küche aus, wo er das Mikrofon neben dem alten Nathaniel aufstellte, der, während die Frauen mit dem Abwasch beschäftigt waren, unbeirrt weiter auf dem Klavier herumklimperte. Schließlich ging er mit Christmas die Straße hinunter und noch einen Häuserblock weiter. Vor einer geschlossenen Drogerie blieb er stehen und klopfte an die Tür.

»Mach auf, Nigger!«, brüllte er, und als der Ladenbesitzer ihm mit einem tiefen, heiseren Lachen öffnete, führte Cyril Christmas ins Haus. Nachdem die Röhren eines abgenutzten Radioempfängers sich aufgeheizt hatten, erklangen im Hinterzimmer deutlich das Klavierspiel und Oma Rochelles Gemurre über die nichtsnutzigen Künstler.

»Na, was sagst du dazu, Bleichgesicht?«, fragte Cyril mit stolzgeschwellter Brust, die Hände in die Hüften gestemmt. »Ich habe meinen eigenen Sender.«

Christmas fehlten noch die Worte, als sie zurück in der Werkstatt waren. »Du bist ein Genie«, brachte er schließlich hervor.

Mit stiller Freude grinste der Lagerarbeiter verlegen, bevor er den Mechanismus wieder abbaute und ein Tuch anhob. »Hier ist das Radio für deinen Freund. Es ist nicht besonders schön, aber es funktioniert«, sagte er und zeigte auf einen kleinen alten Topf, in den er, um die Röhren befestigen zu können, Löcher gebohrt hatte. »Ich baue sie zusammen und verschenke sie an die Schwarzen hier im Viertel.« Dann erkundigte Cyril sich nach dem Namen der Brautleute, griff zu einem Pinsel und etwas schwarzem Lack und malte mit der zittrigen, unsicheren Schrift eines Kindes auf die Kalotte: *Santo und Carmelina Filesi.*

Christmas nahm die U-Bahn zurück nach Hause. Das Radio hatte er in einer großen Keksdose dabei, die Cyrils Frau mit einer Schleife geschmückt hatte. In der Monroe Street Nummer 320 überreichte er dem Freund sein Hochzeitsgeschenk.

Santo war so gerührt und beschämt, dass er keinen Ton hervorbrachte.

»He, wir zwei sind doch die Diamond Dogs, oder nicht?«, sagte Christmas und klopfte ihm auf die Schulter. Sie plauderten noch ein wenig, und Santo erzählte ihm, er habe das Geschäft gewechselt. »Ich bin jetzt erster Verkäufer in der Bekleidungsabteilung bei Macy's.«

»Na dann, herzlichen Glückwunsch«, meinte Christmas und entschuldigte sich dann, er müsse nach Hause und seinen alten grauen Anzug auf Vordermann bringen, weil er am Abend ins Theater gehe, um die Geschwister Astaire zu sehen.

Da leuchteten Santos Augen auf. Er nahm Christmas beim Arm, rief seiner Mutter zu, sie solle Carmelina ausrichten, er sei bald zurück, und zog den Freund hinter sich her bis in die 34th Street. Dort betrat er das Macy's, tuschelte mit dem Geschäftsführer und führte Christmas schließlich in eine Umkleidekabine. Er ließ ihn einen dunkelblauen Wollanzug anprobieren, bat eine der Schneiderinnen, die Hose unverzüglich mit einem daumenbreiten Aufschlag umzunähen und ließ danach alles einpacken. »Das ist der passende Anzug für den Anführer der Diamond Dogs«, sagte er.

Während sie dann gemeinsam zu ihrem alten Haus in der Monroe Street zurückkehrten, sprach keiner von beiden mehr ein Wort, denn so funktionierte es zwischen ihnen.

Abends im Alvin Theater sah Christmas todschick aus, zumindest fühlte er sich so. Und Maria schmiegte sich die ganze Vorstellung über an seinen Arm, während Adele und Fred Astaire auf der Bühne ihren natürlichen Charme versprühten, sie in der Rolle der Frankie, er als Jimmy Reeve, und gemeinsam *Let's kiss and Make Up* sangen.

Nach der Vorstellung führte Maria Christmas zu den Künstlergarderoben, um ihm Victor Arden, den Pianisten, vorzustellen. Während sie sich unterhielten, kam Adele Astaire in einem schwarzen Kaschmirmantel vorbei.

»Brava!«, rief Christmas ihr auf Italienisch zu.

Scherzhaft verbeugte sich die Schauspielerin vor ihm.

Ihr Bruder Fred kam aus seiner Garderobe und protestierte: »Und ich, werde ich nicht gelobt?«

Da sagte Christmas: »Sie tanzen nicht einfach bloß, Sir. Sie gleiten. Es sieht aus, als liefen Sie auf einer Eisscholle Schlittschuh. Unglaublich.« Dann verbeugte er sich seinerseits vor Fred Astaire. Die Geschwister brachen in Gelächter aus und gingen Arm in Arm davon.

Die vielen durchlebten Emotionen waren es, die Christmas am Abend noch immer nicht nach Hause gehen ließen. Cyrils Erfindungsgeist, Santos Freundschaft und der Zauber des Theaters hatten ihn zu sehr aufgewühlt. Tausend Gedanken schwirrten ihm im Kopf herum. Er hatte nie zuvor in seinem Leben ein Musical gesehen. Im Theater war alles vollkommen. Sogar das Leben ist im Theater vollkommen, dachte Christmas. Ungeachtet der Kälte knöpfte er seinen Mantel nicht zu, denn er wollte im Gehen den nagelneuen blauen Wollanzug bewundern.

Als ihm bewusst wurde, dass er vor dem Funkhaus von N. Y. Broadcast stand, blickte er hinauf zu den großen Buchstaben am Eingang. Hinter der Drehtür konnte er schemenhaft den Nachtwächter erkennen, der an seinem Schreibtisch saß und schlief. Im ganzen Gebäude herrschte Dunkelheit, bis auf einen Lichtschein ganz oben im siebten Stock, der für die Büros der Geschäftsleitung reserviert war. Tastend griff Christmas in seine Tasche und stieß auf den Schlüssel zum Hintereingang. Da lächelte er, machte kehrt und bog in die Seitengasse ein. Er schloss die Tür zum Lager auf, lief hindurch, ohne das Licht einzuschalten, und machte sich auf den Weg hinauf in den zweiten Stock ins Studio drei, einen großen Aufnahmeraum, aus dem die Hörspiele gesendet wurden, mit neun Mikrofonen auf einem blank polierten Tisch in der Studiomitte.

Christmas betrat den im Halbdunkel liegenden Raum, setzte sich an den Tisch, ließ seinen Mantel zu Boden gleiten, zog die Anzugjacke aus und krempelte die Ärmel seines Hemdes hoch, wie er es bei den Schauspielern gesehen hatte. Er zog ein Mikrofon zu sich heran und schaltete es ein. Ein elektrostatisches Knistern war zu hören, dann nichts mehr.

Christmas musste an die gespannte Stille denken, kurz bevor sich im Theater der Vorhang gehoben hatte. Er schloss die Augen und glaubte mit einem Mal, erneut die Scheinwerfer aufflammen zu sehen, gerade als das Orchester die ersten Noten der mitreißenden Musik Gershwins angestimmt hatte.

Da räusperte er sich und sagte: »Guten Abend, New York ...«

Karl Jarach war einunddreißig Jahre alt. Karls Vater Krzysztof, Sohn eines kleinen Getreidehändlers aus dem polnischen Bydgoszcz, war im Jahr 1892 nach New York gekommen. Er konnte nichts, als er den Boden von Ellis Island betrat. Da er von kleiner Statur und zerbrechlich gebaut war, hielt er die Arbeit als

Ladearbeiter im Hafen nicht länger als drei Monate durch. Weitere sechs Monate lang versuchte er sich als Maurer. Doch auch für den Maurerberuf war Krzysztof nicht kräftig genug. Um seine Sprache zu sprechen, verkehrte er abends in einer kleinen polnischen Gemeinde. Dort lernte er auf einem Fest Grazyna kennen, und die beiden jungen Leute verliebten sich ineinander. Noch im gleichen Jahr fand die Hochzeit statt, und Krzysztof wurde von Grazynas Vater, dem eine Eisenwarenhandlung gehörte, als Verkäufer eingestellt.

Im Laufe des folgenden Jahres verfuhr Krzysztof im Eisenwarenladen nach den Grundsätzen, die er in der Getreidehandlung in Bydgoszcz von seinem Vater gelernt hatte. Er rationalisierte Einkauf und Lagerhaltung und investierte in Produktneuheiten. Die Umsätze des Ladens stiegen merklich an. Grazynas Vater machte ihn zum Geschäftsleiter, und im Jahr darauf verschuldete sich Krzysztof bis zum Hals bei den Banken und verlegte den Sitz der Eisenwarenhandlung aus dem beengten Ladenlokal in der Blecker Street in die weitaus großzügigeren und verkaufsträchtigeren Geschäftsräume in der Worth Street, Ecke Broadway. Krzysztof hatte einen untrüglichen Geschäftssinn, und die beiden großen Schaufenster des Eisenwarenladens – in denen er Haushaltsgegenstände ausstellte, die sogar Kundinnen aus benachbarten Stadtvierteln anlockten – entpuppten sich schon bald als gute Investition, sodass er den Banken das Geld innerhalb kurzer Zeit zurückzahlen konnte.

Der einzige Wermutstropfen in Krzysztofs Leben war die Tatsache, dass es seiner Grazyna nicht gelingen wollte, ihm ein Kind zu schenken. Und so ging Grazynas Mutter, die sehr darunter litt, in die Kirche und legte vor der Muttergottes ein Gelübde ab.

Es dauerte nur drei Monate, da empfing Grazyna Karl.

Der Junge war das am meisten verhätschelte Kind in der ganzen polnischen Gemeinde. Unbeschwert und ohne finanzielle Sorgen wuchs er heran, und als er das Alter erreicht hatte, die Universität zu besuchen, hatte Krzysztof genügend Geld beiseitegelegt, um ihm ein Studium zu ermöglichen. Aber zur Überraschung aller erklärte Karl, er habe dazu keine Lust. Und so begann Krzysztof trotz seiner Enttäuschung, ihn an die Leitung der Eisenwarenhandlung heranzuführen. Karl jedoch war immerzu mit den Gedanken woanders, gab sich keine Mühe, langweilte sich und las, wann immer er konnte, komplizierte Bücher über die aufkommende Übertragungstechnik mittels Radiowellen.

»Verflucht noch mal!«, brüllte Krzysztof eines Tages bei Tisch und verlor zum ersten Mal, seitdem sein Sohn auf der Welt war, die Geduld mit ihm. »Wenn es das Radio ist, was dich interessiert, widme dich, zum Donnerwetter, dem Radio! Aber vergeude nicht dein Leben!«

Das väterliche Gebrüll wirkte wie ein Heilmittel gegen Karls Trägheit. Innerhalb einer Woche hatte er eine Liste aller neu gegründeten Radiostationen und aller Hersteller von Rundfunkgeräten und Telefonen in New York und Umgebung erstellt. Karl klopfte an jede Tür und bekam schließlich einen Posten als einfacher Angestellter bei N. Y. Broadcast.

Der Vater kaufte ihm zwei neue Anzüge, da er, wie er sagte, niemals aussehen solle wie ein polnischer Hungerleider. Und dank eines der beiden Anzüge erregte Karl schließlich die Aufmerksamkeit eines Vorgesetzten, dem er sympathisch war und der ihm die Chance gab, sich zu beweisen. Und so, wie Krzysztof den Eisenwarenladen nach den Grundsätzen geführt hatte, die er in der Getreidehandlung dem Vater abgeschaut hatte, so verfuhr wiederum Karl im Radiosender nach den Grundsätzen, die er von seinem Vater im Eisenwarenladen gelernt hatte.

Die Kriterien, nach denen Krzysztof bei Schrauben und Nägeln verfuhr, wandte Karl in abgewandelter Form auf Menschen an und gab so dem »Personallager«, das er zu verwalten hatte, einen rationellen Impuls. Innerhalb weniger Jahre, in denen er mit Leib und Seele dabei war und mehr arbeitete, als sein Vertrag es verlangte, machte er Karriere und war als Abteilungsleiter bei N. Y. Broadcast nicht nur für den Sendeablauf, sondern auch für neue Programmvorschläge zuständig.

Wie so häufig saß Karl auch an diesem Abend noch bis spät in die Nacht in seinem Büro und suchte nach einer Idee, wie er ein langweiliges Kulturprogramm ersetzen konnte, in dem ein Universitätsprofessor, der mit einem Mitglied der Führungsetage befreundet war, über die Geschichte Amerikas dozierte, ohne die Hörer auch nur im Geringsten zu fesseln. Der Professor gebrauchte zu viele komplizierte Wörter. Seine näselnde Gelehrtenstimme könnte sogar einen mit Kaffee vollgepumpten Menschen für eine Woche einschläfern, dachte Karl. Der Historiker wusste einfach nicht, zu wem er sprach, er hatte keine Ahnung von den Menschen, an die er sich wandte, und es war ihm nicht im Mindesten daran gelegen, sie zu verstehen.

Wenn es jedoch das Ziel von N. Y. Broadcast war, das Radio in die Häuser der einfachen Leute zu bringen, dann, so hatte Karl der Geschäftsleitung schon mehrmals erklärt, musste das Radio auch die Sprache der einfachen Leute sprechen, ihre Sorgen und Träume kennen.

Karl rieb sich die müden Augen. Entmutigt schlug er die Mappe zu, in der er seine Ideen für neue Programme sammelte, und schlüpfte in Jacke und Mantel. Er fühlte sich niedergeschlagen. Seit Wochen bereits zermarterte er sich den Kopf auf der Suche nach einem Weg, wie sich die Geschichte Amerikas anders, aufregender erzählen ließ. Karl schloss sein Büro ab, wickelte sich den warmen Kaschmirschal, den sein Vater ihm geschenkt hatte, um den Hals und nahm die Treppe nach unten, da es ihm nachts nicht geheuer war, einen der beiden Aufzüge zu benutzen. Um die Zeit hatten die beiden Fahrstuhlführer Feierabend, und der Nachtwächter war bekannt für seinen festen Schlaf. Blieb Karl im Fahrstuhl stecken, würde er womöglich ausharren müssen, bis die Fahrstuhlführer am nächsten Morgen ihren Dienst antraten. Daher ging er, wenn er bis spät arbeitete, immer zu Fuß hinunter.

Dämmerung und Stille lagen über dem Gebäude. Karls Schritte klapperten auf den Stufen. Als er sich jedoch dem zweiten Stock näherte, hörte er eine Stimme durch das Treppenhaus hallen. Verstärkt, warm, rund. Fröhlich und lebhaft. Karl kannte die Stimme nicht. Er öffnete die Tür zum zweiten Stock und schlich auf leisen Sohlen durch den Gang, an dem die Aufnahmestudios lagen.

Vor Studio drei entdeckte er eine kleine Menschentraube.

»... die Gangster-Grundregel nämlich«, sprach die Stimme, die nun lauter und deutlicher zu hören war, »lautet, dass einem eine Sache nur gehört, solange man es schafft, sie zu behalten ...«

Karl trat noch ein wenig näher. Ein Mann aus der kleinen Gruppe, die sich vor Studio drei versammelt hatte, drehte sich um und bemerkte ihn. Es war ein Schwarzer, der einen Schrubber und einen Putzeimer in der Hand hielt. Das Weiß in seinen großen Augen blitzte in der Dunkelheit auf. Besorgt tippte er der Frau, die vor ihm stand, auf die Schulter. Sie drehte sich ebenfalls um, und auch auf ihrem dunkelhäutigen Gesicht zeigte sich ein unbehaglicher Ausdruck. Die Frau öffnete den Mund, um etwas zu sagen, doch Karl winkte ab und legte dann den Finger an die Lippen, damit sie schwieg. Als er sich zu der Gruppe gesellte, bedeutete er jedem, der sich nach ihm umdrehte, still zu sein. All diese Leute waren Schwarze und gehörten zur Putzkolonne.

»Ihr fragt euch sicher, woher ich das alles weiß«, fuhr die Stimme fort. »Nun, das ist ganz einfach. Ich bin einer von ihnen. Ich bin der Anführer der Diamond Dogs, der berühmtesten Gang der Lower East Side. Früher war ich ein armer Schlucker ...«

Karl legte der Frau, die in seinem Büro putzte, sanft die Hand auf die Schulter. »Hallo, Betty«, flüsterte er ihr zu.

»Guten Abend, Mr. Jarach«, sagte die Schwarze erschrocken.

»Wer ist das?«, fragte Karl sie leise und zeigte auf das im Dunkeln liegende Studio drei.

Betty zuckte die Schultern. »Wir wissen es nicht.«

Und Karl erkannte, dass die Frau aus purer Höflichkeit mit ihm sprach. In Wahrheit hätte sie nichts lieber getan, als einfach nur der Stimme zu lauschen. Karl lächelte ihr zu und schwieg.

»... alles beginnt in den Five Points im Bloody Ould Sixth Ward, wie er damals hieß, im Sechsten Distrikt. Aber das war zum Glück vor meiner und eurer Geburt ...«

Karl sah, wie die Putzangestellten lächelten und einander zunickten.

»Eine üble, ziemlich ungesunde Gegend war das rund um die Kreuzung von Cross, Anthony, Orange und Little Water ... Ihr kennt diese Straßen nicht?«

Die Putzhilfen schüttelten den Kopf.

»Nie gehört«, murmelte Betty vor sich hin.

»Dabei wette ich, ihr seid schon dutzende Male dort vorbeigekommen«, fuhr der Sprecher fort, als hätte er die Antwort gehört. »Anthony Street ist die heutige Worth Street ...«

Karl sah die Putzangestellten mit offenem Mund staunen. Und verblüfft dachte er: Das ist die Straße, in der die Eisenwarenhandlung meines Vaters liegt. Die Straße, in der ich aufgewachsen bin.

»... die Orange heißt jetzt Baxter. Und die Cross ist die Park Street. Little Water dagegen gibt es nicht mehr ... Und, wie oft seid ihr nun schon diese geschichtsträchtigen Wege entlangspaziert?«

Ungläubig schüttelten die Putzangestellten den Kopf. Und auch Karl war überrascht und fasziniert. Er schob sich durch die Gruppe nach vorn und versuchte, einen Blick in Studio drei zu werfen, doch er sah nur die dunkle Silhouette eines Mannes, der mit dem Mikrofon in der Hand über den Tisch gebeugt saß.

»Und an diesem seltsamen Ort, der mit all seinen Kneipen

und Tanzsälen so etwas wie der Vorläufer von Coney Island war und an dem Leute wie wir, Matrosen, Austernverkäufer, Arbeiter und kleine Angestellte, verkehrten, wurde die Gangsterkultur geboren, wobei es damals sehr viel verrohter zuging als heute ...«

Karl war gefesselt und lauschte ebenso still und gebannt wie die Putzangestellten ringsum.

»Es ist spät. Zeit, sich von dir zu verabschieden, New York ...«

Ein enttäuschtes Raunen ging durch die Zuhörerschaft.

»Aber ich bin bald wieder da und erzähle euch von den Slums, den Anwerbern, der Old Brewery, von Moses dem Riesen, von Gallus Mag und Hell-Cat Maggie, einer Frau, der ihr lieber nie über den Weg laufen möchtet ...«

Die Putzangestellten kicherten leise und stupsten einander mit dem Ellbogen an. Karl grinste mit ihnen.

»Und ich verrate euch, was die Gangster von heute so treiben, die, mit denen ich tagtäglich zu tun habe, und die euch auf den Straßen begegnen in ihren grellbunten Seidenanzügen. Ich bringe euch bei zu sprechen wie sie und erzähle euch von den fantastischen Abenteuern, die sich in den Gassen unserer Stadt zutragen ...«

»Wann?«, fragte einer aus der Putzkolonne unbedarft.

»Zum Abschied erzähle ich euch eine kleine Geschichte von Monk Eastman, aus den Anfängen seiner blutigen Karriere, als er Türsteher in einem Tanzsaal in der East Side war und im Lokal mit einem mächtigen Knüppel für Ruhe sorgte. In den Knüppel ritzte er für jeden randalierenden Gast, den er niederstreckte, gewissenhaft eine Kerbe. Eines Abends, müsst ihr wissen, trat Monk auf einen friedlichen alten Herrn zu und spaltete dem armen Kerl mit einem fürchterlichen Hieb den Skalp ...«

»Oh ...«, stieß eine beleibte schwarze Frau neben Karl hervor und schlug sich die Hand vor die Brust.

»Psst!«, wisperte Betty.

»Als Monk gefragt wurde, wieso er das getan habe, antwortete er: ›Tja, auf dem Knüppel waren schon neunundvierzig Kerben, und ich wollte eine runde Zahl haben ...‹«

Die Putzangestellten und Karl lachten leise.

»Jetzt verabschiede ich mich von euch. Ich muss mir eine *Ratte* vorknöpfen, die als *Maulwurf* aufgeflogen ist, und in meinem *Speakeasy* die *Schmiere* kassieren«, schloss die Stimme. »Gute Nacht, New York. Und denk daran ... die Diamond Dogs wachen über deine Geschichten.«

Ein Knacken verriet, dass das Mikrofon ausgeschaltet wurde.

Das ist die Geschichte Amerikas!, dachte Karl, und nach einem Moment der Stille begann er zu applaudieren. Und die Putzangestellten klatschten mit ihm.

Da hörte man, wie mit aller Hast ein Stuhl vom Tisch abgerückt wurde, und als Karl das Studiolicht einschaltete, blickten alle auf einen verängstigt wirkenden blonden Jungen von ungefähr zwanzig Jahren mit bis zum Ellbogen aufgekrempelten Hemdsärmeln, der sie mit schreckensweiten Augen ansah und stotternd zu Karl sagte: »Verzeihen Sie ... ich ... Verzeihen Sie ... ich bin schon weg ...«

»Wie heißt du?«, fragte Karl.

»Ich bitte Sie, werfen Sie mich nicht raus ...«

»Wie heißt du?«

»Christmas Luminita.«

»Kennst du wirklich viele solcher Geschichten?«

»Ja ... Sir ...«

»Zehn Uhr. Morgen früh. Hier«, sagte Karl mit einem Lächeln. »Dann nehmen wir die erste Folge auf.«

42

Los Angeles, 1927

Bill war mit dem Abbau eines Szenenbildes beschäftigt. Es war neun Uhr abends, und außer ihm war niemand in der Halle. In all den Monaten war er im Filmgeschäft keinen Schritt vorangekommen. Seine erste Etappe auf dem Weg nach Hollywood und zum Reichtum hatte sich als Schlag ins Wasser erwiesen. Als Bühnenbauhelfer war er eingestellt worden, und genau das war er noch immer. Sein Lohn war kaum höher als der eines gut bezahlten Schwarzen. Seine Karrierechancen jedoch waren genau wie die eines x-beliebigen Schwarzen: gleich null.

Mit Wucht schlug Bill gegen den Fuß eines der beiden Holzgestelle, die eine Kulissenwand stützten, dann gegen den anderen. Er griff sich die beiden Stangen und ließ die Wand mit einem Poltern, das durch die ganze Halle hallte, zu Boden fallen. Das war es, was Hollywood ihn gelehrt hatte. Alles hing davon ab, auf welcher Seite man sich befand. Standest du vor den Kulissen, konntest du alles sein, was du wolltest. Heute ein Pascha, morgen ein reicher Industrieller, in jedem Fall der Herrscher der Welt. Du warst in einer traumhaften Villa, in einem Vorstandsbüro, in einem beheizten Swimmingpool.

Bill sah hinüber auf das verstümmelte Filmset. Der pompöse Harem, in dem den ganzen Tag über lesbische Liebesszenen gedreht worden waren, wirkte nun deplatziert und lächerlich. Warst du hinter den Kulissen, entpuppten sich all die Realitäten als das, was sie waren: bemalte Pappwände auf Sperrholzgestellen. Die Wände würden wieder übermalt werden und einen neuen Schwindel präsentieren.

An Bills erstem Arbeitstag hatte der Bühnenbaumeister auf

die Holzstangen geklopft, an denen die Kulissen lehnten, und zu ihm gesagt: »Die Hölzer sind das, was zählt, denk immer daran. Wenn du einen Set abbaust, behandel die Hölzer pfleglich. Die Hölzer bleiben. Die Pappe dagegen ist keinen Pfifferling wert.« Das nämlich war Hollywood: nichts als wertlose Pappe. Schlimmer noch, eine Täuschung.

Bill stellte die Pappwand in eine Ecke und baute dann zwei weitere Gestelle ab, er schraubte sie unten und oben auseinander und stapelte die Teile vorsichtig auf die anderen. Gewöhnlich hatte er es eilig, mit der Arbeit fertig zu werden und nach Hause zu kommen, damit er die weinende Linda Merritt beobachten konnte. An diesem Abend jedoch hatte er es nicht eilig. Von nun an würde er es nie mehr eilig haben. Linda war nämlich fort; sie war ausgezogen. Aus ihr würde kein Star werden. Sie hatte die weiße Fahne geschwenkt und war auf ihre Farm zurückgekehrt, wo sie gewiss nicht aufhören würde zu weinen, wenn auch aus anderen Gründen. Über die verpassten Chancen, über all ihre Enttäuschungen. Was Bill jedoch quälte, war, dass er sie nie wieder würde beobachten können.

Er hob die Kulissenwand vom Boden auf und schleuderte sie mit Wucht in die Ecke, wo er bereits die übrigen gesammelt hatte. Die Wand bekam Aufwind wie ein Segel, blähte sich, stieg flatternd in die Höhe, bevor sie beim Aufprall auf den Boden zerknickte. Bill versetzte ihr einen wütenden Tritt, hob sie auf und räumte sie in die Ecke. Zurück am Set, warf er sich auf das breite Bett, in dem sich die Schauspielerinnen den ganzen Tag lang nackt gewälzt und auf dessen im Scheinwerferlicht wie Seide schimmernden Laken sie ihre künstlichen Körpersäfte verteilt hatten. Er vergrub sein Gesicht in einem Kissen und versuchte, seine Wut zu zügeln. Da stieg ihm der Duft von Shalimar, dem Parfüm der Hauptdarstellerin, dieser Schlampe, die sich für Gloria Swanson hielt, in die Nase. Bill verabscheute sie mehr als jede andere Schlampe, die in der Halle herumlungerte.

Während die anderen ihn gar nicht beachteten, hatte sie ihn vom ersten Tag an auf dem Kieker gehabt. Sie ließ sich von ihm Kaffee und Wasser bringen, verlangte ihm alle möglichen Dienste ab, mit denen sie ihn erniedrigen konnte, und verspottete ihn obendrein in jeder Weise. Der Kaffee war ihr grundsätzlich zu schwarz oder zu süß oder zu dünn oder zu bitter. Und das Wasser war grundsätzlich zu warm oder zu kalt. Die Schlampe sah den Regisseur an und fragte: »Wo hast du bloß diesen Bauerntölpel aufgegabelt, Arty?« Und dann lachte sie, drehte sich um zur Maskenbildnerin oder dem Bühnenbaumeister und sagte: »Der ist doch wohl ein bisschen zurückgeblieben, oder?« Auch wenn Bill sie hasserfüllt ansah, sagen durfte er nichts. Und sie, die Schlampe, bemerkte seinen Blick, weidete sich daran, provozierte Bill noch, strich mit der Hand über ihre immerzu nackten Brüste und lachte. Lachte ihn aus.

Bill nahm das Kissen und wollte es in Stücke reißen. Dann aber bremste er sich. Der Bühnenbaumeister würde es ihm sonst am nächsten Tag in Rechnung stellen. Und Bill verdiente nicht genug, als dass er es sich hätte erlauben können, ein Kissen zu ersetzen, das nach Shalimar und der Schlampe stank. Er schleuderte es weit von sich und rollte sich auf den Rücken. Mit vor Zorn bebenden Nasenflügeln starrte er auf all die Scheinwerfer, die von der Hallendecke herabhingen und ihn wie elektrische Augen zu durchleuchten schienen.

Nein, an dem Abend hatte er es nicht eilig, nach Hause zu kommen. Nie wieder würde er es eilig haben, in seine trostlose kleine Wohnung im *Palermo* zurückzukehren. Denn Linda war ausgezogen. In den vergangenen Monaten hatte sie versucht, mit ihm ins Gespräch zu kommen. Er jedoch war ihr ein ums andere Mal ausgewichen. Er wollte nicht, dass sie in ihm einen Freund fand, dem sie ihr Herz ausschütten konnte. Er wollte, dass sie allein litt, weil genau das ihm Lust bereitete. Selbst als sie eines Abends an seine Tür geklopft und ihn gefragt hatte, ob er eine Flasche Tequila mit ihr trinken wolle, hatte Bill ihr schroff die Tür vor der Nase zugeschlagen. Daraufhin hatte sie sich allein betrunken und war wundervoll gewesen in der Nacht. Linda hatte bitterlicher als sonst geweint und das Licht dabei angelassen. Sie hatte sich durch die Wand hindurch lieben lassen, wie sie es noch nie zuvor getan hatte. Es war eine Nacht voller Leidenschaft gewesen.

Aber Lindas Verschwinden war nicht der einzige Grund, weshalb Bill vor Wut schier durchzudrehen drohte. Am Morgen hatte sein neuer Nachbar vor der Tür gestanden, ein junger, eingebildeter Typ, einer, der sich für etwas Besseres hielt, weil er als Drehbuchautor arbeitete und eine Schreibmaschine besaß. Und als Bill an der Tür erschienen war, hatte der alberne Drehbuchschreiber, der die Nase so hoch trug, ihn hämisch angegrinst. »Tut mir leid, mein Freund, der Spaß ist vorbei«, hatte er gesagt. Bill hatte nicht gleich begriffen. Immer noch grinsend, hatte der Drehbuchautor da eine Augenbraue hochgezogen und mit dem Kinn auf die Wohnzimmerwand gedeutet. »Deine Gratisvorstellung. Ich habe die Löcher in der Wand entdeckt.« Er hatte gelacht. »Tut mir leid, dass deine Hübsche nicht mehr da ist. Ich habe nicht vor, dir die gleiche Unterhaltung zu bieten, deshalb habe ich die Löcher geschlossen. Aber du hast mir eine gute Idee für eine Geschichte beschert.« Bill hätte ihn am liebsten blutig geprügelt, doch der Drehbuchautor hatte sich einfach auf dem Absatz umgedreht, und wenig später hatte Bill ihn auf der gottverdammten Schreibmaschine herumtippen hören. Er war sicher, dass er über ihn schrieb. Dass er über ihn lachte und ihn der Lächerlichkeit preisgab.

»Kannst du mich riechen, Bauerntölpel?«, tönte plötzlich eine Stimme durch die Halle.

Mit schuldbewusster Miene sprang Bill vom Bett auf.

Die Schauspieler-Schlampe lachte und zeigte ihre makellos weißen Zähne.

»Keine Angst, ich verrate es niemandem«, sagte sie, während sie die Treppe zur Empore, auf der die Garderoben lagen, hinaufstieg. »Das bleibt unser kleines Geheimnis.« Mit einer behandschuhten Hand am Geländer drehte sie sich zu Bill um und fuhr sich mit der Zunge schnell und spöttisch über die scharlachrot geschminkten Lippen. »Ich habe das Geschenk eines Bewunderers liegen lassen«, erklärte sie, ohne ihn noch eines Blickes zu würdigen. »Spiel du nur weiter an deinem besten Stück herum, als wäre ich gar nicht da.« Damit verschwand sie lachend in einer Garderobe.

Bill lief vor Zorn rot an. Er griff nach dem Hammer und machte sich damit an zwei Stützgestellen zu schaffen. Er schlug die Bretter ab, an denen sie festgenagelt waren, und stapelte sie ordentlich auf. Dann hob er die Pappwand auf und trug sie zu den anderen in die Ecke.

»Hast du es genommen?«, erklang kurz darauf die strenge Stimme der Schauspielerin.

Bill wandte ihr den Blick zu. Unter ihrem offen stehenden hellen Pelzmantel von minderer Qualität kam ein figurbetontes purpurrotes Seidenkleid zum Vorschein.

»Hast du es genommen?«, fragte die Schauspielerin erneut, während sie entschlossenen Schrittes die Empore entlang zur Treppe lief.

»Was?«, fragte Bill, ohne sich zu rühren.

»Mieser Lump«, beschimpfte sie ihn und eilte auf Bill zu, dabei hallten ihre Schritte durch das leere Gebäude.

Sie war Mexikanerin, aber ihre Haut war hell. Sie sah gar nicht aus wie eine Mexikanerin. Eher wie eine Jüdin, ging es Bill zu seinem eigenen Erstaunen durch den Kopf. Eine reiche, mit Pelzen und Schmuck behangene Jüdin. Dünn. Mit kaum erblühten Brüsten. Wie alt mochte sie wohl sein? Achtzehn? Weil sie eine Schlampe ist, wirkt sie wie eine Frau, dachte Bill. Aber sie ist nur ein Mädchen.

»Mein Armband. Es ist aus Gold, du Hurensohn«, sagte sie, als sie vor ihm stand. »Ich habe es in der Garderobe vergessen, und du hast es gestohlen.«

»Ich habe es nicht genommen«, widersprach Bill.

»Gib es mir zurück, und die Angelegenheit ist erledigt«, sagte die Schauspielerin und hielt ihm dabei mahnend einen Finger vor das Gesicht. Sie hatte lange, gepflegte, rot lackierte Fingernägel, und sie trug einen Ring mit einem rechteckigen Smaragdimitat.

»Ich habe es nicht genommen«, wiederholte Bill. Und wieder dachte er, dass sie bloß ein Mädchen war. Mit langen schwarzen Haaren, die sich in weichen Korkenzieherlocken kringelten.

»Hurensohn . . .«

»Ich sehe hier nur eine Hure«, fiel Bill ihr ins Wort und spürte, wie die ganze aufgestaute Wut aus ihm herausdrängte.

»Ich werde es allen erzählen, verdammter Dieb«, sagte die Schauspielerin. »Du bist erledigt. Sie werfen dich raus, und du landest hinter Gittern, du Mistkerl.« Während sie ihn beschimpfte, wich sie einen Schritt zurück.

Und Bill sah, dass all ihre Sicherheit, all ihr Schlampenhochmut aus ihrem Blick verschwanden. Da lachte er, wie er schon lange nicht mehr gelacht hatte. Und in seinem Lachen klang der altbekannte fröhliche, hohe Ton an, der einmal die Stimme seiner Natur gewesen war.

»Du landest hinter Gittern!«, rief die Schauspielerin aufgebracht und wich einen weiteren Schritt zurück, weil etwas in Bills Blick sie beunruhigte.

»Du hast Angst, oder?«, fragte Bill und trat auf sie zu. Sie ist bloß ein Mädchen, dachte er. Er streichelte ihre langen schwarzen Locken und fuhr mit der Hand über ihre hellen Wangen, die gar nicht zu einer Mexikanerin passten. Eher zu einer Jüdin.

»Fass mich nicht an«, zischte die Schauspielerin verächtlich und versuchte, sich abzuwenden.

Doch Bill hatte bereits ihr Handgelenk umfasst. Sie ist bloß ein verwöhntes Mädchen, dachte er, während er sie mit finsterem Blick anstarrte. Eine reiche, verwöhnte kleine Judenschlampe. »Ich küsse dich nicht, ich schwör's«, sagte Bill und schlug ihr mit der Faust ins Gesicht.

Stöhnend ging die Schauspielerin zu Boden. Dann versuchte sie, auf allen vieren davonzukriechen.

»Ich küsse dich nicht ... Ruth«, raunte Bill ihr zu und packte sie am Kragen ihres Pelzmantels.

Die Schauspielerin versuchte, sich ihm schreiend zu entwinden, und verlor dabei ihren Mantel. Da fasste Bill sie an den schwarzen Haaren und drehte sie zu sich um. Ihre Lippe war aufgeschlagen, in die rote Farbe auf ihren Lippen mischte sich Blut. Aus ihren Augen sprach die blanke Furcht. Bill lachte – voll Freude über den wiederentdeckten strahlend unbeschwerten Ton, der da aus seiner Kehle sprudelte – und schlug erneut mit der Faust zu. Seine Gedanken kreisten um Linda, die fortgegangen war. Um die Tränen, die Feuer in seine einsamen Nächte in Hollywood gebracht hatten. Um den eingebildeten Drehbuchschreiber, der sich ihm überlegen fühlte, weil er eine Schreibmaschine besaß. Um Ruth, um jenes erste Mal, jenes erste Hochgefühl. Um die Nacht, in der er erkannt hatte, wie sich seine ganze Wut und Frustration entladen konnten, bevor sie ihn vergifteten. Da schlug er die Schauspielerin ein weiteres Mal mitten ins Gesicht. Und dann in Unterleib und Magen. Er packte sie an den Haaren, zwang sie aufzustehen und zog sie hinüber zum Bett, in dem sie sich den ganzen Tag mit einem frechen, lasziven Lächeln herumgewälzt hatte, einem Lächeln, das ihr nun vergangen war. Er stieß sie auf die im Scheinwerferlicht wie Seide schimmernden Laken, setzte sich rittlings auf sie, hielt ihre Handgelenke fest und leckte ihr die Tränen ab, die sich mit dem Blut vermischten.

»Willst du das wirkliche Leben kennenlernen, Schlampe?«,

sagte er, während er sie weiter mit Fausthieben und Ohrfeigen traktierte. Unbeschwert lachend griff er in den Ausschnitt ihres Seidenkleides und zerriss es. Auch ihren Büstenhalter zerriss er und schlug ihr, sobald sie Anstalten machte, sich zu wehren, ins Gesicht. Nach vielen Jahren fühlte Bill sich endlich wieder lebendig. Nichts anderes war für ihn von Bedeutung. Er dachte nicht an die Folgen. Er dachte an nichts. Für ihn zählte nur dieser Augenblick. Die kleinen, festen Brüste hüpften kaum merklich. Bill umfasste eine von ihnen und drückte mit Gewalt zu, als wäre die Brust eine Orange, als müsste er sie auspressen, als enthielte sie einen Saft, auf den er versessen war.

Die Schauspielerin schrie auf. Sie verschluckte sich am Blut und musste husten.

Bill lachte noch immer – er konnte das Hochgefühl, das er so lange nicht mehr empfunden hatte, nicht mehr unterdrücken – und schob ihren Rock hoch. Er zerriss Schlüpfer und Strumpfhalter, spreizte ihre Beine, knöpfte seine Hose auf und drang erregt in ihren Körper ein. »Willst du die wirkliche Welt sehen?«, schrie er ihr ins Gesicht. »Hier hast du sie: Das ist die wirkliche Welt, Schlampe!« Und während er mit grimmiger Wucht sein Glied in sie hineinstieß und sich dabei an jedem Anzeichen von Schmerz und Verzweiflung im Gesicht seines Opfers labte, konnte er an nichts anderes denken als an Ruth. Beim Orgasmus schließlich, als er den Rücken durchbog und all seinen Groll in die Schauspielerin verströmte, kam ihm der erschreckende Gedanke, Ruth habe sich in seinem Blut und seinem Verstand breitgemacht. Da presste er mit einer inneren Wut, die der sexuelle Gewaltakt nicht ganz ausgelöscht hatte, und bereit, die unter ihm liegende Schlampe noch weiter zu quälen, den Kiefer zusammen, bis seine Zähne zu knirschen begannen.

Das Mädchen hatte den Kopf zur Seite gedreht. Und in ihren schwarzen Augen lag nun ein neuer Ausdruck. Da waren nicht mehr nur Angst und Entsetzen, sondern auch Überraschung und Verwirrung.

Als Bill sich umwandte, entdeckte er ein wenig abseits Arty Short hinter einer Kulissenwand. Der Mann musterte ihn schweigend. Bill spannte die Muskeln an, ohne sich zu bewegen. Doch er war darauf vorbereitet loszuschlagen. Er würde Arty umbringen, sollte er dazu gezwungen sein. Der Regisseur sah ihn mit einem seltsamen Gesichtsausdruck an. Auch er rührte sich nicht. Aus seiner linken Hand baumelte ein goldenes Armband. Es war das Einzige, das sich in der Halle bewegte. Schweigend starrten die beiden Männer sich an und forderten sich mit Blicken heraus. Und um sich nicht überrumpeln zu lassen, versuchte Bill zu erahnen, was der Regisseur als Nächstes tun würde.

Unter dem Gewicht ihres Vergewaltigers gefangen, regte sich die Schauspielerin kaum merklich und stöhnte.

Und da ergriff der Regisseur das Wort. »Cochrann, kriegst du das auch vor der Kamera hin?«

Bill runzelte die Stirn. Was stimmte nicht an dieser Situation? Er war darauf gefasst gewesen, ihn zu töten. Auf alles war er gefasst gewesen, aber nicht auf das.

Und nun lächelte der Regisseur und kam auf das Bett zu.

»Arty ...«, wimmerte die Schauspielerin. Ihre aufgeschlagenen Lippen waren schon dick geschwollen.

»Sei still«, fiel der Regisseur ihr ins Wort, ohne den Blick von ihrem Peiniger abzuwenden.

Bill stand vom Bett auf. Er knöpfte seine Hose zu. Die klebrigen Finger wischte er am Laken ab.

»Wenn du das auch vor der Kamera hinkriegst, werden wir reich«, verkündete Arty.

Wortlos sah Bill ihn an.

Der Regisseur wandte sich daraufhin der Schauspielerin zu und legte ihr das Armband behutsam zwischen die Brüste.

»Hast du das gesucht, Frida?« Er grinste. »Du hast es bei mir im Auto liegen lassen.« Dann ging er an Bill vorbei und hob den Pelzmantel vom Boden auf. Links am Revers prangte ein roter Fleck. Wie um den Mantel vom Staub zu befreien, klopfte Arty ihn zwei Mal leicht aus, kehrte zur Schauspielerin zurück und reichte ihr wie ein wohlerzogener Kavalier die Hand. Er half ihr beim Aufstehen und legte ihr den Mantel um. »Knöpf ihn zu. Dann sieht man nichts.« Arty griff in seine Hosentasche, zog einen Fünf-Dollar-Schein aus einer goldenen Geldklammer und hielt ihn Frida hin. »Für das Taxi. Und die Reinigung.« Und mit zwei Fingern strich er über den Blutfleck auf dem hellen Pelz. Dann drehte er sie an den Schultern herum und schob sie auf den Hallenausgang zu. »Nimm dir zwei Wochen Zeit, um wieder gesund zu werden. Ruf Dr. Winchell an und sag ihm, ich bezahle alles.« Er drückte ihr einen Kuss auf das Haar, lachte und schob sie weiter zum Ausgang. »Und zu niemandem ein Wort über das, was passiert ist, wenn du weiterarbeiten willst.«

»Arty . . .«, murmelte die Schauspielerin.

»Gute Nacht, Frida.« Der Regisseur hatte ihr bereits den Rücken zugewandt und sah Bill ohne ein Wort eindringlich an, bis Fridas unsichere Schritte verklungen waren. Kaum waren Bill und er unter sich, trat ein breites, wohlmeinendes Lächeln auf sein vernarbtes Gesicht. »Komm, gehen wir was essen und reden übers Geschäft«, sagte er. Er legte Bill den Arm um die Schulter. »Aus dir mache ich einen Star.«

43

Manhattan, 1927

»Fang an, wann immer du willst«, sagte Karl Jarach durch die Gegensprechanlage.

Christmas blickte durch die Glasscheibe in den Regieraum, aus dem der Abteilungsleiter von N. Y. Broadcast, der Tontechniker, Maria und Cyril, die Christmas gebeten hatte, dabei zu sein, schweigend zu ihm herausschauten. Er versuchte, Maria und Cyril ein Lächeln zu schenken. Aber es wurde nur eine Grimasse daraus. Seine Lippen waren wie ausgetrocknet. Er war angespannt.

»Wann immer du willst«, sagte Karl noch einmal.

Christmas nickte. Mit einer Hand griff er nach dem Mikrofon und klammerte sich daran fest. Seine Hand war schweißnass.

»Guten Abend, New York ...«, hob er verunsichert an.

Er blickte auf. Maria sah ihn besorgt an und kaute an ihrem Fingernagel. Cyril wirkte gleichmütig, aber Christmas entging nicht, dass er die Hände zu Fäusten geballt hatte.

»Guten Abend, New York ...«, sagte er erneut mit nur halbherzig launiger Stimme. »Ich bin der Anführer der Diamond Dogs und möchte euch ein paar Geschichten erzählen, die ...« Er stockte. »Nein, zuerst muss ich euch erklären, wer die Diamond Dogs sind. Die Diamond Dogs sind eine Gang, und ich, ich meine, wir ... wir sind ...« Wieder blickte er hinüber zu Maria.

Sie nickte ihm lächelnd zu. Fröhlichkeit aber war in ihren schwarzen Augen nicht zu erkennen. Und Cyril machte ihm mit erhobenen Fäusten Mut. Du schaffst es, las Christmas ihm von den Lippen ab.

»So kommt es, dass ich eine Menge Geheimnisse kenne«, hob

Christmas wieder an. »Die Geheimnisse der engen Gassen, der Lower East Side, des Bloody Angle in Chinatown, die Geheimnisse Brooklyns ... und die von Blackwell's Island und aus Sing-Sing. Ich bin nämlich ... ich bin ein harter Kerl ... Wisst ihr, was ich meine? Ich bin einer von denen ...« Erneut brach Christmas ab.

Das Atmen fiel ihm schwer. Nun, da er nur noch einen Schritt von seinem Traum entfernt war, begann er zu stottern. Nun, da seine große Chance zum Greifen nah lag, fühlte sich sein Magen an wie zugeschnürt, wie in einem Schraubstock. Seine Lungen kamen ihm vor wie zwei nasse Lappen, die man ausgewrungen und verknotet hatte. Und aus den Blicken, die Maria und Cyril ihm zuwarfen, konnte er lesen, dass auch sie immer nervöser wurden. Vielleicht waren sie auch ein wenig enttäuscht, enttäuscht wie er. Enttäuscht und ängstlich.

Mit einer wütenden Geste stieß er das Mikrofon von sich. Ich schaff's nicht, dachte er.

»Fang noch einmal neu an«, ertönte Karl Jarachs Stimme aus der Sprechanlage. »In aller Ruhe.«

»Unten im Lager bist du nicht eine Sekunde still«, brummte Cyril.

Christmas hob den Blick und lachte gezwungen.

»Fangen wir noch einmal an«, sagte Karl wieder.

Christmas zog das Mikrofon zu sich heran. Das Engegefühl in Magen und Lungen wollte einfach nicht nachlassen. »Hallo, New York ...« Er schwieg kurz, bevor er vom Stuhl aufsprang. »Tut mir leid, Sir, ich schaff's nicht«, erklärte er hörbar enttäuscht und ließ den Kopf hängen.

Cyril wandte sich an Karl. »Lassen Sie mich mit ihm reden.«

Karl Jarach nickte.

Cyril wandte sich zur Tür des Regieraums.

»Warten Sie«, hielt Karl ihn auf. »Moment ...« Dann wandte er sich an den Tontechniker. »Schalte alle Lichter aus.«

»Im Saal?«

»Im Saal und hier«, erwiderte Karl ungeduldig.

»Dann sieht man ja nichts mehr«, protestierte der Tontechniker.

»Aus, habe ich gesagt!«, brüllte Karl.

Der Tontechniker gehorchte. Dunkelheit legte sich über das Studio.

Und im Dunkeln krächzte Karls Stimme durch die Sprechanlage: »Noch ein letztes Mal, Christmas.« Kurze Stille. »Spiel einfach.« Kurze Stille. »Wie letzte Nacht.«

Regungslos stand Christmas da. Spiel einfach, wiederholte er für sich selbst. Dann setzte er sich langsam hin. Er tastete nach dem Mikrofon und atmete ein und aus. Ein, zwei, drei Mal. Dann schloss er die Augen und lauschte auf das gespannte Schweigen des Publikums, wie im Theater ...

»Hoch mit dem Lappen!«, schrie er urplötzlich mit frecher Stimme.

»Was hat er denn jetzt?«, fragte der Tontechniker in die Dunkelheit hinein.

Karl seufzte. »Ruhe!«

Maria klammerte sich mit einer Hand an Cyrils Schulter.

»Hoch mit diesem Lappen!«, schrie Christmas wieder. Er ließ das Echo des Schreies verklingen. »Guten Abend, New York«, sagte er dann mit warmer, belustigter Stimme. »Nein, ich bin nicht verrückt geworden. *Hoch mit dem Lappen* war vor langer Zeit die übliche Redensart, wenn man wollte, dass der Vorhang sich hob. Und deshalb ... ziehen wir den Lappen rauf, Leute, denn euch erwartet eine Vorstellung, wie ihr sie noch nie gesehen habt. Eine Reise in die Stadt der Räuber und Gendarmen, wie unser New York damals genannt wurde. Ihr seid in einem der Theater an der Bowery, und die Schauspielerinnen auf der Bühne sind derart liederlich und verdorben, dass sie in keinem anderen Theater auftreten könnten, glaubt mir. Macht euch gefasst auf volkstümliche Possen, auf anzügliche Komödien, auf Stücke, die von Straßengangstern und Mördern handeln. Und passt bloß auf eure Geldbörsen auf...« Christmas lachte leise. Der Schraubstock um seinen Magen hatte sich gelöst. Luft strömte ungehindert in seine Lungen und wieder hinaus. Die Scheinwerfer glühten, die Musik spielte. Und er hörte das Geraune der Leute, nahm ihre Gedanken und Emotionen wahr. »Neben euch sitzen Zeitungsverkäufer, Straßenkehrer, Aschesammler, Lumpenhändler, junge Bettler, vor allem aber Dirnen und *Taucher* ... Ja, ihr habt richtig gehört, *Taucher*. Ach so, entschuldigt, ihr seid ja von der flachen Sorte. Flach ist einer, der wie ihr keinen Schimmer von den Tricks der Ganoven hat. Und ein *Taucher* ist jemand ... der seine Hände in eure Taschen taucht. Der beste Taschendieb, den ihr euch vorstellen könnt. Deshalb ... seid achtsam. Da, ich hab ihn gesehen! Dir hat er schon die Geldbörse geklaut und dir eine *Bohne*, also eine Fünf-Dollar-Goldmünze. Und du kannst dich von deinem *Charlie* verabschieden. Das ist das, was du eine goldene Uhr nennst. Gleich willst du wissen, wie spät es ist. Du greifst nach der Kette, die dir aus dem *Ben* baumelt ... Nicht einmal das kennt ihr? Donnerwetter, ihr seid wirklich flach! Ein *Ben* ist eine Weste. Also, du suchst deinen Charlie und stellst fest, dass er verschwunden ist. Auf Nimmerwiedersehen. Und es hat keinen Sinn, wenn du anfängst zu zetern, alle würden dich nur auslachen. Und sie würden noch mehr lachen, wenn du zu einem *Frosch* rennst oder zu einem *Schwein*, also zu einem Polizisten, der könnte nämlich nicht das Geringste ausrichten, glaub mir. Nicht einmal, wenn er *Hamlet* wäre ... Nein, such nicht auf der Bühne. Hamlet ist in diesem Fall keine Theaterfigur: Das ist der Polizeichef.« Christmas hielt kurz inne. Nun war alles leicht. Die Worte formten sich in seinem Mund, noch bevor er sie überhaupt dachte. Er war mitten im Spiel. Er lachte laut. »Weißt du, wohin dein Charlie rennt, du armer Tropf? Er ist auf dem Weg in die *Kirche*. Nicht in die, die du besuchst, die heißt bei uns *Herbst*. Und wenn wir vom Herbst reden, sagen wir *Laub*. Nein, die Kirche, die ich meine, ist der Ort, an dem wir Schmuckkennzeichnungen fälschen. Und so stehst du nun da, ohne Charlie und mit einem Problem: Du musst zurück nach Hause und es deinem *Unheil* erklären. Kommst du nicht von allein drauf? *Unheil* bedeutet Ehefrau. Und dein *Unheil* wird dir nicht glauben und dich wütend beschuldigen, du hättest ihn deiner *linken Hand*, mit anderen Worten deiner Geliebten, geschenkt. Tja, du steckst in Schwierigkeiten. Aber solltest du zufällig vor dem Theater mit einer *Fledermaus*, also einer Dirne, die nachts auf den Strich geht, getanzt haben, kannst du nur hoffen, dass dich kein *Vampir* gesehen und verfolgt hat. Dann nämlich stehst du vor ernsten Schwierigkeiten. Vampire, musst du wissen, sind Typen, die einen anständigen Kindskopf wie dich aus dem Bordell kommen sehen und dich dann erpressen. Damit er den Mund hält und dein Unheil nichts davon erfährt, verlangt er vielleicht einen *Ned* von dir, und du kommst mit einer Zehn-Dollar-Goldmünze aus der Sache heraus. Aber womöglich presst er auch ein *Jahrhundert* aus dir heraus. Hast du etwa hundert Dollar, Kindskopf? Ich möchte nicht, dass du dich aus lauter Frust dem *Bingo*, also dem Alkohol, hingibst. Aber falls doch, stell sicher, dass er nicht *getauft* wurde ... gepanscht, verstehst du? ... und dass es auch kein *Blue Ruin* ist, denn der bringt, wie der Name schon sagt, Verderben, trauriges Verderben, und es dauert nicht lange, und du wirst mir zu einem *Gefühlsdusel*, besser gesagt, zu einem Säufer. Dann bist du *geweiht*, erledigt, und es geht mit dir den Bach runter. Du setzt dich an einen *Kain und Abel*, wie wir den Tisch nennen, und deine *Flapper* ... die Hände, mein Freund, nicht die Frauen von heute, die ihr Haar so kurz tragen wie Louise Brooks ... deine Flapper jedenfalls fangen an, die *Bücher des Teufels*, die Spielkarten, zu mischen, und in null Komma nichts ziehst du ein

Freitagsgesicht, schaust also finster drein, dann verspielst du auch noch die *Querflöte*, deine Stiefel, versuchst es mit einem Raubüberfall und bist im nächsten Augenblick ein *Kanarienvogel* in der Zelle und landest schließlich im *Rahmen*, also am Galgen ...«

»Sensationell«, sagte Karl im finsteren Regieraum leise.

Cyril griff nach Marias Hand, die sie die ganze Zeit nicht von seiner Schulter genommen hatte, und drückte sie. »So ist er auch unten im Lager. Nicht eine Sekunde hält er den Mund. Er treibt mich in den Wahnsinn«, sagte er, doch in seiner Stimme klang Stolz mit.

Der Tontechniker lachte. »Heilige Scheiße, woher weiß er das nur alles?«, fragte er und setzte sogleich hinzu: »Verzeihen Sie, Sir, ich habe mich mitreißen lassen.«

»Schneidest du mit?«, erkundigte sich Karl leise.

»Ja«, antwortete der Tontechniker, noch immer lachend.

»Psst«, zischte Maria.

»Tja, es ist spät geworden, New York ...« Christmas' warme Stimme erfüllte mit ihrem strahlenden Unterton den in Dunkelheit getauchten Regieraum. »Aber ich komme wieder. Jetzt wartet meine Gang auf mich. Die Diamond Dogs, von denen habt ihr schon gehört, nicht wahr? Ja, wir sind berühmt, und deshalb kenne ich mich in diesen Dingen auch so gut aus. Und ich werde euch Flachen alles beibringen, vielleicht werdet ihr ja eines Tages selbst ein Teil der Gang. Spitzt gut die Ohren. Jeden Winkel unserer Stadt werde ich euch enthüllen und euch an der Hand mit in die finstersten Gassen nehmen ... wo das Leben pulsiert, vor dem ihr euch fürchtet ... und das euch am meisten fasziniert.« Er hielt kurz inne und sagte schließlich: »Gute Nacht, New York ...«

Stille senkte sich herab.

Gute Nacht, Ruth, dachte Christmas.

Dann ging das Licht wieder an, und Christmas sah hinter der

Scheibe die Gesichter seiner vier Zuhörer vor Begeisterung strahlen.

Maria kam aus dem Regieraum gelaufen und fiel ihm um den Hals. »Bravo, bravo, bravo«, flüsterte sie ihm ins Ohr. Auch Cyril erschien im Saal und trat stolz und verlegen zugleich von einem Bein aufs andere, ohne jedoch die richtigen Worte zu finden.

»Ich muss das zuerst mit der Geschäftsleitung besprechen«, sagte Karl, während er ihm die Hand schüttelte, »aber du bist ... So ein Programm hat noch keiner je gemacht.«

»Keiner«, bekräftigte Cyril bewegt.

»Wie lange kannst du so weitermachen?«, wollte Karl wissen.

»Weitermachen?«, fragte Christmas verwirrt. Er war von einer seltsamen Mischung aus Euphorie und Wehmut ergriffen, als müsste er zugleich lachen und weinen.

»Wie viele Geschichten kannst du erzählen?«

Christmas drückte Marias Hand. »Genug für ein ganzes Leben«, erwiderte er. »Und wenn ich keine mehr habe, denke ich mir einfach neue aus.«

»Du bist gut«, lobte der Tontechniker.

»Danke«, antwortete Christmas, der nun nur noch allein sein wollte.

»So ein Programm hat noch keiner je gemacht«, sagte Karl erneut, als spräche er mit sich selbst.

44

Los Angeles, 1927

Das Mädchen stand mitten am Set und sah sich verwirrt um. Die Halle lag im Dunkeln. Nur eine vom Deckengerüst herabhängende Lampe warf einen matten, unscharf begrenzten Lichtkegel auf die Kulissenmitte. Äußerst wirklichkeitsgetreu bildete die Szenerie die Waschküche eines ärmlichen Mietshauses nach. Eine morsche alte Tür auf der linken Seite der hinteren Kulissenwand führte in den Raum. Rechts der Tür drei große Waschtröge. Als befände sich die Waschküche im Keller des Hauses, erstreckten sich hoch oben an den Seitenwänden zwei lange, schmale Fenster, hinter denen zwei Kameras versteckt waren. In Mannshöhe hinter der Rückwand, zwischen zwei Waschtrögen, beobachtete eine dritte Kamera die Szene durch einen falschen Luftabzug. Anders als an anderen Filmsets üblich – wo es keine vierte Wand gab, um ungehinderte Aufnahmen zu ermöglichen –, war die Szenerie mit einem zwischen zwei Eisenpfosten gespannten Metallgitter verschlossen. Seitlich hinter dem Gitter, in ausreichendem Abstand, damit sie nicht in den Aufnahmewinkel der Kamera zwischen den beiden Waschtrögen gerieten, zwei Kameras für die Schrägeinstellungen. Alle fünf Kameras würden auf das Kommando des Regisseurs hin gleichzeitig eingestellt werden und die Szene ohne Unterbrechung filmen. Denn weitere Klappen würde es nicht geben. Die Szene ließ sich nicht wiederholen. Daher würden alle Kameras gleichzeitig laufen, jeweils bestückt mit einer Spule für zwanzig Minuten Film. Eine Rolle. Länger würde die Handlung nicht dauern.

Die Idee stammte von Arty Short. Dieses System garantierte

ihnen einen Realismus, der ansonsten nicht zu erzielen wäre. Und die Szene, die sie im Begriff waren zu drehen, verlangte absoluten Realismus. Die Sache war kostspielig, keine Frage. Doch in letzter Zeit liefen die Geschäfte gut, sehr gut. Und der zusätzliche Aufwand würde noch mehr Geld einbringen.

»Eine neue Ära hat begonnen«, hatte Arty zu seinem Schützling gesagt, den alle als den *Punisher* kannten. »Mit uns beiden«, hatte der Regisseur betont, »beginnt eine neue Ära.«

Das Mädchen stand nun still in den Kulissen und knetete nervös die Hände. Sie war verlegen, wusste nicht, wie sie sich verhalten sollte. Die Anspannung war groß. Sie versuchte zu lächeln, aber alles war dunkel; sie konnte weder das Filmteam noch den Regisseur hinter dem Gitterzaun erkennen und fühlte sich ein wenig unbehaglich. Man hatte sie am Tag zuvor angesprochen, als sie zusammen mit Dutzenden anderer Mädchen für eine Komparsenrolle in *The Wedding March* unter der Regie Erich von Stroheims angestanden hatte. Ein Mann war mit den Worten an sie herangetreten, er biete ihr die Chance zu einem Vorsprechen, das, sollte man sich für sie entscheiden, ihrer Anonymität ein Ende bereiten würde. Es gehe um eine Hauptrolle, hatte man ihr versichert. In einem kleinen Film, den jedoch alle großen Hollywood-Produzenten anschauen würden. Und alle, die in Hollywood etwas zu sagen hatten. In der Nacht hatte sie kein Auge zugetan. Von fiebriger Erregung ergriffen, hatte sie dagelegen. Sie hatte gehofft, die Maskenbildnerin werde die Spuren der durchwachten Nacht aus ihrem Gesicht zaubern, doch niemand schminkte sie. Sie bekam nur ein Kleid für die Szene. Und Unterwäsche. Die Kostümbildnerin erklärte ihr, der Regisseur sei ein Realismusfanatiker. Ihr aber kam es seltsam vor. Ebenso seltsam wie die Tatsache, dass keine anderen Mädchen zu dem Vorsprechen erschienen waren. Doch in Hollywood darf ein Mädchen nicht zu viele Fragen stellen, wenn es den Durchbruch schaffen wollte, sagte sie sich immer wieder. Letzten Endes war sie seit ihrer Ankunft in Los Angeles schon mehrere Kompromisse eingegangen, und sie hatte es nicht bereut. Für *GraphiC* hatte sie Modell gestanden, weil sie zuvor mit dem Fotografen ins Bett gegangen war. Außerdem hatte sie eine Affäre mit einem verheirateten Mann gehabt, der mit dem Produzenten Jesse Lasky befreundet war, woraufhin sie ein paar Komparsenrollen bekommen hatte. Das war der Weg, um in Hollywood Karriere zu machen. Und um Karriere zu machen, war sie schließlich drei Jahre zuvor aus Corvallis, Oregon, im Herzen des Willamette Valley, fortgegangen. Sicher, wäre sie in Corvallis mit einem Fotografen und einem verheirateten Mann ins Bett gegangen, hätte man sie zur Nutte gestempelt, in Hollywood jedoch galten andere Spielregeln, deshalb fühlte sie sich auch nicht wie eine Nutte. Sie schlief nicht mit jedem, der ihr über den Weg lief. Sie tat es weder zum Spaß noch aus Lasterhaftigkeit. Der Fotograf und Jesse Laskys Freund waren die Einzigen gewesen. In Corvallis hätte ihr gutes Aussehen ihr allenfalls zu einer Heirat mit einem Gemeindeangestellten statt mit einem Holzfäller verholfen. Das war es, was Corvallis zu bieten hatte, ein Dorf, dessen Wahrzeichen die Chrysantheme war. In der Gemeindebibliothek hatte sie einmal gelesen, in einigen Teilen der Welt gelte die Chrysantheme als Blume der Toten. Und sie wollte ihr Leben nicht wie eine Tote verbringen.

Die Tür zum Set ging auf, und der Regisseur kam herein. Er hatte ein zu hageres, pockennarbiges Gesicht und eine unsympathische Ausstrahlung. Aber sie wollte mehr vom Leben. Und daher lächelte sie ihn an.

»Na, bist du bereit?«, fragte Arty Short.

»Was soll ich tun?«, gab sie strahlend zurück, als wäre sie eine erfahrene Darstellerin. »Gibt es ein Drehbuch?«

Arty musterte sie schweigend. Mit zusammengekniffenen Augen fuhr er ihr durch das Haar. Dann wandte er sich nach der offenen Tür um. »Ich will zwei Zöpfe!«, brüllte er.

Schlurfend betrat eine unscheinbare Frau die Kulissen. In der Hand hielt sie vier Bänder, zwei rote und zwei blaue. »Soll ich eine Schleife hineinbinden?«

Arty Short nickte.

»Rot oder blau?«, fragte die Frau in einem monotonen Singsang.

»Rot.«

Die Frau zog einen Kamm aus der Tasche, trat hinter das Mädchen und kämmte ihm wenig zimperlich die Haare und flocht ihr dann zwei Zöpfe.

Arty musterte das Mädchen weiter. »Ich will, dass du unschuldig aussiehst, verstehst du?«

Das Mädchen nickte lächelnd. Sie verabscheute Zöpfe. In Corvallis trugen alle Mädchen Zöpfe. Und sie war sicher, dass sie mit dieser Frisur gleich wieder wie eine dieser Hinterwäldlerinnen aussah. Aber dies war das Vorsprechen ihres Lebens: eine Hauptrolle. Sie war bereit, noch viel mehr zu tun, nur um diesen Part zu bekommen.

»Wie, sagtest du, ist dein Name?«, fragte Arty sie.

»Bette Silk ...« Sie stockte und lachte. »Na ja, das ist mein Künstlername. Eigentlich heiße ich ...«

»Okay, Bette, hör mir gut zu«, fiel Arty ihr ins Wort. »Was ich von dir will, ist Folgendes ...« Er machte eine ungeduldige Geste. »Verdammt, wie lange dauert das denn, zwei Zöpfe zu flechten?«

Die Friseurin zog die zweite Schleife fest und verschwand hinter die Kulissen.

»Entschuldige, Bette«, sagte Arty mit sanfterer Stimme, »aber ich dulde kein Chaos am Set, wenn ich drehe. Bist du entspannt?«

»Ja.«

»Also dann. Du bist ein Mädchen auf der Flucht. Wenn ich ›Und bitte!‹ rufe, kommst du atemlos und verängstigt hier rein.

Du machst die Tür zu und schiebst diesen Riegel vor.« Arty zeigte ihr einen dünnen Metallriegel auf halber Türhöhe.

»Die anderen beiden nicht?«, fragte das Mädchen und deutete auf zwei weitaus robustere Riegel oben und unten an der Tür. »Wenn ich doch auf der Flucht bin . . .«

»Bette«, unterbrach Arty Short sie verärgert. »Bette, komm mir nicht mit eigenen Einfällen. Wenn ich dir sage, du sollst nur den einen vorschieben, schiebst du nur den einen vor.«

»Ja, verzeihen Sie, ich wollte nur . . .«

»Wenn ich dir sage, du sollst dich aus dem Fenster stürzen, dann springst du, Bette. Ist das klar?«, sagte Arty harsch.

Bette errötete und blickte zu Boden. »Ja, verzeihen Sie bitte.«

»Gut. Also dann. Das war es schon, was du zu tun hast.« Artys Stimme klang wieder sanfter. »Du fliehst. Und suchst Schutz in dieser Waschküche.«

»Vor wem fliehe ich denn?«

Wortlos starrte Arty sie an. »Bist du so weit?«

»Ja . . .«, antwortete Bette eingeschüchtert.

»Hervorragend.«

»Soll ich irgendetwas sagen?«

»Das kommt ganz spontan, du wirst sehen«, entgegnete Arty mit einem liebenswürdigen Lächeln. »Licht!«, brüllte er dann.

Die Scheinwerfer, die auf die Szene gerichtet waren, flammten auf. Bette fühlte sich in warme Helligkeit getaucht. In dem Augenblick wurde ihr bewusst, dass sie nun in einem Film mitspielen würde. Wahrhaftig. Als Hauptdarstellerin.

»Komm mit«, sagte Arty zu ihr, während er sie an der Schulter aus dem Set führte. Er zog den Riegel zurück und öffnete die Tür.

Bette warf einen Blick zurück auf die beleuchtete Szenerie, bevor sie hinaus in die Dunkelheit hinter den Kulissen trat. Und sie spürte ihr Herz schneller schlagen.

»Das ist dein Partner«, sagte Arty.

Bette wandte den Kopf und bemerkte einen jungen Mann Mitte zwanzig, der ihr geradewegs in die Augen sah und dabei keinerlei Gefühlsregung erkennen ließ. Ihr war, als bräche eine eisige Welle über ihr zusammen, schnell blickte sie wieder zurück auf das Szenenbild im gleißenden Scheinwerferlicht.

»Kamera ab!«, brüllte Arty.

Bettes Herz schlug noch schneller.

»Und bitte!«, brüllte Arty.

Nun wird mein Traum wahr, dachte Bette. Sie holte tief Luft und betrat hastig die Szene. Vor lauter Eifer fiel sie hin. Schnell stand sie wieder auf und lief zur Tür. Sie warf sie zu, schob den Riegel vor.

Da wandte sich Arty Short an Bill. »Sie gehört ganz dir.«

Bill stülpte sich eine schwarze Ledermaske mit Schlitzen für Augen, Mund und Nase über den Kopf.

»Leg los, Punisher«, sagte Arty.

Bill warf sich mit der Schulter gegen die Tür. Der Riegel gab nach. Die Tür sprang weit auf. Reglos stand Bill da und musterte Bette, ihre langen Zöpfe, ihre üppigen Kurven. Er sah sie mit gespielter Furcht im Gesicht zu einer Kulissenwand hin zurückweichen. Sie war eine miserable Schauspielerin. Er drehte sich um und schloss die Tür. Mit dem Fuß schob er den unteren robusten Riegel vor. Anschließend verriegelte er die Tür auch oben. Er wandte sich wieder seinem Opfer zu. Die Kameras surrten in seinen Ohren. Hinter seiner Ledermaske lächelte er. Das Mädchen schlug theatralisch die Hand vor den Mund, wie es die Darstellerinnen im Stummfilm taten. Langsam ging Bill auf sie zu.

Das Mädchen jammerte leise: »Nein … nein … bitte … gehen Sie … nein …«

Bill packte sie an einem der Zöpfe und schleuderte sie in die Mitte des Sets. Als das Mädchen aufstand, wirkte der ängstliche Gesichtsausdruck schon beinahe echt. Aber das war nicht genug. Da schlug Bill ihr mit der Faust in den Magen. Das Mädchen krümmte sich stöhnend. Und als der Punisher ihren Kopf anhob, damit die Kamera sie besser im Bild hatte, wirkten der Schmerz und der Schrecken in ihren Augen absolut realistisch. Bill lachte, riss ihr dann das Kleid vom Leib und prügelte weiter auf sie ein. Während er die Kameras surren hörte, wurde seine Erregung immer größer.

»Stopp!«, brüllte zehn Minuten später Arty Short.

In der nachfolgenden Stille war deutlich zu hören, wie der Schalter des Generators umgelegt wurde. Die Scheinwerfer erloschen und knisterten beim Abkühlen. Dunkelheit senkte sich über die Halle. Die Lampe, die mitten über dem Set vom Deckengerüst herabhing, verbreitete erneut ihr mattes Licht. Und in dem unscharf begrenzten Lichtkegel – derweil Bill sich die Ledermaske vom Gesicht zog und den Set verließ – blieb das Mädchen einige Sekunden reglos, wie tot, am Boden liegen. Schließlich legte sie mit einer unnatürlich langsamen Bewegung die Hand vor ihre Leiste. Mit dem anderen Arm bedeckte sie ihren nackten Busen. Ein Schluchzen durchfuhr sie. Dann sah sie zu den Kameras hinüber, die zu surren aufgehört hatten, und sagte leise: »Oh mein Gott ...«

Ringsum in der Dunkelheit waren alle still.

»Dokor Winchell!«, brüllte Arty Short.

Im schwachen Lichtkegel erschien ein Mann um die sechzig mit einer kleinen runden Goldbrille und spärlichem weißem Haar. Er war grau gekleidet, hielt ein Köfferchen in der einen und zwei Decken in der anderen Hand. Der Arzt kniete sich neben das Mädchen, deckte es zu, legte ihm die andere Decke zusammengerollt unter den Kopf und öffnete den Koffer. Er holte eine Spritze heraus, die er mit einer zähen, klaren Flüssigkeit aufzog. Das Mädchen hatte den Kopf noch immer zur Seite gedreht und sah hinüber ins Dunkle, zu den abgeschalteten Kameras. Als der Arzt behutsam ein Stauband um ihren Arm legte und es strammzog, wandte sie ihm den Blick zu.

»Das ist Morphin«, erklärte Dr. Winchell. »Es nimmt dir die Schmerzen.«

Er stach die Nadel in die geschwollene Vene, löste das Stauband und injizierte die Flüssigkeit. Dann zog er die Nadel wieder heraus und presste einen mit Desinfektionslösung getränkten Wattebausch auf die kleine Wunde.

Während der Arzt seine Utensilien wieder im Köfferchen verstaute, kam Arty Short hinzu. Er zog ein Bündel Geldscheine aus der Tasche, beugte sich über das Mädchen und drückte sie ihm in die Hand. »Das sind fünfhundert Dollar«, sagte er. »Ich habe auch schon mit einem Produzenten geredet, der mir versprochen hat, dir eine Rolle in einem seiner Filme zu geben. Solltest du allerdings zur Polizei gehen, schadest du dir nur selbst.« Er erhob sich. »Du warst sehr gut.« Dann wandte er sich ab, und seine Schritte entfernten sich in der Dunkelheit.

Betreten lächelte Dr. Winchell der jungen Frau zu, bevor er etwas Mull zur Hand nahm und sich sanft daranmachte, die Wunden in ihrem Gesicht zu versorgen und das Blut abzuwaschen.

»Du warst großartig!«, hörte man weiter hinten Arty Short ausrufen. »Warte nur ab, was ich daraus im Schneideraum mache. Gehen wir was trinken, Punisher. Du wirst zur Legende, glaub mir.« Sein Gelächter dröhnte durch die Halle.

Das Mädchen sah Dr. Winchell an, der sich noch immer um die Verletzungen kümmerte. »Sie erinnern mich an meinen Großvater ...«

45

Los Angeles, 1927

»War das Ihr Ernst, als Sie Ihrer Frau versprochen haben, mir zu helfen?«, wollte Ruth von Mr. Bailey wissen, als sie im vierten Stock am Venice Boulevard vor der Fotoagentur Wonderful Photos stand.

Mr. Bailey sah sie an. Ruth hielt einen Koffer in der Hand, einen eleganten Koffer aus grünem Krokodilleder. »Bringst du dich gerade in Schwierigkeiten?«, fragte er, während er zur Seite trat, um sie hereinzulassen.

Ruth blieb stehen. »Nein.«

»Und ich gehe davon aus, du bringst auch mich nicht in Schwierigkeiten, oder etwa doch?«

Ruths Gesicht nahm einen erstaunten Ausdruck an. »Nein … natürlich nicht.«

»Warum kommst du nicht herein, Ruth?«, sagte Mr. Bailey.

Verlegen blieb sie an der Tür stehen, unfähig, sich zu rühren.

Die Villa in Holmby Hills zu verlassen war ihr nicht schwergefallen. Nach ihrer Entlassung aus der Klinik war ihr das große Haus noch ungastlicher vorgekommen. Der Salon, in dem ihre Eltern prunkvolle Feste gegeben hatten, war bis auf einige Möbelstücke von geringem Wert leer geräumt. Die einst mit Gemälden geschmückten Wände hatten Kunsthändler geplündert. Ohne ihren weichen Teppichbelag wirkten die Fußböden nackt. Im Swimmingpool war kein Wasser mehr, dort sammelte sich bereits Laub. Der Vater wartete den ganzen Tag auf mögliche Käufer oder schlich aus dem Haus, um seine neuen Geschäftspartner zu treffen. Wenn die Mutter mitbekam, wie ihr Mann sich davonstahl, lief sie ihm nach und schrie ihm hinterher:

»Machst du Probeaufnahmen mit deinen Nutten? Komm wenigstens mit ein paar Dollar in der Tasche zurück, du Versager.« Danach sank sie wieder in den Sessel, in dem sie den Großteil ihrer Zeit verbrachte. Sie trank bereits am Vormittag.

Doch was Ruth den Entschluss fortzugehen leicht gemacht hatte, war nicht die bedrückende Atmosphäre in der Villa ihrer Eltern. Nachdem sie es drei Tage lang nicht geschafft hatte, ihre Ankündigung in die Tat umzusetzen, war der Vater am Morgen plötzlich in Begleitung eines geschniegelten Mannes mit hagerem Gesicht und eiskalten Augen in ihr Zimmer gekommen. Ohne Interesse hatte der Mann sich im Raum umgesehen. Mr. Isaacson starrte unterdessen zu Boden und vermied es, Ruths Blick zu begegnen. »Den da«, sagte der Mann schließlich und zeigte auf den Nachttisch, auf dem ein wertvoller alter Bilderrahmen aus Silber mit einer Daguerreotypie von Opa Saul stand. Ruths Vater rührte sich nicht. Also griff der Mann sich den Rahmen, öffnete die Rückwand, zog das Foto des alten Saul Isaacson heraus und warf es auf das Bett. Während er mit dem Rahmen in der Hand das Zimmer verließ, sagte er: »Was gibt es sonst noch zu sehen? Machen wir schnell, ich habe es eilig.« Ruths Vater fand nicht die Kraft, auch nur ein Wort an seine Tochter zu richten. Leise ging er hinaus und schloss die Tür hinter sich.

Noch am selben Tag hatte Ruth den Krokodillederkoffer hervorgeholt, ihre Kleider, die Daguerreotypie von Opa Saul und Christmas' roten Herzanhänger hineingepackt und die Villa in Holmby Hills verlassen. Nein, es war ihr nicht schwergefallen.

»Komm doch herein, Ruth«, sagte Mr. Bailey erneut.

Ruth sah ihn an. Dann schlug sie den Blick nieder und starrte auf die Messingleiste am Boden, die den Hausflur wie eine Grenze von der Fotoagentur trennte. Mit einem Mal kam es ihr so vor, als fiele ihr dieser letzte Schritt schwerer als alle, die sie bis dahin getan hatte. Als gäbe es, wenn sie die Schwelle einmal überquert hatte, kein Zurück mehr von ihrem Entschluss. Und während sie auf die Messingleiste starrte, stiegen ihr auf einmal die Gerüche in die Nase, die ihr in der Monroe Street begegnet waren, als sie Christmas Lebewohl gesagt hatte. Und die gleichen Gerüche, die sie damals geängstigt hatten, empfand sie nun als tröstlich. Und für einen kurzen Augenblick spiegelte sich für sie in der Messingleiste nicht der alte Mr. Bailey, sondern Christmas. Sie sah sein fröhliches Lächeln, seine zerzauste blonde Stirnlocke, seine pechschwarzen Augen, seinen frechen Gesichtsausdruck. Und sie fühlte sich erfüllt von seiner Heiterkeit, seiner Spontaneität, seinem Mut und seinem Vertrauen in das Leben.

Da hob sie den Blick zu Mr. Bailey empor. Der Alte schenkte ihr ein verständnisvolles Lächeln. »Wie geht es Mrs. Bailey?«, fragte sie.

»Unverändert«, antwortete er. »Komm herein . . .«

»Fehlt sie Ihnen sehr?« Tiefe Wehmut schwang in ihrer Stimme mit, ihre Sehnsucht nach Christmas.

Mr. Bailey beugte sich vor, um Ruth den Koffer abzunehmen, und schob sie mit der freien Hand in die Agentur. »Komm. Lass uns drinnen weiterreden.«

Ruth sah, wie Mr. Bailey auf die Messingleiste trat. Ihr fiel auf, dass er nicht wie ihr Vater feine englische, sondern gediegene amerikanische Schuhe trug. Kurz zögerte Ruth, ehe sie schließlich die spiegelnde Grenze überwand. Ich habe es geschafft, dachte sie.

Zehn Minuten später stellte Mr. Baileys Sekretärin ein Tablett mit heißem Tee und Gebäck auf den Schreibtisch des Agenten. Dann verließ sie das Büro und schloss hinter sich leise die Tür.

»Es war nicht meine Entscheidung, Mrs. Bailey an diesen Ort zu bringen«, begann da der alte Mann zu erzählen, ohne dass

Ruth ihm eine Frage gestellt hatte. »Ich hätte es nie getan. Wäre es nach mir gegangen, hätte ich aufgehört zu arbeiten und mich ihr mit Leib und Seele, Tag und Nacht, gewidmet. Nein, es war nicht meine Entscheidung.« Kurz trübte sich sein Blick bei der schmerzlichen Erinnerung. »Eines Tages ... es war schon einige Monate her, dass sie ›in die Falle geraten‹ war, wie sie ihre Krankheit immer umschrieben hat ... Eines Tages also setzte sie sich zu mir und sagte: ›Schau mich an, Clarence. Siehst du, dass ich bei klarem Verstand bin? Du musst mich in eine Nervenheilanstalt bringen.‹ Einfach so, ohne Vorrede, ohne Umschweife. Ich versuchte zu widersprechen, aber sie unterbrach mich sofort. ›Für Diskussionen bleibt mir keine Zeit, Clarence‹, sagte sie. ›Noch höchstens zehn Worte, dann rede ich wieder wirres Zeug. Sei nicht grausam zu mir, das warst du noch nie. Für Diskussionen bleibt mir keine Zeit.‹« Der Agent sah Ruth in die Augen. »Ich nahm ihre Hände in meine und blickte zu Boden, wie ein Feigling, weil mir die Tränen kamen, und ich wollte nicht ... ich wollte nicht, dass sie mich so schwach sah. Ich drückte ihre Hände und hob den Blick ... Da war sie schon nicht mehr sie selbst. Einfach ... nicht mehr da. Also tat ich, worum sie mich gebeten hatte. Denn hätte ich sie bei mir behalten, wäre ich ... grausam gewesen.« Mr. Baileys Augen lächelten traurig. Er nahm einen Schluck Tee, erhob sich und stellte sich mit dem Rücken zu Ruth ans Fenster. Als er sich wieder zu ihr umdrehte, blickte er heiter drein. So als hätte er alle Wehmut von sich abgestreift.

Die Teetasse wärmte Ruths Hände. Und Mr. Baileys Blick strahlte noch mehr Wärme aus. Mit einem Mal war ihre Angst verflogen, sie fühlte sich sicher. So wie bei ihrem Großvater. So wie bei Christmas.

»Mrs. Bailey musste einen großen Willensakt vollbringen, um sich für einen Augenblick aus der Falle zu befreien und mich zu bitten, mir deine Fotos anzusehen«, hob Mr. Bailey wieder an.

»Und sie hat es gleich zwei Mal getan. Sie ist außergewöhnlich stark ... meinst du nicht auch?«

»Ja«, sagte Ruth leise.

»Dann lass uns an die Arbeit gehen.«

Er trat um den Schreibtisch herum, nahm Ruth bei der Hand und führte sie aus dem Büro. Überall an den Wänden der Agentur hingen Fotos. Mr. Bailey, der Ruth noch immer an der Hand hielt, blieb vor dem Büro der Sekretärin stehen. »Miss Odette, sollte ab morgen die Archivtür noch geschlossen sein, wenn Sie morgens kommen, gehen Sie nicht hinein und seien Sie nicht zu laut. Wir haben einen Gast.« Dann ging er weiter den Flur entlang bis zu einer hellen Holztür, die er öffnete. »Na los, hilf mir, das Zimmer hier leer zu räumen«, forderte er Ruth auf und machte sich daran, Mappen voller Fotos, die überall auf dem Boden und auf den Möbeln verstreut lagen, aufzusammeln und sie ins Nebenzimmer zu tragen, wo er sie ebenso unordentlich wieder verteilte. »Bis du etwas Besseres gefunden hast, kannst du hier schlafen. Meine Wohnung liegt genau über der Agentur, im fünften Stock. Wenn du etwas brauchst, klingel einfach. Im Grunde wäre auch dort Platz, aber ... na ja, also, es kommt mir ungehörig vor, wenn ein halber Witwer wie ich sich ein junges Mädchen ins Haus holt ... Meinst du nicht auch?«

»Ja, Mr. Bailey«, gab Ruth lächelnd zurück und errötete.

»Nenn mich Clarence. In dem Schrank da müssten Decken und Laken sein. Weißt du, wieso in diesem Zimmer ein Bett steht? Mrs. Bailey pflegte zu sagen, Künstler seien immer knapp bei Kasse, und ein guter Agent müsse sich ihrer annehmen, selbst wenn er an ihnen keinen Cent verdiene.« Mr. Bailey lachte. »Nicht sehr rentabel, diese Überlegung, aber mir hat sie immer gefallen.« Und wieder lachte er, während er die letzte Fotomappe hinaustrug und sie auf ein Sofa warf. »Meinst du nicht auch?«, fragte er, als er zurück ins Zimmer kam.

Ruth nickte.

Eine Tür fiel ins Schloss.

»Odette geht immer, ohne sich zu verabschieden. Außer ihrem schrecklichen Namen hat sie auch noch diese Unart.« Mr. Bailey schmunzelte. »Denk nicht, sie hätte etwas gegen dich, das macht sie mit allen so. In manchen Dingen ist sie eine Art Wilde. Aber sie ist eine hervorragende Sekretärin. Und ein guter Mensch.«

Wieder nickte Ruth. Sie sah aus dem Fenster. Die Sonne war bereits untergegangen.

»Hast du zu Abend gegessen?«, erkundigte sich Mr. Bailey.

»Ich bin nicht hungrig, vielen Dank.«

»Wenn ich dir sagte, du seist zu dünn, würde Mrs. Bailey mit mir schimpfen«, bemerkte der Agent, »deshalb tu so, als hätte ich es nicht gesagt.« Er lächelte sie an und musterte sie eine Weile schweigend. »Tja, ich bin ein alter Mann, ich gehe gewöhnlich beizeiten schlafen. Fürchtest du dich hier alleine?«

»Nein ...«

»Dann schlaf gut.« Kopfschüttelnd blickte Clarence Bailey sich im Zimmer um. »Schön ist es nicht gerade, ich weiß. Aber mit der Zeit können wir es gemütlicher einrichten ...«

»Meinst du nicht auch?«, sagte Ruth leise und lachte so froh wie schon lange nicht mehr.

Der alte Agent fiel in ihr Lachen ein. »Wenn du möchtest, kannst du nächsten Sonntag mitkommen, wenn ich Mrs. Bailey besuche. Ich bin sicher, sie würde sich freuen.« Erneut trübte Wehmut seinen Blick. »Auch wenn sie es dir nie zeigen wird ...« Wieder sah er sich im Zimmer um. »Ah, das hatte ich vergessen. Die Schlüssel. Hier, nimm meine und schließ von innen ab. Morgen lassen wir einen Zweitschlüssel anfertigen.« Er streckte die Hand aus und streichelte mit großväterlich spröder Unbeholfenheit über Ruths schwarzes Haar. »Gute Nacht, mein Kind«, sagte er schließlich.

»Gute Nacht ... Clarence.«

Ruth wartete, bis sie die Agenturtür ins Schloss fallen hörte. Dann öffnete sie den Schrank und fand Laken und Decken. Sie bezog ihr Bett, eine einfache Liege mit vielen Kissen, die in einer Ecke an der Wand stand. Anschließend legte sie den grünen Krokodillederkoffer auf das Bett und ließ die beiden Schlösser aufschnappen. Sie holte das Foto ihres Großvaters hervor und stellte es auf ein Regal. Dann griff sie nach dem roten Herzanhänger, den Christmas ihr vor drei Jahren zum Abschied geschenkt hatte, und drückte ihn fest in ihrer Hand. Schließlich schob sie den Koffer unter das Bett und legte sich vollständig angezogen schlafen.

»Gute Nacht, Christmas«, sagte sie leise und schloss die Augen.

Mitten in der Nacht schreckte sie plötzlich aus dem Schlaf auf. Sie lief zur Eingangstür und schloss sie ab. »Verschwinde«, murmelte sie. »Verschwinde, Bill!« Ihre Stimme klang matt und verzweifelt. Schnell band Ruth das Lackherz um ihren Hals und kroch wieder ins Bett. Ich fürchte mich, dachte sie. Ich fürchte mich vor allem. Sie schloss die Augen und hoffte, möglichst bald wieder einzuschlafen. »Du hast dich auch vor Christmas gefürchtet, du dumme Gans«, sagte sie laut. Und da, zum ersten Mal nach all der Zeit, empfand sie so etwas wie Zärtlichkeit für sich selbst. Tränen traten in ihre Augen, aber es waren keine Tränen der Verzweiflung, sondern der Erleichterung.

Endlich konnte sie sich annehmen.

Ruth setzte sich auf, zog ihre Bluse aus und löste den Verband, der ihr die Brust abschnürte. Sie betrachtete die roten Druckstellen. Langsam, liebevoll streichelte sie darüber und ließ den scheußlichen roten Herzanhänger ihre Haut berühren. Dann sammelte sie die Mullbinden auf und warf sie in den Papierkorb. Zurück im Bett, zog sie die Bluse wieder an, und während sie mit Christmas' Herz auf ihrer Haut in den Schlaf sank, stellte sie verwundert fest, dass sie ohne die beengenden Verbände wieder freier atmen konnte.

»Solange du noch keine regelmäßigen Aufträge hast, kannst du in der übrigen Zeit auch die Fotos der anderen entwickeln«, sagte Mr. Bailey am nächsten Morgen in seinem Büro. »Die Dunkelkammer ist eine gute Schule. Man lernt viel über die Prinzipien der Fotografie, und vor allem kommt man mit ihrem Zauber in Berührung. Ah ... in deinem Zimmer liegen zwei Bücherstapel. Der eine besteht aus technischen Handbüchern. Ich möchte, dass du sie durcharbeitest. Der andere Stapel umfasst eine Sammlung von Arbeiten der besten Fotografen der Welt. Schau sie dir aufmerksam an. Danach hätte ich gern, dass du eine Liste anfertigst von Fotografien, die dir gefallen und die dir nicht gefallen. In jeder der beiden Gruppen markierst du dann diejenigen Fotografen, mit denen du dich am wenigsten identifizieren kannst, und diejenigen, in deren Arbeiten du etwas von dir selbst wiederfindest. Danach wählst du vier Fotos aus. Eines, das du auf keinen Fall gemacht hättest, eines, das du gern gemacht hättest, eines, das zu machen du niemals in der Lage wärst, und dasjenige, das dich am besten beschreibt. Zu guter Letzt fotografierst du genau diese vier Bilder nach. Natürlich hast du nicht dasselbe Motiv zur Verfügung, und vielleicht ist auch kein identischer Bildausschnitt möglich, aber versuche, sie zu reproduzieren, so gut es geht. Achte dabei vor allem auf Licht und Schatten. Du kannst alle meine Fotoapparate benutzen. Such dir den aus, der dir für das jeweilige Foto am geeignetsten erscheint.«

In den folgenden vier Wochen lernte Ruth alles über Filmentwicklung und Fotoabzüge und entdeckte, wie Mr. Bailey vorausgesagt hatte, den Zauber der Fotografie. Wie verschwommene Geister tauchten in der schummrigen Dunkelkammer die Motive allmählich auf dem Papier auf. Und während Ruth sich mit Reaktionsmitteln und Bädern vertraut machte, experimentierte sie mit den Fotoapparaten, die Mr. Bailey ihr zur Verfügung stellte, mit Magnesiumblitzlichtern und Stativen, fand heraus, wie lange die Platten belichtet werden mussten, und ihre Nase begann, zwischen Gelatine, Kaliumbichromat, Bromid und Silberchlorid zu unterscheiden. Abends studierte sie die Handbücher und beschäftigte sich mit der Geschichte der Fotografie, von den alten arabischen Gelehrten über die ersten Kontaktplatten zu den Daguerreotypien, der Ambrotypie und Ferrotypie bis hin zu den lichtempfindlichen Gelatinesubstanzen. Und beim Betrachten der Bildbände tauchte sie in die Seele der Fotografen und die enormen Möglichkeiten ein, mit einer auf Papier festgehaltenen Momentaufnahme eine ganze Geschichte zu erzählen.

Als sie glaubte, gut gerüstet zu sein, ging sie zu Mr. Bailey. »Ich bin fertig. Hier ist die Liste, um die Sie mich gebeten haben, und das sind die vier Fotos.«

»Gut gemacht«, sagte Clarence. »Nun bist du bereit für deinen ersten Auftrag.«

»Sie schauen sie sich gar nicht an?«

»Wieso sollte ich?«, gab Clarence zurück und kniff seine kleinen, wachen Augen zusammen. »Ich wäre niemals imstande, dir zu sagen, was du über dich selbst gelernt hast. Das kannst nur du allein wissen ... meinst du nicht auch?«

Seine Antwort verwirrte Ruth. Nachdenklich drehte sie das Resultat ihrer Arbeit zwischen den Fingern, und als sie schließlich begriff, lächelte sie. »Ja, Clarence.«

»Gut. Du musst zu Paramount. Morgen Nachmittag um vier. Du hast einen Termin mit Albert Brestler in Studio fünf. Der Mann ist sehr einflussreich. Adolph Zukor hört immer auf ihn.«

»Und ich soll ihn fotografieren?«, fragte Ruth erstaunt.

»Nein, es geht um seinen Sohn Douglas. Er wird sieben Jahre alt. Brestler gibt in Studio fünf ein Fest für ihn und seine Freunde. Mach ein paar Fotos von Douglas, wie er spielt und die Kerzen auspustet.«

»Ah . . .«, entfuhr es Ruth.

»Was ist los?«

»Ich fotografiere nicht gern Menschen, die lachen.«

»Dann fotografier ihn, wenn er nicht lacht.«

Ruth stand reglos da und schwieg.

»Ist noch was?«, fragte Clarence abgelenkt.

Ruth wollte etwas sagen. Dann aber presste sie die Lippen zusammen und verließ das Büro.

Als Ruth am nächsten Tag im Studio fünf eintraf, war ihr nicht wohl zumute. Die Mütter der Kinder waren mit Schmuck behängt, als besuchten sie eine Premierenfeier. Die Kinder steckten in albernen Pagenkostümen im Stil des achtzehnten Jahrhunderts. Gewaltige Filmscheinwerfer leuchteten das ganze Studio taghell aus. Mitten in der Halle war eine kleine Bühne mit einem goldfarbenen Thron aufgebaut. Und auf dem Thron saß Douglas Brestler, ausstaffiert mit Krone und Zepter.

»Sie sind die Fotografin?«, fragte die Mutter des Geburtstagskindes, als sie Ruth hereinkommen sah. Sie musterte sie mit überheblichem Blick, bevor sie mit einer Handbewegung, die einem Dienstmädchen hätte gelten können, sagte: »Na los, Kleine, gehen Sie an die Arbeit.« Dann vergaß sie sie, als wäre sie gar nicht da.

Nach einer Weile fühlte Ruth sich immer weniger unwohl. Weder Eltern noch Kinder schienen von ihr Notiz zu nehmen. Sie war gleichsam unsichtbar.

Ruth schoss eine Reihe Fotos von Douglas, wie er mit ernstem Gesicht sein Geschenk betrachtete, ein kleines Flugzeug, dem bereits eine Tragfläche fehlte – einer der kleinen Gäste hatte sie abgebrochen. Danach fotografierte Ruth die gerötete Wange des Vandalen, nachdem er von seiner Mutter eine Ohrfeige verpasst bekommen hatte, und Mrs. Brestler mit vollem

Mund und einem Klecks Sahne auf dem Kinn. Dann eine andere Mutter, die sich mit einem langen roten Fingernagel Essensreste aus den Zähnen stocherte. Und wieder eine andere, die eine Laufmasche in ihrem Strumpf begutachtete. Vor allem aber fotografierte Ruth die Kinder: verschwitzt, müde, die albernen altmodischen Halskrausen schokoladenverschmiert, die Rüschenhemden aufgeknöpft. Und sie fotografierte, wenn sich einer der kleinen Geburtstagsgäste erschöpft in eine Ecke fallen ließ, um ein wenig zu dösen. Oder sie hielt eine Rauferei im Foto fest. Oder die Tränen eines Mädchens, dem man das Satinröckchen zerrissen hatte. Und schließlich machte Ruth von einer Empore aus eine Gruppenaufnahme. Sie zeigte die Kinder, wie sie ausgehungert den Tisch mit den Süßigkeiten umlagerten. Geradezu ein Kriegsschauplatz.

»Was sollen denn das für Fotos sein?«, hörte Ruth in der Woche darauf, als sie die Agentur betrat, Albert Brestler zu Clarence sagen. »Sieht das für Sie nach einem Fest aus? Für mich ist das eine Beerdigung. Meine Frau ist ganz außer sich.«

Ruth blieb das Herz stehen. Im Büro war niemand sonst. Odette war schon gegangen. Sie näherte sich der Seitentür zu Mr. Baileys Büro, die einen Spalt offen stand, und lauschte.

»Was wollen Sie mir sagen, Mr. Brestler?«, fragte Clarence mit gelassener Stimme. »Ich nehme an, es geht Ihnen nicht um die Erstattung der Kosten, sonst hätten Sie sich nicht persönlich herbemüht. Habe ich recht?«

Ruth beobachtete, wie Mr. Brestler Platz nahm und die Fotos ohne ein Wort mit verärgerter Miene durchblätterte. »Je länger ich sie betrachte ... desto ...« Er unterbrach sich und seufzte. »Die Aufnahmen sind ... sie haben etwas ...«

»Ja, das dachte ich auch, als ich sie mir angesehen habe.«

»Aber Sie hätten die Kleine nicht schicken dürfen, um ein

492

albernes Fest zu fotografieren, Clarence. Sie sind berühmt, weil Sie nie danebenliegen, das habe ich Ihnen immer zugestanden, aber dieses Mal . . .« Wütend knallte Brestler die Fotos auf den Schreibtisch. »Meine Frau hat recht, das hier ist eine Beerdigung.«

Ruth blieb das Herz stehen. Keiner der Männer sagte ein Wort. Eine drückende Stille lag über dem Büro. Am liebsten wäre sie davongelaufen. Doch sie war außerstande, sich zu bewegen.

»Angenommen, ich hätte Ihnen das Mädchen für einen wichtigeren Anlass vorgeschlagen, hätten Sie ihm dann eine Chance gegeben?«, fragte Clarence schließlich lächelnd.

Brestler schnaubte. »Nein, ich denke nicht.«

»Tja . . .« Ruhig sah Clarence ihn an.

Brestler schüttelte den Kopf, blätterte erneut die Fotos durch und zündete sich eine Zigarette an. Er nahm einen tiefen Lungenzug und stieß den Rauch langsam wieder aus. »Sie sind gut.«

»Ja, sie sind sehr gut.«

Ruth spürte, wie ihr die Röte ins Gesicht stieg. Und wieder wäre sie am liebsten davongelaufen.

»Also gut«, sagte Brestler. »Wen sollte sie Ihrer Meinung nach fotografieren?«

»Menschen, die nicht lachen.«

»Menschen, die nicht lachen . . .«, brummte Brestler ungeduldig. »Was soll das heißen? Dramenschauspieler?«

»Dramenschauspieler, hervorragend.«

»Und wen sonst noch?«

»Fangen wir mit Dramenschauspielern an«, sagte Clarence gelassen. »Wenn es schöne Fotos sind, werden sich auch die, die immer lachen, fotografieren lassen wollen . . . und dabei darauf achten, nicht zu lachen. Meinen Sie nicht auch?«

»Wie heißt das Mädchen?«

»Ruth Isaacson.«

»Eine Jüdin?«

»Danach habe ich sie nicht gefragt.«

»Jüdin zu sein, ist in Hollywood ein guter Passierschein.«

»Wenn das so ist frage ich sie danach.«

»Zum Teufel mit Ihnen, Clarence«, sagte Brestler und stand auf. Dann zeigte er auf die Aufnahmen seines Sohnes. »Aber die hier bezahle ich Ihnen nicht. Und sehen Sie zu, dass Sie mir schnellstens einen Kinderfotografen schicken, damit meine Frau Ruhe gibt und nicht noch die Scheidung einreicht.«

»Ist Ihnen der Fotograf vom letzten Jahr recht?«

»Sie sagten doch, der wäre gestorben.«

»Wirklich?« Clarence grinste. »Da habe ich wohl etwas durcheinandergebracht.«

Brestler lachte und verließ pfeifend das Büro – Ruth konnte sich gerade noch rechtzeitig hinter einem Schrank verstecken.

Da nahm Clarence die Fotos vom Fest zur Hand und betrachtete sie schweigend. »Komm herein, Ruth«, sagte er dann laut. »Was stehst du denn noch da draußen rum?«

Ruth erstarrte vor Scham. Mit hochrotem Kopf trat sie ein. »Clarence, verzeihen Sie ... ich ...«

»Von heute an bist du Fotografin für *missmutige* Filmstars«, unterbrach er sie lachend. »Was sagst du? Recht so?«

46

Manhattan, 1927

»Darf ich?«, fragte Christmas, als er früh am Morgen den Kopf in Sals Büro im ersten Stock des Hauses Monroe Street Nummer 320 steckte.

»Komm rein, Hosenscheißer«, antwortete Sal Tropea, der am Schreibtisch über die Geschäftsbücher gebeugt saß, mit einer Stimme, die mit zunehmendem Alter noch tiefer und rauer geworden war.

»Ich habe zwei Eintrittskarten für *Funny Face* im Alvin besorgt«, sagte Christmas und wedelte mit den Karten vor Sals Gesicht herum.

»Ja, und?«

»Das ist ein Musical.«

»Ja, und?«

Christmas legte die Karten auf dem Rechnungsbuch ab. »Geh mit Mama dahin.«

Sal musterte ihn mit zusammengekniffenen Augen. »Woher hast du den Anzug?«

Mit einem zufriedenen Grinsen strich Christmas über den Ärmel seiner Jacke aus feiner blauer Wolle. »Schön, was?«

»Woher du ihn hast, hab ich dich gefragt, Hosenscheißer. Deine Mutter will, dass du den braunen anziehst.«

»Ich habe nichts Falsches getan«, verteidigte sich Christmas, und seine Miene verfinsterte sich. »Santo hat ihn mir geschenkt.«

»Wer?«

»Santo Filesi.«

»Der Bräutigam in spe?«

»Genau der.«

»Ist er ein Freund von dir?«

»Ja.«

»Anständige Leute«, sagte Sal, während er das Rechnungsbuch zu sich heranzog und die Eintrittskarten unberührt auf den Schreibtisch flattern ließ. »Zahlen jeden Monat pünktlich.« Er seufzte. »Aber diese Hochzeit macht mir Sorgen. Hochzeiten kosten einen Haufen Geld. Warum zum Teufel heiraten die Leute bloß?«

Christmas deutete auf die Karten. »Die sind für heute Abend.«

»Ich denke, für diesen Monat erlasse ich ihnen die Miete«, überlegte Sal, noch immer in das Rechnungsbuch vertieft. »Sie könnten sie ohnehin nicht bezahlen, wenn sie diese Hochzeit ausrichten. Wenigstens muss ich mich dann nicht aufregen und mich zum Trottel machen.« Er blickte zu Christmas auf. »Ein gutes Hochzeitsgeschenk, oder?«

»Gehst du mit ihr hin?«

»Nie antwortest du auf eine Frage.«

»Du auch nicht, Sal«, entgegnete Christmas. »Gehst du mit Mama ins Theater?«

»Du bist noch dickköpfiger als deine Mutter«, schimpfte Sal. »Ist es nun ein gutes Hochzeitsgeschenk oder nicht?«

Christmas seufzte. »Ja, Sal.«

»Finde ich auch«, brummte Sal zufrieden. »Wusstest du, dass dieser kleine Ladearbeiter ...«

»Zwei Zentner mit einer Hand hochheben kann, ja, Sal. Das wissen alle, und zwar schon seit Jahren«, fiel Christmas ihm ins Wort.

»Aber er ist ein anständiger Kerl.«

»Du kannst mich mal, Sal. Ich habe verstanden«, schnaubte Christmas entnervt und griff nach den Eintrittskarten.

Sals Würgerhand packte ihn am Handgelenk. »Pass auf, was du sagst, Hosenscheißer.«

»Schon gut. Jetzt lass mich los, ich muss zur Arbeit.«

Sal ließ ihn los und lehnte sich in seinem Holzstuhl mit den Metallrollen zurück. »Was ist das für ein Stück?«

»*Funny Face.*«

»Nie gehört.«

»Das Stück ist neu. Ein Musical, mit ...«

»Wo, sagtest du, läuft es?«

»Alvin Theater, West 52nd Street«, schnaufte Christmas. »Das kennst du nicht, ich weiß. Auch das Theater ist neu, erst vor Kurzem haben sie ...«

»Wieso heißt es denn Alvin?«

»Verdammt, was weiß denn ich, Sal!«

Lachend verschränkte Sal die Hände hinter dem Nacken und schlug die Beine übereinander. »Mr. Pincus, ein hohes Tier, hat es gebaut, aber einige alte Bekannte von mir mischen auch mit«, sagte er mit einem breiten Grinsen. »Es gehört Alex Aarons und Vinton Freedley. Alex und Vinton. Al und Vin. Alvin. Die Aufführungen interessieren mich einen Scheiß, aber am Immobilienmarkt entgeht mir nichts.« Sal grinste noch breiter und zufriedener. »Siehst du nun, was für ein kleiner Wichtigtuer du bist, Hosenscheißer?« Er lachte laut.

Christmas grinste. »Okay, du hast gewonnen.«

»Zurück zu diesem Musical ...«, sagte Sal.

»Fred und Adele Astaire spielen mit. Fred Astaire ist ...«

»Ja, ja, ich weiß. Deine Mutter liegt mir mit diesem bescheuerten Lied von morgens bis abends in den Ohren. Ist er eine Schwuchtel, dieser Fred Sowieso?«

»Astaire. Was spielt das für eine Rolle, ob er eine Schwuchtel ist oder nicht?«

»Er ist Tänzer.«

»Er ist keine Schwuchtel.« Christmas verdrehte genervt die Augen. »Warum ist es bloß immer so schwierig, mit dir zu reden?«

»Woher willst du wissen, dass er keine Schwuchtel ist?«, gab Sal, ohne eine Miene zu verziehen, zurück. »Er ist doch Tänzer, oder? Alle Tänzer sind Schwuchteln. Welcher normale Kerl würde so etwas Weibisches tun?«

»Ich habe ihn zusammen mit einer Frau gesehen, von der du nur träumen kannst.«

Sal sah ihn an. »Dieser Fred Sowieso soll also keine Schwuchtel sein?«

»Nein, Sal, wie oft soll ich es denn noch sagen?«

Sal senkte den Blick und begann, im Rechnungsbuch zu blättern. Nach einer Weile hob er den Kopf wieder und sah Christmas an. »Was gibt's denn noch?«

»Gehst du heute Abend mit Mama ins Theater?«

»Wir werden sehen.«

»Sal, wie lange ist es her, seit du zum letzten Mal mit ihr ausgegangen bist?«

Sals Blick verlor sich in der Ferne. Und seine Gedanken kehrten zurück zu jenem Abend im Madison Square Garden, kurz nachdem er aus dem Gefängnis entlassen worden war. »Bist du jetzt etwa unter die Kuppler gegangen?«, knurrte er. Dann schüttelte er den Kopf und murmelte: »Schon zu lange.«

»Also gehst du mit ihr hin?«

»Wir werden sehen.«

»Sal!«

»Schon gut, ja, Scheiße noch mal!« Sal griff nach den Eintrittskarten und lachte zufrieden. »Ich hab dich ganz schön ins Schwitzen gebracht, was?«

»Und sag Mama nicht, dass ich sie dir gegeben habe«, bat Christmas. »Sie freut sich mehr, wenn sie denkt, du hättest sie gekauft.«

»Sind es wenigstens gute Plätze, oder blamiere ich mich deinetwegen bis auf die Knochen?«

»Parkett.«

»Parkett, Parkett ... Bei mir hat sie damals in der ersten Reihe gesessen.«

»Wiedersehen, Sal. Ich muss los.« Und damit wandte Christmas sich zur Tür.

»Warte, Hosenscheißer.«

Die Hand schon an der Türklinke, drehte Christmas sich um.

»Was gibt's Neues in Sachen Radiosendung?«

Mit enttäuschter Miene zuckte Christmas die Schultern. »Noch immer nichts.«

»Verflucht, wie lange brauchen die denn, bis sie sich entscheiden?«, fuhr Sal auf und schlug mit der Faust auf den Schreibtisch, dass das Rechnungsbuch aufflog. »Zwei Wochen dauert das jetzt schon, verdammter Mist! Was glauben die denn, etwa dass du wartest, bis die sich endlich mal bequemen? Miese Geldsäcke, Versager, Schweinehunde ...«

Christmas grinste. »Danke wegen Santo«, sagte er im Hinausgehen.

»Wiedersehen, Hosenscheißer ...«, brummte Sal. Kaum war er allein, schnaubte er ärgerlich, schlug erneut mit der Faust auf den Tisch, stand auf, ging zum Fenster und riss es auf. »Ich lass ihnen die Beine brechen, wenn du willst!«, brüllte er hinunter zu Christmas, der schon auf der Straße war. »Ein Wort von dir und ich schicke ihnen zwei Typen, die ihnen die Beine brechen!«

Karl Jarach konnte es nicht glauben. Mehr als zwanzig Tage hatte er auf die Antwort der Geschäftsleitung warten müssen, und nun das. »Nein.«

Anfangs hatten die hohen Herren um den heißen Brei herumgeredet und behauptet, es fehle am richtigen Sendeplatz, dann aber – nachdem Karl sie in die Enge getrieben hatte –

waren sie damit herausgerückt, dass sie das Programm für vulgär und uninteressant hielten. Es werde keine Zuhörer finden und niemals funktionieren. Idioten!, dachte Karl. Die Geschäftsleitung von N. Y. Broadcast besteht aus Idioten.

Gerade hatte er sich ein Herz gefasst, war hinunter ins Lager gegangen und hatte Christmas mitgeteilt, dass es keine Radiosendung mit ihm geben würde. »Die Geschäftsleitung von N. Y. Broadcast besteht aus Idioten«, sagte er.

»Weiße«, bemerkte Cyril nur und spuckte auf den Boden. Mit verächtlichem Blick sah er zu Karl Jarach hinüber.

Karl las Christmas die Enttäuschung vom Gesicht ab. »Tut mir leid. Tut mir wirklich leid.«

Christmas lächelte ihn traurig an, bevor er sich zu Cyril umwandte und fragte: »Gibt es jüdische Hochzeiten zu feiern?«

Der Lagerarbeiter griff wütend nach zwei Hämmern. »Die brauche ich jetzt auch«, sagte er. »Obwohl ich wüsste, auf wen ich lieber einschlagen würde.« Erneut warf er Karl Jarach einen finsteren Blick zu.

Karl beobachtete, wie sie ans andere Ende des Lagers gingen, eine Kiste öffneten und sich an den alten Röhren abreagierten. »Ich muss wieder rauf«, erklärte er, doch weder Christmas noch Cyril beachteten ihn.

»Mr. Jarach, ich habe eine schlechte Nachricht«, sagte die Sekretärin, als sie ihm im siebten Stock atemlos entgegenkam.

»Noch eine?«, entgegnete Karl düster, ging in sein Büro und starrte aus dem Fenster. Abendliches Dämmerlicht lag über New York. Viele Angestellte strömten bereits auf die Straßen und strebten den U-Bahn-Stationen zu. Wieder neigte sich ein Tag seinem Ende zu.

»Skinny und Fatso«, sagte die Sekretärin.

»Was ist mit Skinny und Fatso?«, fragte Karl missmutig und drehte sich um.

»Sie hatten einen Autounfall. Sie können heute nicht zur Sendung kommen«, berichtete Mildred niedergeschlagen, war sie doch eine begeisterte Hörerin von *Cookies*, der Comedy-Sendung mit den beiden Varietéschauspielern.

Wortlos hob Karl die Schultern. Skinny und Fatso, die beiden Schwachköpfe, waren ihm vollkommen egal.

»Senden wir stattdessen Musik?«, fragte die Sekretärin.

»Ja, ja ...«

»Welche Musikrichtung denn?«

»Macht, was ihr wollt ...«

Einen Moment lang stand Mildred wie versteinert da. Dann drehte sie sich um und verließ das Büro.

Erneut blickte Karl aus dem Fenster. Die Menschen eilten nach Hause. Guten Abend, New York, dachte er. Und plötzlich lief ihm ein Schauer über den Rücken. »Zum Teufel noch mal!«, rief er laut und stürmte aus dem Büro. »Mildred! Mildred!«, rief er der Sekretärin hinterher, die gerade in den Aufzug stieg. »Lassen Sie es gut sein«, sagte er zu ihr. »Gehen Sie ruhig nach Hause, ich kümmere mich darum.«

»Aber Mr. Jarach ...«

»Gehen Sie nur, Mildred.« Er schob die Sekretärin aus der Aufzugkabine und sagte zum Fahrstuhlführer: »Zweiter Stock, schnell.« Kaum öffnete sich die Aufzugtür wieder, stürzte Karl zum Konzertsaal. »Wo ist Maria?«, fragte er jeden, der ihm über den Weg lief.

»Maria, Sie können noch nicht nach Hause gehen«, sagte Karl außer Atem, nachdem er sie endlich gefunden hatte. Maria hatte schon ihren Mantel angezogen. »Hören Sie mir zu, wir haben nicht viel Zeit. Können Sie sich noch an den Namen des Tontechnikers erinnern, der Christmas' Probesendung mitgeschnitten hat?«

»Leonard.«

»Leonard, gut. Finden Sie ihn für mich, jetzt gleich. Lassen

Sie sich die Aufnahme geben und kommen Sie damit zu mir ...
von wo senden wir *Cookies*?«

»Aus Saal neun, dritter Stock.«

»In Ordnung, wir treffen uns dort«, sagte Karl und drückte
ihre Schultern. »Beeilen Sie sich.« Er warf einen Blick auf die
goldene Uhr, die sein Vater ihm geschenkt hatte. »Uns bleiben
keine fünf Minuten mehr.«

In Saal neun im dritten Stock warteten der diensthabende
Tontechniker Marcus Smith und der Ansager von N. Y. Broadcast auf die Musik, die gesendet werden sollte.

»Sind wir bereit?«, fragte Karl, als er den Raum betrat.

»Ja, aber ...«, hob der Tontechniker an.

»Es dauert nur einen Moment«, fiel Karl ihm ins Wort und
gebot ihm mit ausgestrecktem Finger zu schweigen, bevor er
sich nervös zur Saaltür umdrehte.

In dem Augenblick kam Maria mit der Aufnahme in der
Hand hereingelaufen. »Hier ist sie.«

»Geh auf deinen Platz«, sagte Karl zu dem Tontechniker.

»Was ist das?«, fragte der Ansager, der sich vor das Mikrofon
stellte.

Maria und Karl sahen sich an.

»Sind Sie sicher?«, vergewisserte sich Maria.

»So sicher wie noch nie«, erwiderte Karl mit einem strahlenden Lächeln.

»Ich bin so weit«, meldete sich Marcus durch die Gegensprechanlage.

»Danke, Maria. Jetzt dürfen Sie nach Hause gehen«, sagte
Karl.

»Um nichts auf der Welt würde ich mir das hier entgehen lassen«, gab sie grinsend zurück. »Aber ich höre es mir unten im
Lager an.«

Karl lächelte. »Grüßen Sie ihn von mir.«

Maria nickte und verließ den Saal.

»Wann ihr wollt. Noch fünfzehn Sekunden bis zur Ansage«, erklang Marcus' krächzende Stimme.

»Was soll ich sagen?«, wollte der Ansager wissen.

»Schalte nach der Ansage die Lichter aus. Alle«, wies Karl den Tontechniker an. Der gab hinter der Scheibe ein Zeichen, dass er verstanden hatte.

»Was soll ich sagen?«, wiederholte der Ansager mit einem nervösen Unterton in der Stimme. »Zehn Sekunden noch.«

Karl sah ihn an. Dann schob er ihn beiseite. »Ich mache das.« Er drehte sich zu Marcus Smith um und wartete auf das Startzeichen.

Der Tontechniker zählte mit den Fingern der erhobenen Hand. Fünf, vier, drei, zwei, eins. Dann senkte er den Arm.

»Hier ist N. Y. Broadcast, Ihr Radiosender«, sagte Karl. »Aufgrund eines kleinen Zwischenfalls kann *Cookies* heute Abend nicht auf Sendung gehen ...« Karl ballte die Fäuste und hoffte, niemand möge auf einen anderen Sender umschalten. »Aber mit großem Stolz stellen wir Ihnen an dieser Stelle unser neues, außergewöhnliches Programm vor, präsentiert von Christmas ...« Karl hielt inne. Verflucht, Christmas ... und wie weiter?, dachte er, während ihm der kalte Schweiß ausbrach. »Christmas ... einfach nur Christmas, meine Damen und Herren«, sagte er schließlich. »Und in Kürze werden Sie verstehen, weshalb ich Ihnen seinen vollen Namen nicht verraten kann. Er ist ein Typ von zweifelhaftem Ruf. Und die Sendung heißt ...« Wieder hielt Karl inne. Ein Titel. Er brauchte einen Titel! »*Diamond Dogs!*«, verkündete er. Dann gab er dem Tontechniker ein Zeichen.

Dunkelheit senkte sich über den Saal.

»Hoch mit dem Lappen!«, klang es durch den Saal. Stille. Und dann noch einmal: »Hoch mit diesem Lappen!« Das Echo des Schreis verhallte.

Karl wischte über seine Stirn. Er war schweißgebadet. Zum

Teufel auch, dachte er und ließ sich auf einen Stuhl sinken. Dabei erfasste ihn ein Hochgefühl, wie er es noch nie empfunden hatte.

In dem Moment erklang Christmas' samtige Stimme: »Guten Abend, New York ...«

47

Los Angeles, 1927

»Ruth, du hast Besuch«, sagte Mr. Bailey. Er hatte bereits an die Tür zur Dunkelkammer geklopft, aber Ruth öffnete nicht.

»Ich komme gleich«, antwortete sie gut gelaunt. Mit den Fotos, die sie gerade entwickelte, war sie sehr zufrieden. Sie zeigten Marion Morrison, einen umjubelten ehemaligen Spieler der berühmten Donnernden Herde, der Footballmannschaft der Universität von Südkalifornien. Er war ein großer, kräftig gebauter junger Mann, der während des gesamten Fototermins nicht ein einziges Mal gelächelt hatte, nicht einmal während der Pausen. Gegenwärtig arbeitete er nur als Requisiteur für die Fox-Studios, aber von Clarence hatte sie gehört, dass einmal ein Star aus ihm werden würde. Winfield Sheehan, der Chef der Fox-Studios, hatte ihm das im Vertrauen erzählt. Ruth war das ziemlich egal. Für sie zählte einzig, dass der junge Mann während des Fototermins nicht ein Mal gelächelt hatte. Sie hatte ihn unter freiem Himmel fotografiert, nicht im Studio. Clarence hatte ihr gesagt, er sei genau der richtige Typ für einen Western, und so hatte Ruth ihn an einem bedeckten Tag auf ein kahles, wüstenähnliches Feld gestellt. Die Fotos waren düster, kontraststark. Marion Morrisons imposante Gestalt stach aus dem Feld hervor. Hände in den Hosentaschen, selbstgefällige Haltung. Doch Ruths Aufnahmen vermittelten noch mehr: den Eindruck tiefer Einsamkeit. Morrison wirkte so verlassen, als wäre er der letzte Mensch auf Erden.

»Ruth, komm jetzt«, sagte Mr. Bailey noch einmal.

»Ja, ich bin sofort fertig«, gab sie zurück und hängte das letzte Foto zum Trocknen auf. »Wer ist es denn?«, fragte sie fröhlich.

»Komm«, antwortete Mr. Bailey nur.

Ruth bemerkte den angespannten Unterton in Clarences Stimme. Sie öffnete das Fenster der Dunkelkammer und verließ den Raum.

»Er wartet in meinem Büro auf dich ...«

Ruth überquerte den Flur und zögerte kurz, ehe sie Clarences Büro betrat. Sie legte die Hand auf die glänzende Messingklinke, drückte sie hinunter und öffnete die Tür.

»Hallo, Schatz«, sagte Mr. Isaacson, der vor dem Schreibtisch stand.

»Hallo, Papa«, antwortete Ruth leise und blieb im Türrahmen stehen.

»Du hast uns schon lange nicht mehr besucht.«

Ruth trat einen Schritt ins Zimmer und schloss die Tür. »Stimmt«, sagte sie. Sie wusste nicht, wie sie sich verhalten sollte. Sollte sie ihren Vater umarmen oder stehen bleiben, als wären sie Fremde? »Wie geht es denn Mama?«, fragte sie schließlich, um das Schweigen zu brechen.

»Sie wartet im Auto«, antwortete Philip Isaacson und wandte den Kopf zum großen Fenster in Clarences Büro, das auf den Venice Boulevard hinausging. »Sie wollte lieber nicht mitkommen ... Es ging ihr nicht gut in letzter Zeit ...«

»Trinkt sie so viel?«, fragte Ruth schroff.

Ohne zu antworten, senkte Philip Isaacson den Blick. »Wir reisen ab.«

»Ihr reist ab? Kehrt ihr zurück nach New York?«

Wehmütig schüttelte Ruths Vater den Kopf. »Nein. Das würde deine Mutter nicht verkraften ...«, sagte er, den Blick noch immer auf den Boden gerichtet. »Wir gehen nach Oakland. Ich habe die Villa in Holmby Hills zu einem Spottpreis verkauft und ein Angebot in Oakland angenommen. Da hat vor Kurzem ein Kino aufgemacht ... Nun, sie brauchten einen Leiter und ich ... Weißt du noch, die Filme nur für Erwachsene? Deine Mutter hatte wie immer recht. Das ist nicht unsere Welt.

Die Leute sind zu ungehobelt und vulgär. Ich fühlte mich todunglücklich und außerdem … Tja, viel Geld war damit auch nicht zu verdienen. In Oakland haben wir nicht weit vom Kino entfernt eine Wohnung gemietet und … solange es läuft, bleiben wir da.«

Ruth ging einen Schritt auf ihren Vater zu. Dann noch einen und noch einen weiteren. Als sie vor ihm stand, umarmte sie ihn. »Papa. Es tut mir leid.«

Bei der Berührung der Tochter schien Philip Isaacson in sich zusammenzufallen. Seine Augen wurden feucht. Er griff nach einem Taschentuch und schnäuzte sich. In dem Augenblick wurde Ruth die ganze Schwäche dieses Mannes bewusst. Doch sie hasste ihn nicht dafür. Er war ihr Vater. Und er konnte nichts dafür, dass er nicht der Vater war, den eine Tochter sich wünschte. Erneut zog sie ihn an sich und drückte ihn fest. Und dabei verzieh sie ihm, dass er nie imstande gewesen war, der Vater zu sein, den sie gebraucht hätte.

»Ich bin Fotografin«, erklärte sie, während sie ihn in den Armen hielt, als wäre er ihr Kind und nicht umgekehrt. »Und das verdanke ich nur dir. Danke, Papa. Danke.«

Da begann Mr. Isaacson zu weinen. Mehrmals hintereinander schluchzte er auf. Als er seine Tochter dann jedoch ansah, lag Stolz in seinen Augen. »Mein tüchtiges Mädchen«, sagte er lachend und weinend zugleich. »Du bist wie mein Vater. Du bist wie Opa Saul.« Er nahm ihr Gesicht in seine Hände. »Du bist stark, Ruth, und tagtäglich danke ich dem Himmel dafür, dass du nicht mir ähnelst. Es wäre schrecklich gewesen, auch noch diese Last tragen zu müssen.«

»Sag so etwas nicht, Papa«, wehrte Ruth ab und umarmte ihn wieder. »Sag so etwas nicht …«

»Komm uns besuchen, wenn du mal in Oakland bist. West Coast Oakland Theater, Telegraph Avenue«, sagte er und löste sich aus der Umarmung. Er griff in die Innentasche seines ele-

ganten Jacketts und zog einen Umschlag heraus. »Das sind fünftausend Dollar. Mehr kann ich dir nicht geben, Schatz«, erklärte
er und hielt ihn ihr hin.

»Die brauche ich nicht, Papa. Ich habe einen guten Job ...«

»Nimm sie, Ruth. Ich bitte dich. Leute wie wir können ihre
Gefühle nur mit Geld zum Ausdruck bringen. Zumindest
pflegte dein Großvater das immer zu sagen. Ich bitte dich, nimm
es an.«

Ruth nahm den Umschlag entgegen.

»Aber ich habe dir auch die Leica geschenkt, nicht wahr?«

»Sie ist das schönste Geschenk, das ich je bekommen habe«,
sagte Ruth.

»Da ist noch etwas ...«, fuhr der Vater zögerlich fort. Er
schluckte schwer, abermals senkte er den Blick. »Ich wusste nichts
davon ...« Er sah Ruth an und lächelte schmerzlich. »Aber vielleicht hätte ich ohnehin nichts dagegen unternommen ...« Nervös drehte er den Ehering an seinem Finger, während er überlegte, ob er fortfahren sollte. »Ich weiß nicht, ob es richtig ist, es dir
zu sagen ... Du darfst sie nicht hassen, Ruth. Du darfst sie nicht
hassen. Sie hat immer geglaubt, es wäre zu deinem Besten ...«

»Was denn, Papa? Wer?«

»Deine Mutter, Ruth ... Ich wusste nichts davon, aber in der
letzten Zeit, seit du nicht mehr da bist, ist es so, dass ... sie viel
redet, weißt du ... Der Alkohol ... und ...«

»Papa«, warf Ruth drängend ein.

»Dieser Junge, der dich gerettet hat ...«

»Christmas ...?«

»Dieser Junge hat dir ... viele Briefe geschrieben. Ins *Beverly
Hills* und später nach Holmby Hills. Und deine Mutter ... deine
Mutter hat verhindert, dass du sie bekommst. Und auch die
Briefe, die du ihm geschrieben hast ... hat sie alle zerrissen.«

Ruth war sprachlos. Sie fühlte sich so atemlos, als hätte ihr
jemand in den Magen geboxt.

»Du darfst sie nicht hassen, Ruth ... Sie glaubte, es wäre zu deinem Besten ...«

»Ja ...«, murmelte Ruth. Sie wandte sich von ihrem Vater ab, ging zum Fenster und blickte hinaus auf die Straße. Auf der anderen Straßenseite stand ein braunes Auto. Und ihr war, als sähe sie hinter der Windschutzscheibe auf dem Beifahrersitz ein metallisches Schimmern. Das Schimmern eines Flachmanns.

Als sie sich umdrehte, hatte der Vater das Zimmer bereits verlassen.

48

Manhattan, 1927

»Ihr seid entlassen«, sagte Neal Howe, der Intendant von N.Y. Broadcast. Er saß an seinem intarsienverzierten Kirschholzschreibtisch und polierte mit einem blütenweißen Leinentaschentuch, auf dem seine Initialen prangten, seine runden Brillengläser. Sein hageres Gesicht war von dünnen Äderchen durchzogen, die ein zartes Spinnennetz auf seinen Wangen bildeten. Seine Kopfhaut war unter dem schütteren Haar gerötet. Er trug einen maßgeschneiderten, faltenfrei aufgebügelten grauen Anzug mit Militärabzeichen am Revers. Als er die Brille für blank genug befand, setzte er sie auf und musterte Christmas und Karl, die vor ihm standen. »Ihr fragt euch sicher, warum ich mir die Mühe mache, euch das persönlich mitzuteilen«, sagte er mit einem feindseligen Grinsen. Drohend streckte er ihnen einen dürren Finger mit spitzem Nagel entgegen. »Wären wir im Krieg, würde man das, was ihr getan habt, Gehorsamsverweigerung nennen. Und die würde standrechtlich bestraft.«

»Wollen Sie uns an den Galgen bringen? Oder vielleicht gleich erschießen?«, fragte Christmas und steckte betont lässig die Hände in die Hosentaschen. Aus dem Augenwinkel sah er zu Karl hinüber, dessen Gesicht zu seinem Erstaunen ganz blass und wie versteinert wirkte.

Verärgert zuckte der Intendant zusammen. »Spiel hier nicht den Witzbold, Jüngelchen«, sagte er mit schneidender Stimme. »Und nimm die Hände aus den Taschen, wenn du vor mir stehst.«

»Und was tun Sie, wenn nicht?«, fragte Christmas. »Entlassen Sie mich dann?«

Das unfreundliche Gesicht des Intendanten wurde bleich.

»Mr. Howe, hören Sie mich bitte an«, warf Karl mit dünner Stimme ein. »Der Junge hat nichts damit zu tun. Es war meine Idee. Er wusste nicht einmal, dass ich es senden würde ... Ihm dürfen Sie nicht böse sein ...«

Howe lachte. »Ich darf nicht?«

»Ich wollte damit sagen, Sir, dass ...«

»Lassen Sie ihn doch«, fiel Christmas Karl ins Wort und legte ihm die Hand auf den Arm. »Er will uns zwingen, ihn anzubetteln, nur um uns dann trotzdem zu entlassen. Das ist sein Spiel. Begreifen Sie nicht? Es geht ihm nicht um Gerechtigkeit. Ihm gefällt es, uns zu demütigen. Verschwenden Sie keine Zeit und verschaffen Sie ihm nicht diese Genugtuung. Lassen Sie uns gehen ...«

»Was fällt dir ein, Junge?«, brüllte der Intendant mit hochrotem Kopf und sprang auf.

»Lass gut sein, alter Schimmelpilz.« Christmas lachte ihm ins Gesicht und wandte sich zum Gehen. »Kommen Sie, Mr. Jarach?«

Mit verschleiertem Blick sah Karl ihn an, als könnte er kaum fassen, was gerade geschah.

»Turkus! Turkus!«, schrie der Intendant.

Ein Mann mit einem von Schlägen gezeichneten Gesicht betrat das Zimmer. Er trug die Uniform des Wachdienstes.

»Setz sie mit Arschtritten vor die Tür!«, brüllte der Intendant hysterisch.

Der Wachmann streckte die Hand nach Christmas aus.

»Wenn du mich auch nur mit einem Finger streifst, rammt Lepke Buchalter dir einen Eispickel in die Kehle«, zischte Christmas mit grimmiger Miene.

Mitten in der Bewegung hielt der Mann inne, Unsicherheit flammte in seinem Blick auf.

»Möchtest du, dass die Polizei morgen früh deine Leiche in

einem verlassenen Wagen auf einer Bauparzelle in Flatbush findet?«, fuhr Christmas, noch immer an den Wachmann gewandt, fort. Dann drehte er sich nach Karl um. »Gehen wir, Mr. Jarach.« Entschieden packte er ihn am Arm und zog ihn vorbei an der Wache, die regungslos und unbeholfen dastand, zum Ausgang.

»Turkus!«

»Leb wohl, alter Schimmelpilz«, lachte Christmas, als er, gefolgt von Karl, das Büro verließ.

»Jarach, ich sorge dafür, dass kein anderer Radiosender Sie einstellt, das schwöre ich Ihnen!«, schrie der Intendant, rot vor Zorn. »Turkus, verpass ihnen ein paar kräftige Tritte, oder du bist auch entlassen!«

Der Wachmann lief hinaus und holte Christmas und Karl an den Aufzügen ein. »Lasst euch hier nie wieder blicken«, knurrte er.

»Geht klar, gut gemacht, du hast dein Gesicht gewahrt. Jetzt zieh Leine«, erwiderte Christmas, als er in den Aufzug stieg und das Gitter zuzog. »Erdgeschoss«, sagte er zum Fahrstuhlführer.

Und während der Lift quietschend nach unten fuhr, erlaubte sich Karl, den Gedanken in Worte zu fassen, den er bis dahin von sich fernzuhalten versucht hatte. »Aus und vorbei«, murmelte er kaum hörbar. In sein Büro im siebten Stock würde ein anderer Abteilungsleiter einziehen. Um sich ganz auf seinen Aufstieg, die Arbeit, das Radio konzentrieren zu können und mühsam Stufe um Stufe zu erklimmen, hatte er auf ein Privatleben, auf Spaß und Zerstreuung verzichtet – alles war umsonst gewesen ... Karl Jarach würde wieder der Sohn des polnischen Einwanderers sein.

»Alles in Ordnung, Mister?«, fragte Christmas, als er ihn aus dem Aufzug taumeln sah.

Karl nickte wortlos.

»Danke für das, was Sie für mich getan haben«, sagte Christmas. »Es war schön zu glauben, mein Traum könnte wahr werden.«

Wieder nickte Karl und versuchte zu lächeln.

»Kommen Sie mit«, sagte Christmas da, und statt auf den Ausgang zuzusteuern, nahm er die Tür zum Kellergeschoss.

»Sie haben die Sendung gestrichen?«, fragte Cyril, der weiter unten in der Tür zum Lager auftauchte. »Vollidioten. Die kapieren nicht die Bohne, Junge...« Er sah Karl an, der auf halber Treppe stehen geblieben war, und wollte sich wieder in sein Reich zurückziehen.

»Sie haben mich entlassen«, sagte Christmas.

Cyril drehte sich um. »Was?«

»Auch Mr. Jarach ist seinen Job los. Gehorsamsverweigerung.«

Cyril warf Karl, der auf halber Treppe an die Wand gelehnt stand, einen Blick zu, schüttelte eine Weile den Kopf und schnaubte durch die großen Nasenlöcher. Schließlich griff er mit seinen knorrigen Händen nach der Tür und schlug sie mit Wucht zu. Er öffnete sie und schlug sie erneut zu. Und dann noch einmal und noch einmal, heftig und wütend, bis rings um die Tür der Putz bröckelte. »Vollidioten!«, brüllte er nach oben.

»Was ist los?«, fragte ein Wachmann und schaute durch das Treppenhaus nach unten.

»Hast du die Sendung des Jungen hier gehört?«, fragte Cyril, die Augen weit aufgerissen vor lauter Wut. »*Diamond Dogs?*«

»Das warst du?«, fragte der Wachmann überrascht und deutete auf Christmas. »Hat Spaß gemacht.«

»Tja, sie haben ihn entlassen«, knurrte Cyril.

»Entlassen?«

»Entlassen. Genau. Gehorsamsverweigerung.«

»Gehorsamsverweigerung?«

»Du brauchst nicht alles wiederholen, was ich sage«, brummte

Cyril. Er holte tief Luft. »Vollidioten sind das!«, brüllte er noch einmal.

Besorgt schloss der Wachmann die Tür. »Cyril, mach keinen Ärger . . .«

»Was zum Teufel soll das heißen, Gehorsamsverweigerung?«, wetterte Cyril weiter. »Vollidioten sind das!«

»Schluss jetzt, Cyril«, mahnte der Wachmann. »Sie werden wohl . . . ich kenne mich in diesen Dingen nicht aus, aber . . . nun ja . . . also, sie werden wohl ihre Gründe gehabt haben. Ich meine nur, dass . . .«

»Was du meinst, interessiert mich einen Scheiß«, unterbrach Cyril ihn.

»Schluss jetzt«, sagte der Wachmann streng. Dann zeigte er auf Christmas. »Und du, Junge, kannst hier nicht bleiben, wenn sie dich entlassen haben.«

Christmas wandte sich dem Lager zu. »Ich hole nur meine Sachen, dann bin ich weg.«

»Leck mich doch«, brummte Cyril dem Wachmann hinterher, der hinter der Tür zum Erdgeschoss verschwunden war. Dann ließ er Christmas vorbei und folgte ihm ins Lager.

Karl stand noch immer reglos da. Mit einer Hand stützte er sich an der Wand ab. Die Last der jüngsten Ereignisse lag zentnerschwer auf seinen Schultern und drückte ihm wie eine Steinplatte auf die Lunge. Es war aus und vorbei. Karl Jarach würde dorthin zurückkehren, wo er hergekommen war, dachte er. Er würde wieder ein polnischer Einwanderersohn sein. Er würde wie früher die Bälle und Scheunenfeste der Gemeinde besuchen und ein achtbares Mädchen aus seinem Heimatdorf heiraten. Nägel ohne Kopf, Tapeziernägel, Breitkopfnägel, Mauernägel . . ., ging es ihm bitter durch den Kopf.

»Mr. Jarach«, rief Christmas ihm von der Tür aus zu. »Sind Sie sicher, dass es Ihnen gut geht?«

Mit angespannter Miene nickte Karl, stieg die Treppe hinunter und betrat das Lager. Eisennägel, Holznägel, Dübel..., dachte er.

»Du hast Talent, Junge«, sagte Cyril unterdessen. »Hör nicht auf diese Vollidioten. Du hast eine Menge Talent, verdammt. So viel Talent, dass... ach, so ein Mist, so ein verdammter Mist! Dieses Scheißland ... zum Teufel mit dem amerikanischen Traum! Wenn du keiner von denen bist, kannst du dir den Traum in den Hintern schieben ... Aber du darfst nicht aufgeben.« Cyril nahm Christmas bei den Schultern und rüttelte ihn. »Sieh mich an. Sieh diesen Nigger an und hör ihm gut zu: Du hast es drauf, Junge. Du kannst es schaffen. Hast du mich verstanden?«

»Ja«, antwortete Christmas lächelnd.

»Ich meine es ernst.« Wieder rüttelte Cyril ihn mit liebevollem Nachdruck an den Schultern. »Gib nicht auf, sonst haben diese Vollidioten gewonnen. Hast du mich verstanden?«

»Ja, Cyril«, sagte Christmas. »Danke.«

Karl stand in der Tür. Eisenfeile, Holzfeile, Zimmermannshammer, Schusterhammer, Uhrmacherhämmerchen, Flachschlitzschraubendreher, Kreuzschlitzschraubendreher, Federzange, Wasserpumpenzange, zählte er in Gedanken weiter auf, während er die beiden anderen beobachtete. Männer für das Lager. Männer für das Kellergeschoss, nicht für den siebten Stock. Ein Schwarzer und ein Italiener. Zwei Immigranten. Genau wie er. Und plötzlich fühlte er sich unendlich einsam, weil er, um die Stufen zu erklimmen, die ihn bei N. Y. Broadcast ganz nach oben gebracht hatten, vernachlässigt hatte, was Cyril und Christmas miteinander verband. Freundschaft, Solidarität. All das, worauf er für seinen Aufstieg verzichtet hatte. Breit gezahnte Holzsäge, fein gezahnte Holzsäge, Laubsäge, Eisensäge mit austauschbarem Sägeblatt, Feinsäge, Rahmensäge ... Und nun stand er wieder am Ausgangspunkt. In einem Kellergeschoss, ohne Aufstiegsmöglichkeit. Und er war allein.

»Ich gehe dann mal«, sagte er, weil er sich überflüssig vorkam.

Christmas und Cyril drehten sich nach ihm um.

Und Karl las in ihren Augen, dass er von ihnen keine aufmunternden Worte, keine Solidarität zu erwarten hatte. Denn er war hochmütig gewesen. Karl Jarach hatte geglaubt, es allein zu schaffen. Nun würde er dafür die Quittung bekommen. Gerader Hohlmeißel, gebogener Hohlmeißel, rechteckiger Hohlmeißel, breiter runder Hohlmeißel, schmaler runder Hohlmeißel ...

»Was werden Sie denn jetzt tun, Mr. Jarach?«, hörte er Christmas fragen.

»Schraubenöse, Schlaufenöse, Öse mit Mutter ...«, sagte Karl mit einem eigenartigen Lächeln auf den Lippen.

Christmas runzelte die Stirn. »Wie?«

»Nichts«, erwiderte Karl und schüttelte den Kopf. »Ich habe nur laut gedacht.« Damit steuerte er auf die Tür zu, die auf die Gasse hinausführte, hinaus in die Welt, der er angehörte.

»Gib nicht auf, Junge«, hörte er Cyril zu Christmas sagen. »Gib verflucht noch mal nicht auf.«

Karl hoffte, jemand möge auch zu ihm diese Worte sagen. Gib nicht auf, Karl. Gib verflucht noch mal nicht auf.

»Wäre ich nicht bloß ein schwarzer Hungerleider, ich würde dir deinen eigenen Radiosender bauen, verdammt«, fuhr Cyril fort.

Kellen, einfache Spachtel, Spachtel mit Griff ...

»Mit meinen eigenen Händen würde ich ihn dir bauen, und ganz New York würde dir zuhören, ganz egal, was diese Vollidioten sagen ...«

Handbohrer, Fräse, Metallbohrerspitzen, Holzbohrerspitzen, Steinbohrerspitzen ...

»Hast du eine Ahnung, was nötig ist, um eine ordentliche Sendestation zu bauen?«, fragte Cyril beharrlich, während Karl die Lagertür öffnete und die feuchtkalte Luft der Stadt ihm entgegenschlug. »Technisch wäre das für mich ein Kinderspiel . . .«

Eisenträger, Schraubenmuttern, Bolzen, Kabel . . .

». . . aber es kostet Geld . . .«

Blindniete, Aluminiumniete mit breitem Kopf, offener Balkenträger, geschlossener Balkenträger, dachte Karl zwanghaft, während er die Hand von der Klinke der Tür löste, die ihn endgültig von N. Y. Broadcast ausschließen und ihn wieder seinem Schicksal übergeben würde: der florierenden Eisenwarenhandlung seines Vaters.

». . . einen Haufen Geld . . .«

Rohrschellen, Kabelbinder, Klemmen, Stahlseile . . ., dachte Karl noch immer, verlangsamte jedoch seine Schritte, da die Bedeutung von Cyrils Worten mit einem Mal zu ihm durchdrang.

»Wenn ich nur ein bisschen Geld hätte, würde ich dir deinen eigenen Radiosender bauen, dann könntest du sämtliche New Yorker mit deinem Programm erreichen . . .«

»Ich habe das Material!«, rief Karl plötzlich aus und kam zurück ins Lager. »Ich habe das Material!«

Verwundert drehten Christmas und Cyril sich zu ihm um.

Karl schloss die Tür und ging zu ihnen. Er war aufgeregt. Seine Lebensgeister waren neu erwacht. »Es stimmt. Wir dürfen nicht aufgeben«, erklärte er Christmas, und ihm war, als sagte jemand das zu ihm. »Wir dürfen nicht aufgeben«, wiederholte er und fühlte sich auf einmal weniger einsam. »Ich habe alles nötige Material, um den Sender zu bauen. Mein Vater hat eine Eisenwarenhandlung. Eine große Eisenwarenhandlung. Er wird uns alles geben, was wir brauchen. Cyril, bist du wirklich sicher, dass du eine Radiostation bauen kannst?«

Christmas suchte Cyrils Blick.

»Ich glaube schon . . .«, sagte der Lagerarbeiter.

»Du glaubst?«, fragte Karl drängend.

»Was ist denn mit der, die du zu Hause gebaut hast?«, wollte Christmas wissen.

»Ach, die … tja, ähm, das ist ein ganz einfacher Sender … der reicht nur einen Block weit …«, nuschelte Cyril, und man sah ihm an, wie durcheinander er war.

»Kannst du nun eine Radiostation bauen oder nicht?«, fragte Karl drängend.

Nachdenklich kratzte Cyril sich am Kopf.

Christmas seufzte. »Cyril …«

»Hetz mich nicht, Junge!«, brauste Cyril auf. Dann wandte er den beiden den Rücken zu und begann, im Lager auf und ab zu laufen. Hin und wieder blieb er vor einem Regal stehen, nahm ein Teil in die Hand und prüfte es brummend. Nachdem er es wieder zurückgelegt hatte, lief er mit gesenktem Kopf weiter umher. Christmas und Karl schwiegen und beobachteten ihn gespannt. Schließlich blieb Cyril stehen und kreuzte mit einem undurchschaubaren Gesichtsausdruck die Arme vor der Brust.

»Was ist nun?«, fragte Christmas.

»Heb dir die Luft für deine Sendung auf, Junge«, sagte Cyril.

»Kriegst du es hin?«, fragte Karl.

»Denken Sie, Sie können alles beschaffen, was ich brauche?«

»Alles, was du willst.«

Grinsend nickte Cyril vor sich hin. »Für einen Weißen sind Sie gar nicht so übel, Mr. Jarach.«

»Nenn mich Karl.«

Cyril lächelte zufrieden. »Im Kern ändert sich nichts. Für einen Weißen bist du gar nicht so übel.«

»Also? Kriegen wir das hin?«, fragte Karl.

Cyril nickte.

»Meinst du wirklich?«, vergewisserte sich Christmas in heller Aufregung.

»Wir kriegen das hin, ja, wir kriegen das hin!«, lachte Cyril.

49

Manhattan, 1927

»Na los, Nigger!«, brüllte Cyril vom Dach eines gewaltigen Mietshauses an der 125th Street. »Das würde ja sogar ein Weißer schaffen! Na los, Nigger!«

Das Stahlseil, das Karl aus der Eisenwarenhandlung seines Vaters besorgt hatte, war an einem Metallgerüst in Form einer länglichen Pyramide festgehakt. Das Gerüst – bestehend aus vertikalen, horizontalen und quer verlaufenden Eisenstangen, die mit durchgehenden Schrauben und Bolzen aneinander befestigt waren – knarzte bedrohlich, während die zehn schwarzen Arbeiter, die Cyril angeheuert hatte, versuchten, es auf das Dach zu hieven, und dabei vor lauter Anstrengung wie Stiere schnauften.

»Na los, Nigger!«, trieb Cyril sie weiter an. Er hatte einen ganzen Monat an dem Gerüst gebaut, und heute sollte es endlich aufgestellt werden.

Christmas und Karl verfolgten die Aktion vom Bürgersteig aus, umringt von einem kleinen Pulk schwarzer Schaulustiger aus dem Viertel. Unter ihnen war auch Maria, die sich, gespannt wie alle anderen, an Christmas' Arm klammerte und den Atem anhielt.

»Warum habt ihr es nicht auf dem Dach aufgebaut?«, wollte sie von Christmas wissen.

»Weil Cyril noch sturer ist als ein Maultier«, brummte Karl und trat gegen einen Asphaltklumpen, den der Frost herausgebrochen hatte.

»Gehen wir rauf«, sagte Christmas und wandte sich zur Haustür. Während er mit Maria und Karl die fünf Stockwerke der

Mietskaserne hinaufstieg, verhakte sich das Metallgerüst an der Unterkante des Dachgesimses.

»Na los, Nigger!«, brüllte Cyril.

Mit aller Kraft zogen die zehn Schwarzen am Stahlseil.

Das Gerüst schlug gegen die Zierfriese und ließ Gips und Mörtel auf die Menge auf der Straße hinabbröckeln.

»Wir schaffen es nicht!«, rief einer der zehn Schwarzen mit vor Erschöpfung brüchiger Stimme.

»Muss ich euch etwa auspeitschen, wie es die Sklavenhalter mit euren Großvätern getan haben?«, schimpfte Cyril. »Gebt nicht auf! Gebt jetzt nicht auf! Wir haben es doch gleich geschafft!«

Christmas und Karl schlossen sich den Männern an und zogen, so fest sie konnten. Erneut begann das Gerüst zu knarzen, es bäumte sich auf und kippte dann mit der Spitze nach unten.

Die Zuschauer unten auf dem Bürgersteig schrien besorgt auf.

Das Gerüst schwankte wieder hin und her, und für eine Sekunde rutschte den Männern das Seil aus den Händen. Zwei von ihnen stürzten, vom Gewicht des Gerüstes mitgerissen, zu Boden. Während es den anderen gelang, das Seil wieder festzuhalten, spürte Christmas in den Handflächen einen brennenden Schmerz. Er schrie auf, ließ jedoch nicht los. Das Seil färbte sich rot.

»Na los, versucht es noch einmal!«, befahl Cyril. »Ich zähle bis drei. Alle zusammen.«

Die beiden Männer, die gestürzt waren, standen wieder auf und griffen nach dem Seil.

»Eins ... zwei ... drei!«, brüllte Cyril. »Jetzt! Mit aller Kraft, Nigger!«

Das Seil bewegte sich mit einem Ruck. Das Gerüst hob sich, blieb jedoch erneut bedrohlich schwankend am Dachgesims hängen.

»Wir können das unmöglich schaffen!«, sagte einer der Arbeiter, dem die Strapazen ins trotz der Kälte schweißnasse Gesicht geschrieben standen.

»Lassen wir es wieder runter«, keuchte ein anderer.

»Nein!«, brüllte Cyril.

»Sie schaffen es nicht, Cyril!«, schrie Karl außer sich.

Cyril blickte sich suchend um. »Binden wir das Seil um den Schornstein da drüben«, schlug er vor. »Ihr ruht euch kurz aus, und dann machen wir weiter.«

»Seilklemme und Dreiundzwanziger-Schraubenschlüssel«, sagte Karl.

Nachdem die Arbeiter das Seil um den Zementturm herumgeführt hatten, schraubte einer der Männer es in der Klemme fest. Keuchend ließen sich daraufhin alle auf den Teerboden des Daches fallen.

Christmas betrachtete seine blutenden Hände. Maria riss ein Taschentuch entzwei und verband sie ihm damit.

»Nimm die hier, Junge«, sagte ein hünenhafter Schwarzer und warf ihm ein Paar Handschuhe zu. »Ich habe noch ein Paar übrig.«

»Ich habe doch gesagt, wir brauchen eine Seilwinde«, schimpfte Cyril.

»Und ich habe dir gesagt, du sollst es gleich auf dem Dach aufbauen«, gab Karl zurück.

Wortlos zog Cyril die Schultern ein. Er beugte sich über das Dachgesims und schüttelte mit finsterem Blick den Kopf.

Christmas gesellte sich zu ihm. Schweigend blieb er mit aufgestützten Ellbogen am Gesims stehen.

»Das schaffen wir nie«, sagte Cyril nach einer Weile leise.

Christmas blickte auf das Gerüst, das zehn Fuß unter ihnen in der Luft baumelte. »Wartet hier auf mich«, sagte er plötzlich. »Tut nichts, bis ich wieder da bin.« Er sah die zehn Schwarzen an. »Kann mir jemand ein Fahrrad leihen?«

Der Hüne, der ihm die Handschuhe gegeben hatte, stand auf, trat neben ihn an das Gesims und beugte sich nach unten. »Betty!«, schrie er. »Gib dem Weißen hier das Fahrrad!« Daraufhin wandte er sich an Christmas. »Geh, Junge. Meine Frau kümmert sich darum.«

Christmas lächelte ihm zu und rannte die morsche Treppe des baufälligen Hauses hinunter, in dem Dutzende von Arbeiterfamilien zusammengepfercht lebten.

Unten auf der Straße schob eine Frau mit großen, ausdrucksvollen Augen und einer Haut, die glänzte wie poliertes Ebenholz, ein verrostetes altes Fahrrad auf Christmas zu. Er stieg in den Sattel und blickte nach oben. »Ich bin gleich wieder da!«, schrie er zu Cyril, Karl und Maria hinauf.

Dann trat er mit aller Kraft, die er in den Beinen hatte, in die Pedale und raste mit wehendem Haar davon. Ohne abzubremsen, durchquerte er ganz Manhattan bis zur Slipanlage 13.

In einer großen Halle fand er den Mann, den er suchte. Die Arbeiter saßen im Kreis zusammen und lachten über irgendwelche Anekdoten.

»Signor Filesi«, sagte Christmas außer Atem, »ich brauche Ihre Hilfe.«

Santos Vater empfing ihn mit einem Lächeln und erhob sich von seinem Stuhl. »Der Junge ist ein Freund meines Sohnes«, stellte er ihn seinen Kollegen vor. »Er war es, der ihm zur Hochzeit das Radio geschenkt hat. Sein Name ist Christmas.«

Die anderen Hafenarbeiter murmelten eine freundliche Begrüßung.

»Also, was ist los?«, erkundigte sich Signor Filesi ruhig.

Christmas rang nach Luft. »Stimmt es, dass Sie zwei Zentner mit einer Hand hochheben können?«, fragte er japsend.

Eine halbe Stunde später parkten Signor Filesi, Tony – Carmelinas Vater – und ein weiterer Ladearbeiter namens Bunny den Pritschenwagen in der 125th Street vor dem Haus, von dem

Cyrils Eisengerüst herabbaumelte. Sie warfen einen Blick auf die versammelten Schwarzen, bevor sie nach oben sahen und sich alle drei am Kopf kratzten.

»Es ragt vor«, murmelte Signor Filesi.

»Es ragt vor«, bestätigte Tony.

»Tau und Schienen?«, fragte Santos Vater.

Tony nickte. »Eine andere Möglichkeit gibt es nicht.«

»Tau und Schienen«, sagte Bunny bekräftigend und öffnete die Heckklappe des Pritschenwagens. Er warf sich ein feuchtes, grün veraltetes langes Tau über die Schulter und griff sich zwei Eisenstangen, die ihn in der Länge überragten. »Reicht das?«

»Das reicht«, entschied Signor Filesi.

»Ich gehe raus, und du fischst«, sagte Tony.

»Kommt gar nicht infrage«, erwiderte Signor Filesi. »Christmas ist mit meinem Sohn befreundet. Ich gehe raus, und du fischst.« Entschlossen trat er auf den Hauseingang zu, während ihm die Schwarzen, die nun noch zahlreicher auf dem Gehweg versammelt waren, mit den Blicken folgten.

»Guten Tag allerseits«, sagte Signor Filesi mit einem Lächeln auf den Lippen, als er oben auf dem Dach ankam. Dann lehnte er sich über das Gesims, kratzte sich erneut am Kopf, drehte sich wieder um und ließ den Blick über die zehn Schwarzen gleiten, die vom Boden aufgestanden waren. »Du«, entschied er und zeigte mit Kennerblick auf den Hünen, der Christmas die Handschuhe gegeben hatte.

Der Schwarze trat vor und ging zu Signor Filesi, der ihm gerade bis zum Magen reichte.

»Du hast als Kind einige Steaks verdrückt, was?«, lachte Signor Filesi und klopfte ihm auf die Brust. »Also ... wie heißt du?«

»Moses.«

»Moses, du bist der Pfeiler. In Ordnung?«

Moses runzelte die Brauen. »Was ist denn ein Pfeiler?«

Tony nahm Bunny das Tau ab und schnürte es dem Hünen um die Brust. »Der Pfeiler ist derjenige, der den Ausguck festhält.«

»Was soll ich tun?«, fragte Moses.

Signor Filesi nahm eine der Stangen und schlug eine kleine Ecke aus dem Gesims. Mit dem losen Mörtel malte er eineinhalb Schritte vom Gesims entfernt ein X auf den Teerboden. »Stell dich genau hierhin und rühr dich nicht einen Zentimeter vom Fleck.« Er sah ihm ins Gesicht. »Kann ich mich auf dich verlassen, Moses?«

»Ich rühre mich nicht.«

»Ich glaube dir«, sagte Signor Filesi. »Ich bin dein Ausguck, und der Ausguck muss sich auf den Pfeiler verlassen. Bunny ist der Stützbalken. Und mein Kumpel Tony ist der Fischer. Wir sind jetzt ein Team.«

Tony nahm das Tau auf und maß es, während er es über das Gesims hinabgleiten ließ, in Armlängen ab. Dann zog er es wieder hoch und schnürte es Signor Filesi wie einen Klettergurt um Hüfte und Leiste. »Es kann losgehen!«

Bunny stützte sich mit den Füßen am Gesims ab und beugte sich vor, bis er wie in einer sonderbaren Tanzfigur Moses an den Hüften umarmte. »Halt du mich auch fest, aber komm bloß nicht auf dumme Gedanken. Wenn du versuchst, meinen Hintern zu betatschen, beiß ich dir den Schniedel ab«, sagte er.

Signor Filesi und Tony lachten. Da fiel auch Moses in das Gelächter ein und schlang seine kräftigen Arme um den Mann, der ihn stützen sollte.

»Ich bin bereit«, sagte Bunny.

»Ich bin bereit«, stimmte Moses zu.

Signor Filesi kletterte auf das Gesims. »Haltet das Stahlseil gespannt«, wies er die Schwarzen an. »Und sobald Tony euch das Kommando gibt, zieht ihr.«

Tony hielt das Tau fest, und Signor Filesi seilte sich langsam ab. Die Menge auf dem Gehweg hielt den Atem an. Christmas drückte Marias Hand.

Cyril trat zu Karl. »Du hattest recht«, sagte er zu ihm. »Tut mir leid.«

»Schon gut«, entgegnete Karl, ohne den Blick von Signor Filesi abzuwenden, der langsam nach unten glitt, bis er unterhalb des schwebenden Gerüstes angekommen war.

»Ich bin bereit«, rief Signor Filesi.

»Er gehört jetzt ganz euch«, sagte Tony zu Bunny und Moses.

»Noch ist er leicht, aber lass dich nicht täuschen, er wird gleich schwer«, warnte Bunny Moses vor.

»Ich rühre mich nicht von der Stelle«, versicherte der Schwarze.

»Wir sind bereit«, sagte Bunny.

Da nahm Tony eine Eisenstange in jede Hand und ließ sie zwischen Gesims und Gerüst zu Signor Filesi herunter. Der hing, die Füße gegen das Gebäude stemmend, in der Waagerechten, griff links und rechts nach den Enden der Stangen, beugte die Beine, biss die Zähne zusammen und zog, während er die Beine streckte, gleichzeitig die Stangen nach außen. Das Gerüst bewegte sich auf den beiden parallel verlaufenden Stangen von der Hauswand weg.

»Schienen klar«, sagte Signor Filesi, hochrot im Gesicht vor Anstrengung.

»Kannst du noch?«

»Leck mich, gib das verfluchte Kommando!«

»Aber mir gefällt es, dich so rotwangig zu sehen, du erinnerst mich an eine Weinflasche«, lachte Tony.

»Mistkerl«, gab Signor Filesi lachend zurück.

»Auf mein Kommando fangt ihr an zu ziehen«, erklärte Tony daraufhin den Schwarzen. »Behutsam, nicht ruckartig. Lasst ja nicht los, sonst zerschmettert ihr mir meinen Kumpel auf dem

Bürgersteig ...«, sagte er ernst, bevor er sich wieder zu Signor Filesi vorbeugte und grinste. »Für den Fall, dass wir uns nicht wiedersehen, wollte ich dir noch sagen, was für ein guter Freund du warst.«

»Leck mich, Tony.«

»Jetzt!«, brüllte Tony.

Knirschend setzte sich das Gerüst auf den Stangen nach oben in Bewegung, ohne sich im Dachgesims zu verhaken, von dem es allein durch Signor Filesis Muskelkraft ferngehalten wurde. Als es die obere Gesimskante erreicht hatte, wandte Tony sich zu den Schwarzen um. »Stopp! Ihr haltet die Spannung! Lass die Schienen los«, wies er dann Signor Filesi an, zog die Stangen wieder hinauf und ließ sie über das Gesims auf das Dach gleiten. »Bunny, hol den Ausguck wieder rein«, sagte er schließlich.

»Beweg dich nach hinten«, sagte Bunny zu Moses. »Langsam.«

Moses wich zurück, gleichzeitig schob ihn Bunny von vorn. Mit Tonys Unterstützung erschien Signor Filesi wieder auf dem Dach.

»Haltet noch immer die Spannung«, sagte Signor Filesi zu den Schwarzen, die das Stahlseil in der Hand hielten. »Na los, Fischer«, wandte er sich dann an Tony. »Lass uns das Fischlein rausziehen.«

»Ich helfe euch«, erbot sich Moses.

»Nein, Moses, du bist nicht vom Fach«, entgegnete Signor Filesi. »Los, Tony.« Er griff nach dem einen Ende des Gerüstes.

Tony ging zum anderen Ende. »Ich bin bereit. Drehung nach rechts?«

»Okay. Ich bin bereit.«

»Jetzt!«

Stöhnend vor Anstrengung, aber spielerisch-anmutig wie zwei aufeinander eingespielte Tanzpartner, rollten Signor Filesi und Tony das Gerüst unter Zuhilfenahme der Gesimskante herum, und kurz darauf fiel es mit Getöse aufs Dach, wo es einen Abdruck im Teerboden hinterließ. Zufrieden klopften die beiden Ladearbeiter einander auf die Schulter und wischten den Staub von ihren Arbeitsanzügen, als wäre nichts gewesen, während Christmas, Maria, Karl, Cyril, Moses und die anderen neun Männer, ebenso wie die auf dem Gehweg versammelten Schaulustigen, begeistert applaudierten.

»Sollen wir euch das Ding aufstellen, oder kriegt ihr das allein hin, Christmas?«, fragte Signor Filesi mit einem fröhlichen Grinsen.

»Ohne euch hätten wir das nie geschafft«, sagte Cyril zu ihm. »Obwohl ihr Weiße seid ...«

Signor Filesi zuckte die Schultern. »Das ist keine Frage der Hautfarbe. Das macht die Routine«, sagte er bescheiden. Dann wandte er den Blick zu Moses und tippte ihm auf die Brust. »Für dich gibt es Arbeit am Slip 13, wann immer du willst. Was meinst du, Tony? Er ist zwar ein Grünschnabel, aber nicht gerade schmächtig.«

»Ja, er könnte geeignet sein ... obwohl er nur ein Schwarzer ist«, stimmte Tony mit einem Augenzwinkern in Cyrils Richtung zu.

Moses lachte. »Danke.«

»Nur so aus Neugier ...«, bemerkte da Signor Filesi, »wofür zum Teufel soll das Ding eigentlich gut sein?«

»Das ist unsere Sendestation«, antwortete Christmas stolz.

50

Los Angeles, 1927

Lieber Christmas,

erst vor Kurzem habe ich erfahren, dass Du mir geschrieben hast. Ich habe Deine Briefe nie bekommen. Du meine auch nicht. Daran ist meine Mutter schuld. Mein Vater hat mich gebeten, sie nicht zu hassen. Aber ich weiß nicht, was ich fühle.

Mir ist kalt und warm zugleich, meine Hände zittern, in meinem Magen ist ein Knoten, für den ich keinen Namen weiß, ich bin verwirrt und fassungslos und würde am liebsten gleichzeitig schreien und lachen.

Für den Augenblick begnüge ich mich damit zu weinen.

So zu weinen, ist eine Befreiung, weißt Du? All die Tränen zu weinen, die ich in mir habe, ohne sie aufzuhalten, ohne sie unter Eis zu begraben, ohne die Angst, auch mein Leben könnte sich hinter den Dämmen verlieren.

Es ist komisch. Ich fühle mich, als säße ich auf unserer Bank, mit Dir. Auch damals war mir heiß und kalt zugleich, auch damals zitterten meine Hände, auch damals wusste ich keinen Namen für dieses Gefühl, das mir den Magen zuschnürte.

Aber Du warst bei mir. Und ich hatte keine allzu große Angst.

Danach war alles anders. Die Wärme ist aus meinem Leben und aus meinem Körper verschwunden, nur eine eisige, lähmende Kälte ist zurückgeblieben. Ich habe meinen Händen verboten zu zittern und sie stattdessen in den Sitz gekrallt in dem Zug, der mich von Dir fortbrachte. Nach Lachen war mir nie wieder zumute, nur nach Schreien. Aber ich habe es nie getan. Ich habe einfach gewartet. Auf Dich, auf einen Brief von Dir, auf ein Zeichen von Dir. Auf etwas, was mir sagte, Du würdest kommen und mich ein zweites Mal ret-

ten, wir würden wieder auf unserer Bank sitzen, Du würdest mir helfen, den schrecklichen Bann zu brechen, der mich an diese eine Nacht kettet, in der ein Mädchen mit einem Schlag alt geworden ist, ohne je eine Frau gewesen zu sein.

Doch Deine Briefe sind nicht angekommen. Und eines Tages habe ich aufgehört zu warten. Meine Hände lösten sich von der Boje, und ich ließ mich ohne jeden Halt vom trüben, eisigen Wasser forttragen, ohne je wieder ans Ufer zurückkommen zu wollen.

In unserem Märchen gibt es zu viele Drachen und böse Hexen. Und ich bin zu alt, als dass ich den Mut aufbrächte, sie zu bekämpfen und nach Dir zu suchen. Ich habe Angst, du könntest mit einer anderen auf der Bank sitzen. Ich habe Angst, die Bank könnte nicht mehr dort stehen. Ich habe Angst, Du könntest meinen Namen vergessen oder nicht mehr die Zeit haben, Dir anzuhören, was ich Dir zu sagen habe. Ich habe Angst, nicht zu wissen, wie ich es Dir sagen soll.

Aber ich werde mir Deine Worte vorstellen, die ich nie gelesen habe. Und ich werde mich von ihnen wärmen lassen. Immer, wenn ich Angst habe, immer, wenn es dunkel ist. Immer, wenn ich Lust habe zu lachen.

Vergib mir, dass ich zu mehr nicht imstande bin. Vergib mir, dass ich kein Vertrauen hatte. Vergib mir, dass ich den Drachen unser Märchen habe vergiften lassen. Vergib mir, dass ich nicht fähig war, erwachsen zu werden, sondern einfach nur alt. Vergib mir, dass ich es nicht geschafft habe, an uns zu glauben.

Doch es hat uns gegeben. Und tief in mir drin wird es uns für immer geben.

Ich stehe nun von der Bank auf, Christmas. Christmas, Christmas, Christmas. Es ist schön, das zu sagen. Ich liebe Dich.

Deine, und niemals Deine, Ruth

Ruth faltete das Blatt zusammen. Dann riss sie es in der Mitte durch. Und zerriss es weiter. Bis die Schnipsel so klein waren wie Konfetti. Sie trat ans Fenster und warf sie hinaus.

Ein Fußgänger hob den Blick und bemerkte im vierten Stock eines der Häuser am Venice Boulevard ein dunkelhaariges Mädchen, das reglos zusah, wie ein paar Papierflocken hinabrieselten. Und obwohl er aus der Entfernung ihre Augen nicht erkennen konnte, war er sicher, dass das Mädchen weinte. Verhalten und so würdevoll, wie es einem tiefen, dunklen Schmerz gebührte.

»Dein heutiges Modell hat angerufen, er schafft es nicht, in die Studios zu kommen«, sagte Clarence, der eben zur Tür hereinkam.

Als Ruth sich umdrehte, waren ihre Augen trocken, doch auf ihrem Gesicht lag ein schmerzlicher Ausdruck.

Mr. Bailey schlug den Blick nieder, so als hätte er sie beim Eintreten nackt vorgefunden. »Entschuldige ...«, bat er leise.

»Dann habe ich also heute frei?«, fragte Ruth scherzhaft.

»Nein«, erwiderte Clarence. »Er möchte, dass du zu ihm nach Hause kommst.«

Ruth erstarrte.

»Er ist ein anständiger Kerl«, sagte Clarence.

Ruths Blick schweifte im Zimmer umher.

»Er ist seltsam ... aber ein anständiger Kerl.« Mr. Bailey trat näher an Ruth heran. »Er schickt seinen Fahrer, aber wenn du willst, hole ich das Auto und fahre dich selbst hin.«

»Nein, schon gut ...« Ruth ging hinüber zu ihrer Tasche und überprüfte die Fotoapparate.

»Kann ich irgendwie helfen?«, fragte da Clarence.

Ruth sah ihn an. Ihr war bewusst, dass er damit nicht den Fototermin meinte. Sie schüttelte den Kopf und lächelte ihn an. Dann umarmte sie ihn. »Danke«, flüsterte sie.

Mr. Bailey strich ihr eine ganze Weile schweigend über das Haar, als wäre die Zeit stehen geblieben.

Und Ruth spürte, wie eine Art innerer Frieden ihren Schmerz und ihre Verwirrung linderte. Sie hatte geglaubt, Christmas hätte sie vergessen. Sie hatte an ihm gezweifelt. Er hat mich vergessen, weil ich schmutzig bin und überall nur Schmutz sehe, hatte sie sich so oft gesagt. Das war es, was sie am meisten schmerzte: Christmas nicht vertraut zu haben. Ich habe dich verraten, dachte sie und fühlte sich von einer tonnenschweren Last begraben. Ich verdiene dich nicht.

Da entwand sie sich der Umarmung. Sie sah Mr. Bailey an. »Noch nie habe ich jemand so Bedeutendes fotografiert ...«

Clarence lächelte und winkte ab.

»Ich meine es ernst«, sagte Ruth.

»Er hat ein Gesicht wie wir alle. Zwei Augen, eine Nase und einen Mund«, gab Clarence Bailey zurück.

Ruth seufzte. »Was ist, wenn er meine Aufnahmen schrecklich findet?«

»Schau ihn dir genau an und dann gib ihm das richtige Licht.«

Ruth öffnete den Mund, um etwas zu erwidern, doch in dem Moment steckte Odette den Kopf zur Tür herein. »Mr. Barrymores Chauffeur ist jetzt da.«

»Geh schon«, sagte Clarence. Er bückte sich nach Ruths Tasche und reichte sie ihr. »Zwei Augen, eine Nase und ein Mund«, erinnerte er sie.

Ruth lächelte unsicher, nahm die Tasche mit den Fotoapparaten entgegen und ging zur Tür. »Clarence«, sagte sie plötzlich und drehte sich um, »darf ich hier wohnen bleiben?«

Mr. Bailey blickte erstaunt drein.

»Ich weiß, ich verdiene inzwischen genug, um mir eine eigene Wohnung zu nehmen«, erklärte Ruth, »aber ich würde gern in diesem Zimmer bleiben. Darf ich?«

Clarence lachte. »Geh schon, beeil dich.«

Wie einst Fred hielt der Chauffeur ihr die Tür des luxuriösen

Wagens auf. Ruth stieg ein, ließ sich in den Ledersitz sinken und presste die Kameratasche an sich.

Als sie in der Villa ankamen, flüsterte eine hispanische Haushälterin dem Fahrer mit besorgter Miene und gelegentlichen Seitenblicken auf Ruth etwas zu.

»Was ist, fangen wir an?«, ließ sich von drinnen eine tiefe, dröhnende Stimme vernehmen. Und dann tauchte John Barrymore auf, *The Great Profile*, wie er in ganz Hollywood wegen seiner perfekten Nase genannt wurde. Er trug einen Satinmorgenmantel und war ungekämmt.

Erneut blickte die Haushälterin besorgt zu Ruth hinüber. »Ha bebido …«, sagte sie leise.

»Du sollst mich fotografieren?«, fragte John Barrymore. »Na los, beeilen wir uns!« Er ging zurück ins Haus.

Die Tasche in der Hand, zögerte Ruth einen Augenblick, bevor sie die Villa betrat.

Der berühmte Schauspieler fläzte im Salon in einem Sessel. Er war fünfundvierzig Jahre alt und von fesselnder und zugleich entwaffnender Schönheit. John Barrymore schien Ruths Gegenwart nicht zu bemerken. Mit verlorenem, abwesendem Blick starrte er ins Leere.

Still kniete Ruth sich hin und holte ihre Leica hervor. Sie machte eine Aufnahme, fotografierte ihn im Profil. Das perfekte Profil, das durch eine wirr in die Stirn hängende Haarsträhne entzaubert wurde. Und die fesselnden Augen, die ins Nichts blickten.

Barrymore wandte den Kopf. Er betrachtete Ruth, als sähe er sie nun zum ersten Mal, und ein versunkenes Lächeln trat auf sein Gesicht. »Aus dem Hinterhalt, was?«

»Bitte entschuldigen Sie«, entgegnete Ruth und erhob sich.

John Barrymore lachte. »Dann nenne ich dich von jetzt an ›Verräterin‹. Ich bin bekannt dafür, Spitznamen zu erfinden.«

»Darf ich so noch ein paar Aufnahmen machen?«

»Aber sicher, ich gehöre dir, Verräterin«, antwortete Barrymore und setzte sich lächelnd in Pose.

Ruth ließ die Kamera sinken. »Lächeln Sie nicht.«

»Sollen meine Verehrerinnen mich denn nicht glücklich sehen?«

Ruth gab keine Antwort, sondern sah ihn nur eindringlich an.

Sein Mund lächelte noch immer, doch sein Blick wurde ernst und nachdenklich.

Ruth drückte auf den Auslöser und spulte weiter.

Barrymore drehte ihr nun den Rücken zu. Das zerzauste Haar des Filmstars schimmerte im Licht, das durch das große Fenster des Salons hereinfiel. Seine breiten, geraden Schultern waren gekrümmt, seine Hände zu Fäusten geballt.

Ruth fotografierte ihn so.

Barrymore wandte ihr das Gesicht zu. Er hatte einen schönen, sinnlichen Mund, fast wie ein Teenager, mit leicht geöffneten Lippen, und einen verirrten Blick.

Ruth drückte auf den Auslöser. Und spulte weiter.

»Ich gehe mich anziehen«, sagte Barrymore da, stand auf und verschwand in einem Nebenzimmer.

Ruth wartete kurz, dann folgte sie ihm.

Barrymore saß in einem halbdunklen Raum. Zwischen zwei dichten Vorhängen sickerte nur ein schmaler Lichtschein hindurch, der auf seine nackten Füße, eine Flasche auf dem Fußboden und seine wie zum Gebet gefalteten Hände fiel. Mit gesenktem Kopf starrte er reglos auf die Flasche.

Ruth öffnete den Kameraverschluss, so weit es ging. Sie stellte die Belichtungszeit ein. Um möglichst ruhig zu stehen, lehnte sie sich gegen den Türrahmen. Dann drückte sie auf den Auslöser.

Barrymore reagierte nicht.

Ruth ging ins Zimmer und zog die Vorhänge ein wenig zurück,

bis auch das wirr herabhängende Haar des Filmstars von Licht umflutet war. Sie kniete sich neben ihn und drückte auf den Auslöser. Dann nahm sie eine frontalere Position ein und drückte erneut auf den Auslöser. »Sehen Sie mich an«, sagte sie.

Barrymore hob nur den Blick.

Ruth fotografierte.

»Ich werde nie zulassen, dass du die veröffentlichst, Verräterin, das ist dir doch klar, oder?«, sagte Barrymore mit seiner warmen, melancholisch eingefärbten Stimme. In seinem Blick lag keine Spur von Arroganz oder Aggressivität.

Ruth drückte auf den Auslöser. »Ich schenke sie Ihnen«, antwortete sie. »Machen Sie damit, was Sie wollen.«

»Ich werde sie zerreißen.«

Ruth drückte auf den Auslöser. »Auch ich habe heute Morgen etwas zerrissen«, erzählte sie und war selbst überrascht von ihrem Geständnis.

»Was denn?«

»Etwas, was ich nicht sehen wollte«, antwortete sie, und während sie den Film weiterspulte, wurden hinter der Leica ihre Augen feucht.

Barrymore beugte sich vor. Er nahm ihr die Kamera aus der Hand, richtete das Objektiv auf sie und schoss ein Foto. »Entschuldige, Verräterin«, sagte er, als er ihr die Leica zurückgab. »Du hast sehr hübsch ausgesehen.«

Ruth errötete und stand auf.

Barrymore lachte. »Ich hab dich reingelegt, was?«

Ruth gab ihm keine Antwort.

Da stand Barrymore vom Stuhl auf und legte ihr die Hand auf die Schulter. »Gib mir fünf Minuten. Ich ziehe mich an, und dann machen wir Fotos, die wir auch herumzeigen können.« Er sah ihr in die Augen. »Ich werde nicht lächeln, versprochen.«

Ruth ging wieder in den Salon. Sie setzte sich in den Sessel, in den sich zuvor John Barrymore sich gefläzt hatte. Sie spürte seiner Wärme nach. Und dann kehrten ihre Gedanken zurück zu dem Konfetti, das auf den Venice Boulevard hinabgerieselt war. Zu dem Brief an Christmas, den abzuschicken sie niemals den Mut aufgebracht hätte. »Ich werde dich finden«, hatte Christmas vor mehr als drei Jahren in der Grand Central Station gesagt. Ruth hatte es ihm von den Lippen abgelesen. Und seit dem Tag wartete sie darauf, dass er sie fand. Und sie würde weiter warten. Denn sie brachte nicht den Mut auf, ihm ein Zeichen zu geben. »Deine, und niemals Deine«, sagte sie zu sich selbst.

Während der folgenden Stunde stand John Barrymore geduldig Modell und setzte all die geheimnisvoll dunklen Mienen auf, für die er berühmt war. In keiner einzigen Aufnahme jedoch zeigte er das Dunkel, das Ruth ihm zuvor entlockt hatte.

Am Tag darauf entwickelte Ruth die Fotos. Sie überreichte Clarence die offiziellen Bilder und suchte dann Barrymore zu Hause auf. »Hier sind die Negative und die Aufnahmen, die ich ohne Ihre Erlaubnis gemacht habe«, sagte sie. »Niemand hat sie gesehen.«

Barrymore schaute sie sich an. »Du bist gut, Verräterin«, lobte er. »Das bin genau ich.«

Da fischte Ruth ein Foto aus ihrer Tasche und reichte es ihm. Barrymore warf einen Blick darauf. Es war das Foto, das er von Ruth gemacht hatte. »Das bin auch genau ich«, sagte sie. »Zerreißen Sie es mit, wenn Sie Ihre zerreißen.«

Während Ruth hinausging, drehte Barrymore das Foto um und las auf der Rückseite:

Für Christmas. Deine, und niemals Deine, Verräterin.

51

Manhattan, 1927

Die Leute aus dem Viertel blickten im Vorbeigehen auf die große Uhr, deren Zeiger auf halb acht standen, und grinsten. Die weißen Polizisten hingegen, die dort entlangkamen, sahen kopfschüttelnd hinauf und bemerkten unvermeidlich: »Verstehe einer diese Nigger. Stellen eine Uhr auf, die gar nicht läuft.«

Aber die Bewohner des Viertels grinsten aus gutem Grund, wussten sie doch, was sich hinter der Uhrenattrappe, die Cyril gemalt hatte, verbarg. Die erste Streife, die an dem Tag, als Signor Filesi den Rundfunkmast aufs Dach gehievt hatte, vor der Mietskaserne in der 125th Street stehen geblieben war, hatte eine Menge Fragen gestellt. Um eine Antwort verlegen – schließlich war der Sender illegal –, war Christmas schließlich auf die Idee gekommen, ihnen weiszumachen, es handele sich um das Gestell für eine große Uhr.

»Was ist? Dürfen Harlems Nigger keine Uhr haben?«, hatte Cyril die Streifenpolizisten angefahren. Umringt von dem Pulk Schaulustiger, der an dem Tag zusammengekommen war, hatten die Polizisten keinen Streit riskieren wollen und waren mit dem Hinweis, die Angelegenheit melden zu müssen, weitergezogen. Und tatsächlich übermittelten sie dem zuständigen Department einen schludrigen Bericht über den Vorfall. Von da an machten die Weißen sich über die Uhr der Schwarzen lustig, und die Schwarzen ließen die Scherze gern über sich ergehen, wussten sie es doch besser.

Nach einem weiteren Monat war die Sendestation funktionstüchtig und einsatzbereit. In den vergangenen zwei Monaten, so hatten Christmas, Cyril und Karl von Maria erfahren, hatte

N. Y. Broadcast haufenweise Zuschriften von Hörern bekommen, denen *Diamond Dogs* gefallen hatte und die wissen wollten, warum es keine weiteren Folgen mehr gab. Die Geschäftsleitung von N. Y. Broadcast hatte sich beraten und entschieden, den Hörerwünschen nachzukommen. Niemandem kam dabei in den Sinn, Christmas wieder einzustellen. »Er ist kein Profi«, erklärten sie schlicht. Also wurden zwei Hörspielautoren mit dem Schreiben der Texte beauftragt. Anschließend engagierte man einen Schauspieler mit tiefer Stimme und einwandfreier Aussprache und nahm die Sendung unter dem Titel *Gangster für eine Nacht* ins Programm. Die Geschichten stellten sich jedoch als nichtssagend und unrealistisch heraus. Ihnen fehlte das Herzblut. Die Autoren stammten aus wohlhabenden Familien und waren in namenlosen Provinznestern in New England aufgewachsen. Zwei junge Hochschulabsolventen, die von Hollywood träumten und als Notbehelf mit dem Enthusiasmus zweier Angestellter Stücke fürs Radio schrieben. Der Sprecher war ein zweitrangiger Schauspieler, der als Werbesprecher seinen Lohn aufbesserte und sich vergebens um ein Engagement am Broadway bemühte. Keiner der drei hatte jemals einen Fuß auf die schmutzigen Straßen der Lower East Side oder die von Brownsville gesetzt. Die Ausdrücke, die sie benutzten, klangen gekünstelt, wie aus viertklassigen Gangsterfilmen. Solche Klischees konnten die Hörer nicht mitreißen, wie es Christmas in der ersten Folge gelungen war. Als die Einschaltquoten immer weiter sanken, beschloss die Geschäftsleitung von N. Y. Broadcast, die Sendung abzusetzen, und die Menschen lernten wieder, sich mit den altbekannten Witzen von Skinny und Fatso in *Cookies* zu begnügen.

»Kommt mit und seht es euch an«, sagte Cyril nach den zwei Monaten, als er an einem Abend, an dem der Vollmond leuchtend am sternenklaren Himmel stand, mit stolz vor der Brust verschränkten Armen vom holprigen Bürgersteig der 125th Street zu der als Uhr getarnten Sendeantenne hinaufblickte.

Dann ging er über die Straße und betrat mit Christmas und Karl das Treppenhaus der Mietskaserne.

Sie stiegen in den fünften Stock hinauf, wo Cyril an eine braune Tür klopfte.

Kurz darauf erschien eine aufreizend schöne Frau um die dreißig in einem figurbetonten, weit ausgeschnittenen Kleid aus königsblauer Kunstseide in der Tür und lächelte. »Herein mit euch«, sagte sie.

»Das ist Sister Bessie«, stellte Cyril sie vor. »Sie war die Frau meines Bruders, doch der hat mehr Gefallen an der Flasche gefunden. Als ich zuletzt von ihm gehört habe, war er in Atlanta. Seit zwei Jahren aber wissen wir nichts mehr von ihm.«

»Seitdem arbeite ich als Hure«, sagte Sister Bessie, und ihre großen dunklen Augen blitzten wütend und stolz zugleich, während sie trotzig das Kinn hob.

Mit einem Mal war Christmas unbehaglich zumute. Er legte die Hand auf die Narbe an seiner Brust, auf das H wie Hure, das man ihm wegen des Berufs seiner Mutter eingeritzt hatte und das er von klein auf wie ein Brandmal mit sich herumtrug. Peinlich berührt blickte er zu Boden. Dabei fiel ihm die blonde Locke über die Augen.

»Sieh sich einer die Haare dieses weißen Jungen an«, bemerkte Sister Bessie und fuhr ihm mit der Hand hindurch.

Ruckartig drehte Christmas den Kopf weg.

Sister Bessie lachte. »Keine Sorge, ich will dich nicht verführen«, sagte sie in ihrem aufreizenden Tonfall. »Ich arbeite nicht zu Hause.«

In Christmas regte sich Unmut.

Sister Bessie nahm ihn bei der Hand und bedeutete auch Karl, ihr zu folgen. Sie führte die beiden vor eine verschlossene Tür und legte den Finger an die Lippen. Dann drückte sie die Klinke hinunter und wies auf zwei Betten. »Das sind meine Kleinen«, sagte sie leise.

Im Dämmerlicht erkannte Christmas zwei friedlich schlafende Kinder.

Sister Bessie zog ihn an der Hand ins Zimmer. Sie strich über den wuscheligen Lockenkopf eines fünfjährigen Mädchens, das im Schlaf am Daumen lutschte und eine Stoffpuppe an sich gedrückt hielt. »Das ist Bella-Rae«, flüsterte sie Christmas ins Ohr. Dann streichelte sie den kurz geschorenen Kopf des anderen Kindes.

Der Junge schlug die großen, müden Augen auf. »Mama ...«, murmelte er schlaftrunken.

»Schlaf weiter, mein Schatz«, sagte Sister Bessie. Der Kleine kuschelte sich unter die Bettdecke. »Er heißt Jonathan«, flüsterte Sister Bessie Christmas zu, »und ist sieben.«

Christmas lächelte verlegen. Unterdessen musste er daran zurückdenken, wie er selbst manchmal nachts in der Wohnung von Signora Sciacca weinend aufgewacht war und die dicke Frau und ihre Kinder ihm mit ihren ärgerlichen Blicken das Gefühl gegeben hatten, nicht willkommen zu sein. Dann erinnerte er sich, wie er, älter schon, auf der Pritsche in der kleinen Küche in der Monroe Street aus einem Albtraum hochgeschreckt war und nach seiner Mutter gerufen hatte, doch sie war nicht zu Hause gewesen. Dann war er in ihr Bett gekrochen, um wenigstens ihren Geruch einzuatmen.

Sister Bessie führte ihn aus dem Zimmer und schloss die Tür. »Sind das nicht zwei Engel?«

Christmas wurde von einer tiefen Melancholie ergriffen und ihm war, als befiele ihn, einer Krankheit gleich, wieder die schreckliche Einsamkeit, die er als Kind empfunden hatte. »Ja«, gab er zurück, während er schroff seine Hand aus Sister Bessies Umklammerung zurückzog.

»Ganz schön kratzbürstig, dieser Junge«, sagte Sister Bessie lachend.

»Sister Bessie, wir sollten jetzt ...«, hob Cyril an.

»Seid ihr zum Arbeiten oder zum Schwatzen hergekommen?«, schnitt ihm die Frau unwirsch das Wort ab. »Das Zimmer stelle ich euch zur Verfügung, aber ich habe keine Zeit, einen Salon zu veranstalten.« Damit drehte sie sich um und verschwand in ihrem Schlafzimmer.

Cyril brach in Gelächter aus. Gemeinsam mit Christmas und Karl betrat er dann das Zimmer, das Sister Bessie ihnen überlassen hatte, da es genau unter der großen Antenne lag. Zahlreiche ummantelte Kabel verliefen durch die Wand zum Dach hinauf. Glatt gehobelte, auf zwei Holzböcke genagelte Bretter dienten als Gestell für eine primitive, selbst gebaute Apparatur.

»Das soll funktionieren?«, fragte Karl mit hochgezogener Augenbraue.

»Sister Bessie, mach das Radio an«, brüllte Cyril.

»Wenn du mit deinem Geschrei Jonathan und Bella-Rae aufweckst, werf ich euch alle drei raus«, drohte Sister Bessie, die in der Tür auftauchte. Bevor Cyril etwas erwidern konnte, fügte sie hinzu: »Ich habe es schon eingeschaltet. War doch klar, dass sie beim Anblick dieses Ungetüms nicht glauben würden, dass es funktioniert.«

»Geh nach drüben, Karl«, sagte Cyril. »Du auch, Christmas.«

Karl und Christmas betraten Sister Bessies Schlafzimmer. Die gesamte Wohnung war, wie Christmas feststellte, sehr sauber und ansprechend.

»Wie schon gesagt, ich arbeite nicht zu Hause, Junge«, lachte Sister Bessie mit einem Augenzwinkern.

Das Radio, das sie auf einer weiß lackierten Kommode stehen hatte, war keines, das man im Laden kaufen konnte. »Auch das hat der Verrückte da drüben gebaut«, erklärte sie und deutete auf das Gerät. Dann drehte sie an einem Knopf, der aus einem Korken gemacht war.

»Könnt ihr mich hören, ihr Trottel?«, schallte Cyrils Stimme durch den Raum. »Klar könnt ihr mich hören. Ihr seid beim Piratensender von Harlem auf Frequenz 540 . . . nah bei der 570 von WNYC. So stößt jeder, der sich vertut, auf uns . . . Schlau, euer Nigger, was? Wir decken ganz Manhattan und Brooklyn ab.« Kurze Pause. »Okay, ich hab die Nase voll vom Reden. Kommt wieder rüber. Wir können auf Sendung gehen.«

»Nein, können wir nicht«, widersprach Karl, als er wieder ins Zimmer trat und die Tür hinter sich schloss.

Verwundert sahen Christmas und Cyril ihn an.

»Wie stellt ihr euch das vor? Wollt ihr einfach so auf Sendung gehen?«

»Was sollten wir denn sonst tun?«, fragte Cyril finster.

»Die Menschen in die Lage versetzen, uns auch zu hören«, antwortete Karl.

»Soll heißen?«

»Sie wissen lassen, dass wir senden, Cyril«, antwortete Christmas, der begriffen hatte, worauf Karl hinauswollte.

»Meine Leute wissen es schon und können es kaum erwarten«, entgegnete Cyril.

»Aber der Rest der Stadt weiß es nicht, und wir können nicht nur darauf hoffen, dass die Leute rein zufällig, oder während sie eigentlich WNYC suchen, auf unsere Frequenz stoßen«, erklärte Karl in versöhnlichem Ton.

Cyril schnaubte. »Soll ich etwa durch ganz New York laufen und es herumerzählen?«

»So etwas in der Art«, grinste Karl.

»Geht ihr beiden doch«, brummte Cyril. »Ich habe meinen Teil der Arbeit erledigt.«

»Keiner von uns dreien wird gehen, Cyril«, erwiderte Karl lächelnd. »Das hier ist mein Gebiet.«

»Wenn du es sagst . . .«

»Jetzt aber brauchen wir Geld«, fuhr Karl, ernst geworden, fort. »Ich kann fünfhundert Dollar beisteuern.«

»Ich habe keinen Cent«, musste Christmas kleinlaut eingestehen.

»Dito«, sagte Cyril.

»Also müssen wir die restlichen tausend wohl irgendwo anders auftreiben«, stellte Karl grinsend fest.

»Wozu brauchst du denn das ganze Geld?«, wollte Cyril wissen.

»Ich habe dir vertraut, Cyril«, entgegnete Karl und legte ihm eine Hand auf die Schulter. »Und du warst großartig.«

Cyril konnte sich ein zufriedenes Grinsen nicht verkneifen.

»Aber jetzt ist es an der Zeit, dass du mir vertraust«, sprach Karl weiter. »Hilf mir, tausend Dollar aufzutreiben.«

»Tausend Dollar . . .«, murmelte der Schwarze.

»Auch du, Christmas«, sagte Karl und sah ihn eindringlich an. »Es ist wichtig.«

»Herrje, tausend Dollar liegen doch nicht einfach so auf der Straße«, brummte Cyril.

»Ich habe mir etwas überlegt«, erklärte Karl. »Wir bitten tausend Leute um je einen Dollar.«

Cyril schüttelte den Kopf. »Was redest du denn da?«

»Ein Dollar ist der Mindesteinsatz, um einen winzigen Anteil an unserem Sender zu besitzen«, fuhr Karl fort. »Wir tun unser Bestes, den Dollar am Ende des Jahres zurückzuzahlen. Und sollte der Gewinn höher ausfallen . . . werden vielleicht zwei Dollar daraus.«

»Wahnsinnsgeschäft.«

»Cyril, hör ihm zu«, sagte Christmas aufgeregt. »Das ist eine gute Idee.«

»Nein, das ist eine Scheißidee!«, polterte Cyril los. »Wir sind ein illegaler Sender, wie willst du denn da Gewinne machen? Mit gesetzwidriger Werbung? Habt ihr zwei noch alle Tassen im Schrank?«

»Unser Sender wird doch nicht ewig illegal sein«, widersprach Karl. »Wir leben in einem freien Land . . .«

»Sieh dich doch mal um, Pole!«, fuhr Cyril auf. »Denkst du, die Schwarzen hier sind frei? Frei wozu? Zum Verhungern. Und denen soll ich einen Dollar abknöpfen?«

»Du knöpfst ihnen einen Dollar ab und schenkst ihnen eine Hoffnung«, sagte Christmas.

»Ich soll also tausend Schwarze finden, die bereit sind, einen winzigen Anteil an unserem Sender zu kaufen?«

»Nicht tausend«, erwiderte Christmas. »Einer gibt vielleicht zehn Dollar, der Nächste hundert...«

»Hundert Dollar! Heilige Scheiße, ihr beide spinnt wirklich.«

»Ich gehe zu Rothstein«, erklärte Christmas da. »Rothstein ist stinkreich. Er allein könnte mir auch tausend Dollar geben.«

»Aber klar doch...«, brummelte Cyril.

In dem Augenblick wurde die Zimmertür geöffnet, und Sister Bessie kam mit einer Geldbörse in der Hand herein. Sie ließ den Verschluss aufschnappen und zählte kramend ihr Kleingeld. Schließlich warf sie eine Hand voll Münzen auf die Bretter des Gestells. »Den ersten Dollar habt ihr schon«, sagte sie.

Christmas schaute sie an, und ihm war, als sähe er sie erst jetzt. Als Frau. Und erst in diesem Augenblick erkannte er in ihren Augen all das, was er an seiner Mutter nicht hatte akzeptieren können.

Sister Bessie, die sich beobachtet fühlte, hatte ihm das Gesicht zugewandt.

Verlegen schlug Christmas den Blick nieder und errötete. Dann schaute er wieder zu Sister Bessie auf. »Meine Mutter war auch eine Hure«, sagte er und versuchte, dabei ebenso stolz zu wirken wie sie.

Cyril und Karl starrten ihn an.

Zwischen Sister Bessies vollen dunkelroten Lippen blitzten ihre schneeweißen Zähne auf, sie trat an Christmas heran und nahm sein Gesicht in ihre schlanken Hände. Mit dem Daumen strich sie über seine Augenbraue und drückte ihm dann einen

Kuss auf die Wange. Wieder zeigte sie lächelnd ihre makellos geraden Zähne. Sie wandte sich zu Cyril und Karl. »Ein Hurensohn wiegt hundert Söhne aus reichem Hause auf, merkt euch das«, sagte sie in scharfem Ton.

Cyril und Karl gaben sich mit erhobenen Händen geschlagen.

»Du musst stolz auf deine Mutter sein, Junge«, bemerkte Sister Bessie.

»Ja«, antwortete Christmas nur.

Abermals nahm Sister Bessie sein Gesicht in ihre schönen Hände und drückte ihm einen Kuss auf die Wange. Dann wandte sie sich an ihren Schwager: »Was ist? Nimmst du nun den Dollar oder nicht?«

»Na gut«, gab Cyril nach und schlug mit der Faust auf die Bretter. Die Münzen klimperten. »Wenn man ständig mit Verrückten zu tun hat, wird man am Ende selbst verrückt. Versuchen wir's also. Ich klappere meine Leute ab, Christmas seine Gangster.« Er schüttelte den Kopf. »Scheißradio ...«

Christmas, Karl und Sister Bessie prusteten los.

»Ja, ja, lacht nur ...«, grinste Cyril. »Mir ist noch immer nicht klar, wofür wir all das Geld brauchen.«

»Du wirst schon sehen«, gab Karl zurück.

»CKC wird ein Riesenerfolg«, sagte Christmas.

»Wer?«, fragten Karl und Cyril einstimmig.

»CKC. So wird unser Sender heißen«, erklärte Christmas stolz. »Die Anfangsbuchstaben unserer Namen. Ganz einfach, oder?«

»Und wofür steht das erste C?«, hakte Cyril argwöhnisch nach. »Für Christmas oder für Cyril?«

»Willst du am Anfang stehen?«, fragte Christmas lachend. »In Ordnung, das erste C gehört dir.«

»Verarschst du mich jetzt?«

»Nein, Partner.«

»Partner …«, wiederholte Cyril und ließ sich das Wort genießerisch auf der Zunge zergehen.

»Partner«, bestätigte Karl strahlend.

»Ich mit zwei Weißen als Partner, Sister Bessie. Kannst du das glauben?«, lachte Cyril. »Ich komme in die Hölle, so viel ist sicher.«

In der darauffolgenden Woche bekam Cyril achthundert Dollar zusammen. Kaum hörten die Leute im Viertel, worum es ging, kratzten sie den letzten Cent aus ihren Taschen. Dabei begeisterte sie nicht so sehr die Vorstellung, einen winzigen Anteil an dem Radiosender zu besitzen, der für sie für Freiheit stand. Es war das Bewusstsein, ein kleines Stück der vermeintlichen Uhrenattrappe gekauft zu haben, das jedem Einzelnen das Gefühl gab, es den ahnungslosen Weißen einmal so richtig zu zeigen. Keiner der armen Schlucker verlangte eine Garantie, dass er den Dollar auch zurückbekam. Das Geld war gut angelegt, wenn man damit den Weißen eins auswischen konnte.

Christmas sammelte tausendvierhundert Dollar. Fünfhundert gab allein Rothstein dazu. Christmas hatte gewusst, wie er ihm das Geld entlocken konnte. »Es ist eine Art Wette«, hatte er gesagt. Und da hatte Rothstein nicht widerstehen können. Weitere siebenhundert kamen bei Lepke Buchalter, Gurrah Shapiro und Greenie zusammen. Die Sache mit der Wette funktionierte bei ihnen nicht, sie waren keine leidenschaftlichen Spieler wie ihr Boss. Kaum aber erwähnte Christmas, es handele sich um ein illegales Geschäft, waren die drei mit von der Partie. Die Vorstellung, sich an einer gesetzwidrigen Sache zu beteiligen, mit der sie bislang noch keine Erfahrungen gemacht hatten, berauschte sie. Weitere fünfundachtzig Dollar stammten von Cetta und noch einmal hundertfünfzehn Dollar von Sal.

»Zweitausendzweihundert Dollar!«, rief Karl am Ende der Woche zufrieden aus. »Mit meinen fünfhundert kommen wir auf zweitausendsiebenhundert. Und mein Vater hat mir dreihundert zugesagt. Glatte dreitausend Dollar! Nun können wir die Sache ganz groß aufziehen.« Er rieb sich die Hände und kicherte wie ein kleiner Junge.

Tags darauf verkündeten zahlreiche Reklametafeln an strategisch wichtigen, jedoch kostengünstigen Plätzen in der Stadt, von Harlem über die Lower East Side bis Brooklyn, in riesigen Lettern:

CKC – Euer Untergrundradio!

In der folgenden Woche wurden die Reklametafeln ausgetauscht, und die New Yorker lasen:

CKC – Euer Untergrundradio! Fangt an zu zählen: In sieben Tagen ist es so weit.

Ohne die Tafel umzugestalten, wurde am nächsten Tag die Sieben durch eine Sechs ersetzt. Dann folgten die Fünf, die Vier, die Drei, die Zwei und schließlich die Eins.

Die beiden Reklameactionen – den Zahlenaustausch eingerechnet – kosteten neunhundertzwanzig Dollar. Die restlichen zweitausendachtzig wurden in der Woche darauf bis auf den letzten Cent in neue Reklametafeln in schreienden Farben investiert, die zusätzlich zu den gewohnten Informationen ankündigten:

Heute ist der Tag, auf den du gewartet hast, New York. Schalte um 7:30 p. m. Frequenz 540 AM ein und höre Diamond Dogs. So wirst du einer von uns.

Die Schriftzüge *CKC, 540 AM und Diamond Dogs* leuchteten dabei abwechselnd auf.

Lange vor halb acht war Harlem in heller Aufregung. Sämtliche Radios, die Cyril in den Jahren gebaut hatte, waren auf der richtigen Frequenz eingeschaltet. Auch Cetta hatte bereits eine Stunde früher das Radiola-Gerät eingeschaltet und hockte neben Sal, der noch blasser und aufgeregter war als sie, während aus dem Radio nur das Knistern der Röhren zu hören war. Im Funkhaus von N.Y. Broadcast hatte sich Maria mit den beiden Tontechnikern Leonard und Marcus, die an der ersten Ausstrahlung von *Diamond Dogs* beteiligt gewesen waren, in einem kleinen Studio im dritten Stock eingeschlossen und die Radioanlage auf 540 AM eingestellt. Cyril saß in Sister Bessies Zimmer, wo die Kinder sich an ihre Mutter schmiegten und nicht ganz verstanden, weshalb sie über das Radio einem Weißen zuhören sollten, der im Raum gleich nebenan redete.

Das zum Senderaum umfunktionierte Zimmer war abgedunkelt worden, um die Atmosphäre zu schaffen, die Christmas brauchte. Fenster und Tür hatte man mit Hunderten hart gekochter Eier, für die das gesamte Viertel in den vergangenen Wochen gesorgt hatte, schalldicht gemacht.

»Bist du bereit, Christmas?«, erkundigte sich Karl.

Christmas antwortete ihm mit einem angespannten Lächeln.

»Es wird alles gut gehen«, sagte Karl.

»Klar.« Christmas schloss die Augen und umfasste mit einem tiefen Atemzug eines der drei Mikrofone, die Cyril aus dem Lager von N.Y. Broadcast hatte mitgehen lassen.

Neben der Sendeanlage hatten sie ein altes Grammofon aufgestellt. Karl drehte die Handkurbel und drückte auf den Bremshebel. Auf dem Plattenteller lag eine Schallplatte, die Christmas gekauft hatte.

Im Schlafzimmer blickte Sister Bessie auf die Uhr. »Jetzt«, sagte sie leise.

»Wir sind auf Sendung«, wisperte Karl.

»Leg los«, flüsterte Christmas.

»Guten Abend, Freunde, herzlich willkommen zu dieser denkwürdigen ersten Radiosendung aus dem Untergrund«, sprach Karl mit leicht zitternder Stimme in sein Mikrofon. »Ihr hört nun *Diamond Dogs*. Gute Unterhaltung wünscht euch CKC.«

Es folgte eine kurze Stille, in der Cyril nervös auf dem Bett herumrutschte, bis eine warme Stimme sagte: »Guten Abend, New York ...«

»Das ist mein Christmas«, rief Cetta aus.

»Sei still, du dumme Gans«, brummte Sal angespannt.

»Bevor ich anfange, möchte ich euch um etwas bitten«, sprach Christmas ins Mikrofon.

Im Dämmerlicht des Zimmers wandte Karl ihm irritiert den Blick zu. Cyril stand vom Bett auf, ein zufriedenes Grinsen machte sich auf seinem Gesicht breit.

Cetta hielt den Atem an. Ohne den Blick vom Radio abzuwenden, drückte Sal fest ihre Hand.

»Ich möchte, dass ihr an New Yorks Prostituierte denkt. Aber nicht an den Sex mit ihnen. Ich möchte, dass ihr sie seht, wie ich sie sehe: als Frauen«, tönte Christmas' Stimme aus den Radiogeräten in Harlem, der Lower East Side und Brooklyn. »Ich habe ihnen viel zu verdanken. Und ganz New York steht in ihrer Schuld. Habt Achtung vor ihnen ... sie haben ein Herz auch für die unter euch, die keines haben.«

Sister Bessie drückte ihre Kinder an sich und blickte lächelnd zu Cyril.

»Jetzt ein ganz besonderes Lied«, fuhr Christmas mit melodiöser Stimme fort. »Und dann öffne ich euch die Tür zu der finsteren, gefahrenvollen Welt, in der wir Straßengangster leben ...«

Christmas gab Karl ein Zeichen, der daraufhin das Mikrofon

an den Grammofonlautsprecher hielt und den Bremshebel löste.

»Das ist für dich, Mama«, sagte Christmas.

Behutsam setzte Karl die Grammofonnadel auf die Schallplatte.

In ihrem Wohnzimmer hörte Cetta das Knistern der Nadel und dann die Stimme ihres Sohnes: »Fred Astaire hat mir persönlich gesagt, er widme dieses Lied dir. Erkennst du es wieder?«

Aus dem Radio klangen die ersten Töne.

»*Lady* . . .«, murmelte Cetta, bevor ein Schluchzer sie innehalten ließ. »*Lady . . . Be*. . .«, stammelte sie weinend, »*Lady, Be Good!*«. Dann ließ sie ihren Tränen freien Lauf und klammerte sich an Sal, der weiter wie versteinert dasaß und das Radio anstarrte.

»Ich hab gehört, Fred Astaire ist schwul«, bemerkte Sal leise, als er ein Taschentuch hervorholte und es Cetta reichte.

Doch sie hörte ihn gar nicht; sie lachte und weinte zugleich.

»Danke, Mama«, sagte Christmas, als das Lied verklungen war. »Und jetzt ruft mit mir, alle zusammen: Hoch mit dem Lappen! Möge die Vorstellung beginnen, New York!«

52

Los Angeles, 1927

Bill hielt mit seinem Studebaker Big Six Touring, Baujahr 1919, vor der gestreiften Markise des *Los Angeles Residence Clubs* am Wilshire Boulevard, ohne den Motor auszuschalten. Er streichelte über das Lenkrad des Big Six. Als der Wagen noch neu gewesen war, hatte es sicher geglänzt. Doch nun, nach acht Jahren Benutzung, war es matt und an einigen Stellen abgegriffen. Dennoch war der Studebaker noch immer ein schicker Wagen, den einst nur die Reichen gefahren hatten. Nicht zu vergleichen mit seinem tristen Ford T-Modell. Bill hatte ihn vor einem Monat für achthundert Dollar bar auf die Hand gebraucht gekauft. Ja, auch wenn er schon ein wenig in die Jahre gekommen ist, der Studebaker ist ein Auto, auf das man stolz sein kann, dachte er zufrieden, während der Portier des *Residence Clubs* ihm die Tür öffnete.

»Guten Abend, Mr. Fennore«, sagte der Mann.

»Hallo, Lester«, begrüßte Bill ihn lächelnd. »Bring ihn in die Heia.« Lässig klopfte er auf die Motorhaube.

Der Portier stieg ins Auto. Bill blieb auf dem Gehweg stehen, während sein Cabrio mit der bordeauxroten Karosserie auf den Gästeparkplatz einbog. Sicher, niemand drehte sich auf der Straße mit offenem Mund nach diesem Wagen um. Und niemand, der ihn, Bill, hinter dem Steuer sah, hielt ihn für reich. Aber verglichen mit seinem Ford, war dieses Auto schon ein Hingucker. Und sollten die Geschäfte weiterhin florieren, würde Bill sich eines Tages einen Duesenberg leisten können. Das J-Modell. Einen Sportwagen, der es auf hundertneunzehn Meilen in der Stunde brachte. Er war in diesem Jahr auf der New

Yorker Automesse vorgestellt worden. Bill hatte Fotos in einer Zeitschrift gesehen und sofort beschlossen, dass er früher oder später einen Duesenberg besitzen würde. Erneut trat ein Lächeln auf sein Gesicht, bevor er den Blick zum fünften Stock des *Los Angeles Residence Clubs* hob. Suite 504. Sie war nicht zu vergleichen mit den Suiten des *Whilshire Grand Hotels* nur ein Stück den Boulevard hinunter. In Wahrheit handelte es sich bei der Suite 504 um ein großes Zimmer, das ohne Zwischentür in zwei Bereiche aufgeteilt war: auf der einen Seite das Bett, auf der anderen zwei Armsessel, ein Sofa und ein Couchtisch. Die Tapete war in den oberen Zimmerecken dunkel verfärbt und löste sich an manchen Stellen von der Wand. Anders als im *Grand Hotel* trug der Portier des *Residence Clubs* keine schnurbesetzte Uniform. Auch gab es keinen Zimmerservice. Bettlaken und Handtücher wurden einmal in der Woche, immer montags, gewechselt, und falls ein Gast aus Versehen seinen Kaffee verschüttete und sie vorzeitig ausgetauscht haben wollte, war ein halber Dollar Aufpreis fällig. Das Zimmermädchen war eine hinkende Alte, die sich darauf beschränkte, das Bett zu machen und die fettigen Sandwichtüten zu entsorgen, und die häufig vergaß, den Aschenbecher zu leeren. Nein, eine echte Suite war das nicht, auch wenn sie im *Club* so genannt wurde, um sie von den einfachen Zimmern zu unterscheiden. Und der Swimmingpool hinter dem Haus war nichts als eine grünliche Lache. Wie Lester ihm im Vertrauen erzählt hatte, war der Hotelbesitzer ein fürchterlicher Geizhals. »Er will ihn erst in Betrieb nehmen, wenn wir komplett ausgebucht sind«, hatte er ihm anvertraut. Und natürlich war das Hotel nie ganz ausgebucht. Trotz alldem war der Umzug in den *Residence Club* für Bill ein großer Schritt nach vorn. Und er war sicher, dass er es eines Tages bis ins *Whilshire Grand Hotel* schaffen würde.

Eine neue Ära hat begonnen, wiederholte er in Gedanken gut gelaunt Artys Lieblingssatz.

Bill betrat das Hotel, nahm den Aufzug und fuhr in den fünften Stock hinauf. Im Zimmer öffnete er die beiden Fenster, räumte ein wenig auf, wusch sich das Gesicht und warf einen Blick in den Badschrank unter dem Waschbecken. Da war sie. Lester hatte Wort gehalten: Er hatte ihm eine Flasche Whisky besorgt. Nicht den üblichen mexikanischen Tequila, nicht den üblichen Rum. Bill nahm die Flasche und zwei Gläser und stellte sie auf dem Couchtisch bereit. Er erwartete Besuch. Lächelnd entkorkte er die Flasche und schenkte sich zwei Fingerbreit Whisky ins Glas. Arty ahnte nicht, dass sie an dem Abend über Geschäftliches reden würden. Bill hatte alles einmal überschlagen und wollte mehr Geld.

Es klopfte. Auf der anderen Seite der Tür hörte er zwei Mädchen kichern. Arty hatte also Gesellschaft mitgebracht.

»Scheiße!«, fluchte Bill leise. Mit einem strahlenden Lächeln öffnete er dann die Tür. »Arty, komm rein.«

»Hallo, Punisher«, sagten die beiden Mädchen unisono, während sie ins Zimmer traten und Bill um den Hals fielen.

Verärgert schob er sie von sich. »Ich dachte, du kommst allein, Arty.«

»He, wolltest du etwa über mich herfallen?«, fragte der Regisseur und hielt sich wie schützend die Hand vor den Po.

Die Mädchen lachten. Die eine war blond und üppig, fast schon dick, die andere spindeldürr und brünett. Bill kannte sie. Sie waren als »die Zwillinge« bekannt. Ihre Spezialität waren lesbische Rollen. Arty hatte eine Vorliebe für Lesben. Er beobachtete sie gern, um sie anschließend selbst zu vernaschen.

»Ich wollte über geschäftliche Dinge reden«, erklärte Bill.

Arty grinste. »Ich dagegen wollte das *Ding* benutzen.«

Die Mädchen lachten und küssten sich dann auf den Mund.

»Mir ist es ernst«, sagte Bill.

»Mir auch, glaub mir. Frag Lola«, erwiderte Arty, nahm die Hand der Blonden und führte sie an sein Glied.

Lola gab einen gespielt überraschten Laut von sich und fiel dann in das Lachen der anderen ein. Die Brünette trat hinter Bill und ließ ihre Hand zwischen seine Beine und an seinem Hosenschlitz hinaufgleiten.

»Verschwinde«, sagte Bill und stieß sie von sich.

»Was gibt es denn so Wichtiges?«, fragte Arty, mit einem Mal ernst.

»Ich will über geschäftliche Dinge reden«, wiederholte Bill. Dann schaute er auf die Mädchen. »Nicht vor ihnen.«

Arty seufzte und blickte sich um. »Geht ins Bad. Schließt die Tür und kommt erst wieder raus, wenn wir euch rufen.« Arty grinste und fasste der Blonden an den Po. »Seid schön brav, ihr Kleinen.«

Die Mädchen lachten und verschwanden im Bad.

»Setz dich«, sagte Bill. Er schenkte reichlich Whisky in die Gläser. Dann stieß er mit Arty an. »Wie viele Filme haben wir schon gedreht?«

»Acht.«

»Neun mit dem von heute, richtig?«

»Richtig.«

»Mit dir und mir hat eine neue Ära begonnen. Richtig?«, sagte Bill und blickte dem Regisseur geradewegs in die Augen.

Arty lachte zufrieden, gab aber keine Antwort. »Ich habe mir einen Teil der Aufnahmen von heute angesehen«, meinte er stattdessen. »Sensationelles Material.« Er trank einen Schluck. »Weißt du noch, was ich damals zu dir sagte, als ich dich zum ersten Mal erwischt habe?«

»Aus dir mache ich einen Star.«

»Und, habe ich mein Versprechen gehalten?«

Bill lächelte. »Ja«, gab er zu. In Hollywoods reichen und verkommenen Kreisen war der Punisher inzwischen eine Ikone. Die grausame Ikone einer grausamen Welt. Die schwarze Ledermaske, die Bill hatte aufziehen wollen, aus Furcht, wiedererkannt zu werden und für seine in New York begangenen Verbrechen büßen zu müssen, hatte sich als Erfolgsidee herausgestellt. Der Punisher hatte kein Gesicht. So konnte sich jeder einzelne Zuschauer vorstellen, selbst hinter der Maske zu stecken, selbst nicht davor zurückzuschrecken, eine Frau zu vergewaltigen. Sie zu schlagen und wie verdorbene Ware zu behandeln. Wie eine Sklavin. Ohne Rücksicht auf das Gesetz, ohne Rücksicht auf Regeln. Jenseits jeglicher Moral. Der Punisher verlieh all der Gewalt, die in vielen Männern schlummerte, Stimme und Körper. »Ja«, sagte Bill abermals.

»Und das ist noch gar nichts, glaub mir«, fuhr Arty fort, während er seinen Whisky austrank und das Glas erneut füllte.

Die ersten acht Filme, die dem ersten Probefilm gefolgt waren, waren nach traditionellem Schema gedreht worden. Einstellung, Schnitt, Pause, Einstellung und so fort. Die Opfer des Punishers waren professionelle Schauspielerinnen, Gesichter – und Körper –, die man in der Welt der Pornografie bereits kannte. Sie taten so, als würden sie vergewaltigt. Gegen Geld. Bill schlug sie tatsächlich, doch nicht so, wie er es im wahren Leben getan hätte. Alles war Fiktion. Zwischen einer Einstellung und der nächsten hatte ein Mädchen dafür zu sorgen, dass Bills Erregung nicht nachließ, während die Maskenbildnerin den vermeintlichen Opfern mit roter Farbe falsche Verletzungen aufmalte. Anfangs waren die Heldentaten des Punishers in Hollywood auf große Begeisterung gestoßen. Man hatte sich mit der Inszenierung begnügt. Hatte doch kein Regisseur, kein Produzent bis zu dem Zeitpunkt auf dem Gebiet der Pornografie derart viel gewagt. Dagegen wirkten alle anderen Filme, die im Umlauf waren, altbacken. Aber irgendwann hatte man sich auch an Artys neue Art der Pornos gewöhnt. Einige Schauspieler und Regisseure, die stets die Filme des Punishers für ihre Privatpartys gekauft hatten, hatten auf einmal erklärt, sie seien der immer selben Schauspielerinnen überdrüssig. Andere hatten behauptet, man sehe, dass alles nur gestellt sei. Da war Arty die Idee gekommen. Alles würde echt sein, alles realistisch. Keine Schnitte, keine Pausen, keine professionellen Schauspielerinnen. Echte Mädchen mussten her, echte Opfer. Alles sollte so sein wie damals, als er in der verlassenen Halle zum ersten Mal heimlich beobachtet hatte, wie Bill seine Starschauspielerin Frida, die Mexikanerin, vergewaltigte.

»Im Ernst, das ist noch gar nichts«, sagte Arty mit Nachdruck. »Glaubst du mir das?«

»Ja.«

»Warte, bis der neue Film im Umlauf ist, dann wirst du schon sehen«, fuhr Arty fort. »Man wird uns mit Gold überschütten.«

Bill füllte schweigend sein Glas. »Darüber wollte ich mit dir reden«, sagte er schließlich.

»Worüber?«

»Wie viel landet in meiner Tasche?«

»Was willst du, mehr Geld?«, lachte Arty. »Okay, einverstanden. Tausend sind zu wenig? Wie viel willst du? Ich kann dir tausendfünfhundert pro Film zahlen. Was sagst du dazu?«

Bill sah ihn an, ohne zu antworten, und trank einen Schluck.

»Verflucht! Tausendfünfhundert, hab ich gesagt!«

Bill schwieg noch immer.

»Tausendsiebenhundert, verdammt noch mal. Mehr ist nicht drin. Sonst kriege ich die Kosten nicht gedeckt.«

Bill leerte seinen Whisky in einem Zug. Er schnalzte mit der Zunge und schenkte sich ein weiteres Glas ein.

»Versuch nicht, mich zu erpressen«, sagte Arty in hartem Ton.

Bill grinste. »Sonst ...?«

Ungehalten sprang Arty auf. »Ich habe dich erschaffen. Ich hab dich erst zu dem gemacht, der du bist. Vergiss das nie. Wer zum Teufel war Cochrann Fennore, bevor ich ... *ich*, verdammt noch mal ... ihn erfunden habe? Ein Bühnenbauhelfer, ein armer Schlucker. Und sieh dich jetzt an. Du hast einen Luxuswagen, diese Scheißsuite ... und du wirst dich finanziell noch verbessern.« Er zeigte mit dem Finger auf ihn. Seine Stimme wurde leiser. »Aber ich warne dich, versuch nicht, mich zu erpressen.«

Bill nahm einen weiteren Schluck. In seinem Kopf drehte sich alles, und er wurde immer überschwänglicher. Er fühlte sich unbesiegbar. »Und wer zum Teufel war Arty Short, bevor der Punisher kam?«, erwiderte er voll Verachtung. »Ein Zuhälter. Nichts weiter als ein Zuhälter, der billige Hurenfilmchen drehte. Wie all die anderen Zuhälter in Hollywood. Und ein solcher Scheißzuhälter wärst du ohne den Punisher heute noch.«

Arty versuchte, seine Wut zu beherrschen. Er wandte sich von Bill ab und ging im Zimmer auf und ab.

»Sieh mich an«, sagte da Bill und stand auf.

Der Regisseur blieb stehen. Bill sah ihm fest ins Gesicht, während er sich ihm näherte. Sein Blick war finster und kalt. Arty wich ein wenig zurück, doch Bill packte ihn am Hals. »Aus dir mache ich einen Star‹, stimmt, das hast du damals beim ersten Mal zu mir gesagt. Du hast es ständig wiederholt und nur geschwafelt, wie toll du wärst. Aber du hast dir nie überlegt, was ich wohl gedacht habe, bevor du es gesagt hast, als ich da lag, unter mir diese Nutte, und dich gesehen habe. Hast du je darüber nachgedacht, Arty?«

»Du tust mir weh ...«, jammerte der Regisseur und versuchte vergebens, sich aus der Umklammerung um seinen Hals zu befreien.

Bill lachte. »Willst du wissen, was ich dachte, als ich dich da stehen sah?« Für einen Moment betrachtete er ihn schweigend, bevor er sich mit den Lippen dem Ohr des Regisseurs näherte. »Dass ich dich töten würde, Arty«, flüsterte er. Er ließ Artys Hals los, setzte sich wieder hin und goss sich noch etwas zu trinken ein. »Darüber solltest du nachdenken. Hättest du nicht deine grandiose Idee gehabt, wärst du jetzt ein toter Zuhälter.«

Arty lächelte schwach und ließ sich mit einem verlegenen Kichern in den anderen Sessel sinken. »Warum reden wir eigentlich über diese Dinge? Und wieso regst du dich so auf? Worüber reden wir denn? Zweitausend pro Film? Also gut, wenn es das ist, was ...«

»Von jetzt an machen wir halbe-halbe«, schnitt Bill ihm das Wort ab.

»Was?«

»Hörst du nicht mehr gut, Arty?«

»Entschuldige, überleg doch mal ... Ich habe eine Menge Kosten. Das Filmmaterial, die Leute am Set, die Hallenmiete ...«

»Wir ziehen die Kosten ab, und was übrig bleibt, teilen wir gerecht auf.«

»Du verstehst nicht ...«

»Ich verstehe sehr gut. Wir werden ein Kassenbuch führen und jede Stecknadel aufschreiben. Und wenn die Leute am Set mehr Lohn fordern, besprechen wir das gemeinsam. Und wenn eine Filmrolle gekauft werden muss, entscheiden wir das zusammen. Und wenn ein neues Bühnenbild gebaut werden muss, zählen wir jedes Holzgestell und jeden Farbeimer. Jeden Cent werde ich kontrollieren, Arty. Und solltest du versuchen, mich übers Ohr zu hauen, reiß ich dir den Arsch auf und suche mir einen anderen Regisseur. Ist das klar?« Bill trank einen weiteren Schluck Whisky.

Während er kopfschüttelnd nach Argumenten suchte, blickte Arty zu Boden. »Ich ... was du nicht verstehst ... Es geht hier nicht nur um Kassenbücher ... Die ganze Sache ist viel komplexer ...« Arty fuhr sich mit der Hand über die pockennarbige Wange. Er atmete tief durch. Dann hob er den Blick und sah Bill an. Sein Gesicht war rot. »Ich habe das Wissen!«, rief er mit schwacher Stimme.

Über den Couchtisch hinweg packte Bill ihn am Kragen und zog ihn zu sich heran. »Und ich habe den Schwanz. Ich habe die Eier. Ich habe die Wut, Arty.« Er ließ ihn los. »Ich habe die Wut«, sagte er mit gedämpfter Stimme.

Daraufhin schwiegen die beiden Männer. Bills Augen blitzten triumphierend.

»Also gut«, gab Arty schließlich nach. »Wir sind Geschäftspartner.«

Bill lachte. »Du hast die richtige Wahl getroffen, mein Freund.«

Arty lächelte, bevor er ein ganzes Glas Whisky in einem Zug leerte. »Tja, das müssen wir mit den Zwillingen feiern.«

»Meinetwegen nicht«, entgegnete Bill schulterzuckend. »Aber schön. Schlampen!«, rief er. »Kommt her!«

Fröhlich wie immer öffneten die Mädchen die Badezimmertür.

»Fangt ihr an«, sagte Arty und deutete mit dem Kinn auf das Bett.

Die Mädchen ließen sich lachend in die Kissen fallen und begannen, sich zu küssen und auszuziehen.

Arty stand vom Sessel auf und sah ihnen zu. Er wandte sich an Bill. »Komm her, Partner.«

»Ich habe keine Lust. Treib du es mit ihnen.«

Arty gab der Blonden einen Klaps auf den drallen Po. »Komm schon, Partner, hier gibt's reichlich Fleisch«, sagte er und lachte. Daraufhin ließ er sich von den Mädchen aufs Bett ziehen, wo sie ihn auszogen und verwöhnten.

Bill nahm einen weiteren Schluck und musterte Artys Erektion. So zuverlässig, so spontan, so selbstverständlich. Nun, da Bill jede Schlampe haben konnte, die er wollte, bekam er keinen mehr hoch. Die Erregung blieb aus. Er hatte sogar versucht, sie zu schlagen. Aber er war zu keiner brauchbaren Erektion fähig.

Die Brünette hatte sich einen künstlichen Phallus um die Leiste geschnallt und drang von hinten in die andere ein, die währenddessen Artys Penis lutschte.

»Lass dir mal einen Spiegel aufhängen«, sagte Arty zu Bill.

»Ja.« Bill schenkte sich noch einmal nach. Die Flasche war fast leer. Einzig am Set versagte er nie. Was ihn erregte, war nun nicht einmal mehr die Gewalt, sondern das leise Surren der Kamera. Der Ruhm.

»Hol ihn her«, sagte unterdessen Arty zu der Brünetten.

Das Mädchen stand vom Bett auf und stolzierte langsam und aufreizend auf Bill zu, wobei der steife künstliche Phallus vor ihrem Körper auf und ab wippte. Sie stellte sich vor Bill auf, den Phallus vorgestreckt und genau auf Bills Gesicht gerichtet. »Hast du es schon einmal mit einem Mann getrieben?«, fragte sie ihn und streichelte dabei ihre winzigen Brüste.

Da sprang Bill auf und schlug ihr mit der Faust ins Gesicht. »Verpiss dich, Schlampe!«, schrie er und trat auf sie ein.

»Cochrann! Verflucht noch mal, Cochrann!«, brüllte Arty. »Ruinier sie mir nicht, verdammt!«

Keuchend hielt Bill inne. Ihm war schwindlig. Er hatte zu viel getrunken. Das Mädchen hatte sich am Boden zusammengekauert, um sich vor den Tritten zu schützen.

»Verschwindet«, sagte Bill mit vom Alkohol belegter Stimme.

»Cochrann, was zum Teufel ist in dich gefahren?«, fragte Arty, schob Lola von sich weg und setzte sich im Bett auf.

»Raus!«, schrie Bill. Seine Augen waren gerötet und blickten trüb. Er schwankte.

Die Brünette rappelte sich vom Boden auf und betastete ihre Lippe. Sie blutete leicht. Nachdem sie den künstlichen Phallus abgeschnallt hatte, zog sie ihre Kleider wieder an. Ihre blonde Freundin tat es ihr nach. Arty saß auf der Bettkante und schüttelte den Kopf. Mit einem Seufzer stand er schließlich auf und kleidete sich an.

»Morgen bin ich im Schneideraum«, sagte Arty, als er die Zimmertür öffnete. »Willst du kommen und zuschauen?«

Bill nickte, ohne ihn anzusehen.

Die Tür fiel hinter Arty und den Mädchen ins Schloss.

Kaum war Bill allein, ließ er sich aufs Bett fallen, das Gesicht im Kissen, die Augen geschlossen. Die Finsternis, in die er sank, drehte sich um ihn. Und plötzlich formte sich in dem schwarzen Strudel das Bild einer Frau, eines jungen Mädchens in einem weißen Kleid mit blauen Streifen, dem Kleid eines Schulmädchens. Das Mädchen hatte lange schwarze Locken, die ihm bis auf die Schultern herabfielen, und war ungefähr dreizehn Jahre alt. Ruth.

Anfangs fürchtete Bill, einer seiner üblichen Albträume suchte ihn wieder heim und Ruth würde ihn ein weiteres Mal töten. Doch stattdessen lächelte ihn das jüdische Mädchen an und begann, sich auszuziehen. Dabei löste sich das Kleid in Fetzen von ihr ab, als zerrisse sie es.

Noch immer auf dem Bauch liegend, griff Bill sich in den Schritt, knöpfte seine Hose auf und fing an, sich zu streicheln.

Ruth zog sich immer weiter aus, und Bill sah, dass sie blutete. Doch nichts geschah. Er spürte keine Erregung. Mit einem Mal jedoch, als Bill schon von seinem trägen Penis ablassen wollte, bildete sich in seinem Kopf ein langsames, leises Surren heraus wie von einem Kameraverschluss, der sich gleichmäßig öffnete und wieder schloss, wie von einem Filmband, das, während es belichtet wurde, über die gezackten Spulen lief. Da plötzlich spürte Bill ein angenehmes Kribbeln zwischen den Beinen, und sein Glied wurde steif.

Während er sich immer hitziger berührte, stellte er sich vor, jemand filmte seinen ersten Gewaltakt. Jene herrliche Nacht, in der er sein wahres Wesen entdeckt hatte. Bis er zum Orgasmus kam.

Reglos blieb er danach eine Weile liegen, während die warme

Flüssigkeit, die er aus sich herausgelockt hatte, auf seiner Hand und auf seinem Bauch und auf dem Bett antrocknete. Schließlich drehte er sich um. Er tastete nach dem Telefonhörer, hob ab und wartete.

»Ja bitte, Mr. Fennore?«, erklang die Stimme des Portiers.

»Sag der Schwarzen, sie soll raufkommen und die Laken wechseln, Lester.«

»Sie wissen, dass heute nicht Montag ist, nicht wahr, Mr. Fennore?«

»Ein halber Dollar, ja, ich weiß, Lester«, erwiderte Bill und legte auf.

53

Manhattan, 1927–1928

Der Hüne drängte sich zwischen andere Gäste, die sich abends um halb acht in Scharen im *Lindy's* einfanden, um bei einem Stück Käsekuchen *Diamond Dogs* zu hören, und erkämpfte sich so einen Sitzplatz vor dem großen Radio.

»Das ist mein Platz«, protestierte jemand hinter ihm.

»Ach ja? Und wo steht das?«, entgegnete der Hüne, ohne sich umzublicken.

»Das brauche ich nirgendwo hinschreiben, beweg deinen fetten Arsch woandershin.«

»Du suchst wohl Ärger«, knurrte der Hüne und wandte sich, die riesigen Hände zu Fäusten geballt, mit drohendem Gesichtsausdruck um. Kaum erkannte er jedoch, wen er vor sich hatte, wurde er blass, sprang auf und zog seinen Hut. »Verzeihen Sie, Mr. Buchalter ... ich ... wusste nicht ...«

Lepke Buchalter erwiderte nichts und wandte den Blick zur Theke. »Leo, sag diesem Flegel, wer dir das Radio geschenkt hat«, rief er zu Leo Lindemann, dem Inhaber des Lokals am Broadway, hinüber.

»Wer uns gezwungen hat, es aufzustellen, meinst du wohl«, wandte Leos Frau ein.

»Nun beschwer dich mal nicht, Clara«, bemerkte Arnold Rothstein, der in dem Augenblick mit einem Lächeln auf den Lippen das *Lindy's* betrat. »Nur dem Radio hast du es zu verdanken, dass dein Laden abends um halb acht voll ist.«

»Schon gut, ich geb's ja zu, die Idee war gut«, lachte Clara. »Wenn Sie noch Käsekuchen möchten, bestellen Sie schnell, Mr. Big. Bald ist alles weg.«

»Doppelte Portion«, sagte Rothstein und ging zu Lepke hinüber.

Der Hüne zog die Schultern noch ein wenig mehr ein, wich zurück und stolperte dabei über einen Tisch. Die Menge im Lokal – größtenteils Rothsteins Männer – lachte.

»Jetzt seid still«, sagte Arnold Rothstein, als er Platz nahm. »Lasst mich den Jungen hören. Mach lauter, Lepke.«

»Guten Abend, Freunde, und wieder herzlich willkommen zu eurer Radiosendung aus dem Untergrund«, erklang Karls Stimme. »Ihr hört jetzt eine neue Folge von *Diamond Dogs*.«

»Ruhe!«, brüllte Lepke.

Auch Clara und Leo Lindemann ließen die Teller, die sie in die Küche weiterreichten, stehen, um die Sendung zu verfolgen.

»Viel Spaß wünscht euch CKC«, ließ sich wieder Karls Stimme vernehmen.

»Habe ich dir schon gesagt, dass ich ein Aktionär dieses Senders bin, Leo?«, fragte Rothstein.

»Hundert Mal, Mr. Big«, antwortete Leo Lindemann.

»Tja, gewöhn dich dran, da ich nun einmal fünfhundert Dollar darauf verwettet habe, werde ich es dir auch noch weitere vierhundert Mal sagen«, lachte Rothstein. Nach einem Blick über die Menge wandte er sich an Lepke. »Kommt denn Gurrah nicht?«

»Er ist von einer dringenden Angelegenheit in Brownsville aufgehalten worden«, erklärte Lepke. »Bestimmt hört er die Sendung im *Martin's*. Und wie ich ihn kenne, flucht er gerade, weil die Sandwiches dort zum Kotzen sind.«

»Guten Abend, New York …«, tönte Christmas' warme Stimme aus dem Radio.

Im *Lindy's* hielten mit einem Mal alle den Atem an.

»Die Nacht ist finster, New York«, fuhr Christmas fort. »Denn das Gangsterleben besteht nicht nur aus schönen Autos und atemberaubenden Frauen ... Es gibt auch Drecksarbeit zu erledigen. Arbeit, die eigentlich niemand erledigen möchte ... und die gut erledigt werden muss, wisst ihr?«

»Stimmt«, bestätigte ein Schurke, dessen Gesicht zwei lange Narben verunstalteten, die ihm das blinde rechte Auge spalteten.

»Klappe, du Idiot«, brummte Lepke. »Was weißt du denn von guter Arbeit?«

»Die heutige Geschichte ist traurig und grausam ... und sollte sie euch zu sehr ängstigen ... tja, dann seid ihr nicht für New York geschaffen. Wechselt deshalb nicht nur den Sender, sondern auch die Stadt. Hört auf meine Worte ...«, sprach Christmas weiter.

»Der Junge hat's drauf, was?«, raunte Lepke Rothstein ins Ohr.

Arnold Rothstein nickte und lächelte stolz. »Ich habe auf das richtige Pferd gesetzt.«

»Die Geschichte zeigt euch, was wir uns alles einfallen lassen müssen, um in diesem Dschungel zu überleben. Natürlich werde ich keine Namen nennen. Wie ich erfahren habe, hören uns viele Beamte unserer geliebten Polizei zu ... Guten Abend, Captain McInery, wie geht es Ihrer Frau? CKC wünscht auch Sergeant Cowley einen guten Abend ... Sind auch Sie da, Bezirksstaatsanwalt Farland? Schreiben Sie mit?«

Sämtliche im *Lindy's* versammelten Gangster lachten.

Und nicht anders geschah es im *Martin's* in Brownsville, wo – wie Lepke vermutet hatte – Gurrah Shapiro gerade nach einem Biss in ein Sandwich laut geflucht hatte.

Und auch die Gangster, die im *Clubhouse* an der Bowery und im Billardsaal an der Sutter Avenue zusammengekommen waren, lachten.

»Nun denn«, nahm Christmas den Faden wieder auf. »Vor einiger Zeit gab es einen Kerl, der eines Abends verschwinden sollte ... für immer, wenn ihr versteht, was ich meine. Aber diejenigen, die ihn verschwinden lassen sollten, standen unter Beschuss. Einer dieser unerfreulichen Momente, in denen sämtliche Polizistenaugen auf dich gerichtet sind. Das kommt vor. Aber es kommt eben auch vor, dass gewisse Plaudertaschen trotzdem schnellstens verschwinden müssen. Was also tun? Da ist der Verstand gefragt. Und manchmal greift einem der Zufall unter die Arme, auch wenn es ein grausamer Zufall ist. Unser Zufall will es, dass der Vater des Typen, der die Plaudertasche verschwinden lassen soll, in seiner Wohnung über der Autowerkstatt, die er betreibt, im Sterben liegt. Was also tut der Typ? Er bringt den Kerl, der verschwinden soll, in die Werkstatt, räumt ihn gemeinsam mit seinen Komplizen aus dem Weg, drückt einem Jungen zwei dicke Geldscheine in die Hand, damit der einen gestohlenen Wagen zu einem Feld hinausfährt und ihn dort mit der Leiche im Kofferraum abstellt. Als die Polizei dann am nächsten Tag das Haus des Verdächtigen stürmt, findet sie alle Familienmitglieder um das Sterbebett des Vaters versammelt. Und da nehmen die Polizisten ihre Mützen ab, entschuldigen sich, senken die Stimmen, und der Fall wird zu den Akten gelegt und niemals aufgeklärt werden . . .«

»Das hab ich ihm erzählt!«, rief Greenie im Salon eines Bordells in der Clinton Street stolz. Und die Prostituierten, die bei ihm waren, seufzten und träumten davon, dem jungen Mann mit der warmen Stimme, der ihr Leben kannte wie kein anderer, einmal persönlich zu begegnen.

»Von welchem Fall spricht er?«, fragte Captain Rivers seine Männer im großen Saal des 97. Polizeireviers. »Ihr müsst mir diesen Christmas finden.«

»Wie sollen wir das denn machen, Chef?«, fragte der Sergeant. »Er ist eine Stimme im Äther.«

»Fangt beim Namen an«, schimpfte der Captain. »Christmas! Wie viele Leute in New York haben wohl einen so bescheuerten Namen?«

»Das ist natürlich ein Deckname«, sagte der Sergeant.

Der Captain nickte zustimmend. »Ja, das glaube ich auch.«

»Aber wir könnten ...«

»Wisst ihr, wieso wir die Polizisten *Cops* nennen?«, erklang gerade Christmas' Stimme.

»Ruhe«, befahl der Captain und horchte auf das Radio.

»Wegen des Sterns aus Kupfer, *copper*«, fuhr Christmas fort.

»Ich wusste die Antwort«, bemerkte ein Polizist.

»Du bist hier nicht bei einem Quiz, Klugscheißer«, herrschte ihn der Captain an.

»Aber zu Zeiten von Five Points«, erzählte Christmas weiter, »nannte man sie auch *Lederköpfe*, weil sie Helme aus Leder trugen. Doch ich fürchte, die konnten gegen die Knüppel wenig ausrichten ...«

»Das glaube ich auch«, lachte Sal in Cettas Wohnzimmer, wo sie Hand in Hand nebeneinandersaßen, das Ohr dicht am Radio.

»So höre ich nichts«, protestierte Cetta und gab Sal einen Klaps auf den Arm.

»Apropos Knüppel: Da fällt mir ein, was mein Vater mir immer eingebläut hat ...«, sagte Christmas.

»Sein Vater?«, lachte Sal. »Was für einen Blödsinn der Hosenscheißer da verzapft!«

»Immer, wenn er mich im Treppenhaus mit meiner Baseball-ausrüstung sah«, fuhr Christmas fort, »dröhnte er mit seiner tiefen Stimme: ›Hör auf mich, Hosenscheißer. Wirf den Ball weg und behalt den Schläger.‹«

»Das hab ich zu ihm gesagt, nicht sein Vater«, lachte Sal. Im nächsten Moment wurde er schlagartig ernst und presste die Lippen zusammen. Und Cetta spürte, dass er angespannt und wie versteinert war. Kurz darauf sprang Sal auf und schaltete das Radio aus. »Lass uns spazieren gehen. Diese Sendung ist kompletter Schwachsinn.« Er ging zur Wohnungstür und öffnete sie. »Was ist jetzt, kommst du?«, fragte er barsch.

»Du kannst es ruhig zeigen, wenn du gerührt bist«, erwiderte Cetta.

»Du bist genauso dämlich wie dein Sohn«, grollte Sal und knallte im Hinausgehen die Tür zu.

Cetta lächelte, bevor sie das Radio wieder einschaltete und sich auf das Sofa kuschelte, dorthin, wo Sal eben noch gesessen hatte. Seine Wärme saß noch in den Polstern.

»Kennt ihr den wahren Unterschied zwischen einem italienischen und einem jüdischen Gangster?«, fragte Christmas gerade.

In *Wally's Bar and Grill* umfasste ein betagter Mafioso, der auf wundersame Weise lebend ein ehrwürdiges Alter erreicht hatte, mit seinen knorrigen Arthritishänden die Schultern seines Sohnes. »Hören wir doch mal, ob dieser Schnösel uns tatsächlich kennt«, sagte er auf Italienisch.

Und der Sohn wiederum drehte sich lachend zu seinem Sohn um, einem stämmigen sechzehnjährigen Jungen, der sich mit einem Klappmesser die Nägel reinigte.

»Der entscheidende Unterschied zwischen einem italienischen und einem jüdischen Gangster«, erklärte Christmas, »besteht darin, dass der Italiener seinem Sohn alles über das Gewerbe beibringt, damit er einmal als Gangster in seine Fußstapfen tritt . . .«

»Das kannst du laut sagen, Radioschnösel«, lachte der alte Mafioso. Und Sohn und Enkel fielen in sein Gelächter ein.

»Der Jude dagegen schickt seinen Sohn auf die Universität, damit er nicht gezwungen ist, die Dummheiten seines Vaters zu wiederholen, und als Amerikaner durchgeht . . .«

»Was zum Teufel redet dieser Bastard denn da?«, schimpfte der alte Mafioso und ließ die Schultern des Sohnes los.

Und der Sohn drehte sich zu seinem Sohn um, riss ihm das

Messer aus der Hand und verpasste ihm eine Ohrfeige. »Ab morgen gehst du wieder zur Schule, du Nichtsnutz!«, fuhr er ihn an und hielt ihm drohend den Zeigefinger unter die Nase.

»Auch heute Abend ist es spät geworden ... Zeit, sich zu verabschieden«, sagte Christmas' Stimme. »Gute Nacht, New York ...«

»Gute Nacht, New York!«, riefen die im *Lindy's* versammelten Gangster im Chor.

»Er ist ein Champion«, übertönte Rothstein alle anderen. »Ich habe ihn zum Radio gebracht. Und wie ihr wisst, setze ich nie aufs falsche Pferd.«

Cetta stand vom Sofa auf, ging zum Radio und fuhr mit der Hand wie liebkosend über die glänzende Oberfläche.

»Und auch dir eine gute Nacht, Ruth ... wo immer du bist ...«, schloss Christmas.

Cetta schaltete das Radio aus. Knisternd kühlten sich die Röhren in der plötzlich entstandenen, fast greifbaren Stille der Wohnung ab.

Es dauerte nicht lange, bis der Untergrundsender CKC in aller Munde war. Die Gangster betrachteten *Diamond Dogs* schon bald als ihre persönliche Radiosendung. Und da sich blitzschnell herumgesprochen hatte, dass Rothstein, um Christmas zu hören, ein Radio für das *Lindy's* gekauft hatte, bestückten auch viele andere rivalisierende Gangs und Verbrecherorganisationen Spielhöllen, Billardsäle, *Speakeasy*-Kneipen und sogar die Auto-werkstätten, in denen gestohlene Wagen umlackiert wurden, damit sie alle um Punkt halb acht *Diamond Dogs* verfolgen konnten.

Nicht anders jedoch war es in den Armenvierteln von Man-hattan und Brooklyn. Dank Christmas' Erzählungen sahen die einfachen Leute sich in ihrer Fantasie hartgesotten und imstande, sich die Freiheit zu erkämpfen, die ihnen die Gesellschaft im wirklichen Leben versagte und die einzufordern sie nicht stark genug waren. Christmas war zu ihrem Sprachrohr geworden. Sie träumten von Chancen, sie träumten davon, Grenzen zu überschreiten. Und sie fühlten sich – bequem vor den Röhrenkästen sitzend – stark genug, Risiken einzugehen.

Harlem schließlich, die geheime Hochburg des Untergrundsenders, fühlte sich als wahre Heimat der Freiheit. Und jeder Schwarze im Viertel – ob er nun anfangs den Dollar, um den Cyril ihn gebeten hatte, investiert hatte oder nicht – betrachtete sich als Miteigentümer des Senders, der sich hinter der gemalten Uhr auf dem Dach des Mietshauses in der 125th Street verbarg.

Cyril hatte keine freie Minute mehr und baute ein Radio nach dem anderen für die Bewohner des Viertels. Die Stolzeste unter allen Schwarzen aber war Sister Bessie, die überall herumposaunte, sie habe den ersten Dollar gestiftet, als wäre er der Grundstein, auf den sich die gesamte Unternehmung stützte.

Selbstverständlich ließen die Zeitungen sich die Gelegenheit nicht entgehen, die Geschichte groß und breit auszuschmücken. Auf den Lokalseiten fand sich stets ein Hinweis auf die Sendung, auf das Phänomen, das sich wie ein Ölteppich ausbreitete.

»Alles kostenlose Werbung«, kommentierten Christmas und Cyril glücklich, wenn sie die emphatischen Schlagzeilen lasen. Karl hingegen schüttelte besorgt den Kopf. Aber er sagte nichts. Er war nachdenklich geworden.

Schon bald machten die großen, legalen Radiostationen massiven Druck, weil ihre Einschaltquoten um halb acht in schwindelerregende Tiefen sanken und keines ihrer Programme dem Wettbewerb standhalten konnte, und die städtischen Behörden schalteten die Polizei ein. Natürlich gab es Versuche, *Diamond Dogs* zu kopieren, doch keiner der Autoren oder Schauspieler kam an Christmas' Unverbrauchtheit heran, und vor allem dämpfte die Tatsache, dass die Ausstrahlung legal war, die Spannung des Publikums erheblich. Die Polizei jedoch kam der Entdeckung des Geheimsitzes von CKC noch nicht einmal nahe. Und das lag nicht nur am Netz des Schweigens, das in Harlem und unter den Gangstern lückenlos funktionierte, sondern auch daran, dass die Polizisten, selbst größtenteils begeisterte Hörer der Sendung, ihre Arbeit nie wirklich gründlich taten.

So verging der Winter, und der Frühling brach an. Da begannen die großen Sender erneut, Druck auszuüben. Unter Berufung auf das unveräußerliche Legalitätsprinzip, gegen das CKC tagtäglich verstieß, nahmen sie nun Einfluss auf die Presse.

»Ewig halten wir das nicht durch«, erklärte Karl eines Abends nach der Sendung.

»Was willst du tun? Etwa aufgeben?«, murrte Cyril.

»Ich habe nur gesagt, ewig halten wir das nicht durch«, wiederholte Karl. »Es wird Zeit, den Sprung zu wagen. Jetzt oder nie.«

Cyril runzelte die Stirn. »Was für einen Sprung?«

Christmas saß ein wenig abseits und hörte schweigend zu. Düstere Gedanken schwirrten ihm durch den Kopf.

»Wir müssen uns um ein breiteres Programm bemühen«, fuhr Karl fort. »Wir müssen ein richtiger Sender werden. Und uns in die Legalität, in das System, begeben. Uns einfügen. Wenn wir das jetzt nicht schaffen, machen sie uns fertig. Sag du ihm, dass ich recht habe, Christmas.«

Christmas wich Karls Blick aus. »Ja ... vielleicht ...«, brummte er.

»Was heißt ›vielleicht‹?« Karl breitete verzagt die Arme aus. »Wir hatten das doch besprochen ...«

»Ja, ja, schon gut«, fuhr Christmas auf und erhob sich. »Aber ich weiß gar nichts mehr ...« Damit rannte er türenknallend aus Sister Bessies Wohnung.

»Was ist los mit ihm?«, fragte Cyril.

Karl gab keine Antwort und trat ans Fenster. Er sah Christmas unten aus dem Haus kommen und langsam auf dem schmutzigen Gehweg der 125th Street umherschlendern.

»Also, was ist mit dem Jungen los?«

»Was weiß denn ich! Wieso fragst du ihn nicht selbst?«, erwiderte Karl schroff. »Ich bin doch nicht sein Kindermädchen. Und deins auch nicht.«

»Wenn du das so siehst, Partner«, sagte Cyril, und seine Miene verfinsterte sich, »dann verpiss dich.«

»Schon gut, entschuldige.« Karl setzte sich wieder hin. »Ich weiß, wie Radio funktioniert. Im Moment schwimmen wir oben auf der Welle, die Leute sind noch neugierig, aber . . . alles steht und fällt mit Christmas. Und er kann sich nicht ewig halten.«

Cyril griff nach einem Mikrofon. »Das war es dann also, meinst du?«

»Nein, das meine ich nicht. Aber wir müssen etwas verändern . . . wir müssen von Christmas unabhängig werden.«

»Willst du den Jungen etwa ausbooten?«

»Und was, wenn er uns ausbootet?«

»Warum sollte er das tun?«, wehrte Cyril ab.

»Ich habe nicht gesagt, dass er es tun wird«, stellte Karl richtig. »Doch wir müssen etwas verändern. Wir brauchen andere Sendungen . . . wir brauchen . . .«

»Hat Christmas deshalb seit einigen Tagen schon so eine Scheißlaune?«, fiel Cyril ihm ins Wort.

»Vielleicht«, sagte Karl. »Vielleicht hat er aber auch etwas andcres im Sinn.«

»Spürt er, dass seine Tage gezählt sind?«

»Ich weiß nicht, was er spürt. Aber wir zwei müssen uns etwas einfallen lassen, Cyril . . . und anfangen, Geld zu verdienen. Unser Traum muss langsam Früchte tragen, sonst . . .«

»Bleibt er nur ein Traum.«

»Genau . . .«

»Und von Träumen wird man nicht satt.«

»Nein.«

»Was sagt denn der Junge?«

Karl sah Cyril an. »Gar nichts sagt er.«

Cyril stand vom Stuhl auf und ging ans Fenster. Christmas stand noch immer auf der Straße. »Mir gefällt das nicht . . .«

Christmas blickte hinauf zum Fenster und bemerkte Cyril. Zum Teufel auch mit dir, dachte er wütend und machte sich auf den Heimweg. Unterdessen grübelte er darüber nach, was drei Tage zuvor geschehen war, nachdem er ins Funkhaus von N. Y. Broadcast gegangen war, da ihn Neal Howe, der Intendant, der ihn entlassen hatte, in aller Heimlichkeit zu sich bestellt hatte.

»Kommen Sie herein, Mr. Luminita«, hatte der alte Herr mit den Militärabzeichen auf dem Revers ihm zugerufen.

Neben ihm an einem großen Kirschholztisch saßen auch die anderen drei Geschäftsführer des Rundfunksenders sowie der neue Programmchef, ein dreißigjähriger Schlaks, der Karls Aufgaben übernommen hatte.

»Wissen Sie, weshalb Sie hier sind, Mr. Luminita?«, fragte Neal Howe.

»Sie wollen mich wohl nicht noch mal entlassen?«, gab Christmas zurück, während er herausfordernd die Hände in den Hosentaschen vergrub.

Der Alte setzte ein gezwungenes Lächeln auf. »Lassen wir die alten Geschichten ruhen, was meinen Sie? Reden wir übers Geschäft.« Nach einer langen Pause sagte er schließlich: »Sind zehntausend Dollar im Jahr ein gutes Argument?«

Christmas gefror das Blut in den Adern.

»Ich gebe zu, wir haben uns geirrt, was das Potenzial Ihrer

Sendung angeht ...«, fuhr Howe fort und konnte den Ärger in seiner Stimme kaum verhehlen. »Wie heißt sie noch?«, fragte er, als erinnerte er sich nicht.

»*Diamond Dogs*«, kam ihm der künstlerische Leiter zu Hilfe.

»Ach ja, *Diamond Dogs* ...«, wiederholte der Intendant nickend.

Christmas war durcheinander. Seine Gedanken kreisten unaufhörlich um die zehntausend Dollar im Jahr.

»Kein besonders guter Titel, um ehrlich zu sein«, bemerkte Neal Howe lächelnd, und die anderen taten es ihrem Chef gleich und setzten ein ebenso überhebliches Lächeln auf. »Aber da die Leute ihn inzwischen kennen ... werden wir ihn beibehalten. Was sagen Sie dazu, Mr. Luminita?«

»Was ich dazu sage ...?«, stammelte Christmas.

»Unsere Rechtsabteilung hat den Vertrag vorbereitet«, erklärte Mr. Howe und sah ihm fest in die Augen, bevor er sich über den Tisch beugte und betonte: »Zehntausend Dollar sind ein mehr als großzügiges Angebot.«

Christmas konnte kaum schlucken. Seine Knie zitterten. Zehntausend Dollar, wiederholte er in Gedanken.

»Nun, was sagen Sie dazu, Mr. Luminita?«

Christmas bekam kein Wort heraus. Er schwieg, während in seinem Kopf lauter Zahlen herumspukten. »Ich ...«

»Wieso setzen Sie sich nicht?«, unterbrach ihn Howe sofort.

»Ja ...« Christmas nahm Platz. »Ja ...«, sagte er noch einmal.

»Was, ja? Nehmen Sie unser Angebot an?«

»Ich ...« Christmas atmete tief durch. »Und Karl und Cyril?«

»Wer?« Neal Howe tat, als verstünde er nicht.

»Bekommt Karl Jarach seinen Job zurück?«, fragte Christmas und fasste wieder Mut. »Und Cyril Davies, der Lagerarbeiter, sollte zum Cheftechniker befördert werden.«

»Mr. Luminita ...« Neal Howe lachte und warf den anderen,

die hinter dem Kirschholztisch saßen, einen raschen Blick zu. »*Diamond Dogs* sind Sie, nicht diese beiden. Die Leute wollen Sie hören.«

»Wir sind Partner«, gab Christmas mit kraftvollerer Stimme zurück. »Ohne sie gäbe es *Diamond Dogs* gar nicht. Als Sie uns entlassen haben, sprachen Sie von Gehorsamsverweigerung. Das hier wäre Verrat.«

»Nein, Junge. Das hier ist ein Geschäft.«

»Karl und Cyril müssen Teil des Teams sein«, beharrte Christmas.

Neal Howes Gesicht färbte sich puterrot. »Glauben Sie etwa, Sie könnten die Regeln bestimmen?«, herrschte er ihn mit schneidender Stimme an. »Wir bieten Ihnen zehntausend Dollar. Weil Sie uns das Geld wert sind. Die beiden anderen haben für N. Y. Broadcast keinen Wert. Wenn der Nigger weiter im Lager arbeiten will, gehört die Stelle ihm, aber mehr nicht. Jarach hingegen wird keinen Fuß mehr in das Gebäude von N. Y. Broadcast setzen – und auch in kein anderes Funkhaus, das garantiere ich Ihnen. Entweder oder, Mr. Luminita. Denken Sie darüber nach. Sagen Sie Ja, und die zehntausend Dollar gehören Ihnen. Da gibt es nichts mehr zu verhandeln. Und sollten Sie so dumm sein abzulehnen, werden Sie gemeinsam mit Ihren Freunden untergehen. Wenn Jarach wenigstens ein bisschen von seinem Beruf versteht, wird er Ihnen gesagt haben, dass Ihr Abenteuer nicht mehr lange so weitergehen kann. Wir reichen Ihnen die Hand, Mr. Luminita. Ergreifen Sie Ihre Chance. Sie können sich retten. Wir werden alles tun, was in unserer Macht steht, um Ihren albernen Sender zu schließen. Und ich versichere Ihnen, unsere Macht ist nicht zu unterschätzen.«

Christmas stand auf.

»Zehntausend Dollar«, erinnerte Neal Howe ihn, als er schwieg. »Denken Sie eine Woche darüber nach, Mr. Luminita. Denken Sie an Ihre Zukunft.« Neal Howe senkte den Blick und blätterte in einer Aktenmappe, als interessierte ihn das Gespräch nicht mehr. Dann sah er Christmas erneut an. »Eines noch. Lassen Sie sich einen Rat geben. Reden Sie darüber nicht mit Ihren . . . Partnern. Die Menschen sind sehr weitherzig, wenn es um anderer Leute Geld geht, aber wenn es sie selbst betrifft, reden sie ganz anders. Ihr Freund Jarach war vor zwei Wochen hier, um mir *Diamond Dogs* zu verkaufen. Sie jedoch hat er nicht mit so großer Solidarität erwähnt. Im Gegenteil, er sagte, er werde Sie schon überzeugen . . . zu einem günstigen Preis.«

Christmas erstarrte. »Das glaube ich nicht.«

Neal Howe lachte. »Sie können ihn jederzeit selbst fragen, meinen Sie nicht? Es sei denn, Sie beschließen, unsere heutige Unterhaltung für sich zu behalten und ernsthaft darüber nachzudenken, was für ein Leben Ihnen mit zehntausend Dollar im Jahr möglich wäre.« Mit leicht zusammengekniffenen Augen sah Howe ihn an. »Wir sehen uns in einer Woche, Mr. Luminita.«

Wie betäubt stand Christmas einen Moment reglos da. Dann drehte er sich um und verließ den Sitzungssaal.

»Sorgt dafür, dass Karl Jarach zu Ohren kommt, der Junge sei hergekommen, um sich und die Sendung zu verkaufen«, wies Neal Howe seine Mitarbeiter an.

Christmas torkelte wie ein Betrunkener durch das Treppenhaus von N. Y. Broadcast. Zwei Informationen überschlugen sich in seinem Kopf. Zehntausend Dollar im Jahr . . . Karl wollte CKC an Neal Howe verkaufen . . .

In den folgenden drei Tagen war Christmas auffallend schweigsam. Er sprach nicht über die Unterredung mit Neal Howe und zog sich in sich selbst zurück. Plötzlich war er sich nämlich nicht mehr so sicher, ob Howe gelogen hatte. War Karl vielleicht doch ein Verräter?

Darum also pocht er so auf einen Qualitätssprung, grübelte Christmas, nachdem er Sister Bessies Wohnung so überstürzt verlassen hatte. Darum sagt er, wir könnten uns nicht ewig halten. Er ist dabei, uns zu verkaufen. Ohne uns ein Wort zu sagen, überlegte er weiter, während er die Treppe zu seiner tristen Wohnung hinaufstieg. Und je wütender er wurde, desto grässlicher kamen ihm dieses Haus, dieses Leben vor. Die Risse in der Wand erschienen ihm mit einem Mal unerträglich, seine Kleider schäbig wie die eines Bettlers. Er glaubt, er könnte uns hin und her bewegen wie willenlose Marionetten, dachte er wütend, während er die Wohnungstür aufschloss und der strenge Knoblauchgeruch, der sich in den Wänden festsetzte, ihm in die Nase stieg. Als er den Blick über seine Pritsche in der Küche, das ärmliche Wohnzimmer und die billigen Möbel schweifen ließ, hatte er keinen Zweifel mehr, dass Karl ein widerlicher Verräter war.

Scheißkerl, dachte er.

54

Er war völlig außer Atem. Seine Beine schmerzten. Doch er durfte nicht stehen bleiben, er durfte nicht aufhören zu rennen, er konnte sie hinter sich hören. Als er in die Water Street einbog, bemerkte er einen Hafenarbeiter, der mit der Werkzeugtasche auf dem Rücken heimkehrte. »He!«, schrie er verzweifelt. »Hilf mir!«

Der Hafenarbeiter drehte sich nach dem Jungen im grellbunten Anzug um, der, vor Erschöpfung taumelnd, auf ihn zugerannt kam, verfolgt von zwei finsteren Gestalten mit Pistolen in der Hand. Und weiter hinten tauchte plötzlich ein Wagen ohne Licht auf.

»Hilf mir!«, schrie der Junge.

Der Hafenarbeiter blickte sich um, bevor er in einem Hauseingang verschwand und gerade die Tür schließen wollte, als der Junge ihn erreichte und sich hineinzudrängen versuchte.

»Hilf mir! Die bringen mich um!«

Der Hafenarbeiter sah dem Jungen ins Gesicht. Seine Züge waren vor Angst und Anstrengung verzerrt. Er hatte dunkle Augen, die von tiefen schwarzen Schatten umringt waren. Schweigend starrte der Hafenarbeiter ihn an, während der keuchende Atem des Jungen durch den Türspalt drang.

»Hilf mir . . .!«, wisperte der Junge mit Tränen in den Augen.

Da stemmte sich der Hafenarbeiter mit der Schulter gegen die Tür und sperrte ihn aus.

Joey blickte sich nach seinen Verfolgern um. Er rannte weiter. Doch seine Beine waren nun schwer vor Müdigkeit. Er bog in die Jackson Street ein. Vor ihm zeichneten sich der dunkle Wasserspiegel des East River und dahinter die gewellten Konturen von Vinegar Hill ab. Er rutschte aus, fiel hin, rappelte sich wieder auf und rannte weiter, doch noch vor dem South-Street-Viadukt hatte ihn der dunkle Wagen eingeholt und schnitt ihm scharf den Weg ab. Die Türen gingen auf.

Joey blieb stehen. Er drehte sich um. Die beiden Verfolger hinter ihm rannten nicht mehr. Schwer atmend, aber grinsend kamen sie in aller Ruhe näher. Mit einem Mal war es, als wäre die Zeit stehen geblieben. Joey senkte den Blick und bemerkte, dass er sich beim Sturz die Hose seines Hundertfünfzig-Dollar-Anzugs am Knie aufgerissen hatte. Und er dachte daran zurück, wie er einmal als kleiner Junge hingefallen war und Abe der Trottel, sein Vater, seine Krawatte mit Spucke angefeuchtet, ihm damit das Knie gesäubert und schließlich zu Hause seine Hose geflickt hatte. Da sackte er zu Boden und fing an zu weinen.

Aus dem Wagen stiegen Lepke Buchalter und Gurrah Shapiro. Und hinter ihnen ein Mann mit einem Filzhut auf dem Kopf. Der Fahrer blieb am Steuer sitzen.

»Joey, Joey ...«, sagte Gurrah in singendem Tonfall. »Was machst du da? Heulst du etwa wie ein kleines Mädchen?«

Joey schaffte es nicht, den Blick zu heben.

»Wo ist das Geld?«, fragte Gurrah freundlich.

Joey schüttelte den Kopf und gab keine Antwort. Sein Gesicht war tränenüberströmt, er schniefte.

Gurrah beugte sich zu ihm hinunter. Seine Kniegelenke knirschten. Er zog ein Taschentuch aus seiner Brusttasche, hob Joeys Gesicht am Kinn an und hielt ihm das Tuch vor die Nase. »Schnäuz dich«, sagte er.

Joey weinte.

»Schnäuz dich, Joey«, sagte Gurrah noch einmal in weniger sanftem Ton.

Joey putzte sich die Nase.

»Kräftiger.«

Joey gehorchte.

»Gut so«, sagte Gurrah daraufhin. »Also, wo hast du das Geld hingetan? Lansky hätte es gern zurück.«

Joey griff in die Innentasche seiner Jacke und zog ein Bündel Geldscheine hervor.

»Ist das auch alles?«, fragte Gurrah, ohne das Geld entgegenzunehmen.

Joey nickte.

»Siehst du, wie einfach das war?«, lachte Gurrah. »Fühlst du dich erleichtert? Na? Sei ehrlich. Du hast dich von einer Gewissenslast befreit, oder?« Er packte ihn am Arm. »Komm mit, Joey. Gib Lansky das Geld. Ist doch netter, wenn du es ihm selbst zurückgibst, findest du nicht?« Er zog ihn mit sich zu dem Mann mit dem Filzhut. »Lansky, sieh dir den Jungen an. Er bringt es dir selbst. Zwar hat er es dir geklaut, schon richtig, aber jetzt gibt er es dir zurück. Er ist ein guter Junge«, sagte er, als sie vor Lansky standen.

Der Mann mit dem Filzhut sah Joey ausdruckslos an, die Hände in den Hosentaschen.

Joey hielt ihm die Geldscheine hin.

»Steck es wieder an seinen Platz«, sagte er, ohne sich zu rühren.

Joey steckte ihm das Geld in die Jackentasche.

Lansky musterte ihn. »Du hast dir die Hose zerrissen.«

Da brach Joey erneut in Tränen aus.

»Entschuldige, Lansky«, sagte Gurrah und zog ihm das Taschentuch aus der Brusttasche. »Meins ist schon benutzt.« Dann hakte er Joey unter und führte ihn zu einem Pfahl des Viadukts. »Schnäuz dich«, sagte er und hielt ihm das Taschentuch vor die Nase.

Joey versuchte vergebens, sich Gurrahs Griff zu entwinden. Als er sich umdrehte, sah er, dass Lepke gerade ins Auto steigen wollte. »Ich bin ein Freund von Christmas!«, schrie er unter Tränen. »Lepke, ich bin ein Freund von Christmas!«

Lepke Buchalter wandte sich zu ihm um und schenkte ihm ein offenes, beruhigendes Lächeln. »Ich weiß, Joey. Mach dir keine Sorgen.« Daraufhin stieg er ein und zog die Tür hinter sich zu.

Auch Lansky schloss seine Tür.

»Schnäuz dich«, sagte Gurrah erneut.

Joey putzte sich die Nase.

»Kräftiger.«

Und Joey gehorchte.

»Hol tief Luft«, sagte Gurrah sanft. »Mach den Mund auf, hol tief Luft und schnäuz dich.«

Joey öffnete den Mund. Da stopfte Gurrah ihm Lanskys Taschentuch hinein und schob dann auch noch sein eigenes hinterher. Überrumpelt riss Joey die Augen auf. Er wehrte sich und bemerkte zu spät, dass einer der Typen, die ihn zu Fuß verfolgt hatten, ihm einen Draht um den Hals legte und ihn zuzog. Joey trat um sich, versuchte zu schreien, griff nach dem Draht. Doch je mehr er sich wehrte, desto rascher ließen seine Kräfte nach. Und kurz darauf verdrehten sich seine Augen, auf seiner Hose breitete sich ein Urinfleck aus.

Gurrah schaute zu. »Ist ja widerlich«, bemerkte er schließlich. Er wandte sich Joeys Mörder zu: »Verdreck den East River nicht mit diesem Stück Scheiße. Wirf ihn auf den Müll.« Dann lief er zum Wagen, der sich sofort mit ausgeschalteten Scheinwerfern in Bewegung setzte.

»Das ist also das letzte Mal«, stellte Christmas fest und zog Maria an sich.

Sie räkelte sich träge, bevor sie sich an Christmas' Brust schmiegte. »Ja . . .«

»Dieses Bett wird mir fehlen«, gestand er, während er ihre langen schwarzen Locken streichelte.

»Wirklich?«

»Mein Bett zu Hause ist nicht so bequem.«

Maria lachte. »Frechdachs!« Sie zwickte ihn in den Arm. »Mir wirst du fehlen«, sagte sie dann.

Christmas glitt unter die Bettdecke und küsste sie zwischen die Brüste. »Lädst du mich zur Hochzeit ein?«

»Nein.«

»Wieso nicht?«, wollte Christmas wissen, als er wieder in das Kissen sank.

Maria zerzauste ihm die blonde Stirnlocke und sah ihm schweigend in die Augen. »Deshalb.«

»Wie, deshalb?«

»Ramon würde bemerken, wie wir uns ansehen«, sagte Maria lächelnd. »Und es würde ihm nicht gefallen.«

»Würde er mich töten?«

Maria lächelte. »Ich liebe Ramon. Ich möchte nicht, dass er leidet.«

»Ihr werdet glücklich sein«, sagte Christmas wehmütig.

Maria legte ihre Wange an seine. Mit den Lippen berührte sie seinen Hals. »Denkst du an sie?«, flüsterte sie sanft.

Christmas stand auf und begann, sich anzuziehen. »Jeden Tag. Jede Sekunde«, antwortete er.

»Komm her.« Maria breitete die Arme aus. »Sag mir Auf Wiedersehen, bevor du gehst.«

Christmas knöpfte seine Jacke zu, beugte sich dann über Maria und küsste sie zärtlich auf den Mund. »Du bist schön«, sagte er. Seine Augen hatten einen wehmütigen Ausdruck. »Es ist schade, nicht mehr mit dir lachen zu können.«

»Ja . . .«

»Ich gehe dann jetzt . . .«

»Ja . . .«

Sie sahen sich lächelnd an. Zwei Liebende, die einander ohne Qual verließen. Zwei Freunde, die sich verloren. Zwei Spielkameraden, deren Wege sich trennten. Sie lächelten sich an in dem Bewusstsein des zarten Schmerzes, den sie einander zufügten.

»Es ist noch früh ... willst du nicht noch ein bisschen bleiben?«, fragte sie.

Kopfschüttelnd streichelte Christmas ihr Gesicht. »Nein. Ich habe noch einen Termin vor der Sendung.«

Maria zwinkerte ihm zu. »Was kann es Interessanteres geben, als bei mir zu bleiben?«

Christmas lächelte, ohne zu antworten.

»Nun?«

»Ich muss mich von einem Freund verabschieden.«

»Ah ...«

Sie sahen sich an.

»Ich gehe dann jetzt ...«

»Ja ...«

Noch immer hielten sich ihre Blicke fest.

»Du wirst sie finden«, sagte Maria schließlich und drückte seine Hand.

Christmas lächelte ihr zu, drehte sich um und ließ die Wohnung und Maria hinter sich zurück.

Er stieg in einen Zug der BMT-Linie und saß einfach da, den Blick auf einen verrosteten Bolzen gerichtet, ohne darauf zu achten, wer ein- und ausstieg. Innerlich wappnete er sich gegen einen weiteren Abschied. Endgültig. Schmerzhaft. Unvermeidlich.

Dabei kreiste ein Teil seiner Gedanken wieder um Karl den Verräter. Scheißkerl, dachte er grollend. Verkaufen will er uns. Du kommst auch noch an die Reihe, sagte er zu sich selbst.

Als er seine Haltestelle erreicht hatte, stieg er aus und ging langsam, ohne Eile, zu Fuß weiter. Er durchquerte das Eingangstor des Mount Zion Cemetery, lief die stillen Wege entlang, bis er schließlich – in einem abgelegenen Winkel des jüdischen Friedhofs – auf einen Mann und eine Frau traf. Der Mann, dem Christmas noch nie begegnet war, trug einen an Ärmeln und Kragen abgewetzten dunkelgrauen Anzug und die *Yarmulke* auf dem Kopf, die Frau einen Schleier. Sie war ganz in Schwarz gekleidet. In ihren Wintersachen schwitzten die beiden in der sommerlichen Schwüle.

Christmas näherte sich ihnen und fragte: »Darf ich bleiben?«

Der Mann und die Frau wandten den Kopf und sahen ihn ausdruckslos an. Sie wirkten weder überrascht noch verärgert. Dann blickten sie wieder auf den kleinen weißen Grabstein, in den ein Davidstern eingemeißelt war.

Yosseph Fein. 1906–1928, lautete die Inschrift.

Nichts weiter. Kein *geliebter Sohn*, kein Hinweis darauf, dass der Verstorbene von allen Joey genannt worden war und den Spitznamen Sticky getragen hatte, weil ihm sämtliche Geldbörsen an den Händen kleben geblieben waren.

»Wenn Abe der Trottel ins Gras beißt, wird man ihn auf dem Mount Zion Cemetery in eine Grube werfen, und auf dem Grab wird stehen: *Geboren 1874. Gestorben ...* Ach, was weiß ich. *Schluss, aus.* Und weißt du, wieso? Weil es zum Verrecken über Abe den Trottel nicht mehr zu sagen gibt«, hatte Joey einmal zutiefst verächtlich gesagt. Nun lag er selbst in dem Grab, das er sich für seinen Vater ausgemalt hatte.

Natürlich stand auf dem Grabstein nichts davon, dass Joey Schutzgelder für die Glücksspielautomaten anderer Leute eingetrieben, mit Drogen gedealt und durch *Schlamming* mehr als sein Vater verdient hatte. Es blieb unerwähnt, dass er Meyer Lansky einen Teil des Geldes geklaut hatte, das die Gewerkschaft der Organisation zusteckte, um sich den Schutz der jüdischen Mafia zu sichern. Auf dem Grabstein stand nicht, dass man Joey erdrosselt und auf den Müll geworfen hatte.

Es wurde nicht einmal erwähnt, dass Christmas sein einziger Freund gewesen war.

Nur drei Menschen erwiesen Joey in dem abgelegenen Winkel des Mount Zion Cemetery die letzte Ehre: seine Eltern und Christmas. Wie zwei Salzsäulen standen Mr. und Mrs. Fein da und starrten auf die frisch umgegrabene Erde. Niemand sonst trauerte um Joey. Niemand stand Abe dem Trottel und seiner Frau nahe genug, um Anteil zu nehmen.

»Er war … ein Junge …«, hob Christmas an, da er Joey nicht ohne ein Wort gehen lassen wollte. Doch er stockte, denn er wusste nicht, was er sonst noch sagen sollte.

Joeys Mutter blickte kurz zu ihm herüber, ohne Vorwurf, ohne Hoffnung. Dann starrte sie wieder auf die Erde, die Grab und Sarg bedeckte.

Er war ein Junge, dachte Christmas im Weggehen. Denn viel mehr gab es nicht zu sagen.

In dem Moment erhob sich in der Stille ein Laut, unbeherrscht, unerwartet und verzerrt. Wie ein unterdrücktes Brüllen.

Christmas drehte sich um und sah, wie Abe der Trottel von einem kurzen Schluchzen geschüttelt wurde und in den Schultern zusammensackte, wobei ihm die *Yarmulke* vom Kopf rutschte. Die Frau bückte sich danach und setzte sie ihm wieder auf. Dann straffte Abe der Trottel die Schultern, und die beiden wurden wieder zu Salzsäulen, die schweigend auf das frische Grab starrten.

55

Los Angeles, 1928

»Kauf dir ein Haus wie meines, Cochrann«, drängte Arty immer wieder. »Kauf es als Altersvorsorge. Die Reihenhäuser, die gerade in Downtown gebaut werden, sind eine lohnende Investition.«

Doch Bill dachte nicht an das Alter. Er konnte sich gar nicht vorstellen, einmal alt zu sein. In ganz Hollywood war Arty Short wahrscheinlich der Einzige, der an das Alter dachte. In Hollywood dachten nicht einmal die Alten an das Alter, zumindest war dies Bills Eindruck. Nie würde er deshalb eines dieser tristen Reihenhäuser kaufen, mit einem winzigen Vorgarten, der einen jedes Mal, wenn man den Müll hinausbrachte, zwang, die Nachbarn zu grüßen, und einer weiteren winzigen Grünfläche hinter dem Haus, derentwegen man ihre sonntäglichen Barbecues ertragen musste. Nein, das war kein Leben für Bill. Das war nicht das Leben, das er sich von Hollywood erhoffte.

Seit Bill als Koproduzent der Punisher-Filme auftrat, waren seine Einkünfte in die Höhe geschnellt. »Du wolltest dir allein den Bauch vollschlagen, was?«, hatte er nach den ersten Einnahmen zu Arty gesagt. Nach Abzug der Kosten war für jeden ein Gewinn von fast viertausend Dollar abgefallen.

Danach hatte sich schnell herumgesprochen, dass eine neue, brutale, realistische Form der Pornografie im Umlauf war, was ihnen neue Kunden bescherte. Auch Texaner, Kanadier, New Yorker waren darunter. Und sogar in Miami gab es Abnehmer. Am zweiten Film verdiente jeder von beiden siebentausend Dollar. Und die neuen Kunden kauften auch noch den ersten Film. So kamen zu den anfänglichen viertausend Dollar noch einmal dreitausend hinzu. Der dritte Film wurde mit solcher Spannung erwartet, dass er Bill und Arty nur einen Monat nach seinem Erscheinen einundzwanzigtausend Dollar einbrachte, zehntausendfünfhundert für jeden. Die Summen waren schwindelerregend. Und von Film zu Film stiegen die Einnahmen weiter. Inzwischen waren Bill und Arty bei sieben Filmen angelangt und wurden immer häufiger zu den wichtigen Partys eingeladen.

Der Punisher war ein Star. Alle wollten wissen, wer sich hinter der Maske verbarg. Deshalb hofierte man die zwei Produzenten. Doch keiner von beiden hatte je seine Identität preisgegeben.

Der Punisher, das war Bill im Umgang mit diesen Leuten klar geworden, stand für sie alle. Hollywood war eine Vergewaltigungsmaschinerie. Und deshalb war der Punisher so erfolgreich. Er verkörperte den Geist Hollywoods, den Geist der Männer auf der Kommandobrücke.

Die Bestätigung dafür hatte Bill bekommen, als Molly Daniel, eines der Mädchen, die er im fünften Film der Punisher-Reihe vergewaltigt hatte, ihn zu erpressen begann. Die anderen Mädchen schwiegen für gewöhnlich. Die fünfhundert Dollar, die Bill und Arty ihnen boten, waren für sie ein schönes Sümmchen. Das Versprechen, sie Produzenten und Regisseuren weiterzuempfehlen, tat sein Übriges. Und hinzu kam die Scham der Mädchen.

Molly jedoch wollte mehr als Versprechen und Illusionen. Und Scham kannte sie nicht. Auf seine Weise empfand Bill Bewunderung für Molly. Arty hingegen war bestürzt. Daher suchten sie einen ihrer Kunden auf, einen berühmten Produzenten, den Arty seit vielen Jahren kannte, und schilderten ihm das Problem. Der Produzent, ein großer Fan der Gewaltakte des Punishers, versprach, sich um die Angelegenheit zu kümmern. Er werde Molly eine Rolle anbieten und sie zu seiner Geliebten machen, er habe nämlich eine Schwäche für Rothaarige, sagte er.

Doch im Gegenzug wollte er wissen, wer sich hinter dem Punisher verbarg. Arty wollte schon alles ausplaudern, als Bill ihn anstieß, dem Produzenten die Hand auf die Schulter legte und mit ihm in eine Ecke des Büros ging, wo er ihm etwas ins Ohr flüsterte. Der Produzent hob den Kopf und sah Bill mit ernster Miene an. Dann nickte er.

»Was hast du ihm gesagt?«, fragte Arty, kaum hatten sie die Studios verlassen.

Bill näherte sich Artys Ohr und sagte: »Der Punisher bist du. Tu ihr weh. Es wird ihr gefallen.« Von dem Tag an wollte der berühmte Produzent nur noch mit Bill verhandeln.

Das war Hollywood.

Arty kapiert rein gar nichts, dachte Bill wieder. Er ist bloß ein Zuhälter, der sich mit Filmkameras auskennt. Und zum Beweis, dass er rein gar nichts kapiert, will der Schwachkopf nun, dass ich mir ein Reihenhaus kaufe wie ein Bankangestellter. Nein, Arty weiß einfach nicht zu leben, überlegte Bill, während er am Swimmingpool der Villa lag, die er in Beverly Hills gemietet hatte. Der Swimmingpool war klein, der Garten ebenfalls. Es war auch nicht die beste Gegend von Beverly Hills. Aber er war ein gutes Stück vorangekommen seit den Zeiten des *Palermo Apartment House*.

Der Studebaker war inzwischen einem nagelneuen LaSalle gewichen. Bill hatte ihn gekauft, nachdem er gelesen hatte, Willard Rader habe den Achtzylinder-V-Motor ein Jahr zuvor auf der GM-Teststrecke in Milford ausgefahren und es geschafft, den Rekord für einen Sportwagen von durchschnittlich fünfundneunzig Meilen pro Stunde, die Tankstopps eingerechnet, über neunhundertzweiundfünfzig Meilen zu halten. Nur zwei Meilen unter dem Durchschnitt, den im gleichen Jahr die Rennwagen in Indianapolis erzielt hatten. Das Auto war wirklich außergewöhnlich. »Es kostet ein Vermögen«, hatte Arty gesagt, »so viel Geld für ein Auto zum Fenster hinauszuwerfen ist eine Dummheit.«

Aber Arty wusste eben nicht zu leben, Bill dagegen schon. Deshalb hatte er den LaSalle gekauft und raste damit, sooft er konnte, die Küstenstraße entlang. Nichts kam dem Gefühl gleich, mit wahnwitziger Geschwindigkeit, den schimmernden Ozean zu seiner Rechten, gen San Diego über den Asphalt zu jagen.

»Ich bin reich«, sagte Bill zu sich selbst und räkelte sich auf seiner Liege am Swimmingpool, während die Sonne Kaliforniens ihm nach seinem morgendlichen Bad das Haar trocknete. »Schlampe«, schimpfte er dann, als er nach einer Ausgabe der *Photoplay* mit Gloria Swanson auf dem Titelblatt griff, die in dem Jahr für ihre Rolle als Sadie Thompson für den Oscar als beste Schauspielerin nominiert worden war. Reiche Männer konnte Bill ertragen, reiche Frauen nicht. »Miese Schlampe«, zischte er wieder und spuckte auf die Zeitschrift. Dann lachte er, schlüpfte in seinen Bademantel und beschloss, eine Spritztour zu machen. Sein LaSalle, der vor dem Eingangstor stand, glänzte in der Sonne.

In dem Moment sah er sie.

Zwei uniformierte Polizisten hatten den Streifenwagen vor dem Eingang geparkt. Sie waren ausgestiegen, einer der beiden hielt ein Blatt Papier in der Hand. Der andere hatte die Handschellen von seinem Gürtel genommen.

Bill drückte sich hinter eine Hauswand.

Sie klingelten. Einmal, zweimal, dreimal. Der schrille Klingelton klang in Bills Ohren wie ein Schrei. Daraufhin blickte einer der beiden Polizisten – der mit den Handschellen – sich um. »Ma'am, kennen Sie Cochrann Fennore?«, sprach er eine Frau an, die gerade in der Tür der Villa gegenüber erschien.

»Wen?«

»Den Mann, der hier wohnt«, erklärte der Polizist und deutete auf Bills Haus.

Sein Kollege lugte weiter durch das Gittertor und drückte auf die Klingel.

»Ach, ja ... den. Der fährt wie ein Verrückter«, brummte die Frau. »Sind Sie deshalb hier?«

»Nein, Ma'am, um seinen Fahrstil geht es nicht.«

»Was hat er dann angestellt?«

»Als er vor Jahren im Osten lebte, hat er so einiges verbrochen. Der Staatsanwalt hat einen Urlaub in San Quentin für ihn gebucht«, lachte der Polizist.

»Er war mir noch nie geheuer«, sagte die Nachbarin in feindseligem Ton.

»Sie werden ihn nicht mehr zu Gesicht bekommen, seien Sie unbesorgt.«

»Besser so«, gab die Frau zurück und verschwand im Innern ihrer Villa.

Sie haben mich gefunden, dachte Bill, und das Herz schlug ihm bis zum Hals. Und in Sekundenschnelle sah er wieder Ruths weißes Kleid mit dem blauen Volant vor sich, das sich rot färbte, sah den Smaragdring und den Ringfinger, eingeklemmt zwischen den Klingen der Gartenschere, und das Fischmesser, das in die Hand seines Vaters eindrang und dann in den Bauch und zwischen die Rippen seiner Mutter. Und er sah die beiden Leichen auf dem Boden liegen, sah, wie die Blutlache sich ausbreitete und eine Fischschuppe auf der blutigen Pfütze schwamm. Und er hörte den letzten Atemzug des irischen Jungen, dessen Identität und Geld er gestohlen hatte, und sah das frische Gesicht seiner Verlobten, die auf der Fähre der Einwanderungsbehörde nach ihm suchte und laut seinen Namen rief. In Sekundenschnelle, schneller als mit seinem LaSalle, raste Bill noch einmal durch sein Leben – ein Leben voller Gewalt, Vergewaltigung und Missbrauch. Es ist aus, dachte er panisch. All das Blut, das er vergossen, all die Tränen, die er verursacht hatte, sickerten in sein Hirn, während ihm die Trommelfelle unter dem anhaltenden Klingeln und der schrillen Stimme eines der beiden Polizisten zu platzen drohten.

»Cochrann Fennore, machen Sie auf! Polizei!«, brüllte der Polizist immer wieder.

In Panik kletterte Bill durch ein offenes Fenster ins Haus, zog sich hastig an und lief zum hölzernen Gartentor auf der Rückseite. Er stieß es auf, sah sich um und rannte los. Er rannte und rannte, bis er atemlos zusammenbrach. Da kroch er hinter einen Busch und rang nach Atem. Doch ringsum färbte sich alles rot. Blut sprudelte aus dem Boden, aus den verdorrten Zweigen. Selbst der Himmel war mit Rot übergossen. Bill sprang auf und rannte weiter, floh mehr vor sich selbst als vor der Polizei. Und während er rannte, ohne zu wissen, wohin, begann es in seinem Kopf immer lauter zu surren. Bill hielt sich die Ohren zu und schrie, um das Surren zu übertönen. Er stolperte, schlug hin und rollte eine steile Böschung hinab. Zweige zerkratzen ihm Gesicht und Hände. Jäh bremste auf halbem Weg ein Baumstamm seinen Sturz. Bill krümmte sich vor Schmerz und versuchte aufzustehen. Seine Beine gaben nach, er rutschte weg und rollte weiter bergab. Schließlich bekam er eine Wurzel zu fassen. Er keuchte. Doch das Surren in seinen Ohren wollte nicht verstummen. Plötzlich explodierten glitzernde Farben vor seinen Augen, bevor alles schwarz wurde.

Und mitten im Schwarz hob das vertraute Surren wieder an. Die Filmkamera lief. Und er saß mitten am Set. Auf einem unbequem harten Lehnstuhl. Er versuchte, sich zu bewegen. Seine Hände und Füße waren mit Lederriemen gefesselt. Hinter sich hörte er Stimmen. Er wollte sich umdrehen, aber auch sein Kopf und sein Kinn waren fixiert. Und aus einer kalten Kugelhaube, die oben an seinem Schädel befestigt war, tropfte eine noch kältere Flüssigkeit. Wasser. Reines Wasser. Der beste Stromleiter. Er saß auf dem elektrischen Stuhl … Ruth tauchte auf. In der Uniform eines Gefängniswärters trat sie an ihn heran und streichelte sein Gesicht. Ihr fehlte ein Finger. Aus der Wunde quoll Blut. Voller Bewunderung, fast so, als betete sie ihn an, sah Ruth ihn an. »Ich liebe dich«, flüsterte sie ihm zu. In dem Augenblick jedoch hob ein Regisseur – Erich von Stroheim vielleicht – sein Sprachrohr an den Mund und brüllte: »Und bitte!« Da wechselte Ruth den Gesichtsausdruck. Sie warf Bill einen eiskalten Blick zu und legte mit der blutenden Hand den Stromhebel um. Bill spürte, wie der Stromstoß seinen ganzen Körper durchfuhr, während Ruth lachte und von Stroheim immer weiter »Und bitte!« brüllte und die zehntausend Watt starken Scheinwerfer ihn blendeten und die Kameras hämisch surrend seinen Tod filmten.

Schreiend schlug Bill die Augen auf.

Es war Nacht. Noch immer klammerte er sich an die Wurzel. Alles war dunkel. Bill hatte keine Ahnung, wo er war.

Und er hatte Angst. Wie damals, als er klein gewesen war und sein Vater mit dem Gürtel auf ihn zugekommen war. Eine Angst, die ihm den Atem stocken und die Hände und Beine gefrieren ließ. Wie immer, wenn es Nacht war.

Da stiegen Bill langsam Tränen in die Augen, liefen über seine Wangen und vermischten sich mit der Erde in seinem Gesicht zu schlammigen Schlieren.

Die ganze Nacht über klammerte sich Bill, die Füße gegen einen Stein stemmend, an die Wurzel, zitternd, allein mit der Last seiner Natur. Allein mit dem Grauen, dem er sich nun schon sechs Jahre ausgeliefert hatte. Und er verlor sich in dieser Finsternis. Er fand den Weg nicht mehr. Die Bilder der Vergangenheit, die Zeit, die verging, alles vermischte sich und überlagerte einander, seine leidvolle Kindheit und seine verdorbene Jugend, New York und Los Angeles, seine Opfer und seine Hoffnungen, seine Armut und sein Reichtum, der Vierzig-Dollar-Pritschenwagen, auf dem er Ruth vergewaltigt hatte, und sein pfeilschneller LaSalle, sein Gesicht und die Punisher-Maske, die Angst vor dem Vater und die vor dem elektrischen Stuhl, seine Träume und Albträume, all das bildete einen einzigen Sumpf aus düsterem, beängstigendem Treibsand, der ihn in eine Dunkelheit hinabzog, die noch dunkler war als die nicht enden wollende Nacht, und der im Morgengrauen keine Helligkeit durchließ, sondern ihn in der schlammigen Finsternis gefangen hielt, die alles war, was Bill blieb. Sein Erbe.

Bill hatte die Tür zum Wahnsinn aufgestoßen.

56

Manhattan, 1928

»Das Mikrofon hier ist der letzte Dreck«, schimpfte Christmas, der am geheimen Übertragungsort von CKC saß und nervös auf die Uhr schaute.

»Was ist damit?«, fragte Cyril.

Christmas gab keine Antwort. Abermals schaute er auf die Uhr. Zwanzig nach sieben. Nur noch zehn Minuten bis zur Livesendung. Und noch immer ließ der Gast sich nicht blicken. Karl und Cyril würden Augen machen, wenn er vor ihnen stand. Doch Groll und Ungläubigkeit, die in seinem Inneren gärten, seitdem er von Karls Verrat wusste, verdarben Christmas die Vorfreude auf den Moment. Karl der Verräter. Karl der Scheißkerl. Nun aber war auch seine, Christmas', Zeit gekommen. Eine ganze Woche lang hatte er seine Wut genährt, ohne dass ihm auch nur ein einziges Wort entschlüpft war. Nun war die Stunde der Abrechnung da. In einem Anfall von Hysterie zerlegte er das Mikrofon und wühlte in einer Schublade herum.

Karl beobachtete ihn mit finsterer Miene.

»Wonach suchst du?«, fragte Cyril geduldig.

Wieder gab Christmas keine Antwort. Leise fluchend warf er mit Kabeln und Bolzen um sich. Dann schaute er ein weiteres Mal auf die Uhr.

»Was stimmt denn nicht mit dem Mikrofon?«, wollte Cyril wissen und untersuchte es.

Christmas drehte sich um und riss es ihm schroff aus der Hand. »Es ist Schrott, keinen Cent wert«, murrte er.

»Er hat recht, Cyril. Für einen Star wie ihn ist nur das Beste gut genug«, bemerkte Karl mit sarkastischem Unterton.

Düster starrte Christmas ihn an.

Karl erwiderte den Blick unbeirrt, bevor er sich zum Fenster wandte und den schwarzen Stoff zur Seite zog, um einen Blick hinauszuwerfen.

»Mach den Vorhang zu!«, befahl Christmas. »Licht stört mich, das weißt du doch.«

»Dich stört in letzter Zeit so einiges«, gab Karl zurück, wandte sich aber vom Fenster ab.

»Ja, da hast du recht«, sagte Christmas unwirsch. »Und ganz oben auf der Liste stehst du.«

»Darf man vielleicht erfahren, was mit euch los ist?«, mischte sich Cyril ein und stand auf, um sich wie zufällig zwischen die beiden zu stellen. »Es sind keine zehn Minuten mehr. Besser, wir beruhigen uns wieder. Liegt es am Ruhm, dass ihr euch streitet wie zwei hysterische Waschweiber?« Er lachte kopfschüttelnd.

»Wenn einer aus dem Nichts kommt, bildet er sich schon auf wenig wer weiß was ein«, sagte Karl und sah Christmas herausfordernd ins Gesicht.

»Und wenn einer vor den Bossen kriecht, verkauft er Menschen, als wären es Nägel aus seinem dämlichen Eisenwarenladen. Zum Kilopreis«, stieß Christmas zornig hervor.

Cyril blickte bestürzt von einem zum anderen. »Würdet ihr mir bitte erklären, was zum Teufel hier los ist?« Er sah auf die Uhr. »Aber macht schnell, ich gehe nämlich in acht Minuten auf Sendung.«

Christmas lachte kalt. »Na los, Karl. Erklär allen, die uns zuhören, dass du uns verscherbeln willst.«

»Du bist jämmerlich«, bemerkte Karl mit einem Kopfschütteln. »Sei wenigstens Manns genug, es zuzugeben.«

»Was?«, fragte Cyril misstrauisch.

»Der Junge verkauft sich an die Großen. Mich, dich und den ganzen Laden hier lässt er einfach im Stich. Er hat beschlossen, hoch zu fliegen. Zum Teufel mit denen, die an ihn geglaubt haben«, sagte Karl verächtlich.

»Nette kleine Geschichte.« Mit dem Finger auf Karl zeigend, wandte Christmas sich an Cyril. Seine Stimme zitterte vor Wut. »Weißt du, was er so treibt? Er war bei den hohen Tieren von N. Y. Broadcast, um unseren Laden für einen Schreibtischplatz an der Sonne zu verschleudern!«

»Was redest du denn da?«, rief Karl aufgebracht und packte ihn am Kragen.

»Was redest du da!«, schrie Christmas und riss sich von ihm los.

»Hört auf damit.« Cyrils Stimme, die wie ein Knurren klang, löste eine gespannte Stille im Raum aus, in der nur der schwere Atem der beiden Kampfhähne zu hören war. »Und jetzt erklärt ihr mir, worum es hier geht«, sagte er dann.

»Er war bei N. Y. Broadcast«, zischte Karl.

Cyril sah Christmas an. »Stimmt das?«, fragte er ruhig.

Christmas schwieg.

Karl lächelte bitter. »Wie viel haben sie dir geboten?«

»Mehr als das, wofür du mich verkaufen wolltest«, antwortete Christmas kalt.

»Red keinen Unsinn.« Karl nahm Cyril bei den Schultern und drehte ihn zu Christmas um. »Sieh dir deinen Jungen an. Sieh ihn dir an! Er hat sich schon in einen Hai verwandelt. Aber was konnten wir schon erwarten von einem, der nur mit Kriminellen verkehrt? Sieh ihn dir an. Er haut ab. Sag's ihm, na los, sag ihm, dass du abhaust, Christmas!«

»Stimmt das?«, fragte Cyril erneut.

Christmas schaute ihn schweigend an. Dann fragte er ihn: »Glaubst du ihm?«

Cyril musterte ihn. »Ich glaube, was ich sehe.«

»Und was siehst du?«

»Ich sehe, dass es noch fünf Minuten bis zur Sendung sind.

Ich sehe, dass du andauernd wie ein Todeskandidat auf die Uhr starrst«, erklärte Cyril. »Aber vor allem sehe ich zwei Gockel, die sich im Hühnerstall die Federn ausrupfen und den Mund ganz schön voll nehmen. Doch für all ihre Beschuldigungen scheinen sie keinen Beweis zu haben.«

Christmas blickte hinüber zu Karl. Er stand auf und stellte sich dicht vor ihn. So dicht, dass ihre Gesichter sich beinahe berührten. »Auch du warst bei N. Y. Broadcast . . .«

»Nein«, widersprach Karl.

»Noch vor mir, bevor sie mich eingeladen haben . . .«

»Nein.«

»Du wolltest ihnen die Sendung verkaufen. Und Howe, diesem Arschloch, hast du gesagt, du würdest mich dazu bringen, für ein paar lausige Dollar zu arbeiten.«

Wortlos sah Karl ihn an, ohne den Blick zu senken, ohne auch nur einen Schritt zurückzuweichen. Ohne eine Spur von Nachgiebigkeit oder Unsicherheit. »Die haben dich reingelegt«, sagte er schließlich mit fester Stimme. »Ich habe nichts von alldem getan.«

Christmas blickte Karl forschend ins Gesicht, beeindruckt von so viel Sicherheit und zugleich verwirrt von seinen eigenen widersprüchlichen Gefühlen. Einerseits klang noch die Wut über den Verrat nach, andererseits hatte er den Eindruck, dass Karl die Wahrheit sagte. Da war einerseits der tagelang gehegte Groll, andererseits eine neue, mit Scham vermischte Wut darüber, von Karl ertappt worden zu sein. Und während er, ohne ein Wort herauszubekommen, mit den widerstreitenden Gefühlen in seinem Inneren rang und dabei Karls Blick erwiderte, der ebenso vorwurfsvoll und verachtend, anklagend und verurteilend war wie sein eigener, entstand am Eingang der Wohnung ein lauter Tumult.

»Wer seid ihr?«, erklang Sister Bessies misstrauische und verängstigte Stimme zu ihnen herein.

»Christmas wartet auf mich, lassen Sie mich vorbei, es ist schon spät!«

Undeutlich war eine weitere Stimme zu hören.

»Was ist denn da los?«, fragte Cyril und ging zur Tür.

In diesem Augenblick betraten ein Junge und ein mit einer Kapuze vermummter Mann in einem dunklen Kaschmirmantel das Zimmer. Ihnen folgte Sister Bessie.

»Nimm mir dieses Ding ab. Sonst ersticke ich noch«, sagte der Vermummte.

Cyril machte große Augen.

»Kennst du die zwei, Christmas?«, wollte Sister Bessie wissen.

»Nimm ihm die Kapuze ab, Santo«, sagte er, ohne den Blick von Karl abzuwenden.

Santo schlug die Kapuze des Mannes zurück.

»Das gibts doch nicht. Das ist ja Fred Astaire!«, rief Sister Bessie aus.

»Es war amüsant, aber ich habe keine Luft mehr bekommen«, erklärte Fred Astaire, während er sich mit der Hand durchs Haar fuhr. Dann bemerkte er Christmas und Karl, die einander nach wie vor schweigend anstarrten, die Gesichter nicht mehr als eine Handbreit voneinander entfernt. »Was ist denn das? Ein Duell?«, fragte er lachend.

Weder Christmas noch Karl antworteten. Sie wandten nicht einmal den Kopf. Wie zwei Kampfhähne standen sie sich weiter gegenüber.

»Was ist nun?«, sagte Karl barsch. »Hast du dich verkauft?«

»Ich habe ihnen abgesagt. Gestern«, gab Christmas mit fester Stimme zurück.

Da stieß Cyril lang und hörbar die Luft aus, als hätte er bis zu dem Moment den Atem angehalten. »Entschuldigt, wenn ich störe«, schaltete er sich nüchtern ein, »aber falls ihr es vergessen habt, wir haben ein Programm zu senden, es geht in vierzig

Sekunden los. Übrigens, Fred Astaire ist zu uns gekommen.«
Kopfschüttelnd trat er an die Gerätschaften heran und hantierte
daran herum. »Ich kapiere gar nichts mehr . . .«, brummte er.

Christmas fasste sich endlich wieder und wandte sich lächelnd dem berühmten Studiogast zu. »Danke, Mr. Astaire«,
sagte er und stellte ihn mit großer Geste Cyril vor. »Mr. Astaire
ist der erste Gast bei *Diamond Dogs.*« Er klopfte Santo auf die
Schulter und zwinkerte ihm zu. »Und das ist Santo, das zweite
der beiden Mitglieder der Diamond Dogs und außerdem der
neue Leiter der Bekleidungsabteilung bei Macy's. Er verdient so
viel Geld, dass er sich ein Auto leisten kann, was es uns ermöglicht hat, Mr. Astaire zu *entführen.*«

»Stets zu Diensten, Chef«, meinte Santo.

»Ihr seid verrückt«, knurrte Cyril und drückte eine Reihe von
Knöpfen. »Dreißig Sekunden . . .«

»Haben Sie den Anfang noch im Kopf, Mr. Astaire?«, wollte
Christmas wissen.

»Ich habe meine Hausaufgaben gemacht, ja.«

»Zwanzig . . .« Cyril warf einen mürrischen Blick auf Karl
und Christmas. »Habt ihr Mädchen euch endlich beruhigt?«

Christmas sah hinüber zu Karl. Ihre Blicke kreuzten sich,
noch immer spannungsgeladen.

»Zehn . . .«

Fred Astaire nahm Platz und griff nach dem Mikrofon.

»Ich dachte, du vertraust mir«, sagte Christmas angespannt.

»Fünf . . .«

»Das dachte ich von dir auch«, gab Karl mit bösem Blick
zurück.

»Auf Sendung«, sagte Cyril bebend und drückte einen
Knopf.

Mit eisiger Miene starrten Christmas und Karl einander an.

»Guten Abend, New York . . .«, hob eine Stimme an.

Alle wandten sich überrascht Fred Astaire zu.

»Ich weiß, das ist nicht die Stimme eures Christmas. Klar, hier ist ja auch Fred Astaire ...«

Christmas setzte sich neben den Schauspieler.

»Ich spreche zu euch aus dem Geheimsitz von CKC, Freunde«, fuhr Fred Astaire fort. »Aber fragt mich nicht, wie ich da hingekommen bin. Ich wurde entführt. Man hat mir eine Kapuze über den Kopf gezogen, mich in ein Auto verfrachtet und offenbar eine halbe Stunde im Kreis herumgefahren, um mich zu verwirren ...«

»Ist uns das denn gelungen, Mr. Astaire?«, fragte Christmas ins Mikrofon.

»Das kannst du wohl laut sagen!« Fred Astaire lachte. »Ihr Gangster habt gar nicht so üble Methoden.«

Auch Christmas lachte. Doch anders als sonst, suchte er nicht in Karls Blick nach Zustimmung. Und als Karl lachte, sah er dabei Christmas nicht an. Beiden war bewusst, dass etwas zwischen ihnen zerbrochen war.

»Aber keine Sorge, New York«, sprach Fred Astaire gut gelaunt weiter. »Ich bin gesund und munter. Sobald die Sendung vorbei ist, werde ich wieder freigelassen und erwarte euch alle heute Abend im Theater ... Im Grunde, so habe ich mir überlegt, ist der Unterschied zwischen Gangstern und Schauspielern gar nicht so groß. Dazu kann ich euch ein paar ziemlich interessante Anekdoten erzählen. Auch wir haben unsere Methoden, einen Kollegen auszuschalten ...«

Christmas, Karl, Cyril, Santo und Sister Bessie lachten, ebenso wie die Hörer zu Hause vor ihren Radios. Die Gangster in den Kneipen und Billardsälen grölten. Und Cetta, die vor lauter Aufregung die Hände vor den Mund schlug, kicherte.

»Schwuchtel«, brummte Sal schmunzelnd.

»Es gibt nur eine Spezies, die noch schlimmer ist als Gangster und Schauspieler«, hob Fred Astaire wieder an. »Ich spreche natürlich von Anwälten.«

57

Manhattan, 1928

Nach Fred Astaire, dessen Gastauftritt in *Diamond Dogs* ein gewaltiges Echo in der Presse hervorrief, war es Duke Ellington, der *entführt* wurde. Während der Sendung sagte er: »Hey, einmal abgesehen von dieser lästigen Kapuze gefällt mir CKC. Hier lassen sie sogar Nigger rein, nicht so wie im *Cotton Club*. Zwei sitzen gerade neben mir.« Stolz reckte Cyril den Kopf. Sister Bessie jedoch konnte sich nicht beherrschen und brüllte: »Ich habe den ersten Dollar für diesen Sender gegeben. Mir gehört ein Stück davon und dir nicht, Duke. Du sitzt gerade neben mir, nicht andersherum.« Womit sie schallendes Gelächter an den Mikrofonen von *Diamond Dogs* auslöste und sich in ganz Harlem Beliebtheit und Respekt verschaffte.

Als Nächstes entführte man Jimmy Durante, Al Jolson, Mae West, Cab Calloway, Ethel Waters und zwei junge Broadway-Schauspieler, James Cagney und Humphrey DeForest Bogart, der erklärte, er habe sich vor allem darauf eingelassen, um Christmas kennenzulernen.

»Wieso das?«, wurde er gefragt. »Nun ja, ich bin am Weihnachtstag geboren. Wie könnte ich mir einen Kerl entgehen lassen, der den Namen meines Geburtstages trägt?«

Entführt zu werden, kam in Mode. Nicht eine bekannte Persönlichkeit weigerte sich, bei *Diamond Dogs* aufzutreten. Die Kapuze übergezogen zu bekommen, bedeutete, man war einer der wenigen Privilegierten, die den geheimen Sendeort des Radios betreten durften.

»Ich war im *Versteck*«, erzählte man sich in den schicken Restaurants, auf Partys oder bei Theater- und Filmpremieren. Und kein Gast wehrte sich gegen das Kapuzenritual. So blieb der Standort von CKC auch weiter geheim und lieferte den Menschen Stoff für Legenden. Santo wurde der Fahrer der Gang, wie alle CKC nun nannten, und entdeckte die Freude und Spannung alter Zeiten wieder, als Christmas und er die einzigen Mitglieder der Fantasie-Gang gewesen waren.

Anfangs versuchten die Reporter, die für eine Entführung infrage kommenden Stars zu beschatten. Mit Fotoapparat und Notizblock bewaffnet, hängten sie sich an ihre Fersen. Und vermutlich wäre es ihnen früher oder später gelungen, das Quartier von CKC aufzudecken, doch konnten sie nicht ahnen, dass New Yorks Gangster beschlossen hatten, eben das zu verhindern. Die Spürhunde wurden mit überzeugenden Methoden eingeschüchtert. Eine Pistolenkugel auf dem Armaturenbrett des Wagens, ein anonymer Brief, in dem Tagesabläufe und Adressen von Familienangehörigen aufgelistet waren, eine Drohung von Angesicht zu Angesicht, bei der, wenn nötig, der Fotoapparat zerstört wurde.

Der Mann im Hintergrund dieses schützenden Netzes war Arnold Rothstein. Als er aber erkennen musste, dass auf jeden seiner Versuche, einen aufdringlichen Journalisten einzuschüchtern, sofort ein neuer auftauchte, plante Mr. Big einen drastischen Feldzug, der Dutzende von Männern und zwölf Autos in Anspruch nahm. Eines Morgens, nachdem er die Operation bis ins letzte Detail geplant hatte, ließ Rothstein die Herausgeber von *New York Times*, *Daily News*, *Forward*, *New York Amsterdam News*, *Post* und auch des politisch eingefärbten *Daily Worker* verschleppen. Den sechs Männern wurden mitten auf der Straße Kapuzen übergestülpt. Und genau nach Rothsteins Plan rief keiner der Zeugen die Polizei. Vielmehr lachten sie, da sie sicher waren, es handele sich um eine Entführung für *Diamond Dogs*. Dem gleichen Irrtum erlagen zunächst auch die Herausgeber. Als sie sich jedoch alle zusammen im *Lincoln Republican Club* vor Arnold Rothstein wiederfanden, verging ihnen mit einem Schlag die gute Laune, und Furcht machte sich breit.

»Christmas ist kein Gangster. Aber es ist, als wäre er einer von uns«, begann Mr. Big ohne Umschweife, nachdem die Herausgeber unsanft auf eigens bereitgestellte Stühle gedrückt worden waren. »Ich bin bereit, gegen euch Journalisten, gegen jeden Einzelnen von euch, in den Krieg zu ziehen, solltet ihr es wagen, den Standort von CKC aufzudecken oder den Jungen und seine Sendung zu verunglimpfen wegen unserer kleinen Unterhaltung hier ... die es im Übrigen nie gegeben hat. Niemand darf etwas über CKC und *Diamond Dogs* erfahren. Sagt das euren Handlangern, nehmt all die Spürhunde an die Leine, die in der Stadt herumschnüffeln auf der Suche nach einer Sensationsmeldung. Und kommt mir bloß nicht mit so einem Blödsinn wie der Pressefreiheit. Eure dämliche Freiheit wäre das Ende eines der wenigen Vergnügen, die diese Scheißstadt noch zu bieten hat.«

Rothstein ließ von seinem Billardspiel ab und stellte sich, einen nach dem anderen musternd, vor die Männer. »Macht *Diamond Dogs* kaputt, und ihr seht mich bei euch zu Hause wieder«, sagte er drohend. Lächelnd zeigte er dann seine weißen Zähne und fügte hinzu: »Aber ich habe beschlossen, euch einen Gefallen zu tun.« Er sah hinüber zu Lepke und ließ sich einen kleinen Bund Strohhalme bringen. »Spielen wir ein Spiel, so wie damals als Kinder. Wer von euch den kürzesten Strohhalm zieht, wird *entführt* und darf bei einer Folge von *Diamond Dogs* dabei sein. Und um niemanden zu benachteiligen, wird er kein offizieller Gast sein, sondern sich einfach alles notieren und anschließend seine Informationen an die anderen weitergeben, damit jede eurer Zeitungen haarklein über die Sendung berichten kann, als wärt ihr alle zusammen bei CKC zu Gast gewesen. Einverstanden?« Abermals lächelte Rothstein auf die ihm eigene Weise, die einem nur noch mehr Angst machte. »Ich muss wohl nicht hinzufügen, dass ich unsere Abmachung als hinfällig betrachte, solltet ihr aufgrund irgendwelcher Hinweise Vermutungen über den Standort von CKC anstellen.«

Mr. Big streckte den Presseleuten die Strohhalme entgegen, als Erstes dem Herausgeber der *New York Amsterdam News*, danach den anderen. Den kürzesten Strohhalm zog ausgerechnet der Herausgeber der Wochenzeitung *New York Amsterdam News*, die in Harlem gedruckt wurde.

»Schön, also abgemacht«, sagte Rothstein zum Abschied. »Christmas weiß nichts von unserer netten Plauderei, kommt also nicht auf dumme Gedanken. Er ist ein guter Junge mit einer Menge Talent.« Er musterte sie wieder, einen nach dem anderen. »Außerdem steht er unter meinem persönlichen Schutz«, schloss er und gab seinen Männern ein Zeichen, die Zeitungsmänner hinauszuwerfen. »Und jetzt verschwindet, ihr Schmierfinken.«

Am Tag darauf blieb der Herausgeber der *New York Amsterdam News* vor dem großen Haus in der 125th Street stehen und blickte hinauf zu Harlems Uhr, die immer auf halb acht stand. Er schmunzelte und stieg in den fünften Stock hinauf, von wo, wie er und sämtliche Bewohner des schwarzen Ghettos wussten, *Diamond Dogs* gesendet wurde. Ihm war von Anfang an klar gewesen, welchen Strohhalm er ziehen sollte: den mit der winzigen, kaum sichtbaren roten Markierung. Rothstein riskierte nämlich nicht gern etwas. Und ebenso ungern verlor er eine Wette. In Sister Bessies Wohnung angekommen, stellte der Herausgeber der *New York Amsterdam News* sich Christmas vor und erzählte ihm von Rothstein.

Zwei Tage später brachten sämtliche New Yorker Zeitungen einen detaillierten Bericht über die Sendung. *Im Schlupfloch der Diamond Dogs*, titelten fast alle großen Zeitungen auf der ersten Seite. Die Herausgeber zeichneten persönlich für die Artikel verantwortlich, um sich wie Schauspieler oder berühmte Musiker bei mondänen Anlässen zu brüsten, so privilegiert fühlten sie sich. Und an diesem Tag brachten die Zeitungsschreier ihre Exemplare so schnell an den Mann wie nie zuvor.

Und die Einschaltquoten von *Diamond Dogs* stiegen noch einmal steil in die Höhe. Das Aufsehen war so groß, dass selbst überregionale Zeitungen die Meldung aufgriffen. Sie verbreitete sich von Küste zu Küste bis nach Los Angeles, wo sie auch Hollywoods Stars und Produzenten zu Ohren kam.

»Zu viel Werbung«, sagte Karl zehn Tage später.

»Erst machst du einen Riesenaufstand mit diesen ganzen Reklametafeln, und jetzt beschwerst du dich über zu viel Werbung?«, brummte Cyril.

»Wir provozieren die Behörden«, erwiderte Karl. »Lange können sie nicht mehr so tun, als wäre nichts. Sie werden uns kriegen.«

»Sollen sie ruhig kommen und uns holen«, sagte Cyril. »Sie haben die Rechnung ohne meine Nigger gemacht.«

»Er hat recht, Cyril«, erklärte Christmas.

Karl sah ihn an. Und Christmas erwiderte schweigend seinen Blick.

Seit dem Tag, an dem sie aneinandergeraten waren, zweifelte jeder von ihnen am anderen. Die Kluft, die zwischen ihnen entstanden war, schien nicht mehr zu überbrücken zu sein. Die Last des Verdachts war zu groß.

»Du hast recht, Karl«, sagte Christmas noch einmal. »Du hattest schon immer recht.«

Noch immer sah Karl ihn an.

»Es tut mir leid«, sagte Christmas da.

Karls Blick entspannte sich unmerklich. »Mir auch.« Er ging auf Christmas zu und reichte ihm die Hand.

Christmas schlug ein und zog Karl an sich. Dann umarmte er ihn.

»Weiße Idioten«, brummte Cyril lächelnd.

»Was für eine ergreifende Szene!«, spöttelte Sister Bessie, die gerade ins Zimmer kam. »Der Herausgeber der *Amsterdam* ist hier. Kann ich ihn reinlassen, oder soll ich warten, bis ihr wieder angezogen seid, Mädels?«

»Scheiße, was will der denn schon wieder?«, murmelte Cyril.

»Darf ich?«, fragte der Herausgeber, der in diesem Moment den Kopf ins Zimmer steckte. Er wedelte mit einem Umschlag. »Der ist für Christmas. Er kam heute Morgen in der Redaktion an. Er war an mich adressiert, enthält aber einen verschlossenen Brief für Christmas. Man bittet mich, ihn dir zu überbringen.«

»Und wenn du ihn überbringst, gibst du zu, dass du unser Versteck kennst, du Saftsack«, bemerkte Cyril aufgebracht.

»Reiß dich zusammen!«, rief Sister Bessie ärgerlich.

»Er hat recht«, sagte da Karl. »Wir sind entdeckt.«

»Tut mir leid«, erwiderte der Herausgeber der *New York Amsterdam News*. »Der Brief kommt aus Los Angeles ...«

Christmas wurde blass, riss ihm den Umschlag aus der Hand und öffnete ihn hastig. Ruth, war sein einziger Gedanke. Ruth. Er zog das zweifach gefaltete Schreiben heraus und suchte mit klopfendem Herzen nach der Unterschrift. Enttäuscht ließ er den Brief sinken. »Louis B. Mayer ...«, murmelte er.

»Wer?«, fragte Cyril.

Noch einmal blickte Christmas auf die Unterschrift. »*Louis B. Mayer, Metro-Goldwyn-Mayer* ...«, las er vor.

»Und was will er?«

»Keine Ahnung«, erwiderte Christmas und warf den Brief auf den Tisch. Ruth, dachte er wie erschlagen.

Karl griff nach dem Schreiben. »*Lieber Mr. Christmas, aus der Presse haben wir erfahren, dass Sie mit großem Erfolg geheimnisvolle, wirklichkeitsnahe Geschichten erzählen, die die Menschen begeistern*«, las er laut vor. »*Nach unserer Überzeugung könnte Ihr Talent hier in Hollywood äußerst wertvoll sein. Deshalb würden wir Sie gern in unsere Studios einladen, um Sie kennenzulernen und über mögliche Stoffe mit Ihnen zu sprechen. Sie erreichen mich unter den Nummern* ... Bla, bla, bla ... *Kosten für Reise und Unterkunft übernehmen wir* ... Bla, bla, bla ... *Tausend Dollar für die Umstände* ... *Ihr Louis B. Mayer.«*

Verblüfftes Schweigen erfüllte das Studio.

»Das Kino ...«, murmelte Sister Bessie nach einer Weile.

»Das interessiert mich einen Scheiß«, sagte Christmas.

»Dabei solltest du darüber nachdenken«, riet Karl.

Christmas blickte weiter zu Boden. »Hollywood interessiert mich einen Scheiß«, beharrte er.

»Lebt diese Freundin von dir nicht in Los Angeles?«, warf Cyril betont beiläufig ein.

Christmas' Kopf ruckte in die Höhe. Aber Cyril hantierte mit ein paar Bolzen herum, als wäre er sehr beschäftigt. »In zwei Minuten gehen wir auf Sendung«, sagte er schließlich.

Christmas nickte und nahm vor dem Mikrofon Platz.

»Ich gehe dann«, verabschiedete sich der Herausgeber der *Amsterdam* irritiert.

Keiner der anwesenden Männer beachtete ihn. Sister Bessie klopfte ihm auf die Schulter, führte ihn aus dem Zimmer und schloss die Tür.

»Dreißig Sekunden«, sagte Cyril nach einer Weile.

»Ich muss euch etwas erzählen ...«, hob da Karl an.

»Jetzt?«, brummte Cyril.

Christmas rührte sich nicht. Seine Gedanken drehten sich ausschließlich um Ruth.

»Wie gesagt, bei all der Werbung werden sie uns irgendwann aufspüren. Und uns den Laden dichtmachen«, fuhr Karl fort.

»Zwanzig Sekunden.«

»WNYC will uns übernehmen«, erklärte Karl mit einem unergründlichen Lächeln auf den Lippen.

Christmas und Cyril sahen ihn an.

»Sie lassen uns auf unserer Frequenz senden, stellen uns ihr

Equipment einschließlich der Studios zur Verfügung, und wir bestimmen das Programm, ohne jede Einmischung«, sprach Karl weiter und zog dabei einen Stapel Papiere aus der Innentasche seiner Jacke. »Hier ist der Vertrag. Wir bleiben Mehrheitseigentümer. Einundfünfzig Prozent gehören uns.«

»Und was haben wir davon?«, fragte Cyril misstrauisch.

»Zehn Sekunden . . .«

»Wir werden eine legale Radiostation. Wir können für uns werben, Gewinne einfahren . . .«

»Sie kriegen die meistgehörte Sendung New Yorks und stellen uns nichts weiter als ihre Studios zur Verfügung?«, fiel ihm Cyril ins Wort. »Das ist alles?« Er schüttelte den Kopf. »Fünf . . .«

Karl lächelte. »Tatsächlich haben sie uns auch ein Übernahmeangebot für die neunundvierzig Prozent gemacht.«

». . . vier . . .«

Karl schlug neben den primitiven Apparaturen von CKC den Vertrag auf und deutete mit dem Finger auf eine Zahl.

». . . drei . . . zwei . . .«

»Reichen euch hundertfünfzigtausend Dollar für eure Unterschrift, Partner?«, fragte Karl.

Cyrils Gesicht verlor augenblicklich alle Farbe. Er sperrte den Mund auf und machte große Augen. Wie ein Roboter drückte er mechanisch auf den Sendeknopf. »Wir sind auf Sendung . . . heilige Scheiße«, formten seine Lippen.

Christmas lachte, und sein Lachen hallte in den Wohnungen und Kneipen der Stadt wider. »Guten Abend, New York . . .«, sagte er und lachte erneut.

Und die Hörer nahmen deutlich das Gelächter von zwei weiteren Männern wahr.

58

»Was hast du bloß mit Barrymore angestellt?«, fragte Clarence Bailey lachend, als er in Ruths Zimmer kam. »Er erzählt überall herum, es gebe keinen besseren Fotografen als dich.« Er wedelte mit den Fotos, die er in der Hand hielt. »Und wenn ich ehrlich sein soll, gehören die hier nicht zu deinen besten. Im Gegenteil, ich finde sie beinahe … kalt.«

Ruth lächelte flüchtig – und irgendwie zweideutig, wie Clarence fand.

Sofort verfinsterte sich sein Gesichtsausdruck, und in seinem Blick flammte Sorge auf.

Ruth lachte. »Denken Sie nichts Schlechtes, Clarence«, sagte sie. »Vielleicht haben die Indianer ja recht, wenn sie meinen, dass Fotos einem Menschen die Seele stehlen. Aber ich habe sie Barrymore zurückgegeben.«

»Also … ich verstehe kein Wort«, bekannte Clarence und schnitt eine komische Grimasse. »Ich weiß nur, dass nun ganz Hollywood nach dir fragt. Dein Terminkalender ist voll.«

In den folgenden Wochen fotografierte Ruth John Gilbert, William Boyd, Elinor Fair, Lon Chaney, Joan Crawford, Dorothy Cumming, James Murray, Mary Astor, Johnny Mac Brownsville, William Haines, Lillian Gish. Sowohl die Stars als auch die Produzenten waren begeistert von Ruths geheimnisvollen, eindringlichen, düsteren, dramatischen Aufnahmen. Und als Douglas Fairbanks jr., der während ihres Termins übertrieben viel gelächelt hatte, die Fotos seiner Kollegen sah, bestand er auf einer weiteren Sitzung und versprach Ruth, ihren Anweisungen diesmal aufs Wort zu folgen.

Paramount, Fox und MGM begannen, Clarence Bailey zu bedrängen, weil sie Ruth exklusiv für sich wollten, mit dem einzigen Ergebnis, dass ihr Honorar in schwindelerregende Höhen stieg.

An diesem Samstagmorgen war Ruth in den Paramount-Studios mit Jeanne Eagels verabredet. Die Schauspielerin hatte im Jahr zuvor einen Film für MGM gedreht, doch nun schien Paramount ganz stark auf sie zu setzen. Für das folgende Jahr war sie für zwei Hauptrollen vorgesehen.

Ruth fand die Schauspielerin in einer Ecke eines großen Studios sitzend. Die gesamte Halle lag im Halbdunkel. Beleuchtet war einzig der Bereich, in dem die Komparsen geschminkt und angekleidet wurden. Jeanne Eagels saß auf einem Stuhl und ließ sich von einer Friseurin kämmen. Während Ruth zu ihr hinüberging, konnte sie immer deutlicher die Gesichtszüge der Schauspielerin erkennen. Ihr Haar war platinblond, ihre Haut auffallend hell. Sie hatte die Beine übereinandergeschlagen, und Ruth fiel auf, wie schlank ihre Fesseln waren. Nicht anders die Handgelenke, die beinahe kraftlos, wie kristallen wirkten. Mit finsterer Miene knetete die Schauspielerin die Hände. Aus der Nähe sah Ruth, dass Jeanne Eagels sehr dünn und von unschuldiger und zugleich dunkler Schönheit war und ihre Atemlosigkeit zu verbergen versuchte. Ihre Kleidung war dezent: ein knielanger grauer Rock, schwarze Schuhe, hautfarbene Strümpfe, eine weiße Bluse und eine kurze Perlenkette.

»Ich bin noch nicht fertig«, sagte sie in gereiztem Ton, als sie Ruth bemerkte. Im nächsten Augenblick wandelte sich ihre Miene, und ihre Augen nahmen einen verwirrten Ausdruck an. Sie biss sich auf die schmale Unterlippe und schenkte Ruth ein Lächeln. »Eigentlich habe ich ein Engagement am Theater«, erklärte sie. »Man hat mich extra wegen der Fotos hierherbestellt.«

»Sie müssen müde sein«, sagte Ruth.

Jeanne Eagels schwieg. Erneut schlug ihr Gesichtsausdruck um, als würde sie plötzlich von Furcht überwältigt. Sie wich dem Kamm der Friseurin aus und suchte mit bangem Blick das schummrige Studio ab. Dann legte sie eine Hand auf ihre Brust, als wollte sie ihren Atem beruhigen, sah Ruth an und lachte. Leise, freudlos, doch mit überraschender Freundlichkeit.

Sie war über dreißig, sah aber aus wie eine Zwanzigjährige – eine Zwanzigjährige mit dem Blick einer erfahrenen Frau. Das werden interessante Fotos, dachte Ruth.

Abrupt sprang Jeanne Eagels auf, durchwühlte ihre Handtasche und zog eine Zigarette hervor. Sie drehte sie unangezündet zwischen ihren Fingern und blickte dabei unentwegt hinüber zum Studioeingang. Als sie aus dem Halbdunkel Schritte hörte, reckte sie ihren schmalen Hals und hörte beinahe auf zu atmen. Ihr Gesichtsausdruck war dramatisch und eindringlich.

Ruth richtete die Kamera auf sie und drückte auf den Auslöser.

»Nein!«, schrie Jeanne Eagels sofort. Dann blickte sie wieder in Richtung der sich nähernden Schritte. »Bist du das, Ronald?«, fragte sie mit vor Anspannung zitternder Stimme.

»Ja«, erwiderte eine hohe Stimme rau.

Ein Lächeln erhellte Jeanne Eagels' Gesicht. Ohne es jedoch zum Strahlen zu bringen, dachte Ruth. Die Schauspielerin ging hinüber zur Treppe, die zu den oberen – den Hauptdarstellern vorbehaltenen – Garderoben führte. Mit der Hand am Geländer eilte sie die Stufen hinauf. Oben angekommen, drehte sie sich noch einmal um. Ein schmächtiger Mann mit einem tief in die Stirn gezogenen Strohhut folgte ihr bedächtig, fast träge. Er trug einen ledernen Arztkoffer bei sich. Die beiden zogen sich in eine Garderobe zurück.

Ruth sah die Friseurin fragend an. Die wandte sogleich verlegen den Blick ab.

Keine zehn Minuten später erschien Jeanne Eagels wieder

oben in der Garderobentür. Mit gemäßigten, leichtfüßigen, kaum merklich unsicheren Schritten kam sie die Treppe hinunter, als schwebte sie. Sie nahm vor dem Spiegel Platz und richtete ihr Haar. Dann wandte sie sich zu Ruth. »Was ist, fangen wir an?« Das Lächeln, das sie ihr schenkte, wirkte engelsgleich und unnahbar.

»Können wir die Aufnahmen hier machen?«, fragte Ruth. »Ich würde gern die Spiegel nutzen.«

Ohne zu antworten, schloss Jeanne Eagels halb die Augen und neigte den Kopf in den Nacken zu einer sinnlichen, hingegebenen Pose. Sie wirkte passiv, gleichgültig. Ruth drückte auf den Auslöser. Die Schauspielerin schlug die Augen auf und sah sie mit einem entwaffnenden Lächeln im Spiegel an. Ruth fotografierte. Daraufhin legte Jeanne Eagels den Kopf auf den Schminktisch. Im Schein der Spiegelleuchten ergoss sich ihr platinblondes Haar über die Holzplatte. *Klick* machte der Auslöser. Die Schauspielerin berührte mit einer Hand ihre Schulter und schloss dabei die Augen. Ihre Hände bewegten sich nun sanft und zeigten kein Anzeichen mehr von Ruhelosigkeit, wie noch kurz zuvor. Ruth fotografierte. Die Schauspielerin lachte und öffnete leicht den Mund. Das Klicken des Auslösers war das einzige Geräusch im Raum. Wie liebkosend glitt die Hand von der Schulter zum Hals. Auch das hielt Ruth fest. Da drehte Jeanne sich um und richtete sich, die Hände im Schoß und den Kopf leicht zur Seite geneigt, auf dem Stuhl auf.

Ruth fotografierte. Die Aufnahmen werden fantastisch, dachte sie. Aber anstatt sich darüber zu freuen, empfand sie bei dem Gedanken Unbehagen.

»Sie haben einen Fleck auf der Bluse«, sagte Ruth, ließ die Kamera sinken und zeigte auf die rechte Ellenbeuge der Schauspielerin.

Jeanne Eagels reagierte langsam. Sie lächelte Ruth zunächst kühl an, bevor sie auf den kleinen roten Fleck hinunterblickte, der sich auf dem weißen Stoff ausdehnte. Sie bedeckte ihn mit der Hand. »Lippenstift«, erklärte sie.

Doch Ruth wusste es besser: Es war Blut, das aus einer winzigen Wunde an der Armvene austrat. Und während die Schritte des Mannes mit dem Arztkoffer auf der Treppe widerhallten, begriff Ruth mit einem Mal, wo Jeanne Eagels' Verwandlung herrührte. Und ihr wurde klar, weshalb ihr der Gedanke daran, wie gut die Fotos werden würden, keine Freude bereitet hatte. Ruth wusste nun, wen sie da fotografierte. Ganz zu Anfang hatte sie Fotos von Frauen gemacht, deren Blicke ebenso abwesend waren, ebenso verloren. Sie hatte sie im Newhall Spirit Resort for Women fotografiert. Ruth wusste, was sich hinter diesen Pupillen verbarg, die so klein waren wie Stecknadelköpfe: Verzweiflung. Unterlegenheit. Tod.

Sie fotografierte den Tod . . .

»Wir sind fertig«, sagte sie hastig.

»Ach ja?«, gab Jeanne Eagels kühl und teilnahmslos zurück.

Ruth verstaute den Fotoapparat in ihrer Tasche und floh förmlich aus dem Studio. Erst als weitab von Hollywood das gleißende Licht der kalifornischen Sonne sie umfing, blieb sie stehen und sah sich um. Sie hatte keine Ahnung, wo sie war. Vielleicht in Downtown, vielleicht nicht weit vom Meer entfernt. Das hier war die wirkliche Welt. Die Welt, vor der sie sich schon zu lange versteckte. Seitdem sie New York verlassen hatte und nach Kalifornien gezogen war. Seitdem sie Christmas und sich selbst verloren hatte.

Und dann hast du dir eingeredet, du hättest dich wiedergefunden, dachte sie.

Ein weiteres Mal hatte sie die Augen verschlossen und sich in einem Akt der Selbsttäuschung eingeredet, sie seien weit geöffnet hinter dem Objektiv ihrer Leica. Im Zimmer einer Fotoagentur hatte sie sich verschanzt und zugelassen, dass ein gütiger alter Mann mit Beschützerinstinkt zum Puffer zwischen ihr und der Wirklichkeit wurde. Sie hatte sich vorgemacht, Stars zu fotografieren, hieße zu leben. Die gleichen Stars, die ihr an dem Abend, als sie versucht hatte, sich umzubringen, wie Heuschrecken erschienen waren. Die gleichen Stars, die wild mit den Flügeln schlugen, weil sie wussten, dass ihnen nicht viel Zeit vergönnt war, weil sie nur einen kurzen Traum lebten. Oder einen Albtraum, wie Jeanne Eagels ... oder John Barrymore ... oder sie selbst, Ruth ...

Sie setzte sich auf die Stufe vor einem verschlossenen Hauseingang und stützte den Kopf in die Hände. Ringsum hörte sie Leute reden. Möwen schrien am Himmel, aus einem Fenster schallte Musik zu ihr heraus. Um sie herum dröhnten die Motoren der Autos. Ich habe mir die ganze Zeit die Ohren zugehalten, dachte sie. Ich habe nicht hingeschaut, nichts gehört. Ich habe nur so getan, als schaute ich hin, als hörte ich etwas. Ich habe mich hinter einer alten Daguerreotypie von Opa Saul versteckt und ihn in Clarence Baileys gutmütigen Augen wieder aufleben lassen. Ich habe Christmas in einem scheußlichen Lackherz versiegelt, das nachts bei mir ist. Ein lebloser Gegenstand.

Du bist allein, sagte sie sich, während sie wahrnahm, wie ringsum Menschen vorbeieilten, einander riefen, lachten, sich beschimpften.

Sie selbst hatte sich von Geistern ernährt. Vom Geist des Großvaters, von Christmas' Geist. Der eine war tot. Der andere war wie tot, da sie nicht den Mut aufbrachte, ihn zu suchen, nachzusehen, ob er noch lebte, für sie lebte.

Du bist allein, sagte sie zu sich und empfand dabei tiefen Schmerz.

Da stand sie auf, holte ihre Leica aus der Tasche und begann, ohne Hast und ohne Ziel durch die unbekannten Straßen zu spazieren. Mit dem einzigen Wunsch, aus ihrem Gefängnis auszubrechen. Dem Gefängnis, dessen Mauern und Gitter sie selbst errichtet hatte. Dem Gefängnis, zu dem sie den Schlüssel verloren hatte. Mit aufmerksamem Blick spazierte sie umher, wie sie es lange nicht getan hatte, zu lange. Sie schaute hin und versuchte zu sehen. Sie lauschte und versuchte zu hören.

In einer finsteren Gasse entdeckte sie einen Obdachlosen, der im Dreck lag und schlief. Sie schoss ein Foto, dann noch eins. Schließlich ließ sie die Leica sinken und betrachtete ihn. Mit ihren eigenen Augen. Und sie nahm den strengen Geruch wahr, der von ihm ausging.

Dann ging sie weiter, pirschte sich in die Straßen der ihr fremden Stadt vor wie in einen geheimnisvollen Dschungel.

In einem kleinen Geschäft sah sie eine korpulente Frau ein geblümtes Kleid anprobieren. Verzweifelt mühte sich die Verkäuferin, die Knöpfe zu schließen. Die Kundin blickte beschämt drein. Ruth nahm die Leica hoch und fotografierte die Szene durch das Schaufenster hindurch. Die beiden Frauen bemerkten sie und blickten verwundert zu ihr herüber. Zwischen der Kundin und der Verkäuferin war, unscharf im Vordergrund, in schwarz umrandeten Goldbuchstaben der Schriftzug *Clothes* zu erkennen.

Ruth ging immer weiter. Alles kam ihr nun verändert vor. Als gehörte sie wieder zu dieser Welt, der normalen Welt. Als atmete sie endlich wieder. Wie damals, als sie die Verbände abgenommen hatte, die ihr Brust und Lunge abgeschnürt hatten. Es war, als könnte sie von nun an nicht mehr weglaufen.

Erst spät am Abend kehrte sie in die Fotoagentur zurück und verbrachte die Nacht damit, all die Aufnahmen, die sie gemacht hatte, zu entwickeln. Ein Mann mit unfassbar vollgestopftem Mund und seine resigniert dreinblickende Frau im Restaurant. Eine Kellnerin in Dienstkleidung, die sich, eine Zigarette im Mund, im Hinterraum des Restaurants die Füße massierte. Eine lange Reihe Gebrauchtwagen, deren Preise auf die Frontscheiben gemalt waren, und ganz hinten der Verkäufer, klein, einsam, ohne Kundschaft. Ein Mann und eine Frau, die sich küssten, während der kleine Sohn die Mutter am Rock zog und vor Eifersucht weinte. Eine Frau mit einem blutunterlaufenen Auge beim Wäscheaufhängen. Ein alter Mann im Schaukelstuhl auf der maroden Veranda seines Hauses. Ein Junge, der einen Müllsack wegwarf.

Am nächsten Morgen überreichte sie Clarence Bailey die Fotos. Die wenigen Porträts von Jeanne Eagels und die Aufnahmen aus Los Angeles.

»Hast du vor, einen anderen Weg einzuschlagen?«

»Ich weiß es nicht«, antwortete Ruth.

Gedankenverloren steckte Clarence die Fotos von Jeanne Eagels in einen Umschlag für Paramount. Danach betrachtete er erneut bedächtig und aufmerksam Ruths Aufnahmen aus Downtown. »Die sind bewegend«, sagte er.

Ruth machte es sich zur Gewohnheit, mit ihrer Leica durch Los Angeles zu ziehen. Systematisch, jeden Tag. Um bewegende Motive einzufangen, sagte sie sich. Doch ohne es zu bemerken, machte sie sich in Wahrheit mit jedem Tag, mit jedem Foto, ein wenig mehr mit dem Leben vertraut. Es war, als lernte sie es noch einmal von Grund auf neu. Als wäre ihr zielloses Umherlaufen eine Art Schule.

Und nach zwei Wochen fiel ihr auf, dass ihre Fotos nun auch lachende Menschen zeigten. Noch immer waren es keine fröhlichen Aufnahmen, sie behielten ihre eindringliche, düstere Prägung, doch es war, als würde sie schwächer. Oder aber als weitete sich Ruths Blickfeld, damit sie mit dem Objektiv das Leben in all seinen Facetten einfangen konnte. Ein Leben mit Licht und Schatten.

Abend für Abend jedoch, wenn sie ihre Zimmertür schloss, dachte sie: Du bist allein.

Eines Sonntags − auf dem Rückweg vom allwöchentlichen Besuch bei Mrs. Bailey im Newhall Spirit Resort for Women −

entdeckte Ruth einen Park voller Kinder und bat Clarence, sie aussteigen zu lassen. Unternehmungslustig machte sie sich zu Fuß auf den Weg in den Park. Je näher sie kam, desto deutlicher wurde das aufgeregte Kindergeschrei. Und nach der katatonischen Stille der Klinik entlockte es Ruth ein Lächeln. Sie setzte sich auf eine Bank und sah den Kindern beim Spielen zu. Plötzlich musste sie an die reichen Kinder denken, die sie bei ihrem ersten Fotoauftrag unbekümmert und fröhlich hätte zeigen sollen. Und sie erinnerte sich, welche Mühe es sie gekostet hatte, das Spielen und Lachen aus den Aufnahmen zu verbannen. Als wollte sie den Kindern eine Freude zurückgeben, die sie ihnen damals genommen hatte, richtete sie nun das Kameraobjektiv auf sie.

Im Sucher erschien das drollige Gesicht eines Fünfjährigen. Er hatte sie bemerkt, schaute zu ihr herüber und warf sich kichernd in lustige Posen. Er hatte sehr kurz geschnittenes Haar, das seine abstehenden Ohren noch mehr zur Geltung brachte, und staksige Beine. Der Junge ahmte gerade einen Boxer nach. Ruth schmunzelte und drückte auf den Auslöser. Danach stellte er sich wie ein Cowboy auf, in der Hand eine imaginäre Pistole. Ruth fotografierte. Der Junge lachte voller Begeisterung über das außerplanmäßige Spaßprogramm. Er tanzte umher wie ein Indianer um den Marterpfahl. Ruth drückte auf den Auslöser.

»Guck mal, ich bin Tarzan!«, rief der Kleine ihr zu und kletterte auf einen niedrigen Baum, wo er sich an einen Zweig hängen wollte wie an eine Liane. Er verlor jedoch den Halt und fiel hin, dabei schürfte er sich das Knie auf. Sofort bekam sein drolliges Gesicht einen verdrießlichen, betroffenen Ausdruck. Er blickte umher und brach schließlich in Tränen aus.

Ruth stand von der Bank auf und lief zu ihm. Gerade als sie sich vorbeugte, um ihm aufzuhelfen, packten zwei starke, sonnengebräunte Hände den Jungen.

»Nichts passiert, Ronnie«, tröstete ein junger Mann das Kind und nahm es auf den Arm. Er war groß und breitschultrig, und eine lange blonde Locke fiel ihm zerzaust in die Stirn. Seine gebräunte Haut brachte die klaren blauen Augen zum Strahlen. Er hatte volle, rote Lippen, die bei dem Lächeln, das er Ruth nun schenkte, leuchtend weiße, ebenmäßige Zähne offenbarten. Ruth schätzte, dass er wenige Jahre älter war als sie. Zweiundzwanzig vielleicht.

»Es ist meine Schuld«, erklärte Ruth und blickte auf die Leica hinab. »Ich habe Fotos von ihm gemacht und . . .«

»Und Ronnie kann es nicht lassen, auf Bäume zu klettern, stimmt's?«, tadelte der junge Mann das Kind in liebevollem Ton.

Der Junge hörte auf zu weinen. »Ich wollte Tarzan, der König der Affen, sein«, sagte er schmollend und fuhr sich mit der Hand durch das verheulte Gesicht.

»Stattdessen hast du mit deinem Hintern einen Krater in den Park gesprengt«, gab der junge Mann zurück und deutete auf das imaginäre Loch im Boden. »Sieh dir nur den Schaden an. Wenn die Bullen uns erwischen, nehmen sie uns fest und rösten uns auf dem elektrischen Stuhl.«

Der Junge lachte. »Gar nicht wahr!«

»Frag nur die junge Dame«, entgegnete der junge Mann und sah Ruth an. »Sagen Sie es ihm.«

Ruth lächelte. »Na ja, ich kenne da ein paar Leute bei der Polizei, vielleicht kommen wir mit lebenslänglicher Haft davon.«

Der junge Mann lachte.

»Mein Knie tut weh«, jammerte Ronnie.

Der junge Mann warf einen prüfenden Blick auf die Wunde. Betrübt schüttelte er dann den Kopf. »Verflixt, wir werden amputieren müssen.«

»Nein!«

»Die Verletzung ist zu schlimm, Ronnie. Uns bleibt nichts

anderes übrig.« Der junge Mann wandte sich an Ruth. »Sie sind Krankenschwester, nicht wahr?«

Verblüfft öffnete Ruth den Mund. »Ich . . .«

»Sie müssen ihm beistehen. Die Operation ist furchtbar, sehr schmerzhaft.«

»In Ordnung«, erwiderte Ruth.

»Schön, folgen Sie mir in den OP«, sagte der junge Mann und steuerte auf einen Trinkbrunnen zu.

Ruth nahm die Leica hoch und schoss ein Foto. Dann ging auch sie zu dem Trinkbrunnen hinüber, wo der junge Mann gerade Ronnie auf dem Boden absetzte und ein Holzstöckchen aufhob. Er zog ein Taschentuch aus seiner und ein weiteres aus Ronnies Hosentasche.

»Okay, jetzt heißt es mutig sein, mein Freund«, sagte der junge Mann mit verstellter Stimme und Cowboyakzent zu Ronnie und schob ihm das Stöckchen zwischen die Zähne. »Wir haben kein Betäubungsmittel. Beiß ganz fest auf den Stock. Und Sie, Schwester, stillen die Blutung, während ich operiere«, sagte er zu Ruth und reichte ihr eines der beiden Taschentücher. Das andere hielt er unter den Wasserstrahl.

Ruth knotete dem Jungen das Taschentuch um den Schenkel.

»Bist du bereit, mein Freund?«, erkundigte sich der junge Mann bei Ronnie.

Das Kind nickte, das Stöckchen im Mund.

Der junge Mann ließ Wasser über die Wunde laufen und spülte den Sand heraus. Mit zusammengebissenen Zähnen stieß Ronnie einen Schrei aus, bevor er theatralisch den Kopf in den Nacken fallen ließ und die Augen schloss.

»Armer Kerl«, sagte der junge Mann zu Ruth. »Es war zu viel für ihn. Er ist bewusstlos. Na ja, ist vielleicht besser so«, fuhr er augenzwinkernd fort. »Die Verletzung ist sehr schlimm. Er wird sowieso sterben. Für uns ist er bloß unnötiger Ballast, der uns auf unserem Weg hinderlich wäre. Lassen wir ihn hier als Mahlzeit für die Kojoten liegen.«

Sofort schlug Ronnie die Augen auf. »Lass mich nicht hier liegen, Bastard«, sagte er.

Ruth lachte.

Der junge Mann verband Ronnies Knie und nahm ihn auf den Arm. »In Ordnung, gehen wir nach Hause, du zäher Bursche.« Dann sah er zu Ruth hinüber. »Ich weiß nicht, ob sie es gemerkt haben, aber ich bin nicht sein Vater.«

Wieder lachte Ruth.

»Ich heiße Daniel«, stellte sich der junge Mann vor und reichte ihr die Hand. »Daniel Slater.«

»Ruth«, sagte sie und ergriff seine Hand.

Unbeholfen hielt Daniel sie fest. Er starrte ihr ins Gesicht und wusste offenbar nicht mehr, was er sagen sollte. Und seine hellen Augen verrieten, wie sehr er es bedauerte, sich nun von ihr verabschieden zu müssen.

»Du musst die Krankenschwester bezahlen«, sagte da Ronnie.

Daniels Blick leuchtete auf. »Er hat recht. Sie haben gute Arbeit geleistet ... Schwester Ruth.« Er wandte sich zu einer Straße um, die von zweigeschossigen, völlig gleich aussehenden Reihenhäusern mit einem Stückchen Rasen vor der Tür und einer schmalen seitlichen Zufahrt zur Garage gesäumt war. »Wir wohnen da drüben. Um diese Zeit hat Mama sicher schon den Apfelkuchen aus dem Ofen geholt. Was halten Sie von einem Stück?«

»Au ja!«, rief Ronnie.

Ruth blickte hinüber zur Straße mit den Reihenhäusern.

»Meine Mutter backt einen sagenhaft guten Kuchen«, sagte Daniel.

Seine Ungezwungenheit war verflogen. Vielleicht ist er unter der gebräunten Haut sogar rot geworden, dachte Ruth. Und seine blauen Augen suchten unentwegt ihren Blick, bevor sie sich gleich wieder nervös auf den Boden richteten. Es schien, so dachte sie, als wäre er älter und zugleich jünger als sie. Und immer, wenn er den Kopf senkte, fiel ihm die duftige blonde Locke ins Gesicht und schimmerte im Sonnenlicht wie reifer Weizen. Ruth dachte an Christmas, an das Leben, das sie hinter sich gelassen hatte. Abermals betrachtete sie die Reihenhäuser, die allesamt so gleich, so vertrauenerweckend aussahen, und ihr war, als könnte sie den Duft von Äpfeln und gebranntem Zucker riechen. Mit einem Mal fühlte sie sich weniger allein.

»Magst du mitkommen?«

»Ja ...«, hauchte Ruth wie zu sich selbst. Dann sah sie Daniel ins Gesicht. »Ja«, wiederholte sie laut.

59

Manhattan, 1928

Seit über einer Stunde stand Christmas am Fenster seines neuen Apartments im elften Stock. Es lag am Central Park West, Ecke 71st Street. Von hier oben schaute er hinab auf den Central Park und konnte die Bank erkennen, auf der Ruth und er einst gesessen hatten, wo sie zusammen gelacht und geredet hatten. Damals, als sie beide noch Kinder gewesen waren. Als Christmas noch keine Ahnung gehabt hatte, was aus seinem Leben einmal werden würde. Nur, dass er es an Ruth binden wollte, hatte er gewusst.

Das Apartment hatte er genau aus dem Grund gekauft: weil er von hier oben ihre Bank sehen konnte. Denn er hatte zu lange nicht mehr hingeschaut. Er hatte sich in das Radioabenteuer gestürzt, ohne sich irgendwelche Gedanken zu machen, wie ein Stier, der mit gesenktem Kopf losstürmt. Und nun hatte er das Bedürfnis, innezuhalten und hinzuschauen, sich Fragen zu stellen und Antworten zu finden.

»Cyril und ich organisieren den Umzug und kümmern uns um die technischen Dinge. Es wird mindestens einen Monat dauern, bis wir wieder auf Sendung gehen«, hatte Karl tags zuvor zu ihm gesagt, nachdem sie den Vertrag über den Verkauf ihres Radiosenders an WNYC perfekt gemacht hatten. »Du hast genügend Zeit, um nach Hollywood zu fahren und mit diesem Filmboss zu reden.«

»Fahr hin«, hatte Cyril ihm geraten und leise hinzugefügt: »Fahr hin und finde sie, Junge.«

Einmal mehr schaute Christmas hinab auf die Parkbank und fühlte sich hoffnungslos allein. Er ließ den Blick weiter nach hinten schweifen, über den See zum Metropolitan Museum, der 5th Avenue und den dahinterliegenden Dächern der Park Avenue, wo Ruth einst gewohnt hatte. Er schloss das Fenster und schlenderte durch die leere Wohnung. Nichts als ein ungemachtes Bett stand hier, ein Doppelbett, in dem er sich in der ersten Nacht verloren gefühlt hatte.

Mit einem Schlag war er nun reich. Und er würde immer noch reicher werden. Zusätzlich zu den fünfzigtausend Dollar, seinem Anteil für die abgetretenen neunundvierzig Prozent von CKC, würde er als Sprecher von *Diamond Dogs* ein Gehalt von zehntausend Dollar im Jahr bekommen und weitere zehntausend als Autor der Sendung. Und mit Karl und Cyril würde er sich den Gewinn aus ihren einundfünfzig Prozent teilen. Ja, er war reich, so reich, wie er es sich niemals hätte träumen lassen. Und das Leben lag noch vor ihm.

Aus seiner Hosentasche zog Christmas einen Umschlag. Darin steckte ein Fahrschein erster Klasse nach Los Angeles.

»Fahr hin und finde sie«, hatte Cyril ihn gedrängt.

Und in dem Moment hatte Christmas begriffen, dass er innehalten und endlich wieder hinschauen musste. Sein Gehetze bis zu diesem Punkt hatte ihn blind gemacht, und fast hätte er sich erneut verloren, wie er sich einst in den Straßen der Lower East Side verloren hatte.

Christmas schloss die Tür seiner neuen Wohnung hinter sich, fuhr mit dem Aufzug hinunter, trat auf die Straße und dachte, während er sich zu Fuß auf den Weg in die Monroe Street machte, an Joey, an ihre gemeinsamen Jahre in den *Speakeasy*-Kneipen und daran, dass er bei seiner Beerdigung nichts zu sagen gewusst hatte. Er dachte an Maria, von der er seit ihrem Abschied nie wieder etwas gehört hatte. Und ihm fiel auf, dass die beiden sein Leben so geräuschlos verlassen hatten, wie sie es betreten hatten. Er hatte es kaum bemerkt, weil sein Gehetze bis zu diesem Punkt ihn taub gemacht hatte. Weil sein Leben einzig von seiner eigenen, von den Radios in ganz New York verstärkten Stimme erfüllt gewesen war und er für niemand anders ein Ohr gehabt hatte.

Weil er der berühmte Christmas von den Diamond Dogs war. Nur das zählte, damals wie heute. Weil er, wie Pep gesagt hatte, den Blick verloren hatte, damals wie heute. Die Unschuld. Aus ihm war ein viertklassiger Schnösel geworden. Ob nun in den Straßen der Lower East Side oder am Radiomikrofon, tat nicht viel zur Sache. Damals wie heute war er nur auf sich selbst konzentriert und hatte sich von einer Krankheit anstecken lassen, die schlimmer war als tausend andere: Gleichgültigkeit. Selbst sein Kummer wegen Ruth und das Gefühl, nicht vollständig zu sein, waren nach und nach Teil des Schauspiels geworden. Sie waren längst sinnentleert, riefen keine tiefgehenden Emotionen mehr hervor.

»Fahr hin und finde sie.« Wieso nur hatte ihn erst Cyril darauf bringen müssen?

Er überquerte den Columbus Circle und folgte dem Broadway.

Er wusste, wieso. Er wusste es genau. Seine Angst war der Grund gewesen.

Als die Geschäftsführer von WNYC ihm in der Woche zuvor den Scheck über fünfzigtausend Dollar in die Hand gedrückt hatten, hatte die Welt für einen Augenblick aufgehört, sich zu drehen. Es war, als hätte man ihm einen fürchterlichen Schlag auf den Kopf versetzt, der sein Gedächtnis auslöschte. Christmas erinnerte sich nicht mehr, wie er in den Central Park gekommen war. Er hatte keine Ahnung, wie und wann er sich auf die Parkbank gesetzt hatte, in die er mit einem Klappmesser ihre beiden Namen eingeritzt hatte: *Ruth und Christmas*. Als er wieder zu sich gekommen war, hatte er sich dabei ertappt, wie er dort saß und mit dem Finger die fünf Jahre alte Inschrift nachzog.

In dem Augenblick hatte er gespürt, wie die Angst in seinem Inneren wuchs. Er war aufgesprungen und weggelaufen. Wie Schutz suchend hatte er den erstbesten Hauseingang betreten.

Da hatte ihn der Portier angesprochen: »Kommen Sie wegen des Apartments im elften Stock?«

So hatte er es gefunden, durch Zufall. Weil er auf der Flucht gewesen war. Er hatte die Wohnung besichtigt und bemerkt, dass er aus einem Fenster des Apartments die Parkbank sehen konnte. Der Blick von hier oben ist erträglich, hatte er gedacht.

Und da hatte er begriffen.

Christmas bog in die 12th Street ein und nahm dann die 4th Avenue. Weiter hinten konnte er die Bowery erkennen. An der Ecke zur 3rd Avenue warf er einen Blick auf die *Speakeasy*-Kneipe, in der seine Mutter abends als Kellnerin arbeitete.

»Fahr hin und finde sie.« Aber natürlich, nun war ihm klar, wieso ihn erst Cyril darauf hatte bringen müssen. Es ging um eine Angst, die er sich nie hatte eingestehen wollen und die er jetzt plötzlich nicht mehr in sich begraben konnte. Denn nun war er reich. Er hatte es geschafft. Er war kein Illegaler mehr, und das bedeutete, es war an der Zeit, aus der Deckung hervorzukommen. Denn er hatte nie Angst davor gehabt, Ruth nicht finden zu können, sondern vielmehr davor, sie zu finden und nicht halten zu können.

Vier Jahre waren nun vergangen, seit die Isaacsons von New York nach Los Angeles gezogen waren, vier Jahre seit dem Abend in der Grand Central Station, als er nicht den Mut gehabt hatte, die Hand an die Scheibe des Zugwaggons zu legen, der Ruth mit sich fortnahm. Vier Jahre, seit Ruth verschwunden war, ohne je auf seine Briefe zu antworten. Denn Ruth hatte ihn verlassen, vermutlich auch vergessen – erst jetzt, inmitten der Menschenmassen auf der Bowery, gestand Christmas es sich ein. Denn Ruth hatte ihn abgewiesen. Christmas war so sehr in seine Gedanken vertieft, dass er den kleinen Junge mit dem

hageren, schmutzigen Gesicht gar nicht bemerkte, der laut aus-
rief: »*Diamond Dogs* nicht länger illegal! CKC von WNYC
aufgekauft!«

Abgewiesen, dachte Christmas, während er die Houston Street
überquerte und weiter der Bowery folgte.

Und wenn Ruth ihn abgewiesen, vergessen, aus ihrem Leben
ausradiert hatte, warum sollte es sie dann freuen, wenn er sie
fand? Selbst wenn er nun reich und berühmt war, selbst wenn er
ihrer und ihres Reichtums jetzt würdig war, selbst wenn er ihr
nun eine Zukunft bieten konnte. Er musste an die Geschichte
von *Martin Eden* zurückdenken, die er als Kind gelesen hatte, an
Martins tragischen Aufstieg und Fall. An seine Liebe zu Ruth
Morse, an die bemerkenswerte Namensgleichheit, die Christmas wie ein Zeichen des Schicksals erschienen war, als er seine
Ruth in einer schmutzigen Gasse mitten in der Lower East Side
gefunden hatte. An die bemerkenswerte Übereinstimmung von
sozialer Herkunft und Erfolg. Einem Erfolg, der nichts einbrachte. Martin gehörte nicht länger zum einfachen Volk und
würde niemals wirklich zu der goldenen Welt gehören, zu der er
aufstrebte. Martin war hoffnungslos allein. Auf der Jagd nach
seinem stolzen Traum vom Ruhm hatte er sich selbst verloren.

Mitten im Gewühl der Bowery hatte Christmas Angst, Martin Eden zu sein. Und er hatte Angst, dass Ruth nicht mehr
Ruth war.

Aber da war noch eine andere, subtilere, verborgenere Furcht,
der er nicht entrinnen konnte. Bisher hatte jede Frau, mit der er
im Laufe der Jahre geschlafen hatte, für ihn zumindest für einen
winzigen Moment Ruth verkörpert. So hatte Christmas sie für
einen Augenblick besitzen können. Damit hatte er sich zufrie-
dengegeben, wie er sich nun eingestand. Aus Angst vor der
Ernüchterung. Aus Angst, das Leben, die Wirklichkeit würden
ihm Ruth endgültig entreißen. Sogar in seinen Träumen.

Doch jetzt, als er die verwitterte Tür in der Monroe Street

Nummer 320 öffnete, konnte er nicht länger träumen. Und während ihm die Treppe in den ersten Stock mit jeder Stufe steiler und mühsamer zu erklimmen schien, erkannte er, dass Geld ihn nicht zu einem besseren Menschen machte, wie er immer geglaubt hatte. Sein Glück würde nicht vom Erfolg abhängen. Auch das wurde ihm nun klar. Vielmehr musste er etwas in seinem Inneren verändern.

Aber er wusste nicht, ob er dazu jemals die Kraft finden würde.

Eine Woche war vergangen, seit er den Vertrag unterzeichnet hatte, der sein Leben auf den Kopf gestellt hatte. Eine Woche, in der er vor sich selbst und vor Ruth weggelaufen war, in der er eine Wohnung in einem Haus für Reiche gekauft hatte und in der ihm aufgefallen war, dass er Joey und Maria vergessen hatte. Eine Woche, in der er zu keiner Zeit daran gedacht hatte, Ruth in Los Angeles zu suchen.

»Fahr hin und finde sie.« Cyril hatte ihn erst darauf bringen müssen. Weil er selbst nun voller Angst war.

Er betrat die Wohnung. Cetta erwartete ihn bereits. Sie lag auf dem Sofa und lächelte ihn an.

»In zwei Wochen fahre ich nach Hollywood«, sagte Christmas, noch bevor er die Tür hinter sich geschlossen hatte. Er hielt den Kopf gesenkt, als teilte er seiner Mutter etwas mit, dessen er sich schämen musste.

Cetta erwiderte nichts. Sie kannte ihren Sohn in- und auswendig. Und sie erkannte sofort, wenn seine Worte einen tieferen Sinn als den offensichtlichen hatten. Sie sah Christmas nur an und wartete, bis er den Blick zu ihr erhob. Da winkte sie ihn zu sich. Und als Christmas neben sie sank, nahm sie seine Hand und drückte sie schweigend. »Bist du stolz auf mich, Mama?«, fragte Christmas nach einer Weile.

Cetta drückte seine Hand noch fester. »Du kannst dir gar nicht vorstellen, wie sehr.«

»Ich bin ein Feigling«, erklärte er und ließ wieder den Kopf hängen.

Cetta erwiderte nichts.

»Ich habe Angst.«

Cetta schwieg noch immer und hielt seine Hand.

Da sah Christmas zu ihr auf. »Machst du mir keine Vorwürfe?« Er lächelte. »Sagst du mir nicht einmal, dass ein echter Amerikaner niemals Angst hat?«

»Dann würde ich die Amerikaner für Idioten halten.«

Christmas lächelte noch immer. »Ich weiß nicht, was ich tun soll, Mama.«

»Du hast gesagt, du fährst nach Hollywood.«

»Warum, weiß ich selbst nicht«, murmelte Christmas kopfschüttelnd.

»Angst zu haben hat nichts mit Feigheit zu tun. Lügen dagegen haben immer etwas mit Feigheit zu tun«, sagte Cetta und streichelte ihm über das Haar.

»Wie hast du das all die Jahre geschafft, Mama?«, fragte Christmas und rückte ein wenig von ihr ab. »Woher hast du die Kraft genommen?«

»Du bist viel stärker als ich.«

»Nein, Mama . . .«

»Oh doch. Du bist Wolfsblut, weißt du nicht mehr?«

»Ich bin Martin Eden.«

»Red keinen Unsinn. Du bist Wolfsblut.«

Christmas grinste. »Mit dir kann man nicht reden. Immer willst du recht haben.«

»Ich habe immer recht.«

Christmas lachte. »Stimmt.«

»Also . . .«, fragte Cetta, »warum fährst du nach Hollywood?«

»Einer von den wichtigen Leuten hat mich eingeladen, er möchte, dass ich Geschichten schreibe für . . .«

»Warum fährst du nach Hollywood?«, fiel Cetta ihm ins Wort.

Schweigend sah Christmas sie an.

»Der Vorhang öffnet sich«, begann Cetta. »Erinnerst du dich, dass ich dir, als du noch ein Junge warst, immer vom Theater erzählt habe? Also, der Vorhang öffnet sich. Auf dem Boden, in der Mitte der Bühne, liegt ein Mädchen, das von einem Drachen fast zerfleischt wurde. Es liegt im Sterben. Aber wie das Schicksal es will, reitet in dem Moment ein armer Ritter auf seinem Maultier vorbei. Er ist so arm, dass sein Schwert nur aus Holz ist, doch er ist schön und blond und stark. Er ist der Held. Und das Publikum weiß das. Es hält den Atem an, als er hereingeritten kommt. Das Orchester spielt eine düstere Melodie, weil es ein dramatischer Moment ist. So fängt die Geschichte an. Der Ritter rettet das Mädchen. Und es stellt sich heraus, dass es eine Prinzessin ist ...«, Cetta verzog den Mund, »auch wenn ich bezweifle, dass es unter den Juden Könige und Prinzessinnen gibt ...«

»Mama!«, protestierte Christmas lachend.

»Es ist Liebe auf den ersten Blick«, erzählte sie weiter. »Die beiden schauen sich in die Augen und ...«

»... sehen, was niemand anders sehen kann ...«

»Psst, sei still ... und dann macht sich der Ritter, der weder Ländereien noch Titel oder Schätze besitzt, um auf die Hand der Prinzessin hoffen zu können, auf eine lange Reise. Als Erstes trifft er auf einen reichen Händler, dessen Tochter Lilliput von einer bösen Hexe in den verkrüppelten Körper einer räudigen Hündin eingesperrt wurde, und der Ritter befreit sie von dem Fluch. So kommt er zu seiner ersten Goldmünze. Dann kommt der weise alte König zu ihm in seinen ärmlichen Stall, und von da an betrachten die Dorfbewohner den Ritter mit anderen Augen und glauben, sein Holzschwert sei aus feinstem Stahl. Und schließlich schenkt die Prinzessin dem Ritter zum Zeichen ihrer Dankbarkeit und als Liebespfand eine goldene Trompete, damit er die schönsten Melodien spielen kann. Und der Ritter spielt so gut, dass bald das ganze Publikum von seiner engelsgleichen Musik verzaubert ist. So wird der Ritter reich und berühmt. Die Prinzessin jedoch ist von ihrer bösen Stiefmutter in den Turm gesperrt worden. Sie kann ihn nicht hören. Und so wird die Melodie von Tag zu Tag herzzerreißender. Bis der Ritter eines Tages erkennt, dass ihm nichts anderes übrig bleibt, als auf den Turm des Hollywoodschlosses zu klettern, und das Publikum . . .«

». . . hält den Atem an, ist schon klar«, lachte Christmas und sah seine Mutter an. »Dass ich gut Geschichten erzählen kann, habe ich allein dir zu verdanken«, sagte er ernst.

»Wie schön du geworden bist, mein Liebling.« Cetta streichelte ihm über das Gesicht. »Fahr nach Hollywood und finde Ruth!«

»Ich habe Angst«, gab Christmas zurück.

»Nur ein Idiot hätte keine Angst, nur mit einer Trompete und einem Holzschwert am Gürtel auf einen Turm zu klettern.«

Christmas lächelte. Er zog seine Hand aus der seiner Mutter. »Hast du darüber nachgedacht, was ich dir gesagt habe?«

»Ich brauche das nicht«, sagte Cetta.

»Ich bin jetzt reich.«

»Ich kann nicht, Schatz.«

»Wieso nicht?«

»Vor vielen Jahren, als du noch klein warst«, begann Cetta, »habe ich Sal beobachtet, wie er Opa Vito behandelt hat. Und ich habe eine wichtige Lektion gelernt, die ich nie vergessen habe. Würde ich mir von dir eine schönere Wohnung als diese hier schenken lassen, wäre das eine Demütigung für Sal.«

Christmas wollte etwas erwidern, als die Wohnungstür aufging und Sal in Hemdsärmeln und mit einem Stapel Papier in der Hand hereinkam.

»Ach, du bist auch da«, sagte er, an Christmas gewandt. Er ließ die Blätter auf den Couchtisch fallen. »Sieh dir das mal an«, forderte er Cetta auf.

Sie nahm die Papiere und warf einen Blick darauf.

»Andersherum«, sagte Sal ruppig, riss sie ihr aus der Hand und drehte sie um. »Kannst du noch nicht einmal einen Plan richtig herum lesen?«

»Welches ist das Zimmer für …? Ich verstehe nur Bahnhof«, murmelte Cetta.

»Ach, vergiss es«, murrte Sal, nahm die Zeichnungen wieder an sich und rollte sie zusammen.

Christmas sah, dass Cetta kaum merklich lächelte.

»Komm mit rüber, Hosenscheißer«, sagte Sal. »Ich zeige dir die Arbeiten.«

»Was denn für Arbeiten, Mama?«

»Warum fragst du sie das?«, schimpfte Sal. »Das Haus gehört mir, nicht ihr. Na los, beweg dich, gehen wir ins Büro.«

Lächelnd bedeutete Cetta ihm, Sal zu folgen, der bereits mit schweren Schritten im Hausflur verschwunden war.

»Was ist eigentlich los, Mama?«, wollte Christmas leise wissen.

»Geh schon«, sagte sie mit einem glücklichen Strahlen in den Augen.

Christmas lief Sal nach und betrat das Büro.

»Mach die Tür zu«, sagte Sal, während er die Pläne auf dem Nussbaumschreibtisch ausbreitete.

Christmas trat näher. »Von was für Arbeiten sprichst du?«

»Würde es dir etwas ausmachen, wenn deine Mutter und ich zusammenlebten?«

»Wie, zusammenleben?«

»Was zum Teufel bedeutet denn deiner Meinung nach zusammenleben? Zusammen leben, Scheiße noch mal«, grollte Sal. »Guck hier. Wenn ich diese Mauer einreiße und die Wohnung deiner Mutter mit dem Büro zusammenlege, wird daraus eine Dreizimmerwohnung. Das hier gibt ein großes Bad, in das auch eine Badewanne passt, und da, wo im Augenblick die

Küche ist, kommt mein Büro hin. Und eines der beiden Schlafzimmer wird zum Esszimmer. Es wird aussehen wie bei reichen Leuten.«

»Und du lebst mit Mama zusammen?«

»Zusammen, ja.«

»Warum fragst du denn mich?«

»Weil du der Sohn bist, verflucht noch mal. Und weil du endlich den Hintern hochgekriegt hast.«

»Heiratest du sie?«

»Mal sehen.«

»Ja oder nein?«

»Du kannst mich mal, Christmas. Setz mir nicht die Pistole auf die Brust«, brummte Sal, während er ihm drohend den Finger unter die Nase hielt. »Deine Mutter hat das nie getan, und du kannst verdammt noch mal was erleben, wenn du es jetzt versuchst.«

»Okay.«

»Okay, was?«

»Meinen Segen hast du.«

Sal setzte sich in seinen Lehnstuhl und zündete sich eine Zigarre an. »Du bist also jetzt reich, was?«, bemerkte er nach einer Weile.

»Ziemlich.«

»Jeder kommt im Leben so weit, wie er kann«, erklärte Sal ernst und sah ihn prüfend an. In einer ausladenden Geste deutete er dann auf die Wände ringsum. »Bis hierher sind deine Mutter und ich gekommen. Das ist unser Leben. Ich werde es ihr nie an etwas fehlen lassen.« Er stand auf und trat an Christmas heran. »Aber eines verspreche ich dir, sollte ich eines Tages feststellen, dass ich es nicht schaffe, ihr zu geben, was sie verdient ... dann komme ich zu dir und ziehe mich zurück.« Daraufhin tippte er Christmas mit dem Finger an die Brust. »Aber bis es so weit ist, respektier unser Leben, so wie ich deines respektiere. Die Wände hier sind so dünn wie die Haut am Schwanz. Ich habe das mit der Wohnung gehört.«

Christmas blickte zu Boden. »Tut mir leid, Sal.«

Er lachte und gab Christmas einen Klaps auf die Wange. »Heb nicht ab«, sagte er wohlwollend. »Du bist und bleibst ein Hosenscheißer, vergiss das nie.«

Christmas sah ihn an. »Darf ich dich drücken?«

»Wag es und ich hau dir eins auf die Nase.«

»Okay.«

»Okay, was?«

»Hau mich.« Christmas schlang die Arme um ihn und drückte ihn an sich.

60

Das Reihenhaus war genau so, wie sich Ruth solche Häuser immer vorgestellt hatte. Sauber und unordentlich zugleich. Reinlich duftend, aber auch auf natürliche Weise wohlriechend. Nicht steril, nicht künstlich. Bewohnt.

Es war das Haus, in dem eine Familie lebte.

Mrs. Slater, Daniels und Ronnies Mutter, war eine große blonde Frau Ende vierzig, schlank und braun gebrannt. Ihr Haar mit den von Sonne und Meerwasser ausgebleichten Spitzen trug sie schlicht im Nacken zusammengebunden. Sie hatte lange, kräftige Finger. Daniel war ihr Ebenbild. Die gleiche gerade Nase, die gleichen vollen roten Lippen, die gleichen klaren, lebhaften Augen, das gleiche feine, glatte Haar. Mrs. Slater machte den Eindruck einer zufriedenen, ausgeglichenen Frau, die das Leben liebte, für das, was es war und was es bot. Sie ging gern segeln. Auf einem kleinen Boot, das sie selbst steuerte, schipperte sie sonntags mit ihrem Mann und den Söhnen aufs Meer hinaus. Außerdem hatte Ruth inzwischen herausgefunden, dass Apfelkuchen ihre einzige Spezialität war.

An dem Tag vor einer Woche, an dem Ruth Daniel und Ronnie kennengelernt hatte, hatte Mrs. Slater sie freundlich und ungezwungen aufgenommen. Verschwitzt und noch voller Mehl, empfing sie sie in der Küche. Sie reichte ihr die Hand, die in einem großen Ofenhandschuh steckte. Da fing sie an zu lachen, streifte ihn ab und reichte Ruth abermals die Hand. Danach vergaß sie, ihn wieder überzuziehen, und verbrannte sich prompt an der Apfelkuchenform. Und sie lachte wieder, zusammen mit Ronnie, der ihr sofort die Wunde an seinem Knie zeigte. Da hob

Mrs. Slater ihren kleinen Sohn hoch und setzte ihn auf den Küchentisch. Sie beugte sich über die Wunde und küsste sie.

»Bäh, wie eklig!«, sagte Ronnie und verzog das drollige Gesicht.

»An meinem Kind gibt es nichts, was mich ekelt«, gab Mrs. Slater zurück.

Daniel hingegen ließ Ruth nicht eine Sekunde aus den Augen. Er bot ihr einen Küchenhocker an, während er sich selbst an die Hintertür lehnte und Ruth schweigend betrachtete.

»Steck dir doch ein Stück Kuchen in den Mund«, sagte seine Mutter zu ihm, »dann wirkt dein Schweigen natürlicher.«

Daniel errötete ein wenig. Er nahm sich ein Stück Kuchen und biss hinein.

Ruth sah, dass Mrs. Slater ihm einen liebevollen Blick zuwarf. Dann wandte die Frau sich ihr zu. »Manchmal bin ich ein bisschen giftig zu Daniel. Du weißt schon, wie eine alte Glucke ... Ich kann mich einfach nicht an den Gedanken gewöhnen, dass er schon so groß ist. Und mich womöglich verlassen wird ...«

»Mama, bitte ...«, warf Daniel verlegen ein.

»Ja, ich will ihn leiden sehen«, sagte Mrs. Slater mit einem Lächeln auf den schönen roten Lippen, »so wie auch ich leide.«

»Verfluchter Bastard, du kriegst es mit mir zu tun«, tönte Ronnie und baute sich wie ein Boxer vor seinem Bruder auf.

Daniel und Ruth lachten und sahen sich in die Augen. Da wurde Daniel ernst.

Mrs. Slater bot Ruth ein Stück vom Apfelkuchen an, der mit karamellisiertem dunklem Zucker bestreut war. »Ich weiß nicht, ob das Kino eine so gute Erfindung ist«, erklärte sie. »Daniel hat als Kind nicht so geredet, aber Ronnies Ausdrucksweise ist eine Katastrophe. Vielleicht sollte ich ihn nicht ins Kino mitnehmen, doch ... ich finde es so schön, wenn wir alle zusammen hingehen.« Sie lachte.

Alle zusammen, wiederholte Ruth im Stillen und ließ den Blick von Daniel zu Ronnie und schließlich zu Mrs. Slater schweifen. Keiner von ihnen war allein.

»Musst du nach Hause zu deinen Eltern, oder dürfen wir dich zum Abendessen einladen, Ruth?«, fragte Mrs. Slater in diesem Moment.

»Ich muss niemandem Bescheid sagen. Ich bin allein.«

Ruth bemerkte Mrs. Slaters mitleidigen Gesichtsaudruck. »Meine Eltern leben in Oakland«, setzte Ruth da hinzu und redete schnell, wie um Daniels Mutter abzulenken, wie um den Makel zu überspielen, den die Frau an ihr entdeckt hatte. »Ich bin Fotografin.«

»Fotografierst du auch Hollywood-Schauspieler?«, wollte Ronnie wissen.

Ruth zögerte mit der Antwort. »Hin und wieder … ist das mal vorgekommen, ja.«

»Cool!«, rief Ronnie.

»Es ist halb sieben«, sagte Mrs. Slater. »Mein Mann müsste jeden Moment nach Hause kommen. Es gibt Truthahn und Kartoffelauflauf mit Schinken. Was ist? Möchtest du bleiben?«

In diesem Augenblick kam Mr. Slater zur Tür herein. Er umarmte seine Frau, lockerte die Krawatte, gab Ronnie eine Kopfnuss und klopfte Daniel auf die Schulter, bevor er Ruth offen und freundlich begrüßte. Er war im gleichen Alter wie seine Frau. Auf dem College – so erfuhr Ruth beim Abendessen – hatten sie sich ineinander verliebt, ihre Studienpläne aufgegeben, geheiratet, und er hatte angefangen, Traktoren und landwirtschaftliche Maschinen im Valley zu verkaufen. Ein Jahr später war Daniel geboren worden.

»Eigentlich wollten wir einen ganzen Stamm gründen«, sagte Mr. Slater. »Stattdessen sind fast siebzehn Jahre vergangen, bis dieses Unheil kam.« Er zeigte auf Ronnie.

»Ich bin kein Unheil«, protestierte der Junge.

»Nein, da hast du recht«, gab der Vater zurück. »Du bist ein Wirbelsturm. Und damit du es weißt, ein Wirbelsturm ist viel schlimmer als ein simples Unheil.«

Ronnie lachte zufrieden, bevor er unversehens den Stuhl zurückschob. »Das hatte ich ganz vergessen!«, rief er. »Guck mal, Papa. Ich hab mir wehgetan. Wird da eine Narbe bleiben?«

Mr. Slater setzte seine Lesebrille auf und untersuchte die Wunde. »Nein, ich denke nicht.«

»Aber was, wenn ich noch mal darauf falle ... morgen oder so?«

»Da gibt es eine ganz einfache Methode«, antwortete der Vater ernst. Er beugte sich vor und griff nach dem großen Messer, mit dem sie den Truthahn zerteilt hatten.

Für einen Moment blickte Ronnie verstört drein. Dann prustete er los, versteckte jedoch vorsichtshalber das Bein sofort unter dem Tisch.

»Ich bin hier, wenn du es dir anders überlegst«, sagte Mr. Slater und zwinkerte Ruth zu.

Da erkannte sie, wem Ronnie ähnlich sah. Auch der Vater hatte ein drolliges Gesicht und leicht abstehende Ohren.

Nach dem Essen gingen Daniel und Ruth an die frische Luft. Auf der Veranda machten sie es sich in der Hollywoodschaukel bequem und redeten. Daniel erzählte ihr, dass er nach seinem College-Abschluss angefangen hatte zu arbeiten. Sein Vater hatte sich mit einem Autohändler zusammengetan. »In Automobilen liegt die Zukunft«, pflegte Mr. Slater zu sagen. Während er selbst sich weiter auf landwirtschaftliche Maschinen konzentrierte, begann der Sohn eine Lehre als Verkäufer.

»Sobald ich gut genug bin, will sich der Geschäftspartner meines Vaters zurückziehen und uns seinen Anteil verkaufen«, sagte Daniel. »Es ist keine kreative Arbeit, so wie deine ... aber man verdient gut. Genug, um eine Familie zu ernähren.«

Ruth sah ihn an. Daniel wirkte so vertrauenerweckend. Aus

ihm würde ein großartiger Verkäufer werden. Die Leute würden mit Freuden bei ihm ihre Autos kaufen. Und aus Daniel würde auch ein liebevoller Ehemann und warmherziger Vater werden. Man sah es daran, wie er mit Ronnie umging. Zudem war er in einer glücklichen Familie aufgewachsen. Er hatte alle Zeit gehabt zu lernen, was Familie bedeutete. Doch Ruth wusste, dass Daniel gar nicht bewusst war, was für ein Glück er hatte. Für ihn war das ganz einfach normal.

Nachdem er sie im Auto seines Vaters zurück zum Venice Boulevard gefahren hatte, stieg Ruth eilig aus. Sie gab ihm keine Erklärungen. Von Bill, dem einzigen Jungen, mit dem sie je allein im Auto gesessen hatte, konnte sie ihm nicht erzählen. Auf dem Gehweg aber blieb sie stehen. Da stieg Daniel aus und trat zu ihr.

Ruth hielt die Tasche mit den Fotoapparaten vor sich wie ein Schutzschild. Und Daniel kam ihr nicht zu nah.

»Darf ich dich wiedersehen?«, fragte er.

»Hast du denn keine Freundin auf dem College?«

Daniel schüttelte den Kopf. »Nein«, sagte er leise. Schüchtern streckte er die Hand aus und spielte mit dem Riemen der Kameratasche. »Ich würde gern . . .«

»Ich weiß nicht«, unterbrach Ruth ihn schroff.

»Ich würde gern deine Fotos sehen . . .«

Ruth schwieg.

»Ich sage das nicht, um dir zu schmeicheln«, fügte Daniel lachend hinzu.

Ruth grinste spöttisch. »Ach, nein?«

Daniel wurde ernst. »Nein. Könntest du meine Mutter sehen, wenn sie mit dem Segelboot unterwegs ist, würdest du verstehen, dass ich es ernst meine. Du weißt nichts von ihr, wenn du sie nicht draußen auf dem Meer gesehen hast.« Sein Blick war ungetrübt und aufrichtig. »Und ich glaube, genauso ist das bei dir mit den Fotos.«

»Lädst du mich morgen wieder zum Abendessen ein?«

»Klar.« Daniels Augen strahlten.

»Lehn dich mal an die Laterne«, sagte Ruth. »Und bleib so stehen.« Sie holte ihre Leica hervor und machte ein Foto von ihm. »Bei dir zu Hause?«, fragte sie dann.

»Halb sieben.«

»Halb sieben.«

Am Abend darauf zeigte Ruth beim Essen den Slaters ihre Aufnahmen von Ronnie. Und die von Daniel.

Mrs. Slaters Augen wurden feucht, als sie das Foto ihres Ältesten betrachtete. Mit einem Finger fuhr sie über das Gesicht des Sohnes, der mit leicht gesenktem Kopf und zerzaust ins Gesicht hängender, glänzender Locke in starkem Hell-Dunkel-Kontrast zu sehen war.

»Was hat sie denn?«, flüsterte Ronnie seinem Vater zu.

»Nostalgiegefühle«, sagte Mr. Slater ernst und sah seine Frau an.

Mrs. Slater ergriff die Hand ihres Mannes und drückte sie lächelnd.

»Frauen!«, bemerkte Ronnie, und alle lachten.

Auch Ruth stimmte in das Lachen ein und blickte zu Daniel hinüber.

»Kann Ruth am Sonntag mit uns segeln gehen?«, fragte er da, ohne sie aus den Augen zu lassen.

»Nun, wer nie riskiert hat, bei einem der Wendemanöver deiner Mutter zu ertrinken«, antwortete Mr. Slater, »gehört nicht richtig zur Familie.«

Am Sonntag spürte Ruth noch das Salz in ihren Haaren, als Daniel sie einlud, ins Kino zu gehen. Ihr war, als hörte sie noch immer das Meerwasser gegen den Kiel schwappen und das laute Flattern der Segel im Wind. Und noch immer hatte sie das gleißende Licht vor Augen, das von der Meeresoberfläche wie von einem Spiegel zurückgeworfen wurde. Doch vor allem hörte sie immer wieder einen Satz. »So, jetzt gehörst du zur Familie«, hatte Mrs. Slater zu ihr gesagt.

»Woran denkst du?«, wollte Daniel wissen.

Ruth sah ihn an und lächelte. Er hätte es nicht verstanden, wenn sie es ihm erzählt hätte. »An nichts.«

»Wollen wir ins Kino gehen?«, schlug Daniel erneut vor.

»Alle zusammen?«, fragte Ruth strahlend.

Für eine Sekunde verdüsterte sich Daniels Gesicht. »Ich dachte, du und ich. Allein.«

Nein, er hätte es nicht verstanden, dachte Ruth. Er konnte nicht verstehen, welches Gefühl von Wärme ihr die Slaters vermittelten, wenn sie alle zusammen waren. Und wie sehr sie sich nach Wärme sehnte. »War nur ein Spaß«, sagte sie.

Das Arcade am South Broadway Nummer 534, das in klassizistischem Stil erbaut war, wirkte streng mit seinen Säulen und rechteckigen Fenstern. Während Daniel zur Kinokasse ging, musste Ruth daran denken, dass es das Kino gewesen war, das sie aus New York gerissen, das ihren Vater zerstört und ihre Mutter zur Alkoholikerin gemacht hatte. Sie lief zu Daniel und zog ihn am Arm.

»Ich muss weg«, sagte sie und las die Enttäuschung in seinen aufrichtigen Augen. »Du kannst das nicht verstehen. Und es hat auch nichts mit dir zu tun.«

»Aber du musst weg«, sagte Daniel.

»Ja.«

»In Ordnung, ich bringe dich zurück zum Venice Boulevard«, sagte Daniel mit einem melancholischen Lächeln.

»Wieso? Ich will nicht ins Kino gehen, aber ich will mit dir zusammen sein.«

Daniels schönes Gesicht begann zu strahlen. »Wer interessiert sich schon für Kino!«, erwiderte er fröhlich. »Was willst du unternehmen? Sollen wir zu mir nach Hause zum Essen gehen?«

Ruth dachte, dass sie nur den einen Wunsch hatte, sich wieder in das Haus der Slaters zurückzuziehen, in den Schoß der Familie. »Möchtest du mich vielleicht zum Essen ausführen? In ein Restaurant?«, fragte sie stattdessen.

»Du und ich«, sagte Daniel leise und feierlich, wie zu sich selbst. Dann nahm er Ruths Hand. »Gehen wir!«

Und in diesem Moment wirkte er auf Ruth wie ein Mann, nicht wie ein Junge.

Als sie bei dem kleinen mexikanischen Restaurant an der La Brea ankamen, teilte der Kellner ihnen mit, der nächste Tisch werde erst in einer Stunde frei.

»Und wie lange würde es dauern, ein paar Tacos zum Mitnehmen zu bekommen?«, erkundigte sich Daniel spontan. »Hast du Lust, am Strand zu essen, Ruth?«

Sie erstarrte. Es war kurz vor Sonnenuntergang. Sie sah sich im Wagen und dann am Strand, allein mit Daniel. Sie wich einen Schritt zurück und wartete auf die Angst.

Die Angst kam. Aber plötzlich hielt Ruth es in ihrem Gefängnis nicht mehr aus.

Und so stiegen sie wieder ins Auto und fuhren bis zu einer Düne, von der aus sie auf den Ozean hinausblicken konnten. Langsam löste sich Ruths innere Anspannung. Sie lachten und scherzten miteinander. Und nach und nach gelang es Ruth, die Angst abzuschütteln.

Als sie aufgegessen hatten, räumten sie Papier und Flaschen beiseite. Danach senkte sich ein verlegenes Schweigen über sie, aus dem keiner von beiden einen Ausweg fand. Und je länger das Schweigen anhielt, desto unbehaglicher wurde Ruth zumute. Sie ließ den noch warmen Sand durch ihre Finger rinnen.

Daniel legte seine Hand neben ihre.

Ruth betrachtete sie. Er hatte die langen, kräftigen Finger der Mutter.

»Ekelt es dich an?«, sagte Ruth unvermittelt. Sie vergrub die Hand im Sand.

»Was?«, fragte Daniel verwirrt.

»Mir fehlt ein Finger, ist dir das noch gar nicht aufgefallen?« Ruth hörte selbst, wie barsch ihre Stimme klang.

»Doch . . .«, erwiderte Daniel und schob seine Hand zu ihrer, die sie nun unter dem Sand verborgen hatte. Langsam, ganz sanft berührte er sie. »Aber es gibt nichts an dir, was mich . . .« Er stockte und schüttelte den Kopf. »Ich will das Wort nicht einmal in den Mund nehmen. Das ist absurd . . .«

Am Horizont erinnerte ein matter orangefarbener Streifen noch immer an die untergegangene Sonne.

»Ruth . . .«

Sie wandte den Kopf. Daniel sah ihr in die Augen und näherte sich ihr langsam. Ruth nahm seinen Geruch war. Ein sauberer, frischer Duft. Sie musste an die Lavendelsäckchen denken, die man in Schubladen zwischen die Wäsche legte. Ein Duft, der keine Angst einflößte, der nicht verstörte, der nach Familie roch.

Daniel legte seine Lippen an Ruths Mund. Eine zarte Berührung. Liebenswürdig wie Daniel selbst, dachte Ruth, während sie die Augen schloss und sich steif dem Kuss hingab. Ihrem ersten Kuss, dem Kuss, den sie Christmas nie gegeben hatte. Daniel nahm die Hand aus dem Sand, legte sie in Ruths Nacken und zog sie ein wenig forscher an sich. Sofort spürte Ruth, wie ihr Herz zu rasen begann. Sie versuchte, sich der Hand zu entziehen, aber Daniel war stark. Mit einem Mal war ihr, als könnte sie sich nicht mehr bewegen. Sie war gefangen. Ruth riss die Augen auf, während eine Welle der Angst über sie hereinbrach. Doch dann sah sie Daniels geschlossene Augen und die blonde Locke, die ihm zerzaust in die Stirn fiel. Das ist nicht Bill, dachte sie.

Das ist Daniel, der Junge, der nach Lavendel riecht. Da versuchte sie, die Augen zu schließen, in der Nase den sauberen Duft, der ihr nach und nach das Gefühl von Gefahr nahm und die Angst zurückdrängte. Und ganz leicht öffnete sie die Lippen. Sie kostete Liebenswürdigkeit, nicht Gewalt, lauschte der lauen Empfindung dieses Kusses und versuchte, sich fallen zu lassen und die Vergangenheit zu überwinden.

In dem Moment aber streichelte Daniel ihre Schulter, bevor er die Hand an ihrer Seite hinabgleiten ließ und sie leidenschaftlich und ungestüm an sich zog.

»Nein!« Jäh löste Ruth sich von ihm. Sie bog den Rücken durch und entwand sich seiner Umarmung. »Nein«, sagte sie noch einmal, und aus ihren Augen sprach wieder die alte Angst.

»Ich ...«, stammelte Daniel, »ich ... wollte nichts Schlimmes tun ... Ich wollte nicht ...«

Ruth legte den Finger an seine schönen Lippen, die sie gerade noch geküsst hatte. Er verstummte. Sie spürte, wie der Atem ihre Brust weitete. Schmerzlich sehnte sie sich nach den Bandagen. »Ich will nicht, dass du mich anfasst.«

Beschämt senkte Daniel den Blick. »Bitte entschuldige, ich habe alles kaputt gemacht. Aber ich wollte nicht ...«

Er kann es nicht verstehen, dachte Ruth ohne Zorn. Daniel konnte nicht Bescheid wissen. Niemand wusste Bescheid, niemand außer Christmas, der Ritter aus der Lower East Side, den sie vor vier Jahren hatte küssen wollen, auf ihrer Bank im Central Park, für den sie einen Hauch Lippenstift aufgelegt hatte. Er allein wusste Bescheid. Er allein war imstande, die Mathematik neu zu erfinden, weil sie, Ruth, neun Finger hatte. Er allein hätte ganz Amerika dazu verpflichtet, nur noch bis neun zu zählen. Er allein hatte ihr neun Blumen geschenkt. Er allein hätte gewusst, wie er sie küssen musste.

Aber ihn gab es nicht mehr.

Jetzt gab es Daniel, und er war alles, was sie sich an Liebe erlauben konnte. Küss ihn noch einmal, zwang sie sich zu denken, während sie auf seine vollen Lippen blickte, die von ihrem keuschen Lavendelkuss glänzten. Und sie fühlte sich durchströmt von der beruhigenden Milde dieses lauen Gefühls.

»Du wirst Geduld mit mir haben müssen, Daniel«, sagte sie.

61

Los Angeles, 1928

Als Arty Short ihn durch Zufall einen Monat nach seinem Verschwinden fand, erkannte er ihn kaum wieder.

Arty wartete im Auto vor einer roten Ampel. Abwesend blickte er auf eine kleine Menschentraube aus Stadtstreichern und Schaulustigen. Einer der Bettler, ein hagerer alter Mann mit einem vom Leben ausgezehrten Gesicht und tief in den Höhlen liegenden Augen, stand auf einer Kiste und predigte wirres Zeug über das Ende der Welt, über die Apokalypse, über Sodom und Gomorrha, wobei er Nazareth und Hollywood, die ägyptischen Plagen und den Sunset Boulevard in einen Topf warf, Filmtitel wie Bibelverse zitierte und Douglas Fairbanks jr. mit Moses und die Zehn-Gebote-Tafeln mit den Titelseiten der Skandalblätter verwechselte. Und rings um den selbst ernannten Propheten hatten sich Bettler und einfache Leute versammelt, die verzweifelt genug waren, ihm zuzuhören und jedes Mal im Chor »Amen!« zu rufen, wenn der Alte die Arme zum Himmel reckte und göttliche Blitze, Hagelstürme und Heuschreckenplagen erflehte.

Arty lächelte. Obwohl es für ihn eigentlich nichts zu lächeln gab, hatte er doch mit dem Punisher sein Huhn, das goldene Eier legte, verloren. Von seinen Kunden, die ungeduldig nach einer neuen Heldentat von Hollywoods meistgeliebtem Vergewaltiger fragten, unter Druck gesetzt, hatte sich Arty vor Kurzem erst mit dem Gedanken abgefunden, seinen Partner verloren zu haben, und einige Probeaufnahmen gemacht. Doch gab es keinen Verbrecher, der imstande war, eine ebensolche ungezähmte Wut zum Ausdruck zu bringen wie der Punisher. Vor der Kamera wurde selbst der brutalste Schurke unbeholfen, verlegen. Unecht. Alle, die Arty gecastet hatte, mochten bei Nacht, in einer finsteren Straße, im wahren Leben, Furcht erregend sein. Im Scheinwerferlicht jedoch wurden sie zu Witzfiguren, zu Dilettanten. Nicht einer von ihnen hatte Cochranns Talent, nicht einer von ihnen dessen Ausstrahlung. Nein, es gab nur einen Punisher. Und den hatte er verloren.

Arty sah den Alten von der Kiste steigen. Die Ampel sprang auf Grün. Hinter ihm hupte ein Auto. Arty drehte den Kopf und legte den Gang ein. Doch in dem Moment, als er den Blick abwandte, lief ihm plötzlich ein Schauer der Erregung über den Rücken. Er blickte noch einmal zurück zu der Gruppe Stadtstreicher. Der Wagen hinter ihm hupte erneut. »Leck mich!«, brüllte Arty, fuhr rechts ran und schaute abermals hinüber zu den Bettlern. Ein ihm bekannt vorkommender junger Mann mit einem dünnen, zerzausten Bart und wirren, ungewaschenen Haaren schnappte sich die Kiste, die dem Alten als Bühne gedient hatte, und streckte den Passanten einen schäbigen, zerlöcherten Hut entgegen. Ab und an warf jemand ein paar Münzen hinein. Der Alte kramte in dem Hut und gab dann dem jüngeren Mann ein Zeichen, ihm zu folgen. Der trottete ihm apathisch und ergeben nach und schleifte dabei die Kiste geräuschvoll über den Gehweg hinter sich her. Zu dem Jungen und dem Propheten gesellten sich drei weitere Stadtstreicher. Die Schaulustigen zerstreuten sich in alle Himmelsrichtungen.

Artys Herz klopfte wild vor Aufregung, als er aus dem Auto stieg. Er ließ die Straßenbahn passieren, rannte auf die andere Straßenseite, lief der Gruppe nach und überholte sie schließlich. Dann blieb er stehen und betrachtete den jungen Mann, der die Kiste hinter sich her zog, genauer. Er war bis auf die Knochen abgemagert, trug Lumpen und zerschlissene Schuhe ohne Schnürsenkel und ohne Socken.

»Cochrann!«, rief der Regisseur.

Der junge Mann riss die Augen auf, bevor er zu Boden blickte und mit hochgezogenen Schultern, die Kiste im Schlepptau, an ihm vorbeiging.

»Cochrann, Cochrann ...« Arty holte ihn ein und versuchte, ihn am Arm festzuhalten. »Cochrann, ich bin es, Arty, Arty Short, kennst du mich denn nicht mehr?«

Der junge Bettler jedoch zog den Kopf noch weiter ein und schleifte seine Kiste wie ein Maultier hinter sich her.

»Was willst du von meinem Jünger?«, fragte da der Alte und hob bedeutungsschwer und feierlich wie ein Priester eine Hand zum Himmel.

»Verpiss dich, du Pfeife«, gab Arty zurück. »Du hast ja keine Ahnung, wer dieser Mann ist. Das ist Cochrann Fennore, der Punisher«, fuhr er fort, ohne den Jungen, der stehen geblieben war, aus den Augen zu lassen. »Er ist der Beste von allen. Er ist ein Star«, schloss er ebenso salbungsvoll wie der Prophet.

In dem Moment blickte Bill zu ihm auf. Wortlos sah er ihn an. Dabei kniff er mit zur Seite geneigtem Kopf die Augen zusammen, als müsste er sein Gegenüber fokussieren.

»Ich bin's, Arty, kennst du mich nicht mehr?«

Mit gerunzelter Stirn musterte Bill ihn, als versuchte er, einzelne Gedanken, die ihm durch den Kopf schossen, miteinander zu verknüpfen.

»Er ist stumm«, sagte der Alte.

»Stumm, so ein Quatsch!«, widersprach Arty.

»Der Gott der Rache hat ihm wegen seiner Sünden die Zunge austrocknen lassen, so wie er es mit uns allen tun wird«, erklärte ihm der Alte drohend und streckte ihm einen schmutzigen Finger entgegen. »Und dann wird der Gott der Gerechtigkeit uns blind und taub machen, weil wir das Kino erfunden haben und eine Schande für die Schöpfung sind.«

»Amen«, sagten die anderen drei Penner mit mechanischer

Inbrunst. Dann hielt einer von ihnen Arty bettelnd die Hand entgegen.

Doch der Regisseur beachtete ihn nicht. »Ich bin's, Arty«, sagte er erneut, trat auf Bill zu und fasste ihn an den Schultern.

Bill starrte ihn mit offenem Mund an. Kaum merklich bewegte er schließlich die aufgeplatzten Lippen. »Ar-ty...«, brachte er mühsam hervor.

»Ja, Arty!«, rief der Regisseur und fiel Bill um den Hals. »Arty, Arty Short, dein Partner, dein Freund.«

»Arty...«, wiederholte Bill leise. Seine Augen sahen die Welt um ihn herum langsam wieder scharf, zunächst den Regisseur, dann seinen eigenen Aufzug, schließlich den alten Propheten und seine drei Jünger. »Arty...«

»Ja!«

»Arty Short...«

Der Regisseur lachte. »Ja!«

Bill löste sich aus der Umarmung und schaute sich um, die Augen fiebrig glänzend vor Angst. »Die suchen nach mir, Arty«, raunte er ihm zu. »Die wollen mich auf den elektrischen Stuhl bringen.« Wieder sah er sich voller Schrecken um. »Ich muss verschwinden...«

»Nein, nein, hör mir zu, Cochrann. Sieh mich an... sieh mich an«, redete Arty auf ihn ein und hielt ihn an den Schultern fest. »Die Polizei war auch bei mir. Die suchen dich wegen einer Lappalie, wegen eines Diebstahls in Detroit. Eine Frau, die bei Ford arbeitet, hat dich angezeigt. Angeblich hast du ihre Ersparnisse geklaut. Hörst du mir zu, Cochrann? Für so einen blöden kleinen Diebstahl kommt keiner auf den elektrischen Stuhl.«

»Liv...«

»Ja, kann sein, Liv.«

Bills Blick ging nun wieder ins Leere, als würde er sich aufs Neue in Erinnerungen verlieren.

»Hör mir zu, Cochrann...« Arty rüttelte ihn. »Sieh mich an.

Ich bringe das alles in Ordnung ... aber lass uns jetzt fahren. Lass uns nach Hause fahren. Du musst dich waschen. Du musst etwas essen, du bist ja dürr wie ein Skelett. Alle warten auf dich. Alle fragen mich nach dir. Wir müssen einen neuen Film drehen.«

Bill lächelte. Verhalten, aber er lächelte.

»Kehren wir zurück ins Kino, Punisher«, sagte Arty ihm ins Ohr und legte den Arm um ihn. »Kehren wir zurück nach Hollywood.«

»Sodom und Gomorrha!«, rief der Prophet aus, der das letzte Wort verstanden hatte. Er berührte Bill besitzergreifend mit der Hand. Auch die anderen drei Stadtstreicher kamen drohend näher.

»Verpiss dich, Opa! Mach, dass du wegkommst!« Arty griff in seine Tasche, brachte eine Hand voll Münzen zum Vorschein und warf sie auf den Gehweg.

Der Prophet und seine drei Jünger stürzten auf die Knie und stritten sich um das Geld.

»Fahren wir, Partner«, sagte Arty. Er packte ihn und schob ihn zum Auto.

Bill ließ sich führen. Noch immer zog er die Kiste hinter sich her.

»Und lass das blöde Ding liegen! Verschwinden wir von hier, beeil dich!« Am Wagen angelangt, drückte Arty ihn hinein und brauste wenig später mit Vollgas davon.

Eine Woche später war Bill wieder Herr seiner Sinne. Er erinnerte sich, dass der Prophet und die Stadtstreicher, die mit ihm umherzogen, ihn aufgegabelt hatten. Er hatte ohne Decken unter freiem Himmel geschlafen, ab und an ein Feuer entfacht und von Almosen gelebt. Bill erinnerte sich, dass der Prophet ihn anfangs mit einem Stock verprügelt hatte, bevor er ihm aufgetragen hatte, fortan die Kiste für ihn zu schleppen. Und schließlich erinnerte Bill sich an den Morgen, an dem Arty ihn gefunden und gerettet hatte. Seither wohnte er in dem adretten Reihenhaus des Regisseurs.

In der Zwischenzeit hatte Arty Bills Bankkonto aufgelöst und, nachdem er ihm eine neue Identität beschafft hatte, alles Geld auf ein neu eröffnetes Konto bei einer anderen Filiale eingezahlt.

»Von nun an heißt du Kevin Maddox«, erklärte Arty ihm am Ende der Woche. »Mit Cochrann Fennore hast du nichts mehr zu tun.« Er lächelte nachsichtig. »Ich weiß, es war dein Name, vermutlich hängst du an ihm. Aber es ging nicht anders. Tut mir leid.«

Bill sah ihn an und fing mit einem Mal an zu lachen. Auf die ihm eigene unbeschwerte Weise, die er so lange verloren hatte.

Verdutzt schaute Arty ihn an und wusste nicht, was er davon halten sollte.

»Keine Sorge«, beruhigte Bill ihn. »Mir geht es gut. Ich fand den Namen Cochrann Fennore ohnehin ziemlich bescheuert. Kevin Maddox dagegen gefällt mir. Aber nenn du mich Bill, einverstanden?«

»Bill?«

»Ja.«

»In Ordnung … Bill«, sagte Arty. Er musterte ihn prüfend. »Gibt es noch etwas anderes, was du mir verheimlicht hast?«

Wortlos sah Bill ihn an. Dann schlug er ihm auf die Schulter. »Ich bin bereit, es kann wieder losgehen, Arty.«

»Scheiße, ja! Genau das wollte ich von dir hören.«

»Ich bin bereit, wieder mitzumischen.«

»Es gibt da eine Neuigkeit«, verkündete Arty.

Bill zog misstrauisch die Augen zusammen. »Was für eine Neuigkeit?«

»Entspann dich, Partner«, lachte Arty. »Das, worum es geht, wird unsere Filme noch schmackhafter machen.«

»Nämlich?«

»Der Tonfilm, Bill. Der Tonfilm! Ich habe einen Tontechniker engagiert und eine Vereinbarung mit einem Synchronisationsstudio getroffen«, fuhr Arty aufgeregt fort. »Wir werden sie schreien hören!« Er lachte. »Und wir werden hören, wie der Punisher zuschlägt!«

»Der Tonfilm . . .«, wiederholte Bill leise.

»Und jetzt komm mal her.« Arty führte ihn ans Wohnzimmerfenster, das auf die Straße hinausging. Er schob die Vorhänge beiseite. »Sieh mal, Bill. Das ist er.«

Am Straßenrand stand ein funkelnagelneuer LaSalle. Arty hielt Bill die Autoschlüssel hin.

»Danke . . .«

»Das war nicht schwer.« Dann senkte Arty die Stimme. »Ein Problem allerdings habe ich nicht gelöst«, erklärte er. »Die Kunden kennen dich alle als Cochrann Fennore. Wir können ihnen schlecht erklären, weshalb du deinen Namen geändert hast, nicht wahr? Vielleicht lässt du dich für eine gewisse Zeit besser nicht sehen. Ich verhandele mit ihnen, so wie früher.«

Bill tippte ihm an die Brust. »Versuch nicht, mich übers Ohr zu hauen, Arty«, sagte er finster. »Ich bin dir dankbar. Aber versuch ja nie, mich übers Ohr zu hauen.«

»Du steckst ganz schön in der Klemme«, erwiderte Arty.

Er wirkt gar nicht mehr so schwach, stellte Bill fest.

»Du wirst mir vertrauen müssen«, setzte der Regisseur hinzu.

»Okay, ich vertraue dir.«

»Vielleicht wirst du mir auch etwas von deinem Anteil abtreten müssen.«

»Was soll denn jetzt der Scheiß?«

»Bill, Bill . . .«, seufzte Arty. »Ich werde alles allein machen müssen. Die ganze Arbeit lastet auf meinen Schultern . . .«

»Wie viel?«

»Ich bin ja kein Halsabschneider . . .«

»Wie viel?«

»Siebzig für mich, dreißig für dich.«

»Sechzig für dich.«

»Siebzig, Bill.«

»Fünfundsechzig, verflucht!«, brüllte Bill.

»Reg dich nicht auf. Siebzig. Weniger ist nicht drin. Glaub mir.« Arty legte ihm eine Hand auf die Schulter. »Du bist in einer ziemlich üblen Lage. Die Polizei sucht nach dir, deine Papiere sind gefälscht . . . und womöglich gibt es da noch etwas anderes, das du mir nicht gesagt hast . . . Bill. Ich stecke mit in der Sache drin, wenn sie dich schnappen, verstehst du?«

»Gib mir was zu trinken!« Bill ließ sich auf die Couch fallen.

Arty öffnete den Barschrank, schenkte ihm ein Glas Schmuggelwhisky ein und reichte es ihm. »Du bist doch nicht nachtragend, Partner?«

»Leck mich, Arty.«

»Mit dem Tonfilm werden wir einen Haufen Geld machen. Berge von Geld.«

»Leck mich, Arty.«

»Wann sollen wir anfangen?«

»So stinksauer, wie ich bin, von mir aus auch jetzt gleich.«

Arty lachte. »So kenne ich meinen Mann!« Dann schenkte er sich einen Drink ein und erhob das Glas. »Auf die Rückkehr des Punishers!«

Bill erhob sein Glas. »Leck mich, Arty.«

»Heute geht es nicht. Auch nicht morgen. Aber ich habe da eine kleine Schlampe an der Hand, die dich um den Verstand bringen wird«, sagte Arty, während er sich neben Bill auf die Couch fallen ließ. »Sie ist genau dein Typ. Brünett, lockiges

Haar, dünn, unschuldiger Blick. Sie behauptet, sie sei volljährig, aber das würde ich nicht beschwören. Wie wäre es mit Freitag?«

»Ich sagte doch, wann du willst.«

Bei der ersten Ohrfeige brach das Mädchen in Tränen aus. Und nach dem ersten Fausthieb begann sie zu schreien. Der Tontechniker gab Arty ein Zeichen, dass er sie deutlich hören konnte und die Aufnahme perfekt würde. Zufrieden rieb Arty sich die Hände. Durch den Tonfilm würden sie noch mehr Geld verdienen. Und siebzig Prozent davon gingen in seine Tasche.

Die Szene verlief bestens. Am Set wirkte die kleine Schlampe noch jünger. Arty hatte ihr eine Schulmädchenuniform mit weißen Kniestrümpfen besorgt. Weiße Baumwollschlüpfer, keine Strumpfhalter oder Damenunterwäsche. Ein kleines Mädchen. Er kicherte vergnügt, während der Punisher ihr einen Tritt in den Bauch versetzte und ihr anschließend den Rock herunterriss. Das Mädchen schrie wie eine Besessene und bedeckte in spontaner Scham seine nackten Beine. Vielleicht ist sie noch Jungfrau, dachte Arty mit einem wohligen Schauer.

Der Punisher packte sie an den Haaren und schleuderte sie auf das schmale Bett. Das Szenenbild war die perfekte Nachbildung eines Collegezimmers. Grinsend verfolgte Arty, wie er ihr rüde den Tennispullover über den Kopf zog und dann die Bluse aufriss. Kein Büstenhalter, bloß ein dünnes Baumwollhemdchen, unter dem sich die gerade erblühten Brüste abzeichneten.

»Jetzt fick sie«, murmelte Arty vor sich hin.

Der Punisher schlug ihr mit der Faust auf den Mund. Das Mädchen stöhnte auf. Arty sah hinüber zum Tontechniker, der ihn mit einem Handzeichen beruhigte. Der Ton war ausgezeichnet. Der Punisher riss ihr den Schlüpfer herunter.

»Gut gemacht. Jetzt fick sie«, murmelte Arty wieder.

Der Punisher packte das Mädchen, zog es vom Bett hoch und schleuderte es zu Boden. Erneut trat er zu.

»Fick sie, verdammt«, sagte Arty erneut.

Plötzlich atmete Bill schwer. Er ließ von ihr ab, griff an die Ledermaske und hielt sich den Kopf.

»Verdammt, was macht er denn da?«, fragte Arty den Kameramann, der neben ihm stand.

Bill hörte die Kameras surren. Er hörte sie ganz deutlich. Aber es erregte ihn nicht. Zwischen seinen Beinen tat sich rein gar nichts. Er blickte auf die junge Frau, die sich weinend und stöhnend am Boden wand. Arty hatte recht, sie war genau sein Typ. Doch nichts tat sich. Und das verfluchte Surren rief ihm einzig und allein seinen Albtraum vom elektrischen Stuhl in Erinnerung.

»Arty!«, schrie Bill und riss sich die Maske vom Gesicht.

»Stopp!«, brüllte Arty dem Filmteam zu und betrat die Szenerie. »Was zum Teufel ist los?«, fragte er mit gedämpfter Stimme, während ringsum am Set die Techniker miteinander tuschelten und feixten.

»Ich kriege keinen hoch.«

Auf der Suche nach einer Lösung blickte Arty sich um. »Sie ist noch Jungfrau«, erklärte er und deutete auf das am Boden liegende Mädchen. »Die Gelegenheit dürfen wir uns nicht entgehen lassen. Der Film kann eine Sensation werden.«

Bill packte ihn am Jackenkragen. »Ich kriege keinen hoch«, zischte er wütend und frustriert.

»Schon gut, schon gut, beruhige dich erst mal ...«, beschwichtigte Arty ihn und suchte erneut nach einer Lösung. »Das Ganze kostet uns einen Haufen Geld ...«, murmelte er, während er am Set auf und ab ging.

Das Mädchen versuchte aufzustehen.

Arty hielt sie fest. »Bleib, wo du bist«, befahl er ihr. Dann wandte er sich an Bill. »Tu so, als würdest du sie ficken. Mach deine Hose auf und tu so, als würdest du sie ficken. Ich filme dich von hinten. Aber mach, dass sie schreit.«

Wortlos sah Bill ihn an.

»Das kann passieren, Partner. Aber setz die Maske wieder auf und bring die Szene zu Ende. Keine Sorge, niemand wird etwas merken.« Daraufhin wandte Arty sich zum Filmteam um. »Macht euch bereit!« Er verschwand hinter den Scheinwerfern, und als Bill die Maske übergezogen hatte, brüllte er: »Und bitte!«

Die Kameras begannen erneut zu surren.

»Mach eine Großaufnahme von dem Mädchen«, wies Arty einen Kameramann an. »Die brauche ich als Übergang.«

Der Punisher öffnete seine Hose, legte sich auf die junge Frau, spreizte ihre Beine und tat so, als dränge er in sie ein. Um sie zum Schreien zu bringen, kniff er ihr fest in die Brustwarze.

Der Film stieß auf verhaltene Resonanz. Arty und Bill verdienten so viel wie mit ihrem letzten Film – über dreißigtausend Dollar –, doch die Kunden waren nicht zufrieden. Irgendetwas wirke unecht, sagten sie, obwohl sie nicht wussten, was es war. Arty und Bill jedoch wussten es.

»Das kann passieren«, sagte Arty zu Bill an dem Tag, als sie sich auf den nächsten Film vorbereiteten, den sie, um das Vertrauen der Kunden zu belohnen, zu einem günstigeren Preis vertreiben wollten. »Aber es darf nicht noch mal passieren.«

Und doch passierte es wieder.

»Soll ich so tun als ob, Arty?«, fragte Bill.

Betrübt schüttelte der Regisseur den Kopf. »Nein, noch ein Fiasko können wir uns nicht leisten.«

In der Nacht tat Bill kein Auge zu. Wut und Frust waren einer tiefen Verunsicherung gewichen. Er setzte sich in seinen LaSalle und raste über die Küstenstraße. Doch selbst sein Fuß auf dem Gaspedal ging nicht mehr bis zum Äußersten. Er fuhr schnell, aber nicht so schnell, wie er früher einmal gefahren war. Auf halbem Weg zwischen Los Angeles und San Diego hielt er an. Er stieg aus und ging hinunter zum Strand. Das Meeresrauschen beruhigte ihn für eine Weile. Als er sich schließlich umdrehte, bemerkte er ein Polizeiblaulicht neben seinem LaSalle. Instinktiv wollte er die Flucht ergreifen. Doch der Polizist hatte den Handscheinwerfer auf den Strand gerichtet und leuchtete Bill geradewegs an. Das beruhigende Meeresrauschen verwandelte sich in das Surren der Filmkamera, der Handscheinwerfer in einen Tausend-Watt-Scheinwerfer. Und Bill wusste, hinter dem Scheinwerfer stand ein Polizist.

Jetzt haben sie mich, dachte er. Um Hände und Füße spürte er die Gurte des elektrischen Stuhls.

»Sir ... Sir, geht es Ihnen gut?«, fragte jemand.

Bill wandte sich um. Der Polizist war zu ihm an den Strand gekommen. Bill rann der Schweiß über das Gesicht. »Ja«, sagte er. »Nein ...«

»Geht es Ihnen nicht gut?«

»Nein ... es wird schon besser ... es wird schon besser ...«

»Gehört der Wagen dort Ihnen?«

»Ja ...«

»Würden Sie mir bitte zur Straße folgen und mir Führerschein und Fahrzeugpapiere zeigen?«

Mühsam kämpfte Bill sich durch den Sand. Seine Füße versanken. Wie in Treibsand, dachte er. Außerdem bekam er keine Luft.

»Kevin Maddox ... gut, alles in Ordnung«, murmelte der Polizist, als er den Führerschein kontrollierte. »Sind Sie sicher, dass es Ihnen wieder gut geht?«

»Ja ...«

»Fahren Sie vorsichtig«, sagte der Polizist, während er zu seinem Kollegen in den Streifenwagen stieg. Er wandte Bill noch einmal den Blick zu. »Schönes Auto«, sagte er. Dann verschwand der Streifenwagen in der Nacht, und alles war wieder dunkel.

Und in der Dunkelheit packte Bill die Angst, sich erneut zu verlieren. Eilig sprang er in den LaSalle und schaltete die Scheinwerfer ein. Er fuhr zurück zu Artys Haus, kroch unter die Bettdecke und lag die ganze Nacht bei brennendem Licht, zusammengekauert wie ein Fötus und bibbernd vor Angst, da.

»Du siehst grauenhaft aus, Bill«, bemerkte Arty am nächsten Morgen beim Frühstück zu ihm.

Bills Augen waren eingefallen. Er war bleich, und die Hand, mit der er die Kaffeetasse hielt, zitterte.

»Ich habe die Lösung«, sagte Arty. Er zog ein dunkles Glasfläschchen aus seiner Hosentasche, stellte es auf den Tisch und schob es zu Bill hinüber. »Kokain«, erklärte er.

In den darauffolgenden Monaten drehten Arty und Bill zwei Punisher-Filme. Das Kokain zeigte die gewünschte Wirkung. Bill war begeistert und brachte es zu Höchstleistungen. Sogar außerhalb des Sets gelang es ihm, mit Frauen zu schlafen. »Ich fühle mich wie neugeboren«, sagte er.

Arty jedoch sah, dass er nicht mehr auf die Droge verzichten konnte, dass er sie immer häufiger in immer höheren Dosen konsumierte, dass er sie nicht mehr nur am Set, sondern zum Leben brauchte. Daneben bemerkte Arty noch eine weitere negative Wirkung des Kokains: Bills Wahnvorstellungen verschlimmerten sich zusehends. Die Tage des Punishers waren gezählt. Aus diesem Grund beschloss Arty, noch einmal alles aus ihm herauszuholen, denn schon bald würde Bill nicht mehr zu gebrauchen sein. Bereits jetzt war er ein Wrack. Arty fragte sich, wie viele Filme sie wohl noch drehen konnten. Wenige.

Zum Glück bekam Bill in seinem Zustand gar nicht mit, dass Arty sich einen weitaus höheren Anteil als die vereinbarten siebzig Prozent einsteckte. Für Bill ließ er nur noch Krümel übrig. Und das Kokain. Schon bald aber würde er ihn entsorgen müssen.

Zu allem Überfluss begannen die Kunden, sich allmählich zu

langweilen. Der Punisher überraschte sie nicht mehr. Und die Einnahmen litten darunter. Hollywoods verdorbene reiche Männer verlangte es nach einem neuen Kitzel.

Wir brauchen noch mehr, sagte Arty eines Morgens zu sich selbst.

Da ließ er einen neuen Set aufbauen. Einen Operationssaal mit allem Drum und Dran, weiß, blitzsauber, funkelndes Aluminium. Sie wollten mehr? Sie sollten mehr bekommen. Arty würde es ihnen geben. Mithilfe des Punishers.

Das Mädchen war wie eine Krankenschwester gekleidet. Sie ging im Saal umher und kontrollierte die chirurgischen Instrumente. Scharfe Skalpelle, Zangen, Sägen. Der Punisher kam herein. Das Mädchen spielte die Erschrockene, und sie spielte sie so schlecht wie alle anderen vor ihr. Bis der Punisher zuschlug. Von da an spielte sie gut.

Bill war high. In solchen Momenten lag das Leben in seiner Hand. Er fühlte sich wie auf einem Berggipfel, wo die Luft rein und reich an Sauerstoff war. Er atmete befreit durch, und von Angst war in seiner dunklen Seele keine Spur mehr. Er war der Herrscher der Welt. Und bald würde die Schlampe seinen Schwanz zu spüren bekommen. Doch erst, nachdem sie mit einer gehörigen Portion Schläge und Tritte gefügig gemacht worden war. Er würde ihr zur Freude seiner Fans die Tränen ablecken. Schließlich war er der Punisher.

Anstatt zu weinen, griff das Mädchen aber nach etwas Glänzendem und stach ihm damit in den Arm. Dank des Kokains spürte Bill keinen Schmerz. Bei einem Blick auf seinen Arm jedoch sah er, dass sich auf dem Arztkittel, in den Arty ihn gesteckt hatte, ein roter Fleck ausbreitete. Blut. Und das Mädchen hielt ein Skalpell in der Hand, stach erneut zu und schlitzte ihm in Brusthöhe den Kittel auf. Wieder strömte Blut aus der Wunde. Bill machte einen Satz nach hinten. Ungläubig sah er das Mädchen an. Sie war nicht sein Typ.

»Zoom die Wunde heran«, raunte Arty dem Kameramann zu, dann verfolgte er wieder die Szene. Er hatte eine stämmige, muskulöse junge Frau ausgesucht. Sie mochte nicht sehr sinnlich wirken, konnte dem Punisher jedoch besser als die anderen Paroli bieten. Und genau darauf kam es Arty diesmal an.

Bill fasste sich an den Arm. Er riss den Kittel auf und sah sich die Wunde an. Ein sauberer, tiefer Schnitt. Die Brustwunde hingegen war nur oberflächlich, aber sie blutete heftig. Bill fühlte nicht den geringsten Schmerz. Das Kokain machte ihn stark. Unbesiegbar. Er lachte, bevor er dem Mädchen einen Stoß mit dem stählernen OP-Tisch versetzte, dass sie zu taumeln begann. Sofort stürzte er sich auf sie und entriss ihr die Waffe. Während er ihr das Skalpell an den Hals hielt, sah er ihr fest in die Augen. Mit einer schnellen Bewegung trennte er den Knopf über ihrer Brust ab. Das Mädchen drehte sich weg und entwand sich. Die Klinge traf sie am Rücken. Schreiend sackte sie auf die Knie. Bill stürzte sich auf sie. Mit vorgestreckter Hand versuchte sie, sich zu verteidigen. Das Skalpell durchstach ihre Handfläche. Wie bei Bills Vater.

Daraufhin stieß Bill ihr das Messer in den Bauch, nur so weit, dass sich ein roter Fleck auf dem Kittel des Mädchens bildete. Bill hatte vor nichts und niemandem mehr Angst. Er war nun ein Gott. Er war der Punisher. Er zerriss ihren Kittel, packte sie am Hals, drückte sie auf den OP-Tisch und ritzte ihr sadistisch langsam die Haut ein. Schließlich warf er das Skalpell weg und nahm das Mädchen mit unbändiger Wut.

»Halt auf das Blut«, sagte Arty zum Kameramann.

Genau das würde er Hollywood geben: Blut. Denn Arty war sicher, wenn Hollywood erst einmal Blut gesehen hatte, würde es auf Sex verzichten können.

Eines Tages vielleicht würde es sich am Blut sattgesehen haben und den Tod fordern. Doch bis es dazu kam, hoffte Arty, bereits genug Geld angehäuft und sich aus dem Geschäft zurückgezogen zu haben.

62

Los Angeles, 1928

Als Christmas in Los Angeles ankam, wartete bereits ein Wagen mit Chauffeur auf ihn. Der Fahrer nahm ihm den Koffer ab und fuhr ihn zu einer kleinen Villa mit Swimmingpool am Sunset Boulevard, die, so erklärte er ihm, Mister Mayers Gästen zur Verfügung stand. Er stellte ihn dem hispanischen Hausmädchen vor, das sich, wie er sagte, um jeden seiner Wünsche kümmern würde, trug den Koffer hinauf in ein großes Schlafzimmer im ersten Stock und teilte Christmas mit, in der Garage des Hauses stehe ein funkelnagelneues Oakland Sport Cabriolet für ihn bereit. Schließlich verabredete der Chauffeur mit ihm, ihn am späten Nachmittag abzuholen und zu den Studios zu fahren.

Kaum war Christmas allein, ließ er vom Schlafzimmerfenster aus den Blick über das Gartentor hinausschweifen. Hier also lebst du, dachte er. Er ging hinunter, teilte dem Hausmädchen mit, er werde nicht zu Mittag essen, und erkundigte sich dann: »Wie komme ich nach Holmby Hills?«

Es war ein seltsames Gefühl gewesen, in die Grand Central Station zurückzukehren. Und noch seltsamer, in einen Zug nach Los Angeles einzusteigen, anstatt auf dem Bahnsteig sitzen zu bleiben und dem davonfahrenden Zug nachzublicken, bis er nicht mehr zu sehen war. Obwohl Christmas nicht mehr der Junge von damals war, der eine komische Mütze in seinen Händen drehte, sondern einen Fahrschein erster Klasse besaß, war für ihn alles wieder so wie damals, kaum dass er auf seinem Platz saß. Ich werde dich finden, sagte er zu sich selbst. Und ihm war, als wäre Ruth erst gestern aus seinem Leben verschwunden.

Ich werde dich finden. Christmas dachte an nichts anderes,

während er nach Holmby Hills fuhr. Doch als er in die breite Straße mit den verzierten Gusslaternen einbog, kochte plötzlich all die Wut, die er die ganze Zeit unterdrückt hatte, in ihm hoch. Nicht ein Brief! Ruth hatte ihn aus ihrem Leben ausradiert. Als hätte er nie existiert. Er parkte den Wagen vor der großen Villa. Vehement drückte er auf die Klingel.

Kurz darauf öffnete ein Butler in weißem Jackett das Tor.

»Ich will zu Miss Ruth«, sagte Christmas.

Der Butler schüttelte verwundert den Kopf. »Zu wem?«

»Hier wohnen doch die Isaacsons, oder etwa nicht?«, sagte Christmas, noch immer beherrscht vom Zorn auf Ruth.

»Nein, Sir. Sie haben sich in der Adresse geirrt.«

»Unmöglich«, widersprach Christmas und lugte durch das Tor in den parkähnlichen Garten.

»Wer ist da, Charles?«, fragte eine Frauenstimme.

»Mrs. Isaacson«, rief Christmas. »Ich will zu Ruth.«

Eine Frau tauchte hinter dem Butler auf. Sie war groß und blond. Ihre Hände steckten in Gartenhandschuhen. »Sagten Sie Isaacson?«, fragte sie freundlich.

»Ja . . .«

»Die wohnen hier nicht mehr.«

Christmas spürte, wie seine Knie zu zittern begannen. Damit hatte er nicht gerechnet. Er war fest davon ausgegangen, alles wäre noch so, wie es gewesen war, nichts hätte sich bewegt, weil er sich nicht bewegt hatte. Mit einem Mal war in seinem Herzen kein Platz mehr für die Wut, die er wenige Augenblicke zuvor noch gehegt hatte. Trotz der kalifornischen Hitze gefror ihm das Blut in den Adern. Er fühlte sich schwach. Und er hatte Angst, womöglich zu spät nach Los Angeles gekommen zu sein. »Wissen Sie denn . . . wo sie . . . hingezogen sind?«

»Nein, tut mir leid.«

»Aber . . . wie kann das sein?«

Neugierig musterte die Frau ihn. »Ich habe keine Ahnung, wo

sie wohnen«, erklärte sie. »Aber suchen Sie nicht in den reichen Vierteln nach ihnen«, fügte sie hinzu. »Sie steckten in finanziellen Schwierigkeiten.«

Wortlos starrte Christmas sie einen Moment lang an, bevor er sich umdrehte und zum Auto zurückging. Mit hängendem Kopf lehnte er sich gegen das Verdeck, unschlüssig, was er nun tun sollte.

Christmas hörte, wie das Tor quietschend ins Schloss fiel. Los Angeles war riesengroß. Er fühlte sich verloren, ohne jede Hoffnung. Mutlos setzte er sich hinter das Steuer und startete den Wagen. Während er durch die Straßen fuhr, musterte er die Menschen auf den Bürgersteigen. Nein, er hatte nicht damit gerechnet, Ruth nicht zu finden. Was, wenn alles anders war, als er es sich vorgestellt hatte? Was, wenn Ruth längst einen anderen hatte?

Er hielt an. Hinter ihm hupte jemand. Christmas hörte es nicht. Vielleicht sollte er sich an einen Privatdetektiv wenden. Genug Geld hatte er nun, um einen Detektiv zu beauftragen. Nein, ich will dich selbst finden, sagte er sich jedoch. Ich muss dich selbst finden. Er blickte sich um. Ganz in der Nähe war ein Diner. Er parkte den Wagen und trat ein.

»Haben Sie ein Telefonbuch?«, fragte er den Mann hinter der Theke.

Der Mann deutete auf eine ramponierte Telefonkabine aus dunklem Holz, deren Tür schief in den Angeln hing.

Christmas schlug eines der Telefonbücher auf. Ängstlich blätterte er. Nichts. Kein Isaacson in Los Angeles. Was, wenn sie in eine andere Stadt gezogen waren? Wütend knallte er das Telefonbuch zu.

»He!«, rief der Mann hinter der Theke.

Christmas drehte sich um, nahm ihn aber gar nicht wahr. Was, wenn Ruth geheiratet hatte und nun anders hieß? Er verließ das Diner, stieg ins Auto und fuhr aufs Neue ziellos umher, die Augen auf die Leute geheftet, die auf den Straßen unterwegs waren. Und kaum entdeckte er unter ihnen einen dunklen Lockenkopf, zuckte er zusammen. Wo bist du?, dachte er zwanghaft. Wo bist du nur? Und zum ersten Mal stellte er sich die Frage, ob vielleicht wirklich alles vorbei war. Ob er zu spät gekommen war. Und dabei drohte die Verzweiflung ihn zu verschlingen.

Er bemerkte gar nicht, wie die Zeit verstrich, bis an einer Straßenecke sein Blick auf eine große Uhr fiel. Da wurde ihm klar, dass Mayers Chauffeur bereits vor dem Haus am Sunset Boulevard warten musste.

»Mr. Mayer hasst Unpünktlichkeit«, sagte der Fahrer auch gleich, als er Christmas erblickte.

»Dann fahr schnell!« Christmas stieg in den Wagen, aber Mayer war ihm vollkommen gleichgültig. Und während sie zu den Studios brausten, blickte er erneut zum Fenster hinaus auf die Leute.

Louis Mayer ließ ihn eine halbe Stunde auf einem Sofa im Vorzimmer zu seinem Büro warten. Eine Sekretärin nahm Dutzende Anrufe entgegen. Schließlich hörte Christmas ein Knistern in der Gegensprechanlage und eine Stimme: »Schick ihn herein!« Die Sekretärin sprang auf, öffnete die Bürotür und forderte Christmas auf einzutreten.

Mayer, der einen gewitzten, sympathischen Eindruck machte, empfing ihn an seinem Schreibtisch mit einem freundlichen Lächeln. »Ich habe Sie mir ganz anders vorgestellt, Mr. Luminita«, sagte er.

»Dunkelhaarig, buschige Augenbrauen bis zum Haaransatz, klein, Gorillagang und Knoblauchatem?«, fragte Christmas.

Mayer lachte. »Und eine Pistole im Hosenbund«, sagte er.

»Zurzeit sind in New York die Juden mit Pistole in der Überzahl«, entgegnete Christmas und grinste herausfordernd.

Mayer sah ihn an, während er zu verstehen versuchte. »Richtig, ich habe mich informiert. Wie es scheint, stehen Ihnen gewisse Juden weitaus näher als die Italiener.«

Wortlos erwiderte Christmas seinen Blick.

Louis Mayer lachte wieder, kurz, einem Hustenanfall gleich. »Nehmen Sie Platz, Mr. Luminita. Freut mich, dass Sie die lange Reise auf sich genommen haben.«

Noch immer blieb Christmas stumm.

Mayer nickte verhalten. »Sie sind ein Spieler, was?«, bemerkte er. »Schön, Spieler gefallen mir.« Das Lächeln auf seinem Gesicht erstarb.

Christmas hatte den Eindruck, als könnte dieser Mann ebenso hart und erbarmungslos werden wie Rothstein. Und wie man hörte, war er gewiss nicht weniger mächtig. Er strahlte eine enorme Kraft aus. Christmas lächelte. Er mochte ihn.

»Haben Sie jemals geschrieben, Mr. Luminita?«

»Wollen Sie von mir wissen, ob ich lesen und schreiben kann?«

Mayer lachte. »Eigentlich nicht. Aber wir können auch damit anfangen.«

»Ich kann lesen und schreiben.«

»Und haben Sie je mit dem Gedanken gespielt, professionell zu schreiben?«

»Nein.«

»Wer schreibt Ihnen denn das Drehbuch für Ihre Sendung?«

»Niemand. Ich improvisiere.«

Mayer warf ihm einen anerkennenden Blick zu. »Sie sind ein geborener Schauspieler, so jedenfalls schreiben es die Zeitungen, und einige meiner Freunde, die Ihnen jeden Abend um halb acht zuhören, sind auch dieser Meinung.«

»Ich will kein Schauspieler werden.«

Wieder lachte Mayer. »Grundgütiger, nein. Schauspieler vermehren sich in Hollywood wie die Kakerlaken in New York.

Was ich brauche, sind Autoren. Findige Autoren, die mir etwas Neues und Aufregendes liefern können. Sind Sie dazu in der Lage?«

»Das weiß ich nicht.«

»Wollen wir mit offenen Karten spielen?« Mayer erhob sich und ging um den Schreibtisch herum. Er klopfte Christmas auf die Schulter. »Ich habe die Zukunft im Blick. Und die Zukunft des Kinos liegt auch in den Charakteren, von denen Sie so vortrefflich erzählen können. Haben Sie schon einmal von den alten Römern gehört? Die hatten ein Stadion, in dem sich Menschen gegenseitig töteten oder von Löwen zerfleischt wurden. Und dieses Stadion war immer voll. Ausverkauft. Der Voyeurismus ist Teil der menschlichen Natur. Und ich … das Kino … muss darauf achten, was den Leuten gefällt. Es ist ein Spielzeug, das zu teuer ist, als dass es sich erlauben könnte, nicht zu gefallen. Können Sie mir folgen?«

»Das Publikum befiehlt, ja.«

»Das ist ein wenig zu kurz gefasst. Wir können den Geschmack des Publikums ja teilweise steuern«, sagte Mayer lächelnd. »Aber im Großen und Ganzen haben Sie recht. Das Publikum ist unser Herr. Und ein guter Produzent muss wissen, was es denkt. Amerika verlangt nach mehr. Es will auch Blut, es will das Leben, es will Bösewichte als Helden … denn immer gibt es auch eine Schattenseite. Entscheidend ist, dass am Ende das Licht triumphiert. Sie, oder vielmehr Ihre Geschichten, haben beides, Licht und Schatten.« Mayer setzte sich neben Christmas. Mit einer Hand berührte er sein Bein. »Wollen Sie versuchen, Ihr Talent dem Film zu widmen?«

»Zunächst einmal weiß ich gar nicht, ob ich das kann.«

Mayer lächelte. »Das ist doch der Zweck unseres Treffens, nicht wahr?« Wieder lächelte er. »Wie lange haben Sie vor, in Los Angeles zu bleiben, Mr. Luminita?«

»Das wird sich zeigen.«

»Ja, Sie sind ein echter Spieler«, lachte Mayer. »Gefällt Ihnen das Haus?«

»Sehr.«

»Mit dem, was ich Ihnen zu zahlen bereit bin, können Sie sich selbst eins kaufen.«

»Ich habe schon eine Wohnung in New York.«

»Umso besser. Dann haben Sie zwei.«

Christmas lachte.

Mayer ging um den Schreibtisch herum und setzte sich in seinen Sessel. »Sie gefallen mir, Mr. Luminita. Sie kennen sich mit dem wahren Leben aus, das lese ich in Ihren Augen. Probieren Sie es aus. Schreiben Sie etwas für mich.« Daraufhin lehnte er sich zu einem schwarzen Kasten vor und drückte auf einen Knopf. »Ist Nick jetzt da?«, fragte er.

»Ja, Sir«, erklang die krächzende Stimme der Sekretärin.

»Kommen Sie«, sagte Mayer zu Christmas, stand wieder auf und öffnete die Bürotür.

Christmas bemerkte einen gut gekleideten jungen Mann mit leicht verstrubbelten Haaren.

Mayer zeigte auf Christmas. »Nicholas, das ist Mr. Luminita. Er gehört nun ganz dir. Führ ihn ein wenig herum«, sagte er. Er drehte sich zu Christmas um und reichte ihm abermals lächelnd die Hand. »Ich würde Sie gern begleiten, aber ich kann über meine Zeit nicht frei verfügen. Nicholas ist einer meiner Assistenten und weiß bestens Bescheid. Sollte Ihnen etwas unklar sein, fragen Sie ihn.« Er klopfte Christmas auf die Schulter. »Ich verspreche mir Großes von Ihnen.« Er trat noch näher an ihn heran und senkte die Stimme. »Aber uns ist nicht sonderlich daran gelegen, das Verbrechen als Monopol der Juden darzustellen. Zeigen Sie uns Menschen. Echte Menschen, voller Dramatik ...«

»... am besten Italiener«, warf Christmas ein.

Louis Mayer sah ihn an, und seine Augen hinter den Brillengläsern blitzten. »Da wären auch noch die Iren, oder?«, erwiderte er lachend und verschwand in seinem Büro.

»Du gefällst ihm«, stellte der Assistent fest, während sie die Treppe des Gebäudes hinuntergingen.

»Woran hast du denn das gemerkt?«

Der Assistent lachte. »Daran, dass an dir noch alles dran ist.« Er reichte ihm die Hand. »Nicholas Stiller, aber sag Nick zu mir. Ich bin dafür da, Probleme zu lösen.«

»Dann bin ich also ein Problem, Nick?«

Der Assistent grinste. »Wie alle Neuen. Irgendwann gewöhnen sie sich dann an die Regeln und den Arbeitsrhythmus.«

»Wie Pferde«, bemerkte Christmas, während sie auf ein niedriges Gebäude zusteuerten, an dem sich im ersten Stock entlang eines Außengangs immer eine Tür und ein Fenster abwechselten, allesamt identisch. »Wir müssen uns an Kandare und Sattel gewöhnen.«

»Du siehst das falsch«, erwiderte Nick, während sie die Treppe zum Außengang hinaufstiegen. »Das hier ist eine Industrie. Die Regeln dienen der Produktivitätssicherung.«

»Sonst gibt es ein Problem.« Christmas nickte und folgte Nicholas mit raschen Schritten den Außengang entlang.

»Genau«, bestätigte Nick.

Im Vorbeigehen bemerkte Christmas, dass in jedem der Räume jemand an einem Schreibtisch vor einer Schreibmaschine saß. »Und man ruft dich, damit du es löst.«

»Ich muss verhindern, dass es überhaupt auftritt«, sagte Nick und hielt Christmas die Tür mit der Nummer elf auf. »Das hier ist vorübergehend dein Schlupfloch. Schreibtisch, Schreibmaschine, Schreibkraft, wenn du nicht gut tippen kannst, Essen, Getränke und ein hervorragendes Gehalt.«

Christmas schaute sich um.

»Du musst uns keine fertigen Drehbücher liefern, sondern Stoffe«, fuhr Nick fort. »Geschichten, Anregungen, Beschreibungen, Anekdoten. Die arbeiten unsere Drehbuchautoren dann aus. Ganz leicht, oder?«

»Dafür musstet ihr euch doch bloß meine Sendung anhören«, entgegnete Christmas. »Ganz leicht, oder?«

»Alles klar«, sagte Nick, der sich an den Schreibtisch setzte. »Du gehörst zu den Pferden, die sich nur schwer zähmen lassen, was?«

»Ich denke schon ...«

»Setz dich an deinen Platz, Christmas. Tu mir den Gefallen«, bat Nick. »Setz dich und sag mir, ob der Stuhl bequem ist. Hättest du ihn gern mit Ledersitz? Gepolstert? Sag mir, wie du ihn haben willst, und du bekommst ihn.« Er wartete, bis Christmas Platz genommen hatte. »Wie fühlt sich das an? Spann ein Blatt Papier in die Schreibmaschine. In der rechten Schublade findest du welches.«

Christmas zögerte. Dann öffnete er die Schublade, nahm ein Blatt heraus und spannte es um die Walze. Eine Art Schauer überkam ihn. Und ihm gefiel das Geräusch, als die Walze sich drehte und das Papier einzog.

»So, jetzt lass deine Fantasie spielen«, sagte Nick. »Noch ist es ein weißes Blatt Papier. Nichts weiter als ein weißes Blatt Papier. Aber auf dieses Blatt kannst du deine Worte schreiben. Und deine Worte erschaffen eine Figur. Einen Mann, eine Frau, ein Kind. Und dieser Figur gibst du ein Schicksal mit. Ein ruhmvolles, tragisches, sieg- oder verlustreiches. Und dann kommen ein Regisseur und ein Schauspieler. Und die Worte werden verfilmt. Und schließlich, in einem gottverlassenen Kinosaal in ... keine Ahnung, denk dir selbst ein trostloses Nest am Arsch der Welt aus ... In diesem Saal also sitzen Leute, die das Schicksal miterleben, das du ersonnen hast. Sie fühlen sich in die Geschichte hineinversetzt und glauben, selbst an diesem wahren, aber erfundenen Ort zu sein, der seinen Ursprung hier, auf diesem Blatt Papier, hat.«

Erneut lief Christmas ein Schauer über den Rücken.

Nick beugte sich zu ihm vor. »Das ist es, worum wir dich bitten. Die Regeln dienen nur dazu, dieses Märchen zu inszenieren.«

Christmas sah ihn an. Dann sah er auf das weiße Blatt Papier. »Genau das tue ich bereits . . .«

»Das wissen wir«, erwiderte Nick ernst. »Du hast eine außergewöhnliche Begabung. Aus diesem Grund bist du hier.«

Christmas musterte ihn schweigend. Doch dann richtete sich sein Blick wieder wie hypnotisiert auf das weiße Blatt. Und er empfand weder Unbehagen noch Furcht vor alldem Weiß, denn er wusste, er würde es füllen können.

»Versuch es«, sagte Nick. »Wenn es nicht funktioniert . . .«

»Dann wirst du das Problem lösen«, grinste Christmas.

»Es gibt weder Sattel noch Kandare.«

Christmas strich über die Schreibmaschinentasten. Glatt fühlten sie sich an. Sie nahmen seine Fingerkuppen in ihrer leichten Vertiefung auf. Und aufs Neue lief ihm ein Schauer über den Rücken.

Nicholas wandte sich zur Tür.

»Nick«, sagte da Christmas, »löst du wirklich jedes Problem?«

»Dafür werde ich bezahlt.«

»Ich bin auf der Suche nach jemandem. Kennst du die Isaacsons?«

»Wen?«

»Philip Isaacson ist mit seiner Familie hierhergezogen, um als Produzent zu arbeiten.«

»Isaacson«, wiederholte Nick an der Türschwelle. »Ich werde sehen, was ich tun kann. Aber gib uns etwas, Christmas.« Er zeigte auf die Schreibmaschine. Dann ging er aus dem Büro und schloss die Tür hinter sich.

Christmas blieb allein am Schreibtisch sitzen. Noch immer

streichelten seine Fingerspitzen die Tasten der Schreibmaschine, drückten sie sanft, und er beobachtete, wie sich die Metallhebel aus dem Kranz hoben wie der Abzug einer Pistole, bereit, ihren Buchstaben in das unberührte Papier zu prägen. Den ersten Buchstaben eines Wortes. Das erste Wort eines Satzes. Den ersten Satz eines Schicksals, eines Lebens, das einzig von ihm abhing. Christmas bemerkte, wie aufgeregt er war. Wie an dem Abend, als er zum ersten Mal, in einem dunklen Rundfunksaal, ein Mikrofon in die Hand genommen hatte. Und genau wie damals fühlte er sich allein schon bei der Berührung der Tasten wohl. Er lachte leise und wählte eine Taste aus. Er schloss die Augen. Und im Dunkeln drückte er die Taste ganz durch. Er lauschte dem Schlag gegen das Farbband. Und dem Wagen, der einen Schritt vorrückte. Den sich wieder absenkenden Zungen, die das Farbband festhielten. Und dem Geräusch, mit dem der Typenhebel in den Kranz zurücksprang. Wieder lachte Christmas, öffnete die Augen, wählte die nächste Taste aus und schlug sie an. Und erneut lauschte er auf all die Geräusche, die so neu und zugleich so vertraut klangen. Und als er die dritte Taste auswählte, fiel ihm mit einem Mal auf, dass sie nah bei der ersten lag. Gleich daneben, in derselben Reihe. Er schlug sie an. Dann wandte er sich der vierten zu. Und auch die war ganz in der Nähe, eine Reihe darunter. Zwischen der dritten und der zweiten. So als wären die vier Buchstaben durch eine Linie miteinander verbunden.

R–U–T–H.

Eine Weile starrte Christmas auf die vier Buchstaben. Dann rückte er sich den Stuhl bequem zurecht und begann zu schreiben.

63

Los Angeles, 1928

Am Abend darauf tauchte Nick in der Tür des Büros auf, das MGM Christmas vorübergehend zugewiesen hatte.

Den Kopf über die Schreibmaschine gebeugt, gab Christmas ihm mit der Hand ein Zeichen, still zu sein. Mit dem rechten und linken Zeigefinger, den zwei einzigen Fingern, mit denen er tippen konnte, hämmerte er hektisch in die Tasten.

Nick lachte. »Du siehst aus wie ein durchgeknallter Pianist.«

Christmas hob den Kopf. Die blonde Locke hing ihm wirr ins Gesicht, und seine Augen leuchteten glühend.

»Es scheint dir Spaß zu machen«, sagte Nick.

»So scheint es«, erwiderte Christmas ernst.

»Komm schon, gib es zu, es macht dir einen Riesenspaß.«

Christmas lächelte. Dann kehrte sein Blick auf das Blatt zurück, das sich mit Worten einfärbte. Neben ihm, unordentlich gestapelt, etwa ein Dutzend bereits beschriebener Seiten.

»Ich habe mich nach diesem Philip Isaacson erkundigt«, sagte Nick.

Sofort löste Christmas den Blick vom Papier. Er sprang auf und trat voller Ungeduld auf Mayers Assistenten zu.

»Er hat auf das falsche Pferd gesetzt«, fuhr Nick fort. »Er hat in Phonofilm investiert und alles verloren. Er war ein *Pestkranker*, wie die Verlierer bei uns heißen. Irgendwer bei Fox hat ihm ein Almosen gegeben. Er leitet jetzt das West Coast Oakland Theater ...«

»Oakland?«, fiel ihm Christmas ins Wort.

»Oakland«, bestätigte Nick. »Telegraph Avenue.«

Christmas schüttelte den Kopf, wandte sich um und ging mit

leerem Blick, den Kopf voller Gedanken, im Zimmer auf und ab. Schließlich drehte er sich um und schaute Nick an. »Ich muss nach Oakland.«

Schweigend musterte Nick ihn. »Bring erst das hier zu Ende.« »Es ist wichtig ...«

»Auch das, was du für uns tust, ist wichtig, Christmas. Bring das hier zu Ende, und dann kannst du den Wagen nehmen ...« Er lachte. »Wenn du ihn uns wieder zurückbringst.«

Christmas blickte ihn an. »Weißt du, was das für ein Wagen ist? Ein Oakland ...«

Nick grinste. »Ein Wink des Schicksals. Im wahren Leben passiert das so gut wie nie. Im Film jedoch immer.«

»Ich werde Tag und Nacht arbeiten«, sagte da Christmas entschieden. Dann tippte er Nick an die Brust. »Aber sag Mayer, er soll es sofort lesen. Mach ihm Feuer unterm Arsch. Ich warte nicht auf ihn.«

»Reden so deine Figuren?« Nick grinste. »Das gefällt mir jetzt schon.«

»Verpiss dich, Nick.« Christmas ging zurück zum Schreibtisch und beugte sich wieder mit gesenktem Kopf über die Tasten. »Halt mich nicht länger auf.«

Als Christmas die Tür ins Schloss fallen hörte, hielt er inne und streichelte über die vier Tasten, die Ruths Namen bildeten. »Oakland«, sagte er leise, während ihm vor Freude Tränen in die Augen stiegen.

Christmas fuhr an diesem Abend nicht nach Hause; er arbeitete die ganze Nacht durch. Als die Müdigkeit ihn zu übermannen drohte, lehnte er sich im Stuhl zurück und schloss die Augen. Er gab sich einem kurzen Nickerchen hin, aus dem er mit dem Gefühl erwachte, wertvolle Zeit verloren zu haben. Da stand er auf, spritzte sich ein wenig Wasser ins Gesicht und trank einen starken Kaffee, schwarz und ungesüßt. Danach kehrte er an den Schreibtisch zurück. Sobald er ein Blatt vollgeschrieben hatte, zog er es mit einem Ruck aus der Schreibmaschine und spannte sofort ein neues ein.

Bei Tagesanbruch hatte er zwanzig Seiten geschrieben. Und am folgenden Abend waren es schon fünfunddreißig Seiten. Nick sah nach ihm und ihm riet ihm, es langsamer angehen zu lassen, bei einem solchen Arbeitspensum werde er noch zusammenbrechen. Christmas warf ihm nur einen entgeisterten Blick zu und gab keine Antwort. Weiter hämmerte er in die Tasten. Die Kuppen seiner Zeigefinger wurden zunehmend gefühllos, bis auf ein Sandwich hatte er nichts gegessen, dafür jedoch eine ganze Kanne Kaffee geleert. Als es wieder Nacht wurde, gab Christmas noch immer nicht auf, obwohl ihm die Augen schon von allein zufielen. Er schrieb bis vier Uhr morgens. Bis er seine Erzählung vollendet hatte. Dann legte er sich auf den Holzboden und sank in einen tiefen, traumlosen Schlaf.

Am Morgen darauf kam Nick ins Büro. Christmas schlief noch und hörte ihn nicht. Nick trat an die Schreibmaschine heran, in der noch ein Blatt steckte. Ganz unten auf der Seite las er das Wort *Ende*. Er lächelte zufrieden. Leise zog er das Blatt aus der Walze und nahm den Papierstapel vom Schreibtisch. Dann ließ er das Rollo am Fenster herunter, bis das Büro im Halbdunkel lag, und ging.

Um drei Uhr nachmittags, nach elf Stunden Schlaf, schreckte Christmas mit einem Mal auf. Die Knochen taten ihm weh, und sein Kopf war schwer, im Mund ein bitterer Kaffeegeschmack. Sein Anzug war verknittert, und ihm war übel und schwindlig. Er stand auf und wusch sich das Gesicht. Dann wandte er den Blick zum Schreibtisch. Dort, wo zuvor der Papierstapel gelegen hatte, entdeckte er eine Nachricht: *Um fünf Uhr in Mr. Mayers Büro. Pünktlich. Nick.*

So kehrte Christmas nach zwei Tagen in das Haus am Sunset Boulevard zurück. Er wusch und rasierte sich, während das Hausmädchen ihm ein Hähnchensandwich zubereitete und seine Sachen bügelte. Rasch aß er etwas und stieg wieder ins Auto. Um fünf vor fünf saß er auf dem Sofa in Mayers Vorzimmer.

»Schick Mr. Luminita herein!«, schallte um Punkt fünf Uhr Louis B. Mayers Stimme durch die Gegensprechanlage.

Christmas stand auf und betrat das Büro. Mayer saß hinter seinem Schreibtisch. Zu seiner Rechten stand Nick an einem Bücherschrank gelehnt und nickte Christmas zu.

»Nick hat mir Feuer unterm Arsch gemacht«, sagte Mayer. »Und ich habe es gelesen«, fuhr Mayer fort. »Meinen Sie, Ihre Zeit erlaubt es, dass Sie sich setzen und sich anhören, was ich davon halte, Mr. Luminita, oder haben Sie es zu eilig, nach Oakland zu kommen?«

Christmas nahm in einem der beiden Sessel vor dem Schreibtisch Platz. Er fühlte sich noch immer benommen, zugleich aber war ihm, als krampfte sich sein Magen zusammen, als er Mayer nach dem Papierstapel greifen sah, den er, Christmas, mit Leben gefüllt hatte.

»Würden Sie lernen, die Seiten zu nummerieren oder zumindest in der richtigen Reihenfolge abzulegen, täten sie dem, der sie lesen muss, einen großen Gefallen«, sagte Mayer.

Christmas grinste unbeeindruckt.

»Das ist übrigens das erste Mal, dass ich mir von einem Anfänger Feuer unterm Arsch machen lasse«, fuhr Mayer fort.

»Ja, also . . .«, stammelte Christmas. »Ich muss . . .«

»Nach Oakland fahren, ja, das hat Nick mir erzählt«, sagte Mayer. »Und wie es scheint, fahren Sie mit einem Wagen von MGM dorthin.«

»Oder mit dem Zug . . .«, entgegnete Christmas kühl. »Oder ich gehe zu Fuß. Das interessiert mich einen Sch. . .«

»Halt, halt«, unterbrach ihn Mayer und lachte. »Das gefällt mir so an Ihnen. Wir haben hier eine Menge Leute, die gern schreiben. Aber Sie sind anders als diese Schreiberlinge. Sie haben Herz. Und Sie haben Lebenserfahrung ... obwohl Sie noch so jung sind.« Zufrieden nickend schaute Mayer auf die Blätter hinab, die er in der Hand hielt. Dann blickte er Christmas wieder an. »Sie haben hervorragende Arbeit geleistet«, sagte er mit einem offenen Lächeln.

Christmas fühlte das Blut in seinen Adern gefrieren. Eine Kälte, die von den Füßen bis hinauf zum Kopf kletterte, einen Adrenalinschub, der ihn lähmte. Er öffnete den Mund, brachte jedoch kein Wort heraus.

Nick lachte.

»Sie haben Talent, Mr. Luminita«, sagte Mayer, und die Augen hinter seinen Brillengläsern funkelten. »Ich bin ein besonderer Freund von Komödien. Aber Sie haben ...«, er hielt inne und strahlte wie ein Kind, »Sie haben eine Spitzenarbeit abgeliefert, wie eine Ihrer Figuren sagen würde. Da ist Leben, da ist Spannung. Das hat Substanz. Das ist nicht bloß Geschwätz.«

Nick sah Christmas voller Stolz an.

Nach dem eisigen Adrenalinschock stieg nun Hitze in Christmas auf und brachte seine Wangen zum Glühen.

Mayer lachte. »Sieh mal einer an, auch Gangster werden rot.«

Schmunzelnd löste sich Nick vom Bücherschrank und klopfte Christmas auf die Schulter.

Mayer lehnte sich in seinem Stuhl zurück und öffnete eine Schublade. »Fahren Sie jetzt nach Oakland. Aber vorher ...«, er zog ein Blatt Papier aus der Schublade, »lesen und unterschreiben Sie noch den Vertrag, den ich für Sie habe aufsetzen lassen.« Er reichte das Blatt über den Schreibtisch.

»Nein ... jetzt habe ich keine Zeit«, sagte Christmas und stand auf. »Verzeihen Sie, Mr. Mayer, aber ich ...«

»Ich weiß nicht, hinter was sie da herjagen, Mr. Luminita, doch verpassen Sie nicht die Chance Ihres Lebens.«

»Wenn ich aus Oakland zurück bin«, erklärte Christmas entschieden, griff nach dem Vertrag und steckte ihn ein.

Die Gegensprechanlage knisterte. »Mr. Barrymore ist jetzt da«, erklang die Stimme der Sekretärin.

Mayer beugte sich zur Sprechanlage vor und drückte auf den Knopf. »Schick ihn herein.« Dann erhob er sich, ging zur Bürotür und öffnete sie. »Komm herein, John«, sagte er mit ausgebreiteten Armen. »Ich möchte dir jemanden vorstellen.«

John Barrymore betrat in einem tadellos sitzenden grauen Zweireiher den Raum.

»Seine Majestät John Barrymore«, stellte Mayer den Schauspieler schmunzelnd vor. »Und Christmas Luminita, ein neuer Stern am Autorenhimmel.«

Stirnrunzelnd reichte John Barrymore Christmas die Hand. »Christmas ...«, murmelte er nachdenklich. »Christmas ...« Plötzlich erhellte ein Lächeln sein schönes Gesicht. »Ich glaube, wir haben eine gemeinsame Freundin.«

Sowohl Mayer als auch Hollywood und die neue aufregende Erfahrung des Schreibens waren vergessen, als Christmas, immer zwei Stufen auf einmal nehmend, die Treppe des Hauses am Venice Boulevard hinaufstürmte. Er brauchte nun nicht mehr nach Oakland zu fahren. Wieder einmal hatte das Schicksal ihm einen Wink gegeben, diesmal in der Person John Barrymores. Völlig außer Atem erreichte er den vierten Stock. Er lief den Flur entlang bis zu einer Tür mit der Aufschrift *Wonderful Photos*. Ungestüm klopfte er an. Dann presste er die Hand auf seine linke Seite und beugte sich vor, um nach Luft zu schnappen.

Die Tür ging auf. »Ja, bitte?«, fragte ein älterer, sympathisch wirkender Herr.

Christmas richtete sich auf. »Ich suche Ruth Isaacson«, erklärte er aufgeregt und wollte sich an dem Mann vorbeidrängen.

»Wer sind Sie?«

»Bitte, ich muss sie sehen«, sagte Christmas, noch immer atemlos, so schnell war er gerannt. »Ich bin ein Freund aus New York.«

»Mein Name ist Clarence Bailey. Ist etwas passiert?«

Da erst wurde Christmas bewusst, was für ein Bild er abgeben musste, so außer Atem, die Augen fiebrig vor Aufregung. Er lachte. »Ja, es ist etwas passiert«, sagte er. »Ich habe sie endlich gefunden, das ist passiert.«

Und erst da begriff Clarence, warum der junge Mann es so dringend machte, warum er so aufgeregt war. Und er erkannte den Glanz in den Augen des Fremden wieder. So musste es auch bei ihm, Clarence, gewesen sein, als er seiner späteren Frau begegnet war. Er lächelte und trat zur Seite. »Kommen Sie, junger Mann. Aber Ruth ist noch nicht zurück.«

Christmas, der schon einen Fuß in die Fotoagentur gesetzt hatte, blieb stehen. »Sie ist nicht da?«

»Nein«

»Und wann kommt sie wieder?« Wieder klang die Stimme dringlich.

»Ich weiß es nicht«, antwortete Mr. Bailey mit einem bedauernden Lächeln, wusste er doch, dass die Zeit dazu erfunden worden war, Liebende zu quälen. »Aber es wird nie sehr spät bei ihr. Kommen Sie herein, Sie können hier auf sie warten.«

Christmas ging weiter in die Agentur hinein. Er schaute sich um. Überall an den Wänden hingen Fotos.

»Das da ist von Ruth«, sagte Clarence und zeigte auf ein Porträt von Lon Chaney.

Christmas nickte, während er sich mit einem flauen Gefühl im Magen und einem Kribbeln in den Beinen, das ihn nicht stillstehen ließ, weiter umsah. »Wann kommt sie denn normalerweise zurück?«

Clarence lachte. »Sie wird bald hier sein, Sie werden sehen, junger Mann«, sagte er. »Kommen Sie, setzen wir uns in mein Büro. Wir trinken eine Tasse Tee ...«

»Ich glaube ...«

»... und Sie erzählen mir von New York.«

»Nein«, lehnte Christmas kopfschüttelnd ab. »Nein, entschuldigen Sie, die Sache ist die ...« Er stockte, stellte sich vor, wie er Sekunde um Sekunde der endlos langsam verstreichenden Zeit lauschen würde, unfähig, sich auf eine Plauderei mit dem freundlichen alten Herrn zu konzentrieren. »Nein, entschuldigen Sie, ich ... ich komme lieber noch mal wieder.« Er drehte sich um und eilte zum Ausgang.

»Was soll ich Ruth sagen?«, fragte Mr. Bailey.

Doch Christmas hatte bereits die Tür geöffnet und war auf dem Weg nach draußen.

»Wie heißen Sie, junger Mann?«, rief Mr. Bailey ihm über den Flur nach.

Aber Christmas antwortete nicht. Er rannte die Treppe hinunter und atmete, kaum dass er im Freien war, tief durch. Dann nahm er die Hand vor den Mund und schloss die Augen. Beruhige dich, dachte er. Doch das Warten war ihm unerträglich. Als wäre das letzte kurze Stück Weges, das ihn noch von Ruth trennte, ein ganzer Ozean, als wäre der winzige Zeitabschnitt viel schwerer zu ertragen als die vier Jahre, die er ohne sie überstanden hatte.

Er sah sich auf den Gehwegen um. Und abermals spürte er das Kribbeln, das seine Beine unter Strom setzte. Rechts oder links, welche Richtung sollte er einschlagen? Christmas lief los. Nach links, Ruth entgegen. Am Ende des Blocks gelangte er auf eine Querstraße. Wieder blickte er nach rechts und links. Aus welcher Richtung würde sie kommen? Schlagartig wandte er sich zu dem Eingang des Agenturgebäudes um. Was, wenn Ruth von der anderen Seite kam? Christmas rannte zurück. Erneut ging er bis zur Querstraße am entgegengesetzten Ende des Blocks. Doch dabei blickte er fortwährend zurück. Wenn sie nun das Haus betrat, während er sich auf der Suche nach ihr entfernte? Noch einmal schaute er sich um, bevor er zurückging und sich neben dem Hauseingang an die Wand lehnte, ohne auch nur einen Moment den Blick vom Gehweg zu nehmen.

Und was, wenn sie in Begleitung eines Mannes kam? Wenn sie nicht allein war? Was würde er tun? Christmas schlug mit der Faust gegen die Wand. Nun gut, wenn es einen anderen gab, würde er es immerhin sofort erfahren. Wenn sie ihn nicht mehr sehen wollte, würde sie es ihm sofort sagen. Er knöpfte den obersten Hemdknopf auf, zog die Jacke aus und warf sie sich über die Schulter. Mayers Vertrag raschelte in der Tasche. Du kannst mich mal, Mayer!, dachte er, mit einem Mal zornig. Von jetzt auf gleich verwandelte sich die Anspannung des Wartens in Wut. Und er dachte daran, dass Ruth auf keinen einzigen seiner Briefe geantwortet hatte. Dass sie ihn aus ihrem Leben ausradiert, abgewiesen hatte. Nach dem Versprechen, das sie einander gegeben hatten, hatte sie ihn vergessen. Und plötzlich redete er sich ein, Ruth habe einen anderen, es sei dumm von ihm gewesen, den Alten in der Fotoagentur nicht danach zu fragen, ob es einen Mann in ihrem Leben gab. Dann wüsste er nun Bescheid, könnte gehen und Ruth und alle Welt zum Teufel wünschen ...

Während die Wut ihm Seele und Herz in Brand setzte und ihm die Röte ins Gesicht trieb, wandte er den Blick nach links. Und da – ganz hinten, im Gedränge von Los Angeles – sah er sie.

Langsam, ohne Eile, kam sie näher. Sie trug ein lila Kleid, das knapp ihre Knie bedeckte, und eine große Schultertasche. Ihr Haar war kürzer geschnitten als früher. Mit gesenktem Kopf kramte sie in der Tasche. Wie wunderschön sie ist, dachte Christmas, noch schöner als bei ihrer Abreise. Jetzt ist sie eine Frau. Und sie ist wunderschön, dachte er immer wieder, während ein ungeheures Glücksgefühl ihn zu überwältigen drohte. Und mit einem Mal war es ihm egal, ob sie nie auf seine Briefe geantwortet hatte, es war ihm egal, ob sie einen anderen hatte. Sie war Ruth, seine Ruth. Er hatte sie gefunden.

Nachdem sie den ganzen Tag auf den Straßen unterwegs gewesen war und das Leben fotografiert hatte, das sie gerade zu akzeptieren lernte, waren Ruths Schritte träge. Sie kramte in ihrer Tasche nach dem Hausschlüssel. Ich müsste darin endlich einmal wieder Ordnung schaffen, sagte sie sich. Endlich hörte sie die Schlüssel klimpern. Sie griff danach und hob lächelnd den Blick.

Ihr Lächeln gefror schlagartig. War er das wirklich, oder war es wieder nur einer, der ihm irgendwie ähnlich sah, einer von vielen, die sie in den vergangenen Jahren fälschlicherweise für ihn gehalten hatte? War er es wirklich, oder war es nur eine Illusion, eine irrsinnige Hoffnung, die sie trog? Ruth wurde schwindlig. Angestrengt sah sie genauer hin, studierte jedes Detail und verglich es mit ihren Erinnerungen. Und schließlich brach ein unkontrollierbarer Gefühlssturm über sie herein, der ihr den Atem nahm. Ja, dort stand er, mitten auf dem Bürgersteig. Wenige Schritte vor dem Eingang zum Haus 1305 Venice Boulevard. Und er verstellte ihr den Weg und sah sie an. Selbst wenn sie es gewollt hätte – sie hätte nicht weglaufen, sich nicht verstecken können. Ruth gelang es nicht, auch nur einen Schritt weiterzugehen. Ihre Beine waren wie versteinert. Sie bekam keine Luft, wie damals, als sie die straffen Verbände angelegt hatte, um ihre Brust zu verbergen. Ihr Herz schlug wie wild und so laut, dass die Passanten ringsum es hören mussten. Und alles nur, weil er dort stand. Ihretwegen dort stand.

Christmas erwartete sie. Doch Ruth rührte sich immer noch nicht. Reglos und mit herabhängenden Armen stand sie etwa zehn Schritte von ihm entfernt da und sah ihn mit ihren grünen Augen an.

Auch Christmas war nicht imstande, sich zu rühren. Nun, da nur noch zehn Schritte sie voneinander trennten, war er nicht imstande, sich zu bewegen. Sein Kopf brummte, der Atem stockte ihm. Er spürte ein Brennen in den Augen, verbot sich jedoch zu blinzeln. Als befürchtete er, Ruth könnte während dieses einen Wimpernschlages verschwinden. Und diese Furcht setzte ihn endlich in Bewegung. Ein Schritt, dann ein zweiter. Und schließlich stand er dicht vor ihr.

Schweigend sah Christmas sie an. Er wusste nicht, was er sagen sollte.

Und auch Ruth brachte kein einziges Wort über die Lippen. Sie betrachtete seine pechschwarzen Augen und die blonde Locke, mit der der Wind spielte, und die hohen Wangenknochen, sein Gesicht, das noch markanter geworden war. Wie männlich er wirkt, dachte sie.

»Du siehst wunderschön aus«, sagte Christmas da.

Ruth spürte innerlich einen Riss, als hätten die Verbände, die sie nicht atmen ließen, sich endgültig gelöst, sodass ihre Lungen sich endlich weiten konnten. Und ein beinah schmerzhafter Stich fuhr ihr ins Herz. »Mir ... ist nicht gut ...«, wisperte sie.

Sie lehnte den Kopf an Christmas' Schulter.

»Komm«, sagte er. Er legte seinen Arm um ihre Taille und war zutiefst ergriffen von der Berührung, die ihn so sehr an den Tag erinnerte, an dem er sie auf seinen Armen ins Krankenhaus getragen hatte. Das erste und einzige Mal, dass er sie berührt hatte. Er schaute sich um. Auf der anderen Straßenseite entdeckte er ein Café. »Komm«, sagte er abermals.

Ruth erstarrte kaum merklich, als Christmas ihre Taille umfasste. Doch es dauerte nur einen Moment. Während sie die Straße überquerten, gab sie sich seinem starken und sicheren Griff hin, denn, so dachte sie zu ihrem Erstaunen, sie brauchte ihn. Sie hatte ihn immer gebraucht. Ihr war nicht klar, warum sie gesagt hatte, ihr sei nicht gut. Vielleicht weil das Glücksgefühl, das ihr wie ein Stich ins Herz gefahren war, so neu, so ungewohnt für sie war. Da umschlang sie unter dem Vorwand, sich an ihm festhalten zu müssen, schüchtern seine Taille. Während sie auf das Café zugingen, entdeckte sie ihr gemeinsames Spiegelbild in der Fensterscheibe und fand, dass sie aussahen wie zwei ganz normale Jugendliche, die ihre Liebe offen zeigten. Ruth errötete, löste jedoch den Blick nicht vom Fenster und hörte weder den Lärm der Autos noch die Stimmen der Menschen um sie herum. Sie betrachtete sich zusammen mit Christmas in der Fensterscheibe, bis das Bild verschwamm und sie das Café betraten.

»Da drüben«, sagte sie und zeigte auf einen Ecktisch, dem gegenüber ein großer Spiegel hing. Nein, sie träumte nicht. Aus dem Augenwinkel konnte sie sich zusammen mit Christmas sehen.

»Geht es dir besser?«, fragte er sie.

Ruth antwortete ihm nicht. Sie sah ihn nur an. Am liebsten hätte sie die Hand ausgestreckt und seine blonde Locke berührt, die langen Wimpern, die seine dunklen Augen schützten, seine Wangenknochen. Die Lippen, die sie vier Jahre zuvor hatte küssen wollen. Die war damals noch nicht da, dachte sie, als ihr Blick auf die Narbe an seiner Unterlippe fiel.

Christmas erwartete auch keine Antwort, womöglich hätte er sie gar nicht gehört. Weil er den Blick nicht von Ruths Augen lösen konnte. Weil er vergessen hatte, wie grün sie waren. Weil es nichts mehr zu fragen oder zu erklären gab. Weil alles, was vorher gewesen war – die Vergangenheit, die Grübeleien und die Sorgen –, wie die Sandzeichnung eines Kindes am Strand in Sekundenschnelle von der übermächtigen Macht der Meereswellen fortgespült wurde. Und sie beide waren dieses Meer. Ohne Ende und ohne Anfang.

»Ich habe über dich gelesen«, sagte Ruth.

»Ich mache eine Sendung, in der gesprochen wird«, sagte Christmas.

Ruth fühlte, wie ihre Augen feucht wurden. Sie dachte an den Tag zurück, an dem sie ihm das Radio geschenkt hatte, den Tag, an dem Christmas Opa Saul erklärt hatte, er werde einmal im Radio sprechen, um sie dann ohne jede Scham über den Tisch hinweg anzusehen und ihr mit seinen Augen zu sagen, dass er es für sie tun würde. »Die mag ich am liebsten«, sagte sie.

»Ich habe das Foto von Lon Chaney gesehen, das du gemacht hast«, sagte Christmas.

Ruth senkte den Blick. »Deine Briefe habe ich nie bekommen. Du meine auch nicht. Es war meine Mutter. Ich habe es erst vor Kurzem erfahren.«

Schweigend sah Christmas sie an. Natürlich. Es war die einzig mögliche Erklärung. Als hätte er es tief in seinem Inneren schon immer gewusst. »Ein wunderschönes Foto«, sagte er.

Ruth blickte auf und lachte. Dann fuhr sie zum Spiegel herum. Und sie sah, dass in ihren Augen noch immer Glanz war und Christmas mit ihr lachte. Wie auf ihrer Bank im Central Park.

Christmas hingegen wandte den Blick nicht von Ruth ab. Er nahm ihren nunmehr erblühten Busen wahr, der sich in ihrem lila Kleid hob und senkte. Und er wusste, ihre Füße waren unter dem Tisch den seinen ganz nah. Und er sah ihre Hand so dicht neben seiner liegen, dass es ihm fast so vorkam, als berührte er sie. Er betrachtete ihre roten, vollkommenen Lippen und empfand den unwiderstehlichen Wunsch, sie zu küssen.

Ruth wurde ernst, als hätte sie Christmas' Gedanken erraten, als hätte sie das Gleiche gedacht. Sie spürte einen warmen Stich im Unterleib. Ihr Blick fiel auf Christmas' Mund. Und ohne es zu merken, öffnete sie ihre Lippen ein wenig, als genieße sie den Kuss, der schon seit vier Jahren andauerte.

Ein Kellner war an ihren Tisch getreten. »Was kann ich Ihnen bringen?«, fragte er, doch Ruth und Christmas beachteten ihn nicht. Schweigend hielten ihre Blicke einander umfangen.

»Was kann ich Ihnen bringen?«, erkundigte sich der Kellner erneut.

»Nichts«, erwiderte Christmas und stand auf. Beinahe gleichzeitig erhob sich auch Ruth und reichte ihm die Hand. Christmas ergriff sie, und ohne Ruth auch nur eine Sekunde aus den Augen zu lassen, zog er sie ungestüm aus dem Café.

Kaum waren sie draußen auf dem Bürgersteig, legte Christmas den Daumen an Ruths Unterlippe, um sie ganz sanft zu streicheln. Doch seine Hand zitterte. Ruth senkte die Lider und beugte sich zu ihm vor. Da zog Christmas sie an sich und küsste sie. Und erst als Ruths Hände sich in seinen Rücken gruben, schloss er die Augen.

Ruth spürte, wie Christmas' Wärme ihren Körper durchflutete. Eng hielt sie ihn umschlungen. Sie war wie betrunken. Ihre Lippen, ihr Gesicht, ja ihr ganzer Körper glühten. Kraftvoll füllten sich ihre Lungen. Sie atmete, wie sie noch nie geatmet hatte, ohne Furcht. Und ihr Herz raste, aber sie hatte keine Angst, es könnte brechen. Ihre Hand glitt hinauf zu Christmas' Kopf, mit den Fingern fuhr sie ihm durchs Haar, und ohne auf die Blicke der Passanten zu achten, ergriff sie fest die blonde Locke, die sie noch nie zuvor gestreichelt hatte, und presste ihre Brust an Christmas' muskulösen Oberkörper, in dem verzweifelten Wunsch, eins zu werden mit dem Mann, den sie schon immer geliebt hatte. Und während ihre Lippen sich saugend, knabbernd, liebkosend vereinten, flüsterte sie immer wieder: »Christmas ... Christmas ...«

Keuchend löste Ruth sich aus seiner Umarmung, legte eine Hand an sein Gesicht und schob ihn energisch von sich, nur um ihn im nächsten Moment wieder eng an sich zu ziehen. »Nimm mich mit zu dir«, sagte sie. Und bevor Christmas etwas erwidern konnte, küsste sie ihn erneut, noch heftiger, noch leidenschaftlicher, und spürte, wie ihr Körper von tausend neuen Empfindungen erschüttert wurde.

Unter Küssen und zärtlichen Berührungen, ohne dass ihre Körper je den Kontakt verloren, erreichten sie den Wagen. Während Christmas die Tür öffnete, strich er Ruth übers Haar, streichelte ihr Gesicht, trocknete mit den Fingerspitzen ihre glänzenden Lippen. Sie stiegen ein, und Christmas startete den Motor. Ruth schlang die Arme um Christmas' Hals, küsste seine Wangen, seine Augen und zog ihn an sich.

»Fahr schnell«, sagte sie lachend zu ihm und küsste ihn wieder.

Christmas drückte auf die Hupe, und sobald die Straße frei war, wandte er ihr das Gesicht zu und küsste sie auf den Mund.

»Fahr schnell ... fahr schnell ...«, drängte Ruth erneut.

Der Oakland brauste über den Sunset Boulevard und bog in die Einfahrt zu Mayers Gästevilla.

Christmas und Ruth stiegen aus, küssten sich und hielten sich ganz fest, als hätten sie Angst, sich zu verlieren. Nachdem sie den Garten durchquert hatten, klopfte Christmas voller Ungeduld an die Haustür.

Das Hausmädchen öffnete. »Guten Abend, Señor.«

Die ganze Zeit über hatte Ruth keinen Gedanken daran verschwendet, was die anderen Menschen von ihnen denken könnten. Jetzt, allein mit Christmas in seinem Schlafzimmer, sah Ruth jedoch plötzlich wieder das Gesicht des Hausmädchens vor sich, das ihnen die Tür geöffnet hatte. Und sie hörte es diskret sagen: »Guten Abend, Señor.« Ruth schaute hinüber zu der geschlossenen Tür, die sie endgültig von der Welt, von den anderen Menschen trennte, dann sah sie Christmas an. »Wie heißt sie?«, fragte Ruth.

»Wer?«

»Das Hausmädchen.«

»Keine Ahnung ...«

»Sie denkt sicher, dass wir miteinander schlafen«, sagte Ruth leise und blickte zu Boden.

Christmas griff nach Ruths Hand »Ja, wahrscheinlich …«

»Und selbst wenn wir es nicht täten, würde sie denken, wir hätten es getan.«

»Ja, wahrscheinlich.«

Ruth schaute Christmas an. Und mit einem Mal war die Angst wieder da.

»Ruth …«, sagte er.

Ruth hatte Angst, wieder an Bill denken zu müssen. Angst, es könnte so schmerzhaft, erniedrigend und schmutzig sein wie mit Bill. Sie hatte Angst, die Augen aufzuschlagen und Bill zu sehen.

Christmas betrachtete sie schweigend. Er hielt ihre Hand fest, ohne Ruth jedoch an sich zu ziehen. Und er erkannte den Schrecken in den grünen Augen des Mädchens, das er seit jeher liebte. »Ich habe Angst, Ruth …«, sagte er da. Er ließ ihre Hand los, ging auf die andere Seite des Bettes und setzte sich mit dem Rücken zu ihr hin. Ohne ein Wort saß er eine Weile reglos da. Dann ließ er sich seitlich auf die orangerote Tagesdecke sinken, zog die Knie an und machte sich ganz klein. »Ich habe Angst …«, sagte er wieder.

Überrascht war Ruth stehen geblieben. Im ersten Augenblick keimte Wut in ihr auf, als dürfte nur sie Angst haben. Doch gleich darauf veränderte sich etwas in ihr.

Langsam setzte Ruth sich aufs Bett und streckte die Hand aus. Sie streichelte Christmas über die Schulter. Mit den Fingern fuhr sie ihm durchs Haar. Christmas rührte sich nicht. Da streckte Ruth sich neben ihm aus, legte von hinten den Arm um ihn und vergrub ihr Gesicht in seinem Nacken. Zögernd bewegten Christmas' Finger sich auf Ruths Hand zu und ergriffen sie. Er legte sie auf seine Brust. Dann nahm er sie hoch zu den Lippen und küsste sie. Und Ruth zog sie nicht zurück. Es war die Hand, die Bill verstümmelt hatte, die Hand, die schon immer Christmas gehört hatte. Es gab nichts, dessen sie sich schämen musste. Noch enger schmiegte sie sich an ihn und nahm seine Wärme in sich auf. Wie vollkommen sich unsere Körper ineinanderfügen, dachte sie, als wären sie für diese Stellung geboren, als müsste alles genau so sein. Da entzog sie Christmas ihre Hand, ließ sie zum obersten Hemdenknopf gleiten und öffnete ihn. Dann knöpfte sie den zweiten und dritten auf. Sie schob die Hand unter Christmas' Hemd, um seine glatte Haut zu streicheln und die H-förmige Narbe auf seiner Brust.

Christmas löste sich aus der Umarmung, setzte sich auf und sah Ruth an. Sie drehte sich auf den Rücken und spreizte zaghaft lockend ein wenig die Arme. Christmas knöpfte den obersten Knopf an Ruths Kleid auf. Dann hielt er inne. Ruth wandte den Blick nicht von Christmas ab, während sie auch die übrigen Knöpfe ihres Kleides öffnete. Da stand Christmas auf, entblößte seinen Oberkörper und schlüpfte schließlich aus seiner Hose. Ruth streifte ihr Kleid ab. Nicht eine Sekunde ließen sie einander aus den Augen, auch nicht, als sie schließlich beide völlig nackt waren.

Christmas streckte sich wieder neben ihr aus, ohne sie zu berühren.

Noch immer versunken in seinem Blick, hob Ruth die Hand und berührte seine blonde Locke.

Christmas schloss die Augen ein wenig, nahm eine Strähne ihres schwarzen Haares zwischen zwei Finger und strich sie Ruth behutsam hinter das Ohr. Sanft zog er dann die Konturen ihres Ohrläppchens nach.

Ruths Finger folgten dem Bogen seiner Augenbrauen, bevor sie in einer geraden Linie die Nase hinab bis zu den Lippen glitten. Und Christmas erkundete zärtlich Ruths Gesicht, bis seine Finger schließlich ihre Lippen fanden, sie streichelten und dann in die warme Höhle ihres Mundes glitten. Da forschte auch sie mit geschlossenen Augen in seinem Mund.

Christmas' Finger glitten an Ruths Gesicht hinab. Sie streiften den Hals, wanderten über das Schlüsselbein bis zur Schulter und zurück zur Mitte, das Brustbein entlang und zwischen die Brüste, ohne sie zu berühren.

Und Ruths Hand vollzog die gleichen Bewegungen auf Christmas' Körper. Dann wagte sie sich vor zur Brust und kreiste um die Brustwarzen, zwickte eine von ihnen sanft, umschloss wie ein Kelch die ganze Brust, knetete sie und gab so die Liebkosungen vor, die Christmas gleich darauf nachahmte. Es war, als streichelte sie sich selbst mit seinen Händen, als wären sie beide eins.

Da wanderte Ruth von Christmas' Brust weiter seinen Bauch hinab und lud seine Hand still ein, es ihr gleichzutun, lenkte sie – mit ihren eigenen Liebkosungen auf seinem Körper – dorthin, wo sie eine immer stärkere, warme Sehnsucht verspürte. Dorthin, wo sich ein so brennendes Verlangen, eine so übermächtige Lust verbarg, wie sie es nie für möglich gehalten hätte. Und während Christmas' Hand das so gefürchtete, viele Jahre zum Verstummen gebrachte Versteck erreichte, spürte Ruth, wie sich all ihre Angst in einer klebrig-zähen, milchigen und einladenden Flüssigkeit auflöste, die sich um sie legte, einhüllte und alle anderen Empfindungen auslöschte.

64

Los Angeles, 1928

Es war bereits Abend, als Christmas aus dem Bett aufstand. »Ich gehe in die Küche und schaue, ob ich etwas zu essen finde«, sagte er lächelnd zu Ruth. An der Tür blieb er stehen, kehrte noch mal zurück, sprang aufs Bett und umarmte Ruth stürmisch. Dann küsste er sie auf den Mund.

Ruth erwiderte seinen Kuss.

»Ich bin sofort wieder da.«

»Ich laufe nicht weg«, gab Ruth zurück, doch schon, als sie die Worte aussprach, stieg ein seltsames Gefühl in ihr auf.

Christmas lachte, stand auf und verschwand in den Flur.

»Ich laufe nicht weg . . .«, wiederholte Ruth leise und ernst, als berührten die Worte sie in ihrem tiefsten Inneren. Und in der plötzlich entstandenen Stille hörte Ruth ihre Gedanken und ihr Gewissen erwachen und wieder hervortreten. »Ich laufe nicht weg . . .«, sagte sie erneut, noch leiser dieses Mal, als wollte sie den Satz, der einen Graben in ihrem Inneren gerissen hatte, selbst nicht hören. Ein unangenehmer Schauer lief ihr den Rücken herunter. Ihm folgte ein beklemmendes Gefühl. Schließlich schnürte es ihr die Kehle zu, und ihr Herz schien zu zittern, und aus Besorgnis wurde langsam Angst. Sie setzte sich auf, zog die nackten Beine an die Brust, umschlang sie mit den Armen und verbarg das Gesicht zwischen den Knien. Tief atmete sie ein und aus, die Augen fest geschlossen.

Und zum ersten Mal, seit sie Christmas auf dem Venice Boulevard begegnet war, dachte sie an Daniel. Sie hatte ihn nicht angerufen. Er war ihr nicht ein einziges Mal, nicht für eine Sekunde, in den Sinn gekommen. Das laue Gefühl für Daniel war ausgelöscht worden von der wilden Leidenschaft für Christmas. Ruth hatte die Kontrolle verloren. Sie erinnerte sich an den Kuss am Strand, an das keusche, harmlose, nach Meersalz schmeckende Zusammentreffen von Lippen. Sie erinnerte sich an Daniels Hände, die sich schüchtern um ihre Schultern legten, an seine ängstliche Reaktion. Und gleich darauf sah sie sich wieder im Bett mit Christmas, ohne jede Scham, ohne jede Befangenheit, liebeshungrig, voller Leidenschaft und nackt. Christmas' Küsse brannten noch auf ihrer Haut.

Und zum ersten Mal, seit sie ihm begegnet war, breitete sich ein unkontrollierbares, höchst gefährliches Glücksgefühl in ihr aus, das ihr Angst machte, das sie erstickte und erdrückte, ein Glücksgefühl, das sie überschwemmte und zerbrach. Wie eine mächtige Flutwelle.

Ihre Augen füllten sich mit Tränen, während sie dieses Glück bemaß, das größer war als sie, größer als ihr Herz und ihre Seele. Und kaum begannen die Tränen zu fließen und Christmas' Küsse und die Spuren seiner begehrlichen Hände von ihr abzuwaschen, spürte sie einen brennenden Schmerz, als würde man mit Schmirgelpapier über eine Wunde reiben.

Über dieses Glück würde sie verrückt werden.

Im nächsten Moment schrie, ohrenbetäubend und lautlos zugleich, der Schmerz tief in ihrem Inneren auf, wo sie noch Christmas' Wärme spürte. Und sofort wurde der Schmerz von einer Welle der Verzweiflung fortgespült. Ihr Atem ging schwer und stoßweise.

Unfähig zu denken, unfähig sich zurückzuhalten, sprang sie auf und zog sich hastig an, während ihr die Tränen unaufhörlich über das Gesicht rannen. Sie griff nach der Tasche mit ihren Fotoapparaten und stahl sich leise, wie eine Diebin, aus dem Schlafzimmer, in dem sie so glücklich gewesen war und das sie nun verrückt machte.

Mit angehaltenem Atem schlich sie zur Haustür. Aus der

Küche hörte sie noch Christmas' Stimme, doch da war sie schon an der Tür, lief durch den Garten, öffnete das Tor und floh Hals über Kopf den Sunset Boulevard hinunter. Sie rannte, strauchelte, stürzte, rappelte sich wieder auf und versteckte sich, wenn sie von hinten ein Auto heranfahren hörte. Gestrüpp zerkratzte ihre Haut, und sie schürfte sich die Knie auf. Und während sie vor dem Glück floh, das sie nicht mehr ertragen konnte, weinte sie laut und immer lauter.

Als ihr schließlich die Luft ausging, verharrte sie hinter einem Gebüsch und versuchte, wieder zu Atem zu kommen. Sie war weggelaufen, ohne zu wissen, warum, doch nun wusste sie es. Sie hatte wieder Angst. Angst, in ihrem Inneren das *Krack* zu hören, das sie aus dem Gleichgewicht warf. Das *Krack* eines brechenden Fingers, der zerschnitten wurde wie ein verdorrter Zweig. Das *Krack*, das ihr in den Ohren geklungen hatte, als sie sich aus dem Fenster der Villa in Holmby Hills gestürzt hatte. Das unheimliche Geräusch, das sich anhörte wie Bills Fausthiebe, wie ihr Schlüpfer, der zerriss, wie Bills Gewalt. Das sich anhörte wie ein Seil, das unter zu starker Spannung plötzlich zersprang wie ein zu intensives Glück, eine unkontrollierbare Leidenschaft, eine Liebe, die sie nicht zügeln konnte und die sie irgendwann zerrissen hätte.

Zum Glücklichsein nämlich war sie nicht geboren, sagte sie sich. Denn das Glück war der Gewalt viel zu ähnlich. Beide kannten keine Grenzen, keine Schranken, keine Zäune, beide waren ungezähmt. Wie ein wildes Tier.

Sie stand wieder auf, und im gleichen Moment sah sie ein Oakland Sport Cabriolet vorbeirasen und im Wagen Christmas' blonden Schopf. Ruth sprang zurück ins Gebüsch.

Er darf mich nicht finden, dachte sie. Denn würde er sie finden, wüsste sie nicht, wie sie dem Glück, das er ihr zu geben vermochte, widerstehen sollte. Und sie würde verrückt werden. Zum Glücklichsein nämlich war sie nicht geboren, konnte es niemals mehr sein. Seitdem sie sich eines Abends mit einem Gärtner von zu Hause fortgestohlen hatte, bloß weil er gelacht und sie zum Lachen gebracht hatte. Alles hatte an dem Abend angefangen, als sie nach einem Glück gesucht hatte, das größer war als sie, das nicht zu ihr gehörte und nie zu ihr gehören sollte. Ihre Suche nach dem Glück war auf Unheil, auf Gewalt gestoßen.

Ruth blickte den Sunset Boulevard hinunter. Die Rücklichter des Oakland waren schon weit weg. Gewiss war Christmas unterwegs zum Venice Boulevard, er würde Clarence wecken und dort auf sie warten. Und schließlich würde er sie finden. Da kam ihr erneut Daniel in den Sinn. Wenn ich zu Daniel gehe, dachte Ruth, bin ich sicher. Dort gab es kein Glück und keine Gewalt, nur ein laues Gefühl, das alles war, was sie sich erlauben konnte.

Sie stand auf und machte sich auf den Weg zu den Reihenhäusern, die alle gleich aussahen, in denen Familien wohnten, die einander ähnelten, und wo es nach Mehl und Apfelkuchen und Lavendel für die Wäsche roch.

Auf der Flucht vor dem Glück.

»Carne Asada und Guacamole, ich habe zwar nicht verstanden, was das ist, aber es riecht gut«, hatte Christmas lachend gesagt, als er mit einem großen Teller in der Hand wieder im Schlafzimmer aufgetaucht war. Da er Ruth nicht im Bett vorfand, rief er ins Badezimmer hinüber: »Das Hausmädchen heißt übrigens Hermelinda. Sie kommt aus Mexiko.« Als er keine Antwort bekam, setzte er sich aufs Bett, tauchte einen Finger in die Soße und kostete sie. »Wenn du dich nicht beeilst, ess ich alles allein auf«, verkündete er laut, schloss glücklich lächelnd die Augen und versuchte, Ruths Duft, der noch im Zimmer hing, einzufangen. Den Duft, der sich ihm eingebrannt hatte und von dem er nie genug bekommen würde. Doch der würzige Fleischgeruch überlagerte inzwischen alles. Daher sprang Christmas auf und ging hinüber zum Sessel, um an dem lila Kleid, das Ruth dort abgelegt hatte, zu schnuppern, bis sie endlich zu ihm zurückkehren würde. Aber das Kleid war nicht mehr da.

»Ruth«, rief er besorgt, und eine leise Angst beschlich ihn. Auch die Tasche mit den Fotoapparaten fehlte! Er stürzte hinaus auf den Flur. »Ruth!«, rief er lauter.

»Señor?«, ließ sich das Hausmädchen aus dem Erdgeschoss vernehmen.

Christmas gab keine Antwort. Er lief zurück ins Schlafzimmer und trat ans Fenster. »Ruth!«, schrie er in die abendliche Dunkelheit hinaus. »Ruth!« Da bemerkte er das offen stehende Tor. Eilig zog er sich an, rannte nach unten, startete den Oakland und brauste los.

Nachdem er ein Stück den Sunset Boulevard hinuntergefahren war, hielt er an. Er wendete den Wagen und fuhr zurück, in die andere Richtung, den Blick suchend in die Dunkelheit gerichtet. Von Ruth aber war weit und breit nichts zu sehen. »Warum? Warum? Warum?«, schrie Christmas und traktierte das Lenkrad mit den Fäusten, während er den Weg zum Venice Boulevard einschlug.

Sie kann nur dorthin zurückgekehrt sein. Dort muss sie sein, hatte er sich wieder und wieder gesagt und war gerast wie ein Wahnsinniger.

Doch als er nun wie wild an die Tür der Fotoagentur klopfte, war er nicht mehr so sicher, dass er Ruth dort finden würde. »Ruth! Mach auf! Ruth!«, schrie er.

»He, wenn du nicht aufhörst, rufe ich die Polizei!«, erklang eine Stimme hinter ihm.

Aufgebracht fuhr Christmas herum. Er blickte in das verängstigte Gesicht eines Mannes, der im Türspalt der Wohnung gegenüber stand. »Verpiss dich, Arschloch!«, brüllte Christmas ihn an.

Sofort schlug der Mann die Wohnungstür zu.

Noch grimmiger stürzte sich Christmas auf die Tür zur Agentur und hämmerte mit aller Kraft dagegen. »Ich weiß, dass du da bist, Ruth!«, schrie er, und die schwindende Hoffnung ließ seine Stimme immer brüchiger klingen.

»Junger Mann, Sie schlagen mir ja noch die Tür ein«, sagte Clarence, der in einem blau-rot gestreiften Morgenmantel die Treppe herunterkam. Seine Miene wirkte besorgt.

Christmas stürzte zu ihm hin. »Wo ist Ruth?«, fragte er und packte ihn am Kragen.

Abermals ging die Wohnungstür gegenüber auf. »Soll ich die Polizei rufen, Mr. Bailey?«, fragte der Nachbar.

»Nein, nein, Mr. Sullivan«, antwortete Clarence mit erstickter Stimme, so fest hatte Christmas ihn gepackt. »Es ist alles in Ordnung.«

»Sind Sie sicher?«

Clarence sah Christmas ins Gesicht. »Lassen Sie mich los, junger Mann.«

Christmas ließ von ihm ab und lehnte sich schwer atmend an die Wand des Hausflurs. »Sie ist nicht hier, stimmt's?«, sagte er niedergeschlagen.

»Gehen Sie ruhig wieder rein, Mr. Sullivan«, wandte Clarence sich an den Nachbarn, der sie noch immer erschrocken beobachtete.

»Ich werde mich beim Hausverwalter beschweren ...«, hob Sullivan an.

»Hau ab!«, brüllte Christmas.

Der Mann schloss die Tür.

»Wo ist Ruth?«, fragte Christmas, und seine Stimme klang hoffnungslos.

»Ich dachte, ihr wärt zusammen«, gab Clarence misstrauisch zurück.

Christmas verbarg das Gesicht in den Händen und sank

mit dem Rücken an der Wand zu Boden. »Warum?«, fragte er leise.

»Haben Sie Ruth etwas angetan?«, wollte Clarence mit plötzlicher Härte in der Stimme wissen.

Christmas hob den Kopf und sah ihn entgeistert an. »Ich ... ich liebe sie ...«

Clarence musterte ihn kurz, bevor er den Kopf schüttelte. »Junger Mann, ich brauche jetzt einen schönen, starken Kaffee. Und ich glaube, Sie könnten auch einen vertragen. Kommen Sie mit zu mir nach oben.« Er streckte ihm die Hand entgegen, doch Christmas schien ihn gar nicht wahrzunehmen.

»Wenn sie hier nicht ist, wo kann sie sein?«, fragte er stattdessen.

Clarence seufzte. »Sie wollen partout keinen Kaffee, richtig?« Die Anstrengung war ihm anzusehen, als er die alten Knie beugte und sich neben Christmas niederließ. »Was ist passiert? Geht es Ruth gut?«

»Ich weiß es nicht ...«

»Wieso erzählen Sie mir nicht alles?«

»Sie wird hierher zurückkommen, oder?«

»Ich fange langsam an, mir Sorgen zu machen, junger Mann. Ich frage Sie das jetzt zum letzten Mal, bevor ich die Polizei rufe«, sagte Clarence entschieden. »Geht es Ruth gut?«

»Ich weiß es nicht ... ich ... Wir haben gelacht, wir waren glücklich, und dann ... dann war sie plötzlich nicht mehr da. Sie ist weggelaufen.« Christmas sah Clarence an. »Warum?«, fragte er ihn. »Helfen Sie mir, bitte ...«

»Hilf mir, Daniel, bitte«, wisperte Ruth.

Erschrocken schaute er sie an. Ruths Haare waren zerzaust, ihre Knie zerschrammt. Sie war verschwitzt und schmutzig. »Was ist passiert?«, fragte er.

Ruth hatte nicht an die Tür geklopft, als sie vor dem Reihenhaus angelangt war. Sie wollte nicht, dass die Slaters sie in diesem Zustand zu Gesicht bekamen. Sie wollte keine Fragen beantworten. Sie war hinter das Haus gegangen und hatte ein Stöckchen an Daniels Fenster geworfen. In seinem Zimmer hatte noch Licht gebrannt, und sofort hatte der Junge das Fenster geöffnet. Ruth hatte den Finger an die Lippen gelegt und Daniel zu sich heruntergewinkt.

Nun standen sie neben der weiß gestrichenen Palisade im Schutz eines großen Baumes voreinander.

»Was ist passiert?«, fragte er erneut.

»Nicht jetzt, Daniel«, sagte Ruth und sah immer wieder besorgt zum Haus hinüber. »Hilf mir . . .«

»Was soll ich tun?«

»Versteck mich. Und halt mich fest.«

Daniel nahm Ruth in die Arme. »Wieso musst du dich verstecken?«

»Nicht jetzt, Daniel. Nicht jetzt.«

»Komm, lass uns reingehen«, ermunterte er sie und nahm sie bei der Hand.

»Ich schlafe in der Garage«, entgegnete sie.

»Red keinen Unsinn. Du schläfst in meinem Zimmer. Ich übernachte bei Ronnie«, beruhigte er sie, als sie zurückwich.

»Und was sagen wir deinen Eltern?«

»Wieso musst du dich verstecken, Ruth?«

Sie blickte zu Boden.

»Meinem Vater und meiner Mutter erzählen wir morgen, dein Vermieter hätte dich vor die Tür gesetzt.«

»Einfach so, von jetzt auf gleich?«

»Wir behaupten, er wäre ein Ekelpaket«, grinste Daniel.

Ruth lächelte schwach.

»Aber mir musst du morgen erklären, warum du dich versteckst.«

Ruth sah ihn an. Sie hätte ihn umarmen sollen. Er war ihr Retter. »Morgen ...«, sagte sie leise. Sie hätte ihn küssen sollen. Mit der Zeit, dachte sie und ließ sich ins Haus führen, das nach Mehl und Apfelkuchen und Lavendel für die Wäsche roch.

Leise stiegen sie die Treppe hinauf. Daniel wachte vor der Badezimmertür, während Ruth sich wusch und ihre Schürfwunden reinigte. Dann ging er mit ihr in sein Zimmer, zeigte ihr, wo sie das Licht ein- und ausschalten konnte. Er errötete, als er ihr einen wohlriechenden Männerpyjama reichte, und deutete auf Ronnies Zimmer.

»Ich bin da drüben«, erklärte er. Er blieb stehen und sah sie an. Langsam beugte er sich dann zu Ruth hinunter.

Sie drehte leicht den Kopf und hielt ihm die Wange hin.

Daniel küsste sie sanft. »Gute Nacht«, sagte er mit einem verlegenen Lächeln, bevor er das Zimmer verließ und die Tür hinter sich schloss.

Ruth schaltete das Licht aus, öffnete die Zimmertür einen Spalt und lauschte nach draußen.

»Was ist los?«, hörte sie Ronnie nebenan verschlafen fragen.

»Rück rüber und sei still«, sagte Daniel.

»Verfluchter Bastard, das wirst du mir büßen ...«

»Schlaf jetzt.«

Ruth sah, wie der Lichtschein, der unter der Tür hervorschimmerte, erlosch. Dunkelheit legte sich über das Haus. Da ging sie hinüber zum Bett, zog sich aus, streifte den Pyjama über und schlüpfte unter die Decke. Mattes Mondlicht warf Schatten in den Raum und ließ alle Konturen seltsam rund erscheinen.

Ruth vergrub das Gesicht im Kissen und atmete Daniels sauberen Duft ein. In der Nase aber hatte sie noch immer den herben Geruch von Liebe, Sex und Leidenschaft, den Geruch von Christmas' Haut. Und sobald sie die Augen schloss, sah sie sein angespanntes, verschwitztes Gesicht vor sich. Sie sah seinen Mund, seine feuchten Lippen, spürte seine Hände, die Wärme seines Körpers. Und sie hörte ihren keuchenden Atem immer schneller gehen und sich zu einem einzigen Atem vereinen, ihre Körper ineinander verschränkt und miteinander verschmolzen. Einer der Gefangene des anderen, vereinigt von Verlangen und Ekstase, die sie immer noch zwischen ihren Beinen spürte, überwältigend und ursprünglich. Von einer Ekstase, die auch jetzt noch ungestüm pochte, wo Ruth zuvor nichts als Schmerz und Erniedrigung erfahren hatte, die ihr den Atem hatten stocken lassen, als die brennende Lust ihren Höhepunkt erreicht und sie in dieses glühende, zeitlose Chaos gestürzt hatte, das dem Tod so ähnlich war. Das absolute Leben.

Ruth riss die Augen auf. Verstört machte sie Licht. Sie setzte sich im Bett auf und schluckte die Tränen hinunter.

Dann stand sie auf und kauerte sich in einen geblümten Sessel neben dem Fenster. In Daniels Bett, zwischen den sauber duftenden Laken, fühlte Ruth sich unwohl. Ihr war, als beschmutzte sie sie mit ihrem Geruch nach Frau, gegen den keine Wäsche etwas würde ausrichten können. Den sie auch niemals abwaschen würde. Um diesem Geruch nachzuspüren, roch Ruth an ihrer Haut und streichelte sich behutsam, als suchte sie in dieser Berührung eine Entschädigung für ihren Verzicht auf Glückseligkeit, zu dem sie sich entschlossen hatte, für immer, um nicht verrückt zu werden.

Im Morgengrauen schreckte sie aus dem Schlaf auf. Sie hatte keine Ahnung, wann sie eingeschlafen war. Die ersten Sonnenstrahlen hatten das diffuse Mondlicht abgelöst.

Sie stand vom Sessel auf. Ihr Kopf fühlte sich schwer an, alle Knochen taten ihr weh, die Schürfwunden am Knie spannten. Noch einmal betrachtete sie Daniels Bett. Zärtlich, aber leidenschaftslos strich sie über das Kissen. Ruth stellte sich den Moment vor, wenn die Slaters erwachten. Sie stellte sich das gemeinsame Frühstück mit Krapfen und Honig vor und den Duft nach Kaffee und Rasierseife. Die Harmonie des Morgens würde durch ihre, Ruths, Anwesenheit, durch Lügen und Verlegenheit getrübt werden. Und dann würde sie Daniel erzählen, dass sie mit einem Mann zusammen gewesen war, dass sie sich als Frau gefühlt hatte. Sie würde ihm von Christmas erzählen, von ihrem Versprechen, von ihrem Einklang, von ihrem Einssein, auch von der Bank im Central Park, von dem roten Herzanhänger, von Bill, vom Krankenhaus, von ihrer Abreise aus New York, gerade als sie beschlossen hatte, den Kobold aus der Lower East Side zu küssen. Und plötzlich sah sie Daniels empfindsames Gesicht vor sich, sein Mienenspiel. Seine Schultern, die sich krümmten, um all diese Last auf sich zu nehmen.

In dem Moment wusste Ruth, dass sie auch Daniel anlügen würde.

Sie zog sich an, griff nach ihrer schwarzen Tasche, öffnete die Zimmertür einen Spaltbreit und lauschte. Noch immer lag Stille über dem Haus der Slaters. Sie träumten die Träume einer glücklichen Familie.

Leise schlich Ruth die Treppe hinunter, öffnete die Tür zum Garten und stahl sich hinaus.

Schon wieder laufe ich davon, dachte sie, aber sie blieb nicht stehen.

»Ruth wird hierher zurückkommen. Das ist ihr Zuhause«, hatte Clarence ihm versichert.

So hatte Christmas die Nacht im Auto verbracht, vor dem Hauseingang am Venice Boulevard. Schlaflos, denn er durfte sie nicht verpassen. Er musste wissen, warum sie weggelaufen war.

Nun aber, im Licht der aufgehenden Sonne, brannten ihm die Augen, und sein Kopf wurde langsam schwer. Du darfst nicht einschlafen, ermahnte er sich. Doch die Lider fielen ihm zu, und die Gedanken drifteten ab. Er blickte die Straße hinunter und sah Ruth um die Ecke biegen. Sie trug ein lila Kleid und eine schwarze Schultertasche. Da ging er ihr entgegen. Wann war das gewesen? Nur einen Tag zuvor. Ihm aber kam es vor wie eine von der Zeit verblasste Erinnerung. Als wären seitdem tausend Jahre, ja ein ganzes Leben vergangen.

Christmas schloss die Augen. Nur ganz kurz, dachte er.

Ein Gefühl von Schwindel überkam ihn. Schlagartig riss er die Augen auf, um das Gleichgewicht wiederzufinden. Er klammerte sich am Lenkrad fest und klimperte mit den Lidern. Und wieder glaubte er, Ruth zu sehen, wie sie im Gegenlicht um die Ecke bog mit ihrem lila Kleid und den kurzen schwarzen Haaren. Sie war wunderschön. Und dann blieb sie stehen und erkannte ihn. Christmas schloss die Augen. Ihm war, als hörte er ihre leichten Schritte auf dem Gehweg. Er lächelte, während er sich dem schläfrigen Schwindelgefühl hingab. Ruth rannte jetzt. Aber sie rannte nicht auf ihn zu. Sie rannte in die entgegengesetzte Richtung. Sie lief davon.

»Ruth . . .«, murmelte Christmas, schon halb im Schlaf, der übermächtig wurde und ihn in seinem Albtraum festhielt.

Da holte er schnaubend tief Luft, als hätte er zu lange den Atem angehalten. Er riss die Augen auf. Abermals blickte er die Straße hinunter. Sie war menschenleer. Christmas öffnete die Tür und stieg aus. Aus dem Café gegenüber wehte frischer Kaffeeduft herüber. Schwerfällig überquerte er die Straße und betrat das Lokal. Und da, an einem Tisch ganz hinten im Raum, sah er Ruth. Und neben ihr saß ein Mann mit blonden Haaren. Der junge Mann wandte den Blick und lächelte ihm zu. Das war er selbst. Der Christmas, den es nicht mehr gab. Der Christmas des vorigen Tages, des ganzen vorigen Lebens. Er spürte, wie die Beine unter ihm nachzugeben drohten.

»Ist alles in Ordnung?«, fragte die Kellnerin, die hinter dem Tresen stand.

Christmas wandte sich um und brauchte eine Weile, um sie klar zu erkennen. Dann blickte er zurück zum Tisch in der Ecke.

Eine zahnlose alte Frau stopfte sich ein Stück Blaubeerkuchen in den Mund. Die Fruchtfüllung rann ihr über das Kinn.

»Kaffee«, sagte Christmas und stützte sich schwankend auf den Tresen.

»Ist alles in Ordnung?«, fragte die Kellnerin erneut.

Geistesabwesend sah Christmas sie an. »Kaffee.«

Während die Kellnerin eine dicke weiße Porzellantasse füllte, schaute Christmas zum Fenster hinaus auf den Hauseingang, den Ruth früher oder später betreten würde. Gleich daneben parkte der Oakland. Die Fenster warfen das Sonnenlicht zurück und wirkten wie glänzende Spiegel.

»Bitte schön, Ihr Kaffee«, sagte die Kellnerin. »Möchten Sie etwas essen?«

Ohne zu antworten, hob Christmas die Tasse an den Mund und nahm einen Schluck. Der Kaffee war glühend heiß und verbrannte ihm den Gaumen. Er stellte die Tasse ab und suchte in seiner Tasche nach etwas Kleingeld, um zu bezahlen. Dabei stieß er auf ein Blatt Papier. Er zog es heraus, faltete es auseinander und warf einen Blick darauf. Es war Mayers Vertrag. Den hatte er völlig vergessen. Auch das lag eine Ewigkeit zurück. Christmas breitete das Schriftstück auf dem Tresen aus und strich es glatt. Langsam, mühevoll las er den Vertrag durch und versuchte, sich an die Freude zu erinnern, die er über das Schreiben empfunden hatte. Er versuchte, das elektrisierende Gefühl wieder aufleben zu lassen, das ihn ergriffen hatte, als er seine Geschichte nach und nach auf dem Papier hatte entstehen sehen, er versuchte, sich an das Hämmern der Schreibmaschinentasten, an das Drehgeräusch der Walze, an das Rascheln des Papiers zu erinnern. Er las die Summe, die MGM für seine Geschichten zu zahlen bereit war. Aber das alles schien ihm nun wie aus einem anderen Leben, sinnlos. Er steckte den Vertrag wieder ein, trank den Kaffee aus, ließ, ohne nachzuzählen, eine Hand voll Münzen auf dem Tresen liegen und ging, nachdem er einen erneuten Blick hinüber zu Ruths Haustür geworfen hatte, in den Waschraum. Mit kaltem Wasser wusch er sich das Gesicht und schaute in den Spiegel. Eine ganze Weile betrachtete er sich. Er fühlte sich in einem seltsamen Schwebezustand gefangen. Es war, als wäre er gar nicht da, nicht lebendig.

Christmas verließ den Waschraum und machte sich auf den Weg zum Auto. Im Näherkommen sah er sein Spiegelbild in den sonnengefluteten Fensterscheiben. Zerknitterter Anzug, müder Gang, gebeugte Schultern. Er umfasste den Türgriff. Sein Blick ging nach oben zu den Fenstern der Fotoagentur. Sie waren noch immer geschlossen. Da sah er hinüber zu der Straße, aus der Ruth kommen musste. Niemand. Er öffnete die Wagentür und stieg ein.

»Ich wusste, ich würde dich hier finden.«

Entgeistert riss Christmas die Augen auf. »Ruth ...«

Sie saß auf der dem Gehweg zugewandten Beifahrerseite. »Ich habe dich im Café gesehen«, sagte sie.

»Ich habe auf dich gewartet«, entgegnete Christmas.

»Ja, ich weiß.«

Schweigend sahen sie sich an, einander nah und doch fern.

Behutsam und zärtlich ergriff Christmas ihre Hand. »Warum?«, fragte er.

»Es ist nicht deine Schuld«, sagte Ruth und verschränkte dabei ihre Finger mit seinen.

Christmas hatte den Blick gesenkt und betrachtete Ruths Hand, die in seiner lag. »Warum?«

»Ich bin verdorben«, antwortete Ruth und wandte den Kopf zum Fenster. »Es könnte für uns nie eine Zukunft geben ...«

»Das ist nicht wahr«, widersprach er ungestüm. Er gab nicht auf, drückte ihre Hand. »Das ist nicht wahr, Ruth.«

Sie saß reglos da und starrte noch immer durch die Scheibe ins Nichts.

»Wir können es schaffen«, sagte Christmas. »Wir müssen.«

»Nein, Christmas. Ich bin nicht wie die anderen, ich habe keine Zukunft wie andere Frauen.« Ruths Stimme war leise, verzweifelt und beherrscht. »Ich bin verdorben.«

»Ruth . . .«

»Es ist nicht deine Schuld.«

Christmas drückte ihre Hand. »Sieh mich an«, sagte er.

Ruth wandte den Kopf.

»Liebst du mich?«, fragte Christmas.

»Warum sollte das wichtig sein?«

»Für mich ist es wichtig.«

Ruth schwieg.

»Ich muss es von dir hören. Das schuldest du mir, Ruth.«

Sie entzog Christmas die Hand und öffnete die Tür. »Schwör mir, dass du mich nicht suchen wirst«, sagte sie.

Christmas schüttelte den Kopf. »Das kannst du nicht von mir verlangen.«

Ruth sah ihn eindringlich an, als versuchte sie, sich sein Gesicht für alle Ewigkeit einzuprägen. »Vielleicht werde ich eines Tages bereit sein. Und dann werde ich dich suchen. Dieses Mal bin ich an der Reihe.«

Christmas griff nach ihrer Hand, doch Ruth stieg aus dem Wagen aus.

»Ich gehe weg. Ich weiß nicht, wohin«, sagte sie unerwartet kühl und mit einer Hast, die ihren ganzen Schmerz verriet. »Warte nicht auf mich.«

»Ich werde auf dich warten.«

»Warte nicht auf mich.« Damit verschwand sie im Hauseingang.

65

Manhattan, 1928

»Endlich, Sir ...«, sagte der Portier des Apartmenthauses am Central Park West, als er Christmas sah, und kam ihm aufgeregt entgegen. »Ich wollte die Polizei rufen, aber dann ... Nun ja, ich wusste nicht, was ich tun sollte ...«

»Was ist passiert, Neil?«, fragte Christmas finster und zerstreut.

»Also, die Sache ist nicht ganz ordnungsgemäß ...«, erklärte der Portier, bückte sich nach Christmas' Koffer und ging mit ihm gemeinsam zum Aufzug. »Ein Mann ...«

»Neil, ich komme gerade aus Los Angeles und habe ziemlich schlechte Laune«, knurrte Christmas, riss ihm den Koffer aus der Hand und stieg in den Aufzug. »Was ist passiert?«

»Ein Mann hat mich gezwungen, Ihre Wohnung aufzuschließen«, stieß der Portier hervor.

»Was für ein Mann?«

»Ich weiß nicht, wie er heißt. Er war groß und kräftig und hatte riesige schwarze Hände ...«

Christmas grinste unmerklich. »Und wie hat er dich gezwungen?«

»Er hat gedroht, mir ins Knie zu schießen!«

»Und du hast ihm geglaubt?«

»Oh ja, Sir. Wenn Sie ihn gesehen hätten ... der hatte eine Stimme ...«

Christmas nickte.

»Na jedenfalls ... er hat Sachen ... hereingetragen«, stammelte der Portier verlegen. »Also, ich meine ... er hat nichts weggetragen ... er hat etwas hereingetragen und ich ...«

»Es war gut, dass du ihm aufgemacht hast, Neil«, unterbrach ihn Christmas. Daraufhin wandte er sich an den Liftboy. »Elfter Stock.«

»Ich weiß, Sir«, sagte der Junge lächelnd, als er das Gitter zuzog. »Ich höre immer *Diamond Dogs*. Morgen geht es wieder los, oder?«

Christmas sah ihn schweigend an, während der Aufzug nach oben surrte. Zwei Wochen waren vergangen, und sein vorheriges Leben kam ihm fern, geradezu fremd vor. Als wäre es das Leben eines anderen.

»Um halb acht?«, fragte der Liftboy.

»Wie?«

»Sie gehen um halb acht auf Sendung, wie immer, oder?«

»Ach so, ja . . .«, antwortete Christmas und fragte sich, wie er es schaffen sollte, mit der gleichen Begeisterung wie zuvor zu sprechen. Er fragte sich, wie er es schaffen sollte, nicht an Ruth zu denken. Nun, da das Band zwischen ihnen noch stärker geworden war und er endgültig ihr gehörte. Nun, da er sie verloren hatte. »Ja, um halb acht . . . wie immer.«

Ruckelnd hielt der Aufzug an. Der Junge öffnete das Gitter. Mit dem Koffer in der Hand trat Christmas hinaus und näherte sich mit müden Schritten seinem Apartment.

»Gute Nacht, New York«, verabschiedete ihn der Liftboy.

Christmas wandte sich nach ihm um. Schwach lächelnd nickte er ihm zu, während er den Schlüssel aus der Tasche zog.

Den Koffer ließ Christmas im Eingang stehen und ging durch die leere Wohnung hinüber zum Fenster, das auf den Central Park hinauszeigte.

Und genau vor dem Fenster, von dem aus er die Parkbank sehen konnte, entdeckte er einen Schreibtisch aus amerikanischem Nussbaumholz und einen Drehsessel. Und auf dem Tisch eine Schreibmaschine. Langsam trat er näher. In die Underwood Standard Portable war ein Blatt Papier eingespannt.

*Deine Mutter hat mir erzählt, dass Du Deinen Unsinn jetzt auf-
schreibst,* las er auf dem Blatt. *Aber wie zum Teufel willst Du das
machen, wenn Du keine Schreibmaschine und keinen Schreibtisch
hast, Hosenscheißer?*

Christmas lächelte, setzte sich in den Drehsessel und las weiter.

*Der Schreibtisch hat einmal Jack London gehört. Und nur deshalb
wollte der Kerl, der ihn verkauft hat, fünfhundert Dollar dafür. Verfluchter Dieb. Am Ende hat er ihn mir geschenkt.*

Christmas strich mit der Hand über die Holzplatte. Er musste
lachen. Der Schreibtisch war gestohlen. Dann schweifte sein
Blick vom Blatt in die Ferne und traf auf die Bank, auf der er mit
Ruth gesessen und gelacht und geredet hatte. In einem anderen
Leben. Er stützte die Ellbogen auf den Tisch und ließ den Kopf
in die Hände sinken. Einem Leben, das nach einer wunder-
schönen, vollkommenen Liebesnacht nicht mehr existierte.
Nach sechs Jahren des Wartens. Christmas stand auf und riss das
Fenster auf. Aus der Tiefe drang das Brummen der Autos zu ihm
herauf.

Still betrachtete Christmas den Park mit seinen Wiesen, Bäumen, Seen und dahinter die gesamte Stadt. »Guten Abend, New
York . . .«, sagte er leise, ohne Überzeugung.

Er ging ins Bad, wusch sich und zog sich frische Sachen an.
Dann verließ er das Haus und spazierte ohne Eile los. Er durchquerte den Park, bog von dort in die 7th Avenue ein und ging
weiter in Richtung Norden.

Nachdem Ruth ihn gebeten hatte, sie nicht zu suchen, war
Christmas in das Haus zurückgekehrt, das Mayer ihm überlassen hatte. Er hatte sich ins Bett gelegt, in dem Ruth und er sich

geliebt hatten, und den ganzen Tag lang ihren Duft geatmet, bis er sich schließlich verflüchtigt hatte. Christmas hatte an nichts gedacht; er hatte sie nur geatmet. Nachdem er den Tag im Bett verbrachte hatte, hielt er es schließlich nicht mehr aus, griff zum Telefon, rief bei Wonderful Photos an und sprach mit Mr. Bailey.

»Ist sie weg?«, fragte er den alten Agenten.

»Ja.«

»Und wohin wollte sie?«

Stille am anderen Ende der Leitung. »Ruth hat mir erklärt, ihr hättet eine Abmachung getroffen«, sagte Clarence schließlich.

»Ja...«

»Aber sie war nicht sicher, ob Sie sich daran halten würden.«

Christmas glaubte, ein gewisses Bedauern in Mr. Baileys Stimme zu hören. »Aber Sie wissen, wohin sie wollte, oder?«

Wieder antwortete ihm Stille, bevor mit einem *klick* die Verbindung beendet wurde.

Christmas legte sich erneut ins Bett und vergrub die Nase im Kissen, über das sich Ruths schwarzes Haar ausgebreitet hatte. Aber es roch nur noch nach Baumwolle. Ruth war verschwunden, endgültig. Vergebens wartete Christmas darauf, weinen zu können. Seine Augen wurden nur ein wenig feucht, als wollte der Schmerz nicht nach außen dringen, als hielte seine Seele ihn fest. Das Letzte, was ihm noch von Ruth blieb.

Am Abend fuhr ein Wagen in die Einfahrt. Christmas hörte Hermelindas Stimme und kurz darauf entschlossene Schritte auf der Treppe nach oben.

Nick kam ins Zimmer. Er setzte sich in den Sessel, schlug die Beine übereinander, durchsuchte Christmas' Jackentasche und zog den zerknitterten Vertrag von MGM heraus. »Mayer sagt, jetzt wird *dir* mal Feuer unterm Arsch gemacht. Hast du den Vertrag gelesen?«

Christmas drehte sich nicht einmal zu ihm um.

»Das Hausmädchen sagt, du hattest Besuch«, fuhr Nick in reserviertem Ton fort. »Hast du dich amüsiert?«

Christmas rührte sich nicht.

»Sieht nicht so aus«, stellte Nick fest, während er aufstand und den Vertrag wieder dorthin zurücksteckte, wo er ihn gefunden hatte. »Wir erwarten dich morgen früh um zehn in Mayers Büro. Pünktlich. Dann wird der Vertrag unterschrieben, einverstanden?«

Christmas hielt weiter das Gesicht im Kissen verborgen.

»Hör zu . . .«, sagte da Nick, schon an der Tür. »Das Problem dreht sich um ein Mädchen, richtig? Ich besorge dir Mädchen, so viele du willst. Das hier ist Hollywood.«

»Und darum bist du ja hier, nicht wahr?«, erwiderte Christmas, und seine Stimme klang durch das Kissen gedämpft. »Du löst die Probleme.«

Nick warf ihm einen strengen Blick zu, doch das sah Christmas nicht. »Um zehn bei Mayer«, wiederholte er und ging.

An all das musste Christmas denken, während er noch immer der 7th Avenue folgte. Langsam tauchten die Negro Tenements in der 125th Street vor ihm auf. Er ging langsamer. Dann blieb er stehen. Er musste sich erst wieder vertraut machen mit der Stadt, mit den Orten, zu denen er in nur zwei Wochen die Verbindung verloren hatte, da er jemand anders geworden war. Und er musste herausfinden, wer dieser Jemand war, in den er sich hatte verwandeln müssen.

Am Morgen nach Nicks Besuch war er zu den MGM-Studios gefahren. Er hatte die Tür mit der Nummer elf betrachtet, die zu dem kleinen Büro führte, in dem er die Faszination des Schreibens entdeckt hatte. Das ist alles, was dir bleibt, sagte er sich. Doch selbst dieses neue, elektrisierende Gefühl, das er an der Schreibmaschine empfunden hatte, schien aus einem anderen Leben zu stammen.

Er wandte sich ab und machte sich mit dem Vertrag in der Hand auf den Weg zu Mayers Büro. Es war zwei Minuten vor zehn. Er würde pünktlich erscheinen. Wie ein braver Angestellter, dachte er. Und plötzlich, noch ehe er einen bewussten Entschluss fassen konnte, blieb er stehen. Das Wort »Angestellter« dröhnte ihm drohend in den Ohren. Eine Stimme brüllte durch ein Megafon. Den Vertrag noch immer in der Hand, folgte Christmas ihr. Hinter einer breiten Schiebetür, die einen Spaltbreit offen stand, entdeckte er einen von Scheinwerfern angestrahlten künstlichen Garten, einen künstlichen Springbrunnen, der zu sprudeln begann, und zwei Schauspieler mit weißen Perücken und weiß geschminkten Gesichtern. Er schlüpfte hinein in die Dunkelheit und stolperte dabei über einen Kabelstrang am Boden. »Ruhe!«, brüllte jemand in ein Megafon.

»Kamera ab!«, rief ein anderer. In die Stille hinein fing die Kamera an zu surren.

»Und bitte!«, sagte der Regisseur, der neben den Kulissen auf einem Stuhl saß. Und mit einem Mal erwachten die Schauspieler zum Leben. Zwei schnelle Sätze, die auf etwas anspielten, was vorher geschehen sein musste. Dann wandten sich die Schauspieler zum hinteren Teil der Szene um, wo es plötzlich laut wurde. Gleich darauf versteckten sie sich hinter einem hohen Gebüsch.

»*Cut!*«, brüllte der Regisseur ins Megafon. Alle hielten inne. Das Licht im Studio ging an und beschien die nackten Stellwände, nahm dem Bühnenbild die Tiefe und entlarvte es als das, was es war: bemalte Pappe. Der Regisseur unterschrieb einige Papiere. Die Schauspieler setzten sich vor einen Spiegel und schminkten sich in aller Eile ab. Dann zogen sie die Perücken aus. Ein anderer Mann kam zu ihnen und gab ihnen Geld. Christmas hörte, wie er sagte: »Ihr seid fertig.« Die beiden Schauspieler zählten das Geld nach und zogen sich um. Als sie an Christmas vorbeigingen, hörte er einen von ihnen sagen:

»Beeilen wir uns, um zwanzig nach zehn müssen wir in Studio sieben sein und vorher noch die Cowboykostüme anziehen.«

Angestellte, dachte Christmas.

»Wer sind Sie denn?«, sprach ihn in dem Moment ein junger Mann, wahrscheinlich der Regieassistent, an und blickte in seine Aktenmappe. »Haben Sie etwas am Set zu tun?«

Christmas sah ihn an. Und da begriff er. »Nein, ich habe hier nichts zu tun«, antwortete er lächelnd und ging.

Das war nicht seine Welt. Er würde nicht Morgen für Morgen pünktlich in Büro elf erscheinen wie ein braver Angestellter. Während Christmas über die belebten Gänge des Gebäudes auf den Ausgang des Studiogeländes zusteuerte, rief er sich noch einmal das Gefühl der Trunkenheit in Erinnerung, das ihn beim Schreiben ergriffen hatte, als er die Figuren entworfen hatte, um sie dann unerwartet lebendig aus Tinte und Papier auftauchen zu sehen. Er dachte zurück an den Glanz in den Augen seiner Mutter, wenn sie ihm vom Theater vorgeschwärmt hatte. Er erinnerte sich an die gespannte und ergreifende Stille, wenn das Publikum verstummte; an das zarte, fast sakral anmutende Rauschen, wenn der Vorhang sich öffnete; an die warmen Klänge, mit denen das im Orchestergraben vor der Bühne verborgene Orchester den Raum erfüllte; an das strahlende Licht der aufflammenden Scheinwerfer. Wie zurückversetzt an jenen Abend mit Maria, an dem er Fred Astaire kennengelernt hatte, hörte er sein Herz verstummen und eins werden mit der Stille der Zuschauer. Und mit ihnen gemeinsam hielt er den Atem an, als wäre er wieder dort, in dem dunklen Saal, über dem ein leichter, kaum wahrnehmbarer Modergeruch lag.

Im nächsten Augenblick, während er einer Gruppe schnatternder Komparsen auswich, war es ihm klar geworden. Als er zum Tor der MGM-Studios hinausging, hatte sich die Hand, die den Vertrag festhielt, wie von selbst geöffnet, und der warme Wind Kaliforniens hatte das zerknitterte Blatt Papier davongeweht. Und genau in dem Augenblick hatte Christmas beschlossen, nach New York zurückzukehren und es mit dem Schreiben zu versuchen. Für das Theater.

Noch weiß es niemand, dachte Christmas lächelnd, als er nun seinen Weg nach Harlem fortsetzte. Er wollte zum alten Standort von CKC. Dorthin musste er zurückkehren, dort musste er neu beginnen. An dem Ort würde er seine Grundfesten finden.

Er bog in die 125th Street ein. Von Weitem sah er einen Menschenauflauf, der sich über den gesamten Bürgersteig bis auf die Fahrbahn ergoss. Und ein blinkendes Polizeiblaulicht. Und als er näher kam, bemerkte er gleich zwei Streifenwagen. Mit schnellen Schritten eilte er auf die Leute zu, die sich vor dem Eingang zum Sitz von CKC drängten.

»Was ist hier los?«, fragte er eine fröhlich lachende Schwarze.

Die Frau drehte sich um. Als ihre vollen, dunklen Lippen sich zu einem Lächeln dehnten, blitzten strahlend weiße, gerade Zähne auf. »Du bist doch Christmas«, sagte sie.

»Was ist hier los?«, fragte er abermals.

»Christmas ist auch da!«, schrie die Frau in die Menge.

Alle, die sie gehört hatten, drehten sich um. »Christmas ist auch da!«, tönte es vielstimmig, und die Nachricht machte in Windeseile die Runde. Hände griffen nach ihm und schoben ihn mitten in die Straßenversammlung hinein. Und im Vorübergehen klopfte ihm jeder der Umstehenden auf die Schulter, umarmte ihn, machte eine Bemerkung.

»He, erinnerst du dich an mich?«, fragte ein hünenhafter Schwarzer. »Ich bin der, der dir das Fahrrad geliehen hat, an dem Tag, als wir die alte Antenne da raufgehievt haben.« Dabei deutete er mit seinem mächtigen Arm zum Dach des Gebäudes.

»Die *alte* Antenne?«, fragte Christmas und sah nach oben.

Vom Dach ragte eine lange, schlanke Antenne mit einer goldfarbenen Kugel an der Spitze auf. In ihrer Mitte hing eine glänzende grün-goldene Uhr, die halb acht anzeigte. Und darüber prangten die Buchstaben *CKC*.

Christmas sah den schwarzen Hünen an. »Du bist Moses, stimmt's?«

Doch der Schwarze antwortete nicht. »Christmas ist da!«, brüllte er in die Menge. Dann wandte er sich zu ihm um, packte ihn an den Hüften und hob ihn mit erstaunlicher Leichtigkeit hoch, um ihn den Leuten zu präsentieren. Ein anderer Schwarzer ergriff Christmas' Füße und stemmte sie ebenfalls hoch. Lachend fingen sie an, ihn in die Luft zu werfen. Schließlich bildeten einige Männer spontan eine Reihe und ließen Christmas über ihre Köpfe hinweg bis in die Mitte des Gedränges gleiten, dabei feierten sie ihn wie einen Helden.

Als Christmas wieder abgesetzt wurde, war er völlig außer Atem, und in seinem Kopf drehte sich alles. Vor ihm standen Cyril und Karl und lachten glücklich.

»Willkommen zurück, Partner«, sagte Cyril und fiel ihm um den Hals.

»Was ist hier los?«, wollte Christmas wissen.

Doch auch Karl schloss ihn in die Arme und drückte ihn so fest, dass er beinahe keine Luft mehr bekam. »Willkommen zurück, Partner!«

Christmas entwand sich der Umarmung und wich mit ausgestreckten Händen einen Schritt zurück, um die Freunde auf Abstand zu halten. »Kann mir mal einer erklären, was zum Teufel hier eigentlich los ist?«

Cyril und Karl lachten.

»Hast du mal aufs Dach geguckt?«, fragte Cyril.

»Wo ist unsere Antenne?«, gab Christmas zurück. »Wo ist unsere Uhr?«

Wieder lachten Cyril und Karl. Und die Leute ringsum stimmten in das Lachen ein.

»Verdammt noch mal!«, schrie Christmas.

»Schon gut, schon gut . . .«, beschwichtigte ihn Cyril, der ihm den Arm um die Schultern legte und ihn zu sich heranzog. »Programmänderung.« Er deutete auf Karl. »Unser Direktor hat endlich mal was richtig gemacht. Siehst du die Herren da drüben?« Er zeigte auf drei Weiße in grauen Anzügen, die mit einem verlegenen Grinsen in der Nähe der Polizeiwagen standen. »Nun ja, der Pole hat sie überredet, CKC einen eigenständigen Sitz einzurichten. Die WNYC-Studios sind toll, aber . . . aber wir hatten Sehnsucht nach unserem geheimen Nest. Wir haben es geschafft, hier unsere eigene Antenne und die beste Ausstattung, die der Markt hergibt, zu bekommen . . .«

»Und das ist noch nicht alles«, fiel Karl ihm aufgeregt ins Wort. »Bis jetzt hatten wir nur Sister Bessies Wohnung, aber heute geht der richtige Umbau los. Wir haben die komplette Etage gekauft. Da kommen drei Aufnahmestudios hin, Büros, einfach alles.«

»Und wir verschaffen jede Menge Niggern einen Job!«, rief Cyril.

Christmas war sprachlos. »Zwei Wochen . . .«, sagte er lachend, »zwei Wochen bin ich nicht da, und schon stellt ihr mir alles auf den Kopf . . .«

»Komm, ich stell dich den Bossen von WNYC vor«, sagte Karl und zog ihn am Arm zu den drei Weißen hinüber, die noch immer grinsten.

»Die machen sich in die Hose mitten unter all den Schwarzen hier«, lachte Cyril.

Die Manager schüttelten Christmas herzlich die Hand. Nach ein paar höflichen Bürokratenfloskeln gaben sie vor, noch einen dringenden Termin zu haben, und stiegen in eine Luxuslimousine.

»Ich fahre mit ihnen«, sagte Karl. »Mir schweben da so einige Projekte für CKC vor, und darüber will ich mit ihnen reden, solange sie noch ganz Feuer und Flamme sind.«

Cyril wartete, bis er im Auto saß. »Karl ist der geborene Programmchef. Er denkt an nichts anderes«, sagte er kopfschüttelnd. Dann stieß er Christmas mit dem Ellbogen an und wandte sich an den ältesten der Polizisten, der auf dem Trittbrett eines der Wagen stand. »Verzeihen Sie, Sir, wissen Sie, wie spät es ist?«, fragte er und grinste spöttisch. Mit ausgestrecktem Arm zeigte er auf das Dach und setzte hinzu: »Wissen Sie, wir Nigger sind so dumm, dass wir eine Uhr aufgestellt haben, die gar nicht läuft.«

Die Miene des Polizisten erstarrte vor Ärger.

Ringsum brach Gelächter aus. »Wie spät ist es, Wachtmeister?«, rief die Menge im Chor. Und alle drängten sich um die Polizisten.

Beunruhigt griffen die drei anderen Beamten an ihr Pistolenholster.

»Macht keine Dummheiten«, ermahnte der alte Polizist sie leise. »Ich kümmere mich schon um diese Arschlöcher.« Er stieg vom Trittbrett hinab und stellte sich mitten auf die Straße. Dann blickte er nach oben. »Geben wir es ruhig zu, wir haben uns ziemlich lange von ihnen hochnehmen lassen«, sagte er schließlich laut.

Die Leute lachten. Die Polizisten ließen die Hände vom Holster sinken. Sie taten so, als lachten sie mit.

»Wie spät ist es?«, rief jemand aus der Menge.

Mit strenger Miene fuhr der alte Schutzmann herum. Doch sofort setzte er wieder ein Lächeln auf, nahm die Mütze ab und fuhr sich durch das schüttere Haar. Dann blickte er in die Menge. »Hier ist es wohl immer halb acht!«

Die Leute lachten und klatschten Beifall.

Wieder lächelte der Polizist, bevor er zu einem seiner Kollegen hinüberging und ihm zuflüsterte: »Lass uns fahren, von dem Niggermief wird mir ganz übel.« Er stieg in den Wagen, startete den Motor und fuhr, gefolgt vom anderen Streifenwagen, durch die sich teilende Menge davon.

»Du warst große klasse, Charlie«, lobte ihn der Schutzmann, der neben ihm saß.

»Nigger sind weniger wert als wir, denk immer daran«, erklärte der Polizist, während er den Leuten, die auf das Wagendach klopften, zulächelte. »Jeder, den wir schnappen, wird dafür büßen, uns verarscht zu haben.«

»Lass uns raufgehen, Christmas, ich will dir deinen neuen Arbeitsplatz zeigen«, sagte unterdessen Cyril.

Während er sich zum Hauseingang wandte, sah Christmas sich in der Menge um. Die Leute wirkten glücklich. Es war ein Fest. Inmitten all der Schwarzen fand sich auch der ein oder andere Weiße. Einer von ihnen, ein kräftiger Kerl mit schwarzen Locken, tiefen Schatten um die Augen und einer schmalen Adlernase, trat ihm in den Weg und starrte ihn finster an.

»Ich bin der Kalabrier«, sagte er.

Christmas musterte ihn. Sein zu grelles Sakko beulte sich unterhalb der Achsel aus. Und in der rechten Hosentasche ließen sich die Umrisse eines Klappmessers erahnen. »Was gibt es für ein Problem?«

»Ich bin aus Brooklyn«, sagte der Kalabrier. Er näherte sich Christmas' Ohr. »Und ich habe eine eigene Gang«, flüsterte er ihm zu. Nach einigen verstohlenen Blicken nach rechts und links beugte er sich abermals zu Christmas vor. »Wieso erzählst du in deiner Sendung nicht mal von mir? Ein bisschen Werbung schadet nie, wenn du verstehst, was ich meine. Im Gegenzug verrate ich dir vielleicht ein paar Geheimnisse.«

Christmas grinste.

»Willst du was Komisches hören?«, fragte der Gangster. »Weißt du, wie ich heiße? Pasquale Anselmo. Ich bin in New York wohl der Einzige, über den es zwei FBI-Akten gibt. Die wissen nämlich nicht, welches nun der Vorname und welches der Nachname ist. In der einen Akte heißt es ›Pasquale Anselmo‹, in der anderen ›Anselmo Pasquale‹.« Erwartungsvoll sah er Christmas an. »Verstehst du nicht?« Der Gangster lachte. »Komm schon, das ist doch komisch.«

»Ja. Das ist komisch, Kalabrier«, sagte Christmas grinsend. »Hör dir die Sendung an.«

»Was soll denn das?«, mischte sich ein Schwarzer in einem Satinanzug ein. »Für die Weißen machst du Werbung und für die Schwarzen nicht?« Er baute sich vor dem Kalabrier auf. »Glaubst du etwa, nur Italiener, Juden und Iren wären echte Kerle?«

»Verschwinde, du Zuhälter«, sagte der Kalabrier.

»Du bist hier in meinem Revier, du bleiches Stück Scheiße«, gab der Schwarze zurück.

»Okay, hört auf damit«, ging Cyril dazwischen. »Was zum Teufel geht denn in euren Köpfen vor? Verpisst euch, verdammt noch mal, alle beide!«

Der Kalabrier warf dem Schwarzen einen feindseligen Blick zu. »Man sieht sich auf der Straße.« Dann ging er gemessenen Schrittes davon.

»Wann du willst!«, brüllte ihm der andere hinterher.

Cyril führte Christmas in Sister Bessies ehemalige Wohnung im fünften Stock. »Ich habe auch ein Haus gekauft. Ein sehr großes. Hier in Harlem sind die spottbillig«, sagte er, während er die Tür aufschloss, auf der nun *CKC* stand. »Sister Bessie wohnt jetzt bei uns. Ihre Kinder sind ja schließlich mein Neffe und meine Nichte.«

Cyril öffnete die Tür. Die Wohnung war frisch gestrichen. Überall standen Kisten voll mit elektrischem Gerät herum, Kabel verliefen kreuz und quer.

»Noch ist es ein einziges Chaos. Aber es wird einmal ein echtes Schmuckstück«, erklärte er stolz. Dann griff er nach einem Mikrofon und zeigte es Christmas. »Hier wirst du hineinsprechen. Es ist hochempfindlich.«

Christmas blickte sich um. Er war wieder zu Hause.

»Hast du sie gefunden?«, fragte Cyril unvermittelt.

»Ich habe beschlossen, fürs Theater zu schreiben«, gab Christmas ausweichend zurück.

Schweigend sah Cyril ihn an.

Christmas ging in der Wohnung umher, zerstreut öffnete er Kartons, betrachtete glänzende Apparate. Schließlich wandte er sich um. »Ich will nicht über sie reden.«

Cyril ließ sich auf einem klapprigen Stuhl nieder. Er rieb sich die knotigen Finger und blickte betrübt drein. Als er wieder aufstand, hatte er jedoch ein Lächeln aufgesetzt. »Fürs Theater, ja?«, sagte er. »Ich mag das Theater.«

66

Manhattan, 1928

Das Schreiben erwies sich als unerwartet schwierige Aufgabe.

Den ersten Tag verbrachte Christmas vor seiner Underwood, ohne auch nur ein einziges Wort zu Papier zu bringen. Er starrte auf das leere Blatt und konnte sich nicht entschließen anzufangen. Es war, als hätte er die Unbekümmertheit verloren, mit der er zuvor dem Leben begegnet war, als schiene ihm die Welt mit einem Mal eine ernste Angelegenheit und als hätten ihn Erfolg und Geld nicht noch unverschämter, sondern, im Gegenteil, vorsichtiger werden lassen, weniger risikobereit.

Und mehr als ein Mal fürchtete er, dass etwas in ihm verstummt war, dass sich zwischen ihm und der Welt eine Mauer aufgetürmt hatte.

Seit CKC nicht mehr illegal war, hatten die Hörer New Yorks Christmas Hunderte von Briefen geschrieben, Briefe voller Komplimente, Zuneigung, Bewunderung. Frauen, die sich endlich verstanden fühlten, Männer, die davon träumten, endlich mutig zu sein, Jungen, die so werden wollten wie Christmas, Mädchen, die ihn treffen wollten und ihm ihre Liebe gestanden. Und während Karl ein Zusatzprogramm zu *Diamond Dogs* ins Leben gerufen hatte, in dem Auszüge aus diesen Briefen vorgelesen wurden, wurde Christmas sich der Bürde all dieser Aufmerksamkeit bewusst. Und er erstarrte in dem öffentlichen Bild, das die Welt von ihm zeichnete.

Vielleicht war das mit ein Grund, weshalb er am ersten Tag nicht ein einziges Wort auf das leere Blatt in seiner Underwood schrieb. Am zweiten Tag raffte er sich auf und versuchte, den Enthusiasmus wiederzufinden, der ihn in Büro elf der MGM-

Studios beflügelt hatte. Zaghaft tippte er die ersten Worte. Er versuchte, sie erklingen zu lassen, der Melodie der ersten Sätze zu lauschen, die im Theater die Stille durchbrachen. Doch sie kamen ihm dürftig vor, als fehlte ihnen noch etwas. Wenn er sie dann jedoch korrigierte, erschienen sie ihm überladen. Er fand kein Gleichgewicht. Die Ausgestaltung der Figuren, sie glaubwürdig miteinander in Interaktion treten zu lassen, erwies sich als weitaus komplizierter als der simple Entwurf, den er Mayer abgeliefert hatte.

Am dritten Tag beschloss Christmas, sich kopfüber in die Arbeit zu stürzen, einzelne Szenen zu entwerfen und niederzuschreiben. Zusammenfügen würde er sie später. Ich werde das Knäuel schon entwirren, versicherte er sich selbst. Und so schloss er die Augen und ließ seiner Fantasie freien Lauf.

Vor seinem inneren Auge sah er einen verrauchten Billardsaal. Und langsam tauchten ein paar finstere hemdsärmelige Gestalten auf, den Queue in der Hand und die Pistole im Holster. In einer Ecke standen Flaschen mit geschmuggeltem Whisky. Plötzlich warf sich ein Mann von außen gegen die Tür und eröffnete das Feuer auf die Gangster. Er tötete sie alle, einen nach dem anderen. Christmas hörte die Stille, die auf die Schüsse folgte, und das Gelächter des Killers, der einen großzügigen Schluck aus einer Whiskyflasche nahm, bevor er – mit einem erbarmungslosen Grinsen im Gesicht – den Alkohol über den blutüberströmten Leichen ausgoss. Anschließend ging der Mann hinüber zur Tür, die noch offen stand, und zündete ein Streichholz an. Kurz hielt er es in die Luft, grinste böse und warf es dann in die Alkohollache, die den Billardsaal in Brand setzen würde. Licht aus. Szenenwechsel.

Christmas schlug die Augen auf und begann, aufgeregt zu tippen. Die Szene schrie nach Beifall, fand er. Licht aus, Beifall. Tief über seine Underwood gebeugt, schrieb er voller Eifer. Als er mit der Szene fertig war, riss er das Blatt aus der Maschine und legte es neben der Schreibmaschine ab. Sogleich spannte er ein neues Blatt ein und schloss wieder die Augen.

Vor sich sah er ein Haus in der Lower East Side und eine Frau, die mit dem Rücken an ein zerschlissenes Sofa gelehnt am Boden saß und weinte, in der Hand ein Foto, das sich unter ihren Tränen auflöste. Die Frau versuchte, das Foto an ihrem Kleid, über ihrem Herzen, zu trocknen. Die Frau war jung und schön. Dann klopfte es an der Tür, und ein Mann kam herein. Man konnte sein Gesicht nicht erkennen, es lag im Halbdunkel. Reglos stand er da und betrachtete die Frau, die verzweifelt weinte. Schließlich hob sie den Blick und sah ihn an. »Sie haben ihn getötet«, schluchzte sie. »Sie haben meinen Sonny im Billardsaal getötet.« Da trat der Mann aus dem Dunkel hervor, ging zu ihr, zog sie hoch und nahm sie in den Arm. Und jeder im Publikum erkannte ihn wieder. Es war der Killer. »Ich werde das Schwein finden, das ihn umgebracht hat«, versicherte er der Frau, und er streichelte ihr über das Haar. Licht aus. Beifall.

Erneut begann Christmas zu tippen und beschrieb in allen Einzelheiten die Wohnung und das Gesicht der Frau. Und erst als er nur noch wenige Sätze zu schreiben hatte, hob er den Blick von der Maschine und stellte fest, dass er, seitdem er sich zum Schreiben entschlossen hatte, nicht ein einziges Mal zum Fenster hinaus auf die Bank im Park geschaut hatte. Und er fühlte sich mit einem Mal so unbehaglich, als hätte er Ruth verraten.

Schnell schrieb er die Szene zu Ende, zog das Blatt aus der Underwood und legte es zu dem anderen. Dann verließ er die Wohnung und machte sich auf den Weg zur 125th Street. Es war Zeit für die Sendung. Doch er vermied es, quer durch den Park zu gehen. Das Unbehagen war noch immer da. Er zuckte mit den Schultern. Er hatte nun eine Aufgabe, sagte er sich, er schrieb fürs Theater. Er konnte nicht länger seine Gedanken an das verschwenden, was nicht mehr war. Nicht er hatte es so gewollt. Er hatte Ruth gesucht, er hatte sie mit einer Beständigkeit begehrt, die niemand sonst aufgebracht hätte. Sie war es, die ihn weggeschickt und verraten hatte. Er, Christmas Luminita, war nun ein berühmter, bedeutender, wohlhabender Mann, der haufenweise Fanpost bekam. Er musste sich um sich selbst, um seine Karriere kümmern. Um sein Leben. Er musste seinen eigenen Weg gehen.

»Wie fandet ihr es?«, fragte er nach der Sendung seine Partner mit einem triumphierenden Lächeln.

»Du bist ein bisschen eingerostet«, urteilte Karl.

Christmas erstarrte. »Was soll denn das heißen?«

»Es klang irgendwie ... mechanisch«, erklärte Karl. »Wie auswendig gelernt ... ich meine, als ob ...«

»Wie kommst du auf diesen Blödsinn? Ich fand die Sendung toll«, warf Christmas aggressiv ein.

»Ich will damit sagen, es ist, als ob ... du dich selbst nachäffen würdest.«

Christmas erhob sich von seinem Stuhl. »Du kannst mich mal, Karl. Spiel mir hier nicht den Programmdirektor.« Ein nervöses Kichern entfuhr ihm. Er schüttelte den Kopf. »Was zum Teufel soll das heißen, ich äffe mich selbst nach?«, fragte er abermals und blickte zu Cyril. »Hast du das gehört? Mich selbst nachäffen. Scheiße noch mal, ich bin ich selbst. Die Sendung war toll, ich hatte die Leute im Griff, ich konnte sie förmlich spüren. Stimmt's, oder stimmt's nicht, Cyril? Was zum Teufel heißt, ich äffe mich selbst nach?«

Cyril seufzte. »Willst du das wirklich wissen?«

Christmas runzelte die Stirn. Selbstgefällig grinsend breitete er dann die Arme aus. »Na los, erklär's mir!«

»Das heißt, dass du geklungen hast wie ein aufgeblasener Fatzke«, sagte Cyril.

Reglos stand Christmas da, wie versteinert. Aber nur für einen Moment. Dann spürte er, wie Cyrils Worte an ihm abprallten, als hätte er eine Rüstung angelegt. Er lachte hochmütig. Mit einem

Mal wurde er ernst. Ein kalter Ausdruck verhärtete seine Gesichtszüge, während er fuchtelnd erst auf Karl und dann auf Cyril zeigte. »Ihr beide solltet eins nie vergessen. Ohne mich . . .«

»Sag es nicht, Junge«, fiel ihm Cyril ins Wort.

Christmas hielt inne, den Zeigefinger noch immer drohend erhoben.

»Sag es nicht«, wiederholte Cyril. Sein Blick war voll wohlmeinender Strenge.

Christmas wich einen Schritt zurück. Er ließ die Hand sinken. Ein sarkastisches Lächeln trat auf sein Gesicht. Er öffnete den Mund, um etwas zu erwidern, doch dann drehte er sich um und verließ das Studio.

Auf der Straße stand ein klappriges Ford T-Modell, das er kannte. »Santo!«, sagte er mit aufgesetzter Freude, als er die Fahrertür öffnete. »Was machst du denn hier?«

»Ich bin gekommen, um dir Hallo zu sagen, Chef.« Santo klopfte mit der Hand auf das Lenkrad. »Mensch, du weißt ja gar nicht, wie sehr mir unsere *Entführungen* fehlen.«

Christmas hatte die Ellbogen auf das Wagendach gestützt und lachte. »Ja, jetzt stehen die Leute gleich hier unten Schlange, um in der Sendung meine Gäste zu sein.«

Santo lächelte stolz. »Du bist ein echter Boss.«

»Hast du die Sendung heute gehört?«

»Nein, ich war noch auf der Arbeit, tut mir leid. Aber Carmelina bestimmt, sie . . .«

»Es war eine tolle Sendung«, unterbrach Christmas ihn. »Ich hatte die Hörer im Griff.«

Bewundernd sah Santo ihn an. »Wusstest du, dass ich ein Haus gekauft habe?«

»Ach . . .«, gab Christmas zerstreut zurück.

»In Brooklyn. Es wird eine Weile dauern, bis ich es abbezahlt habe, aber es ist ein schönes Haus. Zwei Etagen.«

»Gut gemacht . . .«

»Möchtest du es sehen?«, fragte Santo aufgeregt. »Möchtest du mit uns zu Abend essen? Carmelina würde sich riesig freuen.«

»Nein, ich . . .«

»Komm schon, Chef. Italienische Küche.«

»Nein, Santo.« Christmas nahm die Arme vom Wagendach und vergrub die Hände in den Taschen. »Ich muss ein paar Leute treffen, leider«, log er. »Du weißt schon, Leute aus dem Showgeschäft.«

Auf Santos Gesicht zeigte sich eine Spur von Enttäuschung. Doch gleich darauf lächelte er. »Du bist jetzt eine große Nummer. Man muss dich im Voraus buchen.«

Christmas grinste betreten. »An einem der nächsten Abende komme ich euch besuchen.«

»Wirklich?«

»Versprochen«, sagte Christmas und wippte von einem Fuß auf den anderen. »Sobald ich einen Augenblick Zeit habe, komme ich rüber nach Brooklyn.«

»Du fehlst mir, Chef.« Schweigend sah Santo ihn an, aber er bekam keine Antwort. »Sag mal, weißt du noch, als sie uns ins Gefängnis gesteckt haben?« Santo lachte. »Und damals, als . . .«

»Ich muss los, Santo«, schnitt Christmas ihm das Wort ab. »Wenn ich nach Brooklyn komme, schwelgen wir in Erinnerungen an die alten Zeiten, einverstanden?«

»Du hast es versprochen, ja?«

»Ja, klar. Versprochen.«

»Wer sind wir?«, sagte Santo fröhlich.

»Die Diamond Dogs«, gab Christmas zurück, doch seinen Worten fehlte die Begeisterung.

»Die Diamond Dogs, ja, verflucht noch mal!«, rief Santo.

Christmas lächelte. »Na los, fahr schon. Carmelina wartet sicher auf dich.«

Santo startete den Motor und legte den Gang ein. »Die Diamond Dogs«, wiederholte er leise, fast ungläubig. Er schaute Christmas an. »Mein Leben wäre ein Nichts, wenn ich dir nicht begegnet wäre, Chef. Weißt du das?«

»Verschwinde, du Nervensäge.« Christmas warf die Tür zu, dann schlug er mit der Hand auf das Wagendach. Mitten auf der 125th Street blieb er stehen und blickte dem davonfahrenden Ford hinterher. »Es war eine tolle Sendung«, sagte er leise. »Ich hatte sie alle im Griff . . .«

Hinter sich hörte er Stimmen. Er drehte sich um. Lachend und scherzend kamen Cyril und Karl aus dem CKC-Gebäude. Christmas versteckte sich in einer dunklen Ecke. Er wartete, bis sie vorübergegangen waren, dann machte er sich mit schwerfälligen Schritten auf den Heimweg. Allein. In seiner Rüstung.

Zu Hause setzte er sich sofort an seinen Schreibtisch. Er spannte ein weißes Blatt Papier in die Underwood ein und begann zu tippen. Der Killer wollte die Frau, deren Ehemann er erschossen hatte, in sein Bett bekommen. Und während dieser Wurm sie zu verführen versuchte, kam heraus, dass der Tote sein bester Freund gewesen war. »Das Leben ist grausam«, sagte der Killer heuchlerisch. »Das Leben ist grausam. Und dann stirbst du.« Licht aus. Beifall. Szenenwechsel.

Christmas zog das Blatt aus der Maschine und legte es zu den anderen. Er rieb sich die Augen. Er war müde und schlecht gelaunt. Etwas lag ihm schwer im Magen. Er dachte an das, was Cyril gesagt hatte. Einen aufgeblasenen Fatzke hatte er ihn genannt. Doch die Worte hatten ihm nichts anhaben können. Er trug eine Rüstung. Und er hatte Wichtigeres zu tun, als sich das dumme Geschwätz eines schwarzen Lagerarbeiters anzuhören. Er hatte auch Besseres zu tun, als in einem tristen zweistöckigen Haus in Brooklyn mit Santo und Carmelina zu Abend zu essen. Er war jetzt dabei zu schreiben, für das Theater. Christmas blickte aus dem Fenster. Die Nacht war finster. Er konnte die Parkbank nicht erkennen. Und es war ihm egal. Der Drehstuhl fiel um, als er ungestüm aufsprang. »Es interessiert mich einen Scheiß!«, brüllte er wütend zum offenen Fenster hinaus. Er schloss es wieder, stellte den Stuhl wieder hin, griff nach einem neuen Blatt Papier und spannte es in die Underwood.

Dunkelheit. Licht an. Polizeiwache. Die Frau sitzt vor einem Schreibtisch. Ein junger Detective befragt sie. Die Frau antwortet einsilbig. Dann will der Detective von ihr wissen, ob sie den Mann kenne, von dem die Zuschauer wissen, dass er der Killer ist. Die Frau sieht den Detective an. »Ja«, antwortet sie, »er war der beste Freund meines Sonny.« Da zieht der Detective die Augenbraue hoch . . .

»Was für ein Schwachsinn«, rief Christmas und riss das Blatt aus der Schreibmaschine. »Was für ein rührseliger Schwachsinn . . .« Er zerknüllte die Seite, warf sie auf den Boden und spannte ein neues Blatt Papier in die Underwood.

Dunkelheit. Licht an. Der Morgen graut. Auf einer Bauparzelle in Red Hook stehen zwei Autos. Aus einem steigt der Killer aus, aus dem anderen ein bulliger Gangsterboss mit einer langen Narbe auf der rechten Wange. Sie geben einander die Hand. »Gute Arbeit«, sagt der Boss. Der Killer klopft auf sein Holster und schweigt. Der Boss gibt einem seiner Männer ein Zeichen. Der klappt den Kofferraum des Wagens auf, holt ein Päckchen heraus und legt es auf einen abgebrochenen Betonpfeiler. Der Killer geht hin und wickelt es auf. Er findet Geld. Während er es nachzählt, zieht der Boss eine Pistole, richtet sie auf das Genick des Killers und drückt aus nächster Nähe ab. Der Killer schlägt mit dem Gesicht auf den Pfeiler. Der Handlanger des Gangsterbosses sammelt das Geld auf, dann steigen sie in den Wagen. Licht aus. Licht an. Beifall. Szenenwechsel.

Christmas reckte und streckte sich. Er massierte seinen verspannten Nacken. Er seufzte. Reglos saß er da, als gäbe es keinen Grund, sich zu rühren, keinen einzigen Gedanken. Es gab weder Cyril noch Karl oder Santo. Es gab kein *Diamond Dogs* und kein Radio. Kein Hollywood. Es gab weder Fanpost noch Zeitungsartikel noch die Wohnung oder das Geld auf dem Bankkonto. Vielleicht gab es sogar ihn selbst nicht mehr, den aufgeblasenen Fatzke. Die Karikatur seiner selbst.

Er blickte aus dem Fenster in die Dunkelheit hinaus. Es gab keine Bank im Central Park, es gab kein New York. Es gab nichts als eine eherne Rüstung, die ihm den Blick auf die Welt verwehrte. Und die der Welt den Blick auf ihn verwehrte.

Da war einzig ein dumpfer Schmerz, der pochte wie eine Entzündung, wie ein Krebsgeschwür, ein Schmerz, der in ihm wütete. Nichts sonst war in der Rüstung.

Da war einzig Ruth.

Und Ruth war fort.

Langsam stand Christmas auf und schleppte sich aus dem Haus. Wie von selbst trugen seine Beine ihn über die Straße. Am Parkrand blieb er stehen. Er konnte die Bank nicht sehen, doch er wusste, sie war nur wenige Schritte entfernt. Er brauchte nur den Fuß auf die Wiese zu setzen. Aber er rührte sich nicht. Reglos stand er da, während sich die Rüstung unter den Tränen, die ihm über die Wangen liefen, auflöste.

Da drehte er sich um, ging zurück in seine leere Wohnung, griff nach den Seiten, die er zuvor beschrieben hatte, und riss sie in Stücke. Danach schmetterte er seine Underwood gegen die Wand. Angezogen warf er sich schließlich aufs Bett und sank in einen schweren, dunklen, traumlosen Schlaf.

Am nächsten Morgen machte er sich nach dem Aufwachen weder frisch noch wechselte er seine zerknitterten Kleider. Ohne die vielen Papierschnipsel und die Schreibmaschine zu beachten, die an einer Seite verbeult und mit verrenkten Typenhebeln auf dem Boden lag, ging er zur Wohnungstür und hinunter auf die Straße. Er trank einen starken Kaffee und beschloss, seine Mutter zu besuchen. Zu Fuß machte er sich auf den Weg den Broadway entlang.

»Rothstein angeschossen!«, brüllte auf der anderen Straßenseite ein Zeitungsschreier und wedelte mit einer Zeitung. »Mr. Big lebensgefährlich verwundet!«

Wie von einer Ohrfeige getroffen fuhr Christmas herum. Er rannte, ohne auf den Verkehr zu achten, über die Straße und riss dem Jungen die Zeitung aus der Hand.

»He!«, protestierte der Zeitungsschreier.

Gestern Abend um 10.47 p. m. hat Vince Kelly ..., begann Christmas hastig zu lesen.

»He!«, sagte der Junge abermals und zog ihn am Ärmel.

Christmas holte eine Münze aus der Tasche und drückte sie dem Jungen in die Hand. Dann ging er lesend weiter.

»Ein Dollar?«, rief der Junge aus. »Danke, Sir!«

... hat Vince Kelly, Liftboy im Park Central Hotel an der Ecke West 56th Street und 7th Avenue, Arnold Rothstein lebensgefährlich verwundet in einem Personalflur im ersten Stock aufgefunden. Ein Schuss traf den Gangster in den Bauch ...« Den Blick starr ins Leere gerichtet ließ Christmas die Zeitung sinken. Gleich darauf jedoch las er weiter. *»Mr. Big ist sofort ins Polyclinic Hospital gebracht worden. Den Polizisten, die ihn nach dem Namen desjenigen, der auf ihn geschossen hatte, fragten, erklärte er: »Darum kümmere ich mich selbst.«*

Christmas faltete die Zeitung zusammen und winkte ein Taxi heran. »Zum Polyclinic Hospital«, sagte er und sprang in den Wagen.

Nachdem das Taxi sein Ziel erreicht hatte, rannte Christmas in die Eingangshalle des Krankenhauses, plötzlich jedoch versagten ihm die Beine den Dienst. Nur ein einziges Mal war er bislang in einem Krankenhaus gewesen. Mit Ruth. In seinem Kopf drehte sich alles. Da bemerkte er zwei Polizisten, die gerade in den Aufzug stiegen. Er lief zu ihnen und fuhr mit ihnen hinauf.

Der Flur, auf dem sie ausstiegen, war streng bewacht.

»Ich muss zu Arnold Rothstein«, sprach Christmas einen Polizisten an.

»Verwandter?«

»Bitte, ich muss ihn sehen.«

»Bist du ein Reporter?«

»Ich bin ein … Freund.«

»Rothstein hat keine Freunde«, bemerkte ein Captain im Vorbeigehen lachend. Plötzlich blieb er stehen, drehte sich um und sah Christmas prüfend an. »Dich kenne ich doch …«, sagte er und zeigte mit dem Finger auf ihn. Er versetzte ihm einen Stoß und drückte ihn mit dem Gesicht gegen die Wand. »Durchsuch ihn«, sagte er zu dem Polizisten. »Ich kenne diesen Mistkerl. Ich wette, wir haben dich Schwein in unserer Kartei.«

»Er ist sauber, Captain«, erklärte der Polizist, nachdem er in Christmas' Brieftasche gekramt hatte. »Das ist Christmas Luminita.«

»Christmas Luminita?«, fragte der Captain. »Lass ihn los«, sagte er zu dem Polizisten. »Nun lass ihn schon los, verdammt!« Er breitete die Arme aus und schüttelte den Kopf. »Tut mir leid, Mr. Luminita … aber Sie müssen verstehen, dass … nun ja … Scheiße, entschuldigen Sie …« Er wandte sich zu dem Polizisten. »Das ist Christmas Luminita. *Diamond Dogs*.«

»Ich will zu Rothstein, ist das möglich?«, fragte Christmas.

Der Captain sah sich um und überlegte. »Nur weil Sie es sind. Kommen Sie mit …« Er ging Christmas voraus den Flur entlang. Schließlich blieb er vor einer Tür stehen. »Wenn Sie einen guten Rat wollen, erzählen Sie es nicht herum, dass Sie ein Freund von Rothstein sind.«

»Danke, Captain«, sagte Christmas und betrat den Raum.

Arnold Rothstein lag mit geschlossenen Augen im Bett, bleich und schweißgebadet. Sein Gesicht war schmerzverzerrt. »Bist du das, Carolyn?«, fragte er, ohne sich zu rühren, als er hörte, wie die Tür sich schloss.

»Nein, Sir. Ich bin es, Christmas.«

Rothstein schlug die Augen auf und wandte leicht den Kopf. Er lächelte. »Mein Champion ...«, murmelte er mit matter Stimme.

Christmas trat ans Bett. »Wie fühlen Sie sich?«

»Was für eine bescheuerte Frage, Junge«, erwiderte Rothstein lächelnd. »Setz dich ...« Schwach klopfte er neben sich aufs Bett. »Aus dir ist wirklich eine große Nummer geworden. Die lassen normalerweise keinen hier rein.«

Christmas nahm auf einem Stuhl neben dem Bett Platz. Für einen Moment betrachtete er den Mann, der New York regierte. Selbst schwer verwundet und von Schmerzen gezeichnet wirkte er noch wie ein König. »Erinnern Sie sich an die fünfhundert Dollar, die ich Ihnen für das Radio schulde, Mr. Rothstein? Daraus sind fünftausend geworden.«

»Du schuldest mir gar nichts, Junge. Behalt das Geld«, erwiderte Rothstein mit einem mühevollen Lächeln. »Du bist echt ein beschissener Gangster. Einem Toten zahlt man doch keine Schulden zurück, das ist von jeher Gesetz.«

»Aber Sie haben die Wette gewonnen ...«

»Das Geld sollte kein Wetteinsatz sein«, erklärte Rothstein, der nur schwer Luft bekam. »Weißt du, warum ich es dir gegeben habe? Weil du ein anständiger Mensch bist. Und kein anständiger Mensch hat mich je um Geld gefragt. Anständige Menschen widert mein Geld an. Nicht einmal mein Vater wollte es haben. Ich musste es ihm heimlich zustecken.« Rothstein schloss die Augen und presste die schmalen Lippen zusammen, als eine neue Schmerzwelle ihn überkam. Dann sah er wieder Christmas an und atmete schwer mit offenem Mund. »Du bist der erste anständige Mensch, der mein Geld haben wollte. Deshalb habe ich es dir gegeben. Und du machst mir eine Freude, wenn du es behältst.« Daraufhin winkte er ihn näher zu sich heran. »Schwör, dass du nie verrätst, was ich dir jetzt sage.«

»Ich schwöre.« Christmas stand auf und näherte sich Rothsteins Lippen.

Da flüsterte Mr. Big ihm den Namen des Mannes ins Ohr, der auf ihn geschossen hatte.

Reglos stand Christmas da, noch immer über Rothstein gebeugt. »Wieso erzählen Sie das ausgerechnet mir?«, fragte er bewegt.

»Weil es mir im Arsch juckt, wenn ich es für mich behalte ... aber ich kann es nur einem anständigen Menschen sagen.« Arnold Rothstein gab ihm eine kleine, liebevolle Ohrfeige, so leicht, als streichelte er ihm über die Wange.

Christmas setzte sich wieder hin.

»Du bist der Einzige, dem ich vertrauen kann«, fuhr Rothstein mühsam fort. Du hast geschworen, es niemandem zu verraten, und ich weiß, dass du das Versprechen halten wirst.« Seine Stimme wurde immer schwächer. »Würde ich es Lepke sagen ... wäre mein Mörder in weniger als einer Stunde ein toter Mann. Und das Gleiche ... gilt für die anderen.« Wieder atmete er schwer und verzog vor Schmerzen das Gesicht. »Aber ich will nicht, dass der Mistkerl stirbt ...«

»Wieso nicht?«

Rothstein lachte leise röchelnd. »Das ist mein letzter Schachzug. Wollen wir wetten ... dass man sich, wenn du alt bist ... noch immer erzählt, ich hätte den Namen meines Mörders nicht preisgeben wollen und nur ... nur gesagt ... ›Darum kümmere ich mich selbst‹?« Er zwinkerte Christmas zu und versuchte zu lächeln. »So sichere ich mir einen eindrucksvollen Abgang. Wenn ich den Namen preisgeben würde, käme heraus, dass ich von irgendeinem unbedeutenden Arschloch umgebracht worden bin. Und der Mistkerl würde eine berühmte Leiche, weil er Mr. Big erschossen hat ... Und mein Ende wäre ... pathetisch ... wie das Leben von jedem von uns Gangstern. So aber ... wird auch mein Tod zur Legende.« Rothstein seufzte und schloss die Augen, seine Nasenflügel bebten. Nach einer kleine Weile wandte er sich wieder Christmas zu. »Das habe ich von dir gelernt.« Er hustete. »Blödsinn verzapfen zahlt sich aus ...«

Zaghaft streckte Christmas die Hand nach Rothsteins Hand aus. Er drückte sie.

»Geh jetzt«, sagte Arnold Rothstein mit rauer, ermatteter Stimme. »Mach, dass du wegkommst, Junge.«

Vor der Tür traf Christmas auf Rothsteins Frau Carolyn, die wartete, dass sie hineingehen durfte. Sie sahen sich einen Augenblick an, bevor die Frau im Krankenzimmer verschwand.

Am Tag darauf fiel Rothstein ins Koma und starb wenig später.

»Eine Menge Leute hatten sich auf dem Union Field Cemetery versammelt«, sagte Christmas ein paar Tage später im Radio gegen Ende seiner Sendung. »Viele Galgengesichter und wenige anständige Menschen. Arnold hätte das bedauert. Der Weg, den er gewählt hatte, erlaubte ihm nicht, selbst ein anständiger Mensch zu sein, aber anständige Menschen waren ihm wichtig. Er wusste sie zu schätzen. Auch Mr. Big war New York, vergessen wir das nicht. Denn du bist beides, New York, Schatten und Licht.«

Dann senkte er den Kopf und wartete, dass Cyril die Übertragung beendete. Als er wieder aufsah, begegnete er Karls Blick. Karl nickte bewegt. Christmas schaute hinüber zu Cyril, der ihm zulächelte, wie er es nicht mehr getan hatte, seitdem *Diamond Dogs* wieder auf Sendung war.

Am gleichen Abend machte Christmas sich auf den Weg nach Brooklyn zu Santos neuem Heim. Carmelina hatte überbackene Makkaroni und Schweinshaxe mit Kartoffeln zubereitet.

Als er später in seine Wohnung am Central Park West heimkehrte, hob er seine Underwood vom Boden auf, die noch immer dort gelegen hatte. So gut es ging, richtete er die verbogenen Typenhebel. Einer war gebrochen, es war das R. Christmas setzte sich an den Schreibtisch und spannte ein leeres Blatt Papier in die Maschine. Mit einem Füllhalter malte er darauf ein großes R. Daneben tippte er drei Buchstaben. *U–T–H. Ruth.* Und mit den Händen auf den Tasten blieb er reglos sitzen und starrte auf den Namen, der sein ganzes Leben war.

Schließlich hob er den Blick und sah aus dem Fenster. Er konnte die Bank nicht sehen. Aber er wusste, sie war da.

Und plötzlich erinnerte er sich an eine Öllampe, die die Handwerker in der Wohnung vergessen hatten. Er hatte sie in die Abstellkammer geräumt. Da steckte er eine Packung Streichhölzer ein und holte die Lampe hervor.

Christmas ging hinunter auf die Straße und blieb am Parkrand stehen. Er konnte die Bank nicht sehen, doch er wusste, sie war nur wenige Schritte entfernt. Er brauchte nur den Fuß auf die Wiese zu setzen. Christmas lächelte. Mit einem Fuß trat er auf die Wiese, dann mit dem anderen. Und dann begann er zu laufen.

Als er sich wieder am Schreibtisch niederließ, sah er in der Dunkelheit hinter seinem Fenster einen schwachen, flackernden Lichtschein, den Schein der Öllampe, in dem sich die Parkbank abzeichnete.

Diamond Dogs, tippte er in die Zeile unter Ruths Namen. *Eine Geschichte von Liebe und Gangstern.* Das R fügte er per Hand ein. Dann zog er das Blatt heraus, legte es zu seiner Rechten ab und nahm ein neues Blatt vom Stapel zu seiner Linken. Er spannte es in die Maschine und schrieb: *Szene I.* Nachdem er tief Luft geholt hatte, stürzte er sich voller Begeisterung auf die Tasten der Underwood, und jedes R, auf das er stieß, fügte er per Hand hinzu.

Und er wusste, durch diese Seiten, die sich rasch vermehrten, würde Leben strömen.

67

San Diego – Newhall – Los Angeles, 1928

Clarence hatte ihr geholfen. Er hatte ihr keine Fragen gestellt. Schweigend hatte er zugehört und nur zweierlei angemerkt: »Tut mir leid für den jungen Mann.« Und: »Mrs. Bailey wird dich vermissen.« Danach hatte er sich in sein Büro zurückgezogen und den Hörer in die Hand genommen. Keine Stunde war vergangen, als er zu Ruth zurückkam und sie fragte: »Kennst du San Diego?«

Zwei Tage später bezog Ruth in der Gegend von Logan Heights ein winziges Apartment, das ihr neuer Arbeitgeber Barry Mendez ihr besorgt hatte. Der strahlend weißen Zähne und des fröhlichen Lachens wegen hätte man Barry für dreißig halten können. Die beginnende Glatze und der rundliche Bauch, der ihm über den Hosenbund ragte, ließen ihn jedoch wie vierzig wirken. Vor Jahren hatte er als Fotograf für Clarence gearbeitet. Er hatte Erfolg in Los Angeles gehabt, war dann aber nach San Diego zurückgekehrt.

»Obwohl er in Amerika zur Welt gekommen ist, bleibt er tief in seiner Seele Mexikaner«, hatte Clarence Ruth erklärt. »Träge und genial.«

Barry Mendez besaß ein Fotostudio und arbeitete als Hochzeitsfotograf. Die meisten Aufträge kamen aus der mexikanischen Gemeinde. »Sie bezahlen nicht so gut, *chica*«, erklärte Barry, als er Ruth einige Fotografien zeigte, »aber die Farben sind fantastisch, du wirst sehen. Und schau dir nur ihre Gesichter an! Heiraten ist für sie eine ernste Angelegenheit und zugleich ein Spiel. Und sie sind so stolz!«

Ruth entwickelte Barrys Aufnahmen. Und wenn er auf

Hochzeiten fotografierte, blieb sie im Geschäft. Fand die Hochzeit an einem Sonntag statt, begleitete sie Barry als seine Assistentin. Kam hingegen ein Auftrag von einem Gringo herein, schickte Barry sie allein dorthin.

Mit ihrer freien Zeit wusste Ruth zunächst nichts anzufangen. Sie saß in ihrer klaustrophobisch engen Wohnung und dachte nach. Über sich selbst und über Christmas. Und allzu oft spürte sie nachts im Traum Christmas' Hände auf ihrer Haut. Sie war davongelaufen, weil sie nicht bereit war, sagte sie sich selbst. Damit Stille einkehrte. Doch durch die Stille ihrer Einsamkeit hallten von allen Seiten Erinnerungen, alte und neue Gefühle. Schon bald hielt Ruth es zu Hause nicht mehr aus. Mit ihrer Leica über der Schulter begann sie, durch San Diego zu streifen. Schließlich entdeckte sie das Meer und fotografierte die Natur. Doch die Stimmen, Gedanken, Erinnerungen und Gefühle wollten nicht verstummen. Manchmal hatte sie den Eindruck, es gelänge ihr, sie in Schach zu halten, sodass sie nur schwach im Hintergrund rauschten wie die Meeresbrandung. Doch nur für einen kurzen Moment. Schon bald tauchten die Fragen wieder auf. Die Erinnerungen trugen sie fort, weit weg von der Gegenwart. Einzig um die Gedanken an Christmas zu verscheuchen, dachte sie hin und wieder an Daniel. Sie suchte in der Luft nach dem tröstlichen Lavendelduft der Slaters. Aber es half nichts.

Eines Tages erklärte Barry ihr, sie müssten jenseits der Grenze eine Hochzeit in Tijuana fotografieren. Froh über die Ablenkung, stieg Ruth mit ihrer Fotoausrüstung ins Auto. Als sie sich der Grenze näherten, raste ein Lieferwagen in die entgegengesetzte Richtung an ihnen vorbei. Eine Polizeistreife verfolgte ihn mit heulender Sirene. Ruth drehte sich um und sah, wie ein Polizist sich aus dem Fenster lehnte und das Feuer eröffnete. Der Lieferwagen geriet ins Schleudern, kam von der Straße ab und kippte auf die Seite. Barry bremste. Ruth stieg aus und begann zu fotografieren. Aus dem Fahrerhaus taumelte eine Frau, die an der Stirn blutete. Ruth fotografierte sie, ebenso die verängstigten Gesichter der beiden Kinder, die ihr folgten. Schließlich zwei Männer in schmutzigen hellen Hosen, die ihnen nur bis zu den Knöcheln reichten. Dann fotografierte sie, wie die Polizisten die Frau in den Staub stießen. Und eines der Kinder, wie es mit den Fäusten auf einen Polizisten losging, um die Mutter zu beschützen. Und den Polizisten, der ihm einen Fußtritt verpasste. Und einen der beiden Männer, der eingreifen wollte, woraufhin ihm jedoch ein anderer Polizist die Pistole an den Kopf drückte und ihn zwang, sich hinzuknien. Danach hielt Ruth im Bild fest, wie plötzlich eine weitere Streife auftauchte, anhielt und alle in den Wagen verfrachtet wurden. Der Wagen wendete und raste zurück in Richtung Grenze. Und als der Polizeiwagen an Ruth vorbeifuhr, fotografierte sie die fünf Mexikaner und die vor Furcht weit aufgerissenen schwarzen Augen eines der beiden Kinder, das sie durch die Heckscheibe des Autos ansah.

»*Finito el sueño*«, sagte Barry. Er spuckte in den Staub, der die asphaltierte Straße bedeckte, und stieg wieder ins Auto.

»Was bedeutet das?«, fragte Ruth, während sie sich neben ihn setzte und er Gas gab.

»Aus der Traum.«

Wortlos blickte Ruth nach vorn aus dem Fenster. Nun war es nicht mehr weit bis zur Grenze. Die amerikanischen Polizisten ließen sie, ohne sie zu kontrollieren, passieren. Die Mexikaner taten es ihnen gleich. Als Ruth sich umwandte, sah sie, wie die fünf Flüchtlinge aus dem Streifenwagen aussteigen mussten und der mexikanischen Polizei übergeben wurden. Die Frau mit der Stirnwunde war kaum auf mexikanischem Boden, als sie sich umwandte und einen Blick zurück auf Amerika warf.

Am Abend, nach ihrer Rückkehr in San Diego, entwickelte Ruth Barrys Aufnahmen von der Hochzeit in Tijuana und ihre eigenen Fotos von der Grenze.

»Wenigstens haben sie es versucht«, sagte hinter ihr Barry, während er die Bilder betrachtete.

Ohne so recht zu wissen, warum, nahm Ruth von da an an jedem freien Tag den Überlandbus nach Tijuana, stieg an der Grenze aus und fotografierte dort stundenlang die Menschen, die die Grenze in die eine oder andere Richtung überquerten. Dann spazierte sie den Grenzzaun entlang und machte Bilder durch den Maschendraht. Nach einer Weile kannten die Grenzpolizisten sie bereits und stellten sich mit der Pistole in der Hand in Pose. Und Ruth fotografierte sie. Unterdessen suchte sie im Hintergrund nach den dunklen, stolzen Gesichtern der Mexikaner mit ihrem trägen, tiefgründigen Blick.

Abends entwickelte sie die Fotos und betrachtete sie wieder und wieder. Und je länger sie sie ansah, desto stärker regte sich etwas in ihr. Als lösten sich Knoten. Und endlich erlangte sie ein gewisses Maß an Gelassenheit. Doch dieser innere Friede währte nicht lange, und die Angst kehrte mit Macht zurück, schlimmer und qualvoller noch als zuvor.

Zwei Wochen später bat sie Barry um Urlaub. Sie schob einen Grund vor und stieg in einen Überlandbus nach Los Angeles und dort in einen weiteren nach Newhall. Obwohl nicht Sonntag war, erlaubte man ihr im Newhall Spirit Resort for Women, Mrs. Bailey zu besuchen.

Ruth fand sie an ihrem Platz am Fenster vor, mit starrem Blick in ihre eigene Welt versunken. Still setzte Ruth sich neben sie und nahm ihre Hand. Mrs. Bailey zeigte keine Reaktion.

»Ich habe ständig Angst, wieder in die Falle zu geraten«, sagte Ruth nach einer Weile. »Was soll ich nur tun?«

Die alte Dame blickte weiter aus dem Fenster, ohne irgendetwas wahrzunehmen.

Schweigend blieb Ruth bei ihr sitzen. Nach fast einer Stunde ließ sie schließlich ihre Hand los, stand auf und wollte sich zum Gehen wenden.

»Ein kleiner Junge, der Sohn eines Kanarienvogelhändlers, beschloss eines Tages, alle Vögel seines Vaters freizulassen«, sagte da plötzlich Mrs. Bailey. »Er öffnete die Käfige, und die Kanarienvögel flogen allesamt davon und erfüllten die Luft mit ihrem Gezwitscher. Nur einer blieb. Es war der älteste unter ihnen, ein Weibchen namens Aquila, das schon vor dem Jungen auf der Welt gewesen war. Der Junge zuckte die Schultern. Früher oder später würde das Vogelweibchen schon davonfliegen, dachte er. Frei. Am Abend jedoch hockte der Vogel noch immer in seinem Käfig, weit weg von der Käfigtür. ›Tut mir leid, Aquila, aber es ist zu deinem Besten‹, sagte da der Junge und entfernte die Schüsselchen mit Wasser und Futter aus dem offenen Gefängnis, denn er war sicher, Hunger und Durst würden den Vogel bald in die Freiheit hinauszwingen. Am nächsten Tag fand er ihn immer noch dort, allerdings lag er starr auf dem rötlich gelben Rücken auf dem Käfigboden, die dürren Beinchen verkrampft in die Höhe gestreckt, die Augen trüb verschleiert und die Flügel, die ihm nie zum Fliegen gedient hatten, an die Brust gepresst, als hätte man sie ihm festgebunden.« Mrs. Bailey verstummte und seufzte tief.

Ruth stockte der Atem. Und dann verschleierten Tränen ihr den Blick. Sie setzte sich wieder neben die alte Dame und weinte still vor sich hin.

Da tastete Mrs. Bailey nach Ruths Hand und hielt sie fest umfangen.

Ruth sah sie nicht an. Schweigend saßen sie am Fenster, jede von ihnen versunken in die eigene Welt, in die eigenen Erinnerungen.

Als die Sonne langsam unterging, brachte ein Pfleger Mrs. Bailey das Abendessen aufs Zimmer und erklärte Ruth, sie müsse nun gehen.

Ruth löste ihre Hand sanft aus Mrs. Baileys Umklammerung und verließ das Newhall Spirit Resort for Women.

Zurück in Los Angeles, klingelte sie am Abend an Mr. Baileys Tür und übernachtete in ihrem alten Zimmer in der Agentur Wonderful Photos.

Wenn Arty glaubte, er könnte ihn übers Ohr hauen, irrte er sich gewaltig. »Es ist zu Ende«, hatte er ihm zwei Monate zuvor verkündet. Zu Ende mit dem Punisher. Zu Ende mit dem Kokain. Aber, verdammt noch mal, nichts war zu Ende! Nicht, bevor er selbst es so entschied.

Arty behauptete, sie verdienten nicht mehr genug, es gäbe keine Gewinnspanne mehr. Schwachsinn! Er wollte ihn ersetzen, dessen war Bill sich sicher. Er glaubte, er könne einfach einem anderen die Punisher-Maske überstreifen. Aber der Punisher war der Mann hinter der Maske. Arty glaubte wohl, er könne ihn ausbooten und ohne ihn weiter einen Haufen Geld scheffeln. Schwachsinn. Bill würde es nicht zulassen.

Als Arty ihn dabei beobachtet hatte, wie er damals die mexikanische Nutte vergewaltigt hatte, war Bills erster Gedanke gewesen, ihn zu töten. Und offenbar war genau das Artys Bestimmung: von Bill getötet zu werden. Er hatte nur überlebt, damit er ihm die Türen zum Paradies öffnete, aber nun hatte er seinen Zweck erfüllt.

»Scheiß auf dich, Arty. Ich bin es, der dich nicht mehr braucht«, sagte Bill lachend, während er eine großzügige Dosis Kokain schnupfte. Er schraubte das dunkle Glasfläschchen wieder zu und steckte es in die Tasche. Tief atmete er ein und bleckte die Zähne. Er konnte es spüren. Es stieg höher. Die morgendliche Dosis war die beste. Die erste nahm er, um aus den Federn zu kommen, die zweite für das Gefühl, unbesiegbar zu sein. Langsam fühlten sich die Zähne wie betäubt an. Ebenso die Nase und die Kehle. Und die Gedanken wurden glasklar und scharf wie ein Skalpell.

»Scheiß-Arty«, sagte er.

Zwei Monate zuvor, als Arty ihm mitgeteilt hatte, es sei zu Ende, hatte Bill ihn verzweifelt angefleht. Im ersten Moment hatte er sich dafür verflucht, doch dann war ihm aufgegangen, dass ihm seine Natur einfach einen genialen Schachzug eingegeben hatte: Wer dem Feind gegenüber Schwäche zeigte, konnte ihn leichter übers Ohr hauen. Aber um das zu erkennen, hatte Bill zwei Tage gebraucht. Zwei Tage, die er im Bett verbracht hatte, in denen er nicht die Kraft gefunden hatte aufzustehen, in denen er sich verloren gefühlt hatte. Am Ende, wie Scheiß-Arty gesagt hatte, in diesem muffigen kleinen Pensionszimmer in dieser lumpigen Stadt, deren Gefangener er geworden war. Mit ein paar lumpigen Kröten in der Tasche. Aber Bill war nicht am Ende. Er stand wieder auf. Die Wut verlieh ihm die nötige Kraft dazu. Die Wut pumpte neues Adrenalin durch seinen Körper.

In den zwei folgenden Tagen beschattete er Arty. Er studierte seine Züge, bevor er zum Angriff überging. Und in diesen beiden Tagen fand er heraus, bei wem er sich das Kokain beschaffte: bei einem herausgeputzten kleinen Kerl namens Lester. Bill suchte Lester zu Hause auf, prügelte ihn blutig und ließ sich den Namen des Mannes geben, der die Szene kontrollierte.

Tony Salvese empfing Bill im Hinterzimmer eines Billardsaals, flankiert von zwei Handlangern mit Pistolen im Hosenbund. Bill sagte Tony Salvese, wer er war: der Punisher. Da lachte Tony Salvese und erklärte den beiden Gorillas: »Der Typ hier hat die schönsten Schlampen Hollywoods gefickt.« Da lachten auch die Handlanger und sahen ihn mit anderen Augen an. Bill erklärte, er wolle in Hollywood Kokain verkaufen. Tony Salvese gab ihm ein Kilo mit. »Die Schlampen mögen Kokain, was?«, sagte er. »Achtzig Prozent gehen aber an mich. Wenn auch nur ein Cent fehlt, lass ich meinen Hund an deinem Schwanz lutschen.« Nachdem Bill mit dem Kokain in den Hosentaschen den Billardsaal verlassen hatte, war er mit vermummtem Gesicht bei Lester aufgetaucht und hatte ihm Kokain und Geld geraubt. Danach endlich hatte er sich die Nasenlöcher gefüllt.

Und nun dealte Bill mit Kokain. Kunden zu finden, war nicht schwer gewesen. Er hatte bei denen die Runde gemacht, die seine Filme kannten. Jedem von ihnen hatte er gesagt, wer er war. Und so hatte er sich erneut Zutritt zu den Kreisen verschafft. Nicht lange, und er würde auch wieder Filme drehen, sagte er sich. Denn niemand war so wie er. Es würde ein wenig Zeit brauchen, aber Bill war geduldig.

Unterdessen hatten bereits ein paar seiner Kunden Drogenpartys in einem Motel vor den Toren von Los Angeles veranstaltet, zu denen sie auch ihn eingeladen hatten. Sie hatten Bill die Punisher-Maske überziehen lassen und ihn gebeten, vor ihren Augen eine Schlampe zu vergewaltigen. Live. Bill war sich vorgekommen wie der Zauberer auf einem Kindergeburtstag. Es war nichts Besonderes, aber es war ein Anfang. Danach hatte man ihn zu zwei weiteren Partys eingeladen. Ja, früher oder später würde er wieder im Geschäft sein, er, der Punisher.

Nun aber wollte er es Arty, diesem Wurm, heimzahlen.

Er schnupfte noch ein wenig Koks, ballte die Fäuste und bleckte die Zähne. Oh ja, jetzt war er unbesiegbar. Bill wartete, bis Arty aus dem Haus ging. Der Regisseur war ein Gewohnheitstier. Jeden Morgen brach er zur gleichen Zeit zu einem Spaziergang auf, der blöde Spießer. Auf dem Rückweg frühstückte er in einem Café. Jämmerliches Stück Scheiße, dachte Bill, bevor er durch die Hintertür in das Reihenhaus einbrach. Schnurstracks ging er ins Schlafzimmer und räumte Artys Nachttisch mit dem doppelten Boden aus. Bill hob ihn an und stieß auf fünftausend Dollar in bar und zwanzig Fläschchen Kokain. Das Geld steckte er ein, die Kokainfläschchen jedoch stellte er unten im Wohnzimmer auf den Tisch. Dann griff er zum Telefon und wählte die Nummer der Polizei. Er gab die

Adresse durch und sagte, sie sollten schnell kommen. Es gehe um eine große Menge Kokain. Nachdem er aufgelegt hatte, kippte er ein Fläschchen auf dem Tisch aus. Gierig sog er, zum vierten Mal an diesem Morgen, das weiße Pulver ein, bevor er seelenruhig zur Hintertür hinausging.

Arty kam genau in dem Moment nach Hause, als die Polizei mit heulenden Sirenen vor dem Reihenhaus vorfuhr. Die Polizisten stießen ihn gegen die Wand und drängten ihn ins Haus. Und nach wenigen Sekunden führten sie Arty in Handschellen wieder heraus.

Ein Zuhälter ist es nicht wert, dass man sich die Hände an ihm schmutzig macht, dachte Bill vergnügt, der, hinter einem Baum versteckt, die Szene beobachtete. Nein, er würde Arty nicht töten. So war es viel amüsanter. Er würde ihm sogar noch eine Torte ins Gefängnis schicken, damit er auch wusste, bei wem er sich zu bedanken hatte. Damit er wusste, dass der Punisher sich nicht einfach ausbooten ließ. »Leb wohl, Arty«, sagte er und machte sich davon, während das Klagegeheul weiterer Polizeisirenen die Luft erfüllte.

Wenig später betrat er den Billardsaal von Tony Salvese. »Ich brauche neue Papiere«, erklärte er ihm.

Wenn Arty glaubte, er könnte ihn hereinlegen, indem er seinen Namen ausplauderte, irrte er sich gewaltig. Sie würden ihn nicht finden. Weder William Hofflund noch Cochrann Fennore oder der Letztgeborene, Kevin Maddox, existierten noch. Es war an der Zeit, sich einen neuen Namen zuzulegen.

»Das wird teuer«, sagte Salvese.

»Wie viel?«

»Dreitausend.«

Bill zog das Bündel Scheine aus Artys Nachtschränkchen aus der Tasche und zählte dreitausend Dollar ab. Danke auch hierfür, Arty, dachte er und brach in schallendes Gelächter aus.

»Was gibt's da zu lachen?«

»Nichts, Tony. Ich musste nur an einen alten Freund denken.«

»Und was zum Teufel war der? Komiker?«, fragte Salvese.

Die beiden Gorillas, die ständig um Tony herumstanden, lachten.

»Wie man's nimmt«, entgegnete Bill. »Er war ein Zuhälter. Und ein Verräter.«

Salvese grinste. »Freut mich, dass du in der Vergangenheit sprichst.«

Ja, Arty war Vergangenheit. Nun musste Bill an die Zukunft denken. »Ich brauche Extrastoff«, sagte er.

»Was hast du damit vor?«

»Ich gehe auf eine Party mit lauter hohen Tieren.«

Salvese nickte schweigend. Dann öffnete er ein verborgenes Schubfach im Billardtisch und holte ein dickes Paket heraus. Er warf es auf den grünen Filz.

Bill nahm es an sich, nickte ihm zu und ging. Zurück in seinem Zimmer, versteckte er das Kokain im Lüftungsschacht und ließ sich aufs Bett fallen. Voller Schadenfreude rief er sich Artys Gesicht in Erinnerung, als man ihn in den Polizeiwagen verfrachtet hatte. Bill musste lachen. Doch plötzlich sprang er auf. Er rieb sich die Augen, öffnete und schloss die Hände. Es gelang ihm nicht stillzustehen. Er lief im Zimmer auf und ab. Dann blieb er stehen, schüttete ein wenig von dem weißen Pulver auf den Tisch, rollte einen von Artys Geldscheinen zusammen und nahm einen tiefen Zug durch die Nase. »Auf dich, Arty«, sagte er und lachte erneut.

Er suchte einen cremeweißen Anzug und ein rotes Seidenhemd heraus und brachte alles zur Wäscherei an der Ecke. »Das brauche ich bis heute Abend«, sagte er. »Faltenfrei gebügelt.«

Der Wäschereibesitzer reichte ihm den Abholzettel. »Ist fünf Uhr in Ordnung?«

»Punkt fünf«, erwiderte Bill. Unruhig hüpfte er von einem

Fuß auf den anderen. Er verließ die Wäscherei und betrat kurz darauf einen Friseurladen. »Rasieren und Haare schneiden«, sagte er und ließ sich in einem Sessel nieder. Bei einem Blick in den Spiegel bemerkte er hinter sich eine Blondine in gestreifter Arbeitskluft, die auf einer Bank saß und in einer Zeitschrift blätterte. »Können Sie mir die Nägel machen?«, fragte er sie.

»Natürlich, Sir«, antwortete die Frau, ohne aufzublicken. Dann legte sie die Zeitschrift beiseite, stand auf und ging ins Hinterzimmer.

Bill hörte Wasser rauschen. »Und nach der Rasur will ich noch eine Balsammassage.«

Die blonde Frau kam mit einer Schüssel Seifenlauge zurück und setzte sich neben ihn auf einen niedrigen Schemel.

Bill tauchte die Hand in die Schüssel. Das Wasser war lauwarm und entspannend.

Der Friseur seifte ihn ein, bevor er das Rasiermesser am Lederriemen abzog.

Bill starrte auf das Messer. Es war scharf wie seine Gedanken. Er war unbesiegbar. »Heute Abend gehe ich zu einer Hollywood-Party«, erzählte er der Frau.

»Sie Glücklicher«, gab sie, über seine Fingernägel gebeugt, zurück.

Ja, dachte Bill. Das Leben ließ sich aufs Neue großartig an.

68

Los Angeles, 1928

»Barrymore hat mich nach dir gefragt«, sagte Mr. Bailey.

Ruth sah ihn schweigend an.

»Er sagte, wenn du heute Abend mitkommst, stellt er eins von deinen Fotos aus, die er nie zerrissen hat«, fuhr Clarence fort.

Ruth lächelte.

»Was soll das heißen?«

»Dass er ein mutiger Star ist.«

Mr. Bailey schüttelte den Kopf und gab es auf, sie verstehen zu wollen. »Möchtest du mich begleiten?«

»Ich weiß nicht.«

»Komm schon, tu es für mich armen alten Mann. Ich hasse Partys, aber dieses Mal kann ich mich nicht davor drücken.«

»Ich weiß wirklich nicht, Clarence.«

»Mit einem so hübschen Mädchen würde ich ganz schön Eindruck schinden«, meinte Clarence grinsend. »Noch dazu mit einer meiner begnadetsten Fotografinnen.«

Ruth lächelte.

»Launisch, unberechenbar . . . aber reich an Talent.«

Ruth musste lachen. »Ich bin nicht launisch.«

»Oh, und ob du das bist! Du hast mehr Allüren als die Stars. Und das Beste ist, wir lassen dich gewähren. Na los, begleite mich, dann bekomme ich dieses Foto von Barrymore zu sehen.«

»Ich habe nichts Passendes anzuziehen«, wandte Ruth ein.

Mr. Bailey legte ein Paket auf Ruths Schreibtisch.

»Was ist das?«

»Mach es auf«, bat er.

Wenig später hielt Ruth ein smaragdgrünes Seidenkleid in Händen. Sie staunte mit offenem Mund.

»Es passt genau zu deinen Augen«, sagte Clarence.

»Wieso . . .?«

Clarence ging zu ihr und schloss sie liebevoll in die Arme. »Es gab früher nichts Schöneres für mich, als Kleider für Mrs. Bailey zu kaufen«, sagte er leise. »Du hättest sehen sollen, wie gut sie ihr standen.«

»Aber . . . wieso ich?«

Mr. Bailey trat ein wenig zurück und legte Ruth die Hände auf die Schultern. »Du bist die einzige Frau, der ich so etwas schenken kann, ohne dass der Eindruck entsteht, ich wäre ein Ferkel.«

Ruth lachte. »Danke, Clarence.«

Der alte Herr zuckte mit den Schultern. »Ich habe es für mich getan. Um mich lebendig zu fühlen.«

»Ich meine nicht das Kleid, Clarence«, erklärte Ruth. »Wenn du nicht gewesen wärst . . .«

»Dann sind wir uns also einig, du begleitest mich«, fiel Clarence Bailey ihr schmunzelnd ins Wort, und damit drehte er sich um und verließ das Zimmer.

Eine Weile blickte Ruth auf das Kleid. Dann hielt sie es sich vor und betrachtete sich im Spiegel. Das letzte Abendkleid hatte sie von ihrer Mutter geschenkt bekommen. Ein Kleid so rot wie Blut. Es hatte sie in das Newhall Spirit Resort for Women gebracht. Ruths Magen krampfte sich nicht zusammen, als sie daran zurückdachte. In der Klinik hatte sie Mrs. Bailey und Clarence kennengelernt. So schmerzhaft die Erinnerung auch war, im Newhall Spirit Resort for Women hatte ihr neues Leben begonnen. Sie hatte den Mut gefunden, sich aus dem Käfig ihrer Familie zu befreien.

Abermals betrachtete Ruth das grüne Kleid. Dir wird gerade ein weiteres Mal der Käfig geöffnet, sagte sie zu sich selbst.

Da legte sie das Kleid auf dem Bett ab und verließ die Agentur. Sie kaufte sich weiße Strümpfe, ein Paar schwarze Lackschuhe mit flachem Absatz und ein kurzes schwarzes Seidenjäckchen mit breitem abgerundetem Kragen und dreiviertellangen, eng anliegenden Ärmeln. Danach besorgte sie sich in einem Kurzwarenladen fünf pastillenförmige Knöpfe im Grünton des Kleides und tauschte sie gegen die schwarzen Jackenknöpfe aus. In einer Parfümerie erstand sie einen zarten Lippenstift, ein helles, perlmuttfarben schimmerndes Make-up, einen schwarzen Kajalstift und einen Flakon Chanel N° 5. Schließlich ließ sie sich beim Friseur die Haare glätten.

Als Clarence am Abend in Ruths Zimmer trat, um sie zur Party abzuholen, blieb er mit offenem Mund im Türrahmen stehen. »Verzeihen Sie«, sagte er, »haben Sie Miss Isaacson gesehen?«

Ruth lachte und errötete.

»Du siehst wunderschön aus«, sagte Clarence mit väterlichem Stolz. Er reichte ihr den Arm. »Gehen wir?«

Sie waren bereits im Hausflur, als Mr. Bailey sich plötzlich an die Stirn schlug. »Warte«, bat er und ging hinauf in den fünften Stock. Als er zurückkam, trug er einen hauchzarten Tüllschal bei sich. Den legte er Ruth um den Hals und breitete ihn über ihren Schultern aus. »Der gehört Mrs. Bailey«, erklärte er. »Jetzt bist du perfekt.«

Sie stiegen ins Auto und fuhren zu einer mächtigen, taghell erleuchteten Villa am Sunset Boulevard. Bereits nach wenigen Metern auf der langen Zufahrtsallee mussten sie anhalten. Ein Hausdiener öffnete ihnen die Wagentür, ließ sie aussteigen und parkte den Wagen am Ende einer schier endlosen Reihe von Luxuskarossen. Ruth und Clarence hatten sich gerade auf den Weg gemacht, als schon die nächsten Autos vorfuhren und hinter ihrem Wagen geparkt wurden.

Clarence sah sich um. »Da haben wir's«, schimpfte er. »Das ist für mich das Allerschlimmste. Wir hätten den Wagen draußen vor dem Tor abstellen sollen. Jetzt sind wir völlig zugeparkt.« Er bot Ruth seinen Arm, und sie spazierten die Allee hinauf.

In dem Augenblick fuhr eine dunkle Limousine heran. Während der für den Parkplatz zuständige Hausdiener sich näherte, um die Tür zu öffnen, stieg auf der Beifahrerseite ein schwarz gekleideter Hüne mit einer Pistole in der Hand aus. Er stieß den Diener beiseite und sah sich aufmerksam um. Dann gab er ein Zeichen zum Wagen hin. Die beiden hinteren Türen wurden geöffnet, zwei Männer stiegen aus, die genauso aussahen wie der erste. Unter den offenen Jacketts blitzten die Pistolen im Schulterholster auf. Einer der beiden streckte die Hand aus und half einer eleganten, ein wenig übergewichtigen Dame aus dem Auto. Auf der anderen Seite stieg ein braun gebrannter kleiner Mann mit Glatze und runden Brillengläsern aus.

»Der Wagen des Senators muss frei bleiben«, herrschte einer der Pistolenträger den Diener an, als ein weiteres Auto durch das Tor gefahren kam.

»Die üblichen Günstlinge«, brummte Clarence. »Senator Wilkins«, klärte er Ruth auf. »Zwei Attentate hat er bereits überlebt. Er kämpft gegen das organisierte Verbrechen.« Er schüttelte den Kopf. »Dabei wirkt er selbst wie ein Mafioso. Und seine Leibwächter sehen aus wie die Gorillas eines Gangsters.«

Während sie sich der Treppe zur Villa näherten, hörten sie Orchestermusik und das Stimmengewirr der Gäste.

»Was für ein Ameisenhaufen!«, murrte Clarence.

Ruth lachte. Dann betraten sie die Eingangshalle.

Die Wände der Villa waren über und über mit Fotografien von Filmstars behangen, wie bei einer gewaltigen, mondänen Ausstellung.

»Hollywood feiert sich selbst«, grantelte Clarence. »Was für ein Affentheater.«

Kaum hatte ein elegant gekleideter Mann mit Pomade im platinblond gefärbten Haar und schmalen Augenbrauen Clarence entdeckt, kam er auch schon mit femininen Bewegungen auf ihn zugelaufen. Mit übertriebenem Entzücken umarmte und küsste er ihn. »Da ist ja der König des heutigen Abends. Die Fotos stammen fast alle aus deiner Agentur.«

Clarence löste sich aus der Umarmung und lächelte höflich. »Die Fotografin Ruth Isaacson«, stellte er vor. »Blyth Bosworth, der Mann, der diesen hübschen Einfall hatte.«

Bosworth sah Ruth mit riesengroßen Augen an und breitete die Arme aus. »Sieht aus, als hätten wir auch gleich die Königin der Party gefunden«, sagte er. »Die Gäste drängen sich alle um ein Foto ... ein wunderbar skandalöses«, lachte er. »Komm, meine Liebe.« Er nahm Ruth bei der Hand und zog sie hinüber zu einem überfüllten Saal.

Besorgt drehte sich Ruth zu Clarence um. Er winkte ihr grinsend zu wie ein kleiner Lausbub.

»Macht Platz, Leute!«, rief Blyth, als sie den Saal betraten. Alle drehten sich nach ihnen um. »John! John!«, rief Blyth. »John, die Verräterin ist da!«

Die Gäste bildeten ein Spalier, bis Ruth neben einer riesigen Fotografie John Barrymore entdeckte.

Der Schauspieler trug ein dunkles Sakko über einem blütenweißen Hemd, den obersten Knopf hatte er aufgeknöpft und die Krawatte ein wenig gelockert. Als er Ruth erblickte, trat ein breites Lächeln auf seine jugendlichen Lippen. Langsam und theatralisch verbeugte er sich, bevor er den Arm nach ihr ausstreckte.

Mit hochrotem Kopf stand Ruth da und rührte sich nicht.

»Na los, Schätzchen. Scheue Jungfrauen sind in Hollywood nicht gefragt«, sagte Blyth und schob sie auf den berühmten Schauspieler zu.

Im Gehen warf Ruth einen Blick auf das Foto. Es war eine der Aufnahmen, die sie von Barrymore in seinem Haus gemacht hatte, als er noch nicht angezogen gewesen war. Der Schauspieler trug den gestreiften Satinmorgenmantel und blickte melancholisch in die Kamera. Der schmale Lichtschein, der durch den Spalt zwischen den Vorhängen hereinsickerte, fiel auf sein ungekämmtes Haar, die nackten Füße und eine Flasche auf dem Fußboden. So groß wirkte das Foto noch dramatischer, noch authentischer, mit seinen scharfen Hell-Dunkel-Kontrasten.

»Unseren Freunden habe ich natürlich erklärt«, sagte Barrymore, während er Ruth den Arm um die Schulter legte und sie den Anwesenden vorstellte, »in der Flasche sei nur Eistee gewesen.«

Die Gäste lachten und applaudierten.

Barrymore lächelte und zog Ruth an sich. »Willkommen, Verräterin«, flüsterte er ihr zu. »Ich habe sie alle reingelegt. Die Leute schauen sich nur mein Foto an. Weder Greta Garbo noch Rudolph Valentino können da mithalten. Gloria Swanson ist stinksauer. Ich glaube, sie ist bereits gegangen«, lachte er.

Ruth sah ihn an. »Das Foto hier haben Sie mir nicht bezahlt, Mr. Barrymore.«

»Oh doch, und wie ich es dir bezahlt habe, Verräterin.«

Ruth zog die Stirn kraus.

»Ich war es, der deinem Christmas gesagt hat, wo er dich findet.«

Ruth schlug die Augen nieder.

»War das etwa falsch von mir?«, fragte Barrymore.

»Nein«, antwortete Ruth leise.

»Stellt euch neben dem Foto auf«, rief Blyth aufgeregt. Dann trat er zur Seite und überließ das Feld den Pressefotografen, die er eingeladen hatte. Unzählige Blitzlichter zuckten auf.

Ruth wurde geblendet. Alles war weiß, dann schwarz. Langsam tauchten die applaudierenden und lachenden Gäste ringsum wieder auf. Und inmitten der lächelnden Menge bemerkte Ruth für einen winzigen Augenblick ein ernstes Gesicht. Für den

Bruchteil einer Sekunde. Erneut flammten die Blitzlichter auf; eine neue Blitzsalve ergoss sich über sie. Weiß. Schwarz. Dann traten die Gesichter wieder klar hervor. Und noch immer waren da diese ernsten Augen, die sie anstarrten, verwundert und finster.

Ruth glaubte, den Boden unter den Füßen zu verlieren. Und das Gelächter der Leute verwandelte sich in ein einziges, Furcht erregendes Lachen, das aus der Vergangenheit widerhallte.

Bill war beizeiten auf der Party erschienen. Er hatte den Wagen auf der Allee abgestellt und wenig später mit einem dicken Päckchen unter dem Arm die Villa betreten. Dort war er vom Hausherrn in dessen Privatbüro empfangen worden. Er hatte ihm das Päckchen ausgehändigt und siebentausend Dollar in bar dafür kassiert. Gemeinsam mit dem Hausherrn hatte er dann das Päckchen geöffnet und eine Dosis Kokain geschnupft. Bill wusste nicht mehr, die wievielte es an dem Tag war. Der Gedanke, von all diesen wichtigen Leuten umgeben zu sein, machte ihn nervös. Mindestens eines seiner persönlichen Glasfläschchen hatte er bereits verbraucht. Mithilfe des Kokains, so hatte er sich gesagt, würde er sich nicht fehl am Platz vorkommen. Und tatsächlich fühlte er sich wohl, während er mit dem Hausherrn scherzte. Zumindest war es so, bis die Dame des Hauses hereinkam, eine junge Frau um die dreißig, die, ehe sie den Millionär geheiratet hatte, in ein paar drittklassigen Filmen aufgetreten war.

Die Frau grüßte Bill nicht, sie sah nur das Kokain, nahm sich ein Fläschchen, steckte es in ihr Abendtäschchen und wandte sich dann an ihren Mann. »Bleibt der Herr?«

Der Hausherr nahm sie beim Arm und geleitete sie sanft zur Tür. »Wem soll er schon auffallen?«, wisperte er.

»In einem hellen Anzug und diesem grässlichen roten Hemd?«, gab seine Frau zurück.

»Von solchen Leuten wird es viele geben ...«, erwiderte der Hausherr noch leiser. Aber nicht leise genug. Bill hatte ihn genau verstanden. Wenn er Kokain im Blut hatte, hörte und sah Bill alles. Eben das gab ihm das Gefühl, unbesiegbar zu sein. Mit einem Mal aber bemerkte er, dass er schwitzte. Und er verspürte ein unwiderstehliches Verlangen nach einer weiteren Dosis.

Als der Hausherr kurz darauf zurück ins Büro kam, fand er Bill über den Tisch gebeugt, wie er gerade einen Streifen Kokain einzog. Der Mann lachte. Daraufhin ging er hinüber zu einem Schrank und öffnete die Tür. Er nahm eine Kristallflasche und zwei Gläser heraus. »Achtzehn Jahre gereifter Glenfiddich«, sagte er. »Den habe ich bei einer meiner letzten Europareisen durch den Zoll geschmuggelt. Kokain und Scotch, kann es etwas Besseres geben?« Er stieß mit Bill an und ermahnte ihn dann, nicht überall herumzuerzählen, dass er der Punisher war. »Manche Dinge sollten wir für uns behalten.«

Während nach und nach die Gäste eintrafen, fühlte Bill sich mehr und mehr ausgeschlossen. Hoffnungslos ausgeschlossen. Und je unwohler er sich fühlte, desto mehr Kokain schnupfte er in einem der fünf luxuriösen Badezimmer im Erdgeschoss. Und dann ging er ins Büro des Hausherrn und trank, ohne um Erlaubnis zu fragen, den achtzehn Jahre gereiften Glenfiddich. Er setzte gleich die Kristallflasche an den Mund, leerte sie und stellte sie auf dem roten Kirschbaumschreibtisch ab. Dass er dabei einen hässlichen Kranz auf dem wertvollen Holz hinterließ, bemerkte er nicht einmal. Bill trank weiter alles, was er fand. Sobald sein Kopf schwer wurde, schloss er sich wieder im Bad ein und schnupfte eine noch größere Dosis Kokain.

Niemand sprach ihn an. Bill betrachtete die Fotografien an den Wänden und dachte: Auch ich müsste auf einem dieser Fotos sein. Wie oft habt ihr euch bei meinen Filmen einen runtergeholt, ihr Drecksäcke? Ich bin ein Star. Sein Gesicht fühlte sich verkrampft an. Er versuchte zu lächeln, doch jedes Mal, wenn er sich im Spiegel sah, schien er nur eine Grimasse zu ziehen. Nachdem Bill bereits das zweite Fläschchen Kokain aufgebraucht hatte, war er schließlich überzeugt, alle starrten ihn an und tuschelten über ihn. Was glotzt ihr denn so?, dachte er. Wollt ihr, dass ich eure Frauen ficke? Wollt ihr, dass ich sie blutig prügle? Arschlöcher, Feiglinge.

Irgendwann stand er am Ausgang. Ich sollte besser gehen, dachte er. Was zum Teufel habe ich zwischen all den reichen Dreckskerlen zu suchen?

Wenn sie unter sich waren, war er ihnen peinlich. Sie taten, als hätten sie ihn noch nie gesehen. Dabei waren das alles Leute, denen er Kokain verkaufte. Was für ein Gelächle und Geschmeichle, wenn sie Stoff brauchten! Und jetzt gaben sie vor, ihn nicht zu kennen. Ich sollte ihnen Rattengift unter das Kokain mischen. Ja, das sollte ich tun. Denn sie sind nichts als widerliche Ratten.

Ich sollte besser gehen, dachte er abermals, während er frische Luft in seine Lungen sog. Aber, verflucht noch mal, er durfte sich ihnen nicht geschlagen geben. Nein, er war der Punisher. Er war der Beste unter ihnen. Da ballte Bill die Fäuste, zog sich in einen dunklen Winkel des Gartens zurück und schnupfte den letzten Rest aus dem Fläschchen. Ihr könnt mich doch mal, ihr Arschlöcher, dachte er. Wir werden ja sehen, wer von uns mehr draufhat.

Zurück in der Villa, hörte er Gelächter und Applaus. Der sollte mir gelten, sagte er sich grimmig, während er den Blitzlichtern folgte, die wie verrückt aufflammten. Die Nasenflügel geweitet, die Augen glasig und weit aufgerissenen, bahnte Bill sich einen Weg durch die Menge. Er wollte sehen, welche Null da den Ruhm einheimste, der ihm, dem Punisher, zustand.

Und in dem Moment entdeckte er sie.

Und sie schaute ihn geradewegs an.

Schlagartig wurde Bill klar, dass seine Albträume der Vergangenheit nichts anderes gewesen waren als eine Vorankündigung dieses einen Augenblicks. Das Gelächter der Leute, der Applaus traten zurück, als hörte Bill nur noch durch Watte. Und mit jedem aufflammenden Blitzlicht schien Ruth ihm ein wenig näher zu kommen. Selbst seine wirren Gedanken verstummten. Reglos stand Bill da und starrte Ruth wie hypnotisiert an. Ihm war, als sähe er seinem Schicksal in die Augen, als fände er sich, nachdem er so lange geflohen war, nun im Angesicht des Todes wieder. Sie war da. Und sie war seinetwegen da, nur seinetwegen.

Ruth war gekommen, um ihn zu holen.

Jeden Moment würde sie den Arm in seine Richtung ausstrecken und auf ihn zeigen. Ihr Mund würde sich zu einem Schrei öffnen. Das ist er!, würde sie kreischen. Und in dieser unwirklichen Stille würden sich alle nach ihm umdrehen, und sie würden verstehen. Das ist er! Wie ein Tier würden sie ihn hetzen. Sie würden ihn zu Boden reißen, ihn festhalten und auslachen. Sie würden ihn fesseln, der Polizei übergeben. Und man würde ihn auf den Stuhl setzen, die Lederriemen festzurren und die Kalotte auf seinen Schädel drücken. Das ist er!, würde Ruth schreien und den Schalter umlegen, um ihm den Stromstoß zu geben. Und der Punisher würde sterben, verbrutzeln, die Hände um die Armlehnen gekrallt. Sein Hirn würde kochen. Wie in den Albträumen.

Unmittelbar hinter Bill drückte ein Fotograf auf den Auslöser. Das explodierende Magnesium sprengte die Stille in Bills Kopf; mit weit aufgerissenen Augen fuhr er herum. Er streckte den Fotograf mit der Faust nieder. Nun starrten alle in seine Richtung. Und niemand lachte mehr.

Bill wandte sich um und blickte zu Ruth. Und noch immer sah sie ihn an und grinste. Er war sicher, Ruth grinste, eine grauenhafte Fratze. Wie in seinen Albträumen. Alles war genau so wie in seinen Albträumen.

Bill sah, wie ein weibisch wirkender Typ mit schmalen Augenbrauen und platinblond gefärbten Haaren auf ihn zukam. Bill hob die Faust. Der platinblonde Typ schrie auf und hielt schützend die Hand vor sein Gesicht. Bill stieß ihn zu Boden. Dann drängte er sich zwischen den reichen Scheißkerlen hindurch und rannte davon.

Ruth erkannte ihn sofort.

Sie glaubte, den Boden unter den Füßen zu verlieren. Ihre Kehle war wie zugeschnürt. Eine Welle der Panik brach über sie herein.

Bill sah sie an. Und auch er hatte sie wiedererkannt, sie las es in seinen Augen.

Das so lange gefürchtete Aufeinandertreffen. Der Mann aus ihren Albträumen. Die Vergangenheit hatte sie eingeholt und riss sie aufs Neue in ihren Strudel. Ruth spürte einen stechenden Schmerz im Stumpf ihres Fingers. Sie fürchtete, er könnte wieder zu bluten anfangen.

Bill sah sie mit grimmiger Miene an.

Opfer und Jäger hatten sich wiedererkannt. Und es war, als gäbe es in dem überfüllten Saal nur sie beide.

Ruth fühlte sich wie in einem Klammergriff gefangen. Bills Hände. Die Hände, die sie in jener Nacht am Boden des Pritschenwagens festgehalten hatten. Die Hände, die sie überall angefasst und geschlagen hatten, bis sie geblutet hatte. Die Hände, die ihr die Lippen aufgeschlagen, ihr Nase und Rippen gebrochen und ein Trommelfell zertrümmert hatten. Die Hände, die zur Schere gegriffen und sie verstümmelt hatten. Die ihr Leben beschmutzt und gezeichnet hatten. Und die lebendigen, brutalen Bilder, die sie heraufbeschwor, machten sie ebenso bewegungsunfähig wie damals Bills Hände und ließen ihr keine Chance zu fliehen und der Erniedrigung und der Gewalt zu entkommen.

Zwischen einem Blitzlicht und dem nächsten sah Ruth zu Bill hinüber, unfähig zu schreien, zu weinen, wegzulaufen. Sie konnte nichts anderes tun, als dazustehen und ihm, vor Angst erstarrt, in die Augen zu blicken. Und es war, als könnte sie seinen Alkoholatem riechen, als spürte sie seinen glühenden Körper in ihrem, als hätte sie nur seine Stimme im Ohr. Und dieses schreckliche Lachen.

Bill sah sie noch immer an und in seinen Augen erkannte Ruth all seine Kraft, die Macht, die er über sie besaß.

Nervenaufreibend langsam und fast ohne es zu merken, griff sie nach Barrymores Jackenärmel. Doch kaum spürte sie den leichten, weichen Stoff zwischen den Fingern, füllten sich ihre Augen mit Tränen. Ich kann mich bewegen, schoss es ihr durch den Kopf. Ich kann mich noch bewegen.

Vielleicht konnte sie auch weglaufen. Vielleicht konnte sie sich umdrehen, sich Bills unmenschlichem Blick entziehen. Dann könnte sie all ihren Mut oder zumindest ein wenig Erbitterung zusammennehmen und Bill den Leuten vorführen. Ihn verhaften lassen. Sie könnte Rache üben. Sie könnte ihn endlich bezwingen. Wenn sie es nur schaffte, sich für einen Moment, einen einzigen Moment, diesem erbarmungslosen Blick zu entziehen.

Doch sie war zu nichts anderem imstande, als sich an Barrymores Ärmel zu klammern und stehen zu bleiben, während überall Blitzlichter aufflammten und mit ihrem gleißenden Schein für einen kurzen Augenblick Bills Gesicht auslöschten. Aber er war da, wusste Ruth, und er starrte sie an. Er hielt sie fest, als wäre sie sein.

Da plötzlich sah sie, wie Bill sich nach einem Blitzlicht umdrehte. Sie beobachtete, wie er einen Fotografen schlug, sich auf den herbeieilenden Blyth warf und davonstürzte.

Er rannte weg. Bill rannte weg.

Ruth stellte sich auf die Zehenspitzen und sah zu, wie Bill versuchte, sich einen Weg durch die Gästeschar zu bahnen. Am

Ausgang des Saales drehte er sich noch einmal um. Und aus seinen Augen sprach etwas Animalisches, etwas, was ihrer eigenen Angst sehr ähnlich war. Und da geschah das Wunder: In Bills Angst löste sich ihre eigene Angst auf.

In diesem Moment bemerkte Ruth den Schweiß auf ihrer Haut, ein hauchdünner, eiskalter Schleier. Wie Tau der Angst. Langsam aber kehrte die Wärme in ihren Körper zurück. Ruth ließ Barrymores Ärmel los. Sie spürte, wie wieder Blut durch ihre Adern strömte, und holte lang und kraftvoll Luft. Bill war geflohen. Nun war er es, der Angst hatte. Angst vor ihr.

Ruth lächelte kaum merklich, es war nicht mehr als ein Kräuseln der Lippen, die in Erinnerung an die Angst noch immer zitterten. Und während sich das Lächeln auf ihren Lippen ausbreitete und auf die Augen übersprang, war die Angst endlich vergessen. Als hätte es sie nie gegeben. Als hätte Bill sie restlos mit sich fortgenommen. Ruth spürte, dass sie das Ziel ihres Laufs erreicht hatte. Es war an der Zeit, dass die Uhren sich weiterdrehten.

Sie war in einem Fotogramm gefangen gewesen, erkannte sie nun. Und sie hatte auch Bill in diesem Fotogramm gefangen. Ihr Leben war an einem Abend vor mehr als sechs Jahren erstarrt.

Nun aber bin ich nicht mehr ich. Und du bist nun nicht mehr du, dachte sie, verblüfft, wie simpel der Gedanke war.

Mit einer neuen Leichtigkeit im Herzen wandte sie sich an Barrymore. »Ich muss gehen«, flüsterte sie ihm ins Ohr und trat dann zu Clarence. Sie bat ihn, sie nach Hause zu fahren. Daraufhin hakte sie sich bei dem alten Herrn ein und machte sich mit ihm auf den Weg zum Ausgang.

Die Luft war kühl und klar, der Himmel sternenbedeckt.

»Der Wagen steht dort drüben«, sagte Clarence und deutete die lange Allee hinunter.

Ruth war, als sähe sie einen Mann in einem hellen Anzug und einem leuchtend roten Hemd zwischen den Autos hindurchlaufen, auf halbem Weg stehen bleiben, sich umsehen und dann weiterrennen. Vielleicht war er auch gestürzt. Doch Ruth achtete nicht auf ihn. Sie kannte den Mann nicht. Sie kannte ihn nicht mehr.

Ruth stieg lächelnd die Stufen hinab. Ich gehöre dir nicht mehr, dachte sie. Das Lächeln stieß die Käfigtür auf. Leb wohl, Bill.

Bill strauchelte, schlug hin, stand wieder auf.

Sein LaSalle war von Dutzenden anderer Wagen zugeparkt.

»Müssen Sie fahren, mein Herr?«, sprach ihn ein Diener an. »Wenn Sie mir zehn Minuten geben, hole ich Ihr Auto für Sie raus.«

Bill stieß ihn zur Seite. »Verpiss dich«, blaffte er. Er hatte keine zehn Minuten. Keine zehn Sekunde hatte er.

Er drehte sich nach der Villa um. Ruth stand vor dem Eingang und blickte in seine Richtung. Sie hatte ihn entdeckt. Neben ihr sah Bill einen älteren Herrn. Mit Sicherheit ein Polizist. Der Polizist hatte den Arm gehoben und zeigte auf ihn, Bill, und Ruth lachte.

Da stürzte Bill auf das Tor zu. Er musste fliehen. Er würde nicht zulassen, dass sie ihn schnappten. Während er taumelnd zwischen den parkenden Autos hindurch davonrannte, blickte er sich erneut um.

Ruth kam zusammmen mit dem Polizisten die Treppe herunter. Sie hatten keine Eile. Sie spielten mit ihm. Er saß im Käfig. Und der Käfig war nun versperrt. Bill glaubte, das Gehirn müsse ihm zerspringen. Er sah grelle Lichter, dann Dunkelheit, dann wieder Lichter. Der viele Alkohol lähmte seine Beine, doch er schaffte es weiterzulaufen. Bis zum Tor war es nicht mehr weit. Aber was sollte er tun, wenn er den Sunset Boulevard erreicht hatte? Zu Fuß hatte er keine Chance. Sie würden ihn schnappen. Er warf einen Blick über die Schulter zurück. Erneut zeigte der Polizist auf ihn. Der Diener drehte sich daraufhin um und wies ebenfalls mit der Hand auf ihn. Und Ruth lachte. Sie lachte ihn aus.

Bill versteckte sich hinter einem Busch. Während er wieder zu Atem kam, schaute er sich um. Hätte er doch bloß noch etwas Kokain, nur eine Dosis, und sie würden ihn nicht erwischen! Damit würde er aufs Neue unbesiegbar sein. Er griff in seine Tasche. Da war etwas. Er zog die Hand heraus. Die Fingerkuppe bedeckte ein Hauch weißen Pulvers. Eines der Fläschchen musste aufgegangen sein. Er zog die Jacke aus und leerte die Tasche in seine Hand. Viel war es nicht, aber es genügte. Bill lachte. Dann legte er die Finger an die Nase und schnupfte so kräftig, wie er konnte. Ein bitterer Geschmack breitete sich in seinem Rachen aus. Er sog an der Tasche. Wieder lachte er. Fest biss er sich auf die Lippe. Er spürte Blut, aber keinen Schmerz. Ja, ich bin noch immer unbesiegbar, sagte er zu sich selbst.

Er lugte hinter dem Busch hervor. Mehrere Männer in dunklen Anzügen standen schwatzend und rauchend auf dem Rasen. Sie bedrängten ein Dienstmädchen. Bill wusste, wer sie waren: die Leibwächter eines beschissenen Senators. Arschlöcher. Sie standen mindestens zwanzig Schritte von dem schwarzen Wagen entfernt. Einer hatte seine Jacke ausgezogen. Bill konnte eine Pistole im Holster stecken sehen. Niemand sonst könnte es schaffen, nur er, Bill. Er war unbesiegbar. Zwanzig Schritte Vorsprung hatte er vor diesen armseligen Idioten.

Im Schutz der dicht an dicht stehenden Autos robbte Bill durch das Kiesbett der Allee. So gelangte er zu dem Wagen des Senators, dem letzten in der Reihe. Er öffnete leise die Tür. Geduckt kroch er hinein. Er brauchte nur den Motor zu starten und den Rückwärtsgang einzulegen. Diese armseligen Idioten konnten auf keinen Fall schnell genug da sein, um ihn aufzuhalten.

Die Hand schon am Zündschlüssel, setzte er sich auf. Da hielt er inne.

Ruth kam über die Allee auf ihn zu. Sie sah in seine Richtung.

In dem Moment erst wurde Bill bewusst, dass er sie an dem Abend nicht ein einziges Mal in Gedanken eine Hure genannt hatte. Wieso er daran denken musste, wusste er nicht. Er wusste nur, irgendetwas stimmte nicht mit ihm. Da spürte er eine Art Kribbeln in der Brust. Und daraus wurde ein Gefühl.

Ruth ging die Allee entlang. Jetzt war sie schon recht nah. Ihr Kleid war smaragdgrün. Wie der Ring, den Bill ihr samt dem Finger abgeschnitten hatte. Wie ihre Augen. Sie lächelte. Sie war bezaubernd. Die schönste Frau, die Bill je gesehen hatte.

Das Mädchen, das ihn um den Verstand gebracht hatte.

Reglos lagen seine Finger auf dem Zündschlüssel.

Bill spürte, wie das Gefühl in jeden Winkel seines Körpers drang. Die Zeit blieb stehen. Und plötzlich hatte er keine Angst mehr. Er hätte aus dem Auto steigen und Ruth entgegengehen können. Er hätte noch einmal ganz von vorn beginnen können.

Das Gefühl sagte es ihm.

Du bist wunderschön, Ruth, dachte er.

Und mit dem verzehrenden Gefühl im Herzen drehte er den Zündschlüssel um.

Den Lärm hörte er nicht mehr, bloß eine unnatürliche Stille, die dem Lärm vorausging. Und dann fraß die Hitze ihn bei lebendigem Leib auf.

Als der Wagen explodierte, wurde Ruth von der Druckwelle zu Boden geworfen. Der Lärm der explodierenden Bombe und des zerberstenden Bleches machten sie beinahe taub.

Während Clarence ihr wieder aufhalf, sah Ruth die Leibwächter mit vorgehaltener Pistole umherlaufen. Und die Hausdiener schrien und gestikulierten wild. Die Gäste strömten aus der Villa ins Freie, ihre aufgeregten Stimmen erfüllten die Nacht. Kurz darauf erklangen am Sunset Boulevard die Sirenen der Polizeiautos.

»Wo ist der Senator?«, schrie ein Polizist.

»Der Senator lebt«, antwortete einer der Leibwächter.

»Fahrt einen Wagen vor!«, befahl der Polizeicaptain.

Die anderen beiden Leibwächter rannten hinüber zur Villa. Sie nahmen den Senator und seine Gattin in ihre Mitte und geleiteten sie zum Tor. Dort halfen sie ihnen in den Polizeiwagen, der sich kurz darauf mit heulenden Sirenen in Bewegung setzte.

Sämtliche Scheiben der schwarzen Limousine waren zersprungen, die Türen aus den Angeln gerissen. Noch immer verbogen sich die Bleche. Die Hitze war unerträglich.

»Das ist schon das dritte Attentat«, sagte jemand.

»Ist wohl besser, man lädt ihn nicht mehr ein«, scherzte ein anderer.

Die Gäste in Abendgarderobe standen dicht gedrängt auf der Allee. Die Blitzlichter der Fotografen erhellten die Nacht wie wild gewordene Glühwürmchen. Ekelerregende Rauchwolken hingen in der Luft, es stank nach Benzin und Öl, nach geschmolzenem Metall und Leder.

Dann erlosch das Feuer von allein. Urplötzlich, als hätte jemand einen riesengroßen, unsichtbaren Eimer Wasser ausgeschüttet. Nur da und dort züngelten noch ein paar schwache Flammen.

Ruth trat einen Schritt auf den verbogenen Wagen zu.

Bills verkohlter Körper hielt sich noch immer am Steuer aufrecht, der versengte Kopf lag im Nacken.

»Seien Sie vorsichtig, Miss«, warnte einer der Polizisten sie.

»Ich musste nachsehen«, murmelte Ruth.

»Kannten Sie den Mann?«, wollte der Polizist wissen.

Ich war doch schon frei, dachte Ruth.

»Miss, kannten Sie den Mann?«

Ruth sah den Polizisten ausdruckslos an. »Nein«, antwortete sie. Dann wandte sie sich von Bill ab.

69

Manhattan, 1928

Nachdem Christmas das Wort *Ende* unter seine Komödie gesetzt hatte, hatte er sich ganz leer gefühlt. Allein und verloren.

Das Schreiben hatte ihn völlig in Anspruch genommen. Er war gleichsam in eine Fantasiewelt abgetaucht und hatte darüber sein wirkliches Leben vergessen. Voller Eifer hatte er sich auf die Tasten gestürzt, all das durchlebt, wovon er schrieb, als wäre er selbst mittendrin, bei seinen Figuren. Freundschaft, den Kampf ums Emporkommen oder schlicht ums Überleben, die Existenzen der Lower East Side. Und der Traum von der Liebe. Die Welt, wie sie sein sollte. Vollkommen und sinnhaft auch im Schmerz, in der Tragödie. Danach hatte er gestrebt: Er hatte dem Leben einen Sinn verleihen und es weniger zufällig machen wollen. Denn die Vollkommenheit bestand nicht darin, Erfolg zu haben, etwas zu schaffen oder einen Traum wahr zu machen, sondern in der Sinnhaftigkeit. So hatten in seiner Geschichte auch die Bösen ihren Sinn gefunden. Und jedes Leben war mit den anderen verwoben wie die Fäden eines Spinnennetzes, die sich alle miteinander zu einem übergeordneten Ganzen verbanden. Er wollte ein reales Bild zeichnen, kein abstraktes. Ohne falsches Pathos sollte es sein, ironisch. Gefühlvoll.

Und nun?, hatte er sich gefragt, nachdem er das Wort *Ende* unter seine Komödie gesetzt hatte.

Mit einem Mal hatte er den Blick gehoben. Dort war die Bank, er konnte sie sehen. Und es ergab keinen Sinn, dass Ruth und er nicht auf dieser Bank saßen. In seiner Komödie wäre das nicht passiert. In seiner Komödie hätte er niemals all diese Liebe vergeudet.

Christmas legte die letzte Seite zu den anderen auf den Stapel. Dann steckte er die Komödie in einen Briefumschlag, auf dem er bereits einen Namen und eine Adresse vermerkt hatte, und gab Neil, dem Portier des Apartmenthauses am Central Park West, den Auftrag, ihn zuzustellen.

Und tatsächlich, schneller als erwartet erhielt Christmas eine Antwort. Keine zwei Wochen später bestellte ihn der alte Impresario Eugene Fontaine, ein begeisterter Hörer von *Diamond Dogs*, in sein Büro am Broadway.

»Seit vierzig Jahren bin ich in diesem Beruf und weiß einzuschätzen, ob eine Komödie funktioniert«, sagte Eugene Fontaine und klopfte mit seiner runzligen Hand auf den Deckel des Manuskriptes. Er sah Christmas an. »Es geht um Gangster. Es geht um Liebe ... das ist New York.«

»Ist es gut?«, fragte Christmas und kam sich töricht wie ein kleiner Junge vor.

»Es ist brillant.«

»Wirklich?«

»Halt dich gut fest, Christmas Luminita. Es wird rundgehen wie bei einem Wirbelsturm«, sagte der Impresario. »Gib mir ein wenig Zeit für die Inszenierung. Danach wird Amerika nur noch von uns reden.«

Und nun waren es noch zwei Wochen bis zur Premiere. Es gab keine Zeitung, die nicht darüber berichtete. Andauernd bat man Christmas um ein Interview. *Vanity Fair* war bereit, ihm ein Titelblatt zu widmen. Aus Los Angeles erreichte ihn ein Telegramm von Louis B. Mayer:

Du solltest mir einen Anteil zahlen. Stop. Schließlich habe ich Dich zum Schreiben gebracht. Stop. Viel Glück. Stop. Solltest Du feststellen, dass die Luft im Theater zu muffig ist, und in Kalifornien durchatmen wollen, erwarte ich Dich mit offenen Armen. Stop. L. B.

Die Spannung war beinahe greifbar. Noch war das Stück nicht uraufgeführt, doch es war bereits in aller Munde.

Christmas stand auf und lehnte sich aus dem Fenster. Er betrachtete die leere Bank, die dunkel mitten aus der weißen Schneedecke, die den Central Park überzog, hervorstach. Auch die Straßen waren verschneit. Die Menschen waren darauf bedacht, nicht auszurutschen, während sie vorübereilten. Männer und Frauen trugen mit Schleifen geschmückte Pakete in der Hand. Christmas fühlte, wie eine leichte Wehmut ihn umfing. Ihn fröstelte, und so schloss er das Fenster. Dann drehte er sich um. Seine Wohnung war noch immer nicht möbliert. Kein Schrank, kein Sofa, kein Teppich. Er lächelte. »Echt schrecklich, die Wohnung«, hatte Sal gesagt, als er tags zuvor vorbeigekommen war, um ihn für den Silvesterabend zum Essen einzuladen, und sich umgesehen hatte.

Christmas ging ins Schlafzimmer und betrachtete den braunen Anzug, den seine Mutter ihm vor zwei Jahren gekauft hatte, ein Anzug, wie ihn arme Leute trugen. Arme Leute mit Würde. Es war der Anzug, der ihn von der Straße geholt hatte. Auch der Protagonist in seiner Komödie besaß einen braunen Anzug, ärmlich, doch würdevoll. Christmas hatte ihn nicht weggeworfen. Hin und wieder holte er ihn hervor, betrachtete ihn, streichelte über den Kragen und die abgewetzten Ärmel und dankte seiner Mutter im Stillen. Er legte ihn beiseite und griff nach dem blauen Wollanzug, den Santo ihm geschenkt hatte für seinen Theaterbesuch mit Maria, dem ersten seines Lebens. Auch sein Protagonist in der Komödie besaß einen warmen blauen Wollanzug von Macy's. Und wie er selbst hatte er einen wahren Freund. Christmas legte den blauen Anzug neben den braunen. Er nahm einen eleganten schwarzen Maßanzug vom Bügel und zog dazu ein weißes Hemd und eine schmale Krawatte an. Dann öffnete er die Tür zur Abstellkammer und holte zwei Päckchen mit Schleife hervor. Ein großes für seine Mutter, ein winzig kleines für Sal. Er rief in der Pförtnerloge an und bat Neil, ihm ein Taxi zu rufen. Nachdem er den schwarzen Kaschmirmantel übergezogen hatte, ging er hinunter.

Neil hielt ihm bereits die Taxitür auf.

»Frohes neues Jahr, Neil«, sagte Christmas beim Einsteigen.

»Frohes neues Jahr, Mr. Luminita«, erwiderte der Pförtner und schloss die Wagentür.

»Monroe Street«, sagte Christmas im Auto.

Der Fahrer drehte sich zu Christmas um und musterte dessen elegante Aufmachung. »Wissen Sie, wo das ist, Sir?«

»Oh ja.«

»Das ist in der Lower East Side.«

»Es gibt schlimmere Orte.«

Der Fahrer verzog das Gesicht, legte den Gang ein und fuhr los.

Christmas sah ihn im Rückspiegel an und lächelte. Als sie schließlich in die Monroe Street einbogen, sagte er: »Neben dem Cadillac dort.« Er stieg aus und bezahlte.

Um die Luxuskarosse strich eine Gruppe von vier kleinen Jungen herum. Sie waren mager und blass. Die Mützen bis zu den Ohren hinuntergezogen, bibberten sie in ihren dünnen Kleidern, doch konnten sie sich nicht entschließen, nach Hause zu gehen, so fasziniert waren sie von dem Auto, das niemand im Viertel sich hätte leisten können.

»Lasst ihn zumindest heute Abend ganz«, sagte Christmas lächelnd.

Die Jungen musterten ihn argwöhnisch. Auch der Typ war nicht angezogen wie einer aus dem Viertel. Sie wussten nicht, wer er war. Aber wie ein Gangster wirkte er nicht. Sicher war er irgend so ein Idiot aus Upper Manhattan, ein Gockel.

»Haben Sie sich verlaufen, Sir?«, fragte einer der Jungen, der kleiner war als die anderen, aber einen klugen, aufgeweckten Blick hatte, und griff dabei in seine Tasche.

»Nein«, sagte Christmas.

»Gehört der Ihnen?«, wollte der Junge wissen und deutete auf den Cadillac.

»Nein.«

Der Junge zog die Hand aus der Tasche. Er hielt Christmas ein wackliges Klappmesser, dessen Klinge an der Spitze zersplittert war, entgegen. »Dann kümmer dich gefälligst um deinen Kram«, sagte er frech.

Christmas ergab sich mit erhobenen Händen.

»Das ist unser Revier«, fuhr der Junge fort.

»Wie heißt ihr denn?«, fragte Christmas und hielt die Hände noch immer in die Höhe.

Mit fragender Miene sah der Junge zu den drei anderen hinüber. Doch seine Freunde kamen ihm nicht zu Hilfe. Der Blick des Jungen kehrte zurück zu Christmas. »Wir sind . . .« Er stockte und schaute nach rechts und links, als suchte er etwas. Dann hellte sich seine Miene auf. »Wir sind die Diamond Dogs«, sagte er und streckte die schmale Brust heraus.

Christmas grinste. »Vor Jahren gab es hier in der Gegend schon einmal eine Gang, die so hieß.«

Der Junge zuckte mit den Schultern. »Dann haben sie wohl von uns gehört und Reißaus genommen. Jetzt ist das unser Name.«

Christmas nickte. »Darf ich die Hände runternehmen?«

»In Ordnung, aber keine falsche Bewegung«, gab der Junge zurück und fuchtelte mit dem Messer vor Christmas' Bauch herum.

»Keine Sorge, ich habe nicht vor, mich aufschlitzen zu lassen. Ich müsste aber kurz da rein.« Er zeigte auf den Eingang des Hauses Nummer 320. »Darf ich?«

Der Junge wandte sich an seine Freunde. »Lassen wir ihn gehen?«

Einer der drei prustete los und hielt sich den Mund zu.

»Also gut, Gockel«, sagte der Junge mit dem Messer. »Heute wollen wir mal nicht so sein. Du kannst gehen. Heute Abend verschonen dich die Diamond Dogs noch mal.«

»Man sieht sich«, sagte Christmas und trat ins Haus. Fröhlich stieg er die Stufen hinauf.

»He«, rief hinter ihm der Junge und holte ihn auf dem ersten Treppenabsatz ein. »Was haben diese Diamond Dogs, die du kanntest, gemacht? Waren sie berühmt?«

»Ziemlich. Aber sie haben ihren Kopf benutzt, keine Pistolen oder Messer.«

Neugierig sah ihn der Junge an. »Und wer war ihr Anführer?«

»Ein Typ mit einem Niggernamen.«

»Aha ...«, sagte der Junge. »Ich heiße Albert. Aber meine Freunde nennen mich Zip.«

»Sehr erfreut, Zip«, erwiderte Christmas und streckte die Hand aus.

Der Junge rührte sich nicht. »Was meinst du ... ist Zip ein guter Name für den Anführer der Diamond Dogs?«

Christmas überlegte. »Zip ist ein Spitzenname«, sagte er schließlich.

Zip grinste und schüttelte ihm die Hand. »Und wie heißt du?«

»Ich?« Christmas zuckte die Schultern. »Ich habe einen blöden Namen. Vergessen wir das.« Er sah dem Jungen ins Gesicht. »Wo wohnst du?«

»Gleich gegenüber.«

»Und kannst du vom Fenster aus die Straße sehen?«

»Ja. Wieso?«

»Weil du mir einen Riesengefallen tun könntest, Zip«, erklärte Christmas mit ernster Miene. »Wenn du nach Hause gehen würdest, anstatt auf der Straße zu erfrieren, könntest du vielleicht den Cadillac, der da draußen steht, im Auge behalten. Wenn ich weiß, dass der Anführer der Diamond Dogs ihn bewacht, fühle ich mich sicherer.« Er griff in seine Tasche und zog ein Bündel zusammengerollter Geldscheine hervor, eine Angewohnheit, die ihn an Rothstein erinnerte. Er nahm einen Zehn-Dollar-Schein heraus und hielt ihn dem Jungen hin. »Was sagst du dazu? Lässt sich das machen?«

Zip riss die Augen auf. Er griff nach dem Geld und drehte und wendete es vor seiner Nase. »In Ordnung«, sagte er schließlich und hatte Mühe, dass seine Stimme sich nicht überschlug. »Ich werde sehen, was sich machen lässt.«

»Danke, mein Freund«, sagte Christmas.

Doch Zip hörte ihn schon nicht mehr. Er hatte auf dem Absatz kehrtgemacht und rannte die Treppe hinunter. Mit einem Anflug von Nostalgie sah Christmas ihm lächelnd nach, bevor er zu seiner alten Wohnung ging und an die Tür klopfte.

»Hast du es doch hierhergeschafft, Hosenscheißer«, begrüßte Sal ihn, als er ihm öffnete. »Komm rein, ich zeig dir mal eine richtig schicke Wohnung.«

Christmas trat ein und umarmte seine Mutter.

Cetta nahm sein Gesicht in ihre Hände und küsste und streichelte es. »Du siehst mitgenommen aus, mein Junge.«

»Ich frage mich wirklich, wie du es bei dieser Mutter geschafft hast, keine Schwuchtel zu werden, Hosenscheißer«, brummte Sal. »Lass ihn in Frieden, Cetta.«

Sie lachte, nahm ihrem Sohn den Mantel ab und bewunderte seinen Anzug. »Wie gut du aussiehst! Kommt an den Tisch, es ist alles fertig.«

»Nein, ich muss ihm die Wohnung zeigen«, erwiderte Sal. »Die hat mich einen Haufen Geld gekostet, und jetzt darf ich sie ihm noch nicht einmal zeigen?« Er nahm Christmas beim Arm. Während er ihn durch das Apartment zog, erklärte er ihm in allen Einzelheiten, was er für Mauerwerk, Installationen, Strom und Mobiliar ausgegeben hatte. Als sie zum Schlafzimmer kamen, öffnete er nicht die Tür. »Hier schlafen deine Mutter und ich«, murmelte er nur verlegen.

Christmas blickte lächelnd hinüber zu Cetta.

»Na, wie ist die Wohnung?«, wollte Sal am Ende des Rundgangs wissen.

»Sehr schön«, sagte Christmas, und er meinte es ehrlich.

Sal schnaubte. »Sehr schön? Du hast ja keinen Schimmer von Wohnungen, Hosenscheißer. Das ist ein Palast. Ein gottverdammter Palast.«

»Du hast ja recht, Sal«, gab Christmas lachend zurück. Dann ging er ins Wohnzimmer.

Der Tisch war für drei gedeckt. Es gab Nudeln mit Fleischklößen und Paprika, Bratwurst in Soße, mit Schweinefleisch und schwarzen Oliven gefüllte Auberginen. Und zum Abschluss pikante Salami und Ziegenkäse, dazu einen kräftigen, rubinroten Wein aus Italien.

Danach holte Sal eine Pappschachtel und eine Flasche aus dem Eisschrank. »Sizilianische Cassata, eine Spezialität«, sagte er. »Und süßer Sekt, nicht so ein bitterer Champagnermist.«

Als alle die Gläser erhoben hatten, um anzustoßen, verkündete Sal mit verlegener Miene: »Ich habe deine Mutter gefragt, ob sie mich heiratet.«

Christmas suchte Cettas Blick. »Und was hast du ihm geantwortet, Mama?«

»Was zum Teufel sollte sie mir schon antworten?«, warf Sal ein, der unruhig auf seinem Stuhl hin und her rutschte und dabei ein wenig Sekt auf dem Tischtuch verspritzte.

Cetta tauchte den Finger in die Sekttropfen und verrieb sie hinter Christmas' und Sals Ohr. »Das bringt Glück«, behauptete sie.

»Ich freue mich für euch«, sagte Christmas. »Wann ist es denn so weit?«

»Mal sehen«, brummte Sal. »So eine Hochzeit kostet eine Menge Geld, und ich habe gerade schon genug für die Wohnung ausgegeben.«

»Auf euch beide«, sagte Christmas.

»Und auf dein Theaterstück«, warf Cetta ein. »Bald ist ja die Premiere ...«

Christmas lächelte. »Noch zwei Wochen.«

»Auf dein Theaterstück«, sagte Sal.

»Und auf Opa Vito und Oma Tonia«, fuhr Cetta fort. Sie streichelte Sals Hand. »Sie wären so stolz auf dich.«

»Und auf Mikey«, setzte Sal hastig hinzu.

»Und auf Mikey«, sagte Cetta ernst.

Sie tranken Sekt und aßen sizilianische Cassata. Danach holte Christmas das Paket für seine Mutter. Aufgeregt packte Cetta es aus.

»Die ist für euer Bett«, erklärte Christmas, während seine Mutter eine große, handbestickte Tagesdecke mit einem C und einem S auf dem Aufschlag auseinanderfaltete.

Cetta fiel ihm um den Hals und küsste ihn.

Sal klopfte ihm auf die Schulter. »Danke«, murmelte er.

»Die ist für Mama, du musst dich nicht bedanken«, gab Christmas zurück, während er nach dem winzigen Päckchen in seiner Hosentasche tastete. Dann trat er ans Fenster, öffnete es und lehnte sich hinaus.

»Mach zu, sonst zieht die ganze Kälte rein und schlägt mir auf die Verdauung«, wetterte Sal.

»Ich wollte nur etwas nachsehen«, entgegnete Christmas.

»Was denn?« Sal drängte ihn zur Seite, um das Fenster zu schließen.

»Hast du den Wagen gesehen?«

Sal lehnte sich vor. Er machte eine anerkennende Miene. »Cadillac Series 314«, sagte er. »Achtzylinder-V-Motor.«

»Schön«, bemerkte Christmas.

»Schön? Du bist echt ein Lahmarsch, Hosenscheißer. Der Wagen ist ein Juwel.«

»Ich habe mich gefragt, wem der wohl gehört«, sagte Christmas, während er Sal behutsam das Päckchen in die Hosentasche schob. »Aber ich nehme an, er gehört dem, der den passenden Schlüssel hat.« Theatralisch kramte er in seinen Taschen. »Mir gehört er nicht. Was ist mit dir, Mama, hast du den Schlüssel für den Cadillac in der Tasche?«

»Du verträgst wohl keinen Alkohol, Hosenscheißer«, stellte Sal lachend fest. »Wie kommst du darauf, deine Mutter ...« Plötzlich stockte er und wurde ernst. Er sah in Christmas' grinsendes Gesicht. Und auch Cetta schmunzelte. Mit unergründlicher Miene blickte er nun hinunter auf die Straße. Dann griff er in seine Tasche, fand das Päckchen, öffnete es schweigend und betrachtete den Schlüssel von allen Seiten. Mit geröteten Augen und zusammengekniffenen Brauen schüttelte er den Kopf, presste die Lippen aufeinander und schnaubte. Erneut warf er einen Blick hinaus auf den Cadillac unten auf der Straße. Dann drehte er sich zu Cetta und Christmas um, die ihn Arm in Arm beobachteten.

Urplötzlich ließ er dann die Faust auf ein kleines Tischchen hinabsausen, auf dem eine Vase stand. Ein Tischbein brach entzwei. Die Vase fiel herunter und zersprang auf dem Boden. »Was zum Teufel hast du dir dabei gedacht? Du hast wohl Sägespäne in deinem verdammten Hirn!«, polterte er, während er mit Wucht gegen das Tischchen und die Scherben der Vase trat. »Ein Cadillac Series 314! Ich werde eine Garage mieten müssen, damit er ganz bleibt!« Damit lief Sal aus der Wohnung und schlug die Tür mit solcher Wucht hinter sich zu, dass ein Stickbild von der Wand fiel.

»Frohes neues Jahr, Mr. Tropea«, erklang eine Stimme auf dem Treppenabsatz.

»Ach, geh zum Teufel!«, dröhnte es durch das Treppenhaus.

Christmas schüttelte den Kopf. »Was ist denn in ihn gefahren, Mama?«

Cetta lächelte ihn an. »Er ist gerührt.«

Von seinem Fenster aus sah Zip einen großen kräftigen Mann auf den Cadillac zugehen. Er baute sich vor der Motorhaube auf und betrachtete den Wagen einen Augenblick, bevor er nach hinten ging und sich den Kofferraum ansah. Der Mann trat leicht gegen eine Radfelge, beugte sich gleich darauf vor und wischte mit einem Taschentuch über die Stelle, die er zuvor mit dem Fuß getroffen hatte.

Zips Vater stellte sich hinter seinen Sohn und legte ihm die Hand in den Nacken. Zip hatte es gern, wenn er die große, warme Hand seines Vaters im Nacken spürte. Dann fühlte er sich sicher.

»Schöner Wagen, was, Albert?«, sagte der Vater.

Der Mann auf der Straße steckte den Schlüssel in die Tür des Cadillacs und öffnete sie. Ohne einzusteigen, besah er sich den Innenraum des Wagens.

Zips Vater klappte das Fenster auf und lehnte sich zu dem Mann auf der Straße hinaus. »Schöner Wagen, Mr. Tropea!«, rief er.

Der Mann auf der Straße blickte hinauf. Doch er sagte nichts. Seltsam, dachte Zip. Vorsichtig stieg der Mann in den Wagen. Er startete, trat aufs Gas und ließ den Motor immer lauter aufheulen.

»Ich habe beschlossen, mich Zip zu nennen, Pa«, erklärte der Junge.

»Zip? Was ist das denn für ein Name?«

Der Mann auf der Straße begann, wie verrückt zu hupen. Er stieg aus dem Auto, hob aufgeregt gestikulierend den Blick zum Haus Nummer 320. »Worauf wartet ihr denn noch? Lasst uns wenigstens eine Runde drehen, verflucht!«, brüllte er hinauf.

»Weißt du, dass ich eine eigene Gang habe, Pa?«, sagte Zip.

»Eine Gang?« Der Vater gab ihm eine Kopfnuss. »Wie lange willst du noch so einen Blödsinn erzählen?«, fragte er und sah hinüber zum Fenster auf der anderen Straßenseite. »Siehst du den da?« Er zeigte auf einen eleganten jungen Mann ganz in Schwarz, der lachend neben einer Frau stand und ebenfalls den Besitzer des Cadillacs beobachtete. »Das ist Christmas Luminita. Der hat es geschafft, hier herauszukommen. Er ist reich.«

Zip erkannte ihn wieder. Es war der Mann, der ihm aufgetragen hatte, auf den Cadillac aufzupassen. Christmas ist wirklich ein Niggername, dachte er grinsend und befühlte den Zehn-Dollar-Schein in seiner Tasche.

»Glaubst du etwa, aus dem wäre etwas geworden, wenn er Blödsinn erzählt hätte?«, setzte der Vater hinzu und schloss das Fenster.

Der Mann im Cadillac hupte noch immer.

70

Manhattan, 1929

Christmas fröstelte an dem kalten Januarabend. Er schlug den Kragen seines Kaschmirmantels hoch und wickelte den weißen Seidenschal ein weiteres Mal um seinen Hals. Mit den Fingern strich er über die verwitterten Holzbretter der Bank im Central Park, dann stand er auf.

Die Lincoln-Limousine wartete in zweiter Reihe geparkt auf ihn. Dort wo einst Fred, der Fahrer des alten Saul Isaacson, auf Ruth gewartet hatte.

Christmas stieg ins Auto. »Fahren wir«, sagte er.

Der Lincoln setzte sich in Bewegung.

Christmas zog den Schal aus und richtete den Mantelkragen. Er sah aus dem Fenster. New York glänzte im Licht der Reklameschilder. Doch am hellsten strahlte das Theater in der West 42nd Street Nummer 214. *Diamond Dogs*, verkündete eine Leuchtschrift, bestehend aus mehr als tausend Glühbirnen, auf dem Vordach.

Die Limousine hielt inmitten einer Menschenmenge, die von Absperrgittern und Polizeibeamten in Schach gehalten wurde. Ein Statist mit umgehängtem Maschinengewehr öffnete die Tür des Lincoln. Er war in grelle Farben gekleidet wie ein echter Gangster. Christmas lächelte ihm zu und stieg aus. Der Statist richtete das Maschinengewehr auf die Menge. Eugene Fontaine, der Impresario, war auf die Idee gekommen. »Die Vorstellung beginnt auf der Straße«, hatte er gesagt.

Die Leute klatschten Beifall. Die Fotografen entzündeten ihre Magnesium-Blitzlichter. Zwei weitere falsche Gangster kamen hinzu und geleiteten Christmas durch die Menge, die ein Spalier gebildet hatte. Am Theatereingang empfing ein als Prostituierte zurechtgemachtes Mädchen Christmas mit einem langen, aufreizenden Blick. Und dann stolperte ein ärmlich gekleideter Junge mit schmutzigem Gesicht Christmas in den Weg und rempelte ihn an. Auch der Junge war Teil der Inszenierung. Als er zur Seite trat, zeigte er der Menge eine Taschenuhr. Die Leute lachten und applaudierten erneut. Unaufhörlich leuchteten die Fotografen den Schauplatz mit ihren Blitzlichtern aus.

Christmas betrat das Foyer. Er schüttelte Dutzende Hände, lächelte in die Runde und beantwortete die Fragen der Reporter. Dann steuerte er auf die Bühne zu. Er nahm einen Hinterausgang und blieb auf der schmalen Ladegasse stehen. Sogar von dort war das Stimmengewirr der Leute auf der Straße und im Theater zu hören.

»Davon wird einem ganz schwindlig, nicht wahr?«, sagte jemand hinter ihm.

Christmas drehte sich um. Im Dämmerlicht der Gasse sah er einen ärmlich gekleideten Jungen mit wachsglänzenden Händen eine Zigarette rauchen. Er war dünn und unter den Augen dunkel geschminkt.

»Ich bin Irving Solomon«, erklärte der Junge. »Ich spiele . . .«

»Joey Sticky Fein, ja«, warf Christmas ein.

»Also eigentlich . . .«, sagte der Junge betreten, »spiele ich Phil Schultz, genannt Wax.«

Christmas lächelte ihn an. »Ja, natürlich.«

»Es gibt keinen . . . Joey Sticky Fein in Ihrem Stück.«

Christmas schlug, in Erinnerungen versunken, den Blick nieder. Dann sah er zu dem jungen Schauspieler auf. »Spiel den Wax mit Würde«, sagte er. »Er war nicht nur ein Verräter.«

Der Junge runzelte irritiert die Stirn. »War . . .?«

Christmas erwiderte nichts. Er betrachtete die gewachsten Hände des jungen Schauspielers. Er lächelte. »Wenn du im zweiten Akt in dem Hundertfünfzig-Dollar-Anzug auftrittst,

Danksagungen

Zunächst möchte ich Marco Cohen und Fabrizio Donvito danken, weil sie mir einen Blick durch die Lupe, mit der sie die Welt betrachten, ermöglicht haben und so auch ich alles sehr viel größer wahrnehmen durfte. Und Gabriele Muccino, der mir die außergewöhnliche Chance gibt, den Ozean zu überqueren und der abenteuerlichen Reise unserer Vorfahren in der Fantasie nachzuspüren.

Mein Dank geht an Roberto Minutillo Turtur, der über mich wacht und mich mit sicherer Hand leitet. An Maurizio Millenotti, der es mir mit seiner Kunst ermöglicht hat, meine Figuren einzukleiden. An Peter Davies mit seiner unstillbaren Neugier, der mir gezeigt hat, wie seine Stadt einst war. Und an Emanuela Canali, die meiner Stimme unzählige, mir unbekannte Sprachen verleiht. Und an Barbara Gatti für ihre Professionalität und ihre Geduld.

Danke an Silvana Fuga, die mich seit Jahr und Tag unterstützt und mich mit ihrer rauen, faszinierenden Stimme in Begeisterung versetzt. Und an Sole Ferlisi für ihre berührenden und leidenschaftlichen Anmerkungen.

Außerdem danke ich Silvio Muccino, der mir gezeigt hat, wie die Sonne beschaffen ist, die ich meinem Protagonisten mitgegeben habe. Und Vincenzo Salemme, der meine hoffnungslose Unsicherheit mit seiner Freundschaft und Wertschätzung therapiert.

Danke an meinen Helden David Bowie für den Titel *Diamond Dogs*, den ich mir für meine Gang geborgt habe.

Und schließlich geht mein Dank an dich, Carla. Wenn es dich nicht gäbe, würde ich schlicht nicht existieren.

hüpf von einem Fuß auf den anderen . . . so . . . wie ein Boxer . . .«
Christmas tänzelte umher, leichtfüßig und nervös wie einst
Joey.

»Solomon, was tust du da draußen?« Der Inspizient tauchte in
der Garderobentür auf. »Und hör auf zu rauchen.«

Der junge Schauspieler sah Christmas eindringlich an. »Wart
ihr wirklich Freunde?«

»Geh jetzt . . .«, antwortete Christmas lächelnd. »Und toi, toi,
toi.«

Wenige Minuten später trat der Inspizient erneut auf die
Gasse hinaus. »Mr. Luminita«, sagte er, »wollen Sie nicht hereinkommen? Es geht gleich los.«

Christmas nickte ihm zu. Als er wieder allein war, warf er
einen Blick hinauf zum sternenlosen New Yorker Nachthimmel,
bevor er sich auf den Weg zur Bühne machte. Hinter dem Vorhang hörte man das gedämpfte Gemurmel des Publikums.

»Toi, toi, toi«, wünschte er den Schauspielern.

Der Junge, der Joey spielte, stand ein wenig abseits und hüpfte
leichtfüßig wie ein Boxer von einem Bein auf das andere.

Christmas trat hinter dem Vorhang hervor und ging hinunter
in den Zuschauerraum. Beifall brandete auf. Christmas lächelte
und eilte mit eingezogenem Kopf bis ans Ende des Zuschauer-
raums. Dort blieb er stehen und sah sich im Publikum um.

In der ersten Reihe entdeckte er seine Mutter, sie hatte ihr
schwarzes Haar hochgesteckt und trug ein weit ausgeschnitte-
nes blaues Kleid. Und neben ihr, verschwitzt und mit sauberen
Händen, Sal, der sich in einen nagelneuen Smoking gezwängt
hatte. Nicht weit von ihnen erkannte Christmas Cyril, »Harlems reichsten Nigger«, wie er sich nennen ließ, mit seiner Frau
Rachel. Christmas hatte sich mit dem Intendanten, der »keine
Menschen mit schwarzer Haut«, wie er sie definiert hatte, im
Zuschauerraum dulden wollte, anlegen müssen. Doch davon
wusste Cyril nichts. Christmas entdeckte Sister Bessie, die stolz

einen Ring mit einem eingefassten Golddollar herumzeigte. Und er lächelte Karl zu, der, kaum hatte er seine Eltern zu ihren Plätzen geleitet, mit den Managern von WNYC zu tuscheln begann, wobei es gewiss um neue Projekte ging. Christmas winkte den Technikern des CKC-Teams zu, das die Aufführung mitschneiden würde, um sie im Radio zu übertragen. Voller Zuneigung blickte er auf Santo, den frischgebackenen Geschäftsführer des Macy's, neben dem die hochschwangere Carmelina saß. Und er musste lachen, als er mitten im Zuschauerraum Lepke, Gurrah und Greenie in ihren grellbunten Anzügen entdeckte. Um sie herum saß alles, was in New York Rang und Namen hatte, die Jüngeren im Smoking, die Älteren im Frack. Es gab keinen einzigen freien Platz im Theater, ganz gleich, in welcher Preisklasse. Von Eugene Fontaine wusste Christmas, dass die kommenden drei Wochen bereits komplett ausverkauft waren, bevor man überhaupt wusste, was die Kritiken sagen würden. Künstler, Journalisten und die Reichen der Stadt waren gekommen, einfach alle.

Dennoch ... Ganz hinten im Zuschauerraum, gelang es Christmas nicht, uneingeschränkt glücklich zu sein. Er schloss die Augen. Sein ganzes Leben zog an ihm vorbei. Flüchtig. Unvollendet.

»Abdunkeln«, sagte der Inspizient.

Der Zug hatte Verspätung. Besorgt sah Ruth auf die Uhr. Es hielt sie nicht mehr auf ihrem Sitz. Sie öffnete das Abteilfenster und lehnte sich hinaus. Der Wind zerzauste ihr Haar. Seufzend schloss sie das Fenster wieder. Die alte Dame, die ihr gegenübersaß, sah sie an und schenkte ihr ein beruhigendes Lächeln. Angespannt lächelte Ruth zurück.

Ihr blieb keine Zeit mehr. Mit einem Mal blieb ihr keine Zeit mehr. Sie würde es niemals schaffen.

»Wir kommen schon an«, sagte die alte Dame.

»Ja«, erwiderte Ruth und setzte sich. Mit gesenktem Kopf versuchte sie, ruhig zu atmen und das Zucken in ihren Beinen zu kontrollieren. Sie legte die Hand an die Brust. Unter ihrer weißen Bluse ertastete sie das rote Herz, das ihr Christmas fünf Jahre zuvor geschenkt hatte. Der Lack hatte Risse bekommen. Sie umschloss es mit den Fingern. Doch ihre Beine wollten nicht stillhalten, und so sprang Ruth abermals auf, öffnete erneut das Fenster und lehnte sich hinaus. Schneidend drang die rußige Luft in ihre Lungen.

Als sie das Fenster wieder schloss, lachte die alte Dame hell auf und hielt sich die behandschuhte Hand vor den Mund. »Ach, du lieber Himmel, wie sehen Sie jetzt aus!«, sagte sie. Sie kramte in ihrer Handtasche und holte ein Leinentaschentuch hervor. »Kommen Sie her, Sie flatteriges Mädchen.« Mit wackligen Beinen stand sie auf und beugte sich zu Ruth, um ihr die Wangen zu säubern. Sie musterte sie und lachte wieder. »Sie sollten sich ein wenig schminken. Sie sehen furchtbar aus.«

Ruth erwiderte nichts. Erneut warf sie einen Blick auf die Uhr. Dann wandte sie sich um, nahm ihren kleinen Krokodillederkoffer von der Gepäckablage, öffnete ihn und holte das grüne Seidenkleid, das Clarence ihr geschenkt hatte, und ein helles Lederetui heraus. Damit eilte sie aus dem Abteil in Richtung Waschraum.

Vor der Tür hielt sie inne. Fünf Jahre war es her, dass sie zuletzt einen Waschraum wie diesen betreten hatte, in einem Zug, der in die entgegengesetzte Richtung gefahren war. In der einen Hand das rote Lackherz, in der anderen eine Schere.

Ruth drückte die Klinke hinunter und trat ein.

Sie betrachtete sich im Spiegel. Als sie sich zuletzt in einem Spiegel wie diesem betrachtet hatte, war ihr schwarzes Haar lang und lockig gewesen. Kurz zuvor erst hatte sie Christmas ein Versprechen von den Lippen abgelesen. Ich werde dich finden.

Als sie sich zuletzt in einem Waschraum wie diesem eingeschlossen hatte, hatte sie sich die schwarzen Locken abgeschnitten und ihre Brüste straff umwickelt, weil sie keine Frau hatte werden wollen.

Sie stützte sich am Waschbecken ab und wusch sich das Gesicht. Dann betrachtete sie sich. Die Wassertropfen sahen aus wie Tränen. Aber sie weinte nicht.

Ruth knöpfte ihre Bluse auf und schlüpfte aus dem Wollrock. Beides ließ sie auf den Boden gleiten. Prüfend betrachtete sie ihr Spiegelbild. Wie an jenem Nachmittag, als sie beschlossen hatte, den Kobold aus der Lower East Side zu küssen. Wie damals öffnete sie das helle Lederetui und legte Make-up und Puder auf. Dann betonte sie mit einem schwarzen Kajalstift den Schwung ihrer Lider. Und zum Abschluss zog sie ihre Lippen mit einem kräftigen, samtigen Lippenstift nach. Rot wie das Lackherz. Sie kämmte ihr Haar. Und wieder betrachtete sie sich. Nun wusste sie, dass sie eine Frau war. Sie brauchte sich nicht mehr selbst zu streicheln, um es zu spüren.

Langsam und sorgfältig zog sie das smaragdfarbene Kleid an.

Kaum war sie zurück im Abteil, musterte die alte Dame sie schweigend. Auf ihrem runzligen Gesicht erschien jedoch beinahe unmerklich ein feines Lächeln, als erinnerte sie sich an etwas, das lange zurücklag, aber nie in Vergessenheit geraten war. Als der Zug in die Grand Central Station einfuhr und die alte Dame Ruth zum Ausgang hasten sah, murmelte sie leise: »Viel Glück.«

Ruth sprang aus dem noch fahrenden Zug und schlug beinahe hin. Sie lief den Bahnsteig entlang, drängte sich durch das im Bahnhof herrschende Gedränge der Reisenden und eilte hinauf zur Taxihaltestelle.

»Zum New Amsterdam«, sagte sie beim Einsteigen atemlos. »Bitte so schnell Sie können.«

Der Fahrer legte den Gang ein und fuhr mit quietschenden Reifen los.

Während der Wagen durch die Straßen brauste, blickte Ruth nicht hinaus. Ihr stand nicht der Sinn danach, die Stadt wiederzuentdecken, in der sie geboren und aufgewachsen war und der man sie entrissen hatte. Die Stadt, in der man ihr Gewalt angetan hatte und in der ihre einzige große, ihre einzig mögliche Liebe geboren war.

Alles, was sie sah, als das Taxi hielt, war die riesengroße Leuchtschrift

DIAMOND DOGS

und der Menschenauflauf auf der Straße. Gewöhnliche Leute und solche, die wie Gangster oder Prostituierte gekleidet waren. Sie bezahlte, stieg aus dem Auto und blieb reglos vor dem Theatereingang stehen, als wäre ihr mit einem Mal die Puste ausgegangen oder als wollte sie sich jedes Detail für immer einprägen.

Schließlich machte sie den ersten Schritt auf dem roten Teppich. Nicht ein einziges Mal kam ihr dabei der Gedanke an eine lange Blutspur. In ihrem Leben gab es kein Blut mehr. Der Teppich war rot wie ihre Lippen, rot wie das Lackherz.

Sie betrat das Foyer. Gerade zogen die Theaterdiener die Samtvorhänge zu. Gleich würden sie die Türen schließen. Ruth stieg die wenigen Stufen zum Zuschauerraum hinauf, den Mantel in der einen und den Krokodillederkoffer in der anderen Hand.

»Miss . . .«, sagte jemand hinter ihr.

Ruth ging unbeirrt weiter.

»Miss . . .«

Sie wusste nicht, ob sie ihn finden würde, wusste nicht, ob er noch immer auf sie wartete. Sie wusste nicht, wie ihre Zukunft aussehen würde. Ja, sie wusste nicht einmal, ob es eine Zukunft für sie gab.

»Miss, wo wollen Sie hin?«

Ruth wusste nur, dass sie es versuchen musste, dass sie nicht aus Angst in ihrem Käfig verenden würde.

Einer der Theaterdiener stellte sich ihr in den Weg.

Ruth wusste nur, dass sie Christmas gehörte, ihm vom ersten Augenblick an gehört hatte.

»Abdunkeln«, sagte der Inspizient.

Der Zuschauerraum versank im Halbdunkel. Alle, die noch gestanden hatten, nahmen nun Platz. Das Stimmengewirr legte sich, bis nur noch ein undeutliches, aufgeregtes Gemurmel zu hören war.

Hinten im Zuschauerraum hatten die Diener die Samtvorhänge vor den Eingängen zugezogen, zwischen denen Christmas mit geschlossenen Augen an der Wand lehnte. Sein ganzes Leben zog an ihm vorbei. Flüchtig. Unvollendet.

»Sie dürfen da nicht rein«, hörte er eine Stimme vor dem Eingang zu seiner Linken. Dann Gepolter. Eine Reihe undeutlicher Geräusche.

Christmas schlug die Augen auf.

Zu seiner Linken raschelte es; entschlossen wurde der Vorhang zur Seite geschoben.

Er sah ein smaragdgrünes Seidenkleid.

»Miss, Sie dürfen da nicht rein«, sagte die Stimme erneut.

Christmas blickte auf. Ruth war wunderschön. Sie leuchtete von innen. Und sie sah ihn an. In ihren smaragdgrünen Augen lag ein strahlender Glanz.

Christmas öffnete leicht den Mund. Vollkommenheit, Sinn, ging es ihm durch den Kopf. Von heftigen, unerwarteten Emotionen überwältigt, war er wie gelähmt. Alles, was er schaffte, war, dem Diener, der Ruth festhielt, mit dem Arm ein Zeichen zu geben.

Der Theaterdiener trat einen Schritt zurück.

Ruth sah Christmas an und rührte sich nicht.

»Licht aus«, sagte der Inspizient.

Die Lichtschalter knisterten.

Dunkelheit legte sich über das Theater.

Das Publikum verstummte. Gespannte, flimmernde Stille herrschte im Saal.

Der Diener schob den Vorhang zur Seite und verließ den Zuschauerraum. Und im schmalen Lichtschein sah Christmas, wie Ruths Hände sich beinahe gleichzeitig öffneten. Mantel und Koffer fielen zu Boden.

Ein Mann in der letzten Reihe drehte sich um. »Ruhe«, zischte er.

Christmas lächelte. Und in der Stille hörte er Ruth näher kommen.

»Ich bin zurück«, sagte sie.

Christmas konnte ihr Parfüm riechen.

Rauschend hob sich der Vorhang.

Christmas ergriff Ruths Hand.

Und in dem Augenblick ertönte von der Bühne eine Stimme: »Guten Abend, New York.«